屈原宋玉辞赋译注

【修订版】

袁梅 译注

黄山书社

東皇太一

東君

雲中君

湘君
湘夫人

大司命
少司命

河伯

山鬼

國殤

禮魂

目　录

屈原辞赋译注

凡例 …… 一

序 …… 庄维石 一

引论 …… 一

离骚 …… 七七

九歌 …… 一四二
东皇太一 …… 一四四
东君 …… 一四七
云中君 …… 一五二
湘君　湘夫人 …… 一五四
大司命 …… 一六五
少司命 …… 一七〇
河伯 …… 一七五
山鬼 …… 一七八
国殇 …… 一八三
礼魂 …… 一八六

九章 …… 一八八
惜诵 …… 一八九
涉江 …… 二〇二
哀郢 …… 二〇九

抽思 …………………………………………………… 二一八
怀沙 …………………………………………………… 二二八
思美人 ………………………………………………… 二三八
惜往日 ………………………………………………… 二四六
橘颂 …………………………………………………… 二五五
悲回风 ………………………………………………… 二五九

天问 ………………………………………………………… 二七三

招魂 ………………………………………………………… 三二〇

附录(一)
卜居 …………………………………………………… 三五二
渔父 …………………………………………………… 三五五

附录(二)
爱国思想是屈原作品的灵魂——兼论《离骚》…… 三五八

宋玉辞赋译注

凡例 ………………………………………………………… 三六七

引论 ………………………………………………………… 三六九

九辩 ………………………………………………………… 三八三

风赋 ………………………………………………………… 四二〇

高唐赋 ……………………………………………………… 四二八

神女赋 ……………………………………………………… 四四七

登徒子好色赋 ……………………………………………… 四六一

附录（一）
对楚王问 …… 四六九
笛赋 …… 四六九
大言赋 …… 四七〇
小言赋 …… 四七一
讽赋 …… 四七二
钓赋 …… 四七三
舞赋 …… 四七四
高唐对 …… 四七五

附录（二）
独树一帜的宋玉 …… 四七六

附录（三） …… 四八一
再论宋玉 …… 四八一

附录（四）
关于宋玉 …… 四九〇
对“关于宋玉”一文的意见 …… 四九九

后记 …… 五〇四

屈原

屈原辞赋译注

凡 例

书稿的《引论》列于卷首，可供读者在阅读内容之前，对屈原及其作品有初步了解。提纲如下：

一、《楚辞》的产生与发展过程：

(一)、《楚辞》的名称；(二)、《楚辞》的先河《二南》、有韵铭文、楚地民歌；(三)、从民间祭神舞曲到《九歌》；(四)、先秦诸子的影响。

二、屈原是《楚辞》的创始者和代表者：

(一)、屈原所处的时代；(二)、屈原的生平和思想；

三、屈原作品的思想内容与艺术特色：

(一)、屈原有哪些作品；(二)、屈原作品的思想内容；(三)、屈原作品的艺术性；

四、屈原作品的主要成就：

(一)、人民性和现实主义精神；(二)、积极的浪漫主义精神；(三)、继承并发展了楚地民间艺术形式；

五、屈原对后世文学的影响：

在撰写此稿中，主观上想尽力做到以下三点：首先，译文力求忠于原作，表达作品固有的思想感情，不敢也不应另出新意而损其原意。有的地方宁肯为保持原意而译得“实”一些，不求另出新意而译得“虚”一些。译文以普通话为基础，照顾到韵文的特点，求其读来顺口。其次，注释方面，虚心并认真参考古今学者专家的著作，适当吸收其科研成果，择善而从，多采公认的稳妥说法，少作尚难征信的考证。不避难就易，宁多勿缺；文字表达力求简明。各篇题解力求能总摄文意，不失其主旨。已所不能者，不作强解，尽量避免偏颇错误。以上只是一种朴素的愿望与自我要求，但因水平所限，识见所囿，谬误定属难免，有待于读者、专家们赐正。

在学习古典文学和撰写拙稿过程中，敬爱的业师庄维石先生经常对我谆谆教诲，悉心指点疏导，使我永远铭感不忘。古今许多学者的专著，使我受益良深，为了行文方便，未能一一举出姓名。在此，谨向庄维石先生和其他专家们致衷心的敬意与感谢。

序

庄维石

袁梅同志著《屈原赋译注》成,他让我写一篇序。我想:屈原是我国文学史上第一个出现的大诗人。他大名鼎鼎,为古人和今人所称道,为我国人和外国人所称道。对于他的生平、思想和作品,近人著作如郭沫若的《屈原研究》、何其芳的《屈原和他的作品》,都有较全面的论述,袁梅同志的这本书,也有较全面的论述。这样,我在这里还有什么可说的呢?经过反复筹思,我只说一说我阅读屈原作品后的一点儿感想。

孟子说:“颂其诗,读其书,不知其人,可乎?是以论其世也。”结合《史记·屈原列传》来阅读屈原作品,我认识到:

一、屈原首先是个有清醒的政治头脑,并能“守死善道”的人,然后才是一个诗人。

在屈原的时代,列国之中,秦楚最强:秦据关中之固,一出关门,亦有居高临下之势;楚疆域辽阔,物产富足;两国都有统一中国的可能。究竟谁统一中国?问题的关键,在于政治的好坏。秦自商鞅变法之后,废除了贵族领主在经济上、政治上的特权,缓和了阶级矛盾,物产日增,国势日强。而楚自吴起变法失败后,政权操于旧贵族之手,剥削残酷,政治腐败,加深了阶级矛盾。[①]屈原看到这种情形,认为变法图强是楚国的急务。所以他在二十余岁做楚怀王的左徒、得到楚怀王的信任的时候,就锐意变法。在屈原的时代,齐国也是一个强国。联合齐国以抵抗秦国应该是楚国的正确的外交政策。特别在公元前318年(楚怀王十一年、秦惠文王后元七年)楚、魏、韩、赵、燕五国联合攻秦失败后,秦国开始加紧侵略楚国;在公元前316年(楚怀王十三年、秦惠文王后元九年）秦遣张仪、司马错吞灭巴、蜀之后，秦国在军事上给楚国以严重的威胁；在这样的局势之下，联合齐国以抵抗秦国，对楚国来说就更为必要了。因此，屈原坚持联齐抗秦的外交政策是很有眼光的。司马徽说："识时务者在乎俊杰。"像屈原这样的人，可说是"识时务者"了。有人说："当中国走向统一的时代，秦将统一，而屈原抗秦，这是拒绝统一，是违反社会发展的进程的。"这话说得很好笑。应该弄清楚：问题不是统一和反统一的问题，而是由谁来统一的问题。屈原是楚国人，是楚国的世臣，是楚国的爱国志士，自应要求楚国来统一，而要求楚国来统一，自然要抗秦了，此其一。其次，楚国和秦国原来都是文化比较落后的国家，但到春秋时代，中原的思想和文化渐为楚国所吸收：楚庄王曾对潘党谈到《周颂·时迈》（见《左传·宣公十二年》），屈巫曾对楚庄王谈到《周书·康诰》（见《左传·成公二年》），薳罢曾在晋平公的宴会中朗诵《大雅·既醉》（见《左传·襄公二十七年》），"孔子西行不到秦"，但他到过楚国，受到楚王的重视（虽然因为他是外来人没有得到重任），都可说明这一点。自从公元前 473 年吴为越所灭之后，楚国势力逐渐向北伸展：公元前 431 年，楚简王灭了莒国，鲁国渐为楚所控制（到屈原死后不久，鲁卒为楚所灭）。齐威、宣之时，竟筑长城以拒楚。这样，齐鲁文化就易为楚人所吸收。陈良被孟子称为"豪杰之士"，曾经"北学于中国"。屈原也曾到过齐国。他说："彼尧舜之耿介兮，既遵道而得路；何桀纣之猖披兮，夫唯捷径以窘步！"（《离骚》）"尧舜之抗行兮，瞭杳杳而薄天；众谗人之嫉妒兮，被以不慈之伪名。"（《哀郢》）先秦诸子中，道、法两家都不重视尧舜，庄子、韩非子甚至认为关于尧舜的传说是后人伪造的。重视尧舜的，莫过于儒家，而屈原对于尧舜如此推崇，可见他受到了齐鲁思想的影响。由于楚国能够吸收先进的思想文化，它的思想文化就有了提高。秦国则不然，它专讲霸道，不重文化，所以它虽变法致强，而当时各国却称它为"虎狼之国"，屈原也是这样称它的。[②]因此我们说屈原的抗秦是拯救文化的斗争，也无不可。从屈原坚持变法，坚持联齐抗秦看，他是个有清醒的政治头脑的人，是毫无疑问的了。屈原要变法，必然遭受旧贵族的阻挠和破坏，因为变法将削减他们的权益。所以屈原做左徒时造为宪令，草稿尚未写定，上官大夫就想抢走，没有达到目的，就在楚怀王面前说屈原的坏话。楚怀王听信上官大夫这般人，于是疏远了屈原，不让屈原继续做左徒，而给他一个闲散的差事——三闾大夫，叫他去管教楚国公族屈、昭、景三氏的子弟去了。屈原变法的意图就失败了。屈原要联齐抗秦，也必然遭受到旧贵族的破坏和反对。因为旧贵族们惯于以私害公，又养尊处优，只需保住自己的既得利益，不愿冒着风险与秦国对抗。所以上官大夫、靳尚、楚怀王幼子子兰、楚怀王宠姬郑袖都要走亲秦投降的路线。楚怀王是个昏庸的国君，根本没有一定的外交政策，经过上官大夫等人的包围，他就依违于抗秦、亲秦两种主张之间。到了楚顷襄王时，子兰做了令尹，亲秦投降派的势力更大了，因而屈原抗秦的外交政策也失败了。在变法与反变法的斗争中，在抗秦与亲秦的斗争中，屈原都失败了，他先后被流放于汉北、江南。倘若他"变心从俗"，向对方妥协，是可以改变他的命运的，但是他坚决不这样做。在屈原的时代，一个有特长的人如果在本国失意，是可以到别国去找出路的。屈原虽是楚国世臣，但被放逐，也可以到别国去找出路，[3]而他非常热爱自己的祖国，坚决不肯这样做。既不能"变心从俗"，又不肯到别的国家去，他只好留在国内被放逐的地方，"负杖行吟，则百忧俱至；块然独坐，则哀愤两集"，他受到了长时间的折磨。忧愤郁结，何以排遣？于是发为诗歌。直到楚顷襄王二十一年（前 278 年），秦将白起率兵攻下郢都，烧了楚国王陵，取了洞庭五渚江南，楚国君臣逃到陈城（今河南淮阳）去，他认为楚国没有前途了，于是投汨罗江自杀了。"謇吾法夫前修兮，非世俗之所服；虽不周于今之人兮，愿依彭咸之遗则。"（《离骚》）他是这样说的，也是这样做的。可谓"守死善道"的人了。屈原要变法，限制贵族特权，减轻人民负担，自系人民的愿望；屈原要抗秦，根据古籍记载，更符合人民的要求。在这里，我们可以举出三点根据：第一，"怀王卒于秦，秦归其丧于楚，楚人皆怜之，如悲亲戚"（《史记·楚世家》）。第二，白起攻下郢都，不乘势灭楚，反而退兵，这是因为"白起所击溃的是楚国的正规军队"，而当时到处蜂起的民间武力却与白起为难。[4]《史记·六国年表》说楚顷襄王二十三年，“秦所拔我江旁反秦”，《楚世家》说这一年“襄王乃收东地兵得十余万，复西取秦所拔我江旁十五邑以为郡，距秦”。可见白起攻下郢都两年之后，楚顷襄王就利用人民反秦的力量，收集残兵，收复了一些失地。第三，楚“为秦所灭，百姓哀之，为之语曰：‘楚虽三户，亡秦必楚。’”(《风俗通义·皇霸篇》)从这三点根据看，屈原要抗秦，虽为旧贵族、亲秦投降派所反对，却是符合人民的要求的。屈原在白起攻下郢都之后，就认为楚国没有前途了，这是因为他只把希望寄托在国王、统治阶级的身上，没有认识到人民的力量。这是他的时代的和阶级的局限。但我们对古代作家及其作品，不能要求其超越这种局限，而应当汲取其好的东西，有益于今的东西，例如屈原有清醒的政治头脑，并能“守死善道”，决不向腐朽势力妥协，不是我们应该引以为鉴的吗？

二、屈原的作品，是紧密结合他的身世、具有强烈的艺术感染力、既有继承又有创新的作品。

屈原的作品紧密地结合着他的一生和他的时代、环境，这一点在《离骚》和《九章》里的屈作⑤中是显而易见的。现在只摘录其中的一些句子来看看：

已矣哉！国无人莫我知兮，又何怀乎故都？既莫足与为美政兮，吾将从彭咸之所居。——《离骚》

所谓“美政”显系指变法而言。后人所作的《惜往日》云：“惜往日之曾信兮，受命诏以昭时。奉先功以照下兮，明法度之嫌疑。国富强而法立兮，属贞臣而日娭。”正可为“美政”的注脚。

惟夫党人之偷乐兮，路幽昧以险隘。岂余身之惮殃兮，恐皇舆之败绩。

民生各有所乐兮，余独好修以为常。虽体解吾犹未变兮，岂余心之可惩！——《离骚》

这正是屈原热爱祖国、坚决斗争、"守死善道"的说明。

> 受命不迁，生南国兮。深固难徙，更壹志兮。
>
> ——《九章·桔颂》

这表面是赞美桔树，实际是以桔自比，说自己虽被放逐，而决不背离祖国。

《九歌》是经过屈原更定的楚人的祭歌，从表面看，好像与屈原的身世无关，细读强探，就会感到其中透露一种不可掩抑的更定者的情绪。例如《东君》：

> 青云衣兮白霓裳，举长矢兮射天狼。操余弧兮反沦降，援北斗兮酌桂浆。

俞平伯先生解释说：

> 穿着云霞的衣裳，举起天上的弓箭，射倒那变幻的天狼星，然后功成身退，拿北斗的勺子大喝其酒；这何等的痛快淋漓，兴高采烈。
>
> 他说，"举长矢兮射天狼"，表明东方的太阳星用天上的弓箭来讨伐魔鬼。魔鬼很多，什么不好说，定要用这天狼。原来古代天文地理学者说天狼星属东井，正照秦地，代表秦国的呵。[6]

由此可见，屈原的抗秦是坚决的，他渴望着抗秦的胜利。明人陈第自言读屈作，最喜《九歌》，因为《九歌》"虚以寓实"，"词藻之妙，操觚摘采者既模拟而莫之及"。当于此等处见之。

屈原的作品既是紧密地结合着他的身世的，则其中自必洋溢着作者的真实的情感，对读者自必具有强烈的艺术魅力。王逸《离骚经序》中说："《离骚》之文依《诗》取兴，引类譬谕。故善鸟香草以配忠贞，恶禽臭物以比谗佞，灵修美人以媲于君，宓妃佚女以譬贤臣，虬龙鸾凤以托君子，飘风云霓以为小人。其词温而雅，其义皎而朗。凡百君子莫不慕其清高，嘉其文采，哀其不遇而愍其志焉。”王逸的话正道出屈作有所继承和它的强烈的艺术感染力。

关于屈原作品的继承和创新，袁梅同志的这本书颇有所论列。我在这里只就三个方面提出一些看法：1. 创作冲动。这里所谓创作冲动，指诗之所由作而言。卫宏《毛诗序》说：“情动于中而形于言。”可见写诗必先有真挚的情感。而人之情感，必“感于物而动”（朱熹《诗集传序》），可见写诗必是“感物吟志”，出于自然。古代民歌，“饥者歌其食，劳者歌其事”（宣十五年《公羊解诂》），都出于自然。屈原继承了这个传统，其诗紧密地结合身世，所以言之真切，富有感人魅力。2. 创作方法。古代民歌多用比兴，比兴基本是形象语言。写诗不一定用形象语言，但感人之深者，形象语言为多，所以诗家多重比兴。用比兴，可使形象显明，可使诗情蕴藉，耐人寻味，且能显示作者“感物吟志”，不得已而写诗，并非无真情实感而硬要写诗。屈原吸收了民歌用比兴这一特点，而且他的诗是浪漫主义的诗，要虚构，要写很多超现实的事物，他用比兴比较他以前的诗歌有所发展，使读者感到突出。唐人诗宗风骚，也多用比兴。胡应麟特别欣赏《湘夫人》“沅有芷兮澧有兰，思公子兮未敢言。恍忽兮远望，观流水兮潺湲”。他说：“唐人绝句千万，不能出此范围，亦不能人此阃域。”（语见《诗薮》）这几句就是用比兴手法写的，“兴发于此，义归于彼”。所以使读者感到很有意味。3. 诗的体裁。在上古，文学作品就有两种：其一是诗歌，如《诗经》；其二是散文，如《书经》。这两种文学作品，虽被区分成两种文体，但未尝不可以相互通流，相互渗透。例如《诗经》是诗歌，而“参差荇菜，左右流之。”（《周南·关雎》）“已焉哉！天实为之，谓之何哉！”（邶风·北门》）“期我乎桑中，要我乎上宫，送我乎淇之上矣！”（《鄘风·桑中》）“仲可怀也，父母之言亦可畏也！”（《郑风·将仲子》）……用了一些散文句法。出于战国时期的《老子》、《庄子》是诸子散文中的名作，而《老子》八十一章颇有诗歌的韵味，《庄子》亦每用韵语，如：“子独不见狸狌乎？卑身而伏，以候敖者（读堵）；东西跳梁，不避高下（读虎）；中于机辟，死于网罟……”（《逍遥游》）“无入而藏，无出而阳，柴立其中央。”（《达生》）“巧者劳而知者忧，无能者无所求，饱食而敖游，汎若不系之舟。”（《列御寇》）这种诗文相互通流、渗透的情况，发展到战国末期，被屈原继承并加以扩充，就形成了他的不朽的糅合诗文句法的浪漫主义诗篇。我们可以说这种诗篇是散文诗，在中国文学史上，散文诗是由屈原开创的。历代诗论家，常称屈原的这种诗为“骚”，因他的代表作《离骚》抒写作者忧愤的情感，“如怨如慕，如泣如诉”，洋洋洒洒，“忽起忽伏，忽断忽续”（王邦采《离骚汇订·自序》语），独具一种风格。屈原的“骚”，对后世很有影响，就体裁而言，它不独是古代诗歌的扩展，而且是宋玉以后的“赋”的前驱。《汉书》称之为“赋”是有道理的。后人如胡应麟、刘师培等，只知赋是要铺张的，而不知“骚”也有铺张[⑦]。铺张不铺张，要从比较中看：“赋”之铺张固过于“骚”，“骚”之铺张亦过于“诗三百”。从发展上看，诗、骚、赋三者是一脉相通的。所以刘勰著《文心雕龙》，其《辨骚》一篇，专论屈作，而《明诗》、《诠赋》两篇亦涉及屈作。《辨骚》中的话：“固知楚辞者体宪于三代，而风杂于战国，乃《雅》《颂》之博徒而词赋之英杰也。”[⑧]说得多么切当啊！

严羽论学诗，说：“学其上仅得其中，学其中斯为下矣。”又说：“工夫须从上做下，不可从下做上。先须熟读《楚辞》，朝夕讽咏，以为之本……”[⑨]元稹说杜甫的诗“上薄《风》《骚》”[⑩]，杜甫亦自言：“窃攀屈宋宜方驾。”[⑪]可见学诗，就要读屈作，细加揣摩。我看，我上面所提屈原及其作品的特点，是值得借鉴的。

袁梅同志的书，为初学屈原作品的人提供了很好的读物，对屈原研究者来说，也是值得参考的。严复译西文，提出三个标准：信、达、雅。我看，译文只要做到信、达就可以了。苏轼说：“词至于能达，则文不可胜用矣。”这话说得很好。词至于达，则“文理自然，姿态横生”（见《答谢民师书》）。不求“雅”而实已“雅”了。袁梅同志的译文，在“信”字上很下工夫，做得也较好；在“达”字上似犹有未尽，希望能够做进一步的探索、琢磨。

注

① 苏秦曾对楚王说：“今王之大臣父兄……厚赋敛诸百姓，使王见疾

于民。”见《楚策》。白起也曾说楚王“不恤其政”，“谄谀用事，良臣斥疏，百姓心离”。见《中山策》。

② 见《史记·屈原列传》。

③ 宣元年《公羊传疏》：“古者放臣，任其所去。”《癸巳类稿·书鲁语后》：“世臣非被逐不得弃宗庙外游。”

④ 参考郭沫若《屈原考》，载《蒲剑集》。

⑤ 我认为《九章》里的作品，不尽是屈原所作。如《惜往日》云：“临沅湘之玄渊兮，遂自忍而沉流。卒没身而绝名兮，惜壅君之不昭。”显系后人口吻。

⑥ 见俞作《屈原作品选述》，载1953年6月15日《文汇报》，作家出版社编辑部编的《楚辞研究论文集》收入。

⑦ 胡应麟《诗薮》说：“骚与赋体裁不同，骚以含蓄深婉为尚，赋以夸张宏钜为工。”刘师培《论文杂记》说：“循名责实，惟记事析理之文可赐赋名，自战国之时，楚骚有作，词咸比兴，亦冒赋名，而赋体始淆。”

⑧ 博徒多取，故以言铺张。

⑨ 见《沧浪诗话·诗辩》。

⑩ 见元稹《唐检校工部员外郎杜君墓系铭序》。

⑪ 见《戏为六绝句》之五。

引　论

一、《楚辞》的产生与发展过程

在我国古代诗歌发展史上，最初升起的灿烂明星，是第一部乐歌总集——《诗经》；踵继《诗经》而升起的又一颗明星，便是以屈原作品为代表的《楚辞》。它打破了诗坛上《诗经》以后两三个世纪的沉寂而大放壮采。它不仅照耀着《楚辞》时代的诗歌发展道路，而且历两千余载仍不稍减其光辉。

（一）《楚辞》的名称

《楚辞》，是战国时期以屈原作品为代表的、具有楚语和楚音特征的、富于地方色彩和楚地民歌传统的一种新兴文学样式。又因其中的代表作是屈原的《离骚》，所以也称“骚体”。（按：宋人陈振孙《直斋书录解题》引黄伯思《翼骚序》云：“屈原诸骚皆书楚语、作楚声、纪楚地、名楚物，故可谓之《楚辞》。若些、只、羌、谇、蹇、纷、侘傺者，楚语也；悲壮顿挫或韵或否者，楚声也；沅、湘、江、澧、修门、夏首者，楚地也；兰、茝、荃、荪、蕙、若、芷、蘅者，楚物也。”黄氏说出了《楚辞》的一些特点，可供参考。）

西汉末季，刘向将屈原、宋玉等人的作品编辑成书（并附加他仿作的一篇《九叹》），以《楚辞》名之，自此，《楚辞》又成了这部诗歌集的专名。沿至东汉，王逸给《楚辞》作注，辑成《楚辞章句》一书（并增入自作《九思》一篇）。

《楚辞》之名，最早见于《史记·张汤传》和以后的《汉书·朱买臣传》，二者俱载朱买臣以能论《春秋》和《楚辞》而见宠于汉武帝；《汉书·地理志》曾称述枚乘、淮南王刘安、严助、朱买臣之属传习《楚辞》;《汉书·王褒传》也言及汉宣帝召九江被公诵读《楚辞》之事,将《楚辞》与六艺群书等量齐观。此外,《楚歌》之名,在《史记·项羽本纪》《史记·留侯世家》《汉书·韩延寿传》中都有记载。

《楚辞》的出现,是我国古代诗歌创作的一次大解放、大创新、大进步。它植根于楚地民歌,又高超于楚地民歌。不仅在思想性、艺术性方面由初级阶段发展到高级阶段;而且还有一个显著标志:由原来的无主名、集体口头创作进到有主名、有个性的作家艺术创作。两千二百年前,戴上桂冠而特立于我国古代诗坛的、有主名的诗人便是屈原。

我们现在研究《楚辞》,主要对象是屈原的作品,因为他是《楚辞》这种文人诗歌的创始者和代表者,只有他的作品真正体现了《楚辞》的思想性和艺术特色。

(二)《楚辞》的先河——《二南》、有韵铭文、楚地民歌

《诗经》有"十三国风",又有《二南》(《周南》《召南》)。虽然通常是将《二南》并入《国风》,习称"十五国风",但是"二南"毕竟是一种独特的乐歌。"十三国风",基本是黄河流域的乐歌;《二南》,基本是楚地的乐歌。除《周南·汉广》《召南·江有汜》以汉水、大江名篇可确认为楚歌外,其他许多作品的风格也跟这两篇相近,而与"十三国风"有异。况且,"南音""南风""南乐"之称,早已见诸《左传》成公九年、襄公十八年及《礼记·文王世子》的记载。《二南》,实即《南风》《楚风》《楚歌》之异称。它是汝、汉、沱、江一带(春秋以后楚国国土)的地方乐歌。"周""召"各为地区之名,"南"是诗体乐调之谓。《二南》大约产生在周平王东迁(即公元前八世纪)以后,当时,楚地在经济繁荣、物产丰富的条件下,文化艺术也非常发达,特别是在乐、舞、诗歌方面,芳华竞发。在《诗经》四体中,《二南》的创作年代较晚,但是后来者居上,其中有很多进步而新颖的佳构。它也同"十三国风"一样,是在地方民间口头歌谣的基础上逐步发展提高,又经过乐官、文学之士整理加工,录而传习的。尽管经过加工润色之后,它的地方

色彩已不像《楚辞》那样浓重，但它还是保留着一些“楚语、楚声、楚地、楚物”的痕迹的。如明言“江”、“汉”、“汝”、“沱”等楚水之名；又如《周南·葛覃》《螽斯》《麟之趾》《野有死麕》，《召南·摽有梅》等乐歌中运用的语词“兮”，《周南·汉广》中运用的语词“思”，都是楚语楚声；又有“雎鸠”“黄鸟”“螽”“草虫”“鲂鱼”“葛”“蘩”“荇菜”“卷耳”“梅”“唐棣”等楚物之名……由此可见，“二南”确实是“楚辞”的先河。

《楚辞》是在楚地乐歌《二南》的流风余韵中发展提高、日臻成熟的，它的人民性和现实主义、浪漫主义创作方法，是我国古代汉文学史长河中的一大波峰。它不但继承并发展了“二南”的优秀传统；而且祖述并发扬了“十三国风”的优秀传统。它既是战国时期南、北文学艺术传统的合流融会，同时又有自己的发展道路和独特风格。

除《二南》收录的“楚地乐歌”而外，楚地民间歌谣有其悠久的渊源，据《吕氏春秋·音初篇》载：“禹行功，见涂山之女。禹未之遇，而巡省南土。涂山氏之女乃令其妾候禹于涂山之阳。女乃作歌，歌曰：‘候人兮猗！’实始作为南音。……”人物传说的真实性暂置不论，我们不妨将这质朴的歌辞视为“南音”的滥觞。迄于春秋战国时期，整个中国出现了文化艺术繁荣兴旺、百花争艳的新局面，第一流的作家与作品，有许多产生在以江、汉流域为中心的楚地。仅就诗歌而言，至公元前四世纪屈原降生之时，在长江中下游广大南方地区，已有丰富而优秀的文化艺术遗产在汇集、发展着，它们继“二南”之踵武，成为“楚辞”的先驱。首先，在古代青铜器上，保留了一些有韵的、歌谣体的铭文，如公元前八世纪初的《楚公逆镈铭》：“夋和八㠩，□占纯公。逆其万年又寿，□保其身，孙子其永宝。”按：镈本为远古的锄田农具，呈瓦状，如凸，也像“南”字。二镈相合，铸为一体，便成乐器，称钟（亦称镈钟）。此“楚公逆镈”，当为乐器。据郭沫若先生考证，其文乃是韵语，“㠩公、阳东合韵。寿宝，幽部”。楚公之名，“孙诒让释为逆，谓即熊咢”（所引见《两周金文辞大系考释》）。稍后，有《说苑·至公篇》所载公元前七世纪中期的《子文歌》：“子文之族，犯国法程；廷理释之，子文不听。恤顾怨萌，方正公平。”又有

《左传·宣公十二年》所载的《楚箴》:“民生在勤,勤则不匮。”(按:此文无韵,恐有泐损。因古代箴文多有韵。)又有《史记·滑稽列传》所载《优孟歌》:“贪吏而可为而不可为;廉吏而可为而不可为。贪吏而不可为者,当时有汙名;而可为者,子孙以家成。廉吏而可为者,当时有清名;而不可为者,子孙困穷,披褐而卖薪。贪吏常苦富,廉吏常苦贫。独不见楚相孙叔敖,廉絜不受钱?……”又有《说苑·正谏篇》所载《楚人歌》:“薪乎,菜乎!无诸御己,迄于子乎!菜乎,薪乎!无诸御己,讫无人乎!”(按:这是赞美一位农夫以机智的语言来阻止封建庄园主做坏事的歌,它和《优孟歌》大约都作于公元前600年左右。)沿至公元前六世纪——前五世纪,逐渐产生了新的歌辞,如《新序·节士》所载《徐人歌》、《说苑·善说》所载《越人歌》、《左传·哀公十三年》所载《庚癸歌》、《论语·微子》所载《接舆歌》、《孟子·离娄》所载《孺子歌》,等等。这些歌辞,考其创作年代,约在公元前七世纪至公元前四世纪之间。其中流传较广、影响较大的,如《越人歌》:“今夕何夕兮,搴舟中流?今日何日兮,得与王子同舟?蒙羞被好兮,不訾诟耻。心几烦而不绝兮,知得王子。山有木兮,木有枝,心悦君兮,君不知!”这是一首语言优美含蓄、富有音乐美的抒情诗。又如《接舆歌》:“凤兮,凤兮!何德之衰!往者不可谏;来者犹可追。已而,已而!今之从政者殆而!”再如《孺子歌》:“沧浪之水清兮,可以濯我缨。沧浪之水浊兮,可以濯我足。”至于《招魂》中提及的《涉江》《采菱》《阳荷(阿)》,《大招》中所说的《劳商》,也都是楚曲之名。以上所举不同类型的歌谣,大半是春秋末至战国初,长江流域的民间口头创作。同时,在楚国南部的沅、湘一带,以及楚国的西部、北部,也如雨后春笋般地涌现了大量的民间乐歌。纵然它们还未达到《楚辞》那样圆满成熟的地步,但是,它们的句式灵活多样,参差错落;也有韵律美;恰当地运用双关语以及“兮”“思”“猗”等语气词;有的则洋溢着抒情气氛。这些民间乐歌,已较前代大大进步和解放了,它们不愧为“楚辞”的前导。

（三）从民间祭神舞曲到《九歌》

楚民族是一个新兴的民族，自春秋以降，其国土日渐扩大，幅员辽阔，物产富饶，农业、手工业、商业兴盛发达，国家日益富强。经济的飞跃，促进了文化的繁荣。楚地之俗，“信鬼而好祠，其祠必作歌乐鼓舞，以乐诸神”（王逸《九歌章句序》）。楚人不但在祭祀时载歌载舞，而且在日常生活中也十分喜爱乐舞诗歌。即以祭神歌舞曲而言，在各地民间都有单纯朴素的祭歌和神话传说，也有乐神的舞蹈。又在这些乐舞的基础上，发展创造为有导演、有情节、有人物性格、有主题、有服装道具的祭神乐舞。特别是由诗人屈原加工再创作的《九歌》的出现，更开辟了舞曲乐歌的新纪元。王国维《宋元戏曲史》云：“《楚辞》之‘灵’，殆以巫而兼尸之用者也。”“盖群巫之中必有象神之衣服形貌动作者，而视为神之所凭依。”“是则‘灵’之为职，或偃蹇以象神，或婆娑以乐神，盖后世戏剧之萌芽，已有存焉者矣。”闻一多先生曾将《九歌》改写为歌舞剧。上述情形，均能说明《九歌》的某些艺术特色。它有戏剧性的悲欢离合的情节；有典型人物的典型性格；有环境描写、心理描写与外貌刻画；有人物的语言行动；有不同人物的不同服饰；有中心思想。语言或清新婉丽，或典雅庄严；句式长短交错；音韵和谐优美；感情真挚热烈；想象力十分丰富和大胆。它是由楚地民间乐歌蜕变为《楚辞》的权舆。

（四）先秦诸子散文的影响

我国历史上的春秋战国时代，是社会急剧变化、文化空前繁荣的时代。由于生产力的蓬勃发展和生产关系的巨大变动，带来了与新兴的封建制度相适应的文化艺术大跃进，形成了诸子蜂起、百家争鸣的生动局面。继《诗经》之后，出现了具有强烈思想倾向和鲜明个性的诸子散文；以及有叙有议、反映历史事件与社会现实的史传散文。丰富多彩、争奇斗艳的诸子散文与史传散文，在我国古代汉文学史上，承上启下，继往开来，对以屈原作品为代表的“楚辞”的产生和发展，也有积极而重大的影响。

春秋时期，诸侯公卿为着发展经济和政治斗争的需要，已初开养士之风；洎乎战国时期（尤其是后期），各国统治阶级的代表者养士风气益盛。作为知识分子阶层的“士”，各有不同的才学专长和学术思想，也有各自的立场、观点。有的游说于诸侯之间，在政治和外交上为统治者奔走效命，可以“朝为布衣，夕为卿相”；有的则广收门徒，讲学论道，著书立说，也同样受到统治阶级代表人物的优遇推崇。于是，“士”便成为社会上非常活跃的一个阶层。特别是那些学术之士，代表着不同阶级、阶层和社会集团的利益，从不同的立场、观点出发，思想解放，畅所欲言，自由辩论，百家争鸣，形成了许多学派，推动了学术文化思想的交流与发展。

齐威王、齐宣王时期，齐国的稷下学宫成了文化活动中心，也是人才荟萃的综合性的学术研究集团。“稷下之学”并非单一的学术派别，它对各种流派是兼容并存的，有来自各国的文人学士，他们之间切磋琢磨、质疑问难、互相辩诘、彼此影响，由分散到集中，形成了以道家宋钘、尹文派和田骈、慎到派为主流的稷下黄老学派。此外，又有名家、阴阳家等等。还有那位与孟子并称的荀子，也曾游学于稷下，接触了诸家学说，批判地吸收各派的思想观点，尤其是采取了稷下黄老之长，改造了儒学，提出了有别于儒家正统的新兴理论，自成一家。他自号大儒，对诸子学说，多有褒贬，尤力斥诸儒。

稷下的学者们以及天下诸子，为了在学术思想方面驳倒对立的论敌而独树一帜，于是竞相著书立说，自言其是，见仁见智，各有千秋。他们多采取语言通俗、自由抒发、放言议论、生动活泼的散文形式。这种新颖而富有创造性的文字表达方式，也反映了当时打破了奴隶制时代“学在官府”的垄断局面之后，“私学”发展，解除传统思想和旧艺术形式束缚的新气象。这一历史时期，产生了很多有价值的专著。各家各派又有不同的风格，或行文简朴，叙事生动，说理精到（如《论语》）；或简洁含蓄，犀利幽默，明朗流畅，长于用比喻说理（如《孟子》）；或以“寓言”“重言”“卮言”见长，通俗亲切，汪洋纵恣，富于浪漫主义色彩和讽刺意味（如《庄子》）；或就题发挥，长篇大论，结构严密，层次井然，论断精确，说理透辟（如《荀子》）；或文字质直朴素，有口语化特点，

有严密的逻辑性(如《墨子》);或以寓言证明议论,是非分明,切合事理,词锋锐利,文笔峻峭(如《韩非子》);或着语省俭,以精炼有韵之词阐发事物正反隐显之理(如《老子》)……先秦诸子,许多人不仅是思想家,而且是文章家。他们由于阶级出身、个人经历、文化教养、立场观点、学术思想等方面的不同,所以形成了彼此互异、各具特色的文风。不过,诸子之文在反映社会现实和阐明哲理时,却比较一致地注重运用接近当时口语的散文语言,并吸收了很多虚词入文,丰富了词汇,增强了语言的表现力,革新了古代书面语言,这对当时和以后文学语言的发展、成熟起着巨大的推动作用。

与荀子同时代的屈原,曾屡奉楚王之命出使齐国。他不仅作为一个政治家,熟悉各国——尤其是齐国的经济、政治、军事、外交方面的情势;而且作为一个诗人和学者,也会关心和热衷于各国——尤其是齐国"稷下学宫"的学术文化活动,并受其启发与影响。屈原出身楚国贵族,受过正规教育,继承了楚国固有的文化传统,对其独特的风习、宗教、艺术、语言等都是熟知的;同时,又受到"百家争鸣"的时代风尚的感染,以及诸子散文在学术思想、艺术风格和语言特色方面的启迪。屈原的作品,句法灵活自由,比较接近口语,虚词繁多,常用比喻,将当代散文语言提炼为诗的语言。他有批判、有选择地吸收了中原文化的精华和民间文学的营养;在创作方法上,继承并发展了现实主义与浪漫主义的传统精神。于是,南方文化与中原文化融合交糅,诗人创作与专家著述相互作用,使屈原进一步获得了新的表现手段,使诗歌创作臻于空前高超的艺术境界,他遂以中华民族第一个伟大的有主名的诗人出现于古代东方的诗坛。他所创作的《楚辞》和先秦散文是并峙的两座奇峰。

总之,从《二南》、民间歌谣到《九歌》的过程,可以体认出《楚辞》发展的轨迹。由质直单纯的口头集体创作,到思想内容日益深广、艺术技巧日臻圆熟的、有鲜明个性的作家个人的艺术创作。在《楚辞》的发展过程中,不仅继承了南方文化——主要是"二南"等楚地民歌的优秀传统;而且也接受了北方文化——主要是"十三国风"等中原民歌和诸子散文的积极影响,古今融会,南北交流，加之屈原的卓越才能与不懈努力，终于在以前民间口头文学的基础上，创造出划时代的崭新的文体——《楚辞》。

二、屈原——《楚辞》的创始者和代表者

（一）屈原所处的时代

在我国历史上，春秋时代（公元前770年至公元前476年），是由奴隶制向封建制过渡、转化的时代；战国时代（公元前475年至公元前221年），是封建社会从奴隶社会的母体中诞生的时代。新兴的地主阶级利用劳动人民的力量，同奴隶主阶级反复较量的结果，取代奴隶主阶级而登上历史舞台。各国的地主阶级先后建立了自己的政权，跨入了封建社会。

在这个大变革的时代，大国争霸和兼并战争异常激烈，由殷周以来的几百个诸侯归并为春秋时期的十二个诸侯；强大的国家吞灭弱小的国家，至战国初期，只剩了七个强国，形成了七雄并峙的局面。这七国是：秦、齐、楚、燕、韩、赵、魏。其时，作为大奴隶主代表的周王室，已失去“天下共主”的地位，原来的周“天子”，实际上已沦为附庸小国之君，苟延残喘，周王室的统治已经解体。而七国的统治阶级，都想在全中国建立一个统一的封建阶级政权，因而它们之间产生了尖锐矛盾和激烈斗争。统一中国，这不单是新兴的封建阶级的要求，同时也是人民的要求（尽管阶级利益和出发点不同），又是历史发展的要求。七国之间的斗争，就是阶级要求与历史要求的反映。

七国的新兴地主阶级在取得政权之后，都曾实行过不同内容和程度的社会改革，不断破除旧的奴隶制度，建立和发展新的封建制度。可是它们的发展是不平衡的，在对内对外政策和兼并战争中的顺逆成败上也各不相同。韩、赵、魏虽曾强大一时，但后来由于秦国在军事方面的打击和它们变法运动的不彻底，终于由盛变衰。七雄中最强大的只余秦、楚、齐三国。

西方的秦国，自孝公始，重用商鞅，实行变法。其变法的主要内容是：严明法纪，加强国君的统治地位；废除旧的世卿世禄

制度，奖励军功；废除旧的奴隶主土地所有制，承认土地私有和买卖权利；实行重农抑商，调动个体农民生产积极性，发展农业生产；建立君主专制的政治制度，设县制，编乡、里、什伍组织，实行连坐法；颁行统一的度量衡器。由于变法的成效，使秦国大大富强起来。

南方的楚国，至悼王时，任用由魏入楚的吴起为令尹（相当于相），实行社会改革。吴起变法的主要内容是：凡封君子孙已传三代以上的，收回爵禄；削减官俸，节约开支，用以抚养将士；疏远的公族，一律削除公族籍；多余的官职和无能之官，一概裁免；强令旧贵族迁移到人口稀少的地区，变相地收回其原有的土地；禁止奴隶主贵族互相勾结，干预国家政令。施行的结果，使楚国的力量迅速加强。但一年多之后，悼王死去，奴隶主贵族杀害了吴起，楚国的社会改革也就被阻断。至怀王时期，楚国的社会矛盾日益加深，政权被腐朽的贵族集团所操纵。朝政纷乱，国力渐衰。

东方的齐国，威王时期，任邹忌为相，集权中央，厉行法治，监督官吏，赏罚严明，大力发展生产，擅渔盐之利，经济繁荣，国力强大。并且任用军事家孙膑，整军经武，加强军事实力。同时，齐威王及齐宣王又在国都的稷门外设立一所规模很大的学堂，称为“稷下之学”。延揽各地的学者名流，集中在学堂里讲学著书；并招收学生上千人，也是为封建阶级培养士大夫的处所。但由于齐、燕间旷日持久（35 年）的交战，大大削弱了两国的实力。

由于秦国的社会改革成效显著，实力雄厚，又地处“河山四塞”的西北高原，进可以攻，退可以守，它依恃其优于别国的实力，连年攻伐各国。其他六国只有采取苏秦的合纵策略，联合起来，才能抵抗并战胜秦国，尤其是大国齐、楚的联合更为重要。秦国针对当时的态势，采取了张仪的连横策略，努力要同六国中的某一国结成联盟，攻击其他各国。六国之间则矛盾重重，政策多变，又易受秦国的挑拨离间、威胁利诱，合纵的联盟极不巩固。

六国之中，楚、齐两国最强，如果内政修明，对外坚持合纵策略，足能压倒秦国。特别是楚国，更有优越条件，不仅有击败秦国的可能，也有统一中国的可能。秦、楚两国在七雄中是最重要的，围绕“合纵”“连横”展开的斗争，也是以秦、楚的矛盾最尖锐，“横则秦帝，纵则楚王”（刘向《战国策·书录》），斗争的焦点和两国的重要地位是很明确的。但是，楚国统治集团内部分裂，楚王昏庸无能，骄奢淫逸，忠奸不分，善恶颠倒，旧贵族势力专权，对外政策摇摆不定，与齐国忽离忽合，失去强援，以致在政治上、军事上累遭挫败，在公元前278年（顷襄王二十一年）被秦军攻陷郢都。终于在公元前223年被秦所灭。

屈原主要生活在楚怀王、楚顷襄王时期，也就是楚国由强盛到衰败的时期。

（二）屈原的生平和思想

屈原，名平（约公元前340年—公元前278年），战国中期楚国人。他是我国文学史上首先出现的伟大爱国诗人。屈原是《楚辞》的创始者和代表者，他的崛起，为我国古代诗歌创作开辟了新的道路。他的一生就是悲壮的史诗；他的诗也概括了自己的一生和时代矛盾。

屈原是楚国的贵族，楚王的同姓。他在《离骚》中自述身世，曾说是“帝高阳氏之苗裔”。高阳，本是古帝颛顼兴起的地名，后以为氏。相传高阳氏有一支子孙，其中一个名叫季连的，开始姓芈（mǐ米）。到周文王时，季连的后裔名叫鬻熊，他的曾孙熊绎，受封于楚，居丹阳（今湖北省秭归县境），楚人即其后代。又沿至春秋初期，楚武王熊通之子熊瑕，食采于屈地，其子孙遂以屈为氏。秭归本是古夔国，“夔”与“归”音近，转音为“归”，夔国即归国，就在秭归县。

屈原在青少年时受过较正规的教育，知识渊博，明白古今治乱兴衰的道理，熟悉各国情形，又善于辞令，从二十五岁就受到楚怀王的信任，做过左徒之官（仅次于令尹），当时，他负责草拟国家法令，参与朝政，处理内政、外交事务。他揆度国内外情势，顺应历史发展规律，很想做一番大事业，辅助楚王“治国”、“平天下”（统一中国）。内政方面：他以颛顼、尧、舜、禹、汤为楷模，主张大公无私，选贤任能，修明法度，限制和取消贵族的传统特权，改善政治措施，富国强兵；外交方面：他主张合纵策略，联齐抗秦，进而争取统一中国。

屈原的政治理想，是符合历史发展规律的，是进步的，而且是有可能实现的。但是，一种新事物、新思潮的出现，总是要遭到旧事物、旧思潮的抵抗、阻挠和破坏的。在屈原生活的时代，楚国（以及各诸侯国）旧贵族势力总要反对和抵制社会改革、反对进步的，他们为了私利，甚至不惜出卖祖国，屈膝事敌。因此，以屈原为代表的进步力量与旧贵族势力之间的斗争是十分激烈的。屈原的政治主张，受到楚国统治集团中“亲秦派”的反对和破坏，如令尹子椒、上官大夫、靳尚（按：据蒋骥考证，上官大夫与靳尚实为二人）、怀王的宠姬郑袖等，互相勾结，朋比为奸，向楚王进谗谀之言，蒙蔽昏君，破坏楚王对屈原的信任，千方百计地打击、陷害屈原。如怀王让屈原制订宪令时，上官大夫嫉妒屈原的才能，抢夺草稿，屈原坚决不给，于是上官大夫就向怀王进谗言，说屈原好大喜功，常夸口“除了我没有别人能做这些事”。怀王受了蒙蔽，非常生气，疏远了屈原，并黜免了他的左徒之官，降为三闾大夫。另外，这些旧贵族势力畏惧强秦的威胁，又受了张仪的贿赂拉拢，在怀王面前极力诋毁屈原联齐抗秦的合纵策略。两派围绕着亲秦、抗秦问题展开了斗争。楚怀王目光短浅、虚荣贪婪、刚愎自用，信谗易怒，在一班佞臣和张仪的包围壅蔽下，采取了绝齐事秦的妥协投降路线，失去齐国的强大外援，自陷于孤立被动境地。

张仪本来诈称：“如果楚国真能绝齐，秦国愿奉献商於之地六百里。”并说：“这样做，北方削弱了齐国，西面与秦国友好结盟，接受商於之地而扩大楚国版图，一计而三利俱至。”怀王贪欲无度，惑于张仪之诈骗，轻举妄动，不但立即决定断绝与齐国的联盟，并且“置相玺于张仪”，对其重用不疑。但是，等到楚国派使节到秦国受地时，张仪却称病不出，达三月之久。楚怀王以为张仪嫌他“绝齐尚薄”，就派遣勇士宋遗前去侮辱齐王，齐王大怒，决定绝楚而合于秦。齐、秦交合之后，张仪这才露面，对前去受地的楚将军说：“您为何不去接受土地？从某处至某处，广袤六里。”楚将军归报怀王，怀王大怒，兴师伐秦，秦国也发兵迎战，大破楚师于丹阳，斩首八万，俘虏了楚将屈匄。于是秦就占取了汉中之地。接着，怀王又调动全部兵力，深入攻秦，战于蓝田。魏国也乘机袭楚，齐国则“怒不救楚”，楚军大败而归。怀王痛恨张仪，在张仪又到楚国时扣留了他，准备杀他。张仪以重币贿赂了奸臣靳尚，并以诡辩之词说动了郑袖，怀王听信了郑袖的话，又将张仪放走。怀王在政治、军事、外交上失败之后，有些悔悟，便派遣已被疏黜的屈原出使齐国，以改善楚、齐间的关系。

屈原回到楚国以后，劝谏怀王说：“为何不杀张仪?”怀王悔悟了，派人追杀张仪，但已迟误了时机，赶不上了。接着，秦昭王又与楚约为婚姻，要和怀王会晤，实际是订的诡计。屈原劝他不要去那虎狼之国，怀王不听，反而放逐屈原。据《史记·屈原传》记载：“虽放流，眷顾楚国，系心怀王，不忘欲反。”这是第一次被放逐。当时怀王的幼子子兰却担心得罪秦王，怂恿怀王前往。怀王一进武关，便被秦国伏兵劫持到咸阳，要挟割地。怀王不从，逃到赵国；赵国不收留，他又返回秦国。度过三年软禁生活，最后客死于秦。

在怀王留秦期间，其长子熊横继位，是为顷襄王。他任用幼弟子兰为令尹。他当政四年后，召回屈原。顷襄王不念国耻父仇，做了秦国的女婿，对秦唯命是从，不加反抗。楚国旧势力的代表子兰，只顾私利而屈膝媚敌，极力推行绝齐亲秦政策。这班佞臣壅蔽昏庸之君，上下一气，不顾国家安危，倒行逆施，政治更加腐败。子兰对屈原素有怨怼，政见不相容，此时子兰掌握了国政大权，为所欲为，屈原所受的迫害更加严重。曾被疏放的屈原，蒿目时艰，“眷顾楚国”，希望楚王能幡然悔悟，改弦易辙，对内实行美政；对外联齐抗秦，统一中国。在屈原政治上失意，情志怫郁之际，他曾将自己“存君兴国”的赤诚通过诗篇向楚王反复陈诉，向社会大声呼吁。楚王始终不觉悟，已使屈原无限失望；而屈原的政敌子兰等人更变本加厉地对他进行诬陷、打击，子兰指使上官大夫到顷襄王面前进谗言，顷襄王受了蒙蔽，一怒而将屈原放逐到江南荒远之地。这是第二次被放逐。屈原的政治生涯由此告终，在江南孤独漂泊了九年。他系心祖国的命运，关怀人民的疾苦，痛恨弄权误国、奸诈谗谄的党人、群小，感念一己的悲惨遭际，忧愤交集，悃悰难申。他的政敌打击得愈阴狠，他对旧势力的抗争愈坚强，虽九死而不悔。他的忧愁幽思，耿耿忠心，坚持真理而永不妥协的精神，都通过所创作的辞赋表现出来。

屈原在江南长期过着凄苦的放逐流亡生活，“行吟泽畔”，茕茕无依。在极度苦闷中，他曾想远走高飞，但一看到祖国的危殆和人民的苦难，便又瞻顾徘徊，不忍离开祖国和人民。终于又镇定下来，留在自己热爱的故国。在那战国时期，“楚材晋用”、“朝秦暮楚”，当时的政治家、哲学家、文人，往往祖国观念淡薄，只顾个人的功利或学说上的比量。韩国的韩非子可以入秦，赵国的荀子可以仕楚。可是，爱国诗人屈原，却始终不为威屈，不为利诱，不为贫移，与祖国骨肉难分，存亡与共。他热爱祖国、热爱人民、坚持真理、永不变节的精神，在当时的知识分子中真是难能可贵的。

纵然以楚国腐败贵族势力为中心的投降派对秦国俯首听命，但秦国统治者并不容他们苟延残喘，在顷襄王二十一年（公元前 278 年）春二月，秦将白起率大军攻下郢都，纵兵烧毁了楚国的王陵。楚军大溃，顷襄王仓皇逃窜到陈城（今河南省淮阳县境）。屈原当时也曾随着东迁的人群一起流亡，目睹国家前途已濒绝望，深感国破家亡的悲痛。面对着祖国的艰危和自身的祸殃，形成了他思想感情上固结不解的矛盾。在此期间，他创作了许多悲壮的诗篇。

战国时期，历史的发展是趋向统一。屈原本来是希望由楚国来完成这统一大业的，但是被那些卖国、祸国的投降派、倒退派葬送了祖国的前途，使楚国陷于绝境。以屈原为中坚的抗秦派、进步派，与以子兰等为代表的投降派、倒退派的矛盾，是时代的矛盾，是历史发展中新、旧势力的矛盾。在新、旧势力的斗争中，屈原在政治上失败了，他的美好的理想破灭了。他不忍心看到祖国的覆亡和人民的灾难，不愿身受亡国之辱。为了祖国和人民，为了真理和正义，为了理想、意志和人格的尊严，伟大的爱国诗人屈原，在公元前 278 年的夏历五月五日，自沉于汨罗江，结束了自己悲壮的一生。他的死，是“殉国”，是“殉志”，是“死谏”，是对人民的呼唤，是对恶势力的抗争，这就是两千年以前的屈原所能选择的。屈原为国家和人民而死，人民也永远热爱和纪念他，据梁代吴均所著《继齐谐记》云：“屈大夫屈原遭谗不用，是日（农历五月五日）投汨罗江死，楚人哀之，乃以舟楫拯救。端阳竞渡，乃遗俗也。”湖北省秭归县城东北方向约三十公里处为屈原故里，有“屈原庙”。湖北省汨罗市汨罗江边的玉笥山上有“屈子祠”和“屈子墓”。

诚然，屈原是一位失败的政治家；相反的，他却是真正成功的诗人。

当然，同其他历史人物一样，也受到时代和阶级的局限。他虽具有“民本”思想，同情和关心人民，但是他没有充分认识人民群众的伟大力量，没有加入人民斗争的行列，只把希望集中寄托到国君身上，孤军奋战，屡遭失败，终于绝望而自殒。他的死，又是“孤注”。是否能达到“以死悟君”的目的呢？这在沉渊之际的屈原也是茫然的。此外，他的孤傲自恃、超群独立、追求美名的思想，也是消极的一面。再者，他仰慕古代的尧、舜、禹、汤等“圣王”，希望楚王能效法他们，这是不能实现的幻想。以上所述，就是两千年前的屈原所达到的高度和所受的局限。我们应以历史唯物主义的观点去认识屈原、评价屈原。

三、屈原作品的思想内容与艺术特色

屈原，是两千年前我国第一个伟大的爱国诗人。他为我国文学宝库乃至世界文学宝库创造了大量的辉煌诗篇，为古代诗歌发展史创立了坚实的基础和优良的传统。今天，要全面而正确地理解和总结他的社会实践、创作实践和作品的思想性、艺术性，固非易事。但是，我们应该以科学态度与方法去分析研究这些问题，争取获得基本合理的认识。

（一）屈原有哪些作品

关于屈原作品的真伪问题，古今学者，颇多歧见，聚讼纷纭，难成定论。

《史记·屈原列传》称述屈原作品有《离骚》《天问》《招魂》《哀郢》《怀沙》等；又，《汉书·艺文志》著录屈原作品二十五篇；再，王逸《楚辞章句》和朱熹《楚辞集注》则同载《离骚》、《九歌》（十一篇）、《天问》、《九章》（九篇）、《远游》、《卜居》、《渔父》，凡二十五篇。至于王本和朱本所载各篇是否与刘向、刘歆、班固所说的内容相符？今本的二十五篇是否均为屈原之作？它的编排次第与写作年代关系如何？这些都是值得探讨的问题。

对于上述问题，在作出公认的精确论断之前，我们姑且参照《史记》及王逸《章句》著录的篇目，兼采郭沫若先生之说。关于某些作品的真伪问题，只好暂持存疑态度。

（二）屈原作品的思想内容

"文如其人"，诚然，屈原的作品也就是他自己，他那宏伟瑰丽的诗篇正是一位爱国志士的伟大人格和高洁志行的集中表现。他的政治斗争实践和艺术创作活动是统一的，又是相反相成的。他的政治生涯几经浮沉，屡遭困顿，最终陷于绝境；而他的艺术生命却大放壮采，永恒不息。我们应将二者结合起来分析研究，体认作品的人民性和现实主义精神。现在分别简述如下：

（1）热爱祖国、关心人民、眷恋故土

屈原，作为坚强的政治斗士和伟大的爱国诗人，以他热烈而饱满的感情、纯洁而美好的心灵不断地歌吟着。他以现实主义的创作方法谱写了大量的富有人民性的优秀诗篇，唱出了他对祖国的忠诚和热爱、对人民的关心和同情、对故土的深情和眷恋。

他的创作活动是和政治斗争、生活实践互相交织的，他一生都在为振兴楚国并进而为统一天下而奋斗。他的真挚而强烈的爱国感情，远大而进步的政治理想，永远为真理而战斗的坚毅精神，都付诸伟大而切实的行动；同时，这些思想与行动的精神实质，又都渗透溶化到他的作品的字里行间，成为作品的灵魂与生命，使之具有鲜明而深刻的人民性和现实主义精神。我们且以《离骚》为主线，结合其他作品，体会一下屈原思想感情的变化过程和所达到的崇高境界。

我们的爱国诗人和自己的祖国血肉相连、休戚与共，祖国的治乱兴衰，直接关联着每个楚国人——包括屈原的命运，他之所以热爱楚国，首先由于他是楚国人。进一步说，他又具有顺应历史发展趋势的“大一统”的思想，而且他认为应当由楚国来统一中国。要实现这远大理想，就必须先使楚国富强起来；要达到“治国”“平天下”的目的，在当时历史条件下，自然要寄希望于国家的政治代表——楚王；至于辅助楚王、共图大业的贞臣，那就非己莫属了。他是楚王的同姓贵族，与楚王朝有宗法关系；怀王曾经对他有高度信任，委以左徒之要职；他也十分相信自己的卓越才能，立定宏愿大志，并为之奋斗不懈。

《离骚》这篇代表作，开头就从他的世系、出身叙起，强调自己纯美的禀赋和宏伟的怀抱，他自少壮之年就珍惜时间，积极地修身进德，以天下为己任；居官在朝时，直言劝导楚王发愤图强，任用贤才，振兴楚国；自己表示愿做开路先锋：

纷吾既有此内美兮，又重之以修能。
扈江离与辟芷兮，纫秋兰以为佩。

汩余若将不及兮，恐年岁之不吾与。
朝搴阰之木兰兮，夕揽洲之宿莽。

日月忽其不淹兮，春与秋其代序。
惟草木之零落兮，恐美人之迟暮。

不抚壮而弃秽兮，何不改乎此度？
乘骐骥以驰骋兮，来吾道夫先路！

（《离骚》）

他又以形象的比喻，叙说往古之三王如何广揽贤才，共襄国事，这是希望当今的楚君能效法德行纯粹的三王，荟萃众芳于一堂：

昔三后之纯粹兮，固众芳之所在。
杂申椒与菌桂兮，岂维纫夫蕙茝？

（《离骚》）

并且，以古帝尧、舜为典范，以暴君桀、纣为鉴戒，对比地说明治乱成败之理，而寄厚望于楚君。借古喻今，语重心长：

彼尧舜之耿介兮，既遵道而得路。
何桀纣之猖披兮，夫唯捷径以窘步！

（《离骚》）

他目击执政的旧贵族势力蒙蔽与左右楚王，败坏朝纲；他们朋比为奸，苟且偷安，燕雀处堂，荒淫享乐，出卖民族利益，屈膝事敌，把国家引入幽暗险隘的绝路。在这民族矛盾日益尖锐、强秦变本加厉地进行欺诈侵凌的情势下，屈原对国家命运、黑暗现实的深忧孤愤，以及不畏艰险危难、自我牺牲的精神，表现得更加真挚而强烈。他忧虑的不是一己之祸殃，而是宗国覆亡命运的凶兆已现。他对误国的党人怀着深切的痛恨；对时局、国运又有燃眉之焦虑与惶恐：

惟夫党人之偷乐兮，路幽昧以险隘。
岂余身之惮殃兮，恐皇舆之败绩。

（《离骚》）

屈原作品所反映的爱国思想多与忠君意识互相交叉、难以分割。《史记·屈原列传》云："眷顾楚国，系心怀王，不忘欲反，冀幸君之一悟，俗之一改也。其存君兴国而欲反复之，一篇之中三致志焉。"司马迁去屈原之时代未远，他不仅比今天的我们更易了解屈原，而且也更易了解屈原所处的时代。所以，他将"存君"与"兴国"的关系看得相当清楚。究其实际，屈原的"忠君"确乎出于"爱国"，为了国家民族利益，他希望"俗之一改"，但又以"君之一悟"为首要之事。封建社会时期，"忠君"与"爱国"似乎是不可分的两个概念。屈原将楚王视为楚国的政治代表，"君"就是"政权"和"国家"的象征，所以，他以为忠于楚王，也就是忠于以楚王为代表的祖国。屈原的联齐抗秦的爱国策略、改革政治的主张，需要在取得楚王信任、支持的前提下，才有实现的可能；而楚王的昏聩、惑乱、专横、倒行逆施，又会直接影响国家的命运。质言之，君王的贤愚和国家的兴衰有着因果关系。于是，作为政治家和忠臣的屈原，时时寄希望于当国的楚王，屡进忠谏，激浊扬清，竭尽才力效命君王，甚至多次无辜横遭斥逐，仍对楚王忠贞不贰。他的“忠”，不是为了个人的权位利禄，也不是为了报答楚君的“知遇之恩”，乃是为了国家和人民的利益，他要通过君王来实现热爱祖国和人民的愿望。

他的忠君爱国思想，在作品中有充分的反映，甚至指天誓日地表白心迹，说明自己的一切忠直的言行都是为了君王的缘故：

指九天以为正兮，夫惟灵修之故也。

（《离骚》）

所非忠而言之兮，指苍天以为正。

思君其莫我忠兮，忽忘身之贱贫。

（《惜诵》）

他明知正道直行，力斥时弊，忠言讽谏会招致小人嫉恨而构祸，但为了君国，不惜作出自我牺牲，表现得真诚而执着：

余固知謇謇之为患兮，忍而不能舍也。

（《离骚》）

正由于他是为了爱国，而不是为了一己之荣利而忠君，所以，才能不避危难、不惮牺牲生命、不计得失，敢于撄党人群小之仇怒，敢于犯君王之淫威，忍辱负重，坚持斗争，义无反顾：

屈心而抑志兮，忍尤而攘诟；
伏清白以死直兮，固前圣之所厚。

（《离骚》）

吾谊先君而后身兮，羌众人之所仇也；
专惟君而无他兮，又众兆之所雠也。
壹心而不豫兮，羌不可保也；
疾亲君而无他分，有招祸之道也。

（《惜诵》）

但是，他的忠君，迥非竞进贪婪的奴才所表现的“愚忠”；而是一个正直而清醒的爱国志士的“孤忠”。他的忠君，是以“直”为原则的。所谓“直”，即“直道”，即代表当时国家和人民利益的政治理想与原则。因此，在许多问题上反映出他和楚王的矛盾与斗争，这也就是爱国与误国（以致卖国）的原则之争。在他身为左徒，与楚王同心谋国时，由于朝内众多奸佞谗言惑君，楚君听信谗巧之言，轻于好恶，反复无常，疏远了屈原，已开始暴露了君臣之间的矛盾；屈原在作品中表达了他对楚王的怨恨与责难：

忽奔走以先后兮，及前王之踵武。
荃不察余之中情兮，反信谗而斎怒。……

初既与余成言兮，后悔遁而有他。
余既不难夫离别兮，伤灵修之数化。……

怨灵修之浩荡兮，终不察夫民心。
众女嫉余之蛾眉兮，谣诼谓余以善淫。

（《离骚》）

数惟荪之多怒兮，伤余心之忧忧。……
历兹情以陈辞兮，荪详聋而不闻。……

初吾所陈之耿著兮，岂至今其庸亡？
何独乐斯之謇謇兮？愿荪美之可光。

（《抽思》）

君含怒而待臣兮，不清澂其然否。……
弗参验以考实兮，远迁臣而弗思。

（《惜往日》）

屈原在政治生涯中，始而受楚怀王信任，不久便被群小谗害，怀王信谗而疏远了他；接着是遭罪罚，黜放汉北之地；顷襄王时期，又进一步迫害他，将他放逐到江南。在长期流亡生活中，他更加认清了楚国这两代之君的昏庸无道，目光短浅，不辨忠奸，错勘贤愚；尤其在抗秦派、亲秦派之间，怀王立足不定，依违两可；顷襄王则更加昏暗不明，宠信佞臣子兰等人，觍颜媚敌，实行投降政策。屈原痛恨君王听谗误国，顽固不化，所以，在作品中暴露了尖锐的矛盾与斗争，也表现了深切的怨愤与痛苦：

阽余身而危死兮，览余初其犹未悔。
不量凿而正枘兮，固前修以菹醢。

曾歔欷余郁邑兮，哀朕时之不当。
揽茹蕙以掩涕兮，霑余襟之浪浪。

（《离骚》）

何贞臣之无辜兮，被离谤而见尤。……
卒没身而绝名兮，恐壅君之不昭。
君无度而弗察兮，使芳草为薮幽。
焉舒情而抽信兮，恬死亡而不聊。
独障壅而蔽隐兮，使贞臣而无由。……

（《惜往日》）

忠何罪以遇罚兮，亦非余之所志也。……

（《惜诵》）

屈原在忠君爱国方面的原则精神，不仅与当时壅蔽君王、败坏朝政、祸国殃民的党人有本质区别，而且也曾遭到后世遵奉封建道德传统的儒者们的非难，他们说屈原“责数怀王”“暴显君过”是“不合经义”的，是“露才扬己，忿怼沉江”，等等。这也对比地说明了屈原决非“愚忠”。

但是，屈原毕竟是封建社会初期的一个贵族，他的立场观点必然受到阶级和时代的局限，因此，他将希望寄托在昏乱的楚王身上，甚至在屡遭打击迫害的情况下，仍念念不忘楚王。最后，他的希望化为绝望，使自己深陷抑郁愁苦之中。尽管他长期过着逐臣迁客的流亡生活，境况十分悲惨凄凉，也接触到苦难中的人民，也曾体会到人民的爱国精神，但是，他却没有真正看到人民的力量，没有认清谁是历史的创造者，没有认清爱国运动是“群众自己的运动”。因而，屈原就未将振兴楚国的希望寄托于人民大众，自己在斗争中自然是势单力孤，难以取得胜利的。这说明他受了阶级与时代的局限。楚王斥逐了他，他却始终不放弃对楚王的幻想。

屈原对祖国的热爱，又和对人民的同情、关怀相一致。他受了春秋战国时期的“民本”思潮的影响，对“民”的重要性有一定的认识。不过在他的作品中，“民”也就是“人”的意思，它包括“贵族”“庶民”“劳动人民”等内容；换句话说，是泛称楚国人（包括屈原自己）；当然，其中以劳动人民占大多数。同时，屈原是一个没落的贵族，在楚国的社会地位已很平常（他在作品中也自称“贱贫”），因此，比较容易接受人民思想的影响，比较倾向于人民。他的政治理想和进步主张，都直接、间接地反映了人民的愿望与要求，是符合人民利益的。他为民请命，又为请命而获罪：

长太息以掩涕兮，哀民生之多艰。
余虽好修姱以鞿羁兮，謇朝谇而夕替。

（《离骚》）

他劝导楚王励精图治，讲求“义”和“善”，实行德政，是为了减轻人民的痛苦和灾难：

皇天无私阿兮，览民德焉错辅。
夫唯圣哲之茂行兮，苟得用此下土。

瞻前而顾后兮，相观民之计极。
夫孰非义而可用兮，孰非善而可服？

（《离骚》）

屈原对人民的感情是随着他的不幸遭遇而逐步加深的。他先被黜放汉北，后被斥逐江南，萍踪浪迹，漂泊四方，前后历十数年之久，饱经忧患，受尽人间悲凉。他被放逐之后，离楚王的宫廷远了；却离人民近了。他自己也成了一个被压迫者、流浪者，在颠沛流离的岁月中，痛切地感受到人民的疾苦，因而更加同情人民、关怀人民。他在作品中真实地描述了人民流离失所、仓皇逃亡的苦难：

皇天之不纯命兮，何百姓之震愆？
民离散而相失兮，方仲春而东迁。

（《哀郢》）

除了这些直接的描述以外，屈原的作品处处渗透着爱祖国、爱人民的思想感情；同时，他的作品也处处反映了陷于水深火热中的人民的要求：

愿摇起而横奔兮，览民尤以自镇。
结微情以陈词兮，矫以遗夫美人。

（《抽思》）

屈原还在作品中表达了对人民英雄的沉痛哀悼，也热情歌颂了他们为国捐躯、英勇无畏的气概，反映了广大人民的同仇敌忾。作品以爱国感情对人民英雄的礼赞是为了唤醒国魂，这是广大楚国人民共有的思想感情：

带长剑兮挟秦弓，首身离兮心不惩。
诚既勇兮又以武，终刚强兮不可凌。
身既死兮神以灵，魂魄毅兮为鬼雄。

（《国殇》）

屈原的爱国思想还表现为对祖国河山破碎、国土沦丧的痛惜与愤慨，对乡土和故都的怀思与眷恋。在民族矛盾日益尖锐、己身遭际更加不幸时，这种感情就表现得尤其突出而鲜明，这的确是爱国诗人的至情。在作品中，有时用诘问式的反语来抒发深沉的情怀：

已矣哉！国无人莫吾知兮，又何怀乎故都？

（《离骚》）

诗人失望而愤懑地说："……我又为何对故都深深怀恋？"实际上，他的内心在说："……我对故都又怎能不深深怀恋呢？"对故都的深情也就是对祖国的深情。

在他被无罪遇罚、放于汉北之时，曾写过几篇述志咏怀的作品，其中也表达了对故都、乡土和宗国的怀念深情：

有鸟自南兮，来集汉北。……
道卓远而日忘兮，愿自申而不得。
望北山而流涕兮，临流水而太息。
望孟夏之短夜兮，何晦明之若岁。
惟郢路之辽远兮，魂一夕而九逝。……

愁叹苦神，灵遥思兮。
路远处幽，又无行媒兮。
道思作颂，聊以自救兮。
忧心不遂，斯言谁告兮。

（《抽思》）

到了顷襄王时期，屈原在政治上受到更严重的打击，被放逐到江南。这一时期，楚国国力日衰，秦军屡挫楚师，拔城略地，以至攻陷郢都，人民离散，骨肉相失。屈原在流放中，一面深切怀念故都，一面深味着国破家亡之痛。他回忆往昔，曾怀着楚痛凄伤的心情出离国门，踏上茫茫征途而远适异乡。梦魂时时想飞回郢都，离故国愈远，思乡之情愈切。他哀惜辽阔富饶的故乡被敌人践踏，悲悼大江两岸的淳美遗风将一去不返。又感念己身被壅君流放江南，已历九年而不能重归故地，满怀怨愤，欲诉无言。他永远系念着乡国，永远希望着返回郢都，返回朝廷，为国效力：

去故都而就远兮，遵江夏以流亡。
出国门而轸怀兮，甲之鼂吾以行。……
心绖结而不解兮，思蹇产而不释。……
哀州土之平乐兮，悲江介之遗风。……
曾不知夏之为丘兮，孰两东门之可芜！……
惟郢路之辽远兮，江与夏之不可涉。
忽若去不信兮，至今九年而不复。……
曼余目以流观兮，冀壹反之何时。
鸟飞反故乡兮，狐死必首丘。
信非吾罪而弃逐兮，何日夜而忘之！

（《哀郢》）

屈原爱祖国、爱人民的思想，还表现在穷愁潦倒之中是否去国的问题上。他作为一个忠直而优秀的政治家，本应得到楚王的信任和重用，大展宏图，实现美好的政治理想；可是，却“信而见疑”，“忠而被谤”，横遭谗人诬陷，被昏君斥逐，长期流落蛮荒辽远之地。一个胸怀大志精诚报国的政治家，却被腐朽的旧贵族集团排斥于朝廷之外，推出了政治舞台，进退不由，报国无路。面对着楚国黑暗衰败的现状，瞻望着变化难卜的未来，选择什么道路，奔向什么目标，是去是留，这些问题冷酷无情地横在诗人的面前。

在春秋时期就有“楚材晋用”之故实；迄于战国时期，策士们游说求荣之风大盛，“朝秦暮楚”更是司空见惯之事。跟屈原同时代的许多有才能的知识分子，国家观念往往很淡薄，常采取“合则留，不合则去”的态度，如果在本国得不到重用，不能满足个人愿望，就投奔别的国家谋求出路，以图事业的发展，或攫取爵禄荣华。这是当时的社会风气。屈原在本国受尽昏君谗臣的摧折压迫，国士末路，壮志难酬，是有抑郁不平之气的。像他这样的旷世奇才，并非不能弃离故土，远适异国以求宠荣发达的。可是，他却徘徊瞻顾，心中矛盾重重，反复地痛苦地作着思想斗争，其焦点就是去和留的问题。他在思想上的矛盾和斗争，他的“上下求索”的意志，从冠绝古今的杰构——《离骚》中充分地反映了出来。

《离骚》的后半部分，曾围绕“去留”问题，层层深入、步步逼紧地描述了幻想中的女媭、灵氛、巫咸的不同的劝告之词；同时，也记叙了诗人如何作思想斗争，如何跟他们辩说剖白。对这些过程的描写，是虚拟的、想象的；但又是诗人心理活动的实录。按其文义，有以下几个层次：

女媭出于对诗人的关怀、爱护，举出鲧因刚直而遭难的事例，告诫他不要一意忠直行事，而要明哲保身。她说：

鲧婞直以亡身兮，终然殀乎羽之野。
汝何博謇而好修兮，纷独有此姱节？……

众不可户说兮，孰云察余之中情？
世并举而好朋兮，夫何茕独而不予听！

（《离骚》）

诗人又写自己对女媭的话不以为然，就到古帝虞舜那里陈辞，缕述古代治乱兴亡之事，强调“义”和“善”的原则，自以为掌握了正道而表示坚持初志，至死不悔：

阽余身而危死兮，览余初其犹未悔。
不量凿而正枘兮，固前修以菹醢。

（《离骚》）

他拒绝了女媭的意见。

接着，他以坚定的信念与迫切的心情，幻想着上天下地去追求志同道合的人物，争取实现自己的理想。结果天门不开，拒而不纳。他失望地慨叹：天上和人间同样混浊，各处都找不到理想的人：

路曼曼其修远兮，吾将上下而求索。……
吾令帝阍开关兮，倚阊阖而望予。……

世溷浊而不分兮，好蔽美而嫉妒。……
忽反顾以流涕兮，哀高丘之无女。……
闺中既已邃远兮，哲王又不悟。
怀朕情而不发兮，余焉能忍与此终古！

（《离骚》）

诗人面对着这“美女”难求、“哲王”不悟的现状，是难以实现宏伟抱负的。他又一次地失望了，心中又充满了矛盾和疑问，于是，就向灵氛问卜，以决行止。灵氛劝告他莫再留恋故园，要去国远游，觅求那与己志契合的人，以成功业。灵氛并进一步说明楚国社会现实的黑暗、混乱，借以消除诗人对楚国君臣的一线希望，坚定其去国求合之志：

两美其必合兮，孰信修而慕之？……

思九州之博大兮，岂惟是其有女？
曰：勉远逝而无狐疑兮，孰求美而释女？
何所独无芳草兮，尔何怀乎故宇？
世幽昧以昡曜兮，孰云察余之善恶？

（《离骚》）

灵氛的话是有一定的现实基础的，在当时社会环境中是有一定的诱惑力的，实际上也是许多策士说客飞黄腾达的必由之路。但是，屈原的至诚的爱国热情和这种诱惑之间发生了抵触，犹豫狐疑，举棋不定；于是，他又向神话传说中的巫咸求教。巫咸劝他上下寻求和自己政治观点一致的人，并举出许多古人的例证，说明只要品质美好，即使没有媒介也会被起用，贤明之君是能从卑贱者中识别人才，委以重任的。巫咸最后又提醒诗人：趁年华未老，要珍惜时机，积极争取明君的赏识倚重：

勉升降以上下兮，未榘矱之所同。
汤禹严而求合兮，挚咎繇而能调。……

苟中情其好修兮，又何必用夫行媒？……

及年岁之未晏兮，时亦犹其未央。

（《离骚》）

听了巫咸的话之后，诗人觉得这只是一些不切实际的大道理。而现实社会则是纷纭变化，黑白颠倒，小人嫉贤害能，结党营私。如果留在这恶劣环境中，并无实现理想的希望。况且流年逝水，时不待人，必须作出抉择，及时努力。于是，诗人便转而倾向于灵氛的意见，决心向着理想的境界远走高飞：

何离心之可同兮，吾将远逝以自疏。……

（《离骚》）

他刹那之间精神解放了，神志飞扬，乘龙御凤，云旗逶迤，鸾铃和鸣，周流于上下，浮游于六合。朝发天津，夕止西极，途经边地流沙，循行赤水之滨，取道不周之山，直指最终的归宿——西海。值此飘然神游之际，又有"九歌""韶舞"以娱耳目，使人心旷神怡，一时解脱了平生的苦痛。他乘着八龙之车，翱翔于光辉灿烂的天宇，并且还要继续向上飞腾。可是就在此时，无意中向下界一瞥，忽然看见了可爱的故乡。这父母之邦的壮丽山河，这大地上的骨肉同胞，都和自己有深厚的感情，密不可分。于是，诗人悲从中来，心痛如绞，眷顾乡关，驻足不行。他顿时决定留下来，这是思想感情的突变。他深切地意识到自己是不能离开祖国的。纵然在这里受苦受难，流亡颠连，也绝不忍心，绝不舍得离开血肉相连的祖国和人民。此时此刻，他已从美妙神奇、虚幻缥缈的天界跌落到痛苦的、无情的现实中来了，矛盾发展到高潮，悲哀袭击着心灵。仆夫也凄怆欲绝，神驹也怀伤踟蹰。诗人就是这样怀着赤子之心重新投入祖国的怀抱：

陟升皇之赫戏兮，忽临睨夫旧乡。
仆夫悲余马怀兮，蜷局顾而不行。

（《离骚》）

欲高飞而远集兮，君罔谓汝何之？
欲横奔而失路兮，坚志而不忍。

（《惜诵》）

他所以不离开楚国，是由于不忍为。他对祖国有无限深情，对民族命运有强烈的责任感，他始终希望能够实现自己的政治理想。但在当时的险恶环境中，又能有何作为？在极度痛苦和失望中，诗人便决定自殉，去追随先贤彭咸的遗则了：

已矣哉！国无人莫吾知兮，又何怀乎故都？

既莫足与为美政兮，吾将从彭咸之所居。

（《离骚》）

屈原的爱国思想，不仅表现在他的战斗的一生中的社会实践、创作活动上；而且，也表现在他最终为祖国和人民而正直地、庄严地自殉。他既为直道而生，又为直道而死。这高尚的情操和凛然的正气，也是他的作品所集中表现的主题。他对待"死"的问题，态度是极其严肃的。他从年轻时就立下大志，要顶天立地、为国为民作中流砥柱，要作一番大事业；同时，他也随时准备为祖国、为正义而自觉地去死。他一直以古圣先贤为榜样，效法他们的"生直"和"死直"：

行彼伯夷，置以为像兮。

（《橘颂》）

望三五以为像兮，指彭咸以为仪。

（《抽思》）

凌大波而流风兮，托彭咸之所居。

（《悲回风》）

他是一位坚韧不拔、百折不挠的政治斗士，在毕生的战斗中，和国内政治上的宿敌、和国外的强敌周旋较量，从来不妥协。但是，由于国内、国外，主观、客观的种种不利因素，使他在与恶势力的斗争中归于最后的失败，他的美好理想，他的政治怀抱，都已无法实现，都化为泡影，幻灭了。为了对邪恶势力进行最后的抗争；为了对阴阳易位、黑白颠倒的社会现实进行批判和否定；为了维护正义、理想、意志的尊严，使伟大人格完美化，所以，他决心以死殉志，舍生取义，希望以自己的牺牲启发人们认识真理并为之奋斗不息；以自己的生命的火种点亮人们的心灵，点燃为真理和正义而斗争的烈火。他一生中长期考虑过"死"的问题，思想斗争有过多次反复，话也说得很不少，很委曲婉转，犹豫迟疑；但是，到了他认为"死不可让"之时，反倒心境平静、从容不迫，话也说得斩钉截铁、十分干脆了。他这种可贵的从容就义精神是以爱国思想、坚持正义的志节为基础的：

亦余心之所善兮，虽九死其犹未悔。……
宁溘死以流亡兮，余不忍为此态也。……
伏清白而死直兮，固前圣之所厚。……

（《离骚》）

知死不可让，愿勿爱兮。
明告君子，吾将以为类兮。

（《怀沙》）

他为祖国奋斗终生，在遭贬被逐以后，长期浪迹江湖，穷独地辗转于僻远蛮荒之野，并没有动摇他的斗争意志，他还是铁骨铮铮地挺立着，顽强地生活着，以诗歌为武器而战斗着。可是，在郢都沦入敌手，国事已不可为的态势下，他便毅然地要去死。因为，他已预见到楚国覆亡的命运已成定局，且已迫在眉睫。自己既不能立朝共图国事，又不能报国决死于疆场。于是，只有断然自裁，以殉国难。用悲壮的死来表达对祖国、对民族的赤胆忠心；表示对敌人的反抗与愤恨。这大义凛然的死，或许能激励民众，唤醒国魂；同时，或许能促使昏君猛醒，改弦更张，发愤图强。他想以死谏君，即所谓"尸谏"。如果楚君能像晋文公那样，由于忠臣的义死而幡然悔悟，那么，他自己的死是值得的。他一再慨叹"壅君之不昭"，这使他无限惋惜，饮恨终身；而在这怨怼之言的背面，岂不是真切地隐含着"冀幸君之一悟"的苦心吗？

既莫足与为美政兮，吾将从彭咸之所居。

（《离骚》）

临沅湘之玄渊兮，遂自忍而沉流。
卒没身而绝名兮，惜壅君之不昭。……
介子忠而立枯兮，文君寤而追求。……
不毕辞而赴渊兮，惜壅君之不识。

（《惜往日》）

再者，已届衰暮之年的屈原，不仅自身饱经磨难忧患，在政治斗争中受尽了无情的打击迫害，遭到致命的精神创伤；而且，对于楚国腐败政治加给人民的痛苦，对于强秦的侵凌给人民造成的家破人亡、流离失所的灾难，也是深为同情，并有切肤之痛的。这当然与他的不幸遭遇有关，但更主要的是他的伟大人格使然。面临国破家亡的大难时，他的忧伤愁苦更深切了，更使他不堪忍受了。他不愿看到旦夕即至的亡国大难，不能忍受敌国的凌辱；不忍目睹人民的血泪斑斑的苦情；不能再忍受党人群小横加于己的摧残。他愿清白而正直地死去；不愿屈辱地、苟且地活着：

宁溘死而流亡兮，恐祸殃之有再。

（《惜往日》）

宁溘死而流亡兮，不忍为此之常愁。……

孰能思而不隐兮，昭彭咸之所闻。

（《悲回风》）

总之，屈原是为了真理和正义、为了祖国和人民而死，自然的生命结束了，但其爱国爱民的伟大精神和艺术生命永不止息。

(2) 为美好的政治理想而斗争，至死不渝

屈原是一位有原则、有远见卓识的政治家，他毕生为着美好的政治理想而斗争不懈；而他的社会实践，又是艺术创作的源泉。他的诗篇集中概括了他的战斗的一生；他的一生又是一首壮美的、悲剧性的史诗。他的政治理想是什么呢？概言之，即《离骚》的“乱辞”中所说的“美政”。在他的作品中，一再称颂往古的尧、舜、禹、汤、文、武之治，主张推行德政；如从现实角度来说，屈原主张改革政治制度，取消旧贵族集团的特权，举贤授能，培育人才，建立和健全法制，富国强兵，合纵抗秦，统一天下。

他是衷心仰慕先王之道的，很可能由于他在这方面接受了北方文化，特别是儒家政治思想和伦理观念的影响，主张行德政，讲求仁义。他想以尧、舜、禹、汤、文、武那样的贤人政治，促使楚国富强，并进一步由楚国来统一天下。他在诗篇中颂美“三后”（夏禹、商汤、周文王）德行纯粹，至美至善，毫无瑕疵。一再劝导楚君效法古代圣王，广行德政，讲求“义”和“善”，大公无私，遵行正道，恭谨从政，爱护人民。反对残贼暴政，妄行不义；反对狂悖不羁，骄奢淫逸，恣肆游宴畋猎。他认为皇天公正无私，不偏不倚，观察谁有贤德就加以辅佑；只有那圣明睿智之王黾勉从事，才能享有天下。如果不义不善，就会失败。他在作品中列举了古史及传说中正反两方面的事例，说明这些道理：

彼尧舜之耿介兮，既遵道而得路；
何桀纣之猖披兮，夫唯捷径以窘步。……

启九辩与九歌兮，夏康娱以自纵。
不顾难以图后兮，五子用失乎家巷。

羿淫游以佚畋兮，又好射夫封狐；
固乱流其鲜终兮，浞又贪夫厥家。

浇身被服强圉兮，纵欲而不忍；
日康娱而自忘兮，厥首用夫颠陨，

夏桀之常违兮，乃遂焉而逢殃。
后辛之菹醢兮，殷宗用而不长。

（《离骚》）

屈原梦寐以求地希冀恢复古圣德政，只不过是一种不切实际的幻想。但是，他考虑问题的出发点是希望缓和地主阶级和农民阶级之间的矛盾，想使楚国维持比较和平的局面，这在客观上是符合人民利益的。同时，他要以“德政”对抗“暴政”，对抗穷兵黩武、力征经营，在当时也有一定的进步意义。

屈原虽然称不上一个法家，但他吸收了法家的一些精神；正如他虽不是一个儒家，却受到儒家的一些影响。他是主张“法治”、反对“心治”的。他希图以法治精神来革新楚国的政治。他要求建立和健全国家的法令制度，并切实执行，以改变法纪混乱废弛的现状，促进国家的富强康乐。这种施政方针，直接限制和取消旧贵族统治集团的特权，打击邪恶势力；而旧贵族集团则拼命维护其特权利益，反对变法。因此，产生了变法与反变法的冲突。屈原对当时旧贵族专权的黑暗混浊的政治是深恶痛绝并坚决斗争的。这是由贵族中分化出来的有原则、有理想的革新派和腐败落后的旧势力之间不可避免的斗争。在他的作品中，曾阐述“贞臣用则法度明，贞臣疏则法度废”，法度明则国治，法度废则国危的道理。他立志“与王图议国事”，要“明法审令”，使国家政治清明，臻于富强。他主张各方面都要有一定的准则，前圣行之有效的法度不能轻易更改废弃：

刓方以为圜兮，常度未替。
易初本迪兮，君子所鄙。
章画志墨兮，前图未改。

（《怀沙》）

惜往日之曾信兮，受命诏以昭时。
奉先功以照下兮，明法度之嫌疑。
国富强而法立兮，属贞臣而日娭。

（《惜往日》）

他又在作品中斥责了祸国殃民的党人权奸作伪取巧，徇私枉法，任意改变措施，反常妄行，违背规矩绳墨而追随邪曲之道，以昏乱的“心治”取代清明的“法治”：

固时俗之工巧兮，偭规矩而改错；
背绳墨以追曲兮，竞周容以为度。

（《离骚》）

乘骐骥而驰骋兮，无辔衔而自载；
乘氾泭以下流兮，无舟楫而自备；
背法度而心治兮，辟与此其无异。

（《惜往日》）

屈原的变法，在当时的楚国，应有几方面的条件：主张和执行变法的人有决策大权；朝野上下有广大同情者、合作者；国君积极支持。实际情况如何呢？屈原虽然曾任左徒之要职，但这职位究竟还不像令尹那样重要，还不是国策的真正决定者；而执掌政权、决定国策的令尹却是死力抵制变法的旧贵族代表人物，不仅他自己及其集团反对变法，而且蒙蔽与挟持楚君；怀王本是目光短浅、胸无定见、好大喜功、浮夸轻率的人，在谗人群奸包围下，更是信谗易怒、反复无常、拒谏饰非，非但不支持屈原变法的进步主张与行动，反而将贞臣视为寇仇，疏远、罢黜、流放了屈原。由此可见，当时的变法之举，是阻力重重，万分困难的。屈原披肝沥胆，一心为国，忍辱负重，坚持变法，遭到旧贵族政治集团和楚王的打击迫害，直言贾祸，沉冤莫白。诗人怀着满腔怨愤，责数“壅君”之过；并表示坚持自己的政见，决不改易信直之志：

初既与余成言兮，后悔遁而有他。
余既不难夫离别兮，伤灵修之数化。

（《离骚》）

昔君与我成言兮，曰黄昏以为期。
羌中道而回畔兮，反既有此他志。

（《抽思》）

亦余心之所善兮，虽九死其犹未悔。

（《离骚》）

苟余心其端直兮，虽僻远之何伤！

（《涉江》）

何灵魂之信直兮，人之心不与吾心同！
理弱而媒不通兮，尚不知吾之从容。

（《抽思》）

屈原的崇高伟大，不仅在于他具有主张法治的进步思想，而且更在于他对变法的坚持斗争精神。在战国时代，实行变法是顺应社会发展趋势、符合人民愿望的一种政治改革运动，是上层建筑领域中的一场斗争。其重要意义是将贵族专擅的政治特权废除，使生产关系在一定程度上有所改变，使生产力相应的得到发展，这样就能富国强兵。在外交方面、军事方面采取合纵抗秦的政策，逐步地实现统一中国的宏图。因此，屈原所主张的变法运动是进步的。他不仅是一位进步的、有远大抱负的政治家，而且是一位自觉的、坚定的、奋战不息的实干家，因此，他的斗争精神是可贵的。

屈原的政治理想的另一重要内容是“举贤授能”。在封建社会初期，代表旧贵族集团的腐朽势力和代表新兴地主阶级的革新派之间，围绕着“用人”的问题，发生了矛盾和斗争。前者要维护其传统的特权（世卿世禄），把持国家政权；后者则决心打破旧的法统，限制和取消旧贵族的政治、经济特权，举贤授能，改革政治。因此，在社会变革中，新、旧势力的矛盾和斗争是不可避免的。就楚国来说，距屈原近七十年前的吴起变法，也同样受到宗室贵戚的抵制破坏。屈原所经历的楚怀王和顷襄王时期，楚国的政权始终被旧贵族政治集团所垄断，以致民生凋敝，国势日衰。值此存亡绝续之秋，屈原怀着对国家民族的责任感，审时度势，鉴往知来，认为只有举贤授能，同心谋国，才能改革政治，修明法度；才能振兴楚国。

屈原既有政治家的远大抱负与科学头脑，又有诗人的情怀与敏感。他为着一个美好的政治理想而献身，屡遭疏放，在坎坷的经历中与各阶层有广泛的接触，也与劳动人民更加接近，深知民间疾苦与要求，这就坚定了他改革政治的愿望。而实现"美政"的中心内容之一就是"举贤授能"。他认识到新兴地主阶级巩固政权的需要；认识到广大人民希望那些贤能的布衣之士参与政事，以实现比较开明的政治；也认清了旧贵族集团的腐朽反动，他们朋比为奸，竞进贪婪，文恬武嬉，嫉贤妒能，败坏法纪，压榨人民；并且对敌国奴颜媚骨，出卖民族利益，以苟安一时。屈原面对着这种现实，要力挽狂澜，革故鼎新，就更意识到人才的重要。他主张"举贤授能"，由广大贤能之士形成新的社会力量，作为政治改革的主力。而在选拔任用人才时，又将目光集中到以市衣为卿相的贤者身上，主张识拔出身微贱的贤能之士到政府中来。他的这种人才学，是以历史经验为根据的。他的诗篇里，就举过许多先王从社会各阶层（主要是下层）中识别拔举人才的事例，从而表达仰慕服膺先王之诚。他曾称颂"三后"之世，人才荟萃；又称颂殷高宗武丁赏识筑墙者傅说而举用为相，周文王重用屠夫吕望为辅佐大臣，齐桓公举用贩夫宁戚为卿；还赞美秦穆公从俘虏中识拔百里奚为大夫，商汤从厨师中起用伊尹为相。这些先王都依靠贤臣的辅助，成就了大业：

> 汤禹俨而祗敬兮，周论道而莫差。
> 举贤才而授能兮，循绳墨而不颇。……
>
> 昔三后之纯粹兮，固众芳之所在。
> 杂申椒与菌桂兮，岂惟纫夫蕙茝？……
>
> 苟中情其好修兮，又何必用夫行媒？

说操筑于傅岩兮，武丁用而不疑。

吕望之鼓刀兮，遭周文而得举。
宁戚之讴歌兮，齐桓闻以该辅。

（《离骚》）

闻百里之为虏兮，伊尹烹于庖厨。……

（《惜往日》）

在为政与人才问题上，屈原以“修明政治”与“举贤授能”为主导思想，并且曾满怀希望与信心地大力培植人才，想借重这些新生的社会力量，共济大业。然而，由于党人的阻挠破坏、离间腐蚀，致使许多人蜕化变质，甚至转到敌对的一方。这使屈原非常失望和痛心。作品中所写的从“希望”到“失望”的思想变化过程，足以反映他对人才问题的重视：

余既滋兰之九畹兮，又树蕙之百亩。
畦留夷与揭车兮，杂杜衡与芳芷。

冀枝叶之峻茂兮，愿俟时乎吾将刈。
虽萎绝其亦何伤兮，哀众芳之芜秽。……

兰芷变而不芳兮，荃蕙化而为茅。

何昔日之芳草兮，今直为此萧艾也。
岂其有他故兮，莫好修之害也。

（《离骚》）

此外，作品中描写在神话般的幻境中上下四方浮游求女的情节，就是隐微而形象地表达“为国求贤”之赤心。可见诗人是如何殷切地期望由志同道合的贤才组成一支革新队伍，再有国君的信任支持，实现自己的美好理想：

览相观于四极兮，周流乎天余乃下。
望瑶台之偃蹇兮，见有娀之佚女。……

欲远集而无所止兮，聊浮游以逍遥。

及少康之未家兮，留有虞之二姚。……

和调度以自娱兮，聊浮游而求女。

及余饰之方壮兮，周流观乎上下。

（《离骚》）

屈原的这种“举贤授能”、广揽贤才的主张，实质是要打破世卿世禄的法统，取消旧贵族的爵禄特权，这就必然导致新旧势力的对抗。可是当时楚国一直是旧势力专政，因而屈原要实现爱国爱民的政治理想，就需要经历长期严酷的奋战。在斗争中，屈原遭到极为沉重的打击和痛苦。这种冷酷无情的现实，激起了诗人强烈的怨愤，促使他进一步觉醒，从统治集团中分化出来，更坚定地跟党人群小以至壅君进行斗争，并以不朽的诗篇为武器，愤怒地鞭挞腐朽邪恶势力。

战国时期，随着奴隶制度的崩溃和封建制度的建立，社会阶级关系发生了巨大变化。地主阶级成为统治阶级，但奴隶主贵族的残余势力在各国还不同程度地存在着。一种新的社会制度的诞生，必然要遭到旧势力的拼死抵抗，但当时的基本趋势是由地主阶级专政代替奴隶主贵族专政，地主阶级利用其上层建筑的力量，通过社会改革，不断为新的社会制度的发展扫清道路。吴起、商鞅先后分别地在楚、秦两国实行变法，都是这种性质。在吴起之后七十年左右的屈原，主张变法，改革政治，举贤授能，就是吴起变法的余波，主要是限制和废除旧贵族的政治、经济特权，顺应历史发展潮流，改变上层建筑（主要是政治、经济、法律），适应变化了的经济基础，促进生产力的发展，以求达到国家富强、统一天下的目的。由此可见，屈原是从贵族阶层中分化出来的开明派、进步派。当然，封建的政治、法律都是维护地主阶级利益、压榨人民的工具；那些所谓“贤能”之士，也都是为地主阶级统治政权效力的。但是，就那一历史时期的发展趋势而言，“法治”比“心治”要进步些，“举贤授能”比“世卿世禄”要进步些。屈原作品中反映了这一社会变革的意义，反映了在变革中新旧力量的斗争，也体现了现实主义精神。

(3) 追求真善美，反对假恶丑，揭露社会矛盾，坚持斗争，永

不妥协

在那“举世皆浊”“众人皆醉”的社会环境中，屈原表现了修身洁行、独立不倚、坚持斗争、永不妥协的精神。在他的作品中，热烈地歌颂和追求真善美，无情地揭露和批判假恶丑，反映了光明与黑暗、正义与邪恶、忠贞与奸佞之间的斗争，表现了一个真理的追求者和维护者的高尚品格。

屈原所处的时代，确实是“溷浊不清”“黑白颠倒”的，正如《卜居》中所说的那样：“蝉翼为重，千钧为轻；黄钟毁弃，瓦釜雷鸣；谗人高张，贤士无名。”环境如此恶劣，屈原却始终保持高洁的志节，从不同流合污。他很自信，认为自幼就禀赋优异，具有内在美质与清雅丰仪，要勉力自修，持身高洁；并且认为自己有匡时济世之才，立志要做一番大事业，要做楚王的引路人。他颂美江南的丹橘，以其“受命不迁”、固守本性、高尚纯洁、不从流俗的精神自许。他表示要将忠贞之志内蕴于心，将名利之欲拒斥于外，谨饬自守，始终不犯过失。他主张切实地自我修养，不为外务所干扰，颇类乎克己修身的“慎独”精神：

纷吾既有此内美兮，又重之以修能。……

民生各有所乐兮，余独好修以为常；
虽体解吾犹未变兮，岂余心之可惩？

（《离骚》）

受命不迁，生南国兮。
深固难徙，更壹志兮。……
独立不迁，岂不可喜兮？……
苏世独立，横而不流兮。
闭心自慎，终不失过兮。
秉德无私，参天地兮。

（《橘颂》）

善不由外来兮，名不可以虚作。

（《抽思》）

在作品中，又运用了生动形象的比兴手法，表现他对真善美的追求。如描写以清露、凝霜为饮料，以琼枝为菜肴，以玉屑、秋菊、江离、申椒等为干粮。借着对饮食芳洁之癖爱来反映自己品格的修美、嗜欲的超俗：

朝饮木兰之坠露兮，夕餐秋菊之落英。……

折琼枝以为羞兮，精琼靡以为粻。

（《离骚》）

捣木兰以矫蕙兮，糳申椒以为粮。

播江离与滋菊兮，愿春日以为糗芳。

（《惜诵》）

登昆仑兮食玉英。

（《涉江》）

吸湛露之浮浮兮，漱凝霜之雰雰。

（《悲回风》）

又写以江离、白芷、秋兰、薜荔、胡绳等芳草以及明珠、宝璐、琼枝等异珍为佩饰，以芰荷、芙蓉为衣裳。借着服饰之奇特珍贵来表现自己特立独行、不随世俗的志趣与情操：

扈江离与辟芷兮，纫秋兰以为佩。……

揽木根以结茝兮，贯薜荔之落蕊；

矫菌桂以纫蕙兮，索胡绳之纚纚。……

制芰荷以为衣兮，集芙蓉以为裳。……

折琼枝以继佩。

（《离骚》）

带长铗之陆离兮，冠切云之崔嵬。

被明月兮佩宝璐。

（《涉江》）

又铺叙由虬龙驾车，凤皇为扈从，御月车之神先行开道，风神在后相随；乘的是以琼瑶、象牙嵌饰的大车，又树立着迎风飘扬的云霓之旌旗。借着车驾服御之高贵华美来表现自己人格的完美、志行的高亢：

驷玉虬以乘鹥兮……

前望舒使先驱兮，后飞廉使奔属。
鸾皇为余先戒兮，雷师告余以未具。……

为余驾飞龙兮，杂瑶象以为车。……

驾八龙之蜿蜿兮，载云旗之委蛇。……

（《离骚》）

驾青虬兮骖白螭……

（《涉江》）

还描写匆忙地采撷香花、芳草，以表达自己自觉地、积极地勤勉修行，唯恐时不诗人；或表达自己生不逢辰，知音难觅：

汩余若将不及兮，恐年岁之不吾与。
朝搴阰之木兰兮，夕揽洲之宿莽。

（《离骚》）

揽大薄之芳茝兮，搴长洲之宿莽。
惜吾不及古人兮，吾谁与玩此芳草？

（《思美人》）

屈原在作品中反复叙写芳洁珍异之物，并不是单纯表示一种癖好，而是执着地表现了他高洁的志节、忠贞纯美的情操；借这些真善美的事物，透出了真善美的心灵，也反映了对理想的坚持与求索精神。

屈原的诗篇不仅表现了对真善美的追求，而且也表现了对假恶丑的批判与斗争。他毫不留情地揭露那混浊黑暗的社会，揭露那嫉贤妒能、蔽美称恶、枉法悖理、误国害民的党人群小，对他们那假恶丑的灵魂痛加挞楚。他们都争逐利禄而贪得无厌；各怀歹心，嫉妒成性；飞短流长，造谣诬陷；作伪取巧，以售其奸；且又凭其如簧巧舌壅蔽君王，对贞臣妄加罪罚。朝政日益昏乱，国势危如累卵；世风更形溷浊纷挐，阴阳易位，上下颠倒，芳泽杂糅，玉石交混。面对着这一切令人憎恨与痛心的现状，有着崇高理想和坚定信念的屈原表现了顽强的斗争性。他爱憎分明、疾恶如仇、坚守高风亮节、宁为玉碎不为瓦全、永不妥协、永不同流合污。在精神领域两种力量的搏战中，他虽屡受挫折，却从不放弃自己的信念，不愧为刚毅的斗士。他的诗句充分反映了这一斗争：

众皆竞进以贪婪兮，凭不餍乎求索。
羌内恕己以量人兮，各兴心而嫉妒。……

怨灵修之浩荡兮，终不察夫民心。
众女嫉余之蛾眉兮，谣诼谓余以善淫。……

世溷浊而嫉贤兮，好蔽美而称恶。……

时缤纷以变易兮，又何可以淹留？
兰芷变而不芳兮，荃蕙化而为茅。

（《离骚》）

变白以为黑兮，倒上以为下。
凤皇在笯兮，鸡鹜翔舞。
同糅玉石兮，一概而相量。

（《怀沙》）

既替余以蕙纕兮，又申之以揽茝。
亦余心之所善兮，虽九死其犹未悔！……

高余冠之岌岌兮，长余佩之陆离；
芳与泽其杂糅兮，惟昭质其犹未亏。……

鸷鸟之不群兮，自前世而固然。
何方圜之能周兮，夫孰异道而相安？

（《离骚》）

世溷浊而莫余知兮，吾方高驰而不顾。……
吾不能变心而从俗兮，固将愁苦而终穷。

（《涉江》）

鱼葺鳞以自别兮，蛟龙隐其文章。

故荼荠不同亩兮，兰茝幽而独芳。

（《悲回风》）

在当时的社会上，党人群小追求的是权位宠荣、声色货利，是假恶丑；屈原追求的则是正义、理想，是真善美。他一生都在苦难中奋斗着，一生都在漫远崎岖的道路上求索着。一次又一次地被击倒，却又每次都爬起来，挺立着，再跨步向前、向上，这是由于对光明、对理想的信念在鼓舞着他。他持守自己的“清白”“端直”，嵚崎磊落，苏世独立。这种品德，与那昏君佞臣相较，真是判若云泥。然而就是这位志行高洁的爱国诗人，在楚国却遭到那样悲剧性的命运。这就自然地使我们认识到封建社会先天具有的不合理性质。此外，又使我们认识到屈原与邪恶势力的斗争，既是思想斗争，又是政治斗争。他对真善美的追求，也是对“美政”的追求；对思想修养的态度，和政治理想也是一致的。他的伟大人格主要在于对美好理想的追求和献身精神；他的作品的鲜明个性，也就是他的伟大人格的完美再现。

（4）对传统观念大胆怀疑和勇于批判的精神

屈原思想的开明与进步，不仅表现于他对政治理想的坚定性，而且也表现于他对自然和历史的传统观念的批判精神。他的思想虽然受过北方文化的某些影响，但他能以科学态度批判地博采众长，而不囿于一家之说。扬雄曾批评他“爰变丹青”（犹言变乱圣人之言），这恰好成为屈原善于独立思考、实事求是精神的反证。他的旷古奇文——《天问》集中地表现了大胆怀疑、勇于批判、追求真理的精神；这在《离骚》《招魂》等作品中也有所反映。他不愧为“疑古惑经”的先驱与勇士。他的“疑古惑经”，不是盲目的，而是自觉的，是在渊博的知识见闻、丰富的政治与社会经验的基础上，通过科学分析而产生的怀疑与批判，是针对客观世界而发的，是针对某些社会意识形态而发的，因而是带有朴素的唯物主义倾向的。

我们着重地从以下三方面来谈：

甲、对唯心主义“天命观”的怀疑与批判

尽管屈原生活在自古巫风甚盛的楚国，也了解那些具有时代性、地方性和阶级性的宗教意识与习俗，可是，他却没有被这些意识所执拘。他在作品中虽然屡屡涉及天神、地祇、人鬼，但并不迷信它们，相反的，却时常采取怀疑与批判态度。他不但对一切经历过的不合理的事物敢于批判，而且对未曾经历过的、难以取征的事物也多持怀疑态度，不肯遽信。这正是实事求是、探索真理的一种表现。

他是极力反对"天命观"的。他对所谓"皇天""上帝""天国""神界"是不信和不怕的。被他同时代的人们认为神圣不可侵犯的"天国"和高远不可企及的"仙境神界"，都成为诗人幻想中任意遨游、自由往来的地方。如《离骚》中描写他上下求索的过程，由虬龙驾车，由凤凰为扈从，月神、风神、雷神、云神前呼后拥，侍奉左右。他直上天宫，命令上帝的守门人打开门闩。尽管他受到对方的冷遇，但是只凭他敢于闯天宫，"令帝阍"这种胆气，已非同小可了。何况，在他吃了闭门羹之后，又敢于指斥天上和人间同样混浊，在天国、神界也没有合乎理想的好人，这就更表现了他对天帝鬼神的轻视与否定。此外，在《招魂》中，诗人劝告怀王之魂不要上天，天上有虎豹把守天门，专要噬啮上天的人；又有九头巨人，将人倒悬为嬉，并投入深渊，求生不能，求死不得。他将天国描绘得跟地狱同样险恶可怖。这也表明他能破除对天帝的迷信。既然对天帝都不相信，都没有瞧得起，难道还相信"天命"吗？古代的唯心主义"天命观"是统治阶级为维护和巩固其政权而制造的谬论，宣扬天能致命于人，人类的命运是由天来决定的，人间的帝王是上天委命来统治国家人民的。就《天问》中言及的周人来说，虽不像殷人那样事巫尚鬼，但在标榜"天命"方面，却是一致的。在《诗经·大雅》《诗经·周颂》中都有反映。《天问》中叙述武王车载其先父文王的木主誓师伐纣，倥偬忙迫，而且忧心忡忡，恐惧不安。这位武王何以如此忧惧呢？这是由于武王及周公旦担心问鼎之初的"天命"问题尚未彻底解决。他们都深恐殷之遗民不服于周，于是，就载文王之木主与纣王会战，表示"奉父之命"，也就是"奉天之命"，是"师出有名"；奄有天下之后，也要假借"天命"维持其统治政权。这是古代统治阶级的唯心主义观点。然而屈原的认识和态度却与之截然不同，他是坚决批判"天命观"的。他在诗中问道："武王斩掉了纣王的头颀，为何那样忧心忡忡？……为何武王伐纣，要感动天地？谁又使他畏惧不安？……既然皇天降命，赐给殷王享国之特权，殷王应如何自知谨饬？纣王统治天下，皇天又为何命周取而代之？”这些话的隐微之意是：武王应当担心人民是否拥戴他；殷纣王暴虐荒淫，倒行逆施，残害人民，所以招致灭亡。在屈原看来，是“顺民者昌”，而不是“顺天者昌”。他又举周厉王、周幽王、齐桓公之例，斥言“天命”反复无常，并质问：究竟对谁保佑？对谁惩罚？实际上，诗人认为根本不存在什么“天命”。他说：

武发杀殷，何所悒？
载尸集战，何所急？……
何感天抑墜，夫谁畏惧？
皇天集命，惟何戒之？
受礼天下，又使至代之？……
天命反侧，何罚何佑？
齐桓九合，卒然身杀？

（《天问》）

诗人又认为只有修养德行、顺应历史发展趋势、顺应民意，才是取胜的因素；只有人民的意志和力量才是最强大的；历代的暴君都是自趋灭亡，帝王的成败、国家的兴衰都是人为的因素造成的，绝不是“天命”使然。他在作品中发出这样的问难之词：“汤在重泉被桀囚禁而又放出，他究竟有何罪过？他不堪忍受而伐桀，是谁挑起他的愤怒？……汤俯察四方的民情风习，巧遇并赏识伊尹，又由伊尹辅佐，策划伐桀。在夏桀失败受罚时，为何黎民大为欢欣？”他又问：“纣王为何憎恶贤臣而信任谗谄小人？”“诸侯会聚盟誓，为何都能按武王约定的日期赴会？王师如群飞的苍鹰那样勇猛，是什么人使之会集一起？”“殷人成功后却又灭亡，他们的罪恶究竟是什么？天下诸侯争先拿起武器，武王是怎样发动他们？诸侯会师攻敌两翼，武王又是如何指挥诸侯的军队去夺取胜利的？……蜂蚁般命微位卑的民众，他们的力量是何等强固？”诗人的言外之意是：汤无罪受罚，正说明桀的暴虐昏乱。由于桀自己种下仇恨，逼得汤不堪忍受，才怀着满腔怒火起兵伐桀。……商汤既能体察民隐，又能重用贤臣伊尹，君臣上下同心谋国，共襄大业；而且这一举动得到黎民的拥护支持，所以取得胜利。诗人又以武王伐纣为例，说明殷人享有天下之后，传到纣王，又成为惑乱之暴君，不听其叔父箕子的忠谏，残害忠良的辅臣比干和正直的诸侯梅伯；厚赐爵禄于奸恶之臣雷开。纣王荒淫无道，残酷地压榨人民。所以，武王伐纣时，天下诸侯和广大义民群起响应，并力消灭了殷王朝。一方面是纣王恶贯满盈，自掘坟墓；另一方面是武王能顺应时势与民意，联合众人的力量共同奋斗。“得道者多助，失道者寡助”。总之，桀、纣的失败，汤、武的成功，决定于人的因素，不决定于“天命”。诗中是这样写的：

汤出重泉，夫何辠尤？
不胜心伐帝，夫谁使挑之？
初汤臣挚，后兹承辅。……
彼王纣之躬，孰使乱惑？
何恶辅弼，谗谄是服？……
比干何逆，而抑沉之？
雷开何顺，而赐封之？
何圣人之一德，卒其异方？
梅伯受醢，箕子详狂？
会鼂争盟，何践吾期？
苍鸟群飞，孰使萃之？……
授殷天下，其德安施？
及成乃亡，其罪伊何？
争遣伐器，何以行之？
并驱击翼，何以将之？……
蠭蛾微命，力何固？

（《天问》）

屈原既然不信“天命观”，当然更不会相信那些扮神弄鬼的、似乎沟通“人神关系”的巫祝。他在《离骚》《天问》《招魂》《九歌》等作品中，都不同程度地反映了不迷信巫祝的精神。如《离骚》中，诗人在欲留不能、欲去不忍的境况下，进退不由，走投无路，曾怀着非常矛盾的心情问卜于灵氛、巫咸，但这些神灵的化身，在屈原的心目中并不是什么神秘莫测的权威。他们所提出的劝告，诗人也没有奉为圭臬；而是看作一般言词，并且终于采取了怀疑与否定的态度。虽然诗人驰骋想象，上天下地，浮游周流了一番，但是他的心中还是不相信天国神界，不相信巫咸、灵氛的把戏。他的心灵牢牢地系于君国，他的足跟密切地踏在现实的基地上。另外，诗人虽然根据楚地的风习（或者出于实际宗教仪式的需要），写了一篇《招魂词》，但是，他并非迷信这种宗教性、地方性的巫祝之风，甚至一开始就对巫阳表示了怀疑态度。屈原并不是真正相信能由巫阳招回怀王之魂；而是希望借此唤醒壅君，唤醒国魂。这是出于诗人的存君兴国的思想，以及代表了当时楚国人民因怀王客死于秦而激起的民族仇恨和对统治集团丧权辱国的愤慨。在《招魂》中，描述天地四方的神异鬼怪，种种险恶恐怖的环境，只不过作为一种对比的表现手段，反衬出祖国故都是安谧和平、幸福美好的乐土。这是诗人假借巫阳之口来表达自己的难言之隐。其中涉及虚无的神鬼诸事，只被诗人当作一种材料调遣运用，写了它，并不是迷信它、宣扬它；而是怀疑它、否定它。诗人所真正关怀和热爱的是现实中的祖国，所要强烈表现的是如何振聋发聩，救亡图存，湔雪国耻。他相信的是人，而不是由巫祝所沟通的“鬼神”。还有，《九歌》有许多地方描写了在宗教仪式中巫祝扮神的情景，诗人也不是迷信鬼神而写得高不可攀，神秘莫测；而是将那些天神、地祇、人鬼描绘得形神兼备，可以耳聆其音声，目接其形貌，心会其情志，既是惝恍迷离的，又是可感可知的。诗人对楚地流行的巫歌（也是舞歌）加工再创作，能达到这样高超的境地，主要是由于他既承认楚地巫风的存在，而又不被它所范围、所蒙蔽。他是清醒的现实主义者，承认宗教信仰等社会现象和社会意识，但他绝不迷信。

乙、对有关自然界的传统观念的怀疑与批判

屈原在作品《天问》中，对自然现象方面的传统观念提出了许多的问难，主要是针对“盖天说”而发的。

诗歌开头，先从远古之初的自然现象问起。古人认为：遂古之初，天地尚未成形，宇宙间只充满着没有形质的“元气”；天地间有至阴、至阳，互相交合而促成万物的发生发展；天是圆盖形的，上下共有九层。诗人对以上谬说产生了怀疑，他问道：“最初，天地还未成形，天象时明时暗，混沌鸿濛，谁能知其究竟？元气充盈弥漫，只有想象之影，根据什么认清其道理？……白昼光明，黑夜幽暗，是什么原由？人们说阴阳二气交合而化生万物，什么是其根本？又是如何演变发展？传说圆天共有九层，是谁度量经营？又是谁创造的？”这些话，对宇宙的起源和演化提出了怀疑与质问：

上下未形，何由考之？
冥昭瞢暗，谁能及之？
冯翼惟象，何以识之？……
阴阳三合，何本何化？
圜则九重，孰营度之？
惟兹何功，孰初作之？

（《天问》）

接着，便是对“盖天说”等古代的宇宙论提出一连串的疑问与批判。

我国是世界上天文学发达最早的国家之一，在春秋战国时期，已有关于天文现象的记录，不但保存了大量科学资料，而且也反映了在科学领域中唯心论和朴素的唯物论之间的斗争。从屈原所处的战国中、晚期直至秦汉时期，曾围绕“盖天说”与“浑天说”展开了论争。“盖天说”是古已有之的，不过到了战国时期又经过齐国稷下学宫的阴阳家的夸大和神仙家的附会，就形成更加完整、更加神秘的一套理论。而且，古代的学者又假托轩辕黄帝作盖天，颛顼作浑天。这除了说明“盖天”之说在前，“浑天”之说居后以外；也反映了古代在天文观念方面的两种派别之争。虽然二说互有异同，并且彼此攻击，但究其实质，都是唯心的、不合乎科学道理的。“盖天说”起初主张天是圆的，像一把张开的伞，地像方形的棋盘，天斜罩在地上，以北极星（北辰）为轴心，和地的中心昆仑山相对，日月星辰就绕着北极星这个轴心运转；当然也同时绕着地的中心昆仑山而出没隐现，并由此划分昼夜。

后来又改为天像一个斗笠，地像覆着的盘，天在上，地在下；日月星辰随着天盖转动。屈原在作品中对此提出疑问："天体运转的枢纽都是和什么联结着？天的极边延伸到何处？八根擎天柱都是撑在什么地方？既有八柱支撑在天地之间，为何大地独有东南亏缺？"这就批判了"北极星为天的轴心，天体绕斗枢转动；天像张开的伞一样罩在地上；地不满东南"的论点：

斡维焉系？天极焉加？
八柱何当？东南何亏？

（《天问》）

诗人又问道："九天之间的边界各到何处？它们怎样连属？……天与地在什么地方会合？所谓黄道周天的十二辰是如何划分的？日月和什么联结在一起？众星宿各自列置于什么上面？"这是辩驳"盖天说"认为"天似车盖，周边与地接合；欹地斜转，出没水中；日月星辰由斗枢维系"的说法：

九天之际，安放安属？……
天何所沓？十二焉分？
日月安属？列星安陈？

（《天问》）

他还提出："角宿天门未开、东方还未放亮之际，太阳隐藏在何处？……太阳如果一直在天盖上转动，就应照耀各处，为何还有西北方不见日光，而由烛龙来照耀？"这又驳斥了"盖天说"认为"天则西北既倾而三光北转"的谬说：

角宿未旦，曜灵安藏？……
日安不到，烛龙何照？

（《天问》）

至于在《九歌·东君》中那位太阳神所唱的"操余弧兮反沦降，援北斗兮酌桂浆。撰余辔兮高驰翔，杳冥冥兮以东行"的歌词，是否能透露诗人已有"地圆"的设想呢？他说"太阳沉下去之后，通过地下幽冥昏暗之处向东运行，在明朝又从东方升起"（可与本诗首句"暾将出兮东方"联系起来看），这不是单纯的咏物之词，而是反映了一种天文观念。纵然还不能据此做出这就是"地圆说"的论断，但是也难以排除其为"地圆说"倾向的可能性。至少可以肯定这些话是否定“盖天说”的，这种大胆怀疑、勇于探索的精神是难能可贵的。

战国时期，已有许多学者、思想家对天文现象产生兴趣并探求其规律性。虽然也有人对“天动地静说”提出疑义（如庄子），可是当时有权威性的还是“盖天说”，即使有后起的“浑天说”曾与之抗衡（“浑天说”认为天不像敧车盖，而是像浑圆之鸟卵包在地外，地则平而静，居于圆天之中），但二者的基本理论都是“天动地静”，都是唯心论，它们之间并无根本的矛盾。在“盖天说”正作为那个时代的统治思想而风靡天下之际，屈原竟然敢于先知先觉地发难，对“盖天说”传统观念大胆抨击，他已不止是伟大的诗人，而且也证明他又是具有真知灼见的思想家和勇于探索科学真理的学者，最难得的是他敢于向旧的传统观念冲击。这不禁使我们联想到公元十六世纪以前的欧洲，当天文学领域中“地球中心说”喧嚣尘上之时，哥白尼却无视强大而“神圣”的教会势力，不惧风险，大胆提出了“太阳中心说”。这种新的观点一经宣布，举世为之震惊。屈原虽然由于主观、客观各方面条件的限制，没有也不可能提出像哥白尼那样的科学理论，但是远在两千年前能对唯心主义的“盖天说”提出一系列的问难，发表自己独特的见解，已足以令我们钦佩了。我们怎能在科学昌明的今天苛责于古代的并非天文学家的屈原呢？

丙、对古代神话传说与历史记载的怀疑与批判

屈原“博闻强志”，知识深广，对各种神话传说和历史资料知之甚详。但他富于独立思考、探索真理的精神，对南北文化、新旧诸说并不盲从轻信，尤其对古史中关于历史人物和事件的记述，更是敢于打破显学儒家所标榜的“信史化”的迷信，常以怀疑、探索的目光来重新识别判断，大胆地提出一个又一个问题，加以诘辩。实际上，屈原在这些方面是对儒家的非议与指斥。例如有关鲧的功罪的传说，诗人是毫不含糊地表达了他对鲧的同情与肯定。作品中说：“巨大的旋龟成群地首尾衔接而爬行，鲧如何受其启发而修筑衔联之长堤，以防洪水？鲧很想顺应众人的愿望而完成治水之事功，为何帝尧却刑罚于他？……为何他也像共工那样被投弃边荒而对他充满嫉恨？将他长期幽禁在

羽山之野，为何三年还不赦罪释放？……禹继承前人之事业，完成先考伯鲧未竟之功，为何说禹与鲧治水的方法不同？……鲧所经营的是什么事业？禹又成就了什么事功？……传说共工氏暴怒而力触不周之山，为何大地就向东南倾陷？”这些诗句已经透露了屈原的思想倾向。按儒家旧说，向以治水之功毕归于禹，而将共工与鲧贬为治水之失败者和罪人。屈原却对此持怀疑与批判态度，他认为鲧被刑罚，非因治水不力，而是因“婞直而亡身”；他又指出，共工氏触山倾地是完成了治水的大工程，他和以后的鲧都曾大力治水，他们的功绩都不能抹杀；大禹治水是在前人功业的基础上进行的，方法也没有根本的不同，禹不过完成了鲧的遗志，共工、鲧、禹都是治水有功的英杰：

鸱龟曳衔，鲧何听焉？
顺欲成功，帝何刑焉？……
何由并投，而鲧疾修盈？
永遏在羽山，夫何三年不施？……
纂就前绪，遂成考功。
何续初继业，而厥谋不同？……
鲧何所营？禹何所成？
康回冯怒，地何故以东南倾？

（《天问》）

诗中又问道：“夏启从伯益手中夺取政权，代益为王，却突然遭到有扈氏反叛之患。为何夏启遭到祸患而又能从挫折中取得胜利？禹与益都以谨敬为宗旨，一身均无劣迹恶行。为什么益的王位被启所取代，而禹的子姓却蕃衍昌盛？”这些话说明夏部落破坏了原有的推选部落联盟首领的制度而代之以递传子孙的世袭制度。虽然禹已经由部落联盟首领变为君王，禹死后，启又代益为王，似已奠立世袭王权和世袭贵族制度的基础，已由原始社会孕育成为奴隶制国家的雏型。但氏族制度的维护者有扈氏部落不服，对夏启的统治发动了武装叛乱，结果被启所讨灭。启将有扈氏部落的成员们罚为“牧竖”（可能类似氏族集体奴隶的身份），从而确立了夏部落“家天下”的统治地位。由此可见，启对有扈氏的讨灭，对益的王位的夺取，都反映了一个新的历史进程的开始：氏族制度的消灭，阶级的出现，国家的诞生。这是历史发展的规律，是任何力量也阻挡不住的：

启代益作后，卒然离蠥。
何启惟忧，而能拘是达？
皆归躲籍，而无害厥躬。
何后益作革，而禹播降？

（《天问》）

作品紧接着又提出："为何太康之母为其子而忧劳成疾，且在启死之后国土分裂，太康失国？天帝本来是遣命夷羿去革除中国民众的忧患，他却为何射瞎河伯的眼睛而霸占其妻？……后来，羿的近臣寒浞与羿妃纯狐私通，并蛊惑她与之合谋杀羿。为何羿有射穿七重皮革的神力与绝技，却被寒浞与纯狐合力杀戮？"这段诘语反映了当时社会现实中的尖锐斗争，以启为代表的夏贵族在确立了统治地位之后，耽于畋猎歌舞，恣情淫逸，致使民怨沸腾。他的五个儿子也曾发动内讧。夏启死后，其子互相争权夺位，夏王朝陷于分裂混乱的状态。继启为王的太康，也是个昏庸淫侈之君，曾率众在洛水以北狩猎，历时数月不返，民众十分痛恨。东夷有穷氏的首领羿则利用夏王内部的矛盾与政局的混乱动荡，起兵攻夏，推翻了夏王朝，自立为王。太康和仲康流亡在洛水一带，相继而死。羿取得王位之后，仍是淫游佚畋，不修民事，又被寒浞勾结其家臣杀死了羿，并夺其王位，占其宠姬。诗人在此表现了对古代传说中兴亡治乱的批判态度。他认为凡是淫乱暴虐、逸乐无度的统治者均无善终：

何勤子屠母，而死分竟地？
帝降夷羿，革孽夏民。
胡射夫河伯，而妻彼雒嫔？……
浞娶纯狐，眩妻爰谋；
何羿之射革，而交吞揆之？

（《天问》）

作品又对古代神话传说中某些人物降生的情形提出了问难："简狄在坛台之上，与帝喾共行祭礼，他们祈求的什么？凤凰遗赠其卵，简狄吞了它，为何就生了儿子，得到了嘉祥？……夏禹是由鲧的腹中取出而生，他的性行如何发生变异？……后稷是帝喾的元妃姜嫄所生的长子，帝喾为何憎恶他？将他投弃到河冰上，大鸟为何飞来用羽翼遮护温暖他？”这些话既反映了诗人对神话传说的问难，也透露了古代氏族公社制度下的婚姻关系。古代的劳动者们在同自然的斗争以及同敌对部落的斗争中，“渴望减轻自己的劳动，增加他的生产率，防御四脚和两脚的敌人”（苏联，高尔基语），而他们部落的首领或某种技艺的能手正顺应和满足了众人的愿望，在对自然的斗争中（如治水、耕种、渔猎、畜牧）或在部落间的战争中有卓越贡献，为众人解除了灾难，谋取了福利，大家便将这些人物奉为神明，以为只有神才能那样有效地战胜自然界和人类社会中的敌人。不仅如此，而且还幻想这些杰出的人物也都有不平凡的来历，他们都是神的子女，在出生时必有异兆和奇迹，如上述简狄因吞玄鸟卵而生契（相传秦王国的始祖大费的诞生也与之相类），夏禹是从鲧的腹中剖出。至于后稷出生之初遭投弃的缘由，也有一段神话：姜嫄在郊野践履巨人的足迹，心中震动欣喜，遂有孕而生后稷（据古籍称述，伏羲、帝喾也都是由于其母履大人迹而生）。汉代今文家说“圣人无父，感天而生”。古文家则将这种神话“信史化”，说姜嫄为高辛氏之世妃，在春天玄鸟到来之时随高辛氏用大牢郊祀禖神（古代相传主子嗣的神），以祈求子息，因而她便有孕而生子（后稷）。实际上，这些神乎其神的故事，无非是为了对古代许多部落的首领夸大其神异，赞美其功绩，加以“神格化”，显示古代劳动人民伟大的创造力和坚决的斗争意志。此外，从这些部落首领出生的经历中，也能寻到一点古代婚姻关系的消息。《天问》中也曾提到“女歧无合，焉取夫九子？”诗人问的是“女歧没有配偶，怎么会生出九个孩子？”这和上面的神话联系起来，岂不是反映了母系氏族社会中“知其母不知其父”（《庄子·盗跖》）的婚姻关系吗？这种情形，不仅在氏族群婚的时代有之；而且在向对偶婚推移的初期阶段，仍不能一时消除。直到社会经济和氏族制度不断发展，对偶家庭比较稳定和巩固之后，子女才能确认其父，夫妻双方才能保持永久的关系。可见屈原作品中引用的神话传说，不但有丰富的幻想的特征；而且也有现实社会生活的基础；他说：

简狄在台，喾何宜？

玄鸟致贻，女何喜？……

伯禹腹鲧，夫何以变化？……

稷维元子，帝何竺之？

投之于冰上，鸟何燠之？……

（《天问》）

作品又对周昭王、周穆王巡行的历史故事提出疑问："昭王由车马士众随从南巡，到达荆楚之地。他所追求的是什么好处？难道仅是为了迎接楚人献的白羽山鸡吗？周穆王耽于驱策游猎，他为何周游四方？巡行天下各地，他究竟有何索求？"关于昭王南巡问题，在屈原所处的历史时期到底有何史料或传说，难以断言（据清人毛奇龄《天问补注》称引《竹书纪年》云："昭王之季，荆人卑词致王曰：'愿献白雉。'昭王信之而南巡，遂遇害。"按：今天见到的《竹书纪年》遗文中并无此等文字可寻）。可是，诗人对自己所接触的有关故实顿起疑窦，直言诘难，并不是没有原由的。周昭王时，以楚为代表的方国部落曾侵犯周王朝的疆土，昭王便屡次亲率周师伐楚（金文、《左传》、《吕氏春秋》、古本《竹书纪年》、《史记》均有所载），特别是昭王十九年的南征，大大激怒了楚人，在昭王率众渡汉水时，楚人以胶船进昭王，至中流，胶溶船解，昭王及其随从均溺死，周军六师伤亡殆尽。由此可知诗人的发问是有其根据和用意的，他不但对"楚人献白雉"之说加以斥问，而且也反映了楚人和周王朝对抗中的一次重大胜利。至于周穆王之西行，也并非只像《左传》昭十二年所载："昔穆王欲肆其心，周行天下，将皆必有车辙马迹焉。"而是有其复杂的时代背景及重大的历史作用。周穆王时，曾西征犬戎，打通了大西北的道路，以利于周王朝与西北许多方国部落的信使往还。据《穆天子传》带有神话与小说色彩的叙述，穆王西行路线是从周京启程，渡河后，经过盘石、关隥、乐都、积石、春山、昆仑；又西行三千余里，至"西王母之邦"，再折而北行两千里，到达"西北大旷原"。依其方位、道里推知，这次远行一直走到中亚地区。去时行经天山南路，返回时行经天山北路，开辟了后来通西域的路线。周穆王在行进过程中曾与沿途各方国部落的首领互赠各自的特产礼品，并进行经济、文化交流，对加强我国西北地区各族人民的兄弟关系以及和中亚地区各族人民的友谊起着历史性的作用。诗人对昭王、穆王出巡目的的诘词是发人深思的：

昭后成游，南土爰底。
厥利维何，逢彼白雉？
穆王巧梅，夫何为周流？
环理天下，夫何索求？

（《天问》）

屈原知识渊博，视野广阔，思想敏锐，批判地接受了南北文化与时代思潮的影响，对自然界和社会历史，他要求认识其固有规律与本来面貌，因而对旧的自然方面的观点和哲学、政治、历史、伦理、道德等传统观念提出大胆怀疑与尖锐批判。在新旧势力、新旧思想的斗争中，屈原常站在新兴的、进步的方面，表现了独立思考、追求真理的精神。

总之，屈原对美好政治理想的坚持、对真善美的追求、对传统观念的怀疑与批判，都基于他忠贞不渝的爱国思想，而他的作品正生动有力地表现了那伟大高尚的思想品质，表现了独特的个性。

（三）屈原作品的艺术性

屈原作品丰富的思想内容，是通过“楚辞”这种特有的艺术形式有力地表现出来的，其内容与形式是有机结合、互相统一的。他在继承“楚歌”优秀传统的基础上，又接受了北方民歌（《国风》）、诸子散文的多种风格的影响，再充分发挥他超人的艺术才能与创造性，经过长期的政治斗争实践与艺术创作实践，将自己造就成为我国古代诗歌史上第一个富于个性的爱国诗人，形成了空前完美的艺术风格，也创造了“楚辞”这崭新的、独树一帜的文学样式。现在，我们重点地谈一谈：

（1）丰富的想象与幻想

表现于屈原作品中的，有丰富的想象和自由奔放的幻想。他将自己在长期政治斗争中对社会现实的认识和态度加以升华，进行高度的集中概括和大胆的艺术夸张。这些想象与幻想是积极进取的，是植根于现实又高超于现实的。自然物的日月星辰、风云雷电，传说中的虬龙凤凰，在屈原的笔端变化为具有思想情感的、有性格的艺术形象，而且驯顺地供他役使，为他效劳。对传说中的上帝鬼神，也并不畏惧，而是平起平坐，交际往来。对古代的先王圣哲，也使他们在笔下活起来，与其晤言接遇，如亲謦咳。对古代的昏君佞臣，则纵横议论，评判其是非。诗人是以刻画人的手法去刻画神鬼，刻画自然物的。这样就增强了真实感，增强了艺术效果。如《离骚》这一代表作，诗人写自己在政治斗争中屡遭失败，却仍然坚持美好的政治理想，并为此而继续上下求索，他运用了大胆而夸张的想象与幻想：在失意中向古帝重华娓娓陈诉之后，乘龙驭凤，并借大风之助飞腾驰骋，不管道路多么漫远迢递，也要上天下地追求美好的理想。在太阳沐浴的咸池饮那神马玉虬，又在日出的扶桑系住马缰，折取神异的若木拂拭太阳。月神在前开路，风神奔走相随，雷师筹措行装，鸾凤作为扈从，云霓齐集夹道欢迎。一路之上前呼后拥，仪仗壮盛，何等气派，何等威风！飘飘翱翔，直上天帝的宫门。对上帝的守门人发号施令，叫他开门。可是，对方却只倚着天门漠然相望，扃户不纳。这使诗人大为懊恼。他又要渡白水，登神山，继续追求志同道合的理想人物。他慨叹这高高的神仙境界也跟污浊的人间世一样，找不到可意的“美女”。

他又振作精神，指令雷神驾起祥云，到下界看看有无可赠信物的“美女”。但是，要追求宓妃，她却美而无礼；令凤鸟为媒，追求简狄，却被高辛氏占了先；追求姚氏二美，又因为理弱媒拙而不能成功。在绝望的心情下，找灵氛、巫咸问卜，听到他们不同的说法，经过反复的思想斗争，决定趁年华未老，再到各处寻求理想的人物。于是，在迷离恍惚中开始了又一次的神游。他坐的是以美玉、象牙镶嵌的宝车，由飞龙驾驶，远游以自疏。诗人按辔徐行，向高空飞驰而去，奏着《九歌》，表演《韶舞》，一直升到阳光灿烂的天上。可是，忽然无意中向下界一瞥，遥见可爱的故乡，不禁黯然神伤，无限眷恋，踯躅不忍离去，终于停止了他的征行，留了下来。诗人的这些幻想，是由爱国忧民引起的，又以爱国忧民而告终，反映了对黑暗现实的继续斗争和对美好理想的顽强追求。诗人的神游是从祖国大地腾空飞起，最终又满怀深情地返回祖国大地，他的双足是离不开现实的人间的。他对祖国的热爱、对真理的执着、对“美政”的追求，与他的全部生命相始终、相统一。他在作品中表现的高超的想象力，是以积极的浪漫主义精神为主导的。

此外，《九歌》中描写众多的天神地祇，也显示了诗人丰富而奇特的想象力，他将那些神灵“人格化”了，赋予它们以人的思想、人的情感，人的音容笑貌。尤其是描写神与神、人与神之间的爱情纠葛和悲欢离合，更是生动优美，富于故事性和生活气息。在所写的神祇中，既有忠于爱情的“山鬼”；又有“举长矢射天狼”的“东君”。既有对爱情贞信专注、对美好的生活热烈追求的配偶神——“湘君”与“湘夫人”；又有与人民生活、生产有密切关系的云神、河伯，以及传说中掌子嗣的女神等。这些由楚地巫歌加工而成的艺术作品，既带有原始的、朴素的民间祭神舞歌的印记，又具有诗人丰富生动的想象和幻想的成分。它不仅以神拟人，而且以人（巫觋）拟神，驰骋想象，在人与神之间搭起了桥梁，神化和美化了现实生活，使作品产生了无穷的艺术魅力。

至于《天问》《招魂》等作品，也是富有想象力的，这里就不再赘述了。

无比丰富的想象力，是屈原极为突出的艺术才能，他将自己对自然现象、社会现象、实际斗争中所得到的感受、印象、图景联系起来，集中概括，再创造为新的艺术境界、艺术形象。诗人的想象，不是“向壁虚构”和“无的放矢”的，而是具有现实生活基础与社会意义的，同时也呈现着鲜明的感情色彩，诗人的爱憎是毫不含糊的。这种“意匠经营”的重要性，正如别林斯基说的：“在艺术中，起着最积极和主导作用的是想象。”诗人的想象和幻想，如同一枚火种，能燃起席卷山林的熊熊烈焰，使人们读了那些形象化的诗句之后，自然地引起无数联想、无尽遐思、无限憧憬；也会唤起对作品中正面、美好形象的同情与热爱，以及对其中反面、丑恶形象的憎恶与仇恨。借助想象与幻想，诗人在创作中将典型环境、典型形象大胆地夸张了；这种夸张，是艺术家特有的权力和必具的才能，屈原运用得十分自然而巧妙，增强了作品的感染力，扩大了作品的容量，超越了时空的疆界，打破了对神鬼的迷信。屈原的艺术创造力和他的高尚理想、优秀品格是密不可分的，高远的思想境界是创造壮美的艺术境界的精神因素。

（2）神话传说的活用

屈原的作品，涉及许多神话传说，有的是为了批判而引述的；有的是为了表现主题思想而灵活运用的。在“巫官文化”发达的楚地，神话传说是非常丰富的（尽管它与宗教活动不一定都有关涉）。屈原“博闻强志”，又爱好民间文艺，也曾长期周游各地，深入民间，因此，他所掌握的神话传说必定为数颇多。诗人不仅熟悉南方的“巫官文化”，而且也通晓北方的“史官文化”，对诸子思想不同程度地有所接触，对北方流传的神话传说也知道不少。他又是一位善于独立思考，勇于探求真理的思想家，所以，他在创作中引用神话传说时是有目的、有批判、有抉择、有寄托的。

屈原是有疑古精神的，可贵的是他能疑其当疑，信其可信；而不是轻率地疑古、诬古，也不是盲目地信古、泥古。仅以《天问》而言，诗人就列举了很多古代神话传说，大胆地加以问难。如对神话中的开辟之神——女娲，提出了疑问。女娲，在古代神话传说中本是与盘古齐等侔名的开辟神。《山海经·大荒西经》曾记述女娲之肠化为十个神人的神话，又有较晚出的古籍《风俗通义》说女娲“抟黄土作人”，《淮南子·览冥训》说女娲“炼五色石以补苍天，断鳌足以立四极，杀黑龙以济冀州，积芦灰以止淫水”。这些都旨在说明女娲是天地之初化育万物、征服自然、为民造福的英雄母亲，是人类万物的始祖女神。屈原所了解的关于女娲的神话与《山海经》等书所载之情节是否一致，姑置不论。而他居然敢于对这位万能的女神提出“女娲有体，孰制匠之”的疑问，却是十分大胆而奇特的。据神话传说，女娲的形象是人首蛇身，一日之间七十变。诗人诘问的是：如果说女娲是人和其他动物的创造者，那么，她自己那奇异多变的形体又是谁设计制造的呢？这一下问到生命的本原了，也问到母系氏族社会的制度了。（那女娲是否是母系氏族部落的首领和始祖母呢？相传她人首蛇身，这是否象征着她的氏族部落的“图腾”呢？她所创造的众人，是否是她在原始社会群婚制中生育的子孙呢？）诗人的问难，是发人深思的。屈原可能已认识到上古神话传说中的神就是现实生活中的英雄人物的“神格化”，也许他对原始氏族社会的历史已有独立见解。

诗人在《天问》和《离骚》中，对羿的功过进行了批判的总结。羿本是夷人的一个首领，相传他是弓箭的发明者和烜赫的神箭手。大概在上古时期，曾有大旱灾（“十日并出”），大风灾，大水灾，又有许多毒蛇猛兽为害（一说即为氏族部落之间的战争）。羿决心为民除害，曾用劲弓利箭射掉九个太阳，只留下一个。又射死各种凶兽毒物，除掉多方灾难。古代这些神话，肯定了羿为民除害的功绩，并且赞美了他的精良武器和劳动工具，也赞美了他超群轶伦的神技。由于他立了大功，人民爱戴他，于是古代的人们便通过想象和夸张，将这位劳动能手和战斗英雄加以理想化而尊奉为天神。在原始时代，人们对这类天神并不陌生，也不以为高不可攀，正如（苏联）高尔基所说：“在原始人的观念中，神并非一种抽象的概念，一种幻想的存在，而是武装着某种劳动工具的完全现实的人物，神是某种手艺的能手，人们的教师和同事。”

《天问》中曾从两项有代表性的事情上肯定羿的功绩，即“弹日”和“射封豨”，也曾笼统地提到他要消除夏民的灾难忧患。然而屈原并非对天神盲目崇拜，他问道：“天帝遣命夷羿，革除夏民的忧患，羿为何射瞎河伯的眼睛而霸占其妻子？……羿将肥美的野猪肉献享于天，为何却得不到天帝的赞许欢心？”羿曾有奇功，后来却失欢于天帝，这一不合常理的遭遇，引起了诗人的思索，他认为除因“射河伯”而“妻雒嫔”以外，还有“纵欲淫乐而耽于畋猎，喜好在山林射猎大狐”（《离骚》）的原因。“那淫乱之流本来少有善终的，所以寒浞就又害死羿并贪占了他的美妻”（《离骚》）。在《天问》中也说：“寒浞娶了羿妻纯狐，二人秘密合谋杀害了羿。羿有射穿重革的神技，为何却被寒浞、纯狐合力吞灭？”诗人认为寒浞所以能与纯狐合谋杀羿夺国，大概也由于羿“不修民事而淫于原兽”(《左传·襄公四年》),激化了矛盾,而自趋灭亡。又有一说,十日原是天帝(帝俊)的儿子,羿射死其中九个,自然会触怒天帝,被定为“逆天”之罪,所以遭殃(但在屈原作品中未及此事)。

神话传说是远古的人们口头、集体创作并且口耳相传的。虽是同一种神话传说,由于地域不同和时代变迁,而有某些出入。屈原在作品中引用大量的神话传说,重要的不在于那些具体情节,而在于诗人对那些神话传说的观点和态度。从他对羿的功过得失的评判,表现了一空依傍、力排众议的胆识。他的具体观点正确与否,尚待研究,但这种批判精神是难得的。

此外,诗人在《招魂》中也引用了一些神话传说,描写天地四方的险恶:东方大荒之中,有千仞巨人,专门觅食人的灵魂,又有十个太阳同时出现,将金属和山石都化为浆液。南方边荒有染黑牙齿、刺面文身的野人,取用人肉祭祀鬼神;又有成群的蝮蛇和大狐出没各地;大毒蛇一身九首,吞人以补其心。西方有暴风和千里流沙,以及吞没人命的雷渊。……九重天门有虎豹把守,专吃上天的人;又有九头巨人,一日拔树九千,常将人倒悬嬉戏,并投入深渊。阴曹地府的土伯有老虎样的巨首,有尖锐突兀的犄角,又长着三只怪眼,最爱吃人肉。总之,天地四方都是凶险可怖的,对比之下,只有楚国故都才是美好安乐的地方。于是便招呼怀王之魂速速回来。诗人是围绕主题灵活而有分寸地运用这些神话传说的。

(3) 语言特点

甲、方言、方音

文学是语言的艺术,屈原是运用文学语言进行艺术创作的巨匠,同时他又在作品中大量采用了楚地的方言、方音。这不仅给“楚辞”打上了地方文学、方言文学的印记,而且更重要的是使作品更富于现实生活气息和更有艺术表现力。

屈原在运用楚地人民的口头语言时,是有目的、有选择的。他用的是最有表现力、有地方色彩、有代表性、有生命力的词语。

如：兰、蕙、芷、江离、菌桂、申椒、荪、荃、蘋、薜荔、杜蘅、宿莽、药、兕、豨、江、沅、湘、九嶷、灵、灵修、阊阖、濑、瀛、闬、泭、蔽、篓、轪、竽、长铗、婴、蹦、纷、侘傺、婵媛、汨、冯、搴、邅、诼、羌、謇、些、兮等等，尤其是反复使用的语词“兮”字、“些”字，更体现了人民口头语言特色。

屈原作品也是具有“楚声”的特质的，它的音乐美主要是由“楚声”来表现的。据《左传》成公九年载：楚囚钟仪“不忘本”，“不忘旧”，泰然在晋侯面前鼓琴而“操南音”。又，《史记·项羽本纪》载：刘邦围攻项羽于垓下，汉军四面皆唱楚歌，使项羽大惊，以为“汉皆已得楚”。又，《史记·留侯世家》载：汉高祖对他最宠信的戚夫人说：“你为我表演楚舞，我为你唱楚歌。”刘邦不但会唱楚歌，而且也能创作楚歌（如《大风歌》）。又，《汉书·朱买臣传》云：买臣曾被汉武帝召到京城“说《春秋》，言《楚辞》”。可见他是通晓楚语、楚声的。又，《汉书·韩延寿传》：“歌者先居射室，望见延寿车，嗷咷楚歌。”又，《汉书·王褒传》载：汉宣帝曾召见能为楚辞的九江被公，让他诵读。又，《隋书·经籍志》载：“释道骞能为楚声，音韵清切。”后来唐人读“楚辞”仍袭用这位隋僧的读法。这都说明“楚辞”的特质之一是“书楚语，作楚声”，它是具有楚地方言的特殊意义和楚地方音（有的是巫音）的特殊声调的，它本是能诵读吟唱的；但那楚地方言的特殊音调和“楚辞”的特殊读法，后世均已失传。不过，我们从古籍的记述可以推知“楚辞”确实曾有以楚声诵读的方法。

要之，屈原作品运用了楚地的方言、方音，但并非滥用，而是用得灵活而恰当。它具有楚地文辞和楚地音调的特征，同时，又能将楚地人民的口头语言和汉民族通用的语言文字互相结合统一，并且是以汉民族通用的文学语言为基础的，所以，以屈原作品为代表的“楚辞”不仅是楚民族文化的精华，而且也是先秦汉文学史上与“诗经”并峙的奇峰。

乙、突破原有的四言格式，开创新体

我国古代诗歌的句式，最初定型的是以《诗经》的《雅》《颂》

为代表的四言(虽然《国风》《小雅》中有个别篇章表现为长短交错的句式,但那并非《诗经》的正体)。《诗经》中《雅》《颂》的语言,是经过文人加工的"台阁体"的书面语言,它是呆板而深奥的,是和人民口头语言有很大距离的,有的则是完全脱离口语。而且,《诗经》的篇制多半不长。直到屈原的崛起,"骚体"作品的出现,才打破了由《诗经》固定下来的四言诗格调,而代之以接近人民口语的、具有楚声形式的、长短不拘灵活自由的新句式、新格调。这是古代诗体的大解放、大创新;也是诗人思想的大飞跃。思想的成熟,爱国爱民感情的增强,使诗人更加重视人民口语的运用和体式的革新。《离骚》《九章》多为六字、七字句,也间有四字、五字、八字句。《九歌》则以六字句为主,杂以四字、五字、七字句。这种长短相间、参差错落的句式,比较固定的、僵化的四言句式进步得多,灵活得多。它的长短变化是和作品思想感情的起伏相表里的,这流畅、生动、通俗、变化多端的语句,更富于艺术表现力,更能加强社会效果,使众人更喜闻乐见,受到强烈的感染和深刻的教育。在句式变化中,虚词也对表情达意、增强韵律美起了很大的作用,如"兮""些""之""乎""者""也""焉""哉""以""其""而""于""羌""夫""惟"等字,或用于句尾,或用于句中,使句子曼长舒徐,抑扬顿挫,多彩多姿,声情并茂。尤其是"兮"字,在"楚辞"中用得最多,灵活性最大,在不同的位置、不同的句子中有不同的意思和作用。它通常是被用作语气词,相当于现代汉语中的"啊"字;同时,它在某些地方又跟"而""之""于""以""然"等虚词相当(据闻一多先生考证)。总的看来,"楚辞"时代虽然还没有成熟的五、七言诗,甚至四言诗仍继续存在;但是,在屈原作品中,五、七言的形式却已初具雏形,别开生面,为后世的五、七言诗奠定了基础,开辟了新路。汉以后的诗歌创作,基本是沿着"楚辞"开创的道路不断发展,日臻成熟的。我国古代诗歌的句式是由短到长,由简单到复杂,由四言到五、七言(以至更长)的,这也是语言发展的一般规律,语言这种交际工具是随着社会的发展而不断演化的。屈原作品在句式上的变革,又是与他继承民间文学传统、吸收诸子散文语言特色有关。他博采众长，独运斧斤，经过长期努力，终于创造了“楚辞”这种新体裁。

如以《诗经》与屈原的“楚辞”相较，就见出后者的篇幅大大地扩展了，这就增加了作品的容量，加强了表现力。如《离骚》《天问》《招魂》，都是先秦时期韵文中空前的鸿篇巨制。这种形式，能更完美而充分地表现诗人丰富而复杂的思想感情和博大深广的精神境界。诗体的跃进，是和句式的更新相辅相成的，也是与诗人思想的发展相统一的。屈屈不愧为进步的、天才的语言艺术大师和诗歌新领域的开拓者。

丙、双声、叠韵、叠字

屈原作品十分生动而圆熟地运用了大量的双声、叠韵词语和叠字，这也是一种艺术特色。双声词语，如：零落、驰骋、黄昏、追逐、鞿羁、侘傺、陆离、歔欷、犹豫、容与（以上见于《离骚》）；夷犹、参差、荒忽、琳琅、周章（以上见于《九歌》）；荏弱、秘密、仿佛、踊跃（以上见于《九章》），等等。

叠韵词语，如：骐骥、贪婪、薜荔、婵媛、缤纷、逍遥、相羊、昆仑（以上见于《离骚》）；潺湲、窈窕、偃蹇、刚强（以上见于《九歌》）；忠诚、崔嵬、踥蹀、从容、崴嵬、烦冤、丰隆、中情、离异、清澄、周流、倏忽、彷徉、翡翠（以上见于《九章》），等等。

叠字，如：謇謇、冉冉、缅缅、岌岌、菲菲、申申、浪浪、忽忽、曼曼、总总、暧暧、剡剡、啾啾、蜿蜿、邈邈（以上见于《离骚》）；翩翩、浅浅、眇眇、袅袅、嫋嫋、晈晈、被被、冥冥、飒飒、昭昭、㶉㶉、皇皇、辚辚、青青、滔滔、容容、磊磊、填填、蔓蔓（以上见于《九歌》）；忳忳、霏霏、淫淫、郁郁、湛湛、懮懮、浮浮、憺憺、营营、莽莽、杳杳、昧昧、浩浩、蹇蹇、悠悠、茕茕、嗟嗟、曶曶、默默、戚戚、芒芒、悄悄、雰雰、磕磕、汹汹、洋洋、翻翻、遥遥、潏潏，慭慭（以上见于《九章》）；蓁蓁、峨峨、侁侁（以上见于《招魂》），等等。

这些双声、叠韵词语，有的是名词，如：黄昏、昆仑、薜荔等；有的是动词，如：零落、驰骋、周流、彷徉等；有的是形容词，如：陆离、容与、刚强、崔嵬等；……形形色色，丰富多彩。这些叠字，多数用作形容词、象声词，如：冉冉、岌岌、菲菲、蜿蜿、翩翩、袅袅；啾啾、飒飒、填填，等等。十分灵活生动，又变化无穷。屈原作品中这种语言技巧运用得自然精纯，极有表现力。反复、重叠的手法，能更有力地表达思想情感，更能加深人们的印象，更感人肺腑，扣人心弦。从另一角度来看，双声、叠韵、叠字，读来琅琅上口，铿锵有力，大大增强韵律美、节奏感，达到更好的艺术效果。它能给人以音乐般的感染和潮水般的激荡，使人们心灵中激起情感的浪花，而且是有节拍地、步步高涨地回荡着，从而在艺术美的感受中渐入诗的意境，得到启发，受到感动。这不仅表现了屈原高超的艺术技巧，同时也反映了语言由单音词向多音词发展的轨迹。有些词就是同义词的复合，如追逐、荏弱、刚强、清澄，等等。这是一种进步现象，它使语言的表达功能加强了，不但使意思更明确，而且更易牢记，是符合认识与记忆的规律的。屈原的语言修养和艺术技巧，在当时确乎达到了惊人的高度。

(4) 巧妙运用各种艺术表现手法

甲、比喻、比拟、象征

屈原善于在创作中充分发挥形象思维的才能，运用比喻、比拟、象征手法来说明道理、表达思想感情。长期的反复的政治斗争、社会生活实践，使诗人对楚国统治集团的内幕和社会现实有了深刻而清醒的认识，对大自然的各种事物也相当熟悉。于是，他便以自己的进步的宇宙观、人生观为主导，集中概括了客观世界各种事物的本质属性和它们之间的关系，将自然界的事物比喻人世间的事物；以人拟物或以物拟人；以象征手法表现思想感情。这些都是形象思维的方法和手段。

比喻：比喻就是以彼喻此，借物喻事，就是用具体的、形象的、熟知的事物去比方与其相似而非同类的、抽象的、深奥的另一事物。比喻，有明喻、借喻、暗喻之分，它又常与想象、夸张结合运用，犹如同胞姊妹。屈原作品中多用借喻手法，直接把喻体当作本体来说。他善于观察生活，善于捕捉生活中客观事物的感性特征，通过形象思维，以感性的形式来构思，来反映现实、阐明真理、表达鲜明的爱憎。他用的比喻是新颖而深刻的，那些感性的形象是闪射着崇高伟大的思想光辉的。如在《离骚》中，诗人以“乘骐骥以驰骋，来吾导夫先路”比喻励精图治，君臣相得，同心谋国。以“众女嫉余之娥眉，谣诼谓余以善淫”比喻党人群小嫉贤害能，造谣毁谤。又如《惜诵》，以“矰弋机而在上，罻罗张而在下，设张辟以娱君”比喻群小在朝，壅蔽君王，专权误国；周密布置罗网，迫害异己，贤臣不得报国。等等。

作品中大量的比喻，以浅显的语言，生动形象地表现了抽象的事物或揭示了深刻的道理。技巧圆熟，大胆创新，达到了空前的语言艺术水平。

比拟：比拟，意在“以此拟彼”“彼此交融”。常用的是以物拟人、以人拟物二法。在屈原作品中多采取以人拟物法，把人当作物来描写、表述。有时类似借喻、暗喻，但又不尽相同。它们的主要区别是：比拟的两者几乎已融为一体；比喻的两者分明仍是二物。诗人在社会实践和创作实践中，以超人的洞察力和清醒的现实主义态度观察并掌握了社会各阶层不同类型的人物的本质特征，又掌握了自然界的草木鸟兽等客观事物的固有属性，并能通过类比、联想，理出人与物的神似之处。于是，以诗人那卓越的艺术才能加以集中概括，将具有典型性的人和事拟作具有典型性的自然物，将思想感情诉诸形象，构成画图。诚如(俄国)别林斯基所说：“诗人用形象来思考；他不证明真理，却显示真理。”“哲学家以三段论法说话，诗人则以形象和图画说话。”屈原在运用比拟手法时，总是渗透着他的政治倾向、是非观念和爱憎感情的。如在《离骚》中，将英才贤士比拟为申椒、菌桂、蕙、芷等香木芳草；将培育英才拟作“滋兰”“树蕙”；将贵族青年蜕化变质说成“众芳萎绝、芜秽”。在《抽思》中，诗人将自己被疏放汉北比拟为“有鸟自南，来集汉北。好姱佳丽兮，牉独处此异域”。在《怀沙》中，将贤者困厄，小人得志比拟为“凤凰在笯，鸡鹜翔舞”；又将小人对贤臣的攻击诽谤比拟为“邑犬之群吠”等等。

诗人将所"拟"的两者间的相通之点联系起来、融合为一体。把贤良之士拟为芳草、凤凰，将奸佞小人拟作恶草、鸡鹜，十分形象化。这不仅直接表达了作者的爱憎，而且也能唤起读者思想感情的共鸣，从而受到启发感染。

象征：象征，是通过特定的容易引起联想的具体形象，表现与其特点相似或相近的概念、思想和感情的艺术手法。作者通过选择题材、塑造形象和安排情节，以概括事物之间相似、相近的关系，借助于读者的想象和体味，委婉、曲折、含蓄地表达思想感情。屈原在作品中常用这种手法，如《离骚》，以"扈江离与辟芷，纫秋兰以为佩。……朝搴阰之木兰，夕揽洲之宿莽"象征诗人自己珍惜时间，积极修身进德，以图完成祖国中兴大业。以"制芰荷以为衣，集芙蓉以为裳。……高余冠之岌岌，长余佩之陆离"来象征自己志行的高洁、坚贞。特别是《橘颂》一篇，将江南的丹橘人格化，用象征手法构思全诗，刻画了"受命不迁"、固守本性、高尚纯洁、不随流俗的艺术形象，咏物寄情，象征诗人自己完美的人格和"苏世独立，横而不流"的精神。诗人抓住了象征体与本体之间内在联系的因素，加以展示和描绘，使象征意义有力而充分地表现出来。

乙、夸张、铺叙

夸张：夸张，是为了表达思想感情，为了突出事物的本质特征，有意地把话说得扩大些或缩小些，使作品所表达的比实际生活更高、更强烈、更集中、更典型化。高尔基说："艺术的目的在于夸大好的东西，使它显得更好；夸大有害的东西，使人望而生厌。"又说："真正的艺术，有夸张的权力。"夸张，时常借助于想象，但这想象又是以现实为基础的，它并非完全脱离现实的虚构，正如电影的特写镜头那样，更集中概括地表现强烈的情感和塑造鲜明的形象，从而更有力地表现主题思想。屈原在作品中，为了突出表现自己高洁纯粹的志节、情操，集芳香珍异之物为佩饰，取洁清奇美之物为饮食。如"揽木根以结茝兮，贯薜荔之落蕊；矫菌桂以纫蕙兮，索胡绳之纚纚"（《离骚》）。又，"带长铗之陆离兮，冠切云之崔嵬。被明月兮佩宝璐”（《涉江》）。又，“朝饮木兰之坠露兮，夕餐秋菊之落英”（《离骚》）。又，“擣木兰以矫蕙兮，糳申椒以为粮。播江离与滋菊兮，愿春日以为糗芳”（《惜诵》）。这些夸张的描绘，汇集了许多芳洁美好的自然物来美化诗人自己的品格，构成崇高完美、超然出俗的典型形象。另外，屈原运用夸大手法，常与丰富的想象相结合，如在《离骚》中，描写自己上下求索的过程，由八条飞龙驾着美玉象牙之车，由凤凰、日、月、风、雷为仪仗扈从，云霓为旌旗，演奏着《九歌》之乐，表演着《韶舞》，车马喧阗，浩浩荡荡，前呼后拥，意气扬扬，美盛无比，真是赛过天神。这是为了表现诗人自己的人格美而构想和塑造的艺术典型。这种夸张，表面看来不似真实，但又胜似真实；它不等于生活的真实，却是艺术的真实。

铺叙：铺叙，即着意地排比铺陈、敷衍叙写，对于要写的人物、事件和环境作综合的、具体的、夸张的描述，而且注重辞采。如屈原的《招魂》之词，不仅在描绘天堂、地狱、四方边荒的险恶环境时极尽艺术夸张之能事，写得阴森恐怖，令人毛骨悚然；而且，精思傅会，巧运匠心，在作品的后一部分，用重彩浓色大事渲染描绘，淋漓尽致，丰富生动地铺叙了故都宫廷生活的奢华安乐。文章结构完整而精密，中心突出，层次井然，繁华而不紊乱。第一层，叙写宫室之富丽堂皇，构筑美盛：高堂深宇，层轩累榭，临山绕水，冬温夏清。宫室内壁饰以翡翠鸟羽，悬置玉钩；又有翡翠珠玑之锦衾，轻纱细缯之壁帷，以玲珑美玉为饰之罗纱床帐；还有成队的美女轮班侍夜；还有池沼园林之美：阑干、曲池相映成趣，池中有芙蓉、芰荷，门前阶下遍植兰蕙，玉树成行作为篱笆。第二层，铺陈饮食之精美：以稻、麦、黄粱等为食；肴馔更是丰盛珍奇：肥牛之腱，胹鳖炮羔，以天鹅、野鸭、鸿鸧、鸡、龟等烹调的各种佳肴珍馐；又有各种甜食点心和琼浆玉液。第三层，写歌舞女乐之盛：演奏歌咏的是《涉江》、《采菱》、《阳阿》等楚曲和吴歌、蔡讴；表演的是那郑地的舞蹈；乐器有竽、瑟、鸣鼓。第四层，写游戏博弈之乐；又写逸兴大发，即席赋诗，尽欢而散。

此篇布局严整，规模宏大，铺叙精妙，多有华藻美辞，流金溢彩，雍容典丽。它的结构、技法、文采都是前所未见的。这样的艺术杰构，对汉魏以来的辞赋创作影响颇深。屈原作品，尽管自西汉以后多有"屈赋"之称，但那只是一种习惯的提法，它与"汉赋"是大不相同的，此乃普通常识，无须词费。

丙、对照

对照，是将不同事物或同一事物的两个相反、相对的方面互相对比，来描述或说明事物。通过比较对照，就自然容易使人判明是非、优劣、善恶，了解事物的本质属性。对照，主要是以意义相对比为特征的，要求同物或异物的意义是相反或相对的。屈原的作品，运用对照法较多。如《离骚》中，诗人以自己的志行高洁、清白、正直跟小人的蔽美妒贤、工巧追曲相对照；以尧、舜之耿介与桀、纣之昌披相对照；又将汤、禹之举贤授能与浇、桀之昏乱残暴相对照。这更能使人们对古代兴亡治乱之理有明确的了解。又，在《招魂》中，以四方上下环境的险凶与楚国故都的安乐相对照，更显出返回故都的好处，借以说动被招之魂欣然归来。又，在《惜往日》中，诗人回顾并悼惜往日曾受到楚王的信任重用，"受命诏以昭时"，"奉先功以照下"，"明法度之嫌疑"；而后来却横遭谗人的妒害，楚王又不加考察，轻信谗言，"含怒而待臣"，"远迁臣而弗思"，使这无辜之贞臣，被谤见尤。此处是以诗人先后不同的遭际相对照，说明楚王的昏聩，小人的奸巧，从而揭露了楚国政治的黑暗腐朽。这种写法，能更鲜明地反映问题的本质，给人深刻而明晰的印象，并唤起人们思想感情上的共鸣。

丁、对偶

对偶，是用字数相等、结构相同或相近的句子或句子成分来表达相对、相近或相关的内容。它主要是以结构形式相同为特征的，要求词性相对称。屈原作品中常用对偶句来增强语言表现力。如《离骚》："朝搴阰之木兰兮，夕揽洲之宿莽"；"朝饮木兰之坠露兮，夕餐秋菊之落英"；"制芰荷以为衣兮，集芙蓉以为裳”;“高余冠之岌岌兮,长余佩之陆离”。诗人以这些对偶句描述自己对芳洁珍异之物的特殊癖好,有力地、反复地强调高尚纯洁、嵚崎磊落的品格。又在《离骚》中写道:“扬云霓之晻蔼兮,鸣玉鸾之啾啾”;“驾八龙之蜿蜿兮,载云旗之委蛇”;这里是在着力表现诗人于上下周流之中,车驾扈从之美盛,自己意绪之昂扬。……此类对偶句,在屈原作品中还有很多,都运用得十分恰当,形式整齐,音韵和谐,意义鲜明,使两层相似或相关的意思互相补充,彼此辅助,臻于完美;而绝无生硬、重复、拖沓、僵化之弊。这种修辞方法,被后世诗人所沿袭、发展,成为诗歌创作中极其重要的一种语言技巧。

戊、环境描写、人物描写

环境描写:屈原在艺术创作中,对环境、气氛的描写,往往是为了映衬人物的思想情感,从而突现其典型性格。他善于通过生活实践和敏锐细致的观察,捕捉典型的事物,概括为艺术形象,绘声绘色地渲染描绘,形象生动,富于感染力。如《涉江》,写自己被放逐江南,辗转溆浦,独处深山的情景:

入溆浦余儃佪兮,迷不知吾所如。
深林杳以冥冥兮,乃猿狖之所居。
山峻高以蔽日兮,下幽晦以多雨。
霰雪纷其无垠兮,云霏霏而承宇。
哀吾生之无乐兮,幽独处乎山中。
吾不能变心而从俗兮,固将愁苦而终穷!

这段文字,描述了深山密林、幽晦凄清的景象,不但烘托了诗人的悲愤、孤独、怅惘的心情,而且又反衬了他的穷而弥坚,忠直不屈的意志。

又如《山鬼》中的环境描写:

雷填填兮雨冥冥,猿啾啾兮狖夜鸣。
风飒飒兮木萧萧,思公子兮徒离忧。

刻画了凄风冷雨、幽冥阴森的典型环境,渲染了气氛,以映衬神女思念公子而不得见的愁怀离绪;而在这凄清环境中的苦苦思慕，更真切地表现了神女对爱情的专注纯洁、缱绻缠绵。

再如《湘夫人》：

闻佳人兮召予，将腾驾兮偕逝。
筑室兮水中，葺之兮荷盖。
荪壁兮紫坛，播芳椒兮成堂。
桂栋兮兰橑，辛夷楣兮药房。
罔薜荔兮为帷，擗蕙櫋兮既张。
白玉兮为镇，疏石兰兮为芳。
芷葺兮荷屋，缭之兮杜衡。
合百草兮实庭，建芳馨兮庑门。
九疑缤兮并迎，灵之来兮如云。

诗人以丰富的想象力，运用大胆的夸张手法，描写湘君有感于佳人相召，便想腾驾偕往，意想之中准备营建华贵高雅的宫室园囿，置备各种芳洁珍奇的器用陈设，梦寐以求地想与湘夫人共同建立幸福美好的爱情生活。这种虚构拟想是以现实为基础而又高于现实的，它十分巧妙而含蓄地美化了现实环境和主人公的感情。这情景交融的描写，无形中透露了湘君对湘夫人真挚热切的思慕之情，以及对幸福生活的憧憬。将美好的环境和理想的爱情生活交织在一起来写，更增强了艺术语言的魅力，自然地表现了文旨。

从以上关于环境描写的举隅，已可略见诗人的艺术才能。他注重从生活实感中提炼、概括典型的事物，借助于典型环境的描写以衬托人物心情和表现人物性格。诗人在艺术创作中，是为抒情而写景，为写人而写景。将自然景物，客观环境的描写织入了人物的精神世界之中。自然环境作用于人的思想感情，在主人公的心灵中引起波动，留下痕迹；而且，又能触发、唤起读者思想感情的交流与共鸣。它的作用不仅使读者宛如身临其境，而更重要的是由此生发、抽绎出绵绵的思绪，以及无穷的联想、想象以至幻想。它不止是一株花，而且更是一颗饱含生命力的种子，至于它萌芽以后的一切，就由读者通过形象思维去勾画吧。

人物描写：屈原又善于刻画典型环境中的典型性格，并在人物描写中带有一定的戏剧性。尤其是《九歌》，更集中而突出地反映了这一特点。如《湘君》《湘夫人》，描绘的是楚地神话传说中配偶之神的形象，作品表现了他们之间纯洁真挚的爱情，塑造了完美的艺术典型。以《湘君》为例，开篇即描写在那烟波浩淼的天水之际，伫立着一位文静婉淑的女神，她在翘盼着自己的心上人——湘君前来相聚；然而他爽约了，于是这位女神便吹奏着相思曲，排遣自己的满怀愁绪。接着，写湘夫人乘坐飞龙之舟，沿着沅水、湘水匆匆去寻觅湘君，但还是未能相见；使她涕泪纵横，无限悱恻悲怨；连左右的侍女也对她顾恋同情。又写她继续凌波行舟，执着地追求湘君，但仍然无缘团聚，这使她更加怨恨、痛苦；继而总括地描述她从清晨就乘舟沿沅、湘寻觅湘君的行迹，直到日暮黄昏才在沙洲之畔缓缓停舟；此时此刻，这位女神已不胜哀怨凄苦，诗人又刻意描写凄清寂寞的自然环境来映衬女主人公感情上的波澜起伏。最后，故事情节发展到高潮，人物的思想感情也表现得最强烈，湘夫人对湘君的怀念和怨怼已达极点，于是，心一横，要把湘君以前所赠的信物（玉玦、玉佩）抛入碧波之中，以示决绝之意；但她不忍真的离异，便又采撷芳草遗赠湘君之侍女，托她向湘君代致殷勤眷恋之意；这位美丽多情的女神自伤芳华易老，青春难再，就想暂且逍遥自在地流连于水光山色之中，借以寄托愁思；她自我解嘲地说："聊逍遥兮容与。"实际上，在濒于绝望的心情下，她又怎能那样悠然自适呢？在表面说的"逍遥""容与"的背后，岂不就是那恼人的难言之隐吗？这些自嘲、自遣、自慰之词，也是屈原对女神的心理描写。

至于《湘夫人》《山鬼》《河伯》《云中君》《东君》《大司命》《少司命》等篇，也都各有千秋地描绘了人物的言语、行动、外貌、心理等方面，而且有一定的戏剧性（还比较原始、简单）的情节，刻画了人物性格，将神祇人格化、美化了。就《九歌》而言，由于诗人热爱楚地民间文学，继承并发展了它的优秀传统，对原有的这一组民间祭歌(已初具歌舞剧的雏形)进行了精心的、创造性的艺术加工(亦即进行艺术再创作),使作品中所塑造的各种人物形象较它的原型更完美、更典型,也更具有浪漫主义色彩。

四、屈原作品的主要成就

(一)人民性和现实主义精神

屈原为祖国、为真理奋斗终生,他不仅有积极的社会实践,而且有卓越的艺术创作实践。他把自己对祖国的热爱、对美好理想的追求、对人民的关怀都融汇到伟大的诗篇中去了。他的作品虽然很少直接写人民生活和思想情感,但是,作品所反映的爱憎,正与人民的爱憎相通;所表现的美好理想,也基本上符合人民的利益。作品颂美的是爱国精神、是正义、是"美政",这些内容从不同角度反映着人民的愿望。同时,他也无情地揭露楚国统治集团的腐朽昏庸、政治的黑暗暴虐;并从而揭露楚国统治集团和人民之间的矛盾、楚国与强秦之间的矛盾;充分反映了混乱复杂的社会现实与时代面貌。所以,是具有人民性和现实主义精神的。如《离骚》《九章》等许多优秀诗篇,所写的绝不限于诗人一己的被黜见放、横遭谗害、顿踣颠沛之苦情;而是小中见大,包举了广阔的社会内容和深刻的现实意义,将个人遭际与祖国、人民的命运紧紧连在一起,集中概括了整个社会和整个时代,具有高度的真实性和典型性。屈原是为祖国、为人民、为美好理想而歌吟、而呐喊的,他以现实主义方法创作的诗篇,就是他的心灵的呼声,就是时代的缩影。

(二)积极的浪漫主义精神

屈原在创作中能将现实主义与积极的浪漫主义完美地统一起来。他所运用的浪漫主义是有现实基础的,是来自现实,又高于现实的,因而也是积极的。诗人在长期的社会实践、政治斗争中，对现实生活有亲身体会和深入观察，识透了现实社会的各个剖面和角落，掌握了它的内在规律和本质特征；越是感到现实的不合理，越是要变革它，越是要顽强地揭示它的本质。为了更集中、更彻底、更生动地反映事物的典型性，于是便运用积极的浪漫主义方法进行创作，通过优秀作品使人感奋起来，激起对现实的积极态度——即改变现实的态度；进而使人们认识客观世界应该有和可能有的面貌，并自觉地为实现理想而奋斗。如《离骚》《九歌》《招魂》《九章》等作品，都是通过积极的浪漫主义创作方法来抒发诗人主观的思想感情，表现诗人的顽强战斗精神，揭示客观世界的典型意义与重大课题。他在创作中，通过新奇而奔放的想象与幻想、灵活运用神话传说、运用夸张与比拟等手法，赋予作品以浪漫色彩和新的生命。如渲染描绘神奇的情景：驾青虬，骖白螭，与重华同游瑶之圃；登昆仑，食玉英；……都表现了丰富的想象和美妙的境界。他的作品充分反映了客观事物的本质，启发人们认识并正确对待社会现实，鼓舞人们对邪恶势力的反抗精神，以及对美好未来的希望与信心。正如（苏联）高尔基在《我的文学修养》中说的："积极的浪漫主义，则企图加强人们的生活的意志，唤起他心中对于现实、对于现实的一切压迫的反抗性。"屈原在这方面迈出了坚实的一步，他的作品是现实主义与积极浪漫主义相结合的范例。

（三）继承并发展了楚地民间艺术形式

屈原创作的《楚辞》，开百代诗风，使中国古代诗歌创作得到一次大解放、大飞跃。尽管"楚辞"已经作为崭新的、成熟的文学样式出现于我国古代诗坛，然而，它总是带着楚地民间文学艺术的痕迹。它脱胎于楚地民间文艺，而又由于屈原的伟大创造，不断发展提高，使其达到更完美的艺术水平。就内容而论，"楚辞"中的《九歌》就是屈原将楚地"巫歌"进行整理加工、进行艺术再创作的成果，它充满了神话色彩和原始宗教意味。《招魂》，也是屈原依照楚地民间“招魂词”的形式加以创作的，尽管它渗透着“存君兴国”的政治感情，但是它织入了大量的民间神话传说和“巫官文化”的幻想成分，也带有民间艺术的印记。就是《离骚》《九章》等作品，也都有一定的民歌特色。可见屈原的作品是吸收了楚地民间文学艺术的精华，经过提炼、创新、发展而成的。就形式而言，屈原的作品打破了《诗经》所固定下来的四言格式，在运用楚语、楚声、民众口语的基础上，锤炼、镕铸为诗的艺术语言，创造了具有新的风格的“楚辞体”。它的句法参差错落、灵活自如，有民间歌谣的韵律节奏。又如《离骚》、《招魂》《涉江》《哀郢》《抽思》等篇的“乱辞”，《抽思》的“少歌”“倡”，都是楚地民间乐曲体制上的名目。总之，这些语言上、音乐上的民间艺术传统，被屈原继承、运用、发展、提高，独创为新的文学体裁和艺术风格。屈原的大胆创新精神是十分可贵的，他既尊重和热爱民间艺术的优秀传统。而又不迷信、不狭隘，不保守，敢于开辟诗歌创作的新道路、探索新领域。

五、屈原对后世文学的影响

屈原的伟大人格和雄视百代、冠绝千古的诗篇，给后世文学以巨大而深远的影响。他是我国古代诗歌史上第一个有主名的、有个性的爱国诗人。他将自己毕生为之奋斗的政治理想、将自己对祖国和人民的热爱、将自己对邪恶势力的反抗精神，都化为作品的生命和灵魂；质言之，他的一生就是战斗的诗，他的诗集中概括了他战斗的一生。特别是他的代表作《离骚》，生动地、鲜明地表现了他伟大而高尚的个性和格调。屈原对后世作家与作品的影响，就在于他的爱国思想和追求真理的精神；在于他将社会实践、政治斗争与创作实践高度统一的方向；也在于他的作品的人民性与现实主义精神、积极的浪漫主义精神、艺术创作中的革新精神。

屈原的爱国思想和伟大人格，受到后世正直的、优秀的史学家、文学家、诗人以至全民族的崇敬与热爱。各地人民于夏历五月五日所沿袭的龙舟竞渡之风、角黍投江之习，都是为了纪念屈原。这是由于他的爱国思想与行动、为真理和正义而献身的精神感动着人民，使人民对他念念不忘，无限同情和爱戴。历代有许多优秀作家，与屈原有相似的际遇，因而从思想感情上更与屈原相交通，更加热爱和服膺于他，从做人的准则到为文的风格都志在继其踵武，刻意慕求。如西汉初叶的贾谊，才华盖世，独步文坛，少年得志，曾受到汉文帝的宠信。但由于他疾恶如仇，直言敢谏，触犯了一些皇族权奸的淫威，而招致其嫉妒怨恨，于是横遭打击迫害。汉文帝终于将他谪迁为长沙王太傅。渡湘水时，引起无限感慨，便作赋以吊屈原，实际也寄托了自己身世摇落之悲愤。较贾谊稍晚的司马迁，是一位胸怀大志且博学多才的史学家、文学家、思想家，敢于主持正义，褒贬当世；他因替蒙冤负屈的李陵辩护，触怒了皇帝，获罪受刑。这是对他极大的摧残与侮辱。他从“屈原放逐，乃赋《离骚》”，以及其他历史人物的遭遇中得到启发和力量，于是，忍辱负重，发愤著述，完成了五十多万字的史学兼文学巨著——《史记》。另外，历代还有许多有正义感、有爱国心的进步诗人，在政治黑暗、国家存亡之际，或身遭怫逆之时，情动于中，不得不发，也往往祖述屈原之遗风，为诗造赋，慷慨悲歌，创作了很多与《离骚》神意相通的、抒发真性情、真本色的伟制鸿篇。受屈原影响的作家，无不景慕和发扬屈原的爱国思想与高尚志节。如唐代伟大诗人李白，雄放不羁，藐视权贵，连天子也不在他眼里，但他对屈原敬佩得五体投地。他曾在《江上吟》中说：“屈平辞赋悬日月，楚王台榭空山丘。”他如此推崇屈原，决非偶然。至于唐代另一位伟大诗人杜甫，更是继承并发扬屈原优秀传统的典型，他对屈原是极为景仰称颂的。他在《最能行》中曾说：“若道士无英俊才，何得山有屈原宅？”又在《戏为六绝句》中说：“不薄今人爱古人，清辞丽句必为邻。窃攀屈宋宜方驾，恐与齐梁作后尘。”……像以上这样受屈原思想和作品影响的作家，是不胜枚举的。总之，屈原那种爱国忧民、追求真理、反抗邪恶、勇于创新的精神，对后代作家的影响是深远的。司马迁曾将屈原自许的话加以认可论定，说：“推此志也，虽与日月争光可也。”可见这位目光敏锐、态度严肃的司马迁最推崇的是屈子之“志”，而被后人效法的首先也是屈子之“志”。

在创作方法和艺术风格方面，屈原对后世作家的影响也是深广的。我国汉文学史上许多优秀作家无不高度重视屈原的艺术成就，并努力学习他的创作方法与艺术风格，在创作实践中不断发展提高，形成了由屈原开创的古代诗歌发展的新体系、新风格。被后世有成就的作家所运用的现实主义、积极浪漫主义方法；新兴的自由的诗体和新的语言形式，……大率是得之于屈原的。屈原的艺术成就，对后来的文艺创作有重大启迪、导引作用，甚至成为后世文学流变中的依傍。司马迁说：“屈原既死之后，楚有宋玉、唐勒、景差之徒者，皆好辞而以赋见称，然皆祖屈原之从容辞令，终莫敢直谏。”班固认为屈原作品“博丽宏雅，为辞赋宗”。王逸则云：“故智弥盛者其言博，才益多者其识远，屈原之辞，诚博远矣。自孔丘终没以来，名儒博达之士，著造辞赋，莫不拟则其仪表，祖式其模范，取其要妙，窃其华藻，所谓金相玉质，百世无匹，名垂罔极，永不刊灭者也。”以上诸家之论，虽未尽当，却基本上说明了屈原作品影响之大。

屈原作品，直接影响了楚地一些创作“楚辞”的继起者、模拟者。如楚国的宋玉等人，就是继屈原之后，模拟屈原艺术风格并卓有成就的诗人，尤为突出的是宋玉。属于他的作品而比较可信的是《九辩》。虽然宋玉的作品在形式上明显的有模拟甚至抄袭的痕迹，但他又在学习屈原的基础上有所创新，不失为“楚辞”之上品。从内容来说，作品抒发了诗人怀才不遇，受谗害打击，身遭贬斥，穷愁潦倒的感慨；揭露了楚国贵族统治集团的黑暗腐朽，谗人的奸巧险恶，蔽君误国；表白了自己的政治主张和作人处世的态度，将忧国忧民的思想情感和身世之慨叹互相交织。《九辩》是含蕴深厚的、写实的长篇抒情诗，但在情调上多是抒发孤高自守之志，而少见屈原作品所反映的那种顽强战斗精神。显得调子低沉一些、柔弱一些。在形式方面，作品有一定的创造性。它集中概括地描写典型环境、气氛，借景抒情，情景交融，以凄清萧瑟的秋声秋色映衬贫士失职的愤懑、游子羁旅孤独的怅惘和离人送别的愁绪，有浓重的抒情气氛。作品也长于排比铺陈，精细刻画，构成深远的意境。句法参差历落，变化自由；而且语气词“兮”字的位置也灵活变换；音韵和谐，富于节奏感；双声叠韵字与迭词特多，增强了音乐美与表现力。宋玉的艺术造诣确是高超的，所以，文学史家多以屈、宋并称。此外，与宋玉同时期的《楚辞》作家，相传尚有唐勒、景差等人，因其作品不能确考，难以置评。

自楚、汉之际以讫两汉时期，又有一些《楚辞》作品问世。但一般都流于形式的模拟，矫揉造作，无病呻吟，内容空洞而少新意；优秀之作寥若晨星；只有贾谊的《吊屈原赋》《鹏鸟赋》，淮南小山的《招隐士》等较有价值。

在屈原作品（主要是《招魂》）夸张铺叙、细腻描写的艺术特色影响下，到两汉时期又兴起了一种新文体——“辞赋”，盛行于宫廷和上流社会，历代均有辞赋名家。不同时期又有不同流变，如“汉赋”、魏晋的“短赋”、南北朝的“骈赋”、唐宋的“律赋”和“文赋”等。纵然“辞赋”渊源于《楚辞》，但它们又是显然不同的两种文体。“辞赋”，在内容方面，多是对帝王贵族的歌功颂德，“劝百而讽一”；形式方面，半诗半文，颇类后世之散文诗；“铺采摛文”，堆砌辞藻，夸奇炫博，以致“繁华损枝，膏腴害骨”。不过，在大量作品中，也有与众不同的某些名篇。

此外，屈原作品对后来的诗词、传奇、散文、戏曲等方面，也有不同程度的影响。他的作品的人民性和现实主义精神、积极的浪漫主义精神对后世文学和史学的影响更深。如汉代的司马迁，就继承并发扬了现实主义传统，充分发挥他多方面的才能，完成了一部伟大的历史著作——《史记》。上溯古代传说中的轩辕黄帝，下迄汉武帝，总结了中华民族三千年发展的历史。他有朴素的唯物主义思想和批判的精神，他曾说自己的写作目的是“究天人之际，通古今之变。成一家之言”。他的思想博大深邃，有科学的态度，对历史事件、历史人物，以及历史的演变、发展，有比较实际的认识和独立的衡量标准，而且有些褒贬、爱憎是与人民的观点一致的。他创作的《史记》，既忠于历史事实，又对历史人物、历史事件有生动形象的文学描写，具有高度的概括力与典型性，使这部历史巨著又有文学作品的艺术魅力。它在字里行间充满着史学家、思想家的科学的、严肃的论述批判，又洋溢着文学家的烈火般的激情与爱憎，形成了我国汉文学史上散文创作的独特风格与新的流派，表现了司马迁的艺术天才，开辟了古代散文创作的现实主义的新道路。鲁迅先生在《汉文学史纲要》中盛赞《史记》为“史家之绝唱，无韵之《离骚》”，是很有道理的。《史记》对后世史学和文学（主要是散文、小说）均有不可估量的影响。

同时，屈原作品的现实主义传统，为古代诗歌创作奠立了坚实的基础。汉代及以后的有成就的诗人都不同程度地发扬了“楚辞”的优秀传统。如张衡的《四愁诗》，曹植的《美女篇》，阮籍的《咏怀》，左思的《咏史》，陶渊明的《停云》《时运》《归园田居》，骆宾王的《帝京篇》，陈子昂的《感遇诗》，李白的《古风》《蜀道难》，杜甫的《三吏》《三别》《自京赴奉先县咏怀》《北征》……以及苏轼、陆游、辛弃疾等人的作品，都有一定的人民性与现实主义精神，是和屈原作品一脉相承的。其中唐代伟大的诗人杜甫，更是自觉地继承并发展了屈原作品的优秀传统，创作了大量富有人民性的反映现实的杰作。再者，唐代大诗人李白、李贺又是受屈原作品的积极浪漫主义影响的典型。他们的创作思想、创作方法，与屈原有息息相通之处。像他们这样努力学习屈原的作家，不可数计，他们都从屈原作品中吸取了营养，运用积极浪漫主义方法创作了很多优秀作品。

屈原在创作方法和艺术风格方面给后世文学的影响是深远的，尤其对后代辞赋作家影响最大。正如刘勰所说："是以枚、贾追风而入丽，马、扬沿坡而得奇，其衣被词人，非一代也。"

屈原给我们民族留下的文学遗产，是有无限生命力的。它超越了时间、空间的疆界，成为世界文学宝库中永放异彩的瑰宝。不仅中国人民永远纪念屈原，世界人民也永远纪念他。他的作品早在十九世纪中叶就已开始译成多种文字，流行传播于各国，他已成为世界性的伟大诗人，这是我们民族的光荣与骄傲。我们应对屈原的思想和作品进行批判的总结，作为我们进行文艺创作的借鉴。

离骚

题解

司马迁《史记·屈原贾生列传》称引刘安之说，云："'离骚'者，犹离忧也。"班固《离骚赞序》曰："离，犹遭也；骚，忧也，明己遭忧作辞也。"又据当代学者游国恩、郭沫若诸先生考证，"离骚"即"劳商"，本是楚曲之名。犹如《采菱》《阳阿》《薤露》《阳春》《白雪》之类。马茂元先生则主张标题的音乐意义和思想内容是统一的。准此，我们对《离骚》之篇名，姑且认为：由于屈原遭罹忧患，幽思长愁，于是，袭用楚曲旧题，创作新词，以抒发自己悲愤交集、抑郁不平之情。

全诗可分为前后两大部分：

前一部分（自篇首至"岂余心之可惩"）：

主要是写对已往经历的追溯和由此而产生的愤慨。

首先，诗人追述世系、出身，自幼独具优异才能，为实现远大理想而勉力自修；接着写他如何立志辅助楚王改革政治，谋国图强，但是这些为国为民的主张和措施，却横遭旧贵族势力、谗谄群小的诽谤打击；楚王妄信谗言，罢黜疏放了他；他为振兴楚国而苦心培育的人才也蜕化变质；诗人回顾因直言谏君，精忠谋国而身罹忧患，引起无限愤慨，一方面怨恨楚王昏聩不明，一方面痛斥党人群小之邪曲害公，断然表示：一定坚持美好的政治理想和高洁志行，与邪恶势力斗争到底，为了真理和正义，虽九死而不悔。

后一部分（自"女媭之婵媛兮"至篇末）：

主要是写对未来道路和政治理想的求索、憧憬与选择。

这一部分，为了表现诗人在屡遭挫折之后的思想矛盾和斗争过程，运用了幻想和想象的方法。首先，描述女媭劝诫他在险恶的社会环境中要"明哲保身"、放弃斗争；他听后不以为然，就到古帝虞舜那里占陈辞，纵论往古治乱兴衰之理，不但否定了女媭的见解，而且自以为掌握了正道，于是意气风发地周流于天，下游于地，探索实现美好理想的道路，结果，天宫闭门不纳，四方也无可诒之女，天上、人间同样"混浊而嫉贤，蔽美而称恶"，因此，想实现宏伟的抱负是极端困难的；诗人在濒于绝望之时，心情十分矛盾，于是便向"灵氛"问卜，以决行止，"灵氛"劝他不要留恋这混乱黑暗的楚国，应该到远方去寻求出路；热爱祖国的诗人却瞻顾迟疑，心情十分矛盾，便又去请教"巫咸"，"巫咸"则劝他及时努力，寻求志同道合的理想人物，并列举古代明君举贤授能的旧例，说明贤才终究会被明君所赏识重用，君臣遇合，共图大业；诗人经过深思熟虑，感到时不待人，而且在日益恶化的楚国社会环境中是无甚希望的，于是他就决定听从"灵氛"的劝告，远逝自疏；当他乘龙御凤、周流上下、浮游求女之际，神志飞扬，自慰自娱，一时解脱了无限苦痛；他正在光明灿烂的天宇自由飞腾时，忽然俯瞰到下方的故乡，于是，仆夫悲怆，神驹怀伤踟蹰，使他又从美幻的境界跌落到无情的现实之中，又投入了祖国的怀抱，他不忍离开多灾多难的父母之邦而远行，最终，决心以死殉志。

伟大的爱国诗人屈原，在那"举世混浊""众人皆醉"的恶劣社会环境中，"信而见疑""忠而被谤"，一再遭受谗人陷害打击，被楚工疏远、罢黜、放逐，身罹忧患，愤懑填膺，于是就运用"离骚"这种楚曲形式，宣泄勃郁不平之气与壮志难酬的慨叹。

这篇广博深沉、震古烁今的长篇抒情诗，是屈原的代表作，是"楚辞"的极峰。它集中反映了诗人对祖国和人民的无限忠诚、无比热爱以及勇于为祖国贡献一切的精神；也表现了诗人高尚的情操：他对美好的政治理想热烈追求，至死不渝；对楚国统治集团中的邪恶势力坚决斗争，永不妥协；始终坚持修身洁行而不同流合污。

作品以现实主义与积极浪漫主义相结合的创作方法，成功地塑造了一个忧国忧民、疾恶如仇、追求真理、向往光明的高尚完美的艺术典型。

本篇的写作年代，很可能在屈原被放逐江南的前期（即顷襄王初年）。

原文及注释

（一）

帝高阳之苗裔兮，朕皇考曰伯庸。摄提贞于孟陬兮，惟庚寅吾以降。

［注释］

（1）帝高阳之苗裔兮，朕皇考曰伯庸——帝：古帝王的称号，如三皇五帝。高阳：远古帝王颛顼有天下时的称号。据《史记·楚世家》记载：芈姓源于祝融部落，祝融则源于颛顼，颛顼为高阳氏。苗裔：后代子孙。兮：古读若“啊”“噢”“嚎”。犹“侯”“也”“乎”“猗”，语气词。朕：古代无论尊卑，均称“我”为“朕”，自秦始皇始定为天子自我的专称。皇考：这是对先父的尊称。皇，大；美；光明。考，指亡父。伯庸：屈原先父的字。二句意谓：我是古帝高阳氏（颛顼）的后代子孙，我的父亲表字叫做伯庸。（2）摄提贞于孟陬兮，惟庚寅吾以降——摄提：摄提格的简称。古人将天宫划为子、丑、寅、卯、辰、巳、午、未、申、酉、戌、亥十二等分，谓之十二宫。以岁星（木星）在天空运转所指向的方位来纪年。岁星指向寅宫（斗、牛之间）的那一年，叫做摄提格，即寅年的别称。贞：正；当。孟陬 zōu（邹）：一年之始的正月。陬：正月。惟：语词。庚寅：庚寅日（纪日的干支）。降：降生。二句意谓：正当寅年的孟春正月，又在庚寅日，而我就降生了。

（二）

皇览揆余初度兮，肇锡余以嘉名。名余曰正则兮，字余曰灵均。

［注释］

（1）皇览揆余初度兮，肇锡余以嘉名——皇：皇考之省文。览：当作“鉴”，观察。揆：衡量；测度。一本“揆余”下有“于”字。初度：初生时的器宇、容度。肇：始。锡：赐。嘉：美善。二句意谓：先父观察、度量我初生时的容度，开始赐我以美好的名字。（2）名余曰正则兮，字余曰灵均——正则：屈原名平，“正则”，指公正而有法则，这是隐括“平”的含义，以美其名有“法天”之义。灵均：屈原字原，“灵均”，指灵善而平均，这是隐括“原”的含义，以美其名有“法地”之义。二句意谓：先父给我取名叫“正则”，给我取字叫“灵均”。

（三）

纷吾既有此内美兮，又重之以修能。扈江蓠与辟芷兮，纫秋兰以为佩。

［注释］

（1）纷吾既有此内美兮，又重之以修能——纷：众盛貌；美盛貌。内美：固有的内在的美好品质。重：chóng（崇）。复；再；加。修能：修，与“秀”音近而通。又训“长”“高”“高明”。能：tài（太）。“態”（态）之省借，容态；外在的风格，或兼谓姿容与才艺。二句意谓：我既有这华盛的内在的美好本质，又加之具有外在的秀美容态。（2）扈江蓠与辟芷兮，纫秋兰以为佩——扈：犹“覆”。楚语谓“披”曰“扈”，指披佩在身上。江蓠：生长于水湿之地的一种香草。辟：缉续。读为《孟子》“妻辟纑”之辟，刘熙注云：“缉续其麻曰辟。”扈、辟，二动词，分别与下面的名词江蓠、芷构成两个动宾词组。一说，辟芷连读，谓生于幽僻之地的白芷。芷：白芷，也是一种香草。纫：rèn（任）。贯串连缀。秋兰：此指秋季开花的一种兰草。兰，香草名，品种很多。佩：指佩于身上的饰物。二句意谓：我身上披服着香草江蓠与缉续连接起来的白芷啊，又将秋兰贯串连缀起来作为佩饰。

（四）

汩余若将不及兮，恐年岁之不吾与。朝搴阰之木兰兮，夕揽洲之宿莽。

［注释］

（1）汩余若将不及兮，恐年岁之不吾与——汩：yù（玉）。《方言》：“汩，疾行也，南楚之外曰汩。”本为水流迅疾貌，此谓疾行貌。或喻流年如逝水。若将不及：指勤勉自修，若恐不及。年岁：年华，时光。不吾与：“不与吾”之倒文。与：待。二句意谓：我匆匆疾行，汲汲勤勉自修，也若将不及，唯恐时光不等待我啊。 (2) 朝搴阰之木兰兮，夕揽洲之宿莽——搴：qiān（牵）。拔取。引申为攀折义。阰：pí（皮）。大土冈。木兰：香木辛夷之一种。据说木兰去皮而不死。揽：采集；摘取。洲：沙洲；水中可居之地。宿莽：此指经冬不枯死的紫苏草。宿：隔时；旧时。莽：《方言》："苏，芥草也。南楚江湘之间谓之莽。"言"莽"在楚语中是指一种叫紫苏的香草。二句意谓：清晨我去高坡上攀折那去皮不死的木兰花，薄暮我又去沙洲采集那经冬不枯的紫苏草。

（五）

日月忽其不淹兮，春与秋其代序。惟草木之零落兮，恐美人之迟暮。

[注释]

(1) 日月忽其不淹兮，春与秋其代序——日月：指时光。忽：倏忽，迅疾貌。淹：久。序：因"序""谢"二字声韵相同之故，读为"谢"。代谢，指轮换，更替。见李详《文选拾渖》："代序，代谢也。古人读序为谢。"又，序，次也。代序，指更次，也是轮换义。二句意谓：时光迅疾而不久留啊，春与秋依次更替。 (2) 惟草木之零落兮，恐美人之迟暮——惟：思。零落：飘零，衰落（陨落）。美人：此处似喻楚怀王。或自喻。迟暮：晚暮，此指年老。二句意谓：感念草木之飘零陨落啊，只恐美人（君王）年迈迟暮，而功不成，事不遂。或：感念草木飘零陨落，一年将尽啊，唯恐我这美人年迈色衰而被疏远，情感渐冷。（喻已受谤失宠，而使功业难就。此以美人自喻。）

（六）

不抚壮而弃秽兮，何不改乎此度？乘骐骥以驰骋兮，来吾道夫先路！

[注释]

(1) 不抚壮而弃秽兮，何不改乎此度——不：犹"何不"。抚壮：抚，持；凭借；趁着；掌握（时机）。一说，训"循"。壮：壮盛之年。又通"庄"，训"美"，"美盛"，指美盛之年。弃秽：抛弃秽恶，或指远斥邪佞；或指抛弃秽政。度：指美人的器度或态度。或指治国的法度。二句意谓：何不趁此壮盛之年，而抛弃邪秽之行啊？何不改变这不良态度啊？或谓：何不趁此少壮之年，而抛弃秽恶之政啊？何不改变这腐败的法度啊？(2) 乘骐骥以驰骋兮，来吾道夫先路——骐骥：良马之名，此处是以良马喻贤才。乘骐骥，喻任用贤才。驰骋：以纵马疾驰喻奋发有为。来：犹言"请来"，是召"美人"之词。王夫之《楚辞通释》："来，相召告诫之词。"道：同"导"，为前导。夫：语词。先路：前路；前驱。二句意谓：乘驾良马骐骥而驰骋千里；请来啊，我愿在前面为你引路！

（七）

昔三后之纯粹兮，固众芳之所在。杂申椒与菌桂兮，岂维纫夫蕙茝？

［注释］

(1) 昔三后之纯粹兮，固众芳之所在——昔：往古。后：君。三后，指夏禹、商汤、周文王。又，戴震曰："三后，谓楚之先君，贤而昭显者，故径省其词，以国人共知之也。今未闻。在楚言楚，其熊绎、若敖、蚡冒三后乎？"又，王夫之曰："三后，旧说以为三王，或鬻熊、熊绎、庄王也。"备考。纯粹：素丝纯白不杂叫做"纯"；精米净齐不杂叫做"粹"。义，王逸曰："至美曰纯，齐同曰粹。"此处喻品德至美至善，毫无瑕疵。固：本。众芳：比喻群贤。在：此指荟萃、聚集。二句意谓：古昔那三后德行纯粹，本是由于能举用群贤，使人才荟萃于朝中。 (2) 杂申椒与菌桂兮，岂维纫夫蕙茝——杂：交杂并集。申椒：一种果实较大的花椒。申，大。一说为申地所产之花椒。菌桂：应作"箘桂"，即肉桂，是一种香木。岂维：这是反诘之词，犹言"难道唯独"。纫：见前注。蕙：兰之一种，一茎而多花。茝：此处读作"芷"，即香草白芷。此二句即申成前文"众芳所在"之义，意谓：交杂地佩用花椒、肉桂等芳香之物，难道只是将香蕙、白芷串缀为佩饰吗？这是比喻"用人唯贤"、广揽群英之义。

（八）

彼尧舜之耿介兮，既遵道而得路。何桀纣之猖披兮，夫唯捷径以窘步。

［注释］

(1) 彼尧舜之耿介兮，既遵道而得路——尧：古唐帝，为帝喾次子，史称唐尧。继其兄挚为天子，相传有德政。舜：古虞帝，姚姓，初居畎亩之中，有美誉，尧举之使摄政，大有治绩。三十年，受禅即帝位，史称虞舜。耿介：光明正大。耿，光明。介，大。遵：循，顺着。道：此谓正道。得路：得到康庄大道。二句意谓：那古之贤君尧、舜，是光明正大的；他们遵循正道（此指正确的方向，道理）而得到了康庄大路。 (2) 何桀纣之猖披兮，夫唯捷径以窘步——猖披：一作"昌被"，本为衣不结带之貌。此处借喻桀骜狂悖品行不正之貌。夫，犹"彼"。唯：但；独。捷径：捷，邪出；直急。捷径：邪出的小路。窘步：步履迫促难进，犹言"寸步难行"。二句意谓：那暴君桀、纣是何其桀骜狂悖啊，他们只走邪出小道而寸步难行。

（九）

惟夫党人之偷乐兮，路幽昧以险隘。岂余身之惮殃兮，恐皇舆之败绩。

［注释］

(1) 惟夫党人之偷乐兮，路幽昧以险隘——惟：语首助词。夫：犹"彼"。党人：此指结党营私、垄断朝政的楚国贵族集团。偷乐：苟且偷安。偷，即《说文》"媮"字，有巧黠苟且之意。张衡《东京赋》："今公子苟好剿民以媮乐，忘民之为仇也。"薛综注曰："媮，犹侥幸也。"侥幸，亦巧黠苟且义。幽昧：幽暗。险隘：危险狭隘。二句意谓：那结党营私的小人们，只知苟且偷安，所以，使得他们所导之路（或，使国家前途）幽暗而险隘。 (2) 岂余身之惮殃兮，恐皇舆之败绩——惮殃：畏惧灾祸。皇舆：皇，君王。皇舆，犹"王舆"，国君所乘之车，以此喻君王所统御的国家。败绩：本指军队大崩，兵车倾覆，在此喻国家覆灭之祸。二句意谓：难道我畏惧自身获罪遭殃吗？我只是担忧君王之车倾覆败坏（遭亡国之祸）。

（一〇）

忽奔走以先后兮，及前王之踵武。荃不察余之中情兮，反信谗而齌怒。

［注释］

(1) 忽奔走以先后兮,及前王之踵武——忽:迅疾貌,犹言“匆匆地”“匆遽地”。以:犹“于”,或“而”。及:此指从后追及。前王:指前代的贤君,如尧、舜及三王等。踵武:足迹,步武。以喻所行之道,所创之业。二句意谓:我匆匆忙忙地奔走于前后,为王效力,希望能追及先王的足迹,继承他们的功业。　(2) 荃不察余之中情兮,反信谗而齌怒——荃:quán(全)。即“荪”,香草名,此处以之喻楚怀王。中情:犹“衷情”,内心的真情,即上文“恐美人迟暮”之心情。齌:jì(记),或 qī(妻)。本指以急火烧饭,此处形容怒气如烈火急燃。二句意谓:君王不谅察我内心的真情啊,反而轻信谗言而对我暴怒如烈火。

(一一)

余固知謇謇之为患兮,忍而不能舍也。指九天以为正兮,夫唯灵修之故也。

［注释］

(1) 余固知謇謇之为患兮,忍而不能舍也——謇謇:jiǎn(俭)。或作“蹇蹇”,本训步履艰难之貌,在此引申为忠贞敢谏貌。忍:指忍受所遭之患。或指忍耐于心而不言。不能舍:不能舍弃、中止。二句意谓:我本来知道忠直敢谏是会招致祸患的,但是,宁肯忍受祸患而不能中止我的谏诤啊。　(2) 指九天以为正兮,夫唯灵修之故也——九天:古代传说天有九个方位,横面分为中央及八方。详见《天问》。九天,在此犹言“苍天”。正:同“证”。为正,作证,此言指天为誓,以证己之忠贞。或读为“征”,征验之意。灵修:此篇之“灵修”与《山鬼》中之“灵修”实指一人。孙作云先生认为:《离骚》凡是楚怀王的地方皆不称“君”,而说“灵修”或“荃”。“灵修”之词犹如“荪美”,是“好”的意思。“灵”为“巫”,合“灵”于“修”,大概有宗教上的意味,很可能是祭祀上的专名词。楚国的国王,在政治上称“王”,在宗教上称“灵修”。“灵修”也就是“巫长”的意思。(按:“巫长”,指祭典中的主祭者。)(刘永济《屈赋通笺》:“灵修者,神明广远之义。盖托名于天神,而寓意于国君也。”又,王夫之《楚辞通释》则云:“灵,善也。修,长也。称君为灵修者,祝其所为善而国祚长也。”可备一说。)二句意谓:我指苍天为誓,让天作证,我的忠贞不二,只是为了灵修(指君王)的缘故啊,按:一本“夫唯灵修之故也”句下有“曰:黄昏以为期兮,羌中道而改路”二句。洪氏《补注》曰:“一本有此二句,王逸无注。……疑此二句，后人所增耳。《九章》曰：'昔君与我成言兮，曰黄昏以为期，羌中道而回畔兮，反既有此他志。'与此语同。"今从洪说。

（一二）

初既与余成言兮，后悔遁而有他。余既不难夫离别兮，伤灵修之数化。

［注释］

（1）初既与余成言兮，后悔遁而有他——按：此二句前本有"曰黄昏以为期兮，羌中道而改路"之句，宋人洪兴祖以为衍文。至确，当删。成言：成其诺言；有成约。又可训"善言"。悔遁：因反悔而变了卦。遁：移；迁；变化。此指改变心意。又，王逸训"遁"为"隐"，谓隐匿其情。他：tuō（托）。他心；二心。二句意谓：当初既已和我订有成约，但后来又反悔而改变初衷，另有他心。　（2）余既不难夫离别兮，伤灵修之数化——难：nǎn（难上声）。戁之借。畏惮。离别：指被国君疏远而离去。数：shuò（朔）。屡次。化：变化无常。二句意谓：我已经不怕和你离别，而感伤的是你这灵修（君王）轻信谗言而屡次变化无常啊。

（一三）

余既滋兰之九畹兮，又树蕙之百亩。畦留夷与揭车兮，杂杜衡与芳芷。

［注释］

（1）余既滋兰之九畹兮，又树蕙之百亩——滋："兹"之借，《说文》："兹，草木多益也。"引申为"莳"（音 shì）义，指栽种；移栽。九畹：九，多数之称。畹：wǎn（晚）。十二亩为畹（王逸说）。又，《说文》云："田三十亩曰畹。"又，《玉篇》云："三十步为畹。"时代不同，制度各异，不必拘泥。九畹，言其田亩之多。树：种植。二句意谓：我既移栽九畹的兰，又种植百亩的蕙。　（2）畦留夷与揭车兮，杂杜衡与芳芷——畦：本指菜圃间分隔的长陇，此处转化为动词，指"成畦地种植"。留夷：香草名，或谓即芍药。揭车：香草名，一名乞舆，味辛，花白。杂：掺杂栽植。杜衡：香草名，似葵而香，俗名马蹄香。衡，一作"蘅"。芳芷：即"白芷"。按：以上是以香草喻众贤，诗人在此说明自己大力培植贤才。二句意谓：我一畦一畦地栽种那留夷与揭车，又掺杂地栽种那杜衡与芳芷。

（一四）

冀枝叶之峻茂兮，愿竢时乎吾将刈。虽萎绝其亦何伤兮，哀众芳之芜秽。

［注释］

（1）冀枝叶之峻茂兮，愿竢时乎吾将刈——峻茂：高大茂盛。竢时：竢，"俟"之或体，等待。时，指众芳长成之时，喻群贤成材之时。刈：yì（义）。收割，收获。喻任用贤才。二句意谓：我希望众芳长得高大茂盛，但愿待其长成之时，我将收获它们。 （2）虽萎绝其亦何伤兮，哀众芳之芜秽——萎绝：本指草木枯萎零落。此处喻所培育的贤才因洁身修行而受到困厄摧折；或自喻受到摧折。伤：妨碍。又见《论语》："何伤乎？亦各言其志也。"芜秽：本指草木荒芜杂乱，此处喻贤才腐朽变节。二句意谓：虽然众芳枯萎零落又有何妨？哀伤的是众芳荒芜杂乱啊。喻义为：虽然所培育的贤才因洁身修行而受摧折，又有何妨？我哀伤的是他们竟腐朽变节啊。

（一五）

众皆竞进以贪婪兮，凭不猒乎求索。羌内恕己以量人兮，各兴心而嫉妒。

［注释］

（1）众皆竞进以贪婪兮，凭不猒乎求索——众：此指结党营私的群小。竞进：争先恐后地追逐利禄权势。贪婪：指群小贪得无厌。凭：（凴）（píng）。简化学作"冯"。"冯冯"之省。众盛貌；盛满貌。此指群小所贪求的已很盛多。猒：同"厌"，又通"餍"，满足。求索：贪求索取不已。二句意谓：群小都争先恐后地追逐利禄权势，已获致极多，却仍贪得无厌地求索不已。 （2）羌内恕己以量人兮，各兴心而嫉妒——羌：楚地方言的语首助词。又，训"乃"。又，王泗原考证"羌"字有"怎样""为什么"之义。内恕己：内心宽恕自己。以：以己之心。量人：以小人之心衡量揣度别人。兴心：生不良之心，指嫉妒贤良。二句意谓：群小内心宽恕自己而以小人之心揣度别人，各人都起坏心而嫉妒贤良。

（一六）

忽驰骛以追逐兮，非余心之所急。老冉冉其将至兮，恐修名之不立。

［注释］

（1）忽驰骛以追逐兮，非余心之所急——忽：匆急。驰骛：犹言四处奔走。此指马乱驰貌。追逐：此指群小追逐权势财利。急：急于追求者。或谋求，贪求。二句意谓：小人们匆急地如群马乱驰般地追逐权势财利，这并非我所急于贪求的。（2）老冉冉其将至兮，恐修名之不立——冉冉：渐渐。修名：令闻；美名。立：树立。二句意谓：年华如逝川，渐渐地将要来到衰老之时，我担心的是自己的美誉尚未树立。

（一七）

朝饮木兰之坠露兮，夕餐秋菊之落英。苟余情其信姱以练要兮，长颇颔亦何伤？

［注释］

（1）朝饮木兰之坠露兮，夕餐秋菊之落英——坠：此指滴落。落英：落花。此“落”字与上文“坠”字相对成文，勿论“自落”抑或“摘落”，“自坠”抑或“采坠”。英：花，花瓣。“英”也是花的别名。王逸注：“英，华也。”按：此二句是以饮坠露、餐落英表示自己洁身自好，不随流俗。意谓：我在早上饮那木兰花上滴落的清露，傍晚则又吃那摘下的秋菊花瓣。（2）苟余情其信姱以练要兮，长颇颔亦何伤——情：内心的感情。信姱：信，真诚。或训“诚然”。姱，美好。信姱，真诚而美好。以：而。练要：练，精。要，约束，指操守坚定专一。练要，精诚坚定。颇颔：kǎnhǎn（砍罕）。由于饥饿而面黄肌瘦。二句意谓：如果我的真情是诚实姱美而坚定专一，即便长期饿得面黄肌瘦又有何妨？按：这是作者剖白自己安于清贫而不易高洁的操守，始终不屑与小人争夺利禄得失。

（一八）

擥木根以结茝兮，贯薜荔之落蕊。矫菌桂以纫蕙兮，索胡绳之𫄨𫄨。

[注释]

(1) 擥木根以结茝兮,贯薜荔之落蕊——擥:撮取;摘取;采集。木根:此处泛指香木(或香草)之根。结:束起来;系起来。茝:通“芷”,白芷,香草名。贯:贯串起来;系成串。薜荔:bìlì(币力)。常绿藤本植物,又名木莲,古人视为香草。落蕊:摘落的花蕊。蕊,花心。二句意谓:摘取香木之根而将白芷束起来,又摘落薜荔的花蕊,将它系成串。(2) 矫菌桂以纫蕙兮,索胡绳之纚纚——矫:举;取用。又,王夫之《楚辞通释》:“矫,反剥之也。”菌桂:应作“菌桂”,见前注。纫:见前注。又,王夫之云:“纫,纽而揉之也。”蕙:见前注。索:本训绳索,此处作动词用,指搓制绳索。胡绳:香草名,其茎叶可制绳索。纚纚:xǐxǐ(洗洗)。形容绳索相联缀而美好之貌。二句意谓:我佩用那肉桂,而又联缀香蕙;将那香草胡绳搓成绳索,串连在一起十分美好。按:这是比况高洁自持,效慕前贤。

(一九)

謇吾法夫前修兮,非世俗之所服。虽不周于今之人兮,愿依彭咸之遗则。

[注释]

(1) 謇吾法夫前修兮,非世俗之所服——謇:jiǎn(俭)。楚语中的发语词。法:效法。前修:前代的贤者。修,美善。服:用。二句意谓:我效法前代的贤人,而不为世俗小人所用。(2) 虽不周于今之人兮,愿依彭咸之遗则——周:相合;相容。依:依从;按照。彭咸:据王逸注:“殷贤大夫,谏其君,不听,自投水而死。”又,谭介甫《屈赋新编》考订,彭咸是殷时巫彭、巫咸两个贤人。(待考)遗则:传下来的法则,有典范、榜样的含义。二句意谓:虽则我不合于今日世俗之人,却仍然愿意依照先贤彭咸传下来的法则而行。

(二〇)

长太息以掩涕兮,哀民生之多艰。余虽好修姱以鞿羁兮,謇朝谇而夕替。

［注释］

(1) 长太息以掩涕兮，哀民生之多艰——太息：叹息。掩涕：掩面拭泪。哀：哀伤。民生：人生。民，人。多艰：多难。二句意谓：长长地叹息而掩面拭泪，哀伤人生的多灾多难。 (2) 余虽好修姱以鞿羁兮，謇朝谇而夕替——虽：古与"唯"通。王念孙《读书杂志》："虽(雖)与唯同，言余唯有此修姱之行，以致为人所系累也。"好：读去声。爱慕；崇尚。按：臧氏用中《拜经日记》云："修上不宜有好字。王注云……旧本好字，因下文好修而衍。"录以备考。修姱：此指美好的德行。鞿羁：鞿：jī(基)。马缰绳。羁，马络头。此处转化为动词，指约束自己，不放纵，洁身自好。朱熹说："言自绳束不放纵也。"謇：见前注。谇：suì(岁)。《说文》，"谇，让也。"让，责备，此谓责备之谗言。替：废弃。二句意谓：我唯有崇尚美好的德行而约束自己，早上小人向君王进谗言，而傍晚我即遭废弃。按：这里说明楚王不辨善恶。

(二一)

既替余以蕙纕兮，又申之以揽茝。亦余心之所善兮，虽九死其犹未悔。

［注释］

(1) 既替余以蕙纕兮，又申之以揽茝——替：见前注。以：因。蕙纕：纕蕙之倒文，言佩带香蕙。纕，xiāng(乡)，佩带，本为名词，这里转化为动词。申：重复；复加。揽茝：采集芳芷。二句意谓：既因佩带香蕙而废弃我，又因采集芳芷而给我加上罪过。按：诗人以"纕蕙""揽茝"比喻自己的志行高洁忠贞。 (2) 亦余心之所善兮，虽九死其犹未悔——善：爱好；崇尚。九死：九，代称多数。九死，夸张强调之词。未悔：不悔，这是说明自己操守不易，有决心，有信心，不妥协。九死未悔：犹言"万死不辞"，"死而无憾"。二句意谓：我心中崇尚美德和正义，虽然多次去死也不后悔。

(二二)

怨灵修之浩荡兮，终不察夫民心。众女嫉余之蛾眉兮，谣诼谓余以善淫。

［注释］

(1) 怨灵修之浩荡兮，终不察夫民心——灵修：见前注。浩荡：本训水大貌，此处引申为放纵自恣，反复无常，不知深思熟虑。又，姜亮夫谓："浩荡，犹今言荒唐耳，一声之转也，今言胡涂，即王注无思虑之义。"终：始终。察：体察。民心：人心，这是诗人指自己的一番苦心。二句意谓：怨恨灵修（君王）放纵自恣，不知思虑，始终不体察人的一番苦心。按：这是说楚王不辨忠奸善恶。 (2) 众女嫉余之蛾眉兮，谣诼谓余以善淫——众女：此喻群小，群丑，众奸佞。蛾眉：本指女子像蚕蛾须那样又弯曲又秀美的眉毛，在此，比喻美德懿行和卓异的才能。谣诼：造谣毁谤。诼，谗诬。善淫：善为邪淫之事。淫，淫荡；邪恶无度，这是"众女"诋毁之言。二句比拟意谓：众多女子嫉妒我秀美的蛾眉，造谣毁谤，说我善为邪淫之事。按：二句寓意是，群小嫉妒我的美德懿行和卓越才能，造谣毁谤，说我善于蛊惑，邪恶恣肆。

（二三）

固时俗之工巧兮，偭规矩而改错。背绳墨以追曲兮，竞周容以为度。

［注释］

(1) 固时俗之工巧兮，偭规矩而改错——固：诚然；或，本来是。时俗：世俗，社会风气；或时俗之人。工巧：善于作伪取巧。偭：miǎn（缅）。背弃。规矩：规，定圆形的仪器。矩，定方形的仪器。在此借指法度、法则。改错：错，同"措"，措置；安排；措施。改错，改变措施。一说，错，读为凿。二句意谓：那些时俗小人诚然是善于作伪取巧，背弃规矩而任意改变措施。按：此言群小竞为巧佞，背弃法度，改变措施，反常妄行。
(2) 背绳墨以追曲兮，竞周容以为度——背：违反。绳墨：工匠取直线用的引绳弹墨的工具，俗称墨斗。此处比喻直道、正道。追：追随；追求。曲：邪曲之道。竞：争相为之。周容：犹言"令色"，巧佞之貌。或云，苟合于世以求容于人（取悦于人）。度：法度；准则。二句意谓：时俗小人违反正直之道而追求邪曲之行，争着以苟合取容为准则。按：此斥责众佞臣枉道苟合以从时悦世。

（二四）

忳郁邑余侘傺兮，吾独穷困乎此时也！宁溘死以流亡兮，余不忍为此态也！

[注释]

(1) 忳郁邑余侘傺兮,吾独穷困乎此时也——忳,tún(屯)。忧闷貌。郁邑:即"郁悒",忧思郁结,烦恼苦闷。又,王夫之云:"郁邑,与於邑通,读如呜咽。"侘傺:chàchì(诧斥)。亦作"侘傺"。抑郁不得志而踟蹰伫立貌。王夫之云:"失志无聊而迟立貌。"二句意谓:我无限忧愁烦闷地抑郁不得志,我独独穷途困顿于此时此境。 (2) 宁溘死以流亡兮,余不忍为此态也——宁:宁愿,甘心。溘:kè(克)。忽然。流亡:亡,去。流亡,随水流而逝去。又见《九章》注:"意欲淹没随水去也。"或指辗转漂泊四方。忍:容忍。态:此指苟合取容的邪淫之态。二句意谓:宁肯忽然遭难而死,随水流而长逝,我也不能容许自己为此小人苟合取容之态。

(二五)

鸷鸟之不群兮,自前世而固然。何方圜之能周兮,夫孰异道而相安?

[注释]

(1) 鸷鸟之不群兮,自前世而固然——鸷鸟:此指鹰隼一类的猛禽。不群:不与凡鸟为群。喻刚正高尚的人独立不倚,不屑与邪恶小人为伍而同流合污。固然:本来如此。二句意谓:鹰隼一类的猛禽不屑与凡鸟为群,这是自从前代就本来如此的。 (2) 何方圜之能周兮,夫孰异道而相安——何:如何。方圜:方圆,方枘圆凿。方,指贤人之行方正不阿。圜,同"圆",指谗佞小人圆滑猥琐。周:相合;相同。孰:义同"何"。异道:不同道。相安:互相安处;或,相容。二句意谓:方枘圆凿何能相合?不同道的人何能相容?按:此言"忠佞不相为谋"。

(二六)

屈心而抑志兮,忍尤而攘诟。伏清白以死直兮,固前圣之所厚。

[注释]

(1) 屈心而抑志兮,忍尤而攘诟——屈心抑志:指心志受委屈压抑。屈:委屈。抑:压抑。忍尤:忍受小人妄加的罪咎。尤:罪过。攘诟:攘,借作"囊",有包容义。囊诟:犹包羞。诟:耻辱。二句意谓:心志受到极大的委屈压抑，忍辱含诟。 (2) 伏清白以死直兮，固前圣之所厚——伏：读为“服”，保持之意。清白：此指清白的操守。死直：坚守正直之道而死。前圣：犹言“先贤”。厚：嘉许；重视。二句意谓：保持清白之志，为坚守正道而死，这本来是古圣先贤所推重嘉许的。

（二七）

悔相道之不察兮，延伫乎吾将反。回朕车以复路兮，及行迷之未远。

［注释］

(1) 悔相道之不察兮，延伫乎吾将反——悔：悔恨。相道：观看道路。一说，相，择也。一说，相道，犹“辅导”。不察：未考察明白，此指“择道未明”。延伫：延，久久地。又谓“申长颈项”。伫，久立等待；又，翘足而望。延伫，在此有低徊踌躇之意。反：同“返”。返回；回复。二句意谓：深悔自己选择道路没有看仔细，因此踌躇久立而想再返回去察看一下路径方向。或，我后悔忠心辅导君王，而不为其明察，因此踌躇久立，而想返回去另寻道路。按：此处表现了诗人心情上的矛盾，欲留不可，欲去不忍。 (2) 回朕车以复路兮，及行迷之未远——回：转回来。朕：我。复路：回复旧路；走回头路。及：趁着。行迷：迷路。二句意谓：转过我的车子回复旧路，趁着迷路还不远。

（二八）

步余马于兰皋兮，驰椒丘且焉止息。进不入以离尤兮，退将复修吾初服。

［注释］

(1) 步余马于兰皋兮，驰椒丘且焉止息——步：此指马徐行。兰皋：生有兰草的水边高地。皋，泽畔高地。驰：纵马疾行。椒丘：生有椒树的山丘。且焉：且，暂且，姑且。焉，犹言“于是”，“在那里”。且焉，暂且在彼处。二句意谓：我信马由缰地让它缓步于生满兰草的水边高地，又纵马疾驰到长着椒树的山丘，暂且在那里休息。 (2) 进不入以离尤兮，退将复修吾初服——进：进仕，进身于朝廷之上。不入：不纳；不为所用。以：犹“而”。离尤：离，同“罹”，遭。尤，罪愆。罹尤，获罪。退：谓不得已而退离朝廷。复:恢复;重新;再。修:自修。初服:当初未进仕前的服饰。语意双关,又喻“夙志”“初衷”。二句意谓:我进仕于朝而不被君王所纳,却又无故获罪,我将退离王朝,重新整治自己当初的服饰(或喻再坚守夙志)。

(二九)

制芰荷以为衣兮,集芙蓉以为裳。不吾知其亦已兮,苟余情其信芳。

[注释]

(1) 制芰荷以为衣兮,集芙蓉以为裳——制:裁制。芰荷:此指荷叶。芰,jì(记)。又为菱之别称。此处“芰荷”当为一物,即荷叶。马茂元《楚辞选》考证颇详。衣:上衣。集:缀集。芙蓉:此指荷花。裳:下衣。二句意谓:裁制荷叶做成上衣,缀集荷花瓣做成下装。 (2) 不吾知其亦已兮,苟余情其信芳——不吾知:不知吾,不了解我。亦已兮:也就算了吧。情:内心的性情(本性)。信芳:真正的芳洁。二句意谓:如果我的本性是真正芳洁的,即使世人不理解我,那也就算了吧!按:二句为倒装句法。

(三〇)

高余冠之岌岌兮,长余佩之陆离。芳与泽其杂糅兮,唯昭质其犹未亏。

[注释]

(1) 高余冠之岌岌兮,长余佩之陆离——岌岌,高耸貌。陆离:曼长貌。一说,美好分散貌。又,参差貌。二句意谓:我的帽子高而又高,我挂着名贵饰物的佩带长而又长。按:清·王夫之云:“高冠长佩,可自旌异。” (2) 芳与泽其杂糅兮,唯昭质其犹未亏——芳:香草的芬芳。泽:垢腻。又,佩玉的光泽。糅:róu(柔)。义犹“杂”。昭质:光明纯洁的本质,亦即前文所称之“内美”。未亏:未受亏损,言“清浊杂处,昭质自全”。二句意谓:芳香与垢污混杂在一起,唯独我光明纯洁的本质却尚未亏损半分。或,芳香与光泽交杂在一起,唯独我这光明纯洁的本质没有亏损。

（三一）

忽反顾以游目兮，将往观乎四荒。佩缤纷其繁饰兮，芳菲菲其弥章。

［注释］

(1) 忽反顾以游目兮，将往观乎四荒——忽：悠忽地，不著意之貌。又训“忽然”“疾速地”。反顾：回顾。游目：纵目远望。观：流览。四荒：四方荒远之地。二句意谓：我悠忽地回顾，纵目远望，将向四方荒远之地流览。按：朱熹《集注》云：“言虽已回车反服，而犹未能顿忘此世，故复反顾而将往观乎四方绝远之国，庶几一遇贤君，以行其道。”此说可从。 (2) 佩缤纷其繁饰兮，芳菲菲其弥章——佩：服佩。缤纷：盛多貌。繁饰：众多的饰物。芳：饰物之芳香。菲菲：形容香气浓烈。弥章：愈加显著。章，同“彰”，昭著；明显。二句意谓：我的服饰、佩带缤纷繁多，菲菲浓烈的芳香愈加显著远扬。

（三二）

民生各有所乐兮，余独好修以为常。虽体解吾犹未变兮，岂余心之可惩？

［注释］

(1) 民生各有所乐兮，余独好修以为常——民生：人生。乐：爱好。好修：本义“好为修饰”，寓意为“爱好修身洁行”，或“修洁自好”。以为常：以为常道；习以为常。（一说，常，本作“恒”，汉人因避文帝讳所改。）二句意谓：人生各有所好，我独独爱好修身洁行而习以为常（有“穷则独善其身”之义）。 (2) 虽体解吾犹未变兮，岂余心之可惩——体解：即肢解，是古代的一种酷刑。此处犹云“粉身碎骨”。未变：不变心。惩：惩创；惩治。又训“艾”“胁”（威胁）。二句意谓：虽然被肢解，我还是不易夙志，难道我的心是可以惩创的吗？

（三三）

女媭之婵媛兮，申申其詈予。曰：鲧婞直以亡身兮，终然殀乎羽之野。

［注释］

(1) 女媭之婵媛兮，申申其詈予——女媭：王逸认为女媭是屈原之姊。又，《说文》引贾逵曰："楚人谓姊为媭。"可从。(一说，女媭，"女之贱者"。一说，"有才智之称"。另说，"女巫之名"。录以备考。)婵媛：此处是"眷恋牵持""婉而相爱"之意。申申：和舒宛转貌。又，王夫之云："申申，重言也"，意为"一再地说"。詈：lì(力)。从侧面责斥劝诫。《韵会》："正斥曰骂，旁及曰詈。"二句意谓：我的大姊眷恋关怀我，宛转地、一再地责斥劝诫我。 (2) 曰：鲧婞直以亡身兮，终然殀乎羽之野——曰：此"曰"字以下为屈原姊说的话，下至"夫何茕独而不予听"。鲧：gǔn(滚)。人名，同"鯀"，原始时代的部落首领，古代传说中奉尧命治水的人，九年未治平洪水，被舜处死于羽山之野。或云鯀为禹之父。婞直：婞，xìng(幸)。同"悻"。悻直，刚直。亡身："亡"通"忘"，"忘身"，忘掉自身的生死利害，犹云"忘我"。终然：终于这样。殀：yǎo(咬)。同"夭"，不以寿终，短命早死。羽：羽山，相传在极北苦寒之地。《书·尧典》："殛鲧于羽山。"野：郊野。二句意谓：我姊说：那鯀的秉性刚直而不顾自身的生死利害，终于被早早地杀死在羽山之野。

（三四）

汝何博謇而好修兮，纷独有此姱节。薋菉葹以盈室兮，判独离而不服。

［注释］

(1) 汝何博謇而好修兮，纷独有此姱节——汝，女媭谓屈原。何：为何。博謇：广博而忠直。好修：见前注。纷：众盛貌。姱节：美好的志行节操。又，朱骏声以为"节"是"饰"之讹。古节、饰二字可互借。二句意谓：你为何广博忠直而好修身洁行，独有这盛多的美好节操？ (2) 薋菉葹以盈室兮，判独离而不服——薋：cí(瓷)。本为草多貌，引申为积聚众多义。菉葹：菉，lù(路)。葹，shī(施)。二者均为恶草之名，以喻谗佞之人。盈室：堆满其室。判：分别；区别。独离：独独与众不同；或，独独离弃菉葹等恶草。不服：不以之为服饰。二句意谓：积聚菉葹恶草而堆满一屋，你独与众不同而不用它作服饰。

（三五）

众不可户说兮，孰云察余之中情？世并举而好朋兮，夫何茕独而不予听？

[注释]

(1) 众不可户说兮，孰云察余之中情——众：众人，指一般人而言。户说：义为“户说人告”(从王逸说)。一户一户地普遍解说，使人们理解。孰：谁。云：语助。察：体察。余：犹言“我们”，屈原姊的口吻，为了表示同情，而将自己包括在内。二句意谓：不可一户一户地去对众人解说，使其了解，那么谁又能体察我们的内心？ (2) 世并举而好朋兮，夫何茕独而不予听——世：世俗之人。并举：互相抬举标榜。好朋：喜欢朋比为奸，结党营私。茕独：孤独。不予听：不听从我。余，女媭自谓。二句意谓：世俗之人都互相抬举标榜，你为何孤独地不听从我的话？(女媭之言止于此。)

(三六)

依前圣以节中兮，喟凭心而历兹。济沅、湘以南征兮，就重华而敶词。

[注释]

(1) 依前圣以节中兮，喟凭心而历兹——依：依照。前圣：见前注。节中：节，读为“折”。“折中”，此指公正判断事物的标准。喟：kuì(愧)。叹。凭心：凭，训“懑”，“懑心”，心情愤懑。历兹：至此；至今。二句意谓：依照前代圣贤为公正的标准，可叹我心情愤懑直到如今。 (2) 济沅、湘以南征兮，就重华而敶词——济：渡过。沅、湘：二水名，均在湖南省境。征：行。重华：舜之名。敶：同“陈”，陈述，陈诉。二句意谓：渡过沅水、湘水而南行，到重华面前，向他陈词。

(三七)

启《九辩》与《九歌》兮，夏康娱以自纵。不顾难以图后兮，五子用失乎家巷。

[注释]

(1) 启《九辩》与《九歌》兮，夏康娱以自纵——启：人名，即夏启，禹之子。此“启”字与下文“夏”字互文见义。《九辩》《九歌》：本来皆为古代乐章名。与屈原据楚地礼神乐歌加工整理的《九歌》并无关涉。据传说，二者都是天帝之乐章，夏启从天上窃得而用于人间。康娱：安逸娱乐。自纵:放纵自己。二句意谓:夏启从天上窃取了《九辩》与《九歌》,他用来安逸娱乐而放纵自己。 (2) 不顾难以图后兮,五子用失乎家巷——不顾难:不顾危难。图后:考虑后果。五子:即"武观",启之幼子。一说,五子指启的五个儿子,贬在观地,称为"五观"。五,通"武"。用:因。"用乎",犹言"因而","于是乎"。"失",据王引之考订,为衍文。家巷:家哄,内乱。巷,同"哄"。二句意渭,夏启不顾危难而又不考虑后果,五子因不满夏启淫乐而发动内乱。

(三八)

羿淫游以佚畋兮,又好射夫封狐。固乱流其鲜终兮,浞又贪夫厥家。

[注释]

(1) 羿淫游以佚畋兮,又好射夫封狐——羿:人名,相传为夏代有穷国的君主,即后羿。淫游:过度纵情地四处游乐。佚畋:放肆无度地耽于畋猎。封狐:大狐,又泛称大的野兽。或云,狐乃狶字之误,狶是野猪或家猪。二句意谓:后羿纵欲无度地耽溺于四处游乐、畋猎,喜好射猎大狐等野兽。 (2) 固乱流其鲜终兮,浞又贪夫厥家——固:本来。乱流:淫乱之流(辈)。鲜终:少有得好结果的。浞:zhuó(浊)。人名,即寒浞,曾为羿相。贪:贪恋;贪淫。厥:其,指羿。家:此指家室、妻室。据传说,寒浞贪羿妻美色,使逄蒙把羿射死,而浞便夺羿妻,故云"浞又贪夫厥家"。二句意谓:本来,淫乱之流是很少有得到好结果的,寒浞就又贪占后羿的妻室。

(三九)

浇身被服强圉兮,纵欲而不忍。日康娱以自忘兮。厥首用夫颠陨。

[注释]

(1) 浇身被服强圉兮,纵欲而不忍——浇:ào(奥)。"奡"之借字。人名,即过浇,寒浞之子。被服:被,同"披",披服,即穿着。强圉:坚甲。圉:yǔ(语)。忍:自止;自制。二句意谓:过浇一身披服坚甲,自恃强暴,放纵嗜欲而不能自止。 (2) 日康娱以自忘兮,厥首用夫颠陨——日:

日日。康娱：见前注。自忘：忘记自身的安危。厥：其，代称浇。首：首级，头颅。颠陨：坠落下来。二句意谓：浇天天沉湎于安逸游乐而忘记自身安危，他的头颅因之坠落在地。按：相传浇被夏帝少康所杀。

（四〇）

夏桀之常违兮，乃遂焉而逢殃。后辛之菹醢兮，殷宗用而不长。

［注释］

(1) 夏桀之常违兮，乃遂焉而逢殃——常违："违常"，违反常道，违反常理。遂焉：犹"终然"。二句意谓：夏桀违背正理而妄行，于是终究身遭祸殃。 (2) 后辛之菹醢兮，殷宗用而不长——后辛：即纣王。菹醢：zū hǎi（祖海）。将人剁成肉酱。据《史记·殷本纪》载：纣王杀比干，醢梅伯，多用酷刑。殷宗：犹言"殷朝"。宗，在此指帝王的宗支世系。古代世袭天下，故"殷宗"即"殷王朝"之谓，一说，宗，谓"宗祀"。二句意谓：纣王滥施酷刑，把忠臣剁成肉酱，殷王朝因而不久长。

（四一）

汤、禹俨而祇敬兮，周论道而莫差。举贤而授能兮，循绳墨而不颇。

［注释］

(1) 汤、禹俨而祇敬兮，周论道而莫差——俨：畏，自知戒惧。祇敬：祇，zhī（支）。与"敬"义同。祇敬，敬肃。周：指周代的文王、武王。一说，训周密。论道：讲论礼法治国之道。论，又可读为《齐语》"论比协材"之"论"，是选择之意。如此，"周论道"连读，言"周密地选择有道之人"。莫差：无差失。二句意谓：商汤、夏禹自知戒惧而敬肃，周代文王、武王讲论礼法治国之道而无差失。 (2) 举贤而授能兮，循绳墨而不颇——举：选拔推举。授：古同"受"，训"用"，"授能"犹"用能"。王逸注曰："举贤用能"。又，《吕氏春秋·赞能篇》："舜得皋陶而尧受之。"高注曰："受，用也。"（参用闻一多说）绳墨：见前注。颇：偏颇。二句意谓：选拔贤能而任用他们，遵循正直之道而无偏颇。

（四二）

皇天无私阿兮，览民德焉错辅。夫维圣哲以茂行兮，苟得用此下土。

［注释］

（1）皇天无私阿兮，览民德焉错辅——皇天：犹云“昊天”“苍天”。私阿：指偏私、偏袒。览：观。民德：人的德行。错：同“措”，措置，此指采取措施。辅：助；佐；导。二句意谓：皇天是没有偏私的啊，他看看谁有德行，就采取措施予以辅助。　（2）夫唯圣哲以茂行兮，苟得用此下土——维：唯。圣哲：指有圣德而明智的帝王。茂行：美好的德行，此指良好的政治措施。一说，茂行，是黾勉其行之意。《尔雅》：“茂，勉也。”苟得：庶几得以。用：犹“享”“享国”。或训“有”。下土：犹“天下”。二句意谓：只有那明智有德的帝王，庶几能够享有这天下。

（四三）

瞻前而顾后兮，相观民之计极。夫孰非义而可用兮，孰非善而可服？

［注释］

（1）瞻前而顾后兮，相观民之计极——瞻前：此指瞻望未来。顾后：此指回顾已往朝代的历史。相观：观察。民：人们。计极：计，虑事。极，准则。又，朱骏声读计为“既”，犹“终”也，谓兴亡之究竟。二句意谓：瞻望未来而回顾过去的历史，观察人们虑事的准则（应当如何打算）。　（2）夫孰非义而可用兮，孰非善而可服——孰：谁。义：仁义。善：良善。用、服：均指“施行”。二句意谓：有哪个不义不善的人而能施行其事呢？

（四四）

阽余身而危死兮，览余初其犹未悔。不量凿而正枘兮，固前修以菹醢。

[注释]

(1) 阽余身而危死兮，览余初其犹未悔——阽：diàn（店）。近于危险的边缘。危死：濒死。览：观，此指回顾。初：初衷；夙志。二句意谓：虽然我自身处于险境而濒于死亡，但回顾我的初衷，还是没有什么后悔的。 (2) 不量凿而正枘兮，固前修以菹醢——凿：器物上所凿的插柄之孔。正：削正，削好。枘：ruì（锐）。木柄入凿之一端。二句意谓：不度量所凿的孔，就削好插入孔中的木柄，这正是前贤横遭菹醢之祸的原因。按：这是说明前贤不苟合取容，而致杀身之祸。

（四五）

曾歔欷余郁邑兮，哀朕时之不当。揽茹蕙以掩涕兮，霑余襟之浪浪。

[注释]

(1) 曾歔欷余郁邑兮，哀朕时之不当——曾：同“增”，此指“一再地”“重复地”。歔欷：叹息声；抽泣声。郁邑：见前注。时：指生时。不当：不适当。时不当，言生不逢辰。二句意谓：我抑郁苦闷，反复地歔欷抽泣，哀伤我生不逢辰。 (2) 揽茹蕙以掩涕兮，霑余襟之浪浪——揽：手持；或，采集。茹蕙：柔弱的香蕙。掩涕：见前注。霑：“沾”的异体字。浸湿。浪浪：此指泪流貌。二句意谓：我手持那柔弱的香蕙而掩面拭泪，涌流不止的眼泪沾湿了我的衣襟。

（四六）

跪敷衽以陈词兮，耿吾既得此中正。驷玉虬以乘鹥兮，溘埃风余上征。

[注释]

(1) 跪敷衽以陈词兮，耿吾既得此中正——敷：铺开。衽：rèn（任）。衣襟。或谓袖口。耿：明，此指心中明亮。中正：正确的道理。二句意谓：跪在地上，铺开衣襟而申诉，我心中很明亮，已经得到这正确的道理。(2) 驷玉虬以乘鹥兮，溘埃风余上征——驷：本指驾车之四马，此指以四马驾车。驷，犹“驾”。玉虬：身白如玉的无角龙。虬，qiú（求）。传说中的无角龙。鹥：yī（衣）。鸟名，相传为凤皇之一种。溘：奄忽，迅疾貌。埃:"竢"之讹,竢(俟),等待。上征:上行,向天上飞行。二句意谓:驾着身如白玉般的无角龙,乘着凤皇,等待大风一来,我就很快地向天上飞行。按:此处是诗人借想象表示要继续追求实现自己的理想。

(四七)

朝发轫于苍梧兮,夕余至乎悬圃。欲少留此灵琐兮,日忽忽其将暮。

［注释］

(1) 朝发轫于苍梧兮,夕余至乎悬圃——发轫:轫,rèn(任),止车轮之木。发轫,将轫抽出,车即行。犹云"启程"。苍梧:即九疑山。悬圃:又作"玄圃"。古代传说中的神山名,在昆仑山的最上层。二句意谓:早上从苍梧山启程,傍晚我便到达神山悬圃。 (2) 欲少留此灵琐兮,日忽忽其将暮——灵琐:琐,宫门上形如连琐的镂纹,以代称宫门。灵琐,神灵的宫门,犹言"仙宫",此指悬圃之地而言。又,蒋骥《山带阁注楚辞》:"《山海经》,昆仑山帝之下都。面有九门,百神之所在,故曰灵琐。"忽忽:形容时光过得很快。二句意谓:我本想在此仙宫少作逗留,奈何时光匆匆,不知不觉将至日暮时分了。

(四八)

吾令羲和弭节兮,望崦嵫而勿迫。路曼曼其修远兮,吾将上下而求索。

［注释］

(1) 吾令羲和弭节兮,望崦嵫而勿迫——羲和:古代神话传说中驾太阳车的神。弭节:弭,mǐ(米),止;按;抑。节,行车之节度。弭节,驻车。或,按节徐行(缓缓行进)。崦嵫:yānzī(淹资)。传说中的神山名,日所入处。迫:迫近。二句意谓:我命令羲和停住太阳车,望见崦嵫山也不要迫近它。 (2) 路曼曼其修远兮,吾将上下而求索——曼曼:长远貌。修:长。求索:寻求;求取。二句意谓:路途是那样曼曼长远啊,我将上天下地去寻求志同道合的理想中的人物。

(四九)

饮余马于咸池兮,总余辔乎扶桑。折若木以拂日兮,聊逍遥以相羊。

[注释]

(1) 饮余马于咸池兮,总余辔乎扶桑——饮:读去声,以水饮马。咸池:神话传说中太阳洗浴的水名,即天池。总:系,束。辔:马之辔缰。总辔,系住马缰,犹言"驻马"。扶桑:神话传说中的树名,日出之处。又训地名。《淮南子·墬形篇》:"旸谷榑桑,在东方。"注:"在登保之山,东北方也。"二句意谓:在那太阳洗浴的咸池饮我的马,又在日所由出的扶桑树上系住我的马缰。 (2) 折若木以拂日兮,聊逍遥以相羊——若木:神话传说中的树名,在昆仑西极。一说,若木即扶木(或称扶桑)。拂:拂拭。聊:暂且;姑且。相羊:即"徜徉",与上"逍遥"为近义词连用,均为自由自在地往来徘徊之义。二句意谓:折下若木的枝条用来拂拭太阳,姑且自由自在地往来徘徊。

(五〇)

前望舒使先驱兮,后飞廉使奔属。鸾皇为余先戒兮,雷师告余以未具。

[注释]

(1) 前望舒使先驱兮,后飞廉使奔属——望舒:神话传说中驾月车的神。先驱:先行开道。飞廉:神话传说中的风神。奔属:奔走相随。属:连属,引申为"随从"。二句意谓:使望舒在前面先行开路,使飞廉在后面奔走相随。 (2) 鸾皇为余先戒兮,雷师告余以未具——鸾、皇:都是凤一类的异鸟。先戒:先行而警戒,如云"前卫"。雷师:神话传说中的雷神,名丰隆。丰隆,正状雷声。《淮南子·天文训》:"季春三月,丰隆乃出。"注:"丰隆,雷也。"未具:此指行装尚未备齐。二句意谓:鸾、皇作我的先行警卫,雷师却告诉我:"行装尚未备齐。"

(五一)

吾令凤鸟飞腾兮,继之以日夜。飘风屯其相离兮,帅云霓而来御。

[注释]

(1) 吾令凤鸟飞腾兮,继之以日夜——继之以日夜:日夜相继。二句意谓:我命令凤鸟展翅飞腾,日夜相继,兼程前行。 (2) 飘风屯其相离兮，帅云霓而来御——飘风：旋风。屯：聚。相离：离，读作“丽”，附着。相丽，相依附而不散。帅：率领。云霓：霓，ní（泥）。又作“蜺”，双虹之中，外圈的叫霓，或叫雌虹。御：音 yà（讶），同“迓”，迎接。二句意谓：旋风互相依附而结聚不散，率领着云霓而来迎接我。

（五二）

纷总总其离合兮，斑陆离其上下。吾令帝阍开关兮，倚阊阖而望予。

［注释］

（1）纷总总其离合兮，斑陆离其上下——纷：见前注。总总：形容云霓盛多而聚集貌。离合：忽离忽合。斑：色彩斑斓。陆离：参差交错貌；或，光辉灿烂貌。二句意谓：云霓盛多，总总相聚而忽离忽合，它色彩斑斓参差交错而时上时下。按：这是诗人叙述自己在彩云、飘风的簇拥中行近天国。　（2）吾令帝阍开关兮，倚阊阖而望予——帝阍：上帝的守门人。阍：hūn（昏）。守门人，关：门闩。阊阖：chānghé（昌何）。传说中的天门。二句意谓：我叫上帝的守门人拉开门闩，他却倚着天门而漠然望着我。

（五三）

时暧暧其将罢兮，结幽兰而延伫。世混浊而不分兮，好蔽美而嫉妒。

［注释］

（1）时暧暧其将罢兮，结幽兰而延伫——时：此指日光。暧暧：日光渐昏暗貌。罢：尽；终。一说，读作“疲”，指人疲乏。结：束系。幽兰：幽僻之地所生的兰草。结幽兰：将幽兰束结起来，是为了遗赠所爱的人，表达钦慕之忱，是“结言于幽兰”之意。闻一多《离骚解诂》曰：“兰，谓兰佩，结，犹结绳之结。……本篇屡言兰佩……又言以佩结言，‘解佩纕以结言兮’。盖楚俗男女相慕，欲致其意，则解其所佩之芳草，束结为记，以诒之其人。结佩以寄意，盖上世结绳以记事之遗。己所欲言，皆寓其中，故谓之结言。《九章·思美人篇》曰：‘言不可结而诒兮’，谓言多不胜结，非真不可结也。《惜诵》曰：‘固烦言不可结诒兮’，是其义矣。……以琼佩诒下女，亦结言以诒之也，故下文曰：‘解佩纕以结言。’

《九歌·大司命篇》曰：'结桂枝兮延伫'，亦犹此类。"又，姜亮夫云："'结幽兰'句，言以幽兰之佩，以为结好之物，与下文'解佩纕以结言兮'意同，此盖意有所求也。"按：闻、姜二先生之说，得其真义。延伫：见前注。二句意谓：日光渐渐昏暗而将尽，我束系幽兰而久久地踌躇低徊。

(2) 世混浊而不分兮，好蔽美而嫉妒——世：世俗。混浊：混乱污浊。不分：善恶不分。蔽美：障蔽别人的美好品质。二句意谓：世俗是混乱污浊而善恶不分的，人们喜好障蔽他人的美质而且加以嫉妒。

（五四）

朝吾将济于白水兮，登阆风而緤马。忽反顾以流涕兮，哀高丘之无女。

[注释]

(1) 朝吾将济于白水兮，登阆风而緤马——济：渡水。白水：神话中的水名，相传出于昆仑山。阆风：神话中昆仑山的一座山峰名。阆：làng(浪)。緤：xiè(谢)。同"绁"，拴系。二句意谓：早晨，我将渡过白水，登上阆风峰而系住我的神马。　(2) 忽反顾以流涕兮，哀高丘之无女——反顾：回顾。高丘：高山，指"阆风"。一说，楚山名。二句意谓：我忽然回头顾盼而流泪，哀叹这高高的山丘上也没有理想的神女。按：本诗多借求美女以喻慕贤士。王夫之云："冀遇卓然超逸之士，与相匹合，同心效国。而在位者杳无其人，虽欲与同而不得也。"

（五五）

溘吾游此春宫兮，折琼枝以继佩。及荣华之未落兮，相下女之可诒。

[注释]

(1) 溘吾游此春宫兮，折琼枝以继佩——溘：见前注。春宫：神话中东方青帝所居之宫。琼枝：琼，qióng(穷)。赤色玉；亦泛指美玉。琼枝，玉树之枝。继佩：加续在玉佩上。二句意谓：我匆匆地到这东方青帝的春宫游览，折下玉树枝条用来加续在自己的玉佩之上。　(2) 及荣华之未落兮，相下女之可诒——及：趁着。荣华：本指盛开的花朵，此喻美好的容颜。落：衰落；凋谢。相：看。下女：下界之女子，指下文的宓妃、简狄、二姚诸人神。闻一多《离骚解诂》云："下女者，谓宓妃、简狄及有虞二姚，此皆人神，对帝宫高丘二天神言之，故曰下女耳。"一说，下女，指神女之侍女。诒：yí（夷）。"贻"之借，赠送。二句意谓：趁着我美好的容颜尚未衰老，看看下界的美女如有合乎理想的，就将琼枝作为信物贻赠她。

（五六）

吾令丰隆乘云兮，求宓妃之所在。解佩纕以言结兮，吾令蹇修以为理。

［注释］

（1）吾令丰隆乘云兮，求宓妃之所在——丰隆：见前注。乘云：驾云。宓妃：又作"伏妃"，相传为伏羲氏之女，溺于洛水，遂化为洛水女神。宓，fú（伏）。二句意谓：我命令雷神丰隆驾着云，我要寻求洛神宓妃之所居。　（2）解佩纕以结言兮，吾令蹇修以为理——佩纕：佩带。纕，xiāng（乡）。结言：犹云"订盟结誓"。参见"结幽兰"注引。蹇修：人名，旧说为伏羲氏之臣。理：此指做媒的使者，如云"媒人"。二句意谓：解下我的佩带相赠，以订盟结誓，我又叫蹇修做媒人。

（五七）

纷总总其离合兮，忽纬繣其难迁。夕归次于穷石兮，朝濯发乎洧盘。

［注释］

（1）纷总总其离合兮，忽纬繣其难迁——纷总总：见前注。状宓妃侍从仪仗之美盛。又，王夫之云："纷总总，来去无定之貌。"离合：又离又合；若即若离。言宓妃之态度。纬繣：wéihuà（韦画）。乖戾违背。迁：迁就；或训"转移""改变"，纬："韦"之借字。《说文解字》："韦，戾也。"姜亮夫云："纬繣难迁，言宓妃意不相属，乖戾难就也。"二句意谓：众多侍从总总聚集，而宓妃的态度若即若离，忽然又乖戾而拒绝，难以迁就。　（2）夕归次于穷石兮，朝濯发乎洧盘——归次：次，止宿。归次，回去止宿。穷石：山名，在今甘肃张掖，朱熹以为羿之国土。濯：zhuó（浊）。洗沐。洧盘：神话传说中的水名，相传源于崦嵫山。二句意谓：宓妃傍晚回去止宿于穷石山，清晨在洧盘水边洗濯头发。

（五八）

保厥美以骄傲兮，日康娱以淫游。虽信美而无礼兮，来违弃而改求。

［注释］

（1）保厥美以骄傲兮，日康娱以淫游——保：恃。厥：其，称代宓妃。日：日日。康娱：安逸欢乐。淫：放荡无度。二句意谓：宓妃自恃美丽而骄傲，日日安逸娱乐而纵情游冶。（2）虽信美而无礼兮。来违弃而改求——信：诚然；的确。来：乃。违弃：放弃。改求：另求他女。二句意谓：虽则她诚然美丽，却无礼，于是我就抛弃她而另求其他女子。

（五九）

览相观于四极兮，周流乎天余乃下。望瑶台之偃蹇兮，见有娀之佚女。

［注释］

（1）览相观于四极兮，周流乎天余乃下——览相观：三个同义词连用，观望之意。四极：四方极远之地。周流：犹云“周游”，遍行。二句意谓：纵目观望于四方极远之地，遍行于天之后，我才又下降于地。（2）望瑶台之偃蹇兮，见有娀之佚女——瑶台：本指以美玉砌成的楼台，此状台之美，不一定是美玉所砌，“瑶台”之称，类后世之“琼楼”“玉宇”。沈祖绵《屈原赋证辨》：“古之贵族，女子不出门，筑台使之观四方耳。”偃蹇：yǎnjiǎn（演减）。高耸貌。有娀：古国名。娀，音 sōng（松）。佚女：佚，yì（易）。《释文》佚作妷。美。佚女，美女。又可训“游女”。“有娀之佚女”，指简狄，相传为帝喾（高辛）之妃，契之母。二句意谓：仰望那高耸的瑶台，看见了有娀氏的美女简狄。

（六〇）

吾令鸩为媒兮，鸩告余以不好。雄鸠之鸣逝兮，余犹恶其佻巧。

［注释］

(1) 吾令鸩为媒兮，鸩告余以不好——鸩：zhèn（镇）。传说中的一种毒鸟，羽毛之毒能杀人，在此比喻奸险小人。不好：此指女子不美。二句意谓：我叫鸩鸟做媒人，鸩鸟却告诉我："那女子不美。" (2) 雄鸠之鸣逝兮，余犹恶其佻巧——雄鸠：雄斑鸠。鸣逝：鸣叫着飞去。佻巧：轻佻巧诈。二句意谓：雄斑鸠鸣叫着飞去了，我又讨厌它轻佻巧诈，不可信托。

（六一）

心犹豫而狐疑兮，欲自适而不可。凤皇既受诒兮，恐高辛之先我。

［注释］

(1) 心犹豫而狐疑兮，欲自适而不可——犹豫、狐疑：均指迟疑不决。自适：适，往。自适，自己前去寻找简狄。不可：此指不合礼法。二句意谓：我心中犹豫不决，本想前去寻觅简狄，而又觉得不合礼法。(2) 凤皇既受诒兮，恐高辛之先我——诒：通"贻"，赠给。受诒：受天帝委托去做媒行聘。传说帝喾妃简狄因吞玄鸟（玄鸟即凤皇）卵而生契。乃此句所本。凤凰为古代传说中的鸟王，雄的称凤，雌的称凰。凰，古作"皇"。高辛：高辛氏，即帝喾。二句意谓：凤皇已受委托前去做媒，唯恐高辛氏会在我之前娶得简狄。

（六二）

欲远集而无所止兮，聊浮游以逍遥。及少康之未家兮，留有虞之二姚。

［注释］

(1) 欲远集而无所止兮，聊浮游以逍遥——远集：集，本指鸟栖于木，此处比喻安居。远集，到远方去安居。无所止：无处栖身。止，居处。二句意谓：想到远方安居而无处栖身，姑且漂泊四海而逍遥自得。(2) 及少康之未家兮，留有虞之二姚——少康、二姚：少康是夏后相之子。相传寒浞派其子浇杀死了相，少康便逃到有虞国，国君将两个女儿许配他，因国君姓姚，所以他的两个女儿被称作二姚。后来，少康消灭了浇，恢复了夏朝，成为一代中兴之主。未家：未有家室（没有娶妻）。二句意谓：趁着少康还没有妻室（还没有娶二姚为妻），且聘定留下待字闺中的姚氏二女吧。

（六三）

理弱而媒拙兮，恐导言之不固。世混浊而嫉贤兮，好蔽美而称恶。

［注释］

（1）理弱而媒拙兮，恐导言之不固——理、媒：同指媒人。弱：才能差。拙：口才拙。导言：此指媒人向双方疏通关系的话语。不固：不成。固，成。二句意谓：媒人才能差而口才拙，恐怕他向双方关说也不会成功。　（2）世混浊而嫉贤兮，好蔽美而称恶——称：宣扬；传播。恶：丑恶之事。二句意谓：世俗混浊而嫉妒贤能，人们喜欢障蔽别人的美质而宣扬其丑恶之事。

（六四）

闺中既已邃远兮，哲王又不寤。怀朕情而不发兮，余焉能忍与此终古？

［注释］

（1）闺中既已邃远兮，哲王又不寤——闺中：闺中美女，总称上述诸美女。邃远：深远，言美女不可求。哲王：指楚怀王。寤：觉醒。二句意谓：闺中美女都已深远不可求，而哲王又不觉醒。按：此喻求贤不得，君王又昏聩不明，预知危亡将至而无救。　（2）怀朕情而不发兮，余焉能忍与此终古——怀：心中怀着。情：忠贞之情。发：抒发。焉：安，何。与：助词。见《左传·僖公二十三年》："夫有大功而无贵仕，其人能靖者与有几？"又见《国语·周语》："若壅其口，其与能几何？""与"字皆语助。此：言"这种现状"。终古：永远；久远。二句意谓：我胸怀忠贞之情而不得抒发，我怎能永远忍受这种不合理的遭遇？

（六五）

索藑茅以筳篿兮，命灵氛为余占之。曰：两美其必合兮，孰信修而慕之？

［注释］

(1) 索藑茅以筳篿兮，命灵氛为余占之——索：取。藑茅：草名，古人以为是一种灵草，可用来占卜。藑，qióng(穷)。筳篿：tíngzhuān(廷专)。以草占卜或以竹占卜均得曰筳篿。闻一多先生以为应作"莛蓴"，是动词，本作"挺抟"(见所著《楚辞校补》)。灵氛：古代一位善卜之巫。王逸注："灵氛，古明占吉凶者。""灵"：本义为神，巫能降神并占卜吉凶，故又称巫为灵。闻一多《离骚解诂》："然则灵氛亦巫也。《山海经·大荒西经》曰：'大荒之中……有灵山、巫咸、巫即、巫盼……十巫，从此升降，百药爰在。'灵巫义同，氛盼音同，灵氛殆即巫盼欤？巫咸、巫盼并在灵山十巫之列，故《离骚》以灵氛与巫咸并称。"二句意谓：采取藑茅用来占卜，吩咐灵氛为我卜问祸福。按：此或为诗人假设之词。 (2) 曰：两美其必合兮，孰信修而慕之——曰：此"曰"字以下四句，为灵氛贞问之繇词。两美：本指男女两美，此喻贤者两美，或喻君臣两美。必合：本指男女两美必能配合，此喻贤者必能同气相求相合。慕：可能是"莫念"二字古人连写之误(从郭沫若、闻一多说)。二句意谓：灵氛占得繇词说：美男美女必能配合，谁真诚姱美(真正修身洁行)而无人恋念他呢？

(六六)

思九州之博大兮，岂唯是其有女？曰：勉远逝而无狐疑兮，孰求美而释女？

［注释］

(1) 思九州之博大兮，岂唯是其有女——九州：犹云"天下"。博大：广大。是：此地，指上文所述众美女所居之地。二句意谓：想一想九州是多么广大啊，难道唯有此地才有可求之女吗？按：此处以婚姻譬喻君臣相遇或贤者相求。 (2) 曰：勉远逝而无狐疑兮，孰求美而释女——曰：此"曰"字以下四句，为灵氛申释所占繇词之义。勉：灵氛劝屈原自勉。远逝：远去；远行。释：放弃；放过。女：汝，指屈原。二句意谓：灵氛解释说："你要自勉自励到远方去，而不要狐疑不定，谁会慕求美才而将你放弃呢？"

(六七)

何所独无芳草兮，尔何怀乎故宇？世幽昧以昡曜兮，孰云察余之善恶？

[注释]

(1) 何所独无芳草兮,尔何怀乎故宇——何所:何处。芳草:此处以之喻贤君。故宇:犹言“故国”。二句意谓:何处独独没有芳草呢?你又何必只是眷恋故国? (2) 世幽昧以昡曜兮,孰云察余之善恶——幽昧:昏暗。以:而。昡曜:本为光焰强烈貌,引申为纷乱迷惑貌。恶:邪恶。二句意谓:世俗昏暗而又惑乱,又有谁能明察我是善是恶?

(六八)

民好恶其不同兮,惟此党人其独异。户服艾以盈要兮,谓幽兰其不可佩。

[注释]

(1) 民好恶其不同兮,惟此党人其独异——民:人,人们。恶:憎恶。其:称代之词。一说,应读作“岂”。党人:见前注。独异:独独更加特殊(更甚)。二句意谓:人们对事物的爱憎那是不同的啊,而这些结党营私的小人则独独更加特殊。 (2) 户服艾以盈要兮,谓幽兰其不可佩——户:户户,指党人。一说,读为“扈”,被带。服艾:佩带艾草。艾,恶草名。要:同“腰”。二句意谓:家家户户佩带艾草满腰,将恶草当作芳草,却说那幽兰是不可佩带的。

(六九)

苏粪壤以充帏兮,谓申椒其不芳。览察草木其犹未得兮,其珵美之能当?

[注释]

(1) 苏粪壤以充帏兮,谓申椒其不芳——按:据谭介甫先生考订,此“苏粪壤以充帏兮”二句原错简在下。今从之,前移。苏:取。粪壤,秽土。充:装满。帏:佩在身上的香囊。申椒:见前注。二句意谓:群小取那秽土装满香囊佩带在身上,反说申地的香椒是不香的。 (2) 览察草木其犹未得兮,岂珵美之能当——得:此指得到正确的理解,即能辨别草木之香臭。珵:chéng(呈)。美玉,宝玉。当:知。朱季海《楚辞解故》:“当,知也,读与党同(皆从尚声)。《方言》:‘党、晓、哲,知也。楚谓之党。’此言岂珵美之能知也。”二句意谓:群小对草木的香臭都得不到正确的理解，岂能知道宝玉之美？

（七〇）

欲从灵氛之吉占兮，心犹豫而狐疑。巫咸将夕降兮，怀椒糈而要之。

［注释］

（1）欲从灵氛之吉占兮，心犹豫而狐疑——从：听从。灵氛：见前注。吉占：占得的吉利卦词。二句意谓：自己想听从灵氛所占得的吉利卦词而远去四方，但是心中还是恋念故国，犹豫迟疑。（2）巫咸将夕降兮，怀椒糈而要之——巫咸：传说为上古神巫之名。在周代以前的楚地，巫咸是往来于上帝、人间的祭司长。此处是假设问卜于巫咸。（参考《天问》“巫”字注。）夕降：于夕暮降神。怀：藏，储备。糈：xǔ（许）。此指祭神用的精米。要：读阴平声，此训“迎迓”。二句意谓：巫咸将在傍晚降神，储备好祭神用的香椒、精米而迎迓他。

（七一）

百神翳其备降兮，九疑缤其并迎。皇剡剡其扬灵兮，告余以吉故。

［注释］

（1）百神翳其备降兮，九疑缤其并迎——百神：众神灵。翳：yì（义）。遮蔽，此言蔽空。备：全。九疑：楚地山名，群山迤丽跨数郡，方圆约二千里，奇峰九座而大同小异，令人疑惑难辨，故称九疑。在今湖南省宁远县南。在此为“九疑之神”的省称。缤：众盛貌，犹言“纷纷”。并：此有“竞”义。又见《汉书·贾谊传》：“高皇帝与诸公并起。”（并，竞也。）又可训“齐”“同”。迎：据戴震《屈原赋注》所考订，“迎”，应作“迓”。二句意谓：天上众神遮天蔽空地全都降临下界，九疑山的神灵都竞相迎接。（2）皇剡剡其扬灵兮，告余以吉故——皇剡剡：犹“煌焰焰”。皇，“煌”之省借。又见《诗·小雅·采芑》“朱芾斯皇”，《毛传》：“皇，犹煌煌也。”剡，通“焰”。又见《国语·晋语二》：“大丧大乱之剡也，不可犯也。”朱骏声《说文通训定声·谦部》：“剡，假借为焰。”按：“剡剡”即“焰焰”，光炽貌。扬灵：显扬光灵。吉故：吉善的往事（史实），即指前代明君贤臣互相遇合诸事。二句意谓:煌焰焰显扬光灵,巫咸告诉我前代君臣遇合的种种往事。

(七二)

曰:勉升降以上下兮,求榘矱之所同。汤、禹严而求合兮,挚、咎繇而能调。

[注释]

(1) 曰:勉升降以上下兮,求榘矱之所同——曰:此"曰"字以下至"使夫百草为之不芳",为巫咸传告百神之言于人。勉:勉力为之。升降、上下:升而上至天,降而下至地。亦犹前文"上下求索"之义,是说要到各处寻求志同道合的贤者。榘矱:榘,同"矩",画方形的仪器。矱,huò(获)。量长短的尺度。榘矱,犹言"法度",此处似指"政治主张"。同:相同;一致。二句意谓:巫咸传告百神之旨,说:"勉力到上天下地、六漠四荒去吧,去寻求那些和自己的政治主张相同的贤者。" (2) 汤、禹严而求合兮,挚、咎繇而能调——严:王逸注:"严,敬也。""严",一作俨。二字可通。此言"敬贤","礼贤下士"。又指"真心诚意"。或谓律己敬肃谨饬。求合:慕求志同道合的贤臣。挚:即伊尹,是商汤的贤相。咎繇:即皋陶,音gāoyáo。(高遥),"咎"通"皋","繇"通"陶"。夏禹的贤臣。调:此指君臣协调和谐,共治天下。又,沈祖绵《屈原赋证辨》云:"……或曰,调者调之形误,存疑。"按:调,训"共",于义亦通。二句意谓:商汤、夏禹礼贤下士而求志同道合的贤臣,于是,伊尹与汤、皋陶和禹就能君臣协调和谐,共治天下。

(七三)

苟中情其好修兮,又何必用夫行媒?说操筑于傅岩兮,武丁用而不疑。

[注释]

(1) 苟中情其好修兮,又何必用夫行媒——中情:内心。好修:见前注。用:因;凭藉。行媒:媒介。二句意谓:如果内心都能修洁自好,君臣之间又何必凭藉媒介而遇合呢? (2) 说操筑于傅岩兮,武丁用而不疑——说:yuè(悦)。人名,即殷代武丁时的贤相傅说。操筑：操，持，拿着。筑，古代版筑时用以捣土的木杵。操筑，言“持筑劳作”。相传傅说德行高尚，却一度遭受刑罚，在傅岩那地方干筑墙的苦役，后来武丁（高宗）遇傅说，举为相，殷大治。傅岩：地名。武丁：殷高宗之名，相传为殷代颇有文治武功的名王。二句意谓：傅说手持木杵在傅岩劳作，受武丁知遇，超擢为相，武丁对他信而不疑。

（七四）

吕望之鼓刀兮，遭周文而得举。宁戚之讴歌兮，齐桓闻以该辅。

［注释］

（1）吕望之鼓刀兮，遭周文而得举——吕望：即太公姜尚，曾在朝歌为屠夫，后被周文王赏识，举为太师，辅佐朝政。鼓刀：指操着屠刀宰杀牲畜。鼓，操。或训“敲击”。遭：遇。周文：周文王。举：起用。二句意谓：吕望当初是操刀宰牲的屠夫，遇到了周文王，便被起用为太师。（2）宁戚之讴歌兮，齐桓闻以该辅——宁戚：春秋时卫国人，曾到齐国经商，后为齐桓公之卿。讴歌：徒歌，无乐器伴奏的歌吟。此指宁戚未仕前，曾在喂牛时叩击牛角而歌。齐桓：齐桓公，春秋前期，曾为诸侯之霸主。闻：指齐桓公听到宁戚的歌声，发现他是贤才。该辅：备为辅佐。该，备。二句意谓：由于宁戚的歌吟言志，齐桓公听到后，发现他是贤才，便重用他，备为辅佐。

（七五）

及年岁之未晏兮，时亦犹其未央。恐鹈鴂之先鸣兮，使夫百草为之不芳。

［注释］

（1）及年岁之未晏兮，时亦犹其未央——及：趁着。年岁：岁华；岁月。晏：晚。时：时光。犹其：“其犹”之误倒。未央：未尽。此谓：趁着年岁未晚，时光也还未尽。　（2）恐鹈鴂之先鸣兮，使夫百草为之不芳——鹈鴂：tíjué(题决)。又作“鶗鴂”“䳏鴂”。即子规，杜鹃。相传它于立夏时鸣叫，则众芳皆谢。先鸣：早鸣。百草：各种花草。不芳：言花草都摧落凋谢，不再吐扬芬芳。二句意谓：唯恐杜鹃早早鸣叫，使各种花草凋谢，不再有芳香与艳丽。按：此喻岁月不待人，应趁年事未老而奋发努力，切莫蹉跎光阴，老大徒悲。

（七六）

何琼佩之偃蹇兮，众薆然而蔽之。惟此党人之不谅兮，恐嫉妒而折之。

［注释］

(1) 何琼佩之偃蹇兮，众薆然而蔽之——琼佩：琼玉之佩，此喻德行高洁之人，即诗人自喻。偃蹇：此处是众盛貌。薆：隐蔽貌。二句意谓：琼玉之佩何其美盛啊，众多的小人却薆然而壅蔽它。按：林云铭说："言有美德，被群人争壅，使君不得闻。"可从。 (2) 惟此党人之不谅兮，恐嫉妒而折之——党人：即上文之"众"，结党营私之小人。谅：信实。折：摧折。之：代称"琼佩"。二句意谓：这些结党营私的小人都不信实，恐怕他们会嫉妒而摧折琼佩。按：此乃屈原自喻为琼佩，谓党人摧折他这有美德的贤士。

（七七）

时缤纷其变易兮，又何可以淹留？兰芷变而不芳兮，荃蕙化而为茅。

［注释］

(1) 时缤纷其变易兮，又何可以淹留——缤纷：纷乱貌。变易：变化无常，难以逆料。淹留：此指久留故国。二句意谓：时世纷乱，变化莫测，我又怎能久留故国？ (2) 兰芷变而不芳兮，荃蕙化而为茅——兰、芷、荃、蕙：均为香草名，详见前注。茅：恶草名，以喻恶人。二句意谓：幽兰、白芷都变得不香了，香荪、芳蕙也都化为茅草。按：此喻原来的贤士也都变成了坏人，只有诗人自己操守不易。

（七八）

何昔日之芳草兮，今直为此萧艾也？岂其有他故兮？莫好修之害也！

[注释]

(1) 何昔日之芳草兮,今直为此萧艾也——直:简直。萧艾:均为恶草名,以喻小人。二句意谓:为何昔日的芳草啊,今天简直成了这恶草萧艾呢?按:此喻昔之贤才、君子今已蜕化为小人。 (2) 岂其有他故兮,莫好修之害也——岂:难道。其:在此是表示测度、拟议语气的副词,相当于"殆"字。莫:不。好:自好。二句意谓:难道还有别的原故吗?这就是不肯修洁自好的害处啊!

(七九)

余以兰为恃兮,羌无实而容长。委厥美以从俗兮,苟得列乎众芳。

[注释]

(1) 余以兰为恃兮,羌无实而容长——恃:依靠;信赖。按:一本"恃"前有"可"字。羌:语首助词。无实:无实德。容长:外表美好。容,指外表。长,犹云"美好",古以颀长、硕大为美。二句意谓:我本以兰草为依靠,但它没有内心的实德,而徒有美好的外表。 (2) 委厥美以从俗兮,苟得列乎众芳——委:委弃。厥:其,代称"兰"。美:固有的美质。苟得:苟且而得,不义而得。列乎众芳:忝列于众芳之中,言其有辱于众芳。二句意谓:委弃其固有的美质而从世俗,苟且而得忝列于众芳之中。

(八〇)

椒专佞以慢慆兮,樧又欲充夫佩帏。既干进而务入兮,又何芳之能祗?

[注释]

(1) 椒专佞以慢慆兮,樧又欲充夫佩帏——专佞:专擅谄媚。慢慆:傲慢恣肆。韬:tāo(涛)。樧:shā(杀)。茱萸之一种,又叫食茱萸。充:装满。佩帏:佩带于身上的香囊。二句意谓:香椒专擅谄媚而傲慢恣肆,茱萸又想装满佩在身上的香囊。 (2) 既干进而务入兮,又何芳之能祗——干进:营求进身升迁。务入:义同上。务,趋赴。祗:义犹"振"。刘永济《屈赋通笺》称引王念孙曰:"祗之言振也。言干进务入之人,委蛇从俗，必不能自振其芬芳，非不能敬贤之意也。……《逸周书·文政篇》'祇民之死'，谓振民之死也。祇与振声近而义同，故字或相通。"按：振，又有自励奋发义。二句意谓：小人既百般钻营谋求进身升迁，其心不端，又何能以芳洁为志而自励奋发？

（八一）

固时俗之流从兮，又孰能无变化？览椒、兰其若兹兮，又况揭车与江离！

［注释］

（1）固时俗之流从兮，又孰能无变化——时俗：世俗。流从："从流"之误倒。从流，犹云"随波逐流"。二句意谓：本来世俗之人是随波逐流的，谁又能不发生变化呢？　（2）览椒、兰其若兹兮，又况揭车与江离——览：看。若兹：如此。椒、兰、揭车、江离：均见前注。二句意谓：看到那香椒，幽兰都如此，又何况揭车与江离！

（八二）

惟兹佩之可贵兮，委厥美而历兹。芳菲菲而难亏兮，芬至今犹未沬。

［注释］

（1）惟兹佩之可贵兮，委厥美而历兹——兹：此。佩：美好的佩饰。委：此指见弃于世人。美：美善的本质。历兹：见前注。二句意谓：我的这种美好佩饰是可贵的，但是世人委弃这美质而直到如今。按：此处是诗人自伤之词。　（2）芳菲菲而难亏兮，芬至今犹未沬——芳菲菲，芬：均为馨香义。亏：亏损；减少。沬：消散；泯灭；止息。一作沫，通"昧"，幽暗；暗淡。二句意谓：菲菲的芳香是难以减损的，这馨香至今还没有消散止息。

（八三）

和调度以自娱兮，聊浮游而求女。及余饰之方壮兮，周流观乎上下。

［注释］

(1) 和调度以自娱兮，聊浮游而求女——和：和谐。调：此指玉佩丁冬作响，节奏协调。度：此指行走时步履疾徐有节。聊：姑且。浮游：到远方漂泊漫游。二句意谓：身上的玉佩随着步履而丁冬作响，节奏协调，我以此自赏自娱，姑且漂泊漫游四方而求美女。 (2) 及余饰之方壮兮，周流观乎上下——饰：佩饰。方壮：正美盛。周流：犹“周游”，见前注。二句意谓：趁着我的佩饰正美盛，我要周游四方，观察上天下地。

（八四）

灵氛既告余以吉占兮，历吉日乎吾将行。折琼枝以为羞兮，精琼靡以为粻。

［注释］

(1) 灵氛既告余以吉占兮，历吉日乎吾将行——吉占：见前注。历：选择。二句意谓：灵氛既已告诉我吉利的繇词，就要选定好日子，我将动身远行了。 (2) 折琼枝以为羞兮，精琼靡以为粻——羞：犹“脯”，干肉，引申为菜肴之通名。精：此为动词，捣米使细。靡：mí(迷)。同“糜”，细末。粻：zhāng(张)。粮。二句意谓：折玉树的枝条作为菜肴，细捣美玉屑作为干粮。

（八五）

为余驾飞龙兮，杂瑶象以为车。何离心之可同兮，吾将远逝以自疏。

［注释］

(1) 为余驾飞龙兮，杂瑶象以为车——驾：驾车。飞龙：此处是以飞龙为马。杂：交杂使用。瑶：美玉名。象：象牙。车：此指车饰。二句意谓：使飞龙为我驾车，杂用美玉、象牙以装饰我的车子。 (2) 何离心之可同兮，吾将远逝以自疏——离心：言上下众人皆与己心离异。同：义犹“合”。自疏：主动与世俗之人疏远。二句意谓：君臣上下与我离异之心怎能相合？我将毅然远行以主动与世俗之人疏远。

（八六）

遭吾道夫昆仑兮，路修远以周流。扬云霓之晻蔼兮，鸣玉鸾之啾啾。

［注释］

（1）遭吾道夫昆仑兮，路修远以周流——遭：zhān（沾）。转。迂回。夫：语助词。昆仑：昆仑山。山脉西起帕米尔高原东部，向东延伸到西藏及青海，海拔约6000米。周流：见前注。二句意谓：我转道于昆仑山，路途遥远而周游不息。（2）扬云霓之晻蔼兮，鸣玉鸾之啾啾——扬：扬起；飘扬。云霓：此处是以云霓为旌旗。晻蔼：云影蔽日貌。晻：yǎn（演）。日昏貌。玉鸾：古代车乘所佩的马铃。美称玉鸾，实际不一定是玉制之铃。啾啾：铃声。二句意谓：云霓为旗，迎风飘扬而遮蔽日影，美玉鸾铃鸣响丁冬。

（八七）

朝发轫于天津兮，夕余至乎西极。凤皇翼其承旂兮，高翱翔之翼翼。

［注释］

（1）朝发轫于天津兮，夕余至乎西极——发轫：见前注。天津：天河。西极：西方的极边之地。极：尽头。二句意谓：早晨我从天河之滨启程，傍晚我便到达西方的极边。（2）凤皇翼其承旂兮，高翱翔之翼翼——翼：此指展翼。承：举；擎。旂：qí（其）。绘饰交龙之旗。翱翔：鸟上下自由翻飞貌。翼翼：指凤皇飞得协调而有节奏。二句意谓：凤皇展翼擎着那绘饰交龙的旗子，高高地自由翻飞，协调而有节奏。

（八八）

忽吾行此流沙兮，遵赤水而容与。麾蛟龙使梁津兮，诏西皇使涉予。

［注释］

（1）忽吾行此流沙兮，遵赤水而容与——流沙：指西北沙漠地带。

遥望似水波起伏;或风吹狂沙如大水奔流。一说,西方大泽。遵:沿着。赤水:神话传说中的水名,或谓源出于昆仑。容与:从容缓行貌。二句意谓:我忽然走到这西方的沙漠地带,沿着赤水从容地缓缓前行。 (2)麾蛟龙使梁津兮,诏西皇使涉予——麾:此处作动词用,指挥。梁:本义为桥梁,此处转化为动词"作桥梁"之意。津:水。梁津:言横架在水上作桥梁。诏:指令。西皇:相传即古帝少皞氏,死后为西方之神。涉予:将我渡过水去。二句意谓:我指挥蛟龙使它们横架在水上作桥梁,又命令西方之神将我渡过河去。

(八九)

路修远以多艰兮,腾众车使径侍。路不周以左转兮,指西海以为期。

[注释]

(1)路修远以多艰兮,腾众车使径侍——腾:传语。闻一多《离骚解诂》:"……案《说文·马部》曰:'腾,传也。'传,当读如《仪礼·士相见礼》'妥而后传言'之传。……《汉书·礼乐志》'腾雨师,洒路陂',谓传言于雨师使洒路陂也。……本书腾字多用此义。如本篇'腾众车使径侍',《远游》'腾告鸾鸟迎宓妃',《九歌·湘夫人篇》'将腾驾兮偕逝',《大招》'腾驾步游',皆是。"径:径直。侍:侍卫。一本作"待"。二句意谓:路途漫远而十分艰险,吩咐众车骑,让他们径相侍卫。 (2)路不周以左转兮,指西海以为期——路:此处作动词,"路经"之义。不周:不周山,据传说在昆仑山西北。西海:神话传说中的海,在最西方。期:目的地;极限。二句意谓:路过不周山而向左转弯,直指西海作为最终目的地。

(九〇)

屯余车其千乘兮,齐玉轪而并驰。驾八龙之婉婉兮,载云旗之委蛇。

[注释]

(1)屯余车其千乘兮,齐玉轪而并驰——屯:聚集。千乘:千辆。齐:排列整齐。玉轪:轪,dài(代)。车毂端的冒盖。玉轪,以玉为饰之轪。并驰:并驾齐驱。二句意谓:聚集我的车子有千辆之多,玉饰的车轪排列整齐,众多的车辆并驾齐驱。 (2) 驾八龙之婉婉兮,载云旗之委蛇——八龙:指飞龙有八条。婉婉:《释文》作蜿蜿,犹言"蜿蜒",曲折而行貌。载:树立,此云树旗于车上。云旗:绘绣云霓之旌旗。委蛇:此处形容云旗随风飘扬之状。二句意谓:驾车的八条飞龙蜿蜒前行,车上插着云霓之旗,随风委蛇飘扬。

(九一)

抑志而弭节兮,神高驰之邈邈。奏《九歌》而舞《韶》兮,聊假日以媮乐。

[注释]

(1) 抑志而弭节兮,神高驰之邈邈——抑志:犹"抑帜"。张渡说:"……与'屈心而抑志'义别;'志'当读作'帜'。《汉书·高帝纪》:'旗帜皆赤。'师古曰:'史家或作帜,或作志,音义皆同。'是其声通之证。'抑志'承'云旗'句,'弭节'承'八龙'句。"按:抑,训"抑下""按下""放倒"诸义,"抑帜"犹"偃旗"。弭节:见前注。神:精神;心灵。高驰:指飞驰高远。神高驰,言神游物外,自由驰骋。邈邈:遥远无际貌。二句意谓:放倒旗帜而停住车子,让我的心灵高高飞驰在邈邈无际的天宇。 (2)奏《九歌》而舞《韶》兮,聊假日以媮乐——《九歌》《韶》:相传为夏启时代的乐、舞之名。郭沫若说:"……《九歌》乃启乐。《韶》即《九韶》,乃启舞。《大荒西经》天穆之野高二千仞,开(即启)焉(爰)得始歌《九招》,郭璞注引《纪年》'夏后开舞《九招》'。"按:《九招》即《九韶》。聊:聊且;姑且。假日:借此时日。媮:yú(于)。义同"乐"。二句意谓:演奏《九歌》而舞《九韶》,姑且借此良辰娱乐自慰。

(九二)

陟升皇之赫戏兮,忽临睨夫旧乡。仆夫悲余马怀兮,蜷局顾而不行。

[注释]

(1) 陟升皇之赫戏兮,忽临睨夫旧乡——陟:zhì(至)。升。一本无"陟"字。皇:"皇天"之省文。戏:同"曦"。赫戏,光明灿烂貌。临:居高临下。睨：nì(溺)。斜视。旧乡：故乡。二句意谓：在飞升到光明灿烂的天宇时，我居高临下，忽然看到了故乡。（2）仆夫悲余马怀兮，蜷局顾而不行——仆夫：随从的仆人，即驾驶车马的人。怀：怀伤。此处用拟人法，表示不仅诗人自己有无限乡愁，仆从有无限悲酸，连马匹也怀伤不已。蜷局：即拳曲，屈曲不申貌。蜷：quán(拳)。顾：反顾，引申为“流连”“低徊”义。二句意谓：我的仆从心中悲酸，我的马也怀伤不已，它蜷曲身体，反顾低徊而不前行。

（九三）

乱曰：已矣哉！国无人，莫我知兮，又何怀乎故都？既莫足与为美政兮，吾将从彭咸之所居！

［注释］

（1）乱曰：已矣哉！国无人，莫我知兮，又何怀乎故都——乱：终篇之结语，乐歌之卒章，即尾声。王逸曰：“乱，理也。所以发理词指，总撮其要也。屈原舒肆愤懑，极意陈词。或去或留，文采纷华。然后结括一言以明所趣之意也。”又，《国语·鲁语》韦昭注曰：“篇义既成，撮其大要，为乱辞。”其说可从。已矣哉：这是极度愤慨之词。“已”是“完毕”“停止”之意，引申为“算完”“算了”之意。矣、哉，两个叹词连言，起叠句作用，能加强语势。析言之，则为“已矣”“已哉”，这种句式又见《诗·卫风·氓》“亦已焉哉”，犹云“亦已焉”“亦已哉”。国无人：国中统治集团无贤良之人。莫我知：都不了解我。何：为何，这是诗人反复思忖，自问自嘲之词。何怀乎故都，言“为何怀恋故国”？这就透露出他在去留之际的矛盾心理，究其内心，“怀”字还是始终占主导地位，这正是爱国诗人的悲愤之源。“故都”使诗人失望，但他又实难忘怀“故都”，他是至死也不能忘怀的。质言之，如果他能忘怀“故都”，就不会有这样困顿的遭遇，不会有这样的悲愤填膺，也就不会有最终的自投汨罗殉志。因此，“又何怀乎故都”，是反语成义，并非决绝之词。“乱曰”以下四句，意谓：乱辞：算了吧，算了吧！国中统治集团没有贤良的人，人们都不了解我，我又为何对故国怀恋深深？（2）既莫足与为美政兮，吾将从彭咸之所居——莫足：不足；不值得。与为：与其共同实现（为，指实行，做）。美政：美好的政治理想。吾将从彭咸之所居：相从（追随）先贤彭咸于其所居止之处，以作为我的归宿。这主要是表白自己愿意服膺先贤舍生取义之志；还不是具体地设想要立即像彭咸那样投水自杀。（钱杲之云：

“‘从彭咸之所居’,犹言相从古人于地下耳。”这是说明诗人钦慕彭咸杀身成仁的精神而欲相从于地下。)彭咸:据王逸注:“其为殷贤大夫,谏其君不听,自投水而死。”二句意谓:既然不足与君王共行美政,以实现政治理想,我将追随先贤彭咸于其居止之处,以他舍生取义之志作为我的行动准则,寻求我的归宿。

[译文]

(一)

我是古帝高阳氏的苗裔子孙,
我先父的尊名叫做伯庸。
正当夏历寅年的孟春正月,
又在庚寅之日我便降生。

(二)

生父观察我初生的器宇容度,
始将美名赐予儿身。
我的美名叫做“正则”,
我的表字称为“灵均”。

(三)

我既有华盛的内在美质,
并有清秀的外貌丰姿。
披佩那连接缉续的江蓠、白芷,
又将秋兰连缀成串作为佩饰。

(四)

我勤勉修行,匆匆若将不及,
唯恐时不我待,人生易老。
我在清晨攀折冈上的木兰花枝,
薄暮又去采摘洲中的紫苏香草。

（五）

日月匆迫而不久留，
春去秋来而依次更代。
感念草木的飘零陨落，
只恐美人又年迈色衰。

（六）

何不趁此少壮而抛弃邪秽，
何不改变这不善的态度？
驾着骐骥而自由驰骋吧，
请来啊，我在前面为你引路！

（七）

古昔的三王德行纯粹，
当时原有众芳荟萃一堂。
交杂地佩用申椒与菌桂，
难道只将香蕙、白芷缀饰身上？

（八）

那尧、舜何其光明正大，
遵循正道而得大路畅通。
那桀、纣何其狂悖不羁，
只贪走便道而寸步难行。

（九）

那结党营私之辈，但知苟且偷安，
使其所导之路幽暗而险隘。
难道我畏惮己身获罪遭殃吗？
我只担心君王之车倾覆败坏。

（一〇）

我匆遽黾勉地在前后效劳奔走，
但愿能追及先王的步武。
君王不谅察我内心的一片赤情，
反而轻信谗言而对我勃然暴怒。

（一一）

我本知忠直谏诤会招来祸患，
但却宁受苦难也不舍弃正途。
我指苍天起誓，让天作证，
我的忠忱只是为了君王之故。

（一二）

当初既和我订有盟约，
但又变卦反悔而有他心。
我已不怕和你离别，
唯有感伤君王是多变之人。

（一三）

我已栽种了春兰九畹，
又种植了香蕙百亩。
我一畦畦地栽种那留夷、揭车，
又杂植那杜蘅与芳芷无数。

（一四）

希望它们枝叶繁茂，长得高大，
待其长成之时，我将收获而归。
虽则枯萎零落又有何妨，
哀伤的是众芳竟然荒芜杂秽。

（一五）

群小都争逐利禄而无比贪婪，
获致极多，却仍然无餍地求索。
他们宽恕自己，而以私心揣度别人，
各人都生歹心，而嫉妒贤者。

（一六）

人们如同群马交驰，追逐势利，
我对这些从不急于贪求。
暮年渐渐来到眼前，
我担忧的是美名未就。

（一七）

清早，我畅饮木兰上晶莹的坠露，
黄昏，我摘那秋菊之花细细品尝。
如果我的衷情是信美而又精诚，
即便长饥枯瘦，又有何伤？

（一八）

揽取香木之根，而将白芷束起，
又摘薜荔之蕊，系成花串。
我佩用肉桂，而又连缀香蕙，
以胡绳捻索，缅缅相连。

（一九）

我由衷地仰慕效法前贤，
而不为世俗小人所用。
虽然不合于今世之人，
却愿以彭咸之遗则是从。

(二〇)

长长地叹息而掩面流泪，
惋伤人生的多灾多难。
我唯有崇尚信美而洁身自持，
早上被谗，而傍晚即遭斥贬。

(二一)

既因佩戴香蕙而将我废斥，
又对我复加采集芳芷之罪。
这也是我衷心的崇尚，
纵然身罹九死，也决不后悔。

(二二)

怨恨君王放纵自恣，
始终不知体察人的一番苦心。
众多女子嫉妒我有秀美的蛾眉，
造谣毁谤，说我善为邪淫。

(二三)

时俗小人诚然善于作伪取巧，
放弃规矩而任意改变措施。
违背绳墨而追求邪曲之道，
争相苟合取容，当作法度宗旨。

(二四)

忧愁烦闷，怫郁失意而徘徊伫立，
唯独我穷途困顿于此时此境。
宁肯溘然死去，而随清流长逝，
也不许自己效此苟合谄媚之容。

（二五）

刚猛的鹰隼不屑与凡鸟为群，
此种道理自古已然。
方枘圆凿怎能相合？
人不同道何能相安？

（二六）

内心委屈而意志受到压抑，
忍受妄加之罪而含诟蒙耻。
保持清白之志而为直道献身，
本是古圣先贤嘉许之旨。

（二七）

深悔自己选择道路而未看仔细，
我低徊踌躇而想回返。
调转我的车子折向旧路，
趁着误入迷途还不甚远。

（二八）

我让马儿缓缓漫步于兰皋，
又驰马椒丘而暂且休息。
进身不纳反而无辜获罪，
我将退离王朝而重整旧衣。

（二九）

裁剪荷叶作为上衣，
缀集莲瓣作为下装。
世人不了解我，也就算了吧，
只要我的本性真正高洁芬芳。

（三〇）

华冠岌岌高耸，戴在头上，
佩带陆离曼长，挂在我身。
芳香与垢腻杂糅交混，
唯独我的明洁本质未损半分。

（三一）

悠忽地回顾而纵目远望，
将去游览那荒远的四方。
我的佩带、服饰缤纷繁盛，
菲菲浓郁的芳香愈加远扬。

（三二）

人生各有所好，
我独爱修身而习以为常。
虽然粉身碎骨，还是不变夙志，
难道我的丹心可以惩创？

（三三）

贤姊对我眷恋护持，
她和舒宛转地一再将我申诫。
她说：那鲧秉性刚直而忘却自身，
终于早早被杀于羽山之野。

（三四）

你为何广博忠直而好修洁，
独独保有这盛多的美好节操？
将菉葹恶草积满一屋，
你却不肯服用，而将其全抛。

（三五）

不可向众人普遍说明，
谁能体察我们的衷情拳拳？
世人都互相抬举而朋比结党，
你为何孤芳自赏而不听我劝？

（三六）

依照前圣之德作为公正的准则，
悲叹我心情愤懑，至今如故。
渡涉沅水、湘水而踽踽南行，
我到重华面前娓娓陈诉。

（三七）

夏启从天上得到《九辩》《九歌》，
他用来安逸娱乐而自我放纵。
他不顾危难而又不虑后果，
五子因而对启发动内讧。

（三八）

后羿纵欲淫乐而耽于畋猎，
喜好在山林射那大狐为戏。
本来那淫乱之流难得善终，
宰相寒浞便贪占了羿的美妻。

（三九）

过浇披服坚甲，自恃强梁，
放纵嗜欲而不制约自己。
天天沉湎于逸乐而忘记危难，
他的头颅因而坠落在地。

（四〇）

夏桀违背正理而妄行不义，
于是终究身遭祸殃。
纣王肆虐而把忠臣剁成肉酱，
殷王朝因而不能久长。

（四一）

禹、汤自知戒惧而敬肃执礼，
周密选择有道之人而无差错。
选举贤能，知人善任，
遵循正直之道而无偏颇。

（四二）

皇天浩荡，不偏不倚，
他看谁有贤德就加以辅助。
只有那圣明睿智之君黾勉其事，
庶几得以享此天下国土。

（四三）

瞻望前路而回顾旧迹，
观察人们虑事的准绳。
谁个不义而可行其事？
谁个不善而其事可行？

（四四）

虽然我身临险境而濒于死亡，
但是，回顾初衷，还是毫不悔恨。
不度量所凿之孔，而就削好木柄，
这正是先贤横遭菹醢之因。

（四五）

我抑郁苦闷，歔欷叹息，
哀伤自己生不逢辰。
手持柔弱的香蕙而对之拭泪，
浪浪不止的泪珠霑我衣襟。

（四六）

跪在地上，铺开衣襟而申诉，
我内心明亮，已得此中正。
驾着白龙，乘着凤皇，
但等大风助我，向天上迅疾飞行。

（四七）

早上从苍梧启程，
傍晚我便到达神山悬圃。
我本想在此仙宫少事逗留，
奈何时光匆匆，不觉已将日暮。

（四八）

我命令羲和停住太阳车，
望见崦嵫山也不要立即靠近。
路途是那样遥远漫漫，
我将上天下地求索理想之人。

（四九）

在浴日的咸池饮我的神马玉虬，
又在出日的扶桑系住我的马缰。
折取若木，用它拂拭太阳，
姑且自由自在地逍遥徜徉。

（五〇）

使望舒在前面先行开路，
遣飞廉在后面奔走相随。
鸾凤作我的前卫，
雷师却告我：行装尚未齐备。

（五一）

我指令凤鸟展翅飞腾，
日夜相继，兼程前行。
旋风相附，聚结不散，
率领着云霓而来将我欢迎。

（五二）

云霓总总盛多，忽离忽合，
它斑斓陆离而时下时上。
我叫上帝的守门人拉开门闩，
他却倚着天门对我漠然相望。

（五三）

日色渐渐昏暗而余光将尽，
我束系幽兰，久久低徊踟蹰。
世俗混浊而善恶不分，
人们总爱障蔽美质而加以嫉妒。

（五四）

早晨我将渡过白水，
登上阆风山而系住神驹。
我忽然回首顾盼而涕泪交流，
哀叹这高高的仙山也没有可意美女。

（五五）

我匆匆地游览这青帝的春宫，
折下玉树枝条加续我的玉佩。
趁着我的美好容颜尚未衰老，
看看下界有无可赠信物的美女。

（五六）

我指令雷神丰隆驾起祥云，
我要寻觅宓妃洛神的居室。
解下佩带相赠以订盟结誓，
我又让蹇修做媒妁之使。

（五七）

侍从总总盛多而若即若离，
忽又乖戾相拒而心意难迁。
宓妃黄昏归宿于穷石山上，
清晨洗濯秀发在那洧盘河边。

（五八）

宓妃自恃美丽而骄傲凌人，
天天娱乐而纵情冶游。
虽则诚然貌美，但却轻慢无礼，
我就抛弃她而另作他求。

（五九）

纵目观望四方极远之处，
我遍行于天而又下降于地。
仰视那高高偃蹇的瑶台，
看到了有娀氏的美女简狄。

（六〇）

我让鸩鸟做媒人，
它却告诉我："那女子不好。"
雄斑鸠鸣叫飞翔，
我又厌恶它轻佻诈巧。

（六一）

我心中犹豫而狐疑不定，
想自去寻她而又不合礼仪。
凤皇已受委托前去做媒行聘，
唯恐高辛氏先我而娶得简狄。

（六二）

想去远方安居而无处栖身，
姑且漂泊四海，逍遥自逸。
趁着少康还没有妻室，
且聘定留下姚氏的两位少女。

（六三）

媒人才能薄弱，口舌笨拙，
恐怕他向双方关说也难成功。
举世混浊而妒忌贤能，
喜欢掩人美质而扬人恶名。

（六四）

闺中美女都已深远难求，
明哲之王却又不知觉醒。
我怀抱挚情而难以抒发，
怎能永远忍受此种苦痛？

(六五)

采取藑茅而用来占卜，
吩咐灵氛为我贞问吉凶。
卦辞说：美男美女必然互相配合，
谁个真诚姱美而无人恋慕钟情？

(六六)

想想九州是多么辽阔广大，
难道唯独此地才有可求之女？
你要自勉远去而莫狐疑不定，
谁个追慕美才而又将你放弃？

(六七)

人间何处独独没有芳草，
你又何必只是眷恋故国？
世俗昏暗幽昧而又纷乱迷惑，
谁能明察我是善是恶？

(六八)

人们的爱憎各有不同，
结党营私之辈则独异于众。
家家户户佩带艾草满腰，
却都说幽兰不可佩用。

(六九)

群小取那粪土装满香囊，
反说申地的香椒并不芬芳。
群小观察草木尚且不辨优劣，
岂能对宝玉之美尽知其详？

（七〇）

我想听从灵氛所占吉卦而远去他方，
但又恋念故园而狐疑徘徊。
巫咸将于傍晚降神，
备好香椒、精米而迎候他来。

（七一）

百神遮天蔽空地齐降下界，
九嶷山的神祇都纷纷相迎。
煌焰焰地显扬灵光，
巫咸将前代吉善之事对我称颂。

（七二）

他说：勉力到那上天下地去吧，
前去寻求政见一致的同道。
禹、汤谦恭地慕求志同道合之人，
伊尹、皋陶便和他们齐心协调。

（七三）

如果内心都能修洁自好，
又何必凭借媒介而使君臣相遇。
傅说手持木杵而在傅岩劳作，
武丁用他为相而信任不疑。

（七四）

吕望曾是操刀的屠夫，
受文王恩遇，将他奉为太师之尊。
由于宁戚唱歌言志，
齐桓公便重用他为辅佐之臣。

（七五）

趁着年华未晚，
春光也还未尽。
唯恐杜鹃早早鸣叫，
使百草因之花落香殒。

（七六）

琼玉之佩何其美盛，
群小却薆然将它壅蔽阻遏。
这些结党小人很不信实，
恐因嫉妒而将琼佩摧折。

（七七）

时世纷乱而变化无常，
我又怎能久久留在故地？
幽兰、白芷都变得没有馨香，
香荪、芳蕙也都化为茅荑。

（七八）

为何昔日的芳草，
今天简直成了萧艾？
难道还有别的缘故吗？
这就是不肯修洁自好之害。

（七九）

我本以幽兰作为依靠，
但它却无实德而徒有美容。
委弃其固有美德而随从世俗，
苟得忝列于众芳之中。

（八〇）

香椒专擅谄媚而傲慢恣肆，
茱萸又想装满那佩饰的香囊。
既是百般钻营，谋求升迁，
又何能自励奋发而慕求洁芳？

（八一）

本来世俗是随波逐流，
谁又能择善固执而永不变易？
看到那香椒、幽兰都是如此，
何况那揭车、江蓠？

（八二）

我这佩饰十分可贵，
但这美质却被委弃而直到如今。
菲菲的芳香难以减损，
这芬芳至今尚未消散净尽。

（八三）

玉佩节奏协调而自赏自娱，
姑且漫游四方而将美女寻觅。
趁着我的佩饰正美盛繁华，
我要周游观察上天下地。

（八四）

灵氛既告诉我吉利的繇词，
择定吉日，我将独行远方。
攀折玉树枝叶作为菜肴，
又将美玉捣为碎屑充作干粮。

（八五）

遣使飞龙为我驾车，
美玉、象牙交杂镶嵌以为车饰。
上下众人离我之心怎能相合，
我将毅然远行而主动离异。

（八六）

我转道于昆仑山间，
路途遥远而周游不停。
云霓为旗，迎风飘扬而遮蔽日影，
美玉銮铃鸣响丁冬。

（八七）

早上我从天河启程，
薄暮便到达辽远的西方边极。
凤皇展翼，擎着交龙之旗，
高高地自由翻飞而协调翼翼。

（八八）

我忽然走到这西方的流沙，
沿着赤水而缓步徐徐。
我指挥蛟龙，使它们搭成桥梁，
命令西皇将我渡过河去。

（八九）

路途漫远而又艰险，
我吩咐众车骑，径相服侍卫护。
取道不周山而向左转弯，
直指西海作为投奔的归宿。

（九〇）

聚集我的车子有千辆之多，
玉饰车轪，排列整齐而并驾齐行。
驾车的八龙蜿蜿行进，
插着云霓之旗而委蛇拂动。

（九一）

放倒旗子而停住大车，
让心灵高高飞驰在邈邈广宇。
演奏《九歌》而齐舞《九韶》，
且借此良辰而自慰自娱。

（九二）

我正向光明灿烂的天宇飞升，
居高临下，忽见故乡在我望中。
我的仆从悲怆，我的神驹怀伤，
它蜷曲身体，低徊反顾而不前行。

（九三）

乱辞：
算了吧，算了吧！
国中没有贤人，
都不了解我的苦心，
我又为何对故国怀恋深深？
既然不能与君王共行美善之政，
彭咸所居，我将相从，效其亮节高风！

九歌

题解

《九歌》,本为古籍相传的上古乐歌之名。大概古时的歌、乐、舞是综合进行表演的,这种依歌词演唱的歌曲是《九歌》,依乐谱演奏的舞乐是《九韶》,以《九歌》伴唱、以《九韶》伴奏的舞蹈也叫《九韶》(或称《九招》《韶》)。关于古《九歌》,《楚辞·离骚》《天问》《远游》都曾提到它,而且《山海经·大荒西经》载有夏启王从天上得来《九歌》的神话传说。此外,《尚书》《庄子》《吕览》也分别言及《韶》《大招》《九招》。尽管神话传说不足为据,但依古籍记载,可推知《九歌》本是夏启王时期(或更早)的古乐歌。

至于我们现在读到的《九歌》,则是屈原在楚国南部民间礼神乐歌的基础上加工再创作的一组歌词。虽然也采用了《九歌》之名,但与古乐《九歌》并非一事。

战国时代,在巫风盛行的楚国南方沅、湘一带流传过的《九歌》,是在当时民间的迎神赛会上,用来礼神、娱神的歌词。它与乐曲、舞蹈相配合,有比较简单的剧情,近似歌舞剧的萌芽,由巫觋化妆表演,有主演(装扮受享之神祇),有配角(化妆次要角色,伴唱、伴奏、伴舞),用的是普通乐器(竽、瑟、篪、鼓、钟)。它是歌词、乐调、舞容的统一结合。由此可以体认到当时楚国巫风故俗和民间乐舞之消息。

《九歌》这种娱神兼娱人的歌词,在屈原润色加工之前,本是民间诗人(很可能就是巫觋)创作的,其初,它的情感是自由奔放的,言词是活泼、率真、朴实的;但是,在涉及神与神、神与人之间男女燕昵之情时,也有些"亵慢淫荒之杂";又有些"鄙俚"的方言土音(或巫音)。于是,屈原对这楚地民间礼神乐歌的素坯进行加工修饰,使其言词更加文雅清丽,使其乐调更加和谐铿锵,使其情志更加刚健质朴,使其结构更加严密完整,经过伟大诗人精思傅会、独出匠心地再创作,写定了今传的情文并茂的《九歌》。不难想见,在屈原进行这种艺术再创作时,也是交织糅杂着自己的思想感情的。他那爱国忧民的耿耿情怀、壮志难酬的孤愤幽怨、对光明理想的热烈追求,闪闪烁烁地、若隐若现地从《九歌》

的字里行间透露着，使人时有意会而难以言传（其中尤以《国殇》《少司命》《东君》之义蕴为厚）。在形式方面，也每每表现出诗人运用斧斤之妙，既保持了固有的民间艺术特色，又天衣无缝地渗透着诗人那富于个性的语言风格，与他的另外的作品比较，互有异同。所异者，《九歌》是能演唱的民间礼神乐歌，故篇制短小精悍、句式参差灵活、用韵变化多端，遣词造句多见民谣印迹，与《离骚》等诵读之诗有别。所同者，习惯用语（多用联绵字）、所举名物（美人、香草之喻等）、语言的形象性，与屈原的其他诗歌颇为一致。由此可见，《九歌》的确是屈原在民间祭歌的基础上进行艺术再创作的硕果。

《九歌》共十一章，“九”字只是“多数”之谓，并非实指。从其结构来看，可分两大部分：一、礼神乐歌之主体（《东皇太一》、《东君》与《云中君》、《湘君》与《湘夫人》、《大司命》与《少司命》、《河伯》与《山鬼》、《国殇》）；二、全乐歌之卒章（或称“乱辞”）——送神曲（《礼魂》）。

东皇太一

题解

“东皇太一”是楚人对神话中的“玉皇大帝”之称，因为在古人心目中，它是天之总神，其位至尊，所以在迎神乐舞中以此章为始。从其内容来看，它没有正面对天神形象作具体描绘，也未进颂美之言，只重点叙述祭场陈设和祭品之美盛，乐舞之丰富多彩，巫觋及与祭者服饰之华丽，并表示敬神之虔诚，邀神降临，祝神欣悦康宁。（楚地盛行巫风，女巫称“巫”，男巫称“觋”。）

原文及注释

吉日兮辰良，穆将愉兮上皇。抚长剑兮玉珥，璆锵鸣兮琳琅。

［注释］

(1) 吉日兮辰良，穆将愉兮上皇——吉日：吉利的日子。古人以“甲、乙……”十干纪日；以“子、丑……”十二支纪时辰。并且在祭祀之前要占卜吉日良辰。辰良：“良辰”之倒文，这是为了叶韵。良辰，好的时辰。穆：犹“穆穆”，恭敬；恭敬地。将：将要。愉：娱乐，此处用作动词。穆将愉：是“将穆愉”之倒文。上皇：即指天神（东皇太一）。二句意谓：占得吉利的日子和好时辰来祭祀神祇，要恭敬地娱乐东皇太一。(2) 抚长剑兮玉珥，璆锵鸣兮琳琅——抚：握持。长剑：长长的宝剑。古代楚国有“剑舞送酒”之俗。此处指灵巫握持长剑，歌舞迎神。珥：ěr（耳）。剑鼻，剑柄与剑身相接处两侧突出如耳的部分。又叫镡 xín（心，阳平）。玉珥：以玉为饰之珥，此处可以概称剑柄。璆锵：qiúqiāng（求枪）。佩玉碰撞之声。琳：lín（林）。青碧色的美玉名。琅：láng（郎）。即琅玕，似玉之美石。琳琅，指灵巫所佩之玉。王逸云：“言己供神有道，乃使灵巫常持好剑以辟邪，要垂众佩，周旋而舞，动鸣五玉，锵锵而和，且有节度也。”

瑶席兮玉瑱，盍将把兮琼芳，蕙肴蒸兮兰藉，奠桂酒兮椒浆，扬枹兮拊鼓，疏缓节兮安歌，陈竽瑟兮浩倡。

［注释］

(1) 瑶席兮玉瑱——瑶：yáo（遥）。美玉名。瑶席，光洁似玉的席子。瑱：zhèn（镇）。“镇”之借字。压。玉瑱，以玉器压着…… 本句意谓：神坛之前，铺的是光洁如美玉的席子，用珍贵的玉器压在上面。（按：自此至“陈竽瑟兮浩倡”，描述祭坛陈设、祭品、乐歌之盛美。）(2) 盍将把兮琼芳——盍：hé（何）。犹“合”，集。将：拿取。把：捧持。琼：美玉名，或称赤色玉。芳：此处统指芳草香花。本句意谓：为了礼迎天神，采集了许多华贵如美玉的芳草香花捧献于神座之前。 (3) 蕙肴蒸兮兰藉——蕙、兰：均为香草名。肴：祭肉。蒸：疑为“荐”字之讹，而又误倒，“蕙肴蒸”当作“荐蕙肴”，与下“奠桂酒”相列成文。荐，进献。进肴曰荐；进酒曰奠。（采姜亮夫说）藉：衬垫之物；以物衬垫。兰藉，香兰一类的衬垫之物。或，以香兰之类衬垫在祭品之下。按：此“兰藉”与“蕙肴”、“桂酒”、“椒浆”，皆举芳香之物形容祭品之美，祭礼之隆。本句意谓：献上用芳香的蕙草熏制的祭肉，底下衬垫的是兰草。 (4) 奠桂酒兮椒浆——奠：献祭。桂：桂树；桂花。椒：香椒。浆：专指淡酒，或泛称酒。一说,“浆”为“酱”之借字。按:“桂酒”、“椒浆”,虚言以香物酿制的酒,不一定实指。 (5) 扬枹兮拊鼓——扬:扬起,此有“挥动”义。枹:fú(扶)。鼓槌。拊:fǔ(府)。击。按:自此以下三句言迎神鼓乐之繁盛。 (6) 疏缓节兮安歌——疏:稀疏。缓:缓慢。节:击鼓之节拍;或谓用以节乐之鼓点。安歌:安徐自然地唱歌。 (7) 陈竽瑟兮浩倡——陈:列。竽:yú(于)。古代的一种簧管乐器,多为三十六簧,笙类。瑟:sè(涩)。古代的一种拨弦乐器,多为二十五弦,形似古琴。陈竽瑟:指安排各种乐器为歌舞者伴奏。浩倡:犹“浩歌”,引吭高歌。浩,大;高。倡,通“唱”。按:以上三句,描述娱神之音乐由“举枹击鼓”领起;接着是灵巫配合舒缓的鼓点节奏安徐自然地唱歌;然后竽瑟等各种乐器齐声大作,灵巫也随着鼓乐引吭高歌。这是表现音乐和人们的情绪都由平静、安详逐步发展到高昂、热烈的高潮。

灵偃蹇兮姣服,芳菲菲兮满堂;五音纷兮繁会,君欣欣兮乐康。

[注释]

(1) 灵偃蹇兮姣服——灵:本指神灵,此指装扮天神的灵巫。偃蹇:yǎnjiǎn(演简)。此处形容舞姿屈伸自如,宛转灵活。姣:美好。服:服饰。按:自此以下四句,是描述以繁盛的舞乐礼神,及向神祝颂。 (2) 芳菲菲兮满堂——菲菲:形容芳香大盛。本句意谓:灵巫翩翩起舞,在举足奋袂之际散出很浓的芬芳之气,满溢于堂坛之间。 (3) 五音纷兮繁会——五音:我国古代传下来的“五声”的音阶,即宫、商、角、徵、羽。相当于今之音阶1、2、3、5、6。纷:盛大貌。繁会:形容乐声繁盛而错杂交会(交响合奏)。 (4) 君欣欣兮乐康——君:指东皇太一。欣欣:喜悦貌。乐康:快乐安康。本句是在祭礼中人们对东皇的祝颂之词,表现其敬神之心。

[译文]

在这吉日良辰,大好时光,
恭敬地礼迎和娱乐上皇。
祭主握着长长宝剑的玉柄迎神,
佩玉和鸣,璆璆锵锵。

光洁似玉的席子，用玉器压在神坛一方；
集来如琼的各种芳草，捧着供上；
进献香蕙熏制的祭肉，用香兰作为衬垫；
又献上芬芳可口的桂酒、椒浆；
扬起鼓槌将那大鼓敲响；
合着稀疏缓缓的节拍，安徐自然地歌唱；
摆好竽、瑟伴奏，引吭高歌，盈耳洋洋；

灵巫的舞姿屈伸婉转，穿着华服艳装；
拂袖扬裾，菲菲幽香飘溢满堂；
五音纷纷鸣奏，众乐之声错杂交响；
上皇欣欣然快乐安康！

东　君

题解

东君，是古代传说中的日神，本篇即祠祀颂祝日神之歌。在古代农耕之民的心目中，太阳与他们的生产和生活方面的关系至为密切，因而对日神非常崇拜与热爱。这篇乐歌，赞颂了日神的大公无私普照万物，广布德泽，除暴安良；也赞颂了日神运行不息的精神；并且生动地刻画了乐舞繁盛、人神同乐的热烈场面。（按：本篇原列《少司命》之后，今依闻一多先生之说，前移至此。详见注释。）

原文及注释

暾将出兮东方，照吾槛兮扶桑。抚余马兮安驱，夜皎皎兮既明。驾龙辀兮乘雷，载云旗兮委蛇。长太息兮将上，心低佪兮顾怀。羌声色兮娱人，观者憺兮忘归。

[注释]

(1) 关于篇次——闻一多《楚辞校补》:“……诸娱神之曲,又各以一小神主之,而此诸小神又皆两两相偶,共为一类。今验诸篇第,《湘君》与《湘夫人》相次,《大司命》与《少司命》相次,《河伯》与《山鬼》相次,《国殇》与《礼魂》相次……都凡四类,各成一组。此其义例,皆皎然易知。惟东君与云中君,皆天神之属,宜同隶一组,其歌词宜亦相次。顾今本二章部居悬绝,无义可寻。其为错简,殆无可疑。余谓古本《东君》次在《云中君》前。《史记·封禅书》,《汉书·郊祀志》并云:‘晋巫祠五帝,东君,云中君。’《索隐》引王逸亦云:‘东君,云中君,见《归藏易》。’(今本注无此文)咸以二神连称,明楚俗致祭,诗人造歌,亦当以二神相将。且惟《东君》在《云中君》前,《少司命》乃得与《河伯》首尾相衔,而《河伯》二句乃得阑入《少司命》中耳。”按:此说极是,今从之,将《东君》移至《云中君》之前,使二者成为一组。 (2) 暾将出兮东方,照吾槛兮扶桑——暾:tūn(吞)。初升的太阳。一说,暾是“暾暾”之省文,指旭日之辉温暖光明。吾:此处是由灵巫代所扮的日神自称“我”。槛:jiàn(见)。栏杆;或训门槛。扶桑:古代传说,在东方有神木名扶桑,太阳就从那里升起。据此,“扶桑”亦可解作“有扶桑之地”。二句意谓:朝阳从这东方出来,光辉照耀着我的宫室门前的栏杆——扶桑。(按:自此以下这一部分,是由扮日神的男巫独唱,自述旭日东升的壮美奇观。) (3) 抚余马兮安驱,夜皎皎兮既明——抚:通“拊”,拍;击。余:与上文“吾”字义同。安驱:安徐地前行。皎皎:jiǎo(绞)。同“皦皦”,光明貌。此指夜色渐渐由淡而明,夜尽而昼始。既:已。二句意谓:拍打着我的马缓缓地往前走,夜色渐渐淡了,渐渐亮了,转眼间朝暾已升而大放光明。

(4) 驾龙辀兮乘雷,载云旗兮委蛇——驾:与下文之“乘”同义,乘坐。辀 zhōu(舟)。本指车前弯曲之独辕,此处代称全车。龙辀:神龙所引之车。一说,龙形之车。雷:本谓车轮滚动之声洪大如雷;或指轮声似雷之大车,即“龙辀。按:“驾龙辀”与“乘雷”,互文见义。载:设置。云旗:以云霞为旗;或美如云霞之旗。委蛇:wēiyí(威夷)。亦作“逶迤”,舒卷自如貌;宛转延伸貌。二句意谓:我乘坐的是神龙拉的大车,车轮之声洪大如雷;车上插着云霞之旗,迎风招展,舒卷自如。 (5) 长太息兮将上,心低徊兮顾怀——太息:犹“叹息”。将上:将上升于中天。低徊:犹“徘徊”,迟疑不进貌。顾怀:眷顾怀恋。按:太息、低徊、顾怀,是形容东升之日为下文所说的声色歌舞所感动。二句意谓:我在将要升上中天时长叹不已,这典礼乐舞之盛大繁华使我感动,以致低徊眷顾,迟疑不进。 (6) 羌声色兮娱人，观者憺兮忘归——羌：楚人之发语词。声色：指乐舞。娱人：乐人，使人快乐。“人”字既指在场的人们，又包括日神自我。观者：指与祭者、观礼者。憺：dàn(旦)。安，安适，安逸。二句意谓：这音乐舞蹈之声色精彩动人，使人快乐，观礼的众人都感到惬意安适，流连忘返。

緪瑟兮交鼓，箫钟兮瑶簴；鸣篪兮吹竽，思灵保兮贤姱。翾飞兮翠曾，展诗兮会舞；应律兮合节，灵之来兮蔽日。

［注释］

(1) 緪瑟兮交鼓——緪：gēng(耕)。亦作“絙”，借作“揯”。《淮南子·缪称训》：“治国譬若张瑟，大弦揯则小弦绝矣。”又，《长笛赋》：“絙(揯)瑟促柱。”緪(揯)：紧，把弦上紧。又训“急”。緪(揯)瑟：急促地弹奏瑟；或，将瑟的弦绷紧。交鼓：对击节乐之鼓；或，鼓声交响，彼此谐和。另说，“齐鼓瑟”之意。亦可通。(按：自此以下这一部分，是由扮日神侍从官员的群巫齐声伴唱，表现对日神的膜拜礼赞。) (2) 箫钟兮瑶簴——箫：“捎”(或作“撨”)的误字。击。撨钟：敲钟。瑶：“摇”的借字。簴：jù(巨)。又作“虡”，悬挂钟、磬的木架。摇簴：指因敲钟使木架摇动起来。 (3) 鸣篪兮吹竽——鸣：吹奏；鸣奏。篪：chí(迟)。同“箎”。古代的管乐器，长一尺四寸，共八孔，一孔朝上，横吹之。竽：见《东皇太一》注。 (4) 思灵保兮贤姱——灵保：犹“神保”“灵宝”“灵神”，指扮日神的灵巫，亦即灵巫所扮之日神。王国维《宋元戏曲史》：“古之祭也必有尸。宗庙之尸，以弟子为之。至天地百神之祀，用尸与否，虽不可考；然《晋语》载：‘晋祀夏郊(祭天)，以董伯为尸’，则非宗庙之祀，固亦用之。《楚辞》之灵，殆以巫而兼尸之用者也。其词谓巫曰灵，谓神亦曰灵，盖群巫之中，必有象神之衣服形貌动作者，而视为神之所凭依，故谓之曰灵，或谓之灵保。余疑《楚辞》之灵保，与《诗》之神保，皆尸之异名。”贤：善良。姱：kuā(夸)。美好。 (5) 翾飞兮翠曾——翾 xuān(宣)。鸟轻轻飞翔貌。翠：一种羽毛翠绿的鸟。曾：zēng(增)。“翧”之借字，举翼。本句意谓：巫女们舞姿婀娜轻盈，衣饰华丽，宛如一群翠鸟展开翅膀轻轻飞翔。 (6) 展诗兮会舞——展诗：陈诗(歌词)而唱。会舞：以歌曲配合舞蹈，歌舞交融。 (7) 应律兮合节——应律：歌曲与音律相协合。合节：舞蹈与音乐的节奏相协合。 (8) 灵之来兮蔽日——灵：此指扮日神之主巫及扮日神侍从官属的群巫。蔽日:由于日神及其官属众多而遮蔽天日。

青云衣兮白霓裳,举长矢兮射天狼,操余弧兮反沦降,援北斗兮酌桂浆。撰余辔兮高驼翔,杳冥冥兮以东行。

[注释]

(1) 青云衣兮白霓裳——青云衣:以青云为衣(上装)。白霓裳:以白虹为裳(下装)。霓:ní(尼)。一种色彩较淡的虹,亦称副虹。此谓:日神以青云为上衣,以白虹为下裳。(按:自此以下这一部分,又是扮日神的灵巫的独唱,表达日神运行不息的精神。) (2) 举长矢兮射天狼——矢:与下文之“弓”意思一致,星宿名,指弧矢星,又称天弓,由九颗星组成弓箭形,箭头常指向天狼星。天狼:星宿名,一颗星,位于东井之南,弧矢星之西北。古代传说,天狼星主侵掠,是恶星。弧矢星主备盗贼,是善吉之星。本句意谓:举起我长长的利箭,射那侵掠为恶的天狼。(说明日神为民除害的意志。) (3) 操余弧兮反沦降——操:持。弧:见前注。反:反身;回身。沦降:没落;沉落。此指太阳西沉。一说,“反沦降”是“一反其(天狼)没沦下降之灾”。一说,“反沦降”是“散坠”意。本句意谓:(凶暴既除)我就拿着弓反身向西方沉落下去了。(4) 援北斗兮酌桂浆——援:引;捧起;举起。北斗:谓北斗星,由七颗星组成酒斗之形,位在正北,故名北斗。兮:此处作“以”字解。(从姜亮夫说) 酌:斟酒;饮酒。桂浆:桂花酿制的淡酒。一说,桂浆即“天浆”,谓露水。本句意谓:(除恶已尽,大功告成),我举起北斗以斟满桂花酒,饮酒庆祝胜利。 (5) 撰余辔兮高驼翔——撰:顺持;控握。辔:马之缰绳、辔头。高驼翔:高驰,向高远的境界驰驱。“驼”与“驰”通,是一字之隶变。“翔”字是后人误增之文。(从姜亮夫说) (6) 杳冥冥兮以东行——杳:yǎo(咬)。幽暗;深远。冥冥:昏黑而幽深。兮:此处之作用犹“而”。以:一本无“以”字,“今本有以字……不辞甚矣。”(闻一多先生说) 东行:向东而行。按:古人误认为日月星辰都围绕大地运行,传说太阳从东方的汤谷(即生长扶桑之地)升起,西行至蒙汜止息,当夜又向东返回,明朝又从东方升起,周而复始,运行不息。(直到十六世纪以前,欧洲天文学领域也曾流行过“地球中心说”,也是说太阳绕地球运行。)本句意谓:日神在幽深昏暗的黑夜中又返回去向东走,准备明朝再从东方升起。自朝至暮,自暮至朝,永远运行不已。(按:王夫之《楚辞通释》云:“破幽冥而自东徂西。”亦可从。)

[译文]

(东君:)

我是从东方初升的太阳,
温暖的光辉照耀着门前栏杆——扶桑。
抽打着我的神马龙驹缓缓行进,
夜色渐明,转瞬间我又大放光芒!
乘坐着神龙拉的大车,轮声隆隆,滚滚向前;
龙车上遍插着云霞之旗,舒卷自如,迎风招展。
我将上升中天之际,不禁感慨长叹,
我心迟疑而徘徊不进,对此繁华声色眷顾怀恋,
悦耳的歌声,美妙的舞蹈,使人快乐陶醉,
观礼的众人都感到安适而流连忘返。

(官属:)

繁促地弹奏锦瑟,对击的鼓声谐和交响,
着力叩击金钟,钟架震动摇晃,
鸣奏八孔篪管而又吹奏多簧之竽,
感慕灵保美好贤良。
舞姿婀娜,宛如一群翠鸟轻捷地飞翔,
呈献歌词而齐声欢唱,歌舞交作,婉转悠扬,
歌曲协应着音律,舞蹈随合着节拍,
众神灵前呼后拥地来了,遮天蔽日,翩翩而降。

(东君:)

穿着青云衣,穿着白虹裳,
举起长长的神箭,射死那凶恶的天狼,
大功告成,我便挟持神弓反身向西方沉降,
欣然祝捷,我端起大大的北斗斟饮桂花酒浆。
我揽着马缰而向高远之路驰驱,
在幽深昏暗中东行,明朝又升起灿烂的太阳!

(※这篇歌词,第一部分是扮日神的主巫独唱;第二部分是扮官属的群巫齐唱;第三部分又是扮日神的主巫独唱。)

云中君

题解

云中君，是楚人所祀之云神。云雨和古代农耕之民的关系也极其密切，从这篇歌词中反映出人们对云神的真挚感情。祭者斋戒沐浴，衣饰华丽，虔诚地迎迓云神，对其敬礼赞颂；在他降临时，人们无限欢欣；在他飘然离去时，又思慕忧念，长劳梦想。

原文及注释

浴兰汤兮沐芳，华采衣兮若英。灵连蜷兮既留，烂昭昭兮未央。蹇将憺兮寿宫，与日月兮齐光。龙驾兮帝服，聊翱游兮周章。

［注释］

(1) 浴兰汤兮沐芳，华采衣兮若英——浴：洗身。兰汤：与下文之“芳”为互文，指加香料的热水，不一定是以兰花配成，而是以兰代称香物。沐：洗发。古人在祭祀前斋戒沐浴，以示虔敬。华采：色彩华艳鲜明。英：花。按：祭者盛其衣饰，是仪礼隆重欢欣鼓舞的表现。 (2) 灵连蜷兮既留，烂昭昭兮未央——灵：此指扮云中君的主巫，亦即由主巫扮演的神灵。张正明《楚史》云：“《楚辞·九歌》有‘云中君’，应即江陵天星观1号墓出土竹简所谓‘云君’。”连蜷：舒曲回环貌。既留：已留止云中；或，已降留于主巫之身（附身）。烂：光明貌。昭昭：义犹“烂”。未央：未已；无尽。二句意谓：云神意态洋洋，舒卷回环，已留止云中；华容、丽云，灿烂光明，未有穷已之时。（按：上二句，既虚写想象仿佛中云神之意态光容；又实写主巫降神时模拟云神舒曲自如的舞姿。以神拟人，以巫象神。） (3) 蹇将憺兮寿宫，与日月兮齐光——蹇：jiǎn（简）。又作謇，楚方言之发语词。憺：dàn（旦）。安；安适；安处。寿宫：本是虚拟云中君在天上的宫室；也实指精心陈设布置的祭神坛场。按：在此种祭神活动中，虚幻的想象与实际的模拟，是交织融汇，相得益彰的。尤其是在那战国时代，人们尚有蒙昧落后的迷信思想，将扮神的巫觋奉若神明；巫觋们也模拟神祇的形貌动作言语，以表示神已附身降临，使现实中的主巫变成意想中的神。神与巫之间的界限，天宫与祭场之间的分际，是浑然难辨的。其实，这好像是古代的神话歌舞剧，那天宫，那神仙，都是虚拟的、想象的，如欲事事明其征信，断非易行。至于祭歌中反映的神与神、人与神之间的恋爱，实际是为了表现人与人之间的恋爱，有些就是巫与巫、观众与巫的恋爱。如果将《九歌》完全神化或与人事强相比附，就会泥古不化，使文义窒碍难通，滋人疑惑。齐光：同光。二句意谓：云中君安适地居于天宫，功德无量，与日月同其光辉。(4)龙驾兮帝服，聊翱游兮周章——龙驾：龙车，以龙驾驶之车。帝服：天帝穿的青黄五彩衣服。此言云神车马服饰之美盛，乘的是龙拉的车，穿的是天帝之五彩服。聊：聊且；姑且。翱游：当作“翱翔”，自由往来貌。《楚辞校补》：“案王注曰‘……周章犹周流也，言云神居无常处，动则翱翔周流往来且游戏也。’据此则王本正文‘翱游’作‘翱翔’。……《文选》沈休文《齐安昭王碑文》注，慧琳《一切经音义》二七，王观国《学林》五所引并作翱翔，与王本合，当据改。”周章：犹周流，周游流览。二句意谓：云神乘坐着龙拉的车，穿着五彩的天帝之服，在高邈的天际自由自在地遨游，各处流览。并不立即降临人间。

灵皇皇兮既降，猋远举兮云中。览冀州兮有余，横四海兮焉穷。思夫君兮太息，极劳心兮忡忡。

［注释］

(1)灵皇皇兮既降，猋远举兮云中——灵：见前注。皇皇：美好貌。既降：指云神已降临人间。猋：biāo(标)。本为群犬疾奔貌。引申为迅捷貌。远举：远扬高飞。云中：云神之居所。二句意谓：云神容光美好，已降临人间，却又突然迅疾地远扬高飞，回到云端的宫室去了。形容其来去迅捷，飘忽不定。 (2)览冀州兮有余，横四海兮焉穷——览：观览，周览。冀州：古九州之首，故地在黄河以北，河北省一带。此处以冀州代称全中国。有余：指超过这一范围，不止全中国。横四海：横绝四海。古代人们以为中国大陆四面环海，“四海之内”就是全国，“四海”就是中国大陆的四极，在古人的认识中这是最大的范围。穷：极；尽。焉穷：安穷，何穷，此言无穷。与上句“有余”为互文。二句意谓：云神高居天上，周览冀州有余，又横绝四海，广照宇内，无穷无极，无边无际。(3)思夫君兮太息，极劳心兮忡忡——夫：fú(扶)。语首助词。君：指云中君。太息：见前注。极劳心：极尽其思慕之劳忧。㤝㤝：chōng(冲)。同"忡忡"，忧思不宁貌；或，心动貌。二句意谓：云中君姗姗来迟，而又匆匆远扬，使人思念而叹息，极尽思慕之劳，以至忧伤不宁。

［译文］

虔敬地洁身、洗发，用那兰蕙香汤，
衣饰色彩艳丽，宛如鲜花竞放。
神灵舒曲回环，已经留止天上，
光彩照人，无尽无已，灿烂辉煌。
神灵安然地居息于寿宫仙乡，
功德无量，与日月同光。
乘着龙车，穿着天神的彩衣，
聊且自由自在地周游四方。

神灵皇皇美好，已经姗姗降临人间，
却又匆匆远扬高飞，升于碧落云天。
周览冀州中原内外，无处不至，
又横绝四海漫游，行踪飘忽无定，何有极边。
恋念神君啊，使人长吁长叹，
极尽劳思而愁烦不安！

湘君　湘夫人

题解

《湘君》与《湘夫人》是古代楚人对湘江水神的祭歌。

楚国南方沅、湘一带，自古就有将湘江男女水神当作配偶之神奉祀之俗，本与虞舜、二妃之事无涉；可是，自战国以来，虞舜陟方死于苍梧，二妃（娥皇、女英）自投湘水殉情的传说渐及各地，于是楚人就将舜妃之事附益于湘江之神，以舜为湘君，以二妃为湘夫人，对古之神话、民俗以人事实之；又由创作《九歌》素坯的巫人（亦即舞人、歌手、作者）加工成朴质的歌词。从此，这两个配偶之神皆有归属，神话传说的内容更丰富生动，水神也更有其性格，原来那虚无缥缈、可意想而不可形容的“神灵”，变为可感可知的“人杰”了，将神祇人格化了。伟大的诗人屈原，又以他独有的思想情感与艺术技巧，对原有的传说、民俗、歌词润饰整理，去芜取菁，傅会渲染，进行艺术再创作，谱成今传的乐歌。《湘君》《湘夫人》，描述了古代配偶之神悲欢离合的故事。纵然他们生死契阔，欢会难期，思而不见，但彼此恋念不忘，表现了他们对爱情贞信专注的态度和对美好生活的憧憬追求。《湘君》一篇，是湘水女神对男神的思慕之词；《湘夫人》一篇，是湘水男神对女神的思慕之词。在迎神赛会上，由扮二神的巫觋对唱，或者又有众巫的伴唱配舞。歌词对人物性格的刻画和对典型环境的描绘都很细腻生动，情景交融，和谐自然。语言清新婉丽，既有民歌气息，又富于诗人特有的个性。

（又，《博物志》：“尧之二女，舜之二妃，曰湘夫人，帝崩，二妃啼，以泪挥竹，竹尽斑。”《群芳谱》：“斑竹即吴地称湘妃竹者。”此等传说，也颇有意味。）

湘　君

原文及注释

君不行兮夷犹，蹇谁留兮中洲？美要眇兮宜修，沛吾乘兮桂舟。令沅湘兮无波，使江水兮安流。望夫君兮未来，吹参差兮谁思？

［注释］

(1) 君不行兮夷犹，蹇谁留兮中洲——君：湘夫人对湘君的称呼。不行：不动身走来。夷犹：又作“夷由”“易由”，犹豫不定貌。蹇：楚人之发语词。谁留：为何淹留；或，为谁淹留。中洲：洲中。洲：水中可居之陆地。二句意谓：湘君您犹豫不决，不动身前来，是为何淹留于水洲呢？（按：此篇均为扮湘夫人之主巫以女神口吻所唱的歌词。） (2) 美要眇兮宜修，沛吾乘兮桂舟——要眇：yāomiǎo（腰秒）。又作“要妙”，文雅美好的样子。宜修:修饰合宜得体。又,闻一多《楚辞校补》云:"宜修是宜笑之误,修、笑声近而讹。"沛:本为水流急下貌,此处指行疾貌。吾:湘夫人自称。桂:桂树。桂舟:桂木之舟。二句意谓:我十分文静美好,服饰合宜得体,乘着桂木之舟匆匆地去会迎湘君。　(3) 令沅湘兮无波,使江水兮安流——令、使:义同。沅、湘:沅水、湘水,均为古楚南部水名,入洞庭湖。(二水都是现在湖南省境的河流,以湘江为大,因此,湖南简称湘。)江:指长江。安:平稳,二句意谓:使沅水、湘水、长江都无风浪,平稳地流动。　(4) 望夫君兮未来,吹参差兮谁思——望:慕望。夫:语中助词。未来:没有前来会面。参差:cēncī(嵾嵯)。又作"篸筡",洞箫之名,据《风俗通》云:"舜作箫,其形参差,象凤翼参差不齐之貌。"按:这种洞箫,即排箫,以长短不齐的若干竹管组成。谁思:思者何;或,思者谁。二句意谓:盼望您,却不来,我吹着排箫,心里想的是什么呢?难道不是想的您吗?

驾飞龙兮北征,邅吾道兮洞庭。薜荔柏兮蕙绸,荪桡兮兰旌。望涔阳兮极浦,横大江兮扬灵。扬灵兮未极,女婵媛兮为余太息。横流涕兮潺湲,隐思君兮陫侧。

[注释]

(1) 驾飞龙兮北征,邅吾道兮洞庭——驾:乘坐。飞龙:即指上文之"桂舟",以龙引舟,(或舟形似龙、舟行如龙飞,)故曰"飞龙"。北征:言沿湘江北行。邅:zhān(沾)。迂回;绕道。吾道:我(湘夫人自谓)所经行的水路(即上文所称沅、湘等)。洞庭:洞庭湖,在今湖南省境。二句意谓:乘坐着我的飞龙之舟,沿着沅水、湘水北行,迂回曲折地绕道洞庭洞,走着我这渺远的水路,到处去寻觅湘君。　(2) 薜荔柏兮蕙绸,荪桡兮兰旌——薜荔:bìlì(毕力)。常绿藤本植物,多附着石壁或树木而生长。柏:一作拍,王逸注云:"搏壁也。"刘成国《释名》云:"搏壁,以席搏著壁也。"亦即壁衣之谓。蕙:兰草的一种,又名佩兰。绸:当读为"帱",又作"惆""裯",帷帐。蕙绸:言以蕙为帷帐;或,以蕙饰帷帐。荪:sūn(孙)。香草名,又叫溪荪。桡:ráo(饶)。此指旗杆上的曲柄;一说,即指船桨。兰:香草名。旌:jīng(京)。旗的一种,旗杆顶端饰以旄牛尾及羽毛,此处"兰旌"是指以兰草饰旗杆顶端;或,直指以兰草为旌旗。二句意谓:用薜荔作壁衣,以蕙草为帷帐;以香荪饰旗杆曲柄,以兰草缀饰旗杆头。(按:此处以香草品物之芳洁喻主人公内外之美。)　(3) 望涔阳兮极浦，横大江兮扬灵——望：遥望。涔阳：涔水北岸的地名，位于洞庭湖西北。涔：cén(岑)。水名，在澧水之北。浦：水涯，水边。极浦：远浦，遥远的水涯。横：横绝，即渡水。大江：长江。扬：指奋力划桨，舟行迅疾犹如飞扬。灵：当作“舲”，是“舲”之或体，有舱有窗的船。二句意谓：从洞庭湖向西北遥望涔阳那远远的水滨，我穿过洞庭湖，沿着涔水进入长江，乘舲船奋力划桨渡江。 (4) 扬灵兮未极，女婵媛兮为余太息——未极：未至，指未至湘君之处。或训未已，未止。女：指湘夫人之侍女。婵媛：眷恋同情。余：湘夫人自谓。二句意谓：乘舲船奋力划桨疾行，也没有到达湘君之侧，侍女们对我恋惜同情，为我叹息。 (5) 横流涕兮潺湲，隐思君兮陫侧——横：纵横。横流涕，指涕泪纵横，涌流不止的样子。潺湲：chányuán(缠元)。本指水徐流貌，此处指涕泪缓缓涌流貌。隐：痛苦；感伤；或指含而不露。陫侧：应读作“悱恻”，悲苦凄切。二句意谓：涕泪缓缓地涌流，纵横满颊，我痛苦地思念您，心中无限悲哀凄切。

桂櫂兮兰枻，斲冰兮积雪。采薜荔兮水中，搴芙蓉兮木末。心不同兮媒劳，恩不甚兮轻绝。石濑兮浅浅，飞龙兮翩翩。交不忠兮怨长，期不信兮告余以不闲。

[注释]

(1) 桂櫂兮兰枻，斲冰兮积雪——桂櫂：桂木船桨。櫂：zhào(兆)。又作“棹”。长桨。兰：此指木兰木。枻：yì(义)。船舷(船旁板)；一说，短桨。斲：zhuó(浊)。又作“斫”。砍；削；斩。此处有“凿开”义。积雪：堆积白雪。“斲冰积雪”，是形容船行迅速，破浪前进，船头、船桨、船舷激起浪花翻腾，如破冰，如破积雪。(按：从下文“采薜荔”“搴芙蓉”等事来看，断非隆冬盛寒季节，亦无实际凿冰堆雪之行为，所以“斲冰积雪”只是比喻，以表现船行之速，也透露女神寻求男神之急切情绪。)
(2) 采薜荔兮水中，搴芙蓉兮木末——薜荔：见前注。搴：qiān(千)。摘取。芙蓉：荷花。木末：树梢。二句意谓：薜荔本来生长于陆上，而到水中去采；芙蓉本来生长于水中，却到树梢上去摘取，都是不可能的事。按：此处是比喻求见湘君而不得。 (3) 心不同兮媒劳，恩不甚兮轻绝——媒劳：媒妁虽劳于说合也难成婚媾；言媒妁徒劳无益。恩：恩爱。不甚：不甚笃诚；或，不甚深厚。甚，极。轻绝：轻易疏远离绝。二句意谓：两人若不同心相爱，媒人辛苦说合也徒劳无益；恩情不诚不深，就容易轻率地疏远离绝。 (4) 石濑兮浅浅，飞龙兮翩翩——濑：lài(赖)。沙石上的湍急清浅的水流。浅浅：jiān(肩)。读如“溅溅”，又作“戋戋”，水流疾速貌。飞龙：见前注。翩翩：此以鸟疾飞貌比喻舟行轻快。(5) 交不忠兮怨长，期不信兮告余以不闲——交：相交。不忠，不忠诚。怨长：怨深。期：约会。不信：不守信约；失约。余：湘夫人自称。二句意谓：相交不忠诚，使人怨深；约期相会而不守信，却以谎言告我，说是因为没有闲暇。按：此为责斥对方之言。

鼂骋骛兮江皋，夕弭节兮北渚。鸟次兮屋上，水周兮堂下。

［注释］

(1) 鼂骋骛兮江皋，夕弭节兮北渚——鼂：zhāo(招)。通“朝”。骋：chéng(成)。奔驰。骛：交驰。引申为疾行。骋骛，此指急行舟。江皋：江边；江湾；江水之中。皋：gāo(高)。沼泽；岸。弭：mǐ(米)。停止。节：舟行之节度。弭节：停止行舟；缓缓行舟。渚：zhǔ(主)。水中的小洲岛。二句意谓：早晨沿着江边急速地行舟，傍晚在北面的小洲岛畔慢慢将船停下来。 (2) 鸟次兮屋上，水周兮堂下——次：经常止宿。周：环流。二句意谓：鸟雀经常在屋宇上栖宿，水在堂下环流。按：此处是形容湘夫人到期约之处所看到的凄清荒凉景象。

捐余玦兮江中，遗余佩兮澧浦。采芳洲兮杜若，将以遗兮下女。时不可兮再得，聊逍遥兮容与！

［注释］

(1) 捐余玦兮江中，遗余佩兮澧浦——捐、遗：在此均有抛弃之意。余：湘夫人自谓。玦：jué(决)。环形而有缺口的玉器。余玦：是以湘夫人的口吻说：“湘君原先赠给我的玉玦。”佩：玉佩，古代男子所佩之玉饰，即琼琚之属。余佩：参见“余玦”含义。澧：lǐ(礼)。又作“醴”。湖南省河流名，注入洞庭湖。澧浦，澧水之滨。二句意谓：将湘君先前赠给我(夫人自称)的玉玦抛入江中，又将湘君赠给我的玉佩弃于澧水之滨。按：这是表现女神心理活动的，她怨恨湘君爽约不来相会，所以赌气之下，便将他先前遗赠之信物抛入江中、澧浦，以示决绝之意。这两句话也许只是说说而已；也许真的做了。即使见诸行动也并不能证明她确已与钟爱之人决绝，她抛却的是使她望而生怨的信物；可是这怨恨又由于钟爱伊人而生，缱绻缠绵，总是不能抛却她对湘君的一片赤心。她这时的心情交织着爱与恨，失望与切盼，落寞与追求，是“剪不断、理还乱”的。于是，接着便又道出了自己的心声(即下文“采芳洲兮杜若”四句)。

(2) 采芳洲兮杜若，将以遗兮下女——采：采取。芳洲：生长着芳草鲜花的洲岛。杜若：香草名。遗：wèi(位)。赠与。下女：此指湘君之侍女。二句意谓：我(湘夫人自谓)从芳草丛生的洲岛上采了杜若香草，本想送给湘君的，可是他却不来，我且将它转赠湘君之侍女吧，请她为我代致眷恋悃款之意。 (3) 时不可兮再得，聊逍遥兮容与——时：欢会的时机。聊：聊且；姑且。逍遥：优游自得貌。容与：悠闲自适貌。二句意谓：欢会的时机已失，不能复得，怨恨无益，思念也无益，芳华易老，盛年不再，思而不见，期而不来；我聊且逍遥自在地流连于水光山色，悠闲自得地耐心度日，耐心等待，只好如此排遣愁思。按：此处连言“逍遥”“容与”，并不能认为湘夫人果真能那样逍遥悠闲，实际这是自慰自遣之词，她对湘君的恋慕之情是割舍不了的，对他是始终不忘的。

［译文］

湘君犹豫不行，没来与我相会相亲，
您为何留在那水中洲岛而不动身？
我文静美好，服饰又很得体，
乘着桂木之舟匆匆地前去会见湘君。
命令沅江、湘江勿兴波澜，
指使长江流水平平稳稳。
盼着，想着，您却没来践约，
吹奏排箫，声声幽怨，我心中想的何人？
乘坐飞龙之舟，沿着沅江、湘江北行，
迂回地走着渺远水路，绕道穿过洞庭。
薜荔作壁衣，香蕙作帷帐，
溪荪装饰旗杆曲柄，香兰缀在旗杆之顶。
从湖上遥望着涔阳那迢迢的水滨，
又济渡大江，乘着舲船，扬桨奔向前程。
奋力划着舲船疾驶，却未达到目的，
侍女们都对我顾恋同情，长长叹息。
我涕泪纵横，徐徐地流满双颊，

心中暗暗思念您啊，无限悱恻悲凄。

桂木作船桨，木兰作船舷，无比芳洁，
凌波行舟，激起浪花飞溅，犹如斫冰、破雪。
山上有薜荔，却向水中采取，
水中有荷花，却到树梢采撷。
两人如不同心相爱，媒妁徒劳无益，
恩情不深不厚，就会轻易离绝。
石上急湍，清流溅溅，
轻快的飞龙之舟，宛然鸟隼翱翔翩翩。
不以忠诚相交，使人产生深长之怨，
约会不守信言，却对我说“没有空闲”。

从清晨就沿着江滨乘舟疾行，
黄昏时在北面沙洲缓缓而停。
此地鸟雀常在屋上栖息，
碧水在堂下静静环流，一派凄清。
把您赠我的玉玦投弃大江波心，
把您赠我的玉佩抛在澧水之滨——
我却又到芳草丛生的沙洲采来杜若，
且赠给您的下女，请她代我表白赤忱。
时光不能再来，良缘不可复得，
万般无奈：我姑且逍遥漫游，以排遣悲愁苦闷！

湘夫人

原文及注释

帝子降兮北渚，目眇眇兮愁予。嫋嫋兮秋风，洞庭波兮木叶下。登白薠兮骋望，与佳期兮夕张。鸟何萃兮蘋中，罾何为兮木上？

[注释]

(1) 帝子降兮北渚,目眇眇兮愁予——帝子:此为湘君对湘夫人的称呼,古代传说她们(娥皇、女英)是古帝唐尧的女儿,故称"帝子",犹后世(汉代以后)皇帝之女称"公主"。一说,湘夫人是天帝的女儿。见《山海经·中山经》郭璞注:"天帝之二女而处江为神也。"按:此"天帝之二女"即"尧之二女",因为,古代神话传说,尧也是天帝。降:降临。北渚:北面的水中小洲。即《湘君》篇中所言之"北渚"。眇眇:miǎo(秒)。瞻望弗及、望眼欲穿之貌。愁予:予愁,因望而不见使我(湘君自谓)愁苦。二句意谓:公主降临北面的小洲岛,我望眼欲穿,却看不到她,使我愁苦难言。(按:此篇为扮湘君之主巫以男神口吻唱的歌词。) (2) 嫋嫋兮秋风,洞庭波兮木叶下——嫋嫋:niǎo(鸟)。又作"袅袅",本为柔弱曼长貌,此指微风徐徐吹拂貌。洞庭波:洞庭湖扬波。波,在此为"扬波"义。木叶下:树叶落下来。下,在此为"落下"义。 (3) 登白薠兮骋望,与佳期兮夕张——登:登上。一本无"登"字。按:以有"登"字为是。白薠:又名青薠,叶似莎草,生于陆上。薠:fán(烦)。骋望:纵目远望。佳:"佳人"之省文。一本"佳"下有"人"字。佳人,指湘夫人,古代多以"佳人"称私爱之人。期:期约;约会。夕:黄昏。张:陈设布置。二句意谓:登履长满薠草的地方,纵目远望,我与佳人有约会,作好各种准备,要在黄昏相见。 (4) 鸟何萃兮蘋中,罾何为兮木上——萃:cuì(粹)。集聚。蘋:pín(贫)。水草名,生于浅水,又称"四叶菜"。罾:zēng(增)。用竿撑起的一种渔网。何为:为何。木上:树梢上。二句意谓:鸟为何不在树上而群集生长蘋草的水中?渔网为何不设在水中而张于树上?(按:二句以"求非其所"比喻心愿不可能实现,也含有责望对方之意。参见《湘君》。)

沅有茝兮澧有兰,思公子兮未敢言。荒忽兮远望,观流水兮潺湲。

[注释]

(1) 沅有茝兮澧有兰,思公子兮未敢言——茝:zhǐ(止)。同"芷",即白芷,香草名。按:茝,又音 chǎi(钗上声),是另一种香草。《尔雅·释草》"蘄,蘼芜。"郭璞注:"香草,叶小如萎状。"亦名江蓠、蘄茝。澧:又作"醴"。公子:犹言"帝子",此指湘夫人,古人有时亦称女子为"子"或"公子"。按:"沅有茝兮澧有兰"以下四句,曹述敬先生以为"这四句千古绝唱，原来是《湘君》之文，或者就是紧接着'隐思君兮陫侧'，以后窜入《湘夫人》的。……"言之近理，录以备考。 (2) 荒忽兮远望，观流水兮潺湲——荒忽：同"怳忽""恍惚"，若有若无、隐约不清貌；或，神思迷惘貌。潺湲：chányuán(缠元)。此指流水缓缓流泻不断貌；或形容缓缓的流水声。二句意谓：我心神恍惚地向远方张望，惘惘地看着缓缓不断的流水出神。按：这一节的首句"沅有茝兮澧有兰"是起兴之词，朱熹说："……其起兴之例，正犹越人之歌，所谓'山有木兮木有枝，心悦君兮君不知'。"朱说是极。

麋何食兮庭中，蛟何为兮水裔？朝驰余马兮江皋，夕济兮西澨。闻佳人兮召予，将腾驾兮偕逝。筑室兮水中，葺之兮荷盖。荪壁兮紫坛，播芳椒兮成堂。桂栋兮兰橑，辛夷楣兮药房。罔薜荔兮为帷，擗蕙櫋兮既张。白玉兮为镇，疏石兰兮为芳。芷葺兮荷屋，缭之兮杜衡。合百草兮实庭，建芳馨兮庑门。九疑缤兮并迎，灵之来兮如云。

［注释］

(1) 麋何食兮庭中，蛟何为兮水裔——麋：mí(迷)。鹿的一种，体型较大，又叫驼鹿。食：此指吃草。庭：庭院。蛟：jiāo(交)。传说中的一种无角的龙。水裔：水边。二句意谓：麋鹿应在山林中或苑囿中，为何到庭院中找草吃？蛟龙应在深渊，为何困在水边？按：这两句也是比喻，含义似："鸟何萃兮蘋中，罾何为兮木上？"参看前注。 (2) 朝驰余马兮江皋，夕济兮西澨——江皋：江边的高地。皋：gāo(高)。济：渡。澨：shì(士)。水涯。二句意谓：早晨我驰马于江边高地，傍晚我又渡过西面的水涯。按：此处描述湘君到各处追求湘夫人的情景。 (3) 闻佳人兮召予，将腾驾兮偕逝——佳人：指湘夫人。腾驾：传语车驾。参见《离骚》注。偕逝：一同前去。二句意谓：听说佳人召唤我，我要吩咐车驾，和她一同前往。 (4) 筑室兮水中，葺之兮荷盖——葺：qì(气)。本指以草苫盖屋顶，此处只笼统地指补缀、覆盖之意。之：指屋顶。荷盖：荷叶。按：上文"葺"，是动词；下文"盖"，如仍解为"覆盖"，则不合语法。二句意谓：在水中建筑宫室，用荷叶盖屋顶。按：自此以下，是说如何打算营建高雅华贵之宫室，置备各种芳洁之陈设，打算与湘夫人同度幸福生活。 (5) 荪壁兮紫坛，播芳椒兮成堂——荪：见《湘君》注。荪壁：

以香草溪荪编织起来装饰屋内墙壁。紫：有紫色斑纹的贝壳。坛：楚人称中庭为“坛”。紫坛，用紫贝砌饰中庭。播：敷布；涂饰。芳椒：香椒。成：同“盛”，涂饰。“成（盛）堂”，是指涂饰（粉刷）堂屋（前房）的墙壁。“播芳椒”句意谓：用芳香的花椒和泥涂饰堂屋的墙壁。 (6) 桂栋兮兰橑，辛夷楣兮药房——桂栋：用桂木作房屋的正梁。橑：liáo（僚）。椽子。兰橑：用木兰作屋椽。辛夷：香木名，开花很早，蓓蕾似笔，故又称“迎春”“木笔”。楣：méi（眉）。门框上面的横木。辛夷楣：用辛夷木作门楣。药：楚方言，称白芷为“药”。房：指卧室。药房：用香草白芷和泥涂饰卧室的墙壁。 (7) 罔薜荔兮为帷，擗蕙櫋兮既张——罔：即“网”字。此处用作动词，编结。薜荔：见《湘君》注。帷：幔帐。擗：pǐ（匹）。剖分。櫋：mián（棉）。《楚辞补注》引五臣注云：“罔结以为帷帐，擗析以为屋联。”按：屋联，即俗称之隔扇。张：张设；陈设。二句意谓：把薜荔编结起来作为帷幔，又将蕙草隔扇分列开，设置好。 (8) 白玉兮为镇，疏石兰兮为芳——镇：压，此指压席之物。疏：分布，此指分散放置。石兰：兰草的一种，又称山兰。为芳：取其芬芳。二句意谓：用白玉作为镇席之器，分散布置石兰，以取其芬芳。 (9) 芷葺兮荷屋，缭之兮杜衡——芷葺：用白芷覆盖屋顶。荷屋：以荷叶覆盖之屋顶。缭：绕。之：指代房屋。杜衡：又作杜蘅，香草名。二句意谓：在那用荷叶覆盖的屋顶上，再用白芷盖上一层；又以杜衡绕在房屋四周。 (10) 合百草兮实庭，建芳馨兮庑门——合：汇集。实：充实。建：设置；陈设。馨：远处能闻到的香气。庑：wǔ（五）。堂屋四周的廊屋。庑门，廊屋的门。二句意谓：汇集百种芳草栽满庭院，又在廊屋门前陈设花卉，芳香飘逸很远。

(11) 九疑缤兮并迎，灵之来兮如云——九疑：山名，又称“九嶷”，位于湖南省宁远县东南。相传虞舜巡视四方，死于苍梧，葬于九疑。缤：纷纷众多貌。并：共同，一起。迎：此指迎迓湘夫人。灵：指九疑山上的众神灵（即扮神灵的巫觋）。如云：形容盛多。二句意谓：九疑山上随湘君一同前来迎接湘夫人的众神灵多如云霞。按：以上一节，描述湘君为了与湘夫人过幸福生活，建造了一处芳洁美好的居住环境；九疑山上的众神灵也纷纷前来迎迓湘夫人。可是，却没有迎见湘夫人，这使湘君大失所望。由此导入下文。

捐余袂兮江中，遗余褋兮澧浦。搴汀洲兮杜若，将以遗兮远者。时不可兮骤得，聊逍遥兮容与！

［注释］

(1) 捐余袂兮江中，遗余褋兮澧浦——袂：应读作"褹"，yì（艺）。《方言》："複襦谓之筩褹，或作袂。"郭注："褹即袂字耳。"又，《玉篇》："褹，袂也。"按：複襦，是有里有絮的短袄。褋：dié（迭）。单衣。按：古时女子以衣物赠爱人，表示亲密。如《诗·郑风·缁衣》之例。此二句"捐余袂""遗余褋"之微意，与《湘君》"捐余玦""遗余佩"同，参见《湘君》注。

(2) 搴汀洲兮杜若，将以遗兮远者——汀：tīng（听）。水际平地；水中平地。远者：指远去之湘夫人。按：此二句之微意，亦略近于《湘君》"采芳洲"二句，可参阅。 (3) 时不可兮骤得，聊逍遥兮容与——骤得：屡得。按：此二句之大旨，可参考《湘君》末二句。

［译文］

湘夫人降临北面的洲岛，
望眼欲穿，不见伊人，使我愁绪如潮。
嫋嫋地、徐徐地吹拂着萧瑟的秋风，
洞庭湖扬起微波，万木落叶飘飘。
我站在蘋草芊芊的地方纵目遥望，
我与佳人约会在黄昏，早已准备周到。
唉！鸟雀为何群集在蘋泽之中？
渔网又为何张挂在高高的树梢？

沅水有白芷啊，澧水有幽兰，
怀恋湘夫人啊，未敢直言！
心思恍惚迷惘啊，放眼远眺，
失魂落魄地静观那流水潺湲。
麋鹿觅食，为何来到庭院？
蛟龙又为何困在水际浅滩？
清早，我策马驰骋在江边高地，
薄暮，却又渡过西面的水湾。
听说佳人召唤我来相聚，
我要吩咐车骑，与她同行远去。
构筑宫室在那绿水之中，

采集荷叶覆盖屋顶。
编结溪荪装潢室内四壁，
粉饰屋墙，用那香椒和泥。
木兰作房椽，桂木作正梁，
辛夷作门上横框，又用白芷和泥涂墙。
编织薜荔作为幔帐，
将那蕙草制的隔扇分开安放。
白玉作为镇席的宝器，
又分散栽植石兰，取其四处播放清香。
再把白芷覆盖在荷叶屋顶之上，
又将杜衡围绕在屋宇四方。
汇集百种芳草，栽满庭院，
馨香飘逸远近，洋溢在廊下、门前。
九疑山上的众神，纷纷同来迎接夫人，
神灵们一齐降临，多如彩云满天。

把您赠我的短袄向大江之中投弃，
又向澧水之滨抛下您赠我的单衣——
我却又到平坦的汀洲采来杜若，
且将它珍重地赠给远人，聊表我的柔情蜜意。
华年犹如逝水，不能常有良机，
万般无奈：我姑且逍遥周游，以排遣烦苦悲戚！

大司命

题解

大司命，是古代传说中统司人类生死命运之男神。本篇多是主祭者对大司命的祝祷之词；从中也反映出古人对生命问题的观点与态度；也有大司命的自白。

本歌词，可能是由扮大司命的神巫与迎神的众巫配合演唱的

原文及注释

广开兮天门，纷吾乘兮玄云。令飘风兮先驱，使涷雨兮洒尘。

［注释］

（1）广开兮天门，纷吾乘兮玄云——广开：大开。天门：传说天门是上帝所居紫微宫之门。广开天门，说明将要降神。纷：盛多貌。吾：大司命自称。玄云：黑云。二句意谓：把上帝居住的紫微宫大门完全打开，我乘驾纷纷浓密的黑云，从天上降到下界。 （2）令飘风兮先驱，使涷雨兮洒尘——令：命令。飘风：迅疾的旋风。先驱：前驱，先行而开路的侍卫者。使：指使。涷：dōng（东）。暴雨。按《尔雅·释天》："暴雨谓之涷。"郭璞注："今江东人呼夏月暴雨为涷雨。"洒尘：洗尘，洗涤尘垢。按：洒，应读作 xǐ（洗）。即"洗"之通假字。见《左传·襄公二十一年》："洒濯其心。"二句意谓：命令迅疾的旋风走在前面开路，指使暴雨为我洗涤尘垢。（王逸注："言司命爵位尊高，出则风伯雨师先驱为轼路也。"按："轼"，一作"戒"，轼（戒）路，警戒于道路，开路。）（以上四句，是大司命自述大开天门，命驾玄云，自天而降。）

君回翔兮以下，逾空桑兮从女。纷总总兮九州，何寿夭兮在予。

［注释］

（1）君回翔兮以下，逾空桑兮从女——君：此处是迎神的众巫对大司命的敬称。回翔：回旋飞翔；自由翱翔。此处形容天神降临时的情景。以：按：洪引一本作"来"。逾：越过。空桑：神话传说在东方的一座山，出琴瑟之材。见《山海经》《淮南子》。从：此言"迎而从之"。女：汝，此称大司命。二句意谓：神君回旋飞翔从天上降下来，我们越过东方的空桑山迎接您，跟从您到祭位去。（以上是众巫迎神之词。迎接大司命，是为了祈求神灵保祐长寿有福。） （2）纷总总兮九州，何寿夭兮在予——纷：见前注。总总：众多貌。纷总总：在此形容人多。九州：传说我国古代将中原地区划分九个州，但不同时代，不同古籍，对九州的名称、区划说法互异。夭:短命早死。何寿夭:何寿,何夭。即何人长寿,何人夭折。在予:执掌于我之手。予,大司命自称。二句意谓:九州之人总总众多,谁能长寿,谁要短命而死,大权在我手中。(以上是大司命向众人庄严地宣布他的权力:寿夭在我。)

高飞兮安翔,乘清气兮御阴阳。吾与君兮斋速,导帝之兮九坑。

[注释]

(1) 高飞兮安翔,乘清气兮御阴阳——安:稳;舒徐。乘、御:指乘坐驾御,有掌握控制之意。清气:天空清纯之气。阴阳:古人以为人类和万物的化生、成长和衰退、死亡,都是阴阳二气的作用。二句意谓:您在天上高飞于云表,又稳稳地翱翔,周游上下四方;驾御支配天上清纯之气和天地间的阴阳之气。(按:自此以下四句,是众巫之词,表示对大司命的称颂赞美;并愿追随左右,与大司命周游四方。) (2) 吾与君兮斋速,导帝之兮九坑——吾:众巫自我。君:称大司命。斋速:又作“斋遬”“斋肃”。敏疾谦诚貌。导:引导;导于前。帝:天帝。之:往。九坑:“坑”,一作“冈”(见《文苑》)。九坑(冈),指“九州之山镇”,包括九座大山,据《周礼·职方氏》为会稽山、衡山、华山、沂山、岱山、岳山、医无闾山、霍山、恒山。一说,指楚地的九冈山(在今湖北省松滋县)。二句意谓:我们与您一起周游,敏疾谦诚,又导引天帝往游九州之山冈(即周游宇内)。

灵衣兮被被,玉佩兮陆离。壹阴兮壹阳,众莫知兮余所为。

[注释]

(1) 灵衣兮被被,玉佩兮陆离——灵:“云”字之误,“灵”、“云”繁体作“靈”(或俗作“霊”)、“雲”,因形近而讹。云衣,云霓之衣,天神所服,与下文“玉佩”对举成文。又,《九歌·东君》句:“青云衣兮白霓裳”,亦称“云衣”,是其内证。再,《书钞》一二八、《御览》六九二、《文选·寡妇赋》注,并引作“云衣兮披披”。是其旁证。(参见《楚辞校补》) 被被:pī(披)。同“披披”,犹言“翩翩”,衣长飘舞之貌。玉佩:佩于身上之玉饰,琼琚之属。陆离:此处形容玉佩众多,参差不齐,光彩美好。二句意谓:穿着云霓之衣,翩翩飘舞;佩带着珍贵的玉佩,参差不齐,闪耀着美丽的光彩。 (2) 壹阴兮壹阳,众莫知兮余所为——壹:即“一”。壹阴:一时阴(晦)。

壹阳：一时阳（明）。此句是形容天神时阴时阳，若晦若明，若无若有，变化无穷。众：众人。余：大司命自称。此句是大司命说："众人都不了解我所做的事。"（以上四句，是大司命说明自己阴阳晦明之变化无穷，自己之所作所为，众人无从知晓。）

折疏麻兮瑶华，将以遗兮离居。老冉冉兮既极，不寖近兮愈疏。乘龙兮辚辚，高驰兮冲天。结桂枝兮延伫，羌愈思兮愁人。愁人兮奈何？愿若今兮无亏。固人命兮有当，孰离合兮可为？

［注释］

（1）折疏麻兮瑶华，将以遗兮离居——疏麻：神麻。兮：读若"之"。瑶华：言神麻如瑶之白花。见洪兴祖《楚辞补注》："谢灵运诗云：'折麻心莫展'，又云：'瑶华未敢折'。说者云：'瑶华，麻花也。其色白，故比于瑶，此花香，服食可致长寿，故以为美，将以赠远。'江淹《杂拟诗》云：'杂佩虽可赠，疏华竟无陈。'李善云：'疏华，瑶华也。'"以：以之。遗：wèi（位）。赠与。离居：指离此而去的神，即大司命。二句意谓：我们折取神麻那白如美玉的花朵，将要赠与刚刚离此远去的天神大司命。（自此至终，均为迎神之众巫的唱词，在神去之后，表示对大司命的爱戴、眷恋；并流露了对生命问题的看法。） （2）老冉冉兮既极，不寖近兮愈疏——冉冉：rǎn（染）。渐进貌。既极：已至。寖：qìn（沁）。逐渐；积渐。近：亲近，指与神亲近。疏：疏远。二句意谓：人已渐渐地到了老境，如不逐渐地更加亲近神，就必然与神疏远。 （3）乘龙兮辚辚，高驰兮冲天——龙：指龙车。辚辚：lín（林）。车轮滚动之声。高驰：见《东君》注。冲：向上直飞。二句意谓：神去时乘着龙车，车轮之声隆隆，向高远的仙境驰骋，直飞冲天。 （4）结桂枝兮延伫，羌愈思兮愁人——结：采集而束之。桂枝：桂树之枝，取其芳洁。结桂枝："结言于桂枝"之意，参见《离骚》"结幽兰"注。延伫：久立。羌：楚语中的发语词。愈思：越加思念。愁人：使人愁苦。二句意谓：手持束好的桂枝，久久地伫立；越是思念神；越是使人愁苦。 （5）愁人兮奈何？愿若今兮无亏——若今：如今。无亏：指情无亏减。二句意谓：离别使人这样愁苦啊，又怎么办呢？但愿如今事神之情无亏减，以后还有会合之缘，神还能保祐。 （6）固人命兮有当，孰离合兮可为——固：本来。人命：人的生死、寿夭、臧否的命运。当：应读作"常"，常规；规律：一定的气数和运会。孰：何。离合：指与神的分离、聚合。为：作为；作用。二句意谓：本来，人的生死、寿天、臧否的命运是有一定的气运的，哪里是由于人与神的离别与聚合而起的作用呢(或，人与神的离合，人怎能有何作为呢)?(戴震云:“言今虽与神隔离，尚未至有亏道相绝也，愿若今之无亏，则离而未必不合，此皆欲亲之之辞。因又言即此离合之不偶，固命有当然，非人所得为，以结前得相从而后离居之意。”录以备考。)

［译文］

(大司命：)

完全敞开天上紫微宫的大门，
我从那里出游，驾乘着浓密的黑云。
命令旋风作我的开路先驱，
指使暴雨在后面为我洗尘。

(主祭者：)

神君回旋飞翔，自天而降，
我们越过空桑山迎您，并随您优游四方。

(大司命：)

九州之民，总总众多，
谁长寿，谁夭亡，大权在我！

(主祭者：)

您高高地飞上云表啊，又安徐地自由翱翔，
驾御天上清纯之气，又掌握寰宇之阴阳。
我们敏疾谦诚地随您周游，
又导引天帝威灵往游于九州之冈。

(大司命：)

我身穿长长的云霞之衣，翩翩飘扬，
悬饰的玉佩参差相间，闪着炫目宝光。
我变化无穷，若晦若明，时阴时阳，
我所作何事，众人不知其详。

（主祭者：）

我们折取神麻的白玉之花，
将要赠给刚刚离去的神驾。
人已渐渐到了老境，
若不逐渐与神亲近，就会更加疏远于他。
神君去时乘着龙车，轮声隆隆，
向高远的天界飞冲驰骋。
手持束好的桂枝，久久伫立凝望，
越是思慕天神，更加使人忧心忡忡。
使人如此愁苦，又可奈何？
但愿不减如今事神的至情。
人的生命寿夭，本有一定气数，
哪能是人神的离合而起的作用？

少司命

题解

少司命为古代传说中执掌人间子嗣及儿童命运的女神，是美丽、善良、温柔、圣洁、勇毅的典型形象。她对儿童充满着慈爱，对新生一代的命运无比关注，同时，也就表现了对人民的热爱与关怀。她秉公持正，宜为万民的主宰。她手挥大帚，横扫奸凶，为民除害；又高举长剑，顶天立地，护卫着优秀可爱的儿童，她是勇于为民众献身的女中英杰。

本篇既表达了主祭者对少司命的敬慕赞美之意，也透露着人神恋爱缠绵悱恻之情。终篇皆祭者之歌词。

原文及注释

秋兰兮麋芜，罗生兮堂下。绿叶兮素华，芳菲菲兮袭予。夫人兮自有美子，荪何以兮愁苦？

[注释]

(1) 秋兰兮麋芜，罗生兮堂下——秋兰：秋日之兰。麋：mí（迷）。“蘼”的借字。又作“靡”。蘼芜，香草名，开白花，叶丛密，花叶俱香。参阅《湘夫人》：“茝”字注释。罗：罗列；分布。堂：在前之正屋。下：阶下；或，檐下。二句意谓：秋日的兰草和蘼芜，罗列并生于前堂阶下。按：自此以下四句，描述供神堂坛之地有秋兰、蘼芜之芳美。 (2) 绿叶兮素华，芳菲菲兮袭予——素华：素色的花，指秋兰的花和麋芜的花都是颜色素淡的（兰花有淡绿者，蘼芜花白）。“华”，一本作“枝”。非是。按：王逸注云：“……言芳草茂盛，吐叶垂华，芳香菲菲……”洪兴祖《楚辞补注》：“枝，一作华。”（六臣注《文选》作“华”。）《乐府诗集》六四《秋兰篇解题》引亦作“华”。寻绎文义，上言秋兰、蘼芜，下言绿叶、素华以形容之。两种芳草之叶皆绿，其花皆素且香，故又以“芳菲菲兮袭予”足成其义。如作“素枝”，不仅无“菲菲之芳”，且亦不辞，岂有“素色之枝”一说？故应从一本作“华”为安。菲菲：形容芳香大盛。袭：侵及，此言香气袭人。予：主祭者自称。二句意谓：（秋兰和蘼芜）有碧绿的叶子，素色的花，浓烈的芳香扑入我们的襟怀之间。 (3) 夫人兮自有美子，荪何以兮愁苦——夫：语首助词。夫人：犹言“彼人”，众人。美子：好的子女。按：此句词序，朱熹《楚辞集注》作“夫人兮自有美子”；又，洪兴祖《楚辞补注》：“一云夫人兮自有美子。”但今本多作“夫人自有兮美子”，读之语气不甚条畅，“自有”与“兮”字恐为误倒。今从朱本。荪：此处是对少司命之美称。“荪”本为香草名，屈原多用作称君之词。二句意谓：众人都有好的子女，您又何必再为人们的子嗣而愁苦？按：此二句是主祭者宽慰天神的话。

秋兰兮青青，绿叶兮紫茎。满堂兮美人，忽独与余兮目成。

[注释]

(1) 秋兰兮青青，绿叶兮紫茎——青青：jīng（京）。“菁菁”之假借，草木茂盛貌。紫茎：紫色的花茎。二句意谓：秋日的兰草菁菁茂盛，绿色的叶子，紫色的花茎。（按：自此以下，是主祭者望空遐想，自言自语，似与爱人晤言。回忆往昔秋兰繁茂之时，与倾爱之女神定情的经过；又言及后来对方如何不辞而别，远适云际天涯；期之不来，思而不见，故怅然失望，临风浩歌。） (2) 满堂兮美人，忽独与余兮目成——美人：此处是主祭者回忆从前与女神相会时，在厅堂中有很多美人（自己也是其中之一，古代对男女均可称“美人”）。余：主祭者自称。目成：两心相悦，以目光流盼而定情。二句意谓：满堂都是美人，您却忽然只对我流盼传情。

入不言兮出不辞，乘回风兮载云旗。悲莫悲兮生别离，乐莫乐兮新相知。

［注释］

（1）入不言兮出不辞，乘回风兮载云旗——辞：言词；告别的话。乘：驾乘。回风：犹“飘风”，迅疾的旋风。载：设置，此指在车上插着。云旗：此言以云为旗。二句意谓：您进来时没说话，出去时也没说告别的话。乘驾着旋风之车，车上插着白云之旗。 （2）悲莫悲兮生别离，乐莫乐兮新相知——生：活，活在世上之时。生别离：活着的时候分别。即“生离死别”之“生离”（生时之离）。新：新近。相知：相契；相亲。此指同心相爱。二句意谓：悲哀之中没有比生时之别离更悲的；快乐之中没有比新交知心人更快乐的。按：此处“生别离”“新相知”的对方均指少司命。正由于这主祭者深味着目前“生别离”之悲，所以就更加热衷于回甘往日与女神“新相知”之乐；反过来说，因为“新相知”是乐中之至乐，所以，更验证“生别离”是悲中之至悲。二句互为因果，对文见义。

荷衣兮蕙带，儵而来兮忽而逝。夕宿兮帝郊，君谁须兮云之际？

［注释］

（1）荷衣兮蕙带，儵而来兮忽而逝——荷衣：以荷为衣。蕙带：以蕙为带。儵：shū（书）。同“倏”。形容迅疾、飘忽。忽：忽然，义近于“倏”，有时连用，作“倏忽”。逝：往；去。二句意谓：您穿着荷叶裁制的衣裳，佩用蕙草编结的衣带，服饰十分芳洁；神秘莫测地倏忽而来，倏忽而去，行踪飘忽不定。 （2）夕宿兮帝郊，君谁须兮云之际——帝：天帝。郊：城外曰郊。帝郊，天帝的城郊，犹言“天界”。君：称少司命。须：等待。谁须，“须谁”之倒装。云之际：云间；云端。二句意谓：傍晚住宿于天帝的城郊，您在那云端等待谁呢？

与女游兮九河，冲风至兮水扬波。与女沐兮咸池，晞女发兮阳之阿。望美人兮未来，临风怳兮浩歌。

［注释］

(1) 按："与女游兮九河"二句，洪兴祖《楚辞补注》云："王逸无注，古本无此二句。……此二句《河伯》章中语也。"朱熹《楚辞集注》曰："古本无此二句，王逸亦无注。……当删去。"洪、朱之说甚确，此二句实乃《河伯》开篇之词误窜本篇者。又据闻一多《楚辞校补》云，"《河伯》'冲风起兮横波'，一本兮下有水字（王鏊本，朱燮元本，大小雅堂本均有），与此同。而《文选》载本篇至作起……又与彼同。是二篇之异，唯在波上一字，一作横，一作扬耳。然蔡梦弼《草堂诗笺补遗》七《枯柟》注引《河伯》曰'冲风起兮扬波'。任渊《后山诗注》三《次韵苏公涉颍》注引'冲风起兮扬波'又引注曰'冲，隧也'，今此语在《河伯》注中，知所引正文亦出彼篇。然则《河伯》二句与此全同矣。洪谓此是《河伯》中语，信然。" (2) 与女沐兮咸池，晞女发兮阳之阿——女：古"汝"字，此处是称少司命。沐：洗发。咸池：即指天池，神话传说中太阳洗浴之水。晞：xī(希)。晒干。阳：太阳。阿：曲隅，此指山的屈曲偏僻之处，犹言山之角落。阳之阿，指太阳初出所照的山之角落，即王夫之所云"初日所照之地"。二句意谓：我曾期待着与您一同在天池洗发，坐在朝阳初照的山之角落晒干头发。（按：这是主祭者追述往日曾如何切望与女神相会，共沐于咸池。） (3) 望美人兮未来，临风怳兮浩歌——美人：此处指称少司命。临风：犹言"迎风"。怳：huǎng(恍)。同"恍"，恍惚，怅惘失意，神思不定貌。浩：大。浩歌，大声地唱歌。二句意谓：久久地切盼着美人，她却没来；我无限怅惘失意，心神不定，便迎风大声地歌唱，以发抒我心中的忧伤苦闷。

孔盖兮翠旍，登九天兮抚彗星，竦长剑兮拥幼艾，荪独宜兮为民正。

［注释］

(1) 孔盖兮翠旍，登九天兮抚彗星——孔：孔雀。盖：车盖。翠：翡翠鸟。旍：jīng(京)。"旌"之或体。旌，是古代的一种旗，旗杆顶端缀旄牛尾，下面缀饰分散的五彩羽毛，旍（旌），在此特指旗上之饰物。九天：古人误认为天有九层，“九天”，此指天之最高处。抚：持。彗星：古人以为彗星像帚，是扫除邪恶的象征。二句意谓：少司命女神乘着华贵的车，孔雀羽毛装饰车盖，翡翠羽毛缀饰旌旗之杆头。登上九天，手持彗星这把大扫帚，扫除人间的邪恶、灾害。（自此以下四句，是主祭者劝慰女神勿为别离而愁苦，应登上九天为民除害；如此便能受到人们的爱戴，作人们的主宰。） (2) 竦长剑兮拥幼艾，荪独宜兮为民正——竦：sǒng（耸）。向上高高挺着。拥：护卫。幼艾：幼小而美好者。艾：美好；良善。幼艾，犹“美子”，此与篇首相照应。荪：此称少司命。正：平正，平正无私、赏罚严明的主宰者。见王逸注：“言司命执心公方，无所阿私，善者佑之，恶者诛之，故宜为万民之平正也。”（“正”，由形容词转化为名词。）二句意谓：您高高地挺着长剑，护卫着美好的幼小者，神君啊，独有您适合作人民公正的主宰。

（按：从来，少司命之为女、为男，论者颇有异词；歌中之人称、歌词如何演唱，也有不同见解。此种古代民间祭神之歌舞曲，少有史实可征。古今学人，各言其是。笔者试将少司命拟为女神，以求正于大方。）

［译文］

秋日的蘼芜和那幽兰，
罗列并生于阶下堂前。
叶子葱绿，花色素淡，
菲菲的浓香袭入我们襟怀之间。
众人都有美好的子女，
女神啊，您为何还要愁苦忧烦？

回忆畴昔：也是秋兰菁菁，
绿生生的新叶，紫嫩嫩的花茎。
厅堂中满座都是美人，
您却忽然独独对我流盼传情。

您进来时一言不发，离去时也无言相告，
乘驾旋风之车，设置白云之旗，舒卷飘飘。

悲中之悲，是生时别离，
乐中之乐，是新订知交。

身穿荷叶衣裳，佩用蕙草衣带，
行踪难测，倏忽而去，倏忽而来。
日暮时在天帝城郊住宿，
您在云端天际，为谁等待？
我曾期待着与您同在天池将头发洗濯，
再晒干您的头发，在那朝阳照耀的山角。
切盼着美人，却久久不见人来，
我临风伫立，怅惘失意，高唱哀怨之歌。

女神啊，您的大车以孔雀羽为盖，以翠鸟羽为旌，
您乘车登上九天，手持彗星之帚，扫除奸凶，
高高挺举着长剑，护卫着良好的儿童，
女神啊，唯有您适合作万民河伯之主，秉公持正。

河　伯

题解

河伯，即神话传说中的黄河之神，本称河神，至战国时代始通称河伯。古代有望祭九州名山大川、五岳四渎之事，关于河伯的传说遍及四方，也自然会流传到楚地，“楚人信巫鬼，好淫祀”（《汉书·地理志》），也有祭河伯之俗。本篇就是祭祀河伯之歌。

本歌词，可能是由祭巫面对扮河伯的神巫演唱的。歌中表达祭巫想象中如何随河伯漫游昆仑神山及龙宫水界；最后恋恋不舍地送别河伯。

原文及注释

与女游兮九河，冲风起兮水扬波。乘水车兮荷盖，驾两龙兮骖螭。登昆仑兮四望，心飞扬兮浩荡。日将暮兮怅忘归，惟极浦兮寤怀。鱼鳞屋兮龙堂，紫贝阙兮朱宫，灵何为兮水中？

［注释］

(1) 与女游兮九河，冲风起兮水扬波——女：同“汝”，此众巫称河伯。九河：此言黄河之尾的九条支流。相传夏禹治黄河，至兖州，分为九道，以杀其溢。它们的名称是：徒骇、太史、马颊、覆鬴、胡苏、简、洁、钩磐、鬲津。冲风：暴风；或，旋风。水扬波：指暴风将河水掀起波浪。按：今本多作“横波”，无“水”字。朱熹《楚辞集注》云：“横，一作水扬二字。”今从之。二句意谓：我们愿和您一同漫游九河，暴风刮起来，河水掀起波浪。 (2) 乘水车兮荷盖，驾两龙兮骖螭——水车：能在水波中行驶的车，是河伯所乘。荷盖：以荷叶为车盖。骖：cān(参)。古车独辕，车辕两内侧的马叫“服”，两外侧的马叫“骖”(即挽马)。螭：chī(吃)。古代传说中一种无角的蛟龙。二句意谓：乘坐以荷叶为盖的行水之车，驾车的是两条有角的龙作服马，两条无角的龙作骖马。 (3) 登昆仑兮四望，心飞扬兮浩荡——昆仑：见《离骚》注。登昆仑，是说溯黄河而上，直至河源昆仑山。按：昆仑山的支脉、青藏高原的巴颜喀拉山为黄河源头；唐古拉山为长江源头。心飞扬：心意飞扬。浩荡：此处是“飞扬”的补足语，指意绪放达，无拘无束，浩荡无边。二句意谓：沿着黄河上溯其源，直到昆仑山，纵目四望，心意飞扬，情志浩荡，放怀畅游。 (4) 日将暮兮怅忘归，惟极浦兮寤怀——怅：应作“憺”。《楚辞校补》云：“刘永济氏疑怅当为憺，案刘说是也。此涉《山鬼》‘怨公子兮怅忘归’而误。知之者，王注曰‘言己心乐志悦，忽忘还归也’，‘心乐志悦’与怅字义不合。……《东君》‘观者憺兮忘归’，注曰‘憺然意安而忘归’……乐悦与安闲义近。此注以‘心乐志悦’释憺，犹彼注以‘意安’释憺也。”此说甚确。极浦：遥远的水滨。寤怀：当为“顾怀”。《楚辞校补》云：“案‘寤怀’无义，寤疑当为顾，声之误也。”顾，眷顾，与怀义近。顾怀：眷顾怀恋。二句意谓：将要日暮黄昏了，我们心情悦乐安适，忘了返回，只是对那遥远的水滨眷恋不已。 (5) 鱼鳞屋兮龙堂，紫贝阙兮朱宫，灵何为兮水中——鱼鳞屋：以鱼鳞覆于屋顶。龙堂：以龙鳞覆于堂顶。紫贝：有紫色斑纹的贝壳。阙：què(却)。古代宫门两侧高台上的楼观。朱宫：《文苑》作“珠宫”，是以珍珠为宫。灵：此指河伯。三句意谓：以鱼鳞为屋，以龙鳞为堂；以紫贝为阙，以珍珠为宫；您这神灵为何居住于水中？

乘白鼋兮逐文鱼，与女游兮河之渚，流澌纷兮将来下。

［注释］

(1) 乘白鼋兮逐文鱼，与女游兮河之渚——白鼋：腹部白色之大鳖。逐：从。文鱼：体有斑彩的鲤鱼。女：同“汝”，指河伯。渚：水中小洲。二句意谓：乘驾着白鼋，有斑彩的鲤鱼在后面追随，跟您同游于黄河的小洲左右。 (2) 流澌纷兮将来下——流澌：犹言流水。澌：sī(斯)。《淮南子·泰族篇》：“虽有腐髊流澌，弗能汙也。”许注曰：“澌，水也。”纷：盛多貌。一说，纷读为汾，水涌貌。将：语中助词。(见《经传释词补》)此句意谓：只见河中流水盛大，涌流而下。

子交手兮东行，送美人兮南浦。波滔滔兮来迎，鱼隣隣兮媵予。

［注释］

(1) 子交手兮东行，送美人兮南浦——子：此称河伯。交手：拱手揖别。东行：指河伯顺流东行。送：送别。美人：亦称河伯。南浦：南面的水滨。二句意谓：您拱手告别而将顺流东行，我到南面的水滨为您这美人送别。 (2) 波滔滔兮来迎，鱼隣隣兮媵予——迎：指迎接河伯。隣隣：“鳞鳞”之通假，比次相连貌。媵：yìng(映)。本指随嫁之事或随嫁之人，此处有“伴随”之意。予：我们，祭巫称自己与河伯。二句意谓：我正要送您东行，在去南面水滨的途中，河水波浪滔滔，似来相迎，河中的鱼比次相连，成群成行地伴随着我们前行。

［译文］

我愿和您一同漫游九河，
暴风骤起，河水翻腾着洪波，
乘坐着行水之车，以荷叶作车篷，

以龙为服马，以螭为骖马，驾车前行。
沿着水道上溯，登上河源昆仑，纵目四望，
令人心意飞扬，情怀浩荡舒畅。
将要日暮黄昏，我却安逸愉悦，流连忘返，
总是对那遥远辽阔的水滨眷顾怀恋。
鱼鳞覆于屋，龙鳞覆于堂，无比华美玲珑，
紫贝为宫门两侧之楼，珍珠为奇妙的王宫，
您这神灵为何安居在水国之中？

乘驾着白鼋，有斑彩的金鲤跟随在后，
和您同游于河中的小洲左右，
河水盛大，滚滚滔滔地向下涌流。

您拱手向我告别，将顺流而东，
我要到南面的水滨为您这美人送行。
河水波浪滔天，似来相迎，
群鱼鳞鳞比次，伴随我们奔向前程。

山　鬼

题解

山鬼，指传说中的巫山神女。（鬼：古指万物的精怪。）

本篇全是扮山鬼的女巫独唱的歌词。她一出场，就自我介绍衣饰、容态之美好；接着自述如何有威仪；而贯串全篇的是：娓娓地诉说自己思慕恋人的苦况和对爱情的忠贞专注。

原文及注释

若有人兮山之阿，被薜荔兮带女萝，既含睇兮又宜笑，子慕予兮善窈窕。

[注释]

(1) 若有人兮山之阿，被薜荔兮带女萝——若：犹“此”。《论语·公冶长篇》曰：“君子哉若人。”“若人”即“此人”。有：在此是语中助词，用在名词前，无实义。见《书·皋陶谟》：“亮采有邦。”又，“予欲左右有民”。再见《诗·召南·摽有梅》：“摽有梅。”《左传·昭二十九年》：“孔甲扰于有帝。”诸例同此。按：“若有人”，是山鬼亮相时的自白之词，因此，在读它时应将省略的主语补足，才能讲得通，可读作“我这人”（实际是山中神女）。这样，既将神女人格化（从形象到性格），但又不是真的人（似人而非人），使神话与人事融为一体，虚拟与写实互相交织糅合。那神女既是空灵缥缈、不可思议的；又是形象鲜明、呼之欲出、可感可知的。“若有人”三字，虚中有实，实中有虚，故不可读得太活，也不可读得太死，宜在虚实有无间摄其要义。即读《山鬼》全文，亦应如此。山之阿：山之曲隅，山中屈曲幽僻之角落。被：pī（批）。同“披”。薜荔：见《湘君》注。此处是指“薜荔之衣”。带：本指衣带，此处用如动词，犹言“系着”。女萝：又名松萝，一种蔓生香草。此处是指“松萝之带”。二句意谓：我这人，住在山中屈曲幽僻之角落；身披薜荔之衣，腰系松萝之带。

(2) 既含睇兮又宜笑，子慕予兮善窈窕——含睇：含情流盼。睇：dì（地）。微微斜视，流盼。宜笑：口齿美好，唇边又有酒窝，适宜于笑（或，笑得适宜好看）。子：连同下文的“灵修”，“公子”“君”，都是山鬼称其爱人之词。慕：爱慕。予：与下文的“我”，都是山鬼自称之词。善：淑善，美好。窈窕：yǎotiǎo（咬朓）。娴雅美好貌，形容既有内在的美，又有外在的美。《方言》：“美状为窕，美心为窈。”二句意谓：我既有美目，含情流盼；又口齿美好，唇角有微窝，笑时十分自然好看。您爱慕我淑善娴雅而容态姣美。按：以上四句，在全文一开始，就由女主人公自述衣饰之芳洁、性情之端庄娴静、体态容貌之美好；并说明自己受到意中人的爱慕。扣住了主题，确定了基调。

乘赤豹兮从文狸，辛夷车兮结桂旗。被石兰兮带杜衡，折芳馨兮遗所思。余处幽篁兮终不见天，路险难兮独后来。

[注释]

(1) 乘赤豹兮从文狸，辛夷车兮结桂旗——乘：驾。赤豹：皮毛赤褐色而有黑色斑纹的豹。从：随从。文狸：皮毛有花纹的野狸。辛夷：见《湘夫人》注。辛夷车：以辛夷香木制的车。结：编织。桂：此指桂树的枝叶。结桂旗：以桂树枝叶编结为旗。二句意谓：以赤褐色的豹子驾车，有花纹的野狸随后侍从。乘坐的是辛夷香木制的车，设立以桂树枝叶编结的旗。（这是叙述车乘仪仗之盛） (2) 被石兰兮带杜衡，折芳馨兮遗所思——被：同“披”。石兰：又名山兰，兰之一种。此言“石兰之衣”。带：见前注。杜衡：香草名。芳馨：芳香。此指香花香草。馨，香气远播。遗：wèi(位)。赠与。所思：所思念的人，指爱人。亦即上下文的“子”“灵修”“公子”“君”。二句意谓：身披石兰之衣，腰系杜衡之带；又折取芳馨的花草赠给我所思念的爱人。 (3) 余处幽篁兮终不见天，路险难兮独后来——余：山鬼自称。处：居。幽：深。篁：huáng(皇)。竹丛。终：始终；或，终日。后来：迟来，来迟。二句意谓：我住在竹林深处，始终不见天日，不知时间早晚；山路又险阻难行，所以，独独来迟了，没见到约会的爱人。

表独立兮山之上，云容容兮而在下。杳冥冥兮羌昼晦，东风飘兮神灵雨。留灵修兮憺忘归，岁既晏兮孰华予？

［注释］

(1) 表独立兮山之上，云容容兮而在下——表：特出地。容容：同“溶溶”，本指流水盛大貌，此指云霞舒和飘动犹如流水，形成一片云海。二句意谓：我突出地独自站在高山之上，云霭如流水般舒和飘动，在高峰之下形成一片云海。 (2) 杳冥冥兮羌昼晦，东风飘兮神灵雨——杳：yǎo(咬)。幽深；深远。冥冥：昏暗不明貌。羌：楚方言之语词，无实义。昼晦：白昼也晦暗不明。飘：迅疾回旋的风；此处指风吹得猛烈。神灵：此指雨神。雨：此处作动词，下雨。二句意谓：山中气候变化无常，风雨不时，在白天也常是幽暗不明，吹起迅疾回旋的东风，神灵下起雨来。 (3) 留灵修兮憺忘归，岁既晏兮孰华予——留：挽留住；或，留恋。灵修：在此犹“神圣”“神明”之义，时作称谓君王之词，此处美称私爱之人，即指“公子”“君”。憺：见《东君》注。岁：年岁。既晏：已晚，此处以“岁既暮”表达“美人迟暮”之感叹。孰：谁。华：美。华予，犹“美予”，以我为美好可爱。二句意谓：挽留住公子一同游乐，安适惬意，忘记回去。应及时行乐，不然，等到年岁已经迟暮，还有谁能以我为美而爱恋我呢？

采三秀兮於山间，石磊磊兮葛蔓蔓。怨公子兮怅忘归，君思我兮不得闲。

[注释]

(1) 采三秀兮於山间，石磊磊兮葛蔓蔓——三秀：灵芝之别名，相传灵芝每年开花三次，故称三秀。秀，成蕾开花。於：古音 wū(巫)。即“巫”字之通借(从郭沫若说)。巫山，是传说中神女所居之处。磊磊：众石堆叠貌。葛：葛藤，一种蔓生植物。蔓蔓：形容葛藤蔓延绵长貌。二句意谓：在巫山间采集灵芝，山石众多，磊磊堆叠，葛藤绵长蔓延。(2) 怨公子兮怅忘归，君思我兮不得闲——怅：怅惘，失意。二句意谓：公子别我而去之后，没有再晤面，我怨恨失望，忘记回去。我以为您是思念我的，只是没有空闲前来而已。

山中人兮芳杜若，饮石泉兮荫松柏。君思我兮然疑作。

[注释]

(1) 山中人兮芳杜若，饮石泉兮荫松柏——山中人：山鬼自称。芳杜若：芳洁如杜若。杜若，是一种香草。饮石泉：饮山岩间的清泉。荫松柏：以松柏为荫庇，即居息于松柏之下。二句意谓：我这山中人像杜若那样芳洁，饮的是山岩间清泉之水，居住在松柏树下。按：上文是以“芳杜若”“饮石泉”喻己之高洁清白，以“荫松柏”喻己之坚贞，是自赞自饬之词。 (2) 君思我兮然疑作——然：肯定、相信之词，与“疑”相对，“然疑”，将信将疑，半信半疑。作：生。此谓：我以为您是思念我的，可是又将信将疑，疑信交作。按：闻一多先生认为此句之上，当是脱去一句。可信。

雷填填兮雨冥冥，猿啾啾兮狖夜鸣。风飒飒兮木萧萧，思公子兮徒离忧！

[注释]

(1) 雷填填兮雨冥冥，猿啾啾兮狖夜鸣——填填：雷声。冥冥：犹“濛濛”，形容雨下得迷濛昏暗。猿、狖，泛指猿猴。狖：yòu(又)。啾啾：猿狖的叫声。按：猿，一作“猨”，异体字。狖，一本作“又”，以音同而讹。二句意谓：雷声填填，细雨濛濛，猿狖在夜间啾啾地鸣叫。 (2) 风飒飒兮木萧萧——飒飒：sà(萨)。风声。萧萧：《文苑》作“搜搜”。风吹树木枝叶发出的声音。此谓：风飒飒地吹着，树木的枝叶在风中萧萧地响着。按:以上三句,描绘了凄清阴冷的典型环境和气氛,是为了映衬、突现下文山鬼悲愁欲绝之苦情。　(3) 思公子兮徒离忧——思:望而不见,永怀相思。徒:徒然,白白地。离忧:忧愁。离,"罹"之通假,忧愁;苦难。此谓:我永远苦苦地思念公子啊,白白地忧愁苦恼,而欢会难期。按:本歌词,是以喜剧开始,以悲剧收尾的。从"子慕予兮善窈窕"(定情)、"留灵修兮憺忘归"(欢聚),到"君思我兮不得闲"、"君思我兮然疑作"(是否真的不得闲、是否真的思我),以致最后"思公子兮徒离忧"(望之不来,徒劳梦想,但这神女对公子的爱情忠贞不渝)。"君思我",是山鬼想象希冀之词,是否"思我"尚在两可之间;"不得闲",也是山鬼设想虚拟之事,但愿是因"不得闲"而未来,不是因有异心而爽约;多次期之不至,使她不得不产生怀疑,疑信参半("然疑作");公子久久不至,使她失望,终于唱出了"思公子兮徒离忧"的心声。她的孤独凄苦之情已达极点,失望也渐趋于绝望,但是,她一面诉说"徒离忧"之苦,一面还是"思公子"的。"思而忧""忧而思",两两交织,互为因果,是缠绵无尽的,她对公子的爱情是深沉、热烈、执着的。按:既然从"采三秀兮於(巫)山间"寻得山鬼即巫山神女的消息,那么,这位美丽、善良、忠贞的神女,是否传说中楚怀王或楚襄王所梦见者?文中的"子""灵修""公子""君",是否称楚怀王或楚襄王?诗人屈原在根据神话传说、民间祭歌进行艺术再创作,塑造"山鬼"这一典型形象时,是否也织进了自己思君忧国之情志?都是值得进一步探讨研究的。

[译文]

我这人啊,居住在群山的幽僻角落,
身披薜荔之衣,系的衣带是那女萝。
美目迷人而含情流盼,口齿美好而巧笑妩媚,
您爱慕我淑善娴雅,容态姣美。

我乘着赤豹所驾之车,随后侍从的是那花狸,
辛夷木的大车,又编结桂枝为旗。
身披石兰之衣,系的衣带是那杜衡,
折取芳馨的花草,向所思之人馈赠。
我居息于幽密的竹林深处,终日不见青天,
山径又险阻艰难,因此来得独晚。

我突出地独立于高山之上，凝望期待，
云霭溶溶，宛如流水，在下面汇成云海。
山中幽深昏冥，变化无常，白昼也晦暗不明，
东风迅疾回旋地吹来，神灵降雨，纷纷零零。
留恋您在此欢聚，心情舒畅，却忘记踏上归程，
及至年华迟暮，谁还以我为美，对我痴情？

我采撷灵芝仙草，在那巫山之间，
山石磊磊堆叠，青葛之藤绵绵蔓蔓。
怨恨公子不来相会，使我怅然忘返，
您是思念我吧；未能践约，是因为没有空闲。

我这山中女子，似那杜若，芳洁高逸，
饮那石泉之水，在松柏荫庇下清静居息，
您是思念我吧；但又使我将信将疑。
雷声填填轰响，山雨下得迷迷濛濛，
猿狖啾啾，清夜悲鸣。
山际凉风飒飒，树木枝叶萧萧作响，
永远思念公子啊，重逢难期，使我徒然忧伤！

国　殇

题解

国殇，指为国牺牲的将士。

这是一首悲壮的祭歌，它集中描写了古代车战中短兵相接、白刃肉搏的场面和在旌旗蔽日、强敌若云的情势下，爱国将士冒着箭雨刀丛，斗志昂扬，前仆后继，为国捐躯的情景。有力地歌颂了志士们奋勇杀敌、誓死卫国的英雄气概；也表达了楚人对牺牲将士的哀悼与崇敬。

这篇歌词运用了直赋其事的方法，可能是由祭巫集体演唱的。

原文及注释

操吴戈兮被犀甲，车错毂兮短兵接。旌蔽日兮敌若云，矢交坠兮士争先。凌余阵兮躐余行，左骖殪兮右刃伤。霾两轮兮絷四马，援玉枹兮击鸣鼓。天时怼兮威灵怒，严杀尽兮弃原野。

［注释］

(1) 操吴戈兮被犀甲，车错毂兮短兵接——操：持。吴戈：吴地出产的戈。戈：古代的长柄武器，平头有横刃之戟。被：同“披”。犀甲：以犀牛皮制的铠甲。毂：gǔ(古)。车轮中心的一个部件，外周承车辐，内孔穿车轴，类似今之轴承。车错毂，是形容两军迫近混战，车毂、车轴头互相交错。短兵：短的兵刃。接：交接，交锋。二句意谓：将士们手执吴地的戈，身披犀牛皮制的铠甲；两军遭遇，战车迫近，轮毂互相交错；用刀剑等短兵器交锋肉搏。 (2) 旌蔽日兮敌若云，矢交坠兮士争先——旌：jīng(京)。古代的一种旗，旗杆顶端装饰旄牛尾与鸟羽。此处泛指旌旗。蔽日：遮蔽天日。若云：形容盛多似云，连成一片。交坠：敌我对射，箭在双方战阵上交相坠落。一说，箭从各方面交相坠落到楚军阵地上。士争先：爱国军士奋勇争先杀敌。二句意谓：旌旗遮蔽天日，敌军众多如云，但是，楚军战士们不畏强大的敌人，为了保卫国家，个个争先杀敌。 (3) 凌余阵兮躐余行，左骖殪兮右刃伤——凌：侵犯。余：我方。阵：战阵，军阵，古代作战部署的阵式。本文主要写的车战。躐：liè(列)。践踏，此处有“冲过来”“闯入”之意。行：行列，队列，“凌余阵”与“躐余行”为互文。骖：cān(参)。古车独辕，四马驾车，夹辕的两匹马叫“服”，服马外侧的两匹马叫“骖”。左骖，左侧的骖马。殪：yì(义)。死。刃：应作“刅”，即“创”之异体。创伤。见《楚辞校补》：“案刃当为刅，字之误也。《说文》曰：‘刅，伤也。’重文作创，此以‘殪’与‘刅伤’对举。”此说甚是。“右刅伤”，右侧的骖马受创伤。此处说明在激烈战斗中，两外侧之马(骖马)易受伤害。二句意谓：敌人侵犯我军战阵，闯入我军行列，战斗十分激烈，我们的战车上左边的骖马死了，右边的骖马也受创伤。 (4) 霾两轮兮絷四马，援玉枹兮击鸣鼓——霾：mái(埋)。一本作“埋”。按：霾，“薶”之借字；薶，“埋”之异体。此处“埋”字作“没入”“陷没”解。埋两轮，形容道路、野地泥泞，战斗紧张激烈，不遑择路，致两轮深陷泥淖之中。絷：zhí(直)。绊。絷四马：由于车轮陷入泥淖，车上的四马也就被缰绳羁绊住，无法行动。援：拿起。玉枹：以美玉镶嵌的鼓槌。一说，玉枹，只是对鼓槌的美称，并非以玉为饰者。枹：fú(扶)。鼓槌。鸣鼓：响鼓。按：古代作战，击鼓指挥，击鼓者为主将。这两句话，说明在极为失利与艰苦的情况下，主将与战士都能同仇敌忾、上下一心，坚持战斗。 (5) 天时怼兮威灵怒，严杀尽兮弃原野——天时：指天象。怼：duì(对)。怨。威灵：神灵。严：应作"莊"。《楚辞校补》："案严本作莊，避汉(按：明帝)讳改。(《天问》'能流厥严'严亦改莊。)莊读为戕。(壮莊古同字)《周书·谥法篇》曰：'兵甲亟作曰莊。'"屡征杀伐曰莊。''死于原野曰莊。'莊皆读为戕也。此曰'莊杀尽兮弃原野'，亦谓戕杀尽而弃于原野。王注曰：'严，壮也，……言壮士尽其死命，则骸骨弃于原野。'训严为壮勇之壮，失其义矣。"一说，严，犹言"壮烈地"。尽：净尽。弃：遗弃；舍弃。原野：此指沙场战地。二句意谓：天宇气象愁惨，似有怨恨，神灵也在发怒；杀伤殆尽，将士们的尸骸遗弃于原野。

出不入兮往不反，平原忽兮路超远。带长剑兮挟秦弓，首身离兮心不惩。诚既勇兮又以武，终刚强兮不可凌。身既死兮神以灵，魂魄毅兮为鬼雄。

［注释］

(1) 出不入兮往不反，平原忽兮路超远——出不入：指壮士出征，决心以死报国，不打算再进国门，与下文"往不反"互文见义。反：同"返"。忽：通"伆"，渺茫辽阔。超远：遥远。"平原忽"与"路超远"亦为互文。 (2) 带长剑兮挟秦弓，首身离兮心不惩——带：带着。挟：夹持在臂腋之间。秦弓：秦地产的良弓。一说，秦弓当为"泰弓"，即大弓。待考。惩：戒惧；悔恨。不惩，不惧不悔，犹言"忠毅而不变心"。二句意谓：战士死后，他们的遗体上还佩带着长长的宝剑，腋下还挟持着秦地产的良弓，他们一直到死仍坚持战斗，虽身首分离，但忠心不变，死而无悔亦无惧。 (3) 诚既勇兮又以武，终刚强兮不可凌——诚：诚然，真正地。以：语中助词。武：武艺强，力量大。终：始终。凌：凌夺；侵犯。此言"夺其志，犯其威"。二句意谓：将士们诚然既英勇又武力强大，始终刚毅顽强，威风凛凛，不可侵犯。 (4) 身既死兮神以灵，魂魄毅兮为鬼雄——神以灵：此言精神不死，英灵不泯。以：语中助词。魂魄毅：指死难者的灵魂坚毅不屈。一本作"子魂魄"，非是。据王逸注："言国殇既死之后，精神强壮，魂魄武毅，长为百鬼之雄杰也。"洪兴祖补曰："一云魂魄毅。"可见王本或即为"魂魄毅"。又，朱熹《楚辞集注》本作"魂魄毅"。又，《文选》鲍明远《出自蓟北门行》注引作"魂魄毅"，王鏊本、朱燮元本、黄省曾本、大小雅堂本并同。（参见《楚辞校补》）二句意谓：壮士们既死以后，魂魄仍然如生前那样坚毅不屈，永远是鬼中的雄杰！

［**译文**］

手执吴地的利戈，身披犀牛皮的坚甲，
敌我车轮互相交错，刀光剑影，短兵厮杀。
无数旌旗蔽日遮天，敌军众多，像那密云一片，
流矢飞箭交坠如雨，爱国将士奋勇争先。
敌人侵犯我方战阵，直向我军行列冲荡，
左边的骖马已死，右边的也受严重创伤。
战车两轮深陷污泥，四马也被绊住健蹄，
抡起嵌玉的鼓槌，振臂把那鸣鼓擂击。
天象昏暗，如有怨怼，鬼神也都怒气不息，
杀伤殆尽，忠骨遗弃于原野荒地。

壮士出征不再进入国门，奔赴沙场不再返回故园，
平野茫茫广阔，道路迢迢遥远。
壮士死后仍带着长剑，秦弓还挟在臂间，
纵然身首分离，战死疆场，也忠贞不变。
真正武力强大而无比英勇，
始终刚强坚定，不可侵凌。
一身报国而死，伟大精神在天地间永生，
魂魄坚毅忠勇，都是鬼中的英雄！

礼　魂

题解

这是《九歌》的终篇，是通用于前十篇的送神曲。前十篇，各

有专祀，如分类言之，则东皇太一、东君、云中君、大司命、少司命为天神；河伯与山鬼为地祇；湘君、湘夫人、国殇为人鬼。而这些天神、地祇、人鬼之神灵，则统称为“魂”。“礼魂”，即是在前面各项祭礼完成之后，集合众巫综合表演大合奏、大合唱、集体舞蹈，用来表达对神灵的虔敬与祝祷。这是送神仪式。

原文及注释

成礼兮会鼓，传芭兮代舞，姱女倡兮容与。春兰兮秋菊，长无绝兮终古！

［注释］

(1) 成礼兮会鼓，传芭兮代舞，姱女倡兮容与——成礼：即“礼成”，指各种祭礼完成。会鼓：集中而急促地击鼓，以这种热烈的鼓乐送神、娱神。传：传递。芭：即“葩”字，香花。传芭，是指众巫翩翩舞蹈时，将手持的香花不断互相传递，这也是一种舞姿。代舞：更番交替舞蹈。姱：kuā(夸)。美好。倡：亦作“唱”。歌唱时一人首先发声。其他人再唱。容与：此指仪态舒徐从容。按：闻一多疑“姱女倡兮”句上似脱一句，与《山鬼》之例同。兹录以存疑。三句意谓：各种祭礼都已完成，集合许多鼓一齐繁促地敲击，用热烈的鼓声娱神；众巫们又将手持的香花互相传递，更替轮换着舞蹈；美女们唱起《送神曲》，仪态舒徐从容。 (2)春兰兮秋菊，长无绝兮终古——春兰、秋菊：这两种花，各是“一时之秀”，王逸说：“春祠以兰，秋祠以菊，为芬芳长相继承，无绝于终古之道也。”是近理的话。长：永远，无绝：不绝祟祀之礼。终古：犹言“千古”。二句意谓：春天以兰花献祭，秋天以菊花献祭，春祠、秋祠永远长相继承，千古不绝。

［译文］

礼仪都已完成，鼓乐合奏齐鸣，娱乐神灵，
大家将香花互相传递，交替着舞蹈，优美轻盈，
美女们热情地唱起《送神曲》，仪态舒徐从容。
春祀将那兰花进献，秋祀将那菊花敬奉，
祭典千古不绝，代代长相继承。

九章

题解

《九章》,是屈原在不同时期创作的九首乐章。各篇思想感情的基调比较一致,多为“思君念国,随事感触”之作,表现了诗人在政治上遭受挫折以后的失意彷徨、求进不得、报国无门的忧愁苦闷,唯君是力、唯国是忠的耿耿至诚。并且,也表现了诗人洁身自好,正道直行,不随世俗浮沉的节操;坚持真理,追求美好理想,至死不渝的意志;决心以死殉国、以死悟君的自我牺牲精神。

《九章》诸赋,各自成篇,它们之间并无结构上的必然关联,时代先后亦难确考。西汉末年,刘向最早编辑《楚辞》,并拟作了一篇《九叹》,附益于后,其中有“叹《离骚》以扬意兮,犹未殚于《九章》”之句,《九章》其名,首见于此,且与《离骚》并提。据以推想,大概在刘向编辑《楚辞》时,已有《九章》之标题(前于刘向之人所订定);也可能是刘向所加。“九”,是其总数;“章”,是乐章、篇章之意。

《九章》各篇之次第,关系作品的时代背景,历来是争讼较多的问题,论者各执一词,皆言其是,然而多无不可移易之据,实难遽从一说。因此,姑且一仍王逸《章句》本之旧例,付诸阙疑。

惜　诵

题解

此篇为屈原遭受群小谗言陷害,被楚王疏远罢黜之后所作。

诗人追述自己在朝时忠心事君为国,从不邀宠求荣;然而却不能见容于奸佞小人,累受谗害面遭罪尤;忧国忧民,进尽忠谏,却不见信于君,反被无辜罚罪。既不能留,又不忍去。存君思国,欲自陈以明志,故称说作忠造怨之始末,遭谗畏罪之愤勃郁结,以寄托悼惜国事、反覆效忠之悃款。

原文及注释

（一）

惜诵以致愍兮，发愤以抒情。所非忠而言之兮，指苍天以为止。令五帝以折中兮，戒六神与向服；俾山川以备御兮，命咎繇使听直。

［注释］

（1）惜诵以致愍兮，发愤以抒情——惜：悼惜。诵："诵读古训以致谏"（王夫之《楚辞通释》）。以：用来。致：表达。愍：mǐn（敏）。忧，忧恤。一本作"慜"，是唐人讳太宗名而改。洪本作"�"，又因"慜"而误。发愤：发泄愤懑，此指发其悼惜称诵之愤。抒情：申抒内心的忠君爱国之情。二句意谓：回忆从前在朝之时，悼惜国事蜩螗，常常诵读古训以进忠谏，用来表达忧国忧民的赤心；又发泄悼惜称诵之愤，申抒内心忠君爱国之情。

（2）所非忠而言之兮，指苍天以为正——所：设若；倘若。似为"设若"之合呼。一说，所、倘古通。按：此"所"字作誓词术语时，多与"不"字连文，如《左传·僖公二十四年》："所不与舅氏同心者，有如白水。""所不"，"倘若不"之意。戴震曰："凡誓词言所者，反质之以白情实。"非：一本作"作"。非是。言：指所进之忠言（讽谏）。正：证。按：此二句为指天自誓之词，意谓：倘若我的讽谏之言不忠诚，请苍天来作证，并降罚。　（3）令五帝以折中兮，戒六神与向服——五帝：五方之神，即东方太皞、南方炎帝、西方少昊、北方颛顼、中央黄帝。折中：此指若有两种不同的事，则执其两端以折其中，作出公平合理的评判。按：折，王本作"�"。枏，即"析"字；析，古又同"折"。朱本作"折"。又，朱燮元本、大小雅堂本亦同。戒：告诫。六神：上下四方之神。与：犹"以"。向：对。服：此谓事理。向服：对质事理，辨其是非。二句意谓：令五帝作出折中公平的评判，告诫六神对质事理，辨其是非。　（4）俾山川以备御兮，命咎繇使听直——俾：使。山川：名山大川之神。备：准备。御：侍御，指治事之官。备御：准备作治事之官以参加评判。咎繇：即皋陶，舜帝时的士，掌管法律、刑罚。使：当从一本作"以"。听直：听断是非曲直。听，断。直，曲直。二句意谓：使名山大川之神准备作治事之官以参加评判，令咎繇来判断是非曲直。按：以上四句，仍为指天自誓之词，是请求上苍命令众神明察是非曲直。

竭忠诚以事君兮，反离群而赘肬。忘儇媚以背众兮，待明君其知之。言与行其可迹兮，情与貌其不变。故相臣莫若君兮，所以证之不远。

［注释］

（1）竭忠诚以事君兮，反离群而赘肬——以：一本作“而”，非是。离群：此指被不忠诚的群小所离异摈弃，为奸佞之人所不容。赘肬：皮肉外生长的多余的肉赘。二句意谓：我竭尽忠诚以事奉国君，反而被奸佞之群小所离异摈弃，把我当作皮肉之外多余的赘肬。（2）忘儇媚以背众兮，待明君其知之——儇：xuān（喧）。巧诈；轻佻；慧黠。媚：谄媚，讨好于人。背众：背弃违离巧媚之众人。明君：贤明的国君。知之：知道自己的忠诚。二句意谓：我宁肯忘掉摒弃巧佞谄媚之态，而背弃违离巧媚之众人；等待贤明的君主察知我的忠诚之心。（3）言与行其可迹兮，情与貌其不变——言、行：言论、行动。迹：踪迹；迹象。可迹，有踪迹可寻，有迹象可考。情、貌：内情、外貌。不变：不可交易或隐瞒。二句意谓：人臣的言论、行动是有踪迹可寻的，中情与外貌是统一的，有什么内心的情志，必然形之于外，是不可变易与隐瞒的。（4）故相臣莫若君兮，所以证之不远——相：观察。相臣：观察臣子的忠奸。莫若君：没有比得上明君的。（因为君臣时常接触，彼此易了解）证：验证；证明；此指验证的方法。不远：不须远求。证之不远：是说君对臣考其言察其行、观其貌知其情，贤佞易辨，验证的方法无须远求。（《左传》有云：“知子莫若父，知臣莫若君。”）二句意谓：所以，观察臣子的忠奸，没有及上国君的；用来验证考核臣子的方法无须远求，只根据亲身接触的具体事实就能论定。

吾谊先君而后身兮，羌众人之所仇也；专惟君而无他兮，又众兆之所雠也。壹心而不豫兮，羌不可保也；疾亲君而无他兮，有招祸之道也。

［注释］

（1）吾谊先君而后身兮，羌众人之所仇也——谊：同“义”，指公正而合理的思想言行(各阶级有不同的标准)。身:自身;自己。羌:楚语中的语首助词,此处作"然词",犹"乃"字。众人:此指群小。按:"仇也"及下文"雠也""保也""道也",一本均无"也"字。非。"也"乃"语气助词",表示判断或感叹。二句意谓:我认为按照公正合理的标准,行仁义之事,就必须以安国君为先,然后才及于自身;我这样做,却是众人所仇视的。 (2) 专惟君而无他兮,又众兆之所雠也——惟:思。专惟君:专以君王为念,专心事奉君王。无他:无他心,无二心;或不将他人存念于心。众兆:众人。一本"兆"作"人"。是。雠:chóu(仇)。仇怨。二句意谓:我专门为君王着想而不以他人他事为念,这也是众人所仇怨的。(3) 壹心而不豫兮,羌不可保也——壹心:一心事君为国。不豫:毫不犹豫迟疑。羌:楚语,此处犹"乃"。不可保:不能自保。二句意谓:一心一意事君为国,毫不犹豫,却不能保全自己而被疏废。 (4) 疾君亲而无他兮,有招祸之道也——疾:急切;极力;致力。君亲:亲君,亲近君王。有:应作"又"。道:途径;由来。二句意谓:我极力亲近君王,而无二心无私交,这又成了招致祸患的途径。(以上为第一部分,表白自己忠心效命君国,反招罪尤的不平、委屈。)

(二)

思君其莫我忠兮,忽忘身之贱贫。事君而不贰兮,迷不知宠之门。

[注释]

(1) 思君其莫我忠兮,忽忘身之贱贫——思君:犹上文"惟君"。思,念,以为念。莫我忠:没有比我更忠心的。贱贫:指已见废,成了贱贫之人。二句意谓:处处以君王为念,没有比我更忠心事君的;虽被废职,仍眷念君王,急欲求进,却忽然忘记自己身居贫贱之列,效忠无由。 (2) 事君而不贰兮,迷不知宠之门——不贰:没二心,忠心专一。贰:"二"的大写字。迷:不解。宠:本义"宠幸",此指"邀宠求荣"。门:门径。二句意谓:我事奉君王从无二心,忠诚专一;迷惑不知邀宠求荣之门径。

忠何罪以遇罚兮？亦非余心之所志也。行不群以巅越兮，又众兆之所咍也。纷逢尤以离谤兮，謇不可释也；情沉抑而不达兮，又蔽而莫之白也。

[注释]

(1) 忠何罪以遇罚兮？亦非余心之所志也——志：为“识”之占文，指“认识”“知道”。按：“所志”与下文“所咍”“不可释”“莫之白”之下，一本无“也”字。二句意谓：忠直又有何罪而遇罚呢？这也不是我心中所能了解的。 (2) 行不群以巅越兮，又众兆之所咍也——行不群：行为不合世俗，不与群小同流合污。巅越：陨坠；仆倒。巅：一本作“颠”。咍：hāi（孩，阴平）。嗤笑；讥笑。二句意谓：我的行为不合世俗，身遭颠仆；又被众人所嗤笑。 (3) 纷逢尤以离谤兮，謇不可释也——纷：盛多貌。逢：遭；受到。尤：过；责斥。离：“罹”之借，遭；陷于。謇：“蹇”之通假，犹《哀郢》之“蹇产”，诘屈之意。又疑“謇”下夺“而”字。（从闻一多说）按：蹇产，王注：“诘屈也。”此处有“委屈”之意。释：解脱。二句意谓：我受到很多责斥，遭到很多诽谤；内心的委屈苦闷是不能解脱的。 (4) 情沉抑而不达兮，又蔽而莫之白也——沉抑：沉闷抑郁。达：表达。蔽：指左右之佞臣壅蔽国君之明。莫之白：不能表白。二句意谓：我的沉闷抑郁的情感是不能表达的；国君又被左右的佞臣所蒙蔽，我的苦衷也无法向国君表白。

心郁邑余侘傺兮，又莫察余之中情。固烦言不可结而诒兮，愿陈志而无路。退静默而莫余知兮，进号呼又莫吾闻。申侘傺之烦惑兮，中闷瞀之忳忳。

[注释]

(1) 心郁邑余侘傺兮，又莫察余之中情——心：一本作“忳”。郁邑：忧闷不乐貌。邑，今作“悒”。侘傺：chà chì（诧斥）。怅然失意貌。中情：此处“情”字与下文“路”字不叶，朱熹认为：“中情以韵叶之，当作善恶。”又，陈第认为“情”当作“愫”。又，郭沫若疑下文“路”为“径”之误。又，姜亮夫以为二句“文义实不甚相属；其中疑有夺误或错简，当句文字未必误。……宜本盖阙之义焉耳”。对以上诸说，姑录而存疑。至于这两句的含义，只好暂从字面上串述一下，大意是：心中郁闷不乐，我非常失意;人们又不体察我的衷情。 (2) 固烦言不可结而诒兮,愿陈志而无路——固:固然。烦言:纷烦之言,形容想说的话很多。结:束结;固结;此谓束结其言以致意。参看《离骚》"结幽兰"注引。一说,结犹"缄"义,即书札上常用的"缄"字。郭沫若说:"古人写信,是写在竹木简上而外加绳索。"(以之释"结诒") 诒:遗赠,此指"赠言""向……致意""向……表达"。陈志:陈述己志(志愿、理想、心意等)。无路:没有途径可达,此指被疏废之后,虽欲进言,君王已不会倾听,而且,也无法上达于朝堂。二句意谓:固然,想说的话很多,不能束结之以投赠致意;我很愿陈述己志而无路可达君听。 (3) 退静默而莫余知兮,进号呼而莫吾闻——静默:静默不言。号呼:此指大声疾呼。号,大叫。二句意谓:退而静默不言,则无人能了解我;进而大声疾呼,则无人听我的号呼。 (4) 申侘傺之烦惑兮,中闷瞀之忳忳——申:重;反复地;一再地。烦惑:烦乱惶惑。中:"衷",心。闷:忧闷。瞀:mào(冒)。心乱。忳忳:tún(屯)。忧郁烦闷貌。二句意谓:一再地遭到失意不幸之事,使我烦乱惶惑;心中忧闷迷乱,忳忳不已。

(三)

昔余梦登天兮,魂中道而无杭。吾使厉神占之兮,曰:"有志极而无旁。"

[注释]

(1) 昔余梦登天兮,魂中道而无杭——中道:中途。杭:与"航"通,航船;或指渡水。此处是将登天凌云比作渡水,所以需要有船来航渡。二句意谓:往昔我在梦中登天,灵魂在中途没有航渡云汉的船。 (2) 吾使厉神占之兮,曰:"有志极而无旁。"——厉神:大神,据传说是主杀罚之神。此指大神之巫。占:占梦之吉凶。曰:此处是神巫之所言。极:至,此谓达到目的。旁:辅佐;帮助。二句意谓:我让降大神之巫占一下梦兆,他说:"有志达到目的,却没有辅助者。"

"终危独以离异兮?"曰:"君可思而不可恃。"故众口其铄金兮,初若是而逢殆。惩于羹者而吹韲兮,何不变此志也?欲释阶而登天兮,又犹曩之态也。众骇遽以离心兮,又何以为此伴也?同极而异路兮,又何以为此援也?晋申生之孝子兮,父信谗而不好。行婞直而不豫兮,鲧功用而不就。

[注释]

(1)“终危独以离异兮?”——此句是屈原询问神巫的话,句首省“曰”字。终:终于。危独:危难、孤独。离异:指与君王离异。此句是屈原问神巫说:“我就终于这样陷于危难孤独,而与君王离异吗?” (2)曰:“君可思而不可恃”——君:君王,此称楚王。恃:依仗;依靠。此句意谓:出于君臣之情,君王可思念;而由于君王不明,又不可依仗。(按:此句以下,至“鲧功用而不就”,均为神巫对屈原说的话。) (3)故众口其铄金兮,初若是而逢殆——铄:shuò(朔)。销熔,熔化。众口铄金:众人之口,屡有所议,能销熔纯金。此处比喻谗言三进,能使君王惑乱。初若是:从来如此(指忠贞事君)。殆:危难。二句意谓:众人的谗言之口,足能销熔纯金,当然,会蒙蔽君王;你从来如此忠心事君,却因谗言陷害而遭逢危难。 (4)惩于羹者而吹齑兮,何不变此志也——惩:戒。羹:此指热的菜汤。惩于羹:被热菜汤烫过,见了它就心存戒惧。者:当从一本删去。(洪引一本无“者”字)齑:jī(基)。切细的腌菜或酱菜,是冷菜。吹齑:见了冷齑也感到恐惧,而吹一吹它。志:忠直之志节。二句意谓:被热菜汤烫过;就会自知戒惧,以后见了冷齑也要吹一吹;因直言忠谏而逢罪尤,也应缄默以保全自己,可是,你为何不改变这忠直之志节呢? (5)欲释阶而登天兮,又犹曩之态也——释:此言放弃不用。释阶:对阶梯置而不用,此处比喻不依靠楚王左右宠臣的援引。登天:此喻接近楚王,受其信任。又犹:王本作“犹有”,今从一本作“又犹”(参见《楚辞校补》)。曩:nǎng(攮)。从前,此指初谏怀王时。态:态度。二句意谓:不依靠楚王左右宠臣而想接近楚王,受其信任,这就像放弃阶梯不用,而要登天;你还像从前初谏怀王时那种态度。
(6)众骇遽以离心兮,又何以为此伴也——众:众人,即指群小。(按:一本无“众”字。)骇遽:惊骇遑遽。离心:此言众人之心与己离异。伴:与下文之“援”字,是叠韵联绵字,分在两句,使其声调曼长,韵味隽永,古代诗歌中多有此例,如《诗·小雅·隰桑》:“隰桑有阿,其叶有难。”“阿难”分在两句。又,《诗·唐风·葛生》:“角枕粲兮,锦衾烂兮。”“粲烂”也分在两句。还有将联绵字中间加一语词分隔者,如《诗·齐风·甫田》:“婉兮娈兮。”“婉娈”以“兮”字分隔。此处“伴援”应合起来解释,伴援,即《诗·大雅·皇矣》之“畔援”,音 pàn huàn(判换),犹“跋扈”。马瑞辰云:“《释文》引《韩诗》:畔援,武强也。……畔援,通作畔换。《汉书·叙传》曰:项氏畔换。师古注:畔换,强恣之貌。犹言跋扈也。引《诗》无然畔换,又作泮奂、叛换。《卷阿》诗,泮奂尔游矣。《笺》,泮奂,自放恣之貌。……畔换二字叠韵，《传》分畔援为二，失之。”按：此句之“伴援”，指群小跋扈。又何以为：又能怎么办呢？此言“不可为”“无可奈何”。（参看《屈原赋校注》）二句意谓：众人惊骇遑遽，而与你（指屈原）离心离德；和这样跋扈的群小在一起，又能怎么办呢？又能有何作为呢？　(7) 同极而异路兮，又何以为此援也——同极：同一个目的。极：至，指达到目的，或仅指目的。此言屈原与众人都有事奉君王的目的。异路：走的是不同的路，指屈原与众人事君的出发点不同，屈原是为了爱国而忠贞事君；众人是为了邀宠求荣而事君，所走的道路各异。二句意谓：你和众人虽然有事君的共同目的，但出发点不同，道路各异和这样强恣的群小在一起，又能有何作为呢？又可奈何呢？　(8) 晋申生之孝子兮，父信谗而不好——申生：晋献公之子，是一个孝子。献公听了后妻骊姬的谗言，使申生被逼自杀。不好：不慈爱。好：此处应读 hào，喜爱。二句意谓：晋国太子申生是孝子，他的父亲却听信后妻的谗言而不爱他。　(9) 行婞直而不豫兮，鲧功用而不就——婞：xìng（幸），刚直。不豫：不犹豫；或，不宽和。鲧：gǔn（滚）。“鲧”之或体。鲧，是夏禹的父亲，曾治九州之水，没有成功，被舜幽禁于羽山而死。功：治水的事功（事业）。用：因。就：成就；成功；完成。二句意谓：性行刚直而不宽和，鲧治水之事功因而不能完成。（按：此有对鲧同情、惋惜之意。）

（四）

吾闻作忠以造怨兮，忽谓之过言。九折臂而成医兮，吾至今而知其信然。

［注释］

(1) 吾闻作忠以造怨兮，忽谓之过言——吾：屈原自称。作忠：指忠直事君爱国。造怨：造成群小的怨恨。忽：忽略；不经心；轻视。谓之过言：认为那是夸大不实的话。过言：过分的、不足信的话。二句意谓：我听说忠直事君爱国，会造成群小的怨恨；我曾轻忽地认为那是夸大的不可信的言论。　(2) 九折臂而成医兮，吾至今而知其信然——九折臂：多次折臂。九，代称多数。成医：此九折臂之人，反复服用方药，长期治疗，也积累了经验，成了良医。比喻经过事实的教训，丰富了经验，悟出了道理。信然：诚然，的确如此。二句意谓：多次折臂的人，由于长期治疗，积累了经验，也能成为良医；我至今才知道“作忠造怨”的话是确实的。

赠弋机而在上兮，罻罗张而在下。设张辟以娱君兮，愿侧身而无所。

［注释］

(1) 赠弋机而在上兮，罻罗张而在下——矰：zēng(增)。射鸟的短箭，箭尾系有丝绳。弋：yì(义)。弋射，指以矰射鸟。此处“矰弋”连文，均指射鸟的短箭而系有丝绳者。机：本指机栝，此谓设机栝准备发矢。罻：wèi(位)。小网。此处“罻罗”连文，统指捕鸟的网。张：张设。二句意谓：系有丝绳的射鸟短箭装上机栝准备发矢，以之设在上面；捕鸟的网张设在下面。 (2) 设张辟以娱君兮，愿侧身而无所——设：设置。张：此指弧弓，一种木弓。辟：此指网罟。王念孙云：“此以张辟连读，非以设张连读。张读弧张之张。《周官》冥氏掌设弧张，郑注：弧置罦之属，所以扃绢禽兽。辟读机辟之辟。《墨子·非儒篇》曰：大寇乱盗贼将作，若机辟将发也。《庄子·逍遥游》曰：中于机辟，死于罔罟。司马彪曰：辟，罔也。此承上文矰弋罻罗而言，则辟非法也。”娱君：媚君；悦君；诱君；或，读如《尚书·太甲》“若虞机张”之虞。伪孔传：“虞，度也。”设网罟以忖度准望其君，即壅蔽君主耳目之义。(此姜亮夫说)侧：“厕”之通假，置。侧(厕)身：置身，此指置身于君之左右以匡救其危。无所：无容身之处所。二句意谓：众人设弧弓、网罟以牢笼、壅蔽君王；我愿置身左右以匡救君王之危，而无容身之所。

欲儃佪以干傺兮，恐重患而离尤。欲高飞而远集兮，君罔谓汝何之？欲横奔而失路兮，盖志坚而不忍。背膺敷胖以交痛兮，心郁结而纡轸。

［注释］

(1) 欲儃佪以干傺兮，恐重患而离尤——儃佪：chán huái(缠怀)。犹徘徊、低徊，指迟疑不进，或留恋不去。按：“徘徊”为正字。“俳佪”为异体字。干：求。傺：疑为“际”之借字，指际会。干际，求其际会机遇，即洪氏所谓“求仕”之义。(从姜亮夫说)重：增加；加重。离：借作“罹”，遭遇。尤：过失；罪愆。二句意谓：想留恋徘徊寻求仕进之际会，又唯恐加重祸患而再遭罪尤。 (2) 欲高飞而远集兮，君罔谓汝何之——集：鸟止木上。远集：远止，此言到远处安身。罔：虚妄；或，诬罔。二句意谓：我想高飞远走，找个安身之处；君王虚妄地问我："你要到何处去？" (3) 欲横奔而失路兮，盖志坚而不忍——横奔失路：乱奔而迷失道路，比喻妄行失道。（从朱熹说）盖：发语词，不为义。按：王本无"盖"字。志坚：意志坚定。按：王本作"坚志"，今从一本作"盖志坚而不忍"。不忍：不忍为（指妄行失道之事）。二句意谓：我想乱奔而失路，妄行而失道，变节从俗；可是又因意志坚定而不忍那样作。 (4) 背膺敷牉以交痛兮，心郁结而纡轸——膺：yīng（英）。胸。敷牉：犹"分裂"。（王本"牉"上无"敷"字，今从一本补"敷"字。）敷：分。《尚书·禹贡》："禹敷土。"马融注："敷，分也。"牉：pàn（判）。王注："分也。"犹"判"，分剖。交痛：并痛。按：此处以背、胸分裂喻君臣本为一体而不能相合，所以是君臣交痛之事。郁结：犹苑结、蕴结，忧思久积不解。纡，yū（迂）。萦绕；屈曲，系结。轸：zhěn（诊）。通"紾"，指心中隐痛如扭捩；悲痛。纡轸：心中绞痛，萦结不解。二句意谓：背与胸分裂为两半，背、胸皆痛；犹如君臣本为一体而分裂，所以是君臣交痛之事。我心中郁结着隐痛，而萦绕不解。

捣木兰以矫蕙兮，糳申椒以为粮。播江蓠与滋菊兮，愿春日以为糗芳。恐情质之不信兮，故重著以自明。挢兹媚以私处兮，愿曾思而远身。

［注释］

(1) 捣木兰以矫蕙兮，糳申椒以为粮——捣：舂。木兰：香木名。矫：揉。蕙：香草名。糳：zuò（作）。舂米。申椒：香椒名。二句意谓：舂碎木兰，而又揉搓香蕙；又舂细申椒作为口粮。按：此处是诗人表白自己在国事已不可为的困境中，却仍要捣木兰、矫蕙草、舂申椒以为粮，保持其修洁之志行。 (2) 播江蓠与滋菊兮，愿春日以为糗芳——播：种植。江蓠：又作江离，香草名。滋：犹"莳"（shí，音时），培植；移栽。糗：qiǔ（丘，上声）。干粮；或炒熟而捣碎的米麦等食物。糗芳：芳糗，芳香的干粮。二句意谓：种植江蓠，栽培菊花，以供作春日的芳香的干粮。 (3) 恐情质之不信兮，故重著以自明——质：当从一本作"志"。（按：洪、朱同引一本作"志"。）情志：思想感情，包括理想、意志等。信：通"伸"。伸张。重著：郑重申说；或，一再申说。自明：表明自己的情志。二句意谓：唯恐情志不得伸张，所以郑重申说，以表明自己的情志。 (4) 挢兹媚以私处兮，愿曾思而远身——挢：jiǎo（矫）。举。王本作

"矫",是"挢"的借字。兹:此。兹媚:指上文的各种美德。私处:自处,指退居而洁身自好。曾思:闻一多云:"……'曾思而远身',义不可通。疑思当为逝,声之误也。《淮南子·览冥篇》曰:'還至其曾逝万仞之上',(高注:'曾犹高也,逝犹飞也。')本书《九思·悼乱》曰:'玄鹤兮高飞,曾逝兮青冥。'或曰增逝。……张华《鷦鷯赋》曰:'又矫翼而增逝。'此云'愿曾逝而远身',(《吕氏春秋·权勋篇》:'为人臣不忠贞,罪也;忠贞而不用,远身可也。……')犹上文云'欲高飞而远集'也。本篇末段大意与《离骚》末段略同,彼云'吾将远逝以自疏',曾逝亦犹远逝也。今本逝误为思。"按:此说甚是,今从之。曾逝:高逝。远身:引身远适而自好。二句意谓:我愿继续发扬种种内在的美德,退而洁身自好;超然高逝而自远其身。

[**译文**]

(一)

悼惜国事,秉忠进谏,以表达忧恤之心,
发泄悼惜诵谏之愤,申抒忠君爱国之隐。
假如我的讽谏之言不是出自忠信,
请求苍天作证,降罚我身。
再求苍天命令五帝,作出折中公允的判断,
并告诫六神,对质事理,明辨是非伪真。
指使名山大川之神备作执事,参与其间,
降命执法之官咎繇,将曲直公断公论。

我竭尽忠诚而为国效力,事奉君王,
反被群小离弃,而看成赘肬一样。
我宁肯忘掉巧佞谄媚之态,背弃奸诡的众人,
等待贤明之君察知我的赤诚之心。
人臣的言论与行动,可以寻其踪迹,
中情与外貌一致,不可变易隐匿。
观察臣子的忠奸,莫过于国君,
用来验证臣子的方法,无须远寻。

我坚守仁义，以国君为先；后及自身之事，
如此行义，却被众人无理仇视。
我专为君王思虑而毫无他心，
又被众人仇怨嫉恨。
一心事君报国，毫不犹豫迟疑，
却被疏远废黜而不能保全自己。
我极力亲近君王而毫无二心，
如此忠直，却又成了招灾惹祸之根。

（二）

我处处以君王为念，无人比我更加忠信，
只顾求进效忠，却忽然忘记自身的贱贫。
我事奉君王精诚不二，一片赤心，
迷而不知邀宠求荣之门。

忠有何罪而横受责罚废黜？
我心中真不能知其原故。
行为正直，不与群小同流合污，而身遭颠仆，
这又被群小所嗤笑侮辱。

我受到很多责斥，遭到无数诽谤，
心中有无限委屈而不能解除。
情绪沉闷抑郁而不能向外表达。
君王为奸佞蒙蔽，我的苦衷也无法自白于他。

我非常侘傺失意，心中悒郁不宁，
又无人体察我的衷情。
固然，想说的话很多，不能向人束赠，
我很想陈述己志，却无路达于君听。
退而静默无言，则无人知我情苦，
进而大声疾呼，则无人听我倾诉。

一再遭到失意不幸，使我烦乱惶惑，
心中忧闷迷乱，忳忳抑郁，六神无主。

（三）

从前我曾梦见凌云登天，
灵魂在中途没有飘渡云汉的航船。
我让大神之巫为我占梦，
他说："你有志达到目的，却无人辅助支援。"

我向神巫询问："难道终必受此危难、孤独而被离异？"
他说："你可对君王眷眷思念，却不可完全凭依。
众人的谗谄之口，足能销熔纯金，
你从来如此忠君，却陷于危殆境地。
对热菜汤心存戒惧，见了冷酱菜也要吹它一吹，
而你的忠直之志何不随着世俗改易？
想弃置阶梯而登青天，
你又像从前那样态度不变。
众人惊骇遑遽，和你离心离德，背道而驰，
你能有何作为？现有跛扈恣肆之人媚于君前。
你与他们同有事君的目的，而动机和途径各异，
与跛扈恣肆之辈同处朝庭，你的本领又如何施展？
晋国的申生真是孝子的典型，
他的父亲却信谗言而对其不慈不容。
行为刚直而不宽和，
鲧治水之功因此不能完成。"

（四）

我以往听说：忠君爱国，会招致群小怨恨。
我曾轻忽地认为那是夸大不实之论。
多次折臂，久经医药，就能成为良医，

我至今才深知这道理诚然可信。

上面装有引机待发的射鸟短箭，
严密的捕鸟小网又隐蔽地张在下面。
暗设弧弓、网罟，欺骗君王，壅蔽他的耳目，
我愿置身其间而匡救君王之危，却无容身之处。

意欲徘徊不去，以寻求致仕报国的际会因缘，
又恐增加祸患，而重遭罪尤责难。
意欲高飞远走，觅个安身自处之地，
君王又虚妄地问我："你要到何处驻足盘桓？"
意欲横奔乱走，迷失道路也在所不顾，
但是又因夙志弥坚而不忍变节从俗。
背胸分裂，而两两交痛，
我心中郁结着隐痛，萦绕着苦楚。
捣那木兰，揉那香蕙，
以香物作为干粮，再将申椒舂碎。
我种植香草江蓠，又将芳菊栽培，
供春日用的馨香食品，我愿早作储备。
唯恐情志不得伸张，
所以要郑重申说，以表白自己的衷肠。
我要将内在的美德继续发扬，退而洁身自好，
万般无奈，只得超然高飞，自远于一方。

涉 江

题解

本篇是屈原晚年被放逐江南时的作品。

诗中叙写了作者渡大江南行的过程，他行经湘水、洞庭湖，沿沅水上溯，转入辰阳、溆浦，独处深山之中。忧念国事日暮途穷，感慨自身危难重重，赋诗抒发悲愤之情。

作品表现了诗人高洁坚贞的品质和远大理想；申抒了他对故国的深切眷恋；被谗见放后的苦闷彷徨；对黑暗政治和巧媚小人的愤恨和坚决不向恶势力妥协的精神。

原文及注释

余幼好此奇服兮，年既老而不衰。带长铗之陆离兮，冠切云之崔嵬。被明月兮珮宝璐。世溷浊而莫余知兮，吾方高驰而不顾。驾青虬兮骖白螭，吾与重华游兮瑶之圃。登昆仑兮食玉英，与天地兮比寿，与日月兮同光。

［注释］

(1) 余幼好此奇服兮，年既老而不衰——奇服：奇特珍贵的服饰，指下文的长铗、高冠、明月珠、宝璐，等等。二句意谓：我自幼就爱好这奇特珍贵的服饰，至今年纪已老而仍不衰减。（按：诗人是以奇服喻己之高尚品德与众不同。） (2) 带长铗之陆离兮，冠切云之崔嵬——铗：jiá(夹)。本义是剑柄；一说为“刀身剑锋”。此处代称全剑，长铗，即谓长剑。陆离：曼长貌；一说；剑光貌。冠：本指帽子；此处作动词，戴帽子。切云：犹言摩云，极言冠之高。切云，是“切云冠”之省称，犹《后汉书·舆服志下》所载之“通天冠”。崔嵬：高貌。二句意谓：带着陆离曼长的宝剑，戴着崔嵬高耸的切云冠。按：此二句以下疑脱一句。 (3) 被明月兮珮宝璐——被：pī(批)。同“披”。明月：明月珠，即夜光珠。珮：同“佩”，佩戴。璐：lù(路)。美玉名。此谓：身上披着明月珠，佩戴着宝玉。 (4) 世溷浊而莫余知兮，吾方高驰而不顾——溷：hùn(混)。污秽；污浊。方：正在；正要。高驰：向高远的境界奔驰；一说，向神界奔驰。顾：顾惜；顾忌；或，回头看(回顾)。二句意谓：世上肮脏污浊，没有人了解我；我正要向高远的境界奔驰(远走高飞)，而不顾一切。

(5) 驾青虬兮骖白螭，吾与重华游兮瑶之圃——青虬：有角的青龙。虬：qiú(求)。有角龙。骖：cān(参)。古车独辕，中间夹辕两马叫“服”；服马外侧两马叫“骖”。此处是“以……为骖”之意。白螭：无角的白龙。螭：chī(吃)。无角龙。重华：传说中的古帝虞舜之别名。瑶：yáo(摇)。美玉名。圃：花圃。古代神话传说，昆仑山上有瑶圃。二句意谓：以有角的青龙驾车，又以无角的白龙作两侧的骖马；我与重华同游瑶圃。

(6) 登昆仑兮食玉英，与天地兮比寿，与日月兮同光——“昆仑”，见《离骚》注。玉英：美玉的花朵。比：一本作“同”。同：一本作“齐”。二句意谓：登上神山昆仑，吃那美玉的花朵，寿数与天地相比，德行与日月同放光辉。

哀南夷之莫吾知兮，旦余济乎江、湘。乘鄂渚而反顾兮，欸秋冬之绪风。步余马兮山皋，邸余车兮方林。乘舲船余上沅兮，齐吴榜以击汰。船容与而不进兮，淹回水而凝滞。朝发枉渚兮，夕宿辰阳。苟余心其端直兮，虽僻远之何伤？

［注释］

(1) 哀南夷之莫吾知兮，旦余济乎江、湘——哀：哀叹。南夷：此指楚国南部开化较晚的异族。旦：清晨。济：渡水。江：长江。湘：湘水。二句意谓：哀叹南方蛮夷对我不了解，而我却在清晨渡过长江、湘水，奔向那荒远的地方。 (2) 乘鄂渚而反顾兮，欸秋冬之绪风——乘：登上。鄂渚：湖北省武昌地区江中的一个水洲的名称。反顾：回顾。欸：āi(哀)。叹息；叹息声。绪风：余风；连续不断的冷风。二句意谓：登上鄂渚，我回头看那来路，迎着秋冬寒凉的余风悲叹不已。 (3) 步余马兮山皋，邸余车兮方林——步：缓行；王夫之云：“解驾使散行也。”山皋：水滨的山冈。皋：gāo(高)。近水处的高地。邸：dǐ(抵)。与“抵”通，止，谓以木止车。邸，又训“舍”，舍亦“止”义。方林：地名，无从考实。二句意谓：解开驾车的马，让它们在水滨山冈上信步缓行；将我的车停在方林。 (4) 乘舲船余上沅兮，齐吴榜以击汰——舲船：有舱有窗的船。上沅：沿沅水上溯。沅：沅水。齐：齐力并举。吴：大。吴榜：大桨。击：拍打。汰：水波。二句意谓：乘着有舱有窗的船，我沿着沅水溯流而上；艄公们齐力并举大桨，拍打着水波划船前行。
(5) 船容与而不进兮，淹回水而凝滞——容与：犹豫不进貌。淹：留。回水：曲折回旋的流水。凝：一作“疑”，二字古通。凝滞：停滞不前。二句意谓：船缓慢地不向前进，停滞在曲折回旋的水流之中。
(6) 朝发枉渚兮，夕宿辰阳——枉渚：地名，在湖南常德一带。渚：一本作“陼”。辰阳：地名，故城在湖南辰溪县西。以上两地均在沅水北岸。二句意谓：早晨从枉渚启程，傍晚在辰阳住宿。 (7) 苟余心其端直兮，虽僻远之何伤——其：作状语用，犹“那样地”，“这样地”。端直：正直。僻远：偏僻遥远。何伤：何妨；何害。二句意谓：如果我的心是端直的，虽然流放到偏僻遥远地方，又有何妨？

入溆浦余儃佪兮，迷不知吾所如。深林杳以冥冥兮，乃猿狖之所居。山峻高以蔽日兮，下幽晦以多雨。霰雪纷其无垠兮，云霏霏其承宇。哀吾生之无乐兮，幽独处乎山中。吾不能变心而从俗兮，固将愁苦而终穷。

［注释］

(1) 入溆浦余儃佪兮，迷不知吾所如——溆浦：地名，在湖南省溆浦县一带，溆水之滨。儃佪：见《惜诵》注。迷：心惑。如：往。（一本作“吾之所如”）二句意谓：进入溆浦我犹夷低徊；我心中迷惑，精神恍惚，不知要到哪里去。 (2) 深林杳以冥冥兮，乃猿狖之所居——杳：yǎo（咬）。幽深。冥冥：昏暗不明貌。猿狖：见《山鬼》注。二句意谓：深林冥冥幽暗，是猿猴栖居之地。 (3) 山峻高以蔽日兮，下幽晦以多雨——峻：高耸而陡峭。蔽日：遮住太阳。下：山峰之下。幽晦：形容阴云昏暗浓重。二句意谓：山势高峻陡峭而遮住了太阳，山下阴云浓密昏暗，经常下雨。 (4) 霰雪纷其无垠兮，云霏霏其承宇——霰：xiàn（县）。一种白色的球状或圆锥形的固体降水物，多在雪前降落。垠：yín（银）。边际。霏霏：形容云气浓重。其：一作“而”。承宇：弥漫天空。承：接。宇：天宇。一说，檐宇。二句意谓：霰雪纷纷，无边无际；云气浓重，弥漫天空。 (5) 哀吾生之无乐兮，幽独处乎山中——幽：幽寂。独处：孤独地居住（或自处）。二句意谓：哀叹我的生活中无快乐，幽寂而孤独地居住在深山之中。 (6) 吾不能变心而从俗兮，固将愁苦而终穷——变心：改变忠直之志节。从俗：随从混浊之世俗（社会思潮、风气）。终穷：终生穷困（指不得志，陷于困境）。二句意谓：我不能改变忠直之志而随从混浊的世俗，固然要愁苦、穷困，终生不得志！

接舆髡首兮，桑扈臝行。忠不必用兮，贤不必以。伍子逢殃兮，比干菹醢。与前世而皆然兮，吾又何怨乎今之人？余将董道而不豫兮，固将重昏而终身！

［注释］

(1) 接舆髡首兮，桑扈臝行——接舆：人名，春秋时楚国的隐士，被当世目为“狂者”。髡首：剃掉头发，本是古代的一种刑罚。接舆自己剃去头发，是佯狂玩世的举动。桑扈：人名，古代狂怪的隐士。臝：即“裸”，此指裸体。二句意谓：古代的隐士接舆剃去头发，桑扈裸体而行。按：这两位隐士的举动，反映了他们对当时社会现实的不满。这既是逃避现实的表现，也是反抗现实的表现。（2）忠不必用兮，贤不必以——忠：指下文的忠臣伍子胥。贤：指下文的贤臣比干。用、以：均为“任用”之意。二句意谓：忠臣不一定被任用，贤臣也不一定被任用。（3）伍子逢殃兮，比干菹醢——伍子：即伍子胥，他本是楚人，因报父仇投奔吴国，被吴王阖庐所重用。阖庐死后，因谏吴王夫差伐越，不要攻齐，夫差不听，反而轻信太宰伯嚭的谗言，伍子胥与夫差激烈争论，终于被逼自杀。逢殃：遭到祸殃（杀身之祸）。比干：是商代纣王时的大臣，他力谏纣王不要虐害人民，被纣王剖心而死。菹醢：zūhǎi（租海）。古代的酷刑，将人剁成肉酱。二句意谓：伍子胥遭受祸殃，比干被剁成肉酱，都遭到惨死。（4）与前世而皆然兮，吾又何怨乎今之人——与：应读作“举”，全；或，历数。前世：指自古以来各世代。二句意谓：自古以来各个世代全都是这样，我又为何怨恨今世的人呢？（5）余将董道而不豫兮，固将重昏而终身——董：正。董道：坚守正道。不豫：不犹豫。重昏：重复（一再）地陷于黑暗境地，不见光明。二句意谓：我将坚守正道而毫不犹豫，固然要一再地陷于黑暗境地，而终生不见光明。

乱曰：鸾鸟凤皇，日以远兮。燕雀乌鹊，巢堂坛兮。露申辛夷，死林薄兮。腥臊并御，芳不得薄兮。阴阳易位，时不当兮。怀信侘傺，忽乎吾将行兮。

［注释］

（1）乱曰：鸾鸟凤皇，日以远兮——乱曰：见《离骚》注。鸾：古代传说中凤的一种。鸾、凤、皇，都是传说中的神鸟，此处以之喻忠臣贤士。远：此处以神鸟远飞，喻忠贤之臣离开朝廷。（2）燕雀乌鹊，巢堂坛兮——以上几种都是凡鸟，此处以之喻群小。巢：此言筑巢栖息。堂：殿堂。坛：祭坛。堂坛，喻朝廷。此处以凡鸟巢堂坛比喻群小窃据高位，揽取了大权。（3）露申辛夷，死林薄兮——露申、辛夷：均为香木名。林薄：草木交错的丛林。（4）腥臊并御，芳不得薄兮——腥臊：此以臭恶之物喻奸佞小人。御：进，指被信任重用。芳：此以芳香之物喻忠贤之士。薄：迫近，此指接近君王。（5）阴阳易位，时不当兮——阴：

暗，喻小人。阳：明，喻忠贤之士。易位：变换位置，颠倒位置。时不当：此指自己生不逢时。当：合宜。 （6）怀信侘傺，忽乎吾将行兮——怀信：怀抱忠信。侘傺：见《惜诵》注。忽：飘忽。行：远行。二句意谓：我满怀忠信，却遭受打击，惆怅失意；我将飘忽地远行。按：此“乱辞”，集中地揭示楚王朝阴阳易位，忠奸颠倒，国事日非。屈原最后表示“忽乎吾将行”，反映了他心怀忠信而被流窜的悒郁失意和愤勃不平，他要远行，而且也不由他不远行。这也表现了他坚决不向恶势力妥协的态度。（又按：这篇作品，可能有错简的地方，也有讹字、夺文、衍文。暂不作具体考证。可参看洪兴祖《楚辞补注》、朱熹《楚辞集注》、闻一多《楚辞校补》、姜亮夫《屈原赋校注》、刘永济《屈赋通笺》，等等。）

［**译文**］

我自幼就爱好珍异的服饰妆点，
年纪已老，志趣却永不衰减。
腰挂陆离曼长的宝剑，
头戴崔嵬高耸的摩云之冠。
披着明月珍珠之佩；又有宝璐之饰系在胸前。
举世污浊，无人对我了解，
我正要高飞远走，而毫不顾念。
以有角青龙为我驾辕，以无角白龙作为两骖，
我和重华一同游乐于琼瑶的花园。
登上昆仑神山，吃那美玉之花，
我的高寿堪与天地比肩，
我的德行与日月同样地光辉灿烂。

感叹南夷对我并不了解周详，
清晨我就渡过长江、湘水，远适异方。
登上鄂渚而回顾乡国，
迎着秋冬寒凉的余风而悲叹神伤。
解下驾车的马，任其信步缓行于水滨的山冈，
将车停在方林，我怅然彷徨。
乘着舲船，沿着沅水上溯，

艄公齐举大桨，拍击着水波远航。
舲船缓缓容与而不前进，
停滞在曲折回旋的水流，随波荡漾。
清早从枉渚启程，
黄昏就止宿辰阳。
只要我的心志是这样地正直不阿，
虽被流放僻远之地，又有何妨？

进入溆浦，我低徊犹夷，
心中迷惑，神思恍惚，不知要走到何地。
山林幽深冥冥，
猿猴在林中栖息。
奇峰高峻陡峭，遮住了天日，
山下阴云幽晦，时有冷雨沥沥。
霰雪纷纷，无边无垠，
浓云霏霏，弥漫天际。
哀叹我平生没有安乐
幽寂而孤独地在深山之中居息。
我不能改变忠直之心而随从世俗，
当然要愁苦困顿而终身事功不济。

接舆削发装疯，
桑扈裸体而行。
忠臣不一定受到重用，
贤者不一定受到任命。
伍子忠君报国，却遭逢杀身之祸，
比干力谏纣王，却遭受剖心菹醢的酷刑。
历数前世全都如此混浊，
我又何必怨恨今日的昏君佞人？
我仍将正道直行而毫不犹豫，
固然要反复地陷于暗陬，终生不见光明。

乱辞：

神鸟鸾、凤、皇，一天天飞向远方。
凡鸟燕、雀、乌、鹊，
却占据祭坛与朝堂。
香木露申、辛夷，
枉死林薄丛莽。
腥臊臭恶之物，并进于前；
芳香高洁之珍，却不能薄近朝廷之上。
阴阳颠倒易位，
恨我自己生时不当。
满怀忠信，却如此失意惆怅，
我要飘忽地远走高翔！

哀　郢

题解

屈原再放江南期间，于顷襄王二十一年(公元前 278 年)，秦将白起率军大破楚师，攻陷郢都，"百姓"震愆，人民离散，国运濒于危亡。诗人不仅不能济世匡时，为国纾难；反而长期被迁谪放流，独处边荒。他目击国难民隐，已忧愤欲绝；又感念一己委屈沉沦之悲，复不胜楚怆，因赋《哀郢》以抒其至情。名曰《哀郢》，实为"哀楚""哀民"，又"自哀"之意。

文中既有对往事的追思；又有对近事的写实。错落交织，融为一体。

原文及注释

(一)

皇天之不纯命兮，何百姓之震愆？民离散而相失兮，方仲春而东迁。

［注释］

（1）皇天之不纯命兮，何百姓之震愆——皇天：对上天的敬称。皇，大。纯：常。命：天命；天道。不纯命：天命无常。百姓：战国以后泛称不居官位的人。震：震动不安。愆：qiān（千）。罪咎，此指受罪蒙难。二句意谓：皇天之命不依常道，为何使楚国的百姓震动不安，受罪蒙难？

（2）民离散而相失兮，方仲春而东迁——民：黎民，人民。失：失散，亲人分离；或失其居所。方：正值；正当。王逸《章句》有“方”字。洪氏校文：“一本无‘方’字。”按：应有“方”字。仲春：农历二月。东迁：郢都失陷以后，楚国迁都于陈（今河南淮阳），陈在郢（yǐng）的东北，故曰东迁。（郢，在湖北江陵西北。）二句意谓：人民妻离子散流离失所，正值仲春时节，向东北方的陈城迁移逃亡。

去故乡而就远兮，遵江夏以流亡。出国门而轸怀兮，甲之鼌吾以行。发郢都而去闾兮，怊荒忽其焉极？楫齐扬以容与兮，哀见君而不再得。望长楸而太息兮，涕淫淫其若霰。过夏首而西浮兮，顾龙门而不见。心婵媛而伤怀兮，眇不知其所蹠。顺风波以从流兮，焉洋洋而为客？凌阳侯之氾滥兮，忽翱翔之焉薄？心绁结而不解兮，思蹇产而不释。

［注释］

（1）去故乡而就远兮，遵江夏以流亡——故乡：一本作“故都”。就：趋。就远：到远方去。遵：循，沿着。江：长江。夏：夏水，流经江陵县东南。二句意谓：离去故乡而奔向远方，沿着大江、夏水而流亡。 （2）出国门而轸怀兮，甲之鼌吾以行——国门：郢都之门；一说，即下文之龙门。轸：zhěn（诊）。痛。轸怀：痛心。甲：甲日那天。（古以干支纪日）鼌：zhāo（招）。即“朝”，清早。二句意谓：出了国门而十分痛心，甲日那一天的清早我开始远行。 （3）发郢都而去闾兮，怊荒忽其焉极——发：始发。郢都：楚国的都城。去：离去，离开。闾：里门，古代的居民点，二十五户为一里，里有里门。另有五十户，一百户为一里之说。怊：读为“超”，遥远。（采闻一多说）荒忽：幽远。焉：安；何。极：至，有所至止。二句意谓：从郢都启程，离开里门，道路迢迢幽远，究竟走到何处为止呢？ （4）楫齐扬以容与兮，哀见君而不再得——楫：jí（及）。桨。扬：举。容与：见《涉江》注。二句意谓：一齐举楫划船，而船却犹豫不进，我为再也不能见君王而哀伤。（5）望长楸而太息兮，涕淫淫其若霰——长：此言高大。楸：树木名。此处是从长楸联想到国都。古代国都多植乔木，所以看到长楸，便想到国都。太息：长叹。淫淫：流不断貌。霰：此处以之形容泪落如霰之多而急。二句意谓：我望着高大的楸树，不忍离开故国，而长叹不已；眼泪不断地流着，如同霰粒纷纷坠落。

（6）过夏首而西浮兮，顾龙门而不见——夏首：夏水接长江的河口。西浮：浮行而西。浮，指船浮水上而行。按：从整个行程看，是从郢都东行。但是，从具体水路看，过夏首以后，有时船行至河水弯曲向西处，故曰“西浮”（向西浮行）。（从蒋骥说）顾：回顾。龙门：郢都的两座东门。二句意谓：过了夏水的河口，又转向西而浮行，回顾龙门，却已见不到了。（7）心婵媛而伤怀兮，眇不知其所蹠——婵媛：情思眷恋牵萦。眇：读作“渺”。蹠：zhí（直），此训“至”。见《淮南子·说林训》云：“蹠越者或以舟，或以车，虽异路，所极一也。”注：“蹠，至；极亦至，互文耳。”（从朱季海说）二句意谓：心中眷恋牵萦，无限伤怀；道路渺远，不知走到何处才能留止安顿。（8）顺风波以从流兮，焉洋洋以为客——从流：顺流。焉：犹“何”。洋洋：“恙”之借，忧思。《尔雅·释训》：“悠悠，洋洋，思也。”郭注：“皆忧思。”《章句》：“无所归貌。”也见出忧思之情。（从朱季海说）二句意谓：让船顺着风波，随着水流而行，何以作了忧心忡忡的远行客？（9）淩阳侯之氾滥兮，忽翱翔之焉薄——淩：乘。阳侯：此指大波。相传阳国侯溺死于水，化为波神。后遂以“阳侯”代称大波。氾滥：洪水横溢，四处涌流貌。（氾，从“㔾”。作“汜”者，非是。）忽：飘忽。翱翔：此指船随波上下，如鸟之翱翔。之：当从一本作“而”。焉：安，何，何处。薄：近；止。二句意谓：乘着氾滥涌流的轩然大波，船飘忽地上下颠簸，将止于何处呢？（10）心絓结而不解兮，思蹇产而不释——絓：guà（挂）。悬挂。絓结：犹“苑结”“郁结”。思：心思。蹇产：诘屈，郁塞屈曲而不舒畅。释：放开；放宽；解开。二句意谓：心中郁结沉重而不能解除；心思诘屈郁塞而不能放宽。

将运舟而下浮兮，上洞庭而下江。去终古之所居兮，今逍遥而来东。

［注释］

（1）将运舟而下浮兮，上洞庭而下江——运舟：行舟。下浮：浮行而下。上洞庭：指舟行至洞庭湖入江处，洞庭在右方，又是上游，古称右为

"上",故曰"上洞庭"。二句意谓:将行舟浮流而下,上溯洞庭湖,又下入大江。 (2) 去终古之所居兮,今逍遥而来东——终古:永世,千古,千代,世世代代。逍遥:此谓漂泊。二句意谓:离开永世祖居的故国,而今漂泊来到东方。

(二)

羌灵魂之欲归兮,何须臾而忘反?背夏浦而西思兮,哀故都之日远。登大坟以远望兮,聊以舒吾忧心。哀州土之平乐兮,悲江介之遗风。

[注释]

(1) 羌灵魂之欲归兮,何须臾而忘反——羌:楚方言之语首助词。古人迷信,认为人有灵魂,是无形的,能离开躯体而存在。归:指归故地郢都。反:同"返"。二句意谓:灵魂很想重归故地,哪有片刻忘记返回郢都? (2) 背夏浦而西思兮,哀故都之日远——背:背离,离开。夏浦:地名,古又称"夏汭"或"夏口"。西思:思西,思念西方的郢都(郢都在夏浦以西)。二句意谓:离开夏浦又向前走,而更加怀念西方的乡国,哀伤离故都一天天更远了。 (3) 登大坟以远望兮,聊以舒吾忧心——大坟:水滨的高大堤岸。二句意谓:登上高大的堤岸,向远处瞻望,姑且借以舒散我心中的忧愁。 (4) 哀州土之平乐兮,悲江介之遗风——州土:指楚国本土,犹言乡邑,乡土。平乐:土地宽广,物产富饶,人民安乐。介:左右;侧畔。江介:指郢地沿大江两岸。遗风:古代传留下来的淳美的风习。二句意谓:哀叹闵惜乡土本来是那样宽广富饶,人民安居乐业,现在已沦入敌手。悲悼大江两岸,郢都一带古代传留下来的淳美风习,将不复存在。

当陵阳之焉至兮?淼南渡之焉如?曾不知夏之为丘兮,孰两东门之可芜?

[注释]

(1) 当陵阳之焉至兮?淼南渡之焉如——当:面对着。陵阳:古地名,王夫之以为故地即今之宣城。一说,故地在今安徽省青阳县南六十里,因其地有陵阳山而得名。录以待考。焉至:何至,到何处去。淼,

miǎo(秒)。大水浩瀚无际貌。南渡：渡江而南。焉如：犹“何往”。如：往。二句意谓：面对着陵阳，要到何处去呢？渡过茫茫无际的大江南行，又将前往何地？ (2) 曾不知夏之为丘兮，孰两东门之可芜——曾：何；为何。犹下文“孰”。《方言》：“曾，何也。湘潭之原，荆之南鄙，谓‘何’为‘曾’。”夏：同“厦”，高大的房屋。丘：墟，此指荒丘、废墟。孰：犹“曾”。两东门：指郢都东门中的两座。一说，“两东门”前当夺一“使”字。可：一说为“何”字之讹。芜：荒芜。二句意谓：为何不知道（或，没想到）大厦变成废墟呢？为何不知战祸使郢都的两座东门长满乱草而荒芜了呢？

心不怡之长久兮，忧与愁其相接。惟郢路之辽远兮，江与夏之不可涉。忽若去不信兮，至今九年而不复。惨郁郁而不通兮，蹇侘傺而含感。

［注释］

(1) 心不怡之长久兮，忧与愁其相接——怡：怡悦；愉快。不怡之长久：为“长久不怡”之倒装句。相接：互相衔接，连续不断。二句意谓：我心中长久地不怡悦，忧伤与愁闷互相衔接，连续不断。 (2) 惟郢路之辽远兮，江与夏之不可涉——惟：语气词。郢路：去郢都之路。江与夏之不可涉：此以长江与夏水不可涉，暗示郢都已不能回。（郢都在江之北、夏之西。）二句意谓：去郢都的路是茫茫辽远，没有尽头的；长江与夏水又不能涉渡。我怀念郢都，想返回故园而不可得。 (3) 忽若去不信兮，至今九年而不复——忽：飘忽地。若：犹“然”，作语助。去：去国；或含被黜去职之意。（一本无“去”字。）不信：不被信任。九年：指从被放江南至今已九年了。一说，九是多数之称，并非实指。不复：不能回故都；也有不复被信任使用之意。二句意谓：飘忽地去国，是由于顷襄王不信任我，将我流放江南；至今已经九年了，仍不能返回故都，再被信任使用。 (4) 惨郁郁而不通兮，蹇侘傺而含感——惨：愁惨。郁郁：犹“忧郁”；郁悒，忧伤沉闷，愁思郁结貌。通：一本作“开”，极是。此言闭塞不开，不畅达。蹇：楚语中的发语词。侘傺：见《惜诵》注。感：qī(戚)。忧愁；悲伤。二句意谓：愁惨郁闷而心情闭塞不开，失意怅惘，满怀悲伤。

（三）

外承欢之汋约兮，谌荏弱而难持。忠湛湛而愿进兮，妒被离而鄣之。尧舜之抗行兮，瞭杳杳而薄天。众谗人之嫉妒兮，被以不慈之伪名。憎愠惀之修美兮，好夫人之忼慨。众踥蹀而日进兮，美超远而逾迈。

［注释］

(1) 外承欢之汋约兮，谌荏弱而难持——外：表面上。承欢：承受君王的欢爱。汋：chuò（绰）。同“绰”。“绰约”，指容态柔美，此处是形容子兰等小人的媚态。谌：chén（陈）。诚，诚然。荏：rěn（忍）。柔弱；怯弱。难持：委顿不能自持，无坚定的操守。二句意谓：那些谗巧小人，表面上作出谄媚之态讨好君王，承受恩宠欢心；而内心却柔弱而难以自持，无坚定的操守。 (2) 忠湛湛而愿进兮，妒被离而鄣之——湛湛：重厚貌。进：进身于君王左右以效力。妒：指嫉妒的小人。被：pī（披）。同“披”。洪兴祖、朱熹皆引一本作“披”。“披离”，分散、纷乱貌。犹言“纷纷地”。鄣：同“障”，阻碍，阻挡。二句意谓：我忠诚厚重，而愿进身于君之左右以效力，奈何嫉妒成性的小人却纷纷地加以阻碍。 (3) 尧舜之抗行兮，瞭杳杳而薄天——尧、舜：唐尧、虞舜。二古帝名，见《离骚》注。抗行：高尚的品行。瞭杳杳：高远貌。瞭，通“辽”。薄：迫近；此言“及于”。二句意谓：尧、舜的高尚品德，上及于天。 (4) 众谗人之嫉妒兮，被以不慈之伪名——众谗人：众多的谗谄小人。被：犹言“加上”。不慈：不慈爱其子。此指唐尧将天子之位传给贤者舜，而不传给儿子丹朱；虞舜又将天子之位禅让于贤者禹，而不传给儿子商均。尧、舜都是在禅让时“传贤不传子”，这正是他们的高尚品德，却有谗人说这是对儿子不慈爱。伪名：不实之恶名。二句意谓：众多的谗谄小人嫉妒成性，却给尧、舜加上不慈爱其子的不实之恶名。 (5) 憎愠惀之修美兮，好夫人之忼慨——憎：憎恶。愠惀：wěn lǔn（稳仑，上声）。内心忠诚而不善言词。修美：指品德美好。好：喜爱。夫人：犹言“彼人”，指“众谗人”。忼慨：指谗人巧言令色，善于做出忼慨陈词之状，貌似直爽。忼：同“慷”。二句意谓：君王憎恶心怀忠诚而不善言词的贤臣；却喜爱那些谗谄小人伪装的忼慨之态。 (6) 众踥蹀而日进兮，美超远而逾迈——众：仍指众小人。踥蹀：qiè dié（妾迭）。本谓小步轻走貌，此指奔走钻营貌。日进：一天天更加进身于君王之前，受到重用。美：指有美德的贤者。超远：此指疏远。逾：同“愈”，此言“愈加……”“越来越……” 迈：远。二句意谓：众小人奔走钻营，一天天更加接近君王，更得到提拔重用；有美德的贤者却越来越被疏远。

乱曰：曼余目以流观兮，冀壹反之何时？鸟飞反故乡兮，狐死必首丘。信非吾罪而弃逐兮，何日夜而忘之？

［注释］

(1) 乱曰：（见《离骚》注。） (2) 曼余目以流观兮，冀壹反之何时——曼：引；延。曼目：犹言“纵目”“放眼”。流观：周流观览。冀：希望。壹：同“一”。反，同“返”。“一返”：回郢都一次。二句意谓：我放眼向四方周流观览，希望回郢都一次，但是要到何时才能实现？ (3) 鸟飞反故乡兮，狐死必首丘——首丘：头向着生养它的山丘。二句意谓：鸟雀无论飞到多么遥远的地方，终于还要返回故枝的巢窠；狐狸无论死在何地，临死时总要将头向着生养它的山丘。禽兽尚能不忘其根本，恋念故乡。 (4) 信非吾罪而弃逐兮，何日夜而忘之——信：确实。弃：指被疏废。逐：放逐。日夜：每日每夜；日日夜夜。之：指郢都。二句意谓：我确实没有什么罪过而被疏废放逐，每日每夜，我怎能忘记故都呢？我是永远系念乡国的。

［译文］

（一）

皇天之命无常，突然降祸于人间，
为何使楚国百姓震惊受难？
人民离散，骨肉相失，
正值仲春时节，纷纷仓惶东迁。

抛舍故乡，奔向远方，
沿着长江、夏水而到处流亡。
出离国门，心中无限楚痛凄伤，
在甲日之晨，我开始远行异乡。

从郢都启程而离开闾里，
道路迢迢悠远，我将走到何地？
艄公齐力举桨，船却缓缓不进，
不能再见君王，使我心中哀戚。
顾望高大的楸树而长叹不已，
涕泪淫淫涌流，犹如坠落的霰粒。
经过夏水河口，转而向西浮行，
回顾龙门，已杳然不见踪影。
我心眷恋牵萦，无限伤怀，
前路渺远，不知到达何处才得安生？
让船顺着风波，随着水流飘荡，
何以作为远行迁客而忧心忡忡？
乘凌于泛滥汹涌的大波之上，
舟船飘忽地上下颠簸，犹如鸟儿翱翔。
心中郁结沉重而不能解脱，
思绪诘屈蹇塞而难以释放。

将舟船浮流而行，
上溯洞庭，下入大江之中。
离开永世祖居的故地，
如今只身漂泊而踽踽东行。

（二）

灵魂切望重归故处，
哪有片刻忘怀返回郢都？
离开夏浦继续前行，更加思念西方的乡国，
故都一天天远了真使我哀情难诉。
登上高大的堤岸，向远处眺望，
姑且借以抒散心中的怆楚。
哀惜乡土本是那样的宽广富饶，人民安居乐业，
悲悼大江两岸古代淳美的遗风，将一去不复。

面对着陵阳，我要走到何方？
渡过淼淼大江南行，我孤独地又将何往？
为何不知战祸会将大厦变成一片废墟？
为何不知战祸会使两座东门荒芜凄凉？

心中时有家国之思，久久地怛郁寡欢，
忧伤与愁闷连续不断。
去郢都的道路迥迥辽远，
长江与夏水不可涉渡，难回家园。
飘忽地去国远行，是由于不被君王信任，
流放江南，至今已经九年，不能重返。
愁惨郁郁，心情闭塞不畅，
惘然失意，满怀悲伤，欲诉无言。

（三）

群小为了取悦人君，表面装出绰约谄媚之态，
内心却柔弱委顿，难以自持操守，不能自爱。
我忠诚厚重，愿进身为国效力，
嫉妒的人却纷纷地横加阻碍。
尧和舜都有高尚的德行，
德辉高烛，上及天穹。
众多的谗谄小人都很嫉妒，
却给尧、舜加上不爱其子的伪名。
君王憎恶内心忠直而不善辞令的人，
却偏爱那些小人慷慨陈词，貌似忠敬。
群小蹀躞地奔走钻营，一天天更受重用，
贤者却越来越被疏远，离开朝廷。

（四）

乱辞：
我放眼向四方周流观览，勾起乡愁绵绵，

希望一返故园，但何时才能实现？
鸟雀各处飞翔，终将返回故乡的旧巢，
狐狸死时，头向着生养它的山丘，犹对故土恋念。
我确实无罪而被疏废流放，
日日夜夜，何时能忘故国乡关？

抽 思

题解

此篇是在怀王后期，屈原被疏废而退居汉北时所作。

当时屈原被谤见疏，政治上遭到严重打击，迫不得已远离郢都，迁于汉北。诗人虽在政治上失意，蒙受不白之冤，但是他还有“拳拳自媚之意”，“冀幸君之一悟，俗之一改”，他对怀王并没有绝望。独处汉北边地，仍欲力谏怀王，其“存君兴国”的耿耿忠忱，是始终不渝的；但他的忠谏无由以达君听，他也无路重返故都以求进身报国。严酷的、黑暗的、不公正的现实摧残着这位正大光明、忠直高洁的爱国诗人，他苦闷彷徨，他“眷顾楚国，系心怀王”，梦魂也时时要飞回郢都。这种悠悠的思念与强烈的追求，反映了他要实现政治理想的坚定性，他在黑暗中仍看到一线之光。

诗人抽绎并条理其纷乱的思绪，从不同角度抒发了真挚的爱国感情。

原文及注释

（一）

心郁郁之忧思兮，独永叹乎增伤。思蹇产之不释兮，曼遭夜之方长。悲秋风之动容兮，何回极之浮浮？数惟荪之多怒兮，伤余心之慢慢。愿摇起而横奔兮，览民尤以自镇。结微情以陈词兮，矫以遗夫美人。

[注释]

(1) 心郁郁之忧思兮，独永叹乎增伤——郁郁：见《哀郢》注。永叹：长叹。增伤：愈益忧伤。二句意谓：心中忧思郁郁沉闷，独自长叹，愈加忧伤。 (2) 思蹇产之不释兮，曼遭夜之方长——蹇产见《哀郢》注。之：犹“而”。释：放；解开。曼：长。二句意谓：愁思诘屈郁塞而不能放开，又遇上曼曼长夜。 (3) 悲秋风之动容兮，何回极之浮浮——容：借作“搈”。《广雅·释诂》：“搈，动也。”《说文》：“动，搈也。”动容，犹言“动摇”；一说，有笼盖深广之义(姜亮夫)。回极：此指秋风往来回旋而至。极：至。浮浮：动荡不定貌。二句意谓：悲叹秋风动摇草木而笼盖深广，为何那样往来回旋，浮浮动荡不定？ (4) 数惟荪之多怒兮，伤余心之懮懮——数：shuò(朔)。屡次 惟：思。荪：本为香草名，此指楚怀王。懮懮：yōu(忧)。忧愁痛楚貌。二句意谓：思虑楚王屡次信谗而动怒，使我心中伤感，懮懮痛楚。 (5) 愿摇起而横奔兮，览民尤以自镇——摇：疾。摇起：疾起。王念孙曰：“摇起，疾起也；与横奔文正相对。”横奔：纵横奔驰；大奔。摇起、横奔：都反映了诗人思归郢都的迫切心情，尽管被迁谪汉北，他还有遄归谏君之意。览：观。尤：罪；罹于罪苦。自镇：自止。蒋骥曰：“尤，罪也。君方多怒，故民动而见尤。镇，止。矫，举。……言己身系汉北，而心不忘君，欲违命至郢，以陈其志。又见民之罹罪者多，而知危自止，但结情于词，举以告君，则此篇之所为作也。”二句意谓：我愿疾起而横奔，回到郢都向怀王再进忠谏；但是看到人们像我这样罹罪的极多，因而戒惧再遭危难，自己也就镇止不行了。 (6) 结微情以陈词兮，矫以遗夫美人——结：凝聚；集结。微情：隐微之情。陈词：以言词陈述。矫：举。遗：wèi(位)。赠与；投赠；寄赠。美人：此喻怀王。二句意谓：凝聚我的隐微之情，通过言词(实指此赋)加以陈述；举以遗赠怀王，希望他看了以后能有所觉悟。

(二)

昔君与我成言兮，曰：“黄昏以为期。”羌中道而回畔兮，反既有此他志。㤭吾以其美好兮，览余以其修姱。与余言而不信兮，盖为余而造怒？愿承闲而自察兮，心震悼而不敢。悲夷犹而冀进兮，心怛伤之憺憺。历兹情以陈辞兮，荪详聋而不闻。固切人之不媚兮，众果以我为患。

［注释］

(1) 昔君与我成言兮，曰："黄昏以为期。"——昔：从前（被信任时）。君：此指怀王。成言：成其诺言；有成约。黄昏：此以日落黄昏喻人之暮年。期：约。"黄昏以为期"，谓相约至于衰暮之年也彼此信赖，始终不渝。（这是说明以前屈原"入则图议国事，以出号令；出则接遇宾客，应对诸侯。王甚任之"的情形。）另说，"黄昏以为期"是借古俗以黄昏时分为举行婚礼的时间，言君臣之洽合犹夫妇成婚者然。二句意谓：从前，君王对我曾有成约，说："相约至于黄昏衰老之年也永远信赖。"

(2) 羌中道而回畔兮，反既有此他志——羌：楚语，此处犹"乃"。中道：中途。回：改。畔：田间之路。回畔：犹言"改路"。中道回畔，即"中途改路"意。见今行本《离骚》有"曰：'黄昏以为期兮，羌中道而改路'"二句，与此同例，可见"回畔"与"改路"是同义语。反：违反"成言"。他志：他心，其他的念头。二句意谓：您却中途改变了路径，违反诺言，而有了别的念头。 (3) 憍吾以其美好兮，览余以其修姱——憍：读作"骄"。骄矜。其：其人，那些人（指子兰之徒）。览：显示。修姱：犹"美好"。姱：kuā（夸）。二句均为倒装，意谓：以其人美好而向我骄矜夸耀，以其人修姱而向我显示。 (4) 与余言而不信兮，盖为余而造怒——盖：借作"盍"，犹"何以"。造怒：造作忿怒；借故泄忿。二句意谓：和我说的话并不信实，为什么又对我故意找借口泄忿？ (5) 愿承闲而自察兮，心震悼而不敢——承闲：等到君王有闲暇时。自察：自明，自我表白；使人察己。震：惊。悼：悲痛；痛心。二句意谓：愿等到一个闲暇的机会，向君王表白自己的心迹，使其了解我；但是，我又震惊又悲痛，而不敢进言。

(6) 悲夷犹而冀进兮，心怛伤之憺憺——夷犹：即"夷由"，迟疑不进。冀进：希望进用。怛：dá（达）。悲伤。憺憺：dàn（旦）。忧惧不宁貌。一说，通"惮"，使人畏惮、震动。二句意谓：怀着悲苦的心情，迟疑徘徊，却又希望能进用，心中矛盾重重；我心悲伤，忧惧不宁。 (7) 历兹情以陈辞兮，荪详聋而不闻——历：发。（见王逸注）兹情：此忠诚愤慨之情。按：一本作"兹历情"，非是。陈辞：即"陈词"。荪：仍指怀王。详：yáng（羊）。通"佯"，装作，假装。二句意谓：发抒此忠诚愤慨之情，以言词陈诉；君王假装耳聋而听不见。 (8) 固切人之不媚兮，众果以我为患——固：本来。切人：切直的人。不媚：不会谗谄献媚。众：指群小。果：竟然。见《国语·晋语三》："果丧其田。"二句意谓：本来，切直的人不会谗谄献媚；众小人竟然将我当作他们的心腹之患。

（三）

初吾所陈之耿著兮，岂至今其庸亡？何独乐斯之謇謇兮？愿荪美之可光。望三五以为像兮，指彭咸以为仪。夫何极而不至兮？故远闻而难亏。善不由外来兮，名不可以虚作。孰无施而有报兮，孰不实而有获？

［注释］

(1) 初吾所陈之耿著兮，岂至今其庸亡——耿著：明白显著。庸：犹"遂"。亡：通"忘"。二句意谓：当初我所陈述的道理是很明白显著的，难道至今就忘记了吗？ (2) 何独乐斯之謇謇兮？愿荪美之可光——乐：喜好。斯：此。（按："独乐斯"，原作"毒药"，朱熹《楚辞集注》从一本作"独乐斯"，是极。）謇謇：jiǎn(简)。忠诚；正直；此指忠直之言。美：美德。荪：本为香草名，屈原多以"荪"代称君王。光：光大。（按：光，原作"完"，误。）二句意谓：我为何独独地乐于这样忠言直谏呢？是希望怀王的美德能因纳此忠谏而发扬光大啊。 (3) 望三五以为像兮，指彭咸以为仪——三：三王，即指夏禹、商汤，周文王。五：五霸，即指齐桓公、晋文公、秦穆公、宋襄公、楚庄王。像：榜样。彭咸：人名，相传为殷代的贤臣。见《离骚》注。仪：典范。二句意谓：望君王以三王五霸为榜样；愿自己以彭咸为典范。 (4) 夫何极而不至兮？故远闻而难亏——极：准则。远：此指远播，传得久远。闻：令闻，美誉。亏：损折。二句意谓：如果君臣都能砥砺进修，希圣希贤，什么准则达不到呢？所以，君臣的美誉也就会流传久远，永无损折。 (5) 善不由外来兮，名不可以虚作——善：美，美德。不由外来：指由自修而来。虚作：虚妄地造作；凭空地形成。二句意谓：美德要靠勉力自修，不是从外部来的；名誉要随着事实而至，不是虚妄地造作出来的。 (6) 孰无施而有报兮，孰不实而有获——孰：谁人。施：施舍；给予。报：报答。实：此指耕耘之事。二句意谓：谁能对人没有施与，而受到报答？谁能不行耕耘之实，而有收获？

（四）

少歌曰：与美人之抽思兮，并日夜而无正。憍吾以其美好兮，敖朕辞而不听。

［注释］

(1) 少歌曰：与美人之抽思兮，并日夜而无正——少歌：应从一本作“小歌”，是古代乐章音节之名，是“总论前意，反复说之”的一种小结。美人：仍喻怀王。抽：通“紬”，本指紬绎整理出丝的头绪。思：意。抽思：是指将纷乱的思想意念紬绎整理出端绪来，加以陈诉。并日夜：日夜相连。并，犹言“连”，“兼”。正：论是非，正得失。二句意谓：小歌：我将纷乱的思绪紬绎整理出端绪来，向君王缕述陈诉；日日夜夜反复致意，却无人为我论正是非得失（即无人评判、证明是非得失）。 (2) 憍吾以其美好兮，敖朕辞而不听——敖：同“傲”，轻视；侮慢。朕：zhèn（振）。我。辞：指所陈述的言词。二句意谓：君王仍以为那些小人美好而向我矜夸，对我的忠言却采取轻慢态度，漠然不听。

（五）

倡曰：有鸟自南兮，来集汉北。好姱佳丽兮，牉独处此异域。既惸独而不群兮，又无良媒在其侧。道逴远而日忘兮，愿自申而不得。望北山而流涕兮，临流水而太息。望孟夏之短夜兮，何晦明之若岁？惟郢路之辽远兮，魂一夕而九逝。曾不知路之曲直兮，南指月与列星。愿径逝而未得兮，魂识路之营营。何灵魂之信直兮，人之心不与吾心同！理弱而媒不通兮，尚不知余之从容！

［注释］

(1) 倡曰：有鸟自南兮，来集汉北——倡：同“唱”，是古代乐章音节之名，王逸注曰：“起倡发声造新曲也。”南：指郢都，从屈原所迁居的汉北来说，郢都在南。集：鸟栖止于木曰集，此处是诗人以鸟喻己。汉北：汉水以北，这是屈原迁谪之地，今之湖北省襄樊地区。二句意谓：起唱：鸟从南方飞来，栖止在汉水以北。 (2) 好姱佳丽兮，牉独处此异域——好姱佳丽：均指美好。牉：pàn（判）。此指分离；离异。异域：犹言“异方”“异地”“异乡”。二句意谓：鸟的羽毛美好佳丽，却离乡背井独处在异地。 (3) 既惸独而不群兮，又无良媒在其侧——惸：qióng（穷）。孤独无依。不群：不合群；即指不随世俗浮沉。良媒：良好的媒介，指在楚王面前代为说情的人。其侧：指楚王之左右。二句意谓：既孤独无依而不合群，又没有良好的媒介之人在他（君王）的身侧为我讲情。

(4) 道逴远而日忘兮，愿自申而不得——逴：chuò（绰）。远。按：逴，今行本作“卓”，盖“逴”之省借，兹据洪、朱同引一本作“逴”，改。王夫之《楚辞通释》作“逴”。日忘：一天天被君王遗忘。自申：自我申诉，犹“自陈”。二句意谓：离开故都，道路遥远，一天天被君王遗忘；愿自己申诉一番而不可得。 (5) 望北山而流涕兮，临流水而太息——北山：郢都以北十里之纪山。临：面对着。流水：指汉水上游的流水。二句意谓：在异乡翘首遥望郢都的北山而涕泪交流，面临这滔滔的流水而长长地叹息。 (6) 望孟夏之短夜兮，何晦明之若岁——望：希望。孟夏：初夏。短夜：指初夏的夜最短。晦：指夜。明：指白天。二句意谓：希望能有初夏那样的短夜，（使我这忧伤失眠的人少受痛苦）可是，为何现在不论度过黑夜或白天都像一年那样漫长？（此言：虽则盼着有易晓之短夜；可是，天亮以后，还是在思念郢都。愁思者苦夜长，亦苦日长。夜亦思，日亦思，故不禁自问：为何度夜如岁，度日亦如年？） (7) 惟郢路之辽远兮，魂一夕而九逝——惟：古与“虽”（雖）通。郢路：由汉北去郢都之路。魂：梦魂；灵魂。九逝：多次往奔。九，是多数之代称，未必实指。二句意谓：虽则从汉北去郢都的道路非常辽远，有无数关山阻隔；但是，我的灵魂却在一夕之间前往多次。（说明诗人欲归无由，思念之极，故其梦魂也要飞越群山万壑而南逝。） (8) 曾不知路之曲直兮，南指月与列星——曾：犹“乃”；或犹“竟”。曲：迂曲。直：径直。南指：南行之指路标志。列星：罗列天空的星辰。二句意谓：梦魂却不知去郢之路的曲直险夷，只好以明月和列星作为南行的指路标志。 (9) 愿径逝而未得兮，魂识路之营营——径逝：径直前往郢都。未得：不可得，指人归不得。识：zhì（志）。通“誌”，记住。营营：往来忙碌貌。二句意谓：我愿径直奔往郢都，而不可得；所以记得路的梦魂独行往来，十分忙迫。 (10) 何灵魂之信直兮，人之心不与吾心同——信：忠诚。直：正直。二句意谓：为何灵魂仍是如此忠诚正直？可是，他人之心与我的心迥乎不同！即使能够回去，又有何用？ (11) 理弱而媒不通兮，尚不知余之从容——理：做媒的使者，犹“媒”。弱：指能力差。不通：不能通达我意。从容：举动。见《怀沙》“孰知余之从容”。王逸注：“从容，举动也。”二句意谓：媒介之使能力弱而不能转达我的心意，所以，人们还不了解我的举措自处之实情。

（六）

乱曰：长濑湍流，泝江潭兮。狂顾南行，聊以娱心兮。轸石崴嵬，蹇吾愿兮。超回志度，行隐进兮。低佪夷犹，宿北姑兮。烦冤瞀容，实沛徂兮。愁叹苦神，灵遥思兮。路远处幽，又无行媒兮。道思作颂，聊以自救兮。忧心不遂，斯言谁告兮！

［注释］

（1）乱曰：长濑湍流，泝江潭兮——乱曰：（见离骚》注。）濑：lài（赖）。见《九歌·湘君》注。湍：tuān（团，阴平）。急流的水；或，水流急。泝：sù（诉）。同“溯”。逆流而上。潭：楚语称深渊曰潭。二句意谓：乱辞：长长的沙石滩上水流湍急，我在江水深渊中向上游行进。（2）狂顾南行，聊以娱心兮——狂顾：急切地顾盼。南行：向南走。聊：聊且；姑且。娱心：快意。二句意谓：我急切地回顾，转而向南行走，虽然不能返回郢都，姑且借以娱心快意，慰我南归之思。（3）轸石崴嵬，蹇吾愿兮——轸石：轸轸盛多重累之山石。轸：zhěn（诊）。本指乘轮多盛貌；又泛指万物之盛多，重言之曰“轸轸”。见《史记·律书》：“轸者，言万物益大而轸轸然。”又见扬雄《羽猎赋》：“殷殷轸轸，被陵缘岅。”注：“殷轸，盛貌也。”崴嵬：wēi wěi（威伟）。高大而不平貌。与“崴魁”“崔嵬”是同义词。蹇：jiǎn（减）。此指困阻，滞碍。二句意谓：山石重累盛多轸轸然，高大突兀而崎岖不平；困阻了我的南归之愿。（4）超回志度，行隐进兮——超：超越。回：回曲；迂回。志度：犹“意度”“拟度”。隐：犹“隐隐”，小心审慎貌。（从姜亮夫说）二句意谓：有时超越，有时迂回曲折，都要以己意拟度以定行止；在行程中，要小心审慎地向前走，长途跋涉是很艰难的。（5）低佪夷犹，宿北姑兮——低佪：此指流连难舍。夷犹：迟疑不进。北姑：地名，未详。二句意谓：流连低佪，迟疑不进，止宿于北姑。（6）烦冤瞀容，实沛徂兮——烦冤：愁烦委屈，郁结不舒。瞀：mào（冒）。心神昏乱。容：读作“傛”，yǒng（勇）。《说文·人部》：“傛，不安也。”沛：读作“颠沛”之“沛”。“颠沛”即“蹎跋”之借字，本训“倾仆”，引申之，亦泛指人事之困顿，此处是指行路之困顿劳苦，艰难险阻。徂：cú（粗，阳平）。此指行路。二句意谓：愁烦委屈，心神昏乱而不宁，实在是由于远行困顿劳苦形成的。（7）愁叹苦神，灵遥思兮——神：疑为“呻”之形讹，呻，呻吟。灵：灵魂；或，心灵。遥思：遥念郢都；或犹“遐思”“长想”。二句意谓：愁叹苦呻，灵魂遥思故都。 (8) 路远处幽，又无行媒兮——处幽：居处幽僻荒远，与世隔绝。行媒：指媒介说合之人。二句意谓：去郢都的道路是辽远的，居止之处是幽僻的，我已与世隔绝了，又没有媒介说合之人代我向楚王一通悃愫。 (9) 道思作颂，聊以自救兮——道：言，以言语表达。思：情志；或，忧思，家国之思。作颂：犹“造歌”，指写作此赋。自救：犹言“自解”，自己解脱内心的苦楚忧伤。二句意谓：为了道出内心的思想感情，创作诗赋，聊以解脱、抒泄自己的楚痛之情。 (10) 忧心不遂，斯言谁告兮——遂：顺适。斯言：这篇赋中所说的言词。谁告：向谁告诉。此言“无可告诉”，“无人倾听”。二句意谓：中心忧伤，极不顺适，这篇赋中所说的由衷之言，向谁告诉呢？

［**译文**］

（一）

郁郁苦闷，心中无限忧伤；
独自长叹，愈加悲怆凄惶。
愁思诘屈苑结而不舒畅，
又遇上幽暗之夜，如此曼长。
悲叹那飒飒秋风动摇草木，
为何那样往来回旋，浮浮动荡？
我心常想：君王屡次信谗而易怒，
使我慢慢痛楚，心中感伤。
我愿迅疾而起，横奔郢都，面谏君王；
又见许多人无辜遭罪，自己也就要镇止自防。
且凝结隐微之情，婉言陈诉，
举以遗赠时时系念的君上。

（二）

从前您对我曾有诺言，
说：“永远信赖，期于黄昏衰暮之年也不改变。”

无奈您中途改弦易辙，
违反诺言而另生他念。
您以为那些小人美好，而向我骄矜炫耀；
您以为那些小人修姱，而向我显示夸赞。
和我约定之言，您不能信守，
为何反而对我借故发泄忿怨？
愿等到闲暇机会，向君王表白心迹，
我却又震惊、悲痛，不敢进言。
怀着悲苦，迟疑徘徊；却又希望进用；
我心中惨怛隐痛，憺憺忧惧不宁。
发此忠诚愤慨之情，而以言辞陈诉，
君王却佯作耳聋，不闻不听。
本来，切直之人不会谗谄献媚于君前，
可是，群小竟将我看作他们的心腹之患。

(三)

当初，我将明显的道理向您陈述宣讲，
难道至今您就全然遗忘？
我为何独独乐于这样忠言直谏？
乃是切望君上的美德能光大发扬。
望君王以三王五霸为榜样，而去效法；
愿自己以贤臣彭咸为典范，而去模仿。
如果君臣都能希圣希贤，什么准则不能达到？
君臣的美誉也就久远流传，永不损伤。
善德要靠勉力自修，不是由外部得来；
美名是伴随着实际而至，不能造作虚妄。
如不对人施惠，谁能受到报答？
如不勉力耕作，谁能收获谷物满仓？

(四)

小歌：
我将纷乱的思绪䌷绎整理，向君王陈情，

日日夜夜，再三致意，却无人将是非论断证明。
君王仍以为那些小人美好而向我矜夸，
对我的忠言，却采取侮慢态度，漠然不听。

（五）

起唱：
有鸟自南方飞来，收敛羽翼，
来到汉水之北，集止栖息。
鸟的羽毛美好佳丽，
却恨离乡背井，独处异地。
既孤独无依而不合群；
又无良媒在君王之侧转达我的心意。
道路遥远，人事变迁，一天天被君上遗忘疏淡；
愿意自我剖白，但不能宣达于前。
翘首遥望郢都的北山，涕泪横流；
面对这滔滔流水，不禁慨然长叹。
愁思不眠，希望有初夏那样短暂的夜晚；
但是，为何度夜如岁，度日如年？
虽则去郢都之路悠悠迢远，
但是我的梦魂却在一夕之间多次往返。
梦魂并不知晓道路的曲直，
只好以明月和列星作为南行的标志。
我愿径直前往郢都，却不能实现；
只有梦魂记得路径，而往来独行不止。
为何心灵还是如此正直忠诚？
然而他人之心和我的迥乎不同！
媒人才力薄弱，不能沟通我的心思；
人们还不了解我举措自处的实情。

（六）

乱辞：
长长的石上浅滩，水流湍急；

我溯流而上，浮行于江潭烟波之际。
急切地回顾，又转而南行，
姑且快慰我的眷眷南归之意。
山石轸轸盛多，崔嵬高耸，
我南返郢都的心愿，困阻难成。
旅途中时而超越，时而迂曲，都以意度而定，
处处小心谨慎，艰难地前行。
流连低徊，迟疑不进，
又在北姑止宿寄身。
愁烦委屈，心神昏乱而不安宁，
实在是由于远行困顿。
忧悒地长叹，悲伤地呻吟，
遥思故都，牵萦梦魂。
道里迢迢，居处幽僻，
又无代我向君王致意的媒介之人。
为了表达情志而创作歌赋，
聊以解脱、申抒自己的楚怆幽隐。
中心忧苦，极不顺适，
这些肺腑之言，又能告诉何人？

怀 沙

题解

本篇是屈原自沉汨罗的那年四月间创作的。

“怀沙”，是怀思长沙而欲前往殉国之意；并非怀抱沙砾自沉之意。长沙之名古已有之（见于《战国策》及《山海经》），本为楚先祖熊绎始封之地。“人穷则返本”，屈原在萌死节之念时，眷念长沙，是很自然的。

当时，屈原被长期放逐江南（“九年不复”），深忧国难民隐与一己之不幸，已久陷困苦无告之境；又惊悉郢都沦入敌手之噩耗，使他中心如焚。他闵惜顷襄王屈膝事敌，不思复仇雪耻；又

痛恨秦兵蹂躏楚国人民。他满怀忠信,而报国无门,为了明其爱国之志,决心自殒。他是有“返本”思想的,但作为窜逐之臣,不能渡过长江北行;况且,郢都一带已被秦军占领,他更不能返回祖居的故土。于是,他就寓怀宗国故地长沙,决意奔赴其地,沉渊殉国;这也表现了他的“首丘”之思。诗人的牺牲,也是为了促使顷襄王觉悟,而奋起抗秦复国;同时,又想激励人民的爱国精神和民族气节。虽然本篇已透露必死的决心,但还不是绝命之笔。

作品抒写诗人自己虽被放逐,却不因政治上的打击而变其节,不因穷困偃蹇而易其行。他坚持真理和正义,至死不渝。作品也叙述了党人鄙固,颠倒是非,壅蔽君王,嫉贤害能,对诗人诽谤攻击,必欲置之死地。举世之人,鲜有知屈原之志者;古圣先贤,已杳不可寻。人心不古,世风日下。公私交迫,沦于绝境。最后,自誓仗节死义,效法前贤之典范。

从形式方面看,通篇少见长语,多以短句相属,文意质直,繁音促节。这种表达方式,正与诗人当时的思想感情相表里。在极度悲愤之下,他定心广志,无所畏惧,要以死殉国,舍生取义。此时的心境既镇定又激昂,既悲恻又超然,想得很多,表达时却一字一泪,声咽气吞,不遑择言,无意雕饰铺陈,一路迤逦而来,以迫促顿挫的言词与音节申抒其忠直高洁、杀身成仁之志,语言朴素无华而情志却幽隐深沉。由于诗人爱国思想的发展已达升华阶段,也使他在表情达意时采取了殊异于诸篇的方式。

原文及注释

(一)

滔滔孟夏兮,草木莽莽。伤怀永哀兮,汩徂南土。眴兮杳杳,孔静幽默。郁结纡轸兮,离慜而长鞠。抚情效志兮,冤屈而自抑。

［注释］

(1) 滔滔孟夏兮，草木莽莽——滔滔：当从《史记》作“陶陶”。王注：“盛阳貌也。”按：陶陶，犹“郁（鬱）陶”，指暑气蒸郁，亦即王逸所云“盛阳”，或戴震所谓“长养之气充盛”。孟夏：初夏，即四月间。莽莽——草木繁茂丛生貌。二句意谓：孟夏季节，陶陶盛阳，草木丛生，十分繁茂。 (2) 伤怀永哀兮，汩徂南土——汩：yù（玉）。迅疾貌。此指疾行貌。徂：cú（粗，阳平）。往。二句意谓：我十分伤心，长久地沉于哀愁之中，匆匆地奔向南方僻远之地。 (3) 眴兮杳杳，孔静幽默——眴：shùn（舜）。同“瞬”，看。杳杳：yǎo（咬）。深暗幽远貌。孔：甚。幽默：幽静无声。二句意谓：大江以南的僻远之地，望之杳杳深远，不甚清晰；听之非常安静，默无声息。 (4) 郁结纡轸兮，离慜而长鞠——“郁结”句：见《惜诵》注。离：通“罹”，遭。慜：mǐn（敏）。同“愍”，忧。鞠：穷。二句意谓：心中愁思郁结不解，犹如绞痛；遭遇忧患而长久地陷于穷困。 (5) 抚情效志兮，冤屈而自抑——抚：抚循。效：考核衡量。抑：抑制。二句意谓：抚循其情，考核衡量其志，将自己遭受的冤屈强自抑制。

（二）

刓方以为圜兮？常度未替。易初本迪兮，君子所鄙。章画志墨兮，前图未改。内厚质正兮，大人所盛。巧倕不斲兮，孰察其拨正。

［注释］

(1) 刓方以为圜兮，常度未替——刓：wán（完）。削。圜：同“圆”。度：法度。替：废。二句意谓：能将方木削成圆的吗？能变节从俗吗？不！我虽遭罪尤，但仍坚守正道而不放弃常度。 (2) 易初本迪兮，君子所鄙——易初：改变初志。本迪：读作“变道”。闻一多《楚辞校补》云：“按本疑当作‘变’。变卞古通。……此盖本作‘易初卞迪’，卞迪即变道。（道迪古亦通。……）卞与草书本相似，故误为本。‘易初变道’与下文‘章画志墨’语例同……又与《思美人》‘欲变节以从俗兮，愧易初而屈志’，语意相仿。此以‘易初’与‘变迪’（道）对文，犹彼以‘易初’与‘变节’对文也。”此说可从。鄙：鄙弃；鄙视。二句意谓：改易初志，变更常道，随从流俗，是贤人君子所鄙弃而不忍为的。 (3) 章画志墨兮，前图未改——章：明。画：规画。志：识。墨：绳墨，是工匠画直线的工具。图：当从《史记》作“度”，法度。二句意谓：明确规画，识记绳墨，取圆取直都有一定的规矩；前人的法度是不可改易的。 (4) 内厚质正兮，大人所盛——内厚质正：当从《史记》作“内直质重”。内直：即王逸云：“心志正直。”质重：即王逸云：“质性敦厚。”大人：犹言“君子”。盛：借为“成”，善；以为善，此指“赞美”。二句意谓：心志正直，质性敦厚，具有内美，这是贤人君子所赞许的。 (5) 巧倕不斲兮，孰察其拨正——倕：chuí（垂）。人名，相传是唐尧时的巧匠。巧倕：巧匠倕。斲：zhuó（斫）。同“斫”。砍，削。拨：曲。正：直。二句意谓：古代的巧匠倕，如果不用斧斤砍削，谁又能察知其为曲为直呢？（贤者如不居其位，谁又能察知人世的曲直呢？）

（三）

玄文处幽兮，矇瞍谓之不章。离娄微睇兮，瞽以为无明。变白以为黑兮，倒上以为下。凤皇在笯兮，鸡鹜翔舞。同糅玉石兮，一概而相量。夫惟党人之鄙固兮，羌不知余之所臧。

［注释］

(1) 玄文处幽兮，矇瞍谓之不章——玄：黑中带红的颜色；或浑言黑色。文：花纹。矇：盲者之称。瞍：也是盲者之称。见《诗·大雅·灵台》：“矇瞍奏公。”毛《传》：“有眸子而无见曰蒙。”（即睁眼盲人）郑《笺》云：“无眸子曰瞍。”章：彰明；明显。二句意谓：黑色花纹本应画在白底上，如果画在幽暗处，就是盲人也会说它不显著。比喻贤者本应列于朝位，才可显扬其才德；如果处于草野之间，则众愚也会说他不是贤者。(2) 离娄微睇兮，瞽以为无明——离娄：人名，相传为黄帝时人，目光明亮，视力极强，能见百步以外的秋毫之末。微睇：收目小视。瞽：gǔ（古）。也是盲者之称。不明：目光不明亮，视力不强。二句意谓：古代的离娄视力极强，如果只让他略微一瞥，就是盲人也会轻侮他，认为他目光并不明亮。比喻贤者不在爵位，而遭困厄，则众愚也会侮慢他，认为他是庸才。 (3) 变白以为黑兮，倒上以为下——意谓：将白色变成黑色，将上面倒成下面。说明清浊不分，贤愚不分，善恶不分。 (4) 凤皇在笯兮，鸡鹜翔舞——笯：nú（奴）。笼。鹜：wù（务）。鸭。二句意谓：凤皇被关在笼子里，鸡鸭却飞舞在天阶之上。比喻贤者困厄，小人得志。
(5) 同糅玉石兮，一概而相量——糅：混杂。同糅：混杂在一起。概：古代用来刮平斗中粮食的刮板。一概相量：等量齐观；一概而论。二句意谓：玉和石混杂在一起，等量齐观。比喻忠奸不分，贤愚不辨。(6) 夫惟党人之鄙固兮，羌不知余之所臧——党人：结党营私的人们。鄙固：鄙陋，顽固。臧：善。二句意谓：结党营私之人（子兰等）非常鄙陋顽固。他们不知道我的善德。

任重载盛兮，陷滞而不济。怀瑾握瑜兮，穷不知所示。邑犬之群吠兮，吠所怪也。非俊疑杰兮，固庸态也。文质疏内兮，众不知余之异采。材朴委积兮，莫知余之所有。

［注释］

(1) 任重载盛兮，陷滞而不济——任：负荷，担负。重：沉重之物。载：装载，承载。盛：盛多之物。重，指重量；盛，指容积。此处是以车能任载重盛之物喻己之才能过人，可胜重任。陷：陷没。滞：沉滞；滞留。济：成，成其事功；"成其本志"（王逸注）。二句意谓：大车能负荷沉重之物，装载极多之物，却陷没沉滞于泥途而不能成其事功。（比喻自己能担负重任，却被放逐江南，处于困境，而不能实现远大的政治理想。）(2) 怀瑾握瑜兮，穷不知所示——怀：怀抱着。握：握持着。瑾、瑜：均为美玉名。按：此以"怀瑾握瑜"喻美德与文采、才能内蕴。穷：处于穷困的境地，遭弃逐而处卑下之社会地位。不知所示：不知如何向人炫示。按：此以"不知所示"喻怀才不遇，无进身之阶。二句意谓：我怀抱着瑾，握持着瑜，但身处穷困之境，不知如何向人炫示这美玉。 (3) 邑犬之群吠兮，吠所怪也——邑：邑里。所怪：指邑犬认为怪异的人。二句意谓：邑里之犬群起狂吠，是为什么呢？是由于邑犬看到了它们所认为怪异的人。这是比喻小人对贤者诽谤攻击，认为贤者与世俗有异。(4) 非俊疑杰兮，固庸态也——非：非难；诽谤。疑：猜忌。俊、杰：德才出众的、优异的人物。《章句》云："千人才为俊，一国高为杰。"庸态：庸俗人的态度。二句意谓：诽谤猜忌俊杰之士，本来是庸人的鄙俗态度。(5) 文质疏内兮，众不知余之异采——文：指外表。质：指本质、本体、内在的实质。疏：粗疏迂阔。内：同"讷"，木讷，不善言词。文质疏内：犹言"文疏质内"。异采：当从一本作"奥采"，指深沉而含蓄的文采。"异"（異）：《史记集解》引徐广曰："異（异），一作奥。"朱熹亦引一本作奥。"異"与"奥"因形近而讹。二句意谓：我外表粗疏迂阔，本质木讷不善言词，众人不知道我的深沉而含蓄的文采。 (6) 材朴委积兮，莫知余之所有——材朴：犹言"朴材"，未加雕饰的木材。委积：指堆置盛多。所

有：指所具有的朴素之材。二句意谓：未加雕饰的朴材堆积很多，但无人知道我有此朴素之材。（这是诗人自喻为朴材）

（四）

重仁袭义兮，谨厚以为丰。重华不可遻兮，孰知余之从容。古固有不并兮，岂知其故也。汤禹久远兮，邈不可慕也。惩违改忿兮，抑心而自强。离慜而不迁兮，愿志之有像。进路北次兮，日昧昧其将暮。舒忧娱哀兮，限之以大故。

［注释］

（1）重仁袭义兮，谨厚以为丰——重、袭：均指重累，反复积累。谨厚：恭谨厚敬。丰：隆，使之隆盛；使之增加扩大。二句意谓：虽然我遭到众人的诽谤、猜忌，但是我仍要反复积累仁和义，恭谨厚敬，以此加强我的修养，充实我的善德。 （2）重华不可遻兮，孰知余之从容——重华：舜帝之号。遻：è（扼）。相遇。从容：举措动止。二句意谓：古帝舜已不能相遇，除了先圣，又有谁知道我的举措动止的目的呢？ （3）古固有不并兮，岂知其故也——古：古代，此指古代的圣君贤臣。不并：不同时并生。二句意谓：古代的圣君贤臣不同时而生，我们又岂能知道那是什么缘故？ （4）汤禹久远兮，邈不可慕也——汤禹：商汤、夏禹。邈：miǎo（秒）。远。二句意谓：夏禹和商汤已相去久远，遥远得已不可思慕了。 （5）惩违改忿兮，抑心而自强——惩：止。违，通“愇”，怨恨。违，一本作“连”。改忿：改变忿怒情绪。抑心：抑制心志。自强：勉力自修，自强不息。二句意谓：惩止怨恨，改变忿怒，抑制心志而自强不息。

（6）离慜而不迁兮，愿志之有像——离慜：见本篇前注。不迁：不改初志。志：自己的志行。有像：有榜样可以效法。二句意谓：虽然遭受忧患，而不改初志，希望自己的志行是以古圣先贤为榜样加以效法的。

（7）进路北次兮，日昧昧其将暮——进路：沿着道路前进。北次：向北方（指郢都）寻个落脚的地方。次：宿止。按：此为诗人希冀之词，想往北方的郢都去。日：日色。昧昧：犹言“冥冥”，昏暗貌。按：此处是以日暮昏冥难以前行象征国运衰微，自己也困于穷途末路。二句意谓：我本来希望沿着道路行进，到北面的郢都寻个止宿之处（归宿），奈何已经日暮冥冥，不能前行。 （8）舒忧娱哀兮，限之以大故——舒：舒解。娱：自娱；快慰。限：限度；限期。大故：死亡之称。二句意谓：我本想舒解心中的隐忧，快慰悠悠的哀思；可是，国事已不可为，日暮途穷，我死亡的大限已将来到，又可奈何？（理想已化为泡影，我只有以死殉国。）

（五）

乱曰：浩浩沅湘，分流汩兮。修路幽蔽，道远忽兮。曾伤爰哀，永叹喟兮。世溷浊莫吾知，人心不可谓兮。怀质抱情，独无匹兮。伯乐既没，骥焉程兮。民生禀命，各有所错兮。定心广志，余何畏惧兮。知死不可让，愿勿爱兮。明告君子，吾将以为类兮！

［注释］

（1）乱曰：见《离骚》注。浩浩沅湘，分流汩兮——浩浩：浩浩荡荡。分：洪氏《补注》引一本作“汾”。汾，读为“湓”，大水涌流。湓流，犹言涌流。汩：gǔ（古）。急流貌；或，波声。二句意谓：乱辞：浩浩荡荡的沅水、湘水，汩汩地涌流不已。 （2）修路幽蔽，道远忽兮——修：长。幽：幽远；或，幽深。蔽：蔽暗；或，艰难险阻。忽：借作“伆”，渺茫辽阔。二句意谓：漫长的道路幽深险阻，渺茫辽远。 （3）曾伤爰哀，永叹喟兮——曾：音义同“增”，增加；加重。爰哀：止不住的哀婉。见王引之《读书杂志余编》：“爰哀，谓哀而不止也。……与曾伤相对为文。《方言》曰：‘凡哀泣而不止曰咺’，又曰：‘爰、嗳，哀也。’爰、嗳、咺古同声而通用。《齐策》：‘狐咺’，《汉书·古今人表》作‘狐爰’，是其证也。”按：王说颇为允洽，从之。永：长。喟：kuì（愧）。犹“叹”。二句意谓：日益加重的忧伤，永无休止的悲哀，使我长长地喟叹不已。按：“曾伤爰哀”以下四句，原在“余何畏惧兮”句下，今据朱熹说，前移至此。朱氏《集注》曰：“按此四句，若依《史记》移著上文‘怀质抱情’之上，而以下章‘死不可让，愿勿爱兮’，承‘余何畏惧’之下，文意尤通贯……”今寻绎此篇“乱辞”文义：始写沅湘涌流攸归，而自己所走的道路却荒远修阻，无所归宿；又写重伤长叹，哀情难诉；再写己有骐骥之才而终无所用；最后表示知命不惧，决心舍生取义，以死殉国，以死明志。语意前后相属相生，一浪接一浪，一浪高一浪，终于掀起岸然高潮。这是诗人思想感情发展的自然轨迹，表现在文字上也是脉络分明，条理清晰，浑然一体的。 （4）世溷浊莫吾知，人心不可谓兮——溷浊：见《涉江》注。谓：说。二句意谓：举世污浊，没有人了解我；人心浑浑噩噩，不忧念国家的危亡，与他们无言可说。

(5) 怀质抱情，独无匹兮——怀质抱情：当从《史记》作“怀情抱质”。怀情：怀着忠直爱国之情志。抱质：抱守淳朴的本质。匹：当作“正”。朱熹《楚辞集注》云：“匹，当作正，字之误也，以韵叶之，及以《哀时命》考之，则可见矣。”日本泷川龟太郎《史记会注》引枫本三本并作“正”。按：朱说甚确。正：论断、证明。二句意谓：我怀着忠直爱国的情志，抱守淳朴的本质，独独无所论断证明。 (6) 伯乐既没，骥焉程兮——伯乐：相传为春秋秦穆公时善相马的人，即孙阳。伯乐，本是“掌天马”的星宿名，因孙阳善相马，遂以伯乐名之，或称孙阳伯乐。其后又以孙阳为复姓。骥：千里马。焉：安，何。程：考核、衡量才力。二句意谓：善相良马的伯乐已经死去了，千里马的才力又如何来考核、衡量呢？ (7) 民生禀命，各有所错兮——民：人。生：生命；或，生死。禀：禀承；承受。命：天命。民生禀命：人的生死，都要禀承天命。按：此句从朱本“民生禀命”。王逸《楚辞章句》今行本作“万民之生”，而其注则曰：“言万民禀受天命……”可见王逸《楚辞章句》原本亦作“民生禀命”。错：同“措”，措置、安排。二句意谓：人们的生死，都要禀承天意，各自有其一定的安排。 (8) 定心广志，余何畏惧兮——定心：安定其心，不为外物所动摇。广志：广大其志，不为细故所局限干扰。二句意谓：我安定自己的心，放宽自己的胸怀，又有什么畏惧呢？ (9) 知死不可让，愿勿爱兮——让：辞。爱：此指爱惜生命。二句意谓：知道死是不能避开的，我为了正义而不愿爱惜自己的生命，要舍生取义，为国殒身。(10) 明告君子，吾将以为类兮——明告：明白地告语。君子：此指古圣先贤，仁人志士，如诗人所景慕的彭咸即是其中之一。类：法；准则；楷模；典范。二句意谓：明白地告语古圣先贤，仁人志士，我将以他们舍生取义的精神为榜样，效法他们的高义懿行。

［译文］

（一）

孟夏季节，暑气陶陶充盛，
草木青青，繁茂丛生。
我万分伤怀，久久地沉于哀愁，
独自走向南方僻远之地，行色匆匆。
纵观郊野杳杳幽远，看不分明，

聆听大地异常安静，默默无声。
心中愁思郁结，阵阵绞痛，
遭遇忧患而久陷困穷。
抚循此情，度量此志，
将满心冤屈压抑胸中。

（二）

方木岂能削成圆木，
我虽遭罪尤，却矢志不改常度。
如果改易初志，变更常道而随从流俗，
贤人君子会对其鄙弃厌恶。
明确规画，识记绳墨，取圆取直自有章程，
前人的法度不可任意变动。
心志正直，质性敦厚，
贤人君子应对其赞许称颂。
倕是能工巧匠，如不用斧砍削，
谁能察知其善为曲直之功？

（三）

黑色花纹如果画在暗处，
盲人也认为它并不显著。
离娄能明察秋毫，如果只是目光一瞥，
盲人也认为他视力模糊。
人们将白的当作黑的，
又上下颠倒，一榻糊涂。
凤皇关在笼中，
鸡鸭却在飞舞。
美玉和石块互相混杂，
人们对其等量齐观，不辨宝物。
结党营私之人鄙陋顽固，
他们不知我的美善之处。

大车能装载极多，又负荷甚重，
却陷滞泥途而不能成其事功。
我怀抱着瑾，又握持着瑜，
但身处困境，不知如何向人炫示进奉。
邑里之犬，群起狂吠狺狺，
吠的是它们认为怪异之人。
诽谤、猜忌俊杰之士，
庸人的态度，本来就如此忌刻嫉恨。
我外表粗疏迂阔而本质木讷少言，
众人不知我的文采含蓄深沉。
未加雕饰的朴材堆积盛多，
我有此朴素之材，却未遇知音。

（四）

加强修养，反复积累仁义，
恭谨厚敬，将我的善德充实增益。
如今已不能再和舜帝相遇，
又有谁了解我举措动止的意义。
古代的圣君贤臣不能同时并出，
我们又岂能知道缘故。
夏禹、商汤相去久远，
已不可追寻思慕。
惩止怨恨，摆脱忿怒，
抑制此心而自强不息，高瞻远瞩。
虽然身遭忧患，而不改初志，
愿以古人为榜样而效法景慕。
我原想顺路而行，回到北方寻个归宿，
奈何已经昏昏冥冥，途穷日暮。
我本拟舒解心中的隐忧，快慰悠悠的哀思，
可是，死亡的大限就要来临，已至人生的末路。

（五）

乱辞：
沅水、湘水浩浩荡荡，洪波涌起，
浪涛汩汩地奔流不息。
漫长的旅途幽深险阻，
路远山遥，渺茫无际。
忧伤日益加重，悲哀永无休止，
使我长长地喟叹不已。
举世污浊，无人对我了解，
人心昏乱，无法跟他们将国事计议。
怀着忠直的情志，抱守淳朴的本质，
独独无从论证评析。
相马大师伯乐早已离开人世，
又如何校验骐骥的才力？
万民的生死，都要禀承天命，
各有一定的安排，谁也不能更易。
安定此心，放宽胸怀，
我还有什么畏惧犹疑？
自知死不可辞，
不愿再对生命爱惜。
明白地告语古代的仁人志士，
我将以他们为典范，决心舍生取义！

思美人

题解

本篇大概是屈原于放逐江南途中（即顷襄王时期）所作。

作品表达了诗人殷切的思君爱国之情。纵然他在政治上屡遭沉重打击与挫折，但他并未完全丧失信心，还希望顷襄王有所悔悟，固本自强，图报秦仇，湔雪国耻。他为国家民族谋虑深远，用心良苦。他的思君,基于爱国忧民;他的怨愤,也基于爱国忧民,迥非出自个人之得失恩怨。作品也郑重表白了诗人坚决不改初志,勉力自修,死而后已的态度。

原文及注释

(一)

思美人兮,揽涕而竚眙。媒绝路阻兮,言不可结而诒。蹇蹇之烦冤兮,陷滞而不发。申旦以舒中情兮,志沉菀而莫达。

[注释]

(1) 思美人兮,揽涕而竚眙——美人:代指顷襄王。揽:lǎn(览)。收。竚:zhù(住)。同“伫”,久立而待。眙:chì(斥)。直视貌;凝视貌。二句意谓:我思念那好人(君王)啊,且收住眼泪而久久地伫立凝视。(2) 媒绝路阻兮,言不可结而诒——结而诒:一本无“而”字。见《惜诵》注。二句意谓:媒介之人已绝,道路修阻,不能束结言词寄赠,以致拳拳之意。 (3) 蹇蹇之烦冤兮,陷滞而不发——蹇蹇:jiǎn(简)。忠诚;正直;或,忠言直谏。烦冤:烦躁愤懑而冤屈。陷滞:见《怀沙》注。发:开;起;达。二句意谓:由于忠言直谏而遭谗害,使我烦躁愤懑而冤屈,如同陷滞泥途而不能奋起。 (4) 申旦以舒中情兮,志沉菀而莫达——申:重。旦:日,指一天。申旦:犹“旦旦”,天天;日复一日。中情:衷情。菀:yù(玉),又读 yùn(运)。通“蕴”。犹“郁”,郁结。沉菀,犹言“沉郁”,郁结不舒。达:表达。二句意谓:我愿天天舒此衷情,可是情志沉郁难以表达。

愿寄言于浮云兮,遇丰隆而不将。因归鸟而致辞兮,羌迅高而难当。高辛之灵盛兮,遭玄鸟而致诒。欲变节以从俗兮,媿易初而屈志。独历年而离愍兮,羌冯心犹未化。宁隐闵而寿考兮,何变易之可为?

[注释]

(1) 愿寄言于浮云兮,遇丰隆而不将——寄言:寄语;代为致辞。丰隆:雷神,见《离骚》注。王逸注曰“云师”,则无所取义。“丰隆”以象雷声；正犹“飞廉”以象风声。雷与云常相伴随，但顿非一事。张衡《思玄赋》：“丰隆轩其震霆兮，云师䨴以交集。”注：“丰隆，雷公也。”亦可证“丰隆”与“云师”非指一神。将：助。二句意谓：我愿托付浮云代为寄语，向君王致意；可是，与浮云相伴的雷神丰隆却不肯佑助。　(2) 因归鸟而致辞兮，羌迅高而难当——因：依托；假借。归鸟：此指北归之鸿雁。致辞：犹“寄言”。当时，屈原正被弃逐南行，故欲借北归鸿雁之便，代为致辞于君前。按：王逸注曰：“思附鸿雁，达中情也。”甚为切要。迅：鸟疾飞。“迅”乃“卂”之衍文，《说文》：“卂，疾飞也，从飞而羽不见。”当：值；逢。二句意谓：我想依托北归鸿雁代为致辞于君前，但是它飞得又迅疾又高邈，难以遇上它。　(3) 高辛之灵盛兮，遭玄鸟而致诒——高辛：即古帝喾（kù 库），相传为黄帝之曾孙，年十五，佐颛顼，受封于辛，后代颛顼称王天下，号高辛氏。灵盛：善德盛满。灵：善；美。盛：满。遭：逢。玄鸟：凤皇。致诒：致赠。古代传说，帝喾之妃简狄行浴，有玄鸟飞过，遗卵于其侧，简狄爱而吞之，于是孕而生子。“玄鸟致诒”即本此事。二句意谓：帝喾高辛氏有盛大之善德，遇上玄鸟前来致赠礼品（指神异之卵）。　(4) 欲变节以从俗兮，愧易初而屈志——变节：改变其操守。从俗：随从混浊之世俗。易初：改易初心（本心）。屈志：委屈意志。二句意谓：曾想变节以随从世俗，但是让我改易初衷、委屈本志、那也是感到自愧的。　(5) 独历年而离愍兮，羌冯心犹未化——年：年月，指时间。历年：经历了许多年月。离：读作“罹”，遭受。愍：忧患。羌：发语词。冯：读为“凭”，愤懑。未化：未化去；未消。二句意谓：历年来我遭遇的忧患独多，而愤懑不平之心始终未有消减。　(6) 宁隐闵而寿考兮，何变易之可为——宁：宁肯。隐：隐忍。闵：忧闵。寿考：此言“终老”“终生”。变易：变节易志。二句意谓：宁肯隐忍忧闵直至终老，又怎能变节易志呢？

（二）

知前辙之不遂兮，未改此度。车既覆而马颠兮，蹇独怀此异路。勒骐骥而更驾兮，造父为我操之。迁逡次而勿驱兮，聊假日以须时。指嶓冢之西限兮，与纁黄以为期。

［注释］

(1) 知前辙之不遂兮，未改此度——前辙：犹言“前路”。遂：顺。二句意谓：心知前面的道路是不会顺利的，我却不改变自己这种坚守志节的态度。　(2) 车既覆而马颠兮，蹇独怀此异路——颠：仆倒。蹇：语首助词。犹“羌”。怀:念念不忘。异路:与世俗殊异的道路。二句意谓:即使车已覆马已仆,我仍然不忘这与世俗殊异的道路(即坚持走下去)。(3) 勒骐骥而更驾兮,造父为我操之——勒:勒住;控御。骐骥:良马之名。更驾:更换其驾乘。造父:人名,周穆王时人,善于驾御车马。操之:指执辔驾车。二句意谓:控御骐骥,将它们套到别的车上,更换新的车驾,让优良的驾御手为我执辔驾车。　(4) 迁逡次而勿驱兮,聊假日以须时——迁:延。逡次:犹“逡巡”,缓行不进。勿驱:不要疾驰。假日:假借时日。须时:即“须臾”一声之转,犹言“逍遥”,《离骚》“聊逍遥以相羊”,洪氏《补注》引一本作“须臾”,是其证。二句意谓:迁延逡巡而缓行,不要策马疾驰;姑且假借时日以逍遥。　(5) 指嶓冢之西隈兮,与纁黄以为期——嶓冢:bō zhǒng(波肿)。山名,在今甘肃省天水与礼县之间,是西汉水之发源地。隈:wēi(威)。山之弯曲处;山之角落。纁:借作“曛”,曛黄:黄昏。二句意谓:指着嶓冢山的西边山隅,日落西山的黄昏才是我休止的时期。

(三)

开春发岁兮,白日出之悠悠。吾将荡志而愉乐兮,遵江夏以娱忧。揽大薄之芳茝兮,搴长洲之宿莽。惜吾不及古人兮,吾谁与玩此芳草。解萹薄与杂菜兮,备以为交佩。佩缤纷以缭转兮,遂萎绝而离异。吾且儃佪以娱忧兮,观南人之变态。窃快在其中心兮,扬厥冯而不竢。

[注释]

(1) 开春发岁兮,白日出之悠悠——开春、发岁:二者对文见义,开春是春之开始;发岁是一年的发端,含有“一元复始,万象更新”之意。白日:灿烂光辉的太阳。悠悠:舒缓貌,犹言“春日迟迟”(指春季昼长夜短)。二句意谓:在新春的开始,一年的发端,灿烂光辉的春日悠悠迟迟,真是良辰美景。　(2) 吾将荡志而愉乐兮,遵江夏以娱忧——荡志:犹言放志,纵情。愉乐:快乐。遵:循,沿着。江:长江。夏:夏水。见《哀郢》注。娱:使之娱乐。娱忧:使忧心得到快慰,有“消忧”之意。二句意谓:我将纵情地愉乐,沿着长江、夏水漫游,以消忧解愁。按:以上四句,似为隐喻顷襄王初立,年方青春,有使局面更新之望。诗人自己虽未被重用,但尚未遭重谴,心情还比较乐观,欲有为于国。这是屈原对往事的回溯。 (3) 揽大薄之芳茝兮,搴长洲之宿莽——揽:收摘;采取;采集。薄:草木丛生之处。茝:同“芷”,白芷,香草名。搴:qiān(牵)。拔取。宿莽:见《离骚》注。二句意谓:在广大的草木丛生之地采集香草白芷,又到长长的沙洲拔取经冬不枯的紫苏草。 (4) 惜吾不及古人兮,吾谁与玩此芳草——不及:未及与古之圣君贤臣生于同时。谁与:与谁。玩:贪爱;欣赏。二句意谓:痛惜自己未及见到古之圣君贤臣,我又能与谁共同欣赏这些芳草呢? (5) 解萹薄与杂菜兮,备以为交佩——解:犹“采”。萹:植物名,即竹萹蓄,又叫萹竹。萹薄:丛生的萹竹。杂菜:各种普通的野菜(实即野草)。备:置备。交佩:即杂佩,左右佩带。二句意谓:君王采取那萹竹与杂菜,置备而做成左右佩带。按:此处是指当朝的君臣不欣赏芳草,反以普通的野草恶菜制作佩饰,比喻其忠奸不分,是非颠倒。 (6) 佩缤纷以缭转兮,遂萎绝而离异——缤纷:繁盛。缭转:纠缠。萎绝:此指芳草枯萎而死。离异:离弃,弃而不用。二句意谓:恶草被君王充作佩饰,缤纷纠结;芳草却萎死而弃置不用。按:此处是比喻谗臣贼子被宠用,忠直的贤者却被弃逐。 (7) 吾且儃佪以娱忧兮,观南人之变态——儃佪:见《惜诵》注。南人:犹言“南夷”,指南方边荒地区的人。变态:异态;异状。二句意谓:我低佪夷犹,周游其地以消忧;观看南方边地土人的异状。 (8) 窃快在其中心兮,扬厥凭而不竢——窃快:私快,不形于外的快乐。其:指众小人。一本无“其”字。扬:捐弃。厥:犹“其”。冯:愤懑不平。竢:待。二句意谓:我想私下自寻内心的快乐,将那愤懑之情毫不迟疑地抛弃。

(四)

芳与泽其杂糅兮,羌芳华自中出。纷郁郁其远蒸兮,满内而外扬。情与质信可保兮,羌居蔽而闻章。

[注释]

(1) 芳与泽其杂糅兮,羌芳华自中出——芳:芳香之物。泽:垢腻。糅:混杂。芳华:芳香的花。华,即“花”字。自中出:从中显现出来。二句意谓:芳香之物与垢腻之物交相混杂在一起,但芬芳的花朵从中显现出来,垢腻之物掩盖不住它。 (2) 纷郁郁其远蒸兮,满内而外扬——纷:“芬”之借,芳香。郁郁:香气盛貌。蒸:气上行,即“蒸发”义。满内:充满于内。外扬:散放于外。二句意谓:芳香之气郁郁,蒸发远闻;香气充满于内,而散发于外。 (3) 情与质信可保兮,羌居蔽而闻章——

情：情志。质：本质。信：诚然，确实。保：保有；保持。蔽：幽蔽偏僻之处，指被弃逐江南，处于草野。闻：美誉。章：同“彰”，昭彰；显明。二句意谓：情志之忠直，本质之淳朴，诚然能够保持；虽则身居幽蔽偏僻之地，美誉仍能显明地传出去。

令薜荔以为理兮，惮举趾而缘木。因芙蓉而为媒兮，惮蹇裳而濡足。登高吾不说兮，入下吾不能。固朕形之不服兮，然容与而狐疑。

［注释］

(1) 令薜荔以为理兮，惮举趾而缘木——理：说媒的使者。参阅《左传·昭公十三年》：“行理之命。”杜预注：“行理，使人通聘问者。”引申为媒人。惮：怕。趾：代称足。举趾：举足。缘木：攀援树木。二句意谓：我想让薜荔作媒介之使者，却怕举足缘木以求的辛劳。 (2) 因芙蓉而为媒兮，惮蹇裳而濡足——因：见前注。蹇：读若“褰”，提起衣裳。濡：沾湿。二句意谓：我想托付芙蓉作媒介之使者，却又怕提起衣裳涉水会沾湿双足。 (3) 登高吾不说兮，入下吾不能——登高：指缘木而上。说：同“悦”。入下：指褰裳下水。二句意谓：缘木而登高，我是不乐意的；褰裳而下水，我是不能那样作的。 (4) 固朕形之不服兮，然容与而狐疑——朕：我。形：形质，形之于外的气质、风格。服：习惯。然：犹“乃”。容与：犹豫不进貌。狐疑：迟疑不决。二句意谓：这本是我的形质所不习惯的，于是始终犹豫徘徊而迟疑不决。

广遂前画兮，未改此度也。命则处幽吾将罢兮，愿及白日之未暮也。独茕茕而南行兮，思彭咸之故也。

［注释］

(1) 广遂前画兮，未改此度也——广：多方面地。遂：成功；完成。前画：从前进谏的选贤举能、固本自强等谋划。“画”，繁体字作“畫”；“谋划”，繁体字作“謀劃”。此处“画”字为“谋划”之义。度：态度。二句意谓：为了多方面地完成从前提出的救国救民、选贤举能、固本自强的策画，我一直没改变这种态度。 (2) 命则处幽吾将罢兮，愿及白日之未暮也——命：命运。处幽：居处于幽僻之地，犹言“居蔽”，见前注。罢：

读若“疲”,疲惫;倦怠。及:趁着。白日:见前注。二句意谓:命运使我居于幽僻荒远之地,我将疲惫不堪了;但愿趁着太阳还未落山,未到黄昏之时,我要勉力自修,争取再有所作为,不能就这样完了。(日暮是比喻) (3) 独茕茕而南行兮,思彭咸之故也——茕茕:qióng(穷)。孤独无依貌。彭咸:见《离骚》注。故:故迹;遗则。指殷代的贤者以死谏君之遗则(传留的典范)。二句意谓:我孤独无依地漂泊南行,感念先贤彭咸以死谏君的遗则,我要效法他。

[译文]

(一)

我对君王苦苦思念不已,
且收住热泪而久久地凝望伫立。
媒介之人断绝,道路修阻难行,
不能束赠欲诉之言,致此拳拳之意。
由于忠言直谏,招致无尽的烦冤,
如同陷滞泥途而不能奋起。
我愿日日舒此衷情,
可是情志沉郁,难以表达心迹。

我愿让浮云代为寄语,向君王致意,
雷神丰隆却不肯助我一臂之力。
又想依托北归的鸿雁代为传书致辞,
但它又迅疾高飞而难以相遇。
高辛氏有盛大的善德,
遇上玄鸟前来致赠厚礼。
我曾想变节而随从流俗,
又自愧将初衷与本志改易。
历年以来,我遭遇无数忧患,
愤懑不平之心从未消减。
宁可隐忍忧闵,直至终老,
又怎能将高尚的志节改变?

（二）

心知前方的道路不会顺利无阻，
我却不改这种坚守志节的态度。
即使车已倾覆，马也颠仆，
我仍想走这异于世俗的道路。
勒控骐骥，更换新的驾乘，
让造父为我执辔，驾车前行。
迁延逡巡，缓缓而进，不要策马疾驰，
姑且借此时日逍遥寄情。
指着嶓冢山的西隅，
直到日落黄昏之时，车马才能暂停。

（三）

一年重又开端，新春刚刚来到，
阳光灿烂，春日迟迟，光景美好。
我要纵情地愉乐欢欣，
沿着长江、夏水漫游，消除忧伤烦恼。
在广大的草木丛生之地采集香草白芷，
到长长的沙洲拔取紫苏香草。
痛惜自己未及见到古代的圣君贤人，
我能与谁同将这芳草欣赏爱好？
感叹君王却采那萹竹和恶菜，
用来制作左右佩带。
这缤纷纠结的野草佩饰，受到君王喜爱，
芳草枯萎至死，却被弃置不采。
我低佪夷犹，周游其地以消忧解愁，
观览南方之人的奇状异态。
我愿自寻内心的快乐，
将那愤懑之情毫不迟疑地抛开。

(四)

芳香与垢腻糅杂交混,
但芬芳之花从中绽发而不失其纯。
香气郁郁充盛,蒸发播散到远方,
馨香充盈于内而向外散放,浓郁袭人。
忠直的情志,淳美的本质,诚然能够保持,
虽则身处重蔽之地,美誉仍能昭彰远闻。

想让薜荔作为媒人,
却怕举足缘木的苦辛;
想托芙蓉作为媒人,
又怕褰裳涉水而湿足沾襟。
缘木登高,会使我心中不悦,
褰裳下水,我又执意不肯。
本来我的形质对此很不习惯,
于是始终犹豫徘徊而迟疑不进。

为了多方完成先前的兴国图强之谋,
我一直没有改变这忠贞高洁的态度。
命运使我久处幽僻之地,已经疲惫劳伤,
但还想有所作为,趁着尚未黄昏日暮。
我孤独无依地漂泊南行,
对彭咸以死谏君的遗则,感念景慕。

惜往日

题解

本篇的写作时间后于《怀沙》,从作品本身的内证来看,这大概就是屈原的绝命之词。

在作品中,诗人追叙了自己先受怀王信任,后因两朝谗人陷害而被疏见放的过程。并阐述了“贞臣用则法度明，贞臣疏则法度废”，法度明则国治，法度废则国危的道理。又申说壅君不辨忠奸、不明是非，贞信之臣无辜见逐，谗谀小人巧媚得宠，由于任私无法，导致国亡无日之恶果。并倾诉自己忠君爱国反遭罪尤，而使政治理想破灭的悲愤。在国家民族生死存亡之秋，君王昏庸，法度已隳，屈原苦于报国无门、进谏无路，自分濒于绝境，已无可为，于是毅然决定以死谏君，以死悟君。在他殉国之前，犹怀耿耿忠忱慷慨陈词，希望以危辞震撼君臣之心，其用心是至真至苦的。他的杀身成仁，不是一时激于义愤，而是以伟大庄严的死来启发君王的觉悟，激励国人之志，唤醒民族之魂。他的自殉正是爱国思想与民族正气的集中表现。

作品文字质朴简明，不尚词采，直抒胸臆，此垂死之善言，正是诗人之至情苦衷的自然吐露。

原文及注释

惜往日之曾信兮，受命诏以昭时。奉先功以照下兮，明法度之嫌疑。国富强而法立兮，属贞臣而日娭。秘密事之载心兮，虽过失而弗治。心纯庬而不泄兮，遭谗人而嫉之。君含怒而待臣兮，不清澂其然否。蔽晦君之聪明兮，虚惑误又以欺。弗参验以考实兮，远迁臣而弗思。信谗谀之溷浊兮，盛气志而过之。

［注释］

(1) 惜往日之曾信兮，受命诏以昭时——惜：痛惜。往日：指屈原任楚怀王左徒之时。曾信：曾被怀王信任重用，即《史记·屈原列传》所云：“入则与王图议国事，以出号令；出则接遇宾客，应对诸侯。王甚任之。”命诏：君王所颁发的诏令。昭时：使当世之政治清明。二句意谓：痛惜地回忆往日曾受到君王信任重用，接受诏令辅佐君王立法治国，图使当世之政治清明。 (2) 奉先功以照下兮，明法度之嫌疑——奉：遵奉；禀承；继承。先功：先祖之功业。照下：照耀下民及后世子孙，即以先祖之功德昭示教化其民，使之发扬光大。明：明确；使……明确。嫌疑：疑惑难明之处；含糊不清之处。二句意谓：继承先王的功业，以祖德之光照耀下民，教化他们发扬先王之功德;使法度含糊不清之处明确起来。 (3)国富强而法立兮,属贞臣而日娭——立:订立;建立。属:zhǔ(主)。托付。贞臣:忠贞之臣,屈原自谓。日:日日。娭:同“嬉”,嬉戏游乐。此谓君王委政于贞臣,自己则可无忧无虑地嬉游。二句意谓:国家富强,法度订立,将政事委托给贞臣,君王则能无忧无虑地游息嬉乐。 (4)秘密事之载心兮,虽过失而弗治——秘密:即“黾勉”一声之转,“秘密事”,犹言“黾勉从事”。(从姜亮夫说)载心:时刻放在心上,即“全心全意”“时刻不忘”之意。治:借作“殆”,危殆。二句意谓:忠贞之臣全心全意地黾勉从事,不敢告劳,虽然偶有过失,还不至于对国家民族有多大危殆。 (5)心纯庬而不泄兮,遭谗人而嫉之——纯:纯正。庬:páng(旁)。本指石大,引申为厚大之称。此处指敦厚。泄:yì(易)。泄沓,形容苟且随和,松懈弛缓。二句意谓:我心地纯正敦厚,做事从不苟且敷衍;却遭到谗人(上官大夫等)的嫉妒。 (6)君含怒而待臣兮,不清澂其然否——澂:即“澄”字,清澄:澄清,弄清楚。然:是;对。否:非。二句意谓:听了谗人的坏话,君王含怒对待忠臣,不澄清真相,不省察分辨是非。 (7)蔽晦君之聪明兮,虚惑误又以欺——蔽:蒙蔽;蔽塞。晦:昏暗,使之昏暗。聪:听觉灵敏。明:视觉灵敏。虚:凭空捏造。惑误:使其迷惑而误之。欺:欺罔。二句意谓:谗人蒙蔽君王,使他的视听昏暗闭塞;凭空捏造谣言,虚构罪状,使君王迷惑而被误,谗人又从而欺罔他。(8)弗参验以考实兮,远迁臣而弗思——参:参考、比较。验:验证。考实:考核事实真相,探求其本原。远迁:疏远、迁谪,此指疏放汉北事。臣:屈原自称。弗思:不思其功过是非。二句意谓:对谗人的谣诼之言,不参较验证而核实真相,不思虑我的功过是非而疏远迁谪。 (9)信谗谀之溷浊兮,盛气志而过之——谗:说别人的坏话。谀:yú(于)。奉承;谄媚。溷浊:浑浊,此指混淆是非曲直。(按:溷(hùn,又读 hún)同“浑”。)盛气志:盛怒。过之:督过、责罚之。二句意谓:君王轻信混淆是非的谗谀之言,而自乱其智,勃然大怒而督责、罚罪于我。

何贞臣之无罪兮,被离谤而见尤?惭光景之诚信兮,身幽隐而备之。临沅湘之玄渊兮,遂自忍而沉流。卒没身而绝名兮,惜壅君之不昭。君无度而弗察兮,使芳草为薮幽。焉舒情而抽信兮,恬死亡而不聊。独鄣壅而蔽隐兮,使贞臣为无由。

［注释］

(1) 何贞臣之无罪兮，被离谤而见尤——被：读作"反"。见闻一多《楚辞校补》："案《七谏·沉江》曰：'正臣端其操行兮，反离谤而见攘。'与此'何贞臣之无辠兮，被离谤而见尤'语意酷似。疑此文被为反之讹。反讹为皮，因改为被也。'反离谤而见尤'与《惜诵》'纷逢尤以离谤兮'语亦相仿。一本以'被离'义复而改离为讁，朱本从之，殆不可凭。"离：通"罹"，遭受。尤：罪尤。二句意谓：贞臣是没有罪过的，为何反而遭到诽谤而受责罚？ (2) 惭光景之诚信兮，身幽隐而备之——惭：自惭。光景：日光月影，即指日月。景："影"本字。朱熹云："无罪见尤，惭见光影。"蒋骥曰："光景诚信，谓日往月来，信实有常也。"诚信：忠诚信实，此指日月运行有常。身幽隐：自身退居于幽僻隐蔽之处。备：读作"避"。见闻一多《楚辞校补》："案备字无义，疑当为避，声之误也。(俗读避备声相乱。《韩非子·守道篇》：'立法非所以备曾史也。'宋本备作避。……《淮南子·主术篇》：'闺门重袭以备奸贼。'备今亦误作避。)'惭光景之诚信兮，身幽隐而避之，临沅湘之玄渊兮，遂自忍而沉流'者，避谓避光景，有惭于光景，故欲避之而隐身于玄渊之中也。"二句意谓：我这无罪见尤的贞臣，自惭于信实有常的日光月影，故引身退居于幽僻隐蔽之处而回避它们。 (3) 临沅湘之玄渊兮，遂自忍而沉流——沅、湘：沅水、湘水。玄渊：深渊。忍：忍心。二句意谓：面临这沅水、湘水的深渊，引起内心的悲恻，于是自己想忍心地沉没于水流之中。 (4) 卒没身而绝名兮，惜壅君之不昭——卒：终竟。没身：沉没其身；湮灭其身。绝名：泯灭其名；断绝其名。惜：痛惜。壅君：受小人壅蔽而昏聩不明的君王。昭：明。二句意谓：我终于要沉没自身，泯灭声名，这些都不足惜；使我痛惜的是受壅的昏聩之君不明白道理。 (5) 君无度而弗察兮，使芳草为薮幽——无度：没有尺度、标准。弗察：不能明察善恶是非。芳草：比喻贞臣、贤者，即屈原自喻。为：犹"于"。薮：sǒu(叟)。湖泽；草泽。幽：深，此指草丛深处。二句意谓：壅君没有衡量是非善恶的标准，不能明察忠奸，使芳草被埋没于草泽幽僻之处。 (6) 焉舒情而抽信兮，恬死亡而不聊——焉：安，何。舒：舒散；申抒。抽：同"紬"，紬绎整理。信：忠信。恬：tián(田)。平静；安于。不聊：不苟且偷生。我到何处去申抒情志，而有条理地陈述内心的忠信呢？我将安于死亡而不苟且偷生。

(7) 独鄣壅而蔽隐兮，使贞臣为无由——鄣：同"障"，障壅：障阻闭塞。蔽隐：与"障壅"义近。无由：无进用之路，犹言"报国无门"。二句意谓：被重重障碍所阻隔遮蔽，使忠贞之臣想尽其忠节而无路可行。

闻百里之为虏兮，伊尹烹于庖厨。吕望屠于朝歌兮，甯戚歌而饭牛。不逢汤武与桓缪兮，世孰云而知之？吴信谗而弗味兮，子胥死而后忧。介子忠而立枯兮，文君寤而追求。封介山而为之禁兮，报大德之优游。思久故之亲身兮，因缟素而哭之。或忠信而死节兮，或訑谩而不疑。弗省察而按实兮，听谗人之虚辞。芳与泽其杂糅兮，孰申旦而别之？何芳草之早殀兮，微霜降而不戒。谅聪不明而蔽壅兮，使谗谀而日得。

［注释］

(1) 闻百里之为虏兮，伊尹烹于庖厨——百里：百里奚，春秋时虞国人，曾事虞君为大夫。为虏：作过俘虏。此谓晋灭虞时，百里奚被俘，成了奴隶，晋献公要将他作为陪嫁女儿（秦穆公夫人）的媵臣（犹家奴，古时之臣、妾，地位卑下，类奴隶）。百里奚以为这是耻辱，便逃跑到宛地，被楚人拘执。秦穆公听说他有德有才，以五张黑公羊皮赎之，授以国政，相秦七年而成霸业，人称五羖大夫。伊尹：人名，见《离骚》《天问》注。二句意谓：听说秦穆公的贤大夫百里奚曾作过俘虏（即成了奴隶），商汤的贤相伊尹曾作过厨司。（这是说，贤者都受到重用） (2) 吕望屠于朝歌兮，甯戚歌而饭牛——吕望、甯戚：均见《离骚》《天问》注。朝歌：殷之都城，故地在今河南省淇县北。饭：名词作动词用，喂。二句意谓：周武王的贤相姜太公曾在朝歌以屠牛为业，齐桓公的贤卿甯戚曾在喂牛时敲着牛角讴歌。 (3) 不逢汤武与桓缪兮，世孰云而知之——汤、武：商汤、周武王。（按：姜太公是周文王发现的人才，后来辅佐周武王灭商。）桓、缪：齐桓公、秦穆公，均为“春秋五霸”之一。缪：通“穆”。世：世上。孰：谁人。云：语中助词。二句意谓：古代这些贤者，如果不遇上商汤、周武王、齐桓公、秦穆公的赏识重用，世上谁又能知道他们呢？ (4) 吴信谗而弗味兮，子胥死而后忧——吴：指吴王夫差。信谗：指夫差听信太宰嚭的谗言，逼得伍子胥自杀。弗味：不加玩味，不加辨别。忧：此指吴王夫差不听伍子胥的忠谏，子胥死后不久，吴国被越国消灭，遭到亡国之忧。二句意谓：吴王夫差轻信太宰嚭的谗言而不辨别是非，在逼迫伍子胥死后不久，吴国便遭到亡国之忧。 (5) 介子忠而立枯兮，文君寤而追求——介子：即介子推（介之推），春秋时晋人，从晋公子重耳出亡，共历十九年，因途中乏食，介子推割股肉给重耳充饥。后来，公子重耳归晋称君(立为晋文公),遍赏从行者,一时忽略了介子推,介子推不屑争功邀赏,与其母一同逃隐绵山之中。晋文公派人寻求他,他不肯出;文公想用烧山的方法迫使他出山,介子推抱树烧死。立枯:指抱着树站在那里被烧死。枯,指与树木同被烧枯焦。文君:晋文公。寤:通“悟”,觉悟,指文公觉悟到应该奖赏介子推。追求:寻求介子推。二句意谓:忠心耿耿的介子推抱着树站在那里被烧焦,文公觉悟到应赏功臣,便派人寻求介子推。 (6) 封介山而为之禁兮,报大德之优游——介山:即绵山,因纪念介子推而号介山。封、禁:指文公环其山而封之,禁止人们樵采,以这一地区的山林田地所产,供祭祀子推之用。大德:指介子推从文公十九年,割股肉给文公充饥之功德。优游:指功德之广大。二句意谓:晋文公封介山之山林田地作为祭祀介子推之祭田,以报答他优游宽广的功德。 (7) 思久故之亲身兮,因缟素而哭之——久故:犹言“故旧”,多年的旧交。亲身:近身,指近在左右而不离身边。按:这是倒装句。缟素:指白色的丧服。二句意谓:晋文公思念曾经不离身边的多年故旧介子推,因而穿着白色的丧服去为他哀哭。 (8) 或忠信而死节兮,或訑谩而不疑——或:有的人。死节:坚守节义而死。訑谩:dàn mán(旦蛮)。欺诈。二句意谓:有的人忠信事君,守节死义;有的人谗谀欺诈,却被君王信用不疑。 (9) 弗省察而按实兮,听谗人之虚辞——弗省察:指君王对其臣子不加考察。按实:审核实际情形。虚辞:虚妄不实之言。二句意谓:君王不认真对臣子进行考察,不审核实际情形,只听信谗谄小人的虚妄不实之言。 (10) 芳与泽其杂糅兮,孰申旦而别之——“芳与泽”句:见《离骚》《思美人》注。申旦:见《思美人》注。二句意谓:芳香之物与垢腻之物互相混杂交糅,谁又能日日去分辨它们? (11) 何芳草之早殀兮,微霜降而不戒——殀:yāo(夭)。同“夭”,早死。不:原作“下”,据洪、朱同引一本作“不”而改。戒:戒备。二句意谓:何以芳草早早地夭亡?是因为微霜已降却不知警惕戒备。 (12) 谅聪不明而蔽壅兮,使谗谀而日得——谅:犹言“诚然”,“的确是”。聪:听。聪不明:听不明。蔽壅:指君王受蒙蔽壅塞。日得:日益得势。二句意谓:君王诚然受了蒙蔽而听之不明,使谗谀小人日益得势。

自前世之嫉贤兮,谓蕙若其不可佩。妒佳冶之芬芳兮,嫫母姣而自好。虽有西施之美容兮,谗妒入以自代。愿陈情以白行兮,得罪过之不意。情冤见之日明兮,如列宿之错置。乘骐骥而驰骋兮,无辔衔而自载。乘氾泭以下流兮,无舟楫而自备;背法度而心治兮,辟与此其无异。宁溘死而流亡兮,恐祸殃之有再。不毕辞而赴渊兮,惜壅君之不识。

［注释］

(1) 自前世之嫉贤兮，谓蕙若其不可佩——蕙：香草名。若：即杜若，香草名。二句意谓：自前世已经是嫉贤害能，成为风气，说什么香蕙、杜若等芳草都不可佩用。 (2) 妒佳冶之芬芳兮，嫫母姣而自好——佳冶：佳丽，此指女子之美好容态。嫫 mó(模)。嫫母：占代传说中的奇丑之妇。姣：美好。自好：自以为美。二句意谓：嫉妒佳丽美女如芬芳之花，丑妇嫫母却故作姣态，自以为美。 (3) 虽有西施之美容兮，谗妒入以自代——西施：春秋时越国的美女，由越王勾践献给了吴王夫差。谗妒：此指谗妒而丑陋之女。入：混入其间。自代：以自己之丑取代西施之美。二句意谓：虽有西施那样美貌的女子，但是，谗谀嫉妒的丑女却混入其间，以自己之丑取代西施之美。 (4) 愿陈情以白行兮，得罪过之不意——陈情：陈诉真情。白行：说明所作所为。不意：出乎意外，想不到。二句意谓：本愿陈诉真情实意，说明自己的所作所为，可是，却没想到得了罪过。 (5) 情冤见之日明兮，如列宿之错置——情：忠直之真情。冤：由于谗言所造成的冤屈。见：现。日明：一天天更加分明。列宿：罗列天空的星宿。宿：xiù(秀)。错：通“措”。措置：安放。二句意谓：忠直的真情和蒙受的冤屈日益显现分明，如同天上罗列的星宿各有安排的位置。 (6) 乘骐骥而驰骋兮，无辔衔而自载——骐、骥：日行千里的良马之名。辔：pèi(佩)。马缰。衔：马口中横衔的金属小棍，俗称马嚼子，用以制马。载：设置。二句意谓：乘着骏马驰骋，自己却没有准备好马缰马衔，车将有倾仆之患。 (7) 乘氾泭以下流兮，无舟楫而自备——氾：fàn(范)。同“泛”，浮在水上。泭：fú(浮)。即“柎”之或体。竹筏或木筏。下流：顺流而下。楫(jí 急)。桨。备：置备。二句意谓：乘着浮在水上的筏子，顺流而下，自己却没有置备好船桨，船就有覆沉之虞。 (8) 背法度而心治兮，辟与此其无异——背：背离；背弃。心治：只凭个人主观意志去治理国家。辟：通“譬”。二句意谓：背离法度而只凭个人主观意志去治理国家，譬如上述这些情形，二者无异，都将失败。 (9) 宁溘死而流亡兮，恐祸殃之有再——溘：kè(克)。忽然。流亡：随流水而逝去。有再：再有，再发生。按：屈原已被小人谗害而遭祸殃；此时，他又担心邦国沦丧，辱为亡国之臣仆，再遭祸殃。二句意谓：我宁肯忽然死去而随流水消逝，是唯恐再受亡国之辱而重罹祸殃。 (10) 不毕辞而赴渊兮，惜壅君之不识——不毕辞：话未说尽。赴渊：投身于深渊。壅：蒙蔽。《韩非子·主道》：“臣蔽其主曰壅。”识：知。二句意谓：心中的话还没有说完，就要投身深渊了，痛惜受了蒙蔽的君王不知道我所讲的道理。

［译文］

无限悼惜地回忆往事，我曾被君王信任重用，
禀受诏令立法治国，使当世的政治清明。
继承先王的功业，德辉照临下民，
使国家法度明确，不要含糊不清。
为国家富强而建立法度，
将政事托付忠臣，君王则得以游乐从容。
忠贞之臣全心全意地黾勉从事，
虽然偶有过失，也不会有危殆发生。
我心地纯正敦厚而不苟且敷衍，
却遭到谗人的嫉妒诬陷。
君王含怒对待忠臣，
不将真相澄清而是非不辨。
谗人蒙蔽君王，使其视听昏暗，
凭空造谣，将君王迷惑欺骗。
君王对谣诼之言，不加验证核实，
也不思虑我的功过而迁谪疏远。
君王轻信混淆黑白的谗谀之言，
勃然大怒而对我问罪责难。

忠贞之臣实无罪咎可言，
为何反遭诽谤而受责罚谪迁？
对那信实有常的日光月影，我感到自惭，
引身退居幽隐之处而回避相见。
面临着沅水、湘水的深渊，引起满怀悲恻，
自己忍心地想沉入水流而永离人间。
终于要沉沦此身而泯灭声名，
却闵惜受壅蔽之君不能将是非明白判断。
君王没有明确的标准，不能洞察忠奸，
使芳草独居薮泽深处而被埋没遮掩。

向何处申抒情志而缕述内心的赤诚？
我将安于死亡而不苟且偷生。
重重障碍，阻隔遮蔽，
致使忠臣自愿效力而无路可行。

听说百里奚曾作过陪嫁的媵臣，
伊尹曾作过司厨之人。
吕望曾在朝歌以屠牛为生，
甯戚曾在喂牛时感叹歌吟。
古之贤者，若不是遇上汤、武、桓、穆的赏识，
人世间有谁认识他们？
吴王夫差轻信谗言而不加辨别，
在逼死子胥之后，亡国之忧接着降临。
忠心耿耿的介子推甘愿抱着树站在那里被烧焦，
晋文公一朝觉悟，便派人将他找寻。
封介山为祭祀之田，而禁人樵采，
以图报答这大德宽广的功臣。
文公思念多年不离身边的故旧，
因而穿着素白丧服为他哀哭送殡。
纵观古今，有的人忠信事君而守节死义；
有的人谗谀欺诈，却被君王信任不疑。
君王对臣子不认真考察事实，
只偏听谗巧小人的虚妄之辞。
芳香与垢腻交糅混杂，
谁又能日日分辨仔细？
为何芳草早早夭折凋零？
是由于微霜降时没有戒备警惕。
君王诚然受了蒙蔽而听之不明，
使谗谀小人日益得势而又称意。

从那前世之人已是嫉贤害能，
说什么蕙草、杜若都不可佩用。

嫉妒那佳丽如芬芳之花的美人，
丑妇嫫母却自以为美而故作姣容。
虽有西施的绝代美貌，
谗妒丑女却混入其间，以丑代好。
我本愿陈诉真情实意，说明自己的所作所为，
反而成了罪过，真是出人意料。
忠直的真情和蒙受的冤屈日益显现分明，
如同天上罗列的星宿，各有措置，不差分毫。
乘着骏马驰骋四方，
自己却未配好马衔、马缰；
乘着浮筏顺流而下，
自己却未备好船桨。
背离法度而凭主观意图治理国邦，
譬如上述诸情，道理完全一样。
我宁愿忽然死去而随清流长逝，
唯恐再受亡国之辱而重罹祸殃。
还未说完心中的话，就要投入深渊，
痛惜受壅蔽的君主对事理不知端详。

橘 颂

题解

从本篇内容看，似为屈原早期之作。

作品着重颂美"受命不迁"、固守本性、高尚纯洁、不随流俗的橘树，这是一篇咏物寄情之作。

原文及注释

后皇嘉树，橘徕服兮。受命不迁，生南国兮。深固难徙，更壹志兮。绿叶素荣，纷其可喜兮。曾枝剡棘，圆果抟兮。青黄杂糅，文章烂兮。精色内白，类任道兮。纷缊宜修，姱而不丑兮。

[注释]

(1) 后皇嘉树，橘徕服兮——后皇："后土皇天"之省文。后土：对大地之美称。皇天：对苍天之美称。嘉：美，善。徕服：生来就服习于南国的水土。徕，同"来"。服，习惯，今云"服水土"即"习惯于水土"义。二句意谓：天地间的嘉美之树是橘，它生来就习于南国的水土。 (2) 受命不迁，生南国兮——受命：禀受天地赋予之生命和本性。不迁：不能移。既指本性不移；又指橘树不可移植其他地区，《晏子春秋》云："橘生淮南则为橘，生于淮北则为枳。"（枳：俗称"臭橘"。）南国：南方之地，此处主要是指楚国江陵、云梦一带。二句意谓：橘树禀受天地赋予的生命特性，不可改移，繁衍生长于南方之地。 (3) 深固难徙，更壹志兮——深固：根深本固。难徙：难以徙移。更：gēng（耕）。变更。壹志：意志专一，不可凌夺。二句意谓：根深本固，难以徙移他处；难以变更专一的意志。按：此言形既难徙，志亦难更。"更"是动词，与"徙"对文见义，断非副词"更"gèng（亘）。 (4) 绿叶素荣，纷其可喜兮——素：白。荣：花。纷：纷纷然美盛貌。喜：义犹"爱"。二句意谓：绿色的叶，白色的花，纷纷然美盛可爱。 (5) 曾枝剡棘，圆果抟兮——曾：同"层"，重叠貌。剡：yǎn（衍）。尖锐。棘：丛刺。抟：tuán（团）。本指将散碎之物捏成团，此处是形容圆圆的样子。二句意谓：层层的树枝，尖利而丛生的刺，结满团团的圆果。 (6) 青黄杂糅，文章烂兮——青黄：指橘果之色有的青，有的黄，有的青中有黄、黄中有青。杂糅：混杂交糅。青黄杂糅：是形容橘树上的果实有未熟的青果、有已熟的黄果，也有青黄相间的半熟之果，这些果实各有其色而混杂交糅。（并不是每个果子都有青黄二色。）文章：花纹色彩。烂：灿烂鲜明。二句意谓：果实的颜色青黄交杂，花纹色彩灿烂鲜明。 (7) 精色内白，类任道兮——精色：指果皮有鲜明的色泽。内白：指果实的内瓤白而美。类：貌似。任：抱守。闻一多云："……任犹抱也。……此言橘之为物，焜煌其外，洁白其里，如抱道者然也。"二句意谓：果皮有鲜明的色泽，果实的内瓤又白又美，像是抱守其道的贤者一样。 (8) 纷缊宜修，姱而不丑兮——纷缊：纷然茂盛。宜修：修饰合宜。姱：kuā（夸）。美好。丑：相类。二句意谓：纷然繁茂，修饰合宜，美而不可类比（出类拔萃，超群轶伦）。

嗟尔幼志，有以异兮。独立不迁，岂不可喜兮。深固难徙，廓其无求兮。苏世独立，横而不流兮。闭心自慎，终不过失兮。秉德无私，参天地兮。愿岁并谢，与长友兮。淑离不淫，梗其有理兮。年岁虽少，可师长兮。行比伯夷，置以为像兮。

［注释］

(1)嗟尔幼志，有以异兮——嗟：叹词。尔：你。此为以物拟人之词，当有所兴寄。异：优异。二句意谓：啊，你从年幼就立奇志，有特别优异之处。 (2) 独立不迁，岂不可喜兮——独立：此指超群而特立。不迁：不可移易；不变。二句意谓：超群而特立，永不移易，岂不可喜吗？ (3) 深固难徙，廓其无求兮——廓：宽广。无求：对利禄无所求。二句意谓：根深本固，难以徙移，心胸宽广，对利禄一无所求。 (4) 苏世独立，横而不流兮——苏：醒。苏世：清醒于世，犹"众人皆醉我独醒"之义。横：此指正气充溢。流：随波逐流。二句意谓：独清醒于世，超群特立，正气充溢而不随波逐流，与世浮沉。 (5) 闭心自慎，终不过失兮——闭心：将忠贞之志内蕴于心，并将利欲排斥于外。自慎：谨饬自守，犹言"慎独"。终：始终。不过失：没有过失；不会有过失。朱熹《集注》作"不过失"，云："一作失过，一无失字，皆非是，或疑过字亦衍文。"从朱说。二句意谓：将忠贞之志内蕴于心，谨饬自守，始终不会有过失。 (6) 秉德无私，参天地兮——秉：执持。秉德：坚持固守其美德(即"无私")。无私：大公无私。参：参配；配合。参天地：指美德与天地相合(相一致)。按：语云："天无私覆，地无私载"，是说天地大公无私。"参天地"，即指与天地无私之德相配合。二句意谓：执持大公无私的美德，可与天地之德相合。 (7) 愿岁并谢，与长友兮——岁并谢：此指橘树冬天不凋零，与年岁四时同更迭。谢：代谢；更迭。与长友：与橘长久为友。因为橘树是常绿的，不仅一年四季皆荣，而年复一年不凋，所以说"与长友"。二句意谓：你(指橘树)永不凋零，与岁时同更迭，四季常青，年年常青，我愿与你永久为友。按：王夫之《楚辞通释》："橘树冬荣，霜雪不凋，志愿坚贞，与岁相为代谢，友四时而无渝。喻己忠贞不改其操。"又，屈复《楚辞新注》："橘不凋，故愿于岁寒并谢之时而长与为友。"二说各有可取之处。 (8) 淑离不淫，梗其有理兮——淑：善。离：通"丽"。不淫：不惑乱。梗：正直；坚强。理：纹理。二句意谓：品格淑善，外貌美丽，而不为外物所惑乱；树干正直而有纹理。(梗、理，均为双关语) (9) 年岁虽少，可师长兮——年岁虽少：言橘树不像松柏那样长寿，活的年岁少。"少"指多少之少。师长：以之为师长。二句意谓：你年岁虽不多，但堪为众木之师长。 (10) 行比伯夷，置以为像兮——行：品行。比：近于。伯夷：人名，殷末孤竹君的长子，孤竹君欲立伯夷之弟叔齐，叔齐以让伯夷，伯夷又不受，兄弟一同离开孤竹国跑到周地，等到周武王伐纣时，二人扣马而谏，反对武王灭殷，周灭殷后，他们坚决不食周粟，饿死于首阳山。按照古代统治阶级的观点，伯夷、叔齐是清高、坚强、有气节的义士。此处是以橘比义士。置：读为“植”，树立，双关语。像：榜样；典范。二句意谓：你的品行近于伯夷，应当将你植于人前，树立供人效法的榜样。

［译文］

天地间有此嘉美之树，
橘树生来就习于水土。
禀受天生的特性，永不变异，
繁衍生长于南方土地。
根深本固，难以迁徙，
专一的意志绝不改易。
碧绿的叶子，素白的花朵，
纷纷美盛，可爱可喜。
层层叠叠的树枝，尖锐丛密的棘刺，
团团的圆果，累累稠密。
果实之色青绿、金黄，交糅错杂，
花纹色彩灿烂明丽；
外有鲜明的色泽，内瓤又白又好，
像是抱守正道的贤者，表里如一。
纷然繁茂，修饰合宜，
美得出类拔萃，无与伦比。

啊，你的奇志自幼就已确立，
与众不同，本质优异。
超群独立，矢志不渝，
岂不令人爱慕欣喜？
根深本固，难以徙移，
心胸宽广，无所追求，无所希冀。
清醒处世，独立不倚，
绝不随波逐流而有浩然正气。
忠贞之志内蕴于心而谨饬自守，

始终不会有什么过失罪戾。
执持大公无私之德，
你的美德可以参配天地。
你永不凋谢，与岁月一同更迭，
我愿与你保持永恒的友谊。
品格淑善，形貌美丽而不为外物惑乱，
树干正直而有纹理。
生活的年岁虽少，
但是堪以师长之礼敬你。
你的品行清介，近于义士伯夷，
树立榜样，众人对你景仰学习。

悲回风

题解

本篇是屈原放逐江南时所作，大概与《涉江》《怀沙》的写作时间相近。

作品有浓重的抒情色彩，感情的基调是哀伤、惶惑、幽怨、孤独、彷徨与憧憬。诗人在长期窜逐生活中，身居幽隐荒远之地，而存君思国之情无时或已。他忧心日薄西山之国运；疾首壅君不明、谗人弄权之时弊；对阴阳易位、是非颠倒的现象感到迷惑与沉痛。他自分大限濒临，生意将尽，但在迟暮萎绝之际，仍抱守孤高之志，不肯与世浮沉。他在恍惚迷离之中设想茕独无依之灵魂如何周游天地四方；又景慕先贤彭咸、伯夷、介子，欲励志自勉；但思及伍子、申徒之死，并未能拯救吴与商之危亡命运，这使他更加萦回迷惘，彷徨无主；也更不能排遣摧断肝肠的痛楚。

作品运用了许多双声叠韵联绵词，这不仅增强了韵律美与节奏感，而且增强了感染力。诗人在中心如悬、万感交集、发而为歌之时，思想感情的潮水在胸中回荡着，像惊涛拍岸那样，一次又一次地、反复地扑来；这双声叠韵联绵词的诗句，也如后浪催前浪一般，涌流不息地抒发着诗人那孤清幽怨的情思，步步加强、步步加深地感染着人们，使人回味无穷，萦思不已。

原文及注释

（一）

悲回风之摇蕙兮，心冤结而内伤。物有微而陨性兮，声有隐而先倡。夫何彭咸之造思兮，暨志介而不忘。万变其情岂可盖兮，孰虚伪之可长？

［注释］

(1) 悲回风之摇蕙兮，心冤结而内伤——回风：旋风。摇：撼。蕙：香草名。冤结：犹“郁结”“菀结”，一声之转，见前注。内伤：心伤。二句意谓：悲叹旋风摇撼着蕙草，心中愁思郁结而黯然神伤。 (2) 物有微而陨性兮，声有隐而先倡——物：指回风所摇落之草木，首先是上文之蕙草。微：měi（美）。借作“媺”，美好，指蕙草等众芳百卉。陨：落；摧伤。性：读作“生”，生机。声：指风声。隐：隐微。倡：通“唱”，始发之歌。二句意谓：蕙草等芳卉很美，却被摧伤生机；回风之声有时是隐微不著的，那是狂飙震荡之前的始发之唱。 (3) 夫何彭咸之造思兮，暨志介而不忘——彭咸：见《离骚》注。造思：追念。暨：读作“冀”，慕求。介：孤高，有操守。二句意谓：何以对彭咸如此追念呢？是由于我慕求他的志行操守而不忘。 (4) 万变其情岂可盖兮，孰虚伪之可长——万变：指遭遇万千挫折事变。情：忠贞之情志。盖：藏。二句意谓：纵然遭受万千挫折，那忠贞的情志岂能掩饰？哪有虚伪的感情能持久呢？

鸟兽鸣以号群兮，草苴比而不芳。鱼葺鳞以自别兮，蛟龙隐其文章。故荼荠不同亩兮，兰茝幽而独芳。惟佳人之永都兮，更统世而自贶。眇远志之所及兮，怜浮云之相羊。介眇志之所惑兮，窃赋诗之所明。

［注释］

(1) 鸟兽鸣以号群兮，草苴比而不芳——号群：号鸣而群聚，此指物以类聚。草：指活的草。苴：chá（茶）。枯草。比：比近；紧靠；聚合。不芳：指芳草也不能吐其芬芳。二句意谓：鸟兽鸣叫，其同类闻鸣声则群集而来,物以类聚;鲜美的草与枯草聚合在一起,兰蕙之类的香草也不能吐其芬芳。 (2) 鱼葺鳞以自别兮,蛟龙隐其文章——葺:整治;修饰。自别:自己炫示,以为殊异。文章:此指鳞甲之文采。二句意谓:众鱼修整其鳞、张其鳍、摇其尾,自以为殊异而大加炫耀;蛟龙则自潜于深渊,隐其鳞甲之文采,与众鱼不同。 (3) 故荼荠不同亩兮,兰茝幽而独芳——荼:苦菜。荠:jì(计)。有甜味的荠菜。不同亩:不应同在一块田地生长。茝:同"芷",白芷。幽:幽僻之处。二句意谓:所以苦菜和荠菜不应同在一块田地生长,兰草、白芷这类香草生于幽僻之处,独放其芬芳。 (4) 惟佳人之永都兮,更统世而自贶——惟:思,思慕。佳人:此指先贤。都:都丽,美好。更:历。统世:犹"世代"。贶:kuàng(况)。借作"况",比况。二句意谓:思慕先贤的志行永远美善,即使经历了许多世代,我还要以他们为榜样,自比于先贤。 (5) 眇远志之所及兮,怜浮云之相羊——眇:读作"渺",遥远。及:至。怜:爱。相羊:读作"徜徉",徘徊;自由往来而无依。既形容浮云,又形容人的情状。二句意谓:志之所及非常高远,爱怜天上的浮云而与之自由自在地往来,孤高之志趣异于流俗。 (6) 介眇志之所惑兮,窃赋诗之所明——介:耿介持守。眇志:高远之志行。惑:当从朱引一本作"感",指感于世事。窃:私意。赋:本为名词,此处作动词,指作诗。诗:指这篇赋,因为都是韵文,所以也称作"诗"。明:表明。二句意谓:耿介持守高远之志行,对世事感触很多;窃思自己的感触,也就是作的这篇赋所表明的内容。

(二)

惟佳人之独怀兮,折若椒以自处。曾歔欷之嗟嗟兮,独隐伏而思虑。涕泣交而凄凄兮,思不眠以至曙。终长夜之曼曼兮,掩此哀而不去。寤从容以周流兮,聊逍遥以自恃。伤太息之愍怜兮,气於邑而不可止。

[注释]

(1) 惟佳人之独怀兮,折若椒以自处——惟:思。佳人:见前注。独怀:胸怀独异于众。若:应从朱本作"芳","芳椒",香椒。自处:安排和对待自己,此处有谨饬自勉、自守之意。二句意谓:思慕先贤的胸怀独异于众,我折取芳椒以自处自勉。 (2) 曾歔欷之嗟嗟兮,独隐伏而思虑——曾:反复地;屡次地。歔欷:喟叹声。嗟嗟:亦喟叹声。隐伏:隐居伏处。思虑：指为国难民隐而思虑。二句意谓：我屡次感喟叹息，嗟嗟不已；隐居伏处于幽远之地，仍自思虑国难民忧。（3）涕泣交而凄凄兮，思不眠以至曙——二句意谓：涕泪交流而中心凄凄，愁思不眠而通宵达旦。（4）终长夜之曼曼兮，掩此哀而不去——终：尽；竟。长夜：此为双关语，既实指暗夜之长，又喻称苦难岁月与黑暗世态之无尽无休。曼曼：形容长远。掩：止。不去：不能去怀。二句意谓：终此漫漫的长夜，此种哀愁留止心中而难去怀。（5）寤从容以周流兮，聊逍遥以自恃——寤：觉醒。从容：犹言"徙倚"，徘徊流连。周流：犹"周游"，遍行。自恃：依靠自己。二句意谓：我觉醒以后，周流各处，徘徊流连；聊且依靠自己去逍遥。（6）伤太息之愍怜兮，气於邑而不可止——愍怜：哀怜。於邑：犹"郁悒"。二句意谓：自己伤怀怜愍而叹息，怨气郁悒而不能消除停止。

纠思心以为纕兮，编愁苦以为膺。折若木以蔽光兮，随飘风之所仍。存仿佛而不见兮，心踊跃其若汤。抚珮衽以案志兮，超惘惘而遂行。

［注释］

（1）纠思心以为纕兮，编愁苦以为膺——纠：同"纠"，纠缠；缠绕；纠结。思心：愁思；思绪。纕：xiāng（乡）。佩带。编：编织。膺：当胸之内衣，即《释名》所谓"心衣"。二句意谓：将思绪纠结起来作为佩带，将愁苦编织起来作为当胸内衣。（2）折若木以蔽光兮，随飘风之所仍——若木：神木名，见《离骚》注。蔽光：遮蔽日光，意欲自晦其明而无所现，韬光养晦。飘风：旋风；暴风。仍：因；引。二句意谓：折下若木用来遮蔽日光，随顺飘风所引而各处漂泊。（3）存仿佛而不见兮，心踊跃其若汤——存：存在的事物。仿佛：不甚分明；形貌似是而非。踊跃：跳起；跳跃；跳动。汤：沸水。二句意谓：对存在的客观事物依稀模糊，看不分明；但思及君国，又使我的心激烈跳动，如同沸水。（4）抚珮衽以案志兮，超惘惘而遂行——抚：抚持。珮：玉佩。古时贵族身上佩带的玉器。衽：衣襟。案：压抑；按下。志：心志。超：此指道路遥远。惘惘：失意惶遽貌。二句意谓：抚持玉佩、衣襟而压抑自己的心志；现在，只有在失意惶遽中向远处走去。

岁曶曶其若颓兮，时亦冉冉而将至。薠蘅槁而节离兮，芳以歇而不比。怜思心之不可惩兮，证此言之不可聊。宁溘死而流亡兮，不忍为此之常愁。孤子吟而抆泪兮，放子出而不还。孰能思而不隐兮，昭彭咸之所闻。

［注释］

(1) 岁曶曶其若颓兮，时亦冉冉而将至——曶曶：同“忽忽”，指迅速流逝。颓：坠落。时：此指生命的时限。冉冉：犹“渐渐”，渐进貌。二句意谓：岁月忽忽地迅速流逝，就要没落了；生命的时限也渐渐地将要到来。 (2) 薠蘅槁而节离兮，芳以歇而不比——薠：fán（凡）。香草名，见《九歌·湘夫人》注。蘅：香草名。节离：草节断离零落。以：此处作“已”字解。歇：息；消失。不比：不合，指叶落香散，“不比”即“歇”的注脚。二句意谓：青薠与蘅草枯槁而叶节断离零落，芳华已歇而凋残飘散。 (3) 怜思心之不可惩兮，证此言之不可聊——怜：自悯；自叹。思心：见前注。惩：止。此言：指这些哀婉忧伤之言。不可聊：无聊赖。二句意谓：自怜愁苦的思绪不能抑制，表白这些哀伤之言也是无可聊赖。 (4) 宁溘死而流亡兮，不忍为此之常愁——溘：一本作“逝”，按：以“溘”为是。宁溘死而流亡：见《离骚》《惜往日》注。常愁：无尽的忧愁痛苦。二句意谓：我宁肯忽然死去而随水流长逝，也不忍长期受此无尽无休的忧愁。 (5) 孤子吟而抆泪兮，放子出而不还——孤子：孤独无依之子。吟：吟叹；呻吟。抆：wěn（稳）。拭。放子：被父母弃逐之子。孤子、放子，均为屈原自哀之称。迁客、逐臣，犹之孤子、放子，古代之君臣关系犹父子。二句意谓：孤独之子呻吟而拭泪，弃逐之子出离在外而不能还归。 (6) 孰能思而不隐兮，昭彭咸之所闻——隐：痛苦。昭：明；发扬。彭咸：见《离骚》注。闻：声名；名誉，此处是指彭咸的“遗则”。二句意谓：谁能思及所遭之忧患而不痛苦呢？我愿发扬、昭明先贤彭咸的遗则。

（三）

登石峦以远望兮，路眇眇之默默。入景响之无应兮，闻省想而不可得。愁郁郁之无快兮，居戚戚而不可解。心鞿羁而不开兮，气缭转而自缔。穆眇眇之无垠兮，莽芒芒之无仪。声有隐而相感兮，物有纯而不可为。藐蔓蔓之不可量兮，缥绵绵之不可纡。愁悄悄之常悲兮，翩冥冥之不可娱。凌大波而流风兮，托彭咸之所居。

［注释］

(1) 登石峦以远望兮，路眇眇之默默——峦：小而尖的山。眇眇：同“渺渺”，遥远貌。默默：幽静沉寂貌。二句意谓：登上石山而向远处的故都瞭望，道路渺渺辽远，又幽静沉寂，杳无声息。 (2) 入景响之无应兮，闻省想而不可得——景：“影”本字。响：回声。按：影随形，响应声。“景响无应”，是形容山野幽远，阒寂无声，乃人迹不至之处。闻：耳听。省：xǐng(醒)。察看。想：心想。二句意谓：我进入这形无影、声无响的杳无人声的山野之地，耳闻、目视、心想皆茫然无所得，耳不闻故国的消息，目不见故国之踪影，心不能想见故国安危之现状。 (3) 愁郁郁之无快兮，居戚戚而不可解——郁郁：犹言“郁悒”、“忧郁”。之：犹“而”。无快：无乐。居：疑为“思”之讹。闻一多《楚辞校补》：“案‘居’与上下文‘愁’、‘心’、‘气’诸字义不类。王注曰：‘思念憔悴，相连接也。’疑居为思之误。”戚戚：忧伤貌。二句意谓：愁闷郁郁而没有快乐，忧思戚戚而不能解脱。 (4) 心鞿羁而不开兮，气缭转而自缔——鞿羁：本指马缰绳，此处引申为“束缚”义。开：解开。开，一本作“形”，误。气：气息；呼吸。缭转：缠绻纠结。自缔：自相纽结。二句意谓：我的心被束缚着不能解开，我的气息缠绻固结而不畅。 (5) 穆眇眇之无垠兮，莽芒芒之无仪——穆：虚静。眇眇：同“渺渺”。无垠：无边际。莽：莽苍，野色迷茫貌。芒芒：同“茫茫”，模糊不清貌。仪：象，形。无仪：无形，不分明。二句意谓：天地一片空虚静穆，渺渺无际；野色莽苍，茫茫无形，模糊不清。 (6) 声有隐而相感兮，物有纯而不可为——隐微。感：感应。纯：纯粹；纯正。二句意谓：声音虽然隐微细弱，而能互相感应；事物虽然本质纯粹，而有时却不能有何作为。 (7) 藐蔓蔓之不可量兮，缥绵绵之不可纡——藐：通“邈”，遥远。蔓蔓：通“漫漫”，无涯际貌。缥：缥缈，隐隐约约若有若无貌。纡：yū(迂)。系结。二句意谓：遐思邈远漫漫不可测其边际；思绪隐约缥缈而绵绵不可断绝。 (8) 愁悄悄之常悲兮，翩冥冥之不可娱——悄悄：忧愁貌。翩：此指神魂飞翔而去。冥冥：幽暗貌。不可娱：不可乐。二句意谓：愁思悄悄，常陷入悲哀之中；神魂飞翔而至冥冥幽微之境，也不能悦乐。 (9) 凌大波而流风兮，托彭咸之所居——凌：乘凌于上。流风：顺风而飘流前行。托：依托；相从。彭咸之所居：指先贤彭咸居止之处(即彭咸的归宿)。彭咸因谏殷王不听而投水殉志，此处“彭咸之所居”是其引申义，即指彭咸以死谏君、舍生取义的精神，并不是实指作者现时决定投水。屈原此时虽有思想的酝酿，但尚无立即效法彭咸投水之行动，本篇也并非绝命词。“托彭咸之所居”，只是想效法彭咸舍生取义之遗则，愿相从于地下，这是未然之词。

（四）

上高岩之峭岸兮，处雌霓之标颠。据青冥而摅虹兮，遂倏忽而扪天。吸湛露之浮源兮，漱凝霜之雰雰。依风穴以自息兮，忽倾寤以婵媛。冯昆仑以瞰雾兮，隐岷山以清江。惮涌湍之磕磕兮，听波声之汹汹。纷容容之无经兮，罔芒芒之无纪。轧洋洋之无从兮，驰委移之焉止。漂翻翻其上下兮，翼遥遥其左右。氾潏潏其前后兮，伴张弛之信期。观炎气之相仍兮，窥烟液之所积。悲霜雪之俱下兮，听潮水之相击。借光景以往来兮，施黄棘之枉策。求介子之所存兮，见伯夷之放迹。心调度而弗去兮，刻著志之无适。

［注释］

(1) 上高岩之峭岸兮，处雌霓之标颠——峭岸：山岩陡峭高峻处。雌霓：色彩较淡的一种虹，亦称副虹。标颠：犹言“杪颠”，顶点。二句意谓：登上高峻陡峭的山岩，停息于雌霓的顶端。 (2) 据青冥而摅虹兮，遂倏忽而扪天——青冥：指青碧冥冥之天际。摅：shū（书）。舒展。虹：色彩鲜艳的一种虹，又称彩虹。（古代传说，虹为雄，霓为雌。）倏忽：形容时间短促迅速，转瞬之间。扪：mén（门），抚摸。二句意谓：我身据青冥之天际，舒展那彩虹；接着在转瞬之间又向上抚摸着天宇。 (3) 吸湛露之浮源兮，漱凝霜之雰雰——湛：浓重。浮源：一说当作“浮浮”，“源”为“浮”之形讹。可从。浮浮：纷繁盛多之貌。凝霜：凝结之霜，犹言“浓霜”。雰雰：分散飘落貌。二句意谓：我吸饮那浮浮繁多的清露，含漱那雰雰散落的浓霜。 (4) 依风穴以自息兮，忽倾寤以婵媛——风穴：古代传说风从地出之处。倾寤：一侧身而醒转。婵媛：一本作“撣援”，眷恋缠绵；悲思悱恻。二句意谓：我依倚着生风之地穴自行休息，忽然一侧身清醒过来，又勾起对故国的眷恋怀思，不禁自伤不已。 (5) 冯昆仑以瞰雾兮，隐岷山以清江——冯：同“憑”（凭），据，依傍。昆仑：见《离骚》注。瞰：kàn（看）。俯视。隐：凭依，即“隐几”之“隐”。见《庄子·徐无鬼》：“南伯子綦隐几而坐。”岷：同“岷”，岷山，在四川省北部，是岷江、嘉陵江的发源地。此句意谓：我依傍着昆仑山以俯视人寰的雾氛。“隐岷山以清江”句，应从洪《补》引《列子音义》所引此文作“隐岷山之清江”。按：由岷山下瞰，所见江水当为岷江江。言清江者，指清澈之岷江江。其文例犹黄河又称浊河。据此，本句乃谓：凭依岷山之上，鸟瞰清澈的岷江江。（青藏高原的唐古拉山是长江的源头。长江全长约 6 300 公里，注入东海。） (6) 惮涌湍之磕磕兮，听波声之汹汹——惮：惧怕。涌湍：急流。磕磕：kē(科)。水石相击之声。汹汹：风波之声。二句意谓：惧怕那磕磕的急流之声，又听到那汹汹的风波之声。 (7) 纷容容之无经兮，罔芒芒之无纪——纷：指心思纷乱。容容：纷乱变动貌。无经：无经纬之省文。无经纬，指混乱而不辨方位。罔：通“惘”，怅惘；或，迷惘。芒芒：同“茫茫”。纪：端绪。见《方言·第十》：“緤、末、纪、绪也。南楚皆曰緤，或曰端，或曰纪，或曰末，皆楚转语也。”二句意谓：心思容容纷乱，浑然不辨经纬方位；茫茫然迷惘恍惚，没有端绪。 (8) 轧洋洋之无从兮，驰委移之焉止——轧：yà(讶)。“轧忽”之省文，长远貌。洋洋：舒缓貌。轧洋洋：指意绪彷徨，神驰物外，如入轧忽长远之境，舒缓洋洋地彳亍。无从：不知所从，不知到何处去。驰：指己心驰骋。委移：同“委蛇”、“逶迤”，曲折前行貌。焉止：何止，止于何处。二句意谓：意绪彷徨，神游于轧忽长远之境，舒缓洋洋地彳亍而行，不知所从；己心驰骋，逶迤曲折前进，不知止于何处。 (9) 漂翻翻其上下兮，翼遥遥其左右——漂：同“飘”，飘飞。翻翻：忽上忽下貌。翼：指展翼。遥遥：同“摇摇”，忽左忽右摇摆之状。二句意谓：神魂飘飞翻翻然，忽上忽下而不定；又展翅摇摇然，忽左忽右而不定。 (10) 氾潏潏其前后兮，伴张弛之信期——氾：fàn(泛)。同“泛”，泛滥。潏潏：yù(玉)。水流涌出貌。前后：指水之涌出前后方位不定。伴：偕同；伴随。张弛：指潮水之涨落。信期：犹言“定期”。二句意谓：心思如潮水泛滥，潏潏然涌出，不知出于前或出于后；伴随着潮水的定期涨落而起伏。 (11) 观炎气之相仍兮，窥烟液之所积——炎：指火焰。气：气体。相仍：相因相成。窥：义犹“观”。烟：此指上蒸之云。液：此指由云中水气凝成之水液，即下落之雨水。积：犹言“聚结”，即指凝结为雨。二句意谓：观察那火焰与气体相因不已，云中之水气凝结为雨，皆有其变化之理。 (12) 悲霜雪之俱下兮，听潮水之相击——俱下：同下。相击：指水波冲击。二句意谓：悲叹霜雪同时降落，又听到潮水的波涛冲击之声。 (13) 借光景以往来兮，施黄棘之枉策——光景：日光月影。景：“影”本字。施：用。黄棘：传说中的树木名，有棘刺。枉策：弯曲的马鞭。二句意谓：我借着日光月影而神游往来，用那有刺的黄棘作为弯曲的马鞭。 (14) 求介子之所存兮，见伯夷之放迹——介子：见《惜往日》注。伯夷：见《橘颂》注。所存：

犹“所居”，指介子推自焚之地，同时也指忠贞、孤高之志行。“所存”，既指其遗迹，又谓其遗则。放迹：放浪隐遁的遗迹，也兼谓其执义而饿死之遗则。二句意谓：寻求介子推孤高自焚的居止之处；又往观伯夷放浪隐遁而执义饿死的遗迹。（表明作者景慕先贤高风亮节之意。）（15）心调度而弗去兮，刻著志之无适——调度：认真仔细地思虑度量。弗去：不能释怀。刻：勉励。著：立。无适：别无他适。二句意谓：心中认真仔细地思量介子推、伯夷的遗则而不能释怀；勉励自己立志专一效法先贤而别无他适。

（五）

曰：吾怨往昔之所冀兮，悼来者之愁愁。浮江淮而入海兮，从子胥而自适。望大河之洲渚兮，悲申徒之抗迹。骤谏君而不听兮，任重石之何益？心絓结而不解兮，思蹇产而不释。

［注释］

（1）曰：吾怨往昔之所冀兮，悼来者之愁愁——曰：疑“曰”前脱“乱”字。怨：怨恨。冀：希望。悼：悼惜。来者：未来之事（指国家民族的危难）。愁愁：tī（替）。同“惕”，忧惧貌。二句意谓：乱辞：我怨恨往昔白白地抱着希望、追求实现理想；悼惜未来的国家厄运，感到忧惧不安。（2）浮江淮而入海兮，从子胥而自适——浮：浮行。“浮江淮而入海”句，是指关于伍子胥的传说，据《越绝书》云：“子胥死，王使捐于大江，乃发愤驰腾，气若奔马，乃归神大海。”自适：顺适自己的意志。二句意谓：我也想浮行于长江、淮河而入大海；追随伍子胥的志行，而顺适自己的意志。　（3）望大河之洲渚兮，悲申徒之抗迹——大河：黄河。洲渚：水中可居之地，大的叫洲，小的叫渚。申徒：即申徒狄，殷末之贤臣，谏纣王而不听，不忍见纣之乱，负石自投于河。抗迹：即指投河殉国之高尚行为。抗：读作“亢”，高。迹：行迹；行为。二句意谓：遥望大河的水中洲岛，悲悯申徒狄投水殉国的高尚行迹。　（4）骤谏君而不听兮，任重石之何益——骤：屡次。任：抱负。二句意谓：申徒狄屡次谏君而不听，抱负石块自沉大河又有何益？　（5）心絓结而不解兮，思蹇产而不释——絓：guà（挂）。阻绊住。絓结：牵挂萦结。不解：不能解开。蹇产：诘屈，郁塞屈曲而不舒畅。释：释放；消释。二句意谓：心中牵挂萦结而不能解开；思绪郁塞屈曲而不能消释。按："乱辞"所表达的思想感情是较曲折复杂的。首先，怨恨往昔的希望已化为泡影，悼惜、怵惕未来危亡之国运；由此产生了对前世贤者义士伍子胥的景慕服膺之情，愿追随子胥之志行；但是又转念申徒狄之死并未能挽救殷代的覆亡命运，死又何益？虽然殉国之志已决，但又审度怎样才能死得更有意义、更有作用？这就不免使诗人踌躇徘徊，终于又不忍立即去死。于是更加愁思郁结，不能自释。他愿效法介子推、伯夷、伍子胥的忠贞志节，是出于爱国；他对申徒狄"死而无益"的悲悯，也是出于爱国。他不怕死；但又不肯轻易地死。所以思想矛盾，心情絓结，惶惑不安。

［译文］

（一）

悲叹回风摇落着蕙草，凋谢众芳，
心中愁思郁结而黯然神伤。
蕙草异常美好，却被摧残生机，
风声有时隐微，那是狂飙震荡的先唱。
我为何追思先贤彭咸？
是慕求其志行操守而念念不忘。
遭遇万千事变和挫折，那忠贞之情岂能掩饰？
虚伪的感情岂能久长？
鸟兽鸣叫，呼唤同类群集，
鲜草与枯草聚合一处，而芳华难觅。
众鱼修饰鳞甲，而自以为殊异；
蛟龙却自隐其文采，而引身遁迹。
苦菜与荠菜不能同在一块田地，
兰草、白芷处于幽谷，却芬芳飘逸。
思慕先贤的德行永远美善，
虽然历尽许多世代，也愿与其相近相比。
志之所及，十分高远，
爱怜那悠悠的浮云，而与之徘徊飘忽于天际。
持守耿介高远的志节，心有所感，

所赋之诗，就是我要表白的心迹。

(二)

思慕先贤的胸襟独与众人迥异，
我折取芳椒在室，思度何以自处自励。
反复地嗟叹歔欷，
隐居伏处于幽远之地，仍为国家思虑不已。
涕泪交流而凄凄悲苦，
愁思不眠而通宵达曙。
度完这漫漫无尽的长夜，
哀愁留止心怀而难以摒除。
觉醒以后，徘徊流连而周游各地，
聊且自在逍遥，消愁要依恃自己。
伤怀自怜而长长地喟叹，
不能止息胸中郁悒的怨气。
将思绪纠结成佩带披在身上，
将愁苦编织成心衣穿在身上。
折下若木以遮蔽日光，
随着飘风的导引而游荡四方。
现实存在的事物依稀仿佛，看不分明，
但思及君国，不免寸心跳动，犹如沸汤。
抚持玉佩和衣襟，而压抑自己的心志，
独在惘惘失意中走向无垠的远方。

岁月忽忽地迅速没落流逝，
生命的时限也渐渐将至。
青薠与蘅草枯槁，叶节断离零落，
芳华已歇而凋残消失。
自悯幽思缠绵而不可抑制，
表白这些哀伤之言，既无聊赖，又于事无济。
宁肯忽然死去而随清流远逝，
也不忍长期受此无穷的愁惨忧戚。

孤子呻吟着，默默地拭泪，
放子出离在外而不能返回故里。
谁能想起忧患而不痛苦？
我愿使彭咸的遗则发扬昭著。

（三）

登上岩石层叠的山峦，遥望凄凉的故地，
道路渺渺辽远，而又幽静沉寂。
进入杳无人声之地，既无形影，又无声响，
耳闻、目视、心思，都得不到故国的消息。
愁闷郁郁而没有快乐，
忧思戚戚而不能解脱。
我的心被束缚而不能释放，
我的气息缭绕固结而不舒和。
天地渺渺无际，一片空虚寂静，
野色莽苍，茫茫无形，模糊不清。
声音虽然隐微细弱，却能互相感应；
事物虽然本质纯粹，有时却不起作用。
遐想漫漫邈远，难以测其极边，
思绪缥缈绵绵，不能系结，难以切断。
愁思悄悄，常陷悲哀之中，
神魂飞翔于冥冥之境，也并无快乐可言。
乘凌大波之上，顺风漂流前行，
彭咸所居之处，我愿依托相从。

（四）

我的游魂登上高峻陡峭的山岩，
停息于雌霓的圆拱顶端。
身据青冥的空际，将那彩虹舒展，
又倏忽地向上抚摩青天。
且将那浮浮繁多的清露吸吮，
又将那雰雰散落的浓霜漱含。

我依倚着生风的地穴而自行休息，
忽然翻身醒转，不禁对故国眷恋缠绵。
凭靠着昆仑神山，俯视人寰的雾氛，
又依凭岷山而鸟瞰清澈的岷江。
惧怕那磕磕的急流之声，
却听到汹汹的风涛狂澜。
心思容容纷乱，浑然不辨方位，
迷惘恍惚，渺渺茫茫，思绪无端。
神游于悠远之境，洋洋舒缓地前行而不知所从；
情思驰骋，逶迤而进，不知在何处驻足盘桓。
神魂飘飞，翻翻上下不定，
又展开双翼，摇摇左右回旋。
大水泛滥，潏潏涌出，或后或前，
我的心思随着潮水的涨落而起伏波澜。
且看那火焰和烟气相因不已，
观察那云彩凝结为雨水的道理。
悲叹那霜与雪一齐降落，
又听到潮水的波涛声声相击。
借着日光月影而神游往来，
弯曲的马鞭，用的是神木黄棘。
寻求介子推孤高自持而焚身之处，
又往观伯夷放浪隐逸而执义饿死之地。
心中仔细思量先贤遗则，而不能释怀，
奋勉立志，效法高风亮节，而无他适之意。

（五）

乱辞：
我怨恨往昔的希望和理想化为尘泥，
悼惜未来的国家命运而忧惧惕惕。
浮行于长江、淮河而投入大海，
我愿追随子胥而顺适己意。
遥望黄河的大洲小渚，

悲悯申徒狄投水殉国的高尚行迹。
可是,屡次忠谏君王而不听不纳,
抱负白石自沉大河,又有何益?
心中牵挂萦结而不能舒放愁怀,
忧思郁塞屈曲而无法宽解自己。

天问

题解

这是一篇内容博大精深、形式特异的旷古奇文。它采用问难方式，一连提出一百七十多个问题，上天下地、古往今来、天道人事，包罗万象。以“天问”为目，对天发问，犹云“问天”，意思是指对自然界和社会发展史的问难。这大概是屈原被放逐以后的作品。

作品对唯心主义的“天命观”、对有关自然现象的传统观念（主要是“盖天说”）、对古代神话传说与历史记载的传统观念（包括哲学、政治、历史、伦理、道德等），提出了一系列的怀疑与批判。屈原要求认识自然和历史的本来面目及其固有规律。他勇于探索真理、坚持真理的精神和忠贞不渝的爱国思想是统一的。这种精神，在我国古代作家中是前无古人的。

作品在形式方面也独具特色，多以四言为句，四句为节；又于严整中见灵活，有一句一问者，有二句一问者，有四句一问者……“参差历落，奇矫活突”。用不拘一格的形式，表现诗人积极的浪漫主义精神和自由驰骋的想象，形式的变化与思想感情的起伏相表里、相作用。

郭沫若先生在《屈原赋今译》(《天问》解题)中认为：“这篇诗的次序很零乱，必须加以整理。……我的意见即使有问题，但原文具在，不会因为我的整理而遭受破坏。”

按：本篇原作确有错简倒文，古今学人颇有异词。笔者姑从郭沫若先生之说，对文句次序作了调整，恳请方家批评指正。

原文及注释

（一）

曰：遂古之初，谁传道之？上下未形，何由考之？冥昭瞢暗，谁能极之？冯翼惟象，何以识之？

[注释]

(1) 曰——发语词,犹"问曰"。林云铭《楚辞灯》:"问之词。" (2) 遂古——遂:"邃"之借,训"远"。《说文》:"邃,深远也。从穴,遂声。"《后汉书·班固传》注、《渊海》卷一引遂并作邃。遂古:远古;往古。(3) 传道——道:"导"。传道:流传导引(从姜亮夫说)。一说,传道,传说之意。 (4) 上下——此指天地。 (5) 考——考究;考查。一说,训"成",指成其为天地。 (6) 未形——未成形,犹言"无形"。 (7) 冥昭瞢暗——冥:幽暗。昭:光明;清明。瞢暗:méng àn(蒙暗)。混沌昏暗。此谓:天象有时幽暗,有时光明,都是混沌一片,分辨不清。 (8) 极——知其究竟。 (9) 冯翼惟象——冯翼:冯冯翼翼,元气盛满之象。冯:píng(平)。惟:同"唯"。象:此指臆想的无形之象。此句意谓:冯冯翼翼,元气盛满,没有形质,唯有气象之影而已。 (10) 识——辨识;认清。

(二)

明明暗暗,惟时何为?阴阳三合,何本何化?圜则九重,孰营度之?惟兹何功,孰初作之?

[注释]

(1) 明明暗暗——此指白天与黑夜的明暗变化。 (2) 时——通"是"。指示代词,犹"这""这样"。 (3) 何为——为什么;由于什么缘故。 (4) 阴阳三合——三:"参"之假借。参合、交互之意。此谓:天地间至阴至阳之气互相交合而化生万物。一说,"三合"指天、地、人三者结合。另说,"三合"为阴、阳、天三者结合。 (5) 何本何化——什么是它的根本?什么是它的变化过程? (6) 圜则九重——圜:同"圆",此指天。古人认为天是圆的,上下共有九层。 (7) 营度——经营度量。 (8) 惟兹何功——兹:此。功:功力;功绩。一说,功同"工",天工。此谓:这是怎样伟大的功绩? (9) 孰初作之——作:创造。此谓:是谁最初创造的它呢?

(三)

斡维焉系?天极焉加?八柱何当?东南何亏?

[注释]

(1) 斡维——斡:guǎn(管)。通“管”。一作“筦”。管领;枢纽。维:纲,大绳。此指天体昼夜运转的枢纽,有大绳缀系在它的周际,亦即斗枢(从戴震说)。 (2) 焉——安;何。 (3) 天极焉加——天极:天的边际。极:极边;边际。加:沈祖绵《屈原赋证辨》:“……加疑作如,形似而讹。如亏韵。……《尔雅·释诂》:如,往也。《小尔雅·广诂》:如,适也。如与系亦对文。”“斡维焉系”二句,意谓:天体运转的枢纽上的大绳,都是拴系在何处何物?天的极边,一直延伸到何处? (4) 八柱何当?东南何亏——八柱:据古代神话传说,天是由八座大山作为柱子支撑的,八柱,即八根擎天柱。当:承担;承受;在此有支撑之意。一说,当,值、在之意。亏:亏损;缺陷。此指东南大地低陷。二句意谓:八根擎天柱各自支撑在什么地方?为什么东南方的大地亏陷?(那亏陷处是哪根擎天柱在支撑着?)

(四)

九天之际,安放安属?隅隈多有,谁知其数?天何所沓?十二焉分?日月安属?列星安陈?

[注释]

(1) 九天之际——九天:此处“九天”之义与“圜则九重”有异,此指天的九个方位。“九重”是天之上下有九层;“九天”是天的横面分为中央及八方。据王逸注:“九天:东方皞天,东南方阳天,南方亦天,西南方朱天,西方成天,西北方幽天,北方玄天,东北方变天,中央钧天。”一说,“九天”即“九重天”之意。存疑待考。际:边际,分界处。 (2) 安放安属——安:何;何处。放:至。属:音:zhǔ(主)。相连;相附。“九天之际”二句,意谓:九天之间的边际,是各到什么地方划分?又是如何互相连属依附的? (3) 隅隈多有,谁知其数——隅:yú(于)。角落。 隈:wēi(威)。义同“隅”。又指弯曲之处。多有:有许多。《淮南子·天文训》云:“天有九野,九千九百九十九隅,去地五亿万里。”二句意谓:天有九野,其角落弯曲有许许多多,又有谁能尽知其数目? (4) 天何所沓?十二焉分——沓:tà(踏)。重叠,会合,此谓天地会合。一说,“沓”乃指天象中的日月之会。(《左传》昭七年:“日月之会,是谓辰。”杜注:“一岁日月十二会,所会谓之辰。”)十二:此指十二辰,即古人所云黄道周天(太阳运行一圈)的十二等分(子、丑、寅、卯、辰、巳、午、未、申、酉、戌、亥）。二句意谓：天与地在何处会合？黄道周天的十二辰是怎样划分的？ (5) 日月安属？列星安陈——属：连缀；系住。列星：众多的各个星宿。陈：陈列。一说，“属”通作“烛”，“烛照”义；“陈”，“明示”义。二句意谓：日月是和什么联结在一起？众多的各个星宿，是在什么地方陈列着？

（五）

出自汤谷，次于蒙汜。自明及晦，所行几里？夜光何德，死则又育？厥利维何，而顾菟在腹？

［注释］

(1) 出自汤谷，次于蒙汜——汤谷：一作旸谷。古代传说太阳从汤谷出来。次：停留；止息。蒙汜 sì(四)：蒙，古代传说中的水名，太阳所入之处。汜，水涯。 (2) 夜光何德，死则又育——夜光：月亮之名。德：此指本性。死：此指晦暗无光之时。育：生，谓月明复生。二句意谓：月亮有什么本性，它死后又能复生？（晦暗之时已过，则又重现光明。） (3) 厥利维何，而顾菟在腹——厥：其，此处称代月亮。利：好处。顾菟：此谓月中蟾蜍。（从闻一多说）一说，“而顾”连文，犹言“而乃”。另说，顾菟，瞻顾下界之月中玉兔。腹：月之腹。二句意谓：对它（月亮）有什么好处，而蟾蜍在它的腹中？

（六）

女歧无合，夫焉取九子？伯强何处？惠气安在？何阖而晦？何开而明？角宿未旦，曜灵安藏？

［注释］

(1) 女歧无合，夫焉取九子——女歧：古代传说中的女神之名。合：配偶，此指丈夫。夫：语首助词。焉：何。取：得。二句意谓：女歧没有丈夫，为何生了九个儿子？ (2) 伯强何处——伯强：即“隅强”（禺强），古代传说中北方的风神之名（从闻一多说）。此谓：北方风神伯强在什么地方？ (3) 惠气安在——惠气：和顺之气，即“和风”。气，犹风。此谓：和风在什么地方？ (4) 何阖而晦——阖：hé(何)。关闭，此指关闭天门。此句意谓：为何天门关闭就晦冥昏暗？ (5) 何开而明——

为何天门开启就大放光明？　(6) 角宿未旦，曜灵安藏——角宿(xiù秀)：二十八宿之一，由两颗星组成。古代传说，二星之间是天门，天门之内是天庭，黄道(太阳运行的轨道)从这里通过，七曜(日、月、火、水、木、金、土)都沿着黄道运行。未旦：东方未明。因角宿在东北，故借以代称东方之位。曜灵：太阳。此二句意谓：在角宿所居的东方尚未明旦之时，太阳隐藏在何处？

(七)

蓱号起雨，何以兴之？撰体协胁，鹿何膺之？鳌戴山抃，何以安之？释舟陵行，何以迁之？

[注释]

(1) 蓱号起雨，何以兴之——蓱：píng(平)。蓱翳，雨师之名。号，呼号。一说，"蓱号"连读，雨师之称。起雨：兴起大雨。二句意谓：雨师蓱翳呼云唤雨，它是怎样兴起大雨的呢？　(2) 撰体协胁，鹿何膺之——撰体：撰，巽之本字，顺、卑顺、柔顺之意。撰体，身体柔顺。协胁：协，合，也有柔美之意。胁，腋下肋间部分。协胁，柔美的两胁。以上是形容作为风伯的神禽飞廉。据古代传说，它的头像酒爵而有角，身似鹿，尾如蛇。膺：通"应"。二句意谓：风神飞廉，像身体柔美的鹿，为何能够吹起大风以响应云雨呢？(用姜亮夫说)　(3) 鳌戴山抃，何以安之——鳌：áo(敖)。古代传说中的巨大的灵龟，它曾受天命负载东海上的仙山，以免仙山随波上下往还。戴，载。抃：此指四肢挥动，努力负载仙山之状。二句意谓：神物巨鳌，四肢挥动，努力负载海上仙山，又怎能使仙山安然不动？　(4) 释舟陵行，何以迁之——释：舍弃；此处有离开之意。舟：舟行于水，此处以舟代称水。陵：此指陆地。迁：迁移。据古代传说，龙伯国的巨人将东海的六只巨鳌钓起，搬回国去。二句意谓：龙伯国巨人从水中钓起巨鳌，背着它们陆路而行，他怎样将它们搬到陆地的？(一说，二句是指古代大力之人——浇，陆地行舟的故事。)

(八)

九州安错？川谷何洿？东流不溢，孰知其故？东西南北，其修孰多？南北顺墮，其衍几何？

[注释]

(1) 九州安错？川谷何洿——九州：古代传说，大禹治水成功后，将中国的中原地区划分为九个州。错："厝"之通假。安置。川谷：河谷。洿：wū(乌)。低凹：深陷。二句意谓：九州都是置放在何处？河谷为何那么深陷？ (2) 东流不溢，孰知其故——东流：指众水东流入海。溢：水满外流。二句意谓：众水东流入海，却不满溢，有谁知道它的原故？ (3) 东西南北，其修孰多——修：长。意谓：大地的东西长度和南北长度，哪个多？ (4) 南北顺隋，其衍几何——隋：tuǒ(妥)。同"椭"，长圆形。古人认为大地的南北距离比东西距离短。此处"顺隋"有"顺长"之意，又以南北概东西，"南北顺隋"，是指南北的顺直长度与东西的顺直长度。其：称代南北、东西二者。衍：多余，指"差距"。二句意谓：大地南北之间的顺直长度与东西之间顺直长度不同，它们的差距是多少？

(九)

昆仑县圃，其尻安在？增城九重，其高几里？四方之门，其谁从焉？西北辟启，何气通焉？

[注释]

(1) 昆仑县圃，其尻安在——昆仑：见《离骚》注。县 xuán(悬)圃：又作"悬圃"或"玄圃"，传说为昆仑之巅。尻："凥"之讹，凥 kāo(考)，训尾。(从戴震说) 按：山之尾，即山麓所终之处。二句意谓：昆仑、县圃，它的山尾迤逦至何处？(2)增城九重——据古代传说，昆仑山上又有增城九重，高一万一千余里。 (3) 四方之门，其谁从焉——四方之门：此指昆仑山四方的门。从：由此出入。意谓：昆仑山四方的许多大门，它是让谁从那里出入？ (4) 西北辟启，何气通焉——西北：指昆仑山西北方的大门。辟启：开启。气：据《淮南子》云："昆仑虚玉横维其西北隅，北门开以纳不周之风。"二句意谓：昆仑山的西北大门敞开着，什么气从这里通过呢？

(一〇)

日安不到？烛龙何照？羲和之未扬，若华何光？何所冬暖？何所夏寒？焉有石林？何兽能言？

［注释］

(1) 日安不到？烛龙何照——烛龙：古代传说中的神龙之名，据《山海经·大荒北经》云："钟山之神，名曰烛阴，视为昼，瞑为夜，吹为冬，呼为夏，不饮不食，不喘不息，身长千里，人面蛇身赤色。"注曰："即烛龙也。"古代传说，西北方有幽冥之地，太阳照不到，而由烛龙来照耀。二句意谓：太阳何处照不到？又何需烛龙用其神光来照耀？ (2) 羲和之未扬，若华何光——羲和：古代传说中驾太阳车的神。扬：飞腾，此指开动太阳车。若华：若木之花。若木，是古代神话传说中的树名。光：在此是"放光"之意。二句意谓：羲和尚未开动太阳车，若木之花为何放出光辉？ (3) 何所——何处。 (4) 焉有石林？何兽能言——意谓：何处有岩石之林？什么兽能说话？

(一一)

雄虺九首，儵忽焉在？何所不死？长人何守？靡蓱九衢，枲华安居？一蛇吞象，厥大何如？

［注释］

(1) 雄虺九首，儵忽焉在——虺：huǐ(毁)。古代传说中的一种九头毒蛇。儵忽：即"倏忽"，迅疾、忽然；飘忽不定。倏，音 shū(书)。二句意谓：雄的九头毒蛇忽然出现，忽然逸去，它究竟在何处？ (2) 何所不死？长人何守——不死：古代传说有不死之国。长人：古代传说有长人防风氏，身高数丈，曾守卫封、嵎二山。一说，长人即长寿之人。二句意谓：什么地方有不死之国？长人防风氏守卫在何方？ (3) 靡蓱九衢，枲华安居——靡蓱：蔓生的浮萍。靡，蔓延。蓱，萍。九衢：此指萍叶有九歧(多叉)。枲华：枲麻的花。枲，xǐ(喜)。一种高大有子的麻。二句意谓：叶分九歧的浮萍与枲麻的花，都是生长在何处？ (4) 一蛇吞象，厥大何如——一蛇：此指古代传说中的巴蛇，《山海经·海内南经》云："南海内有巴蛇，身长百寻，其色青黄亦黑，食象三岁而出其骨。"此谓：巴蛇吞大象，它是多么大呢？

(一二)

黑水玄趾，三危安在？延年不死，寿何所止？鲮鱼何所？鬿堆焉处？羿焉弹日？乌焉解羽？

［注释］

(1) 黑水玄趾，三危安在——黑水：古书所载的水名。玄趾、三危：古书所载的地名与山名。二句意谓：像黑水、玄趾、三危这些山水，究竟在何处？ (2) 延年不死，寿何所止——意谓：如果吃了黑水边的木禾而延长其天年，寿命怎能有止境？据《穆天子传》所云："黑水之阿，爰有木禾，食者得上寿。" (3) 鲮鱼何所？鬿堆焉处——鲮(líng 陵)鱼：古代传说中的一种怪鱼，人面鱼身。鬿(qí 其)堆：当为"鬿雀"，"堆"为"雀"之讹。古代传说中的一种怪鸟，虎爪鸡身，凶残食人。此谓：鲮鱼、鬿堆这些怪物都在何处？ (4) 羿焉彃日？乌焉解羽——羿：yì(义)。古代传说中善射的力士。即"后羿"。彃：bì(毕)。射。乌：乌鸦，古代传说尧时有十日并出，每一日中有一乌鸦。解羽：指羽翼脱落，即被羿射中而死。二句意谓：羿是如何奉尧之命而射日的？日中乌鸦是如何被射中而脱落羽翼死去的？

(一三)

登立为帝，孰道尚之？女娲有体，孰制匠之？干协时舞，何以怀之？平胁曼肤，何以肥之？

［注释］

(1) 登立为帝，孰道尚之——登：登帝位。孰：谁。道：同"导"，导引。尚：崇尚，尊奉。二句意谓：古代的圣者登基立为帝王，是谁导引，推崇他登上王位的？ (2) 女娲有体，孰制匠之——女娲 wā(蛙)：古代传说中的上古女帝之名，人首蛇身，一日之间七十变，曾用泥土造人。二句意谓：上古的女娲具有奇异的形体，那是谁设计制造的？ (3) 干协时舞，何以怀之——干协：即"胁盾"，"协"乃"胁"之假，胁盾，掩身之盾。时：通"是"，助词。干协时舞，即"干协舞"，亦即"协万舞"，是一种武舞。一说，协训和平，指干羽舞象征和平。朱熹《楚辞集注》又云："协，合也。……言舜以干羽合是舞于两阶，何以怀有苗而格之也？"按：干舞、羽舞本为二事，朱氏所云，恐未安。怀：怀来；宾服；归顺。此指舜对叛乱的有苗氏以文德感召，使之在七十日之后宾服归顺。一说，"怀"字是指王亥以干协舞挑逗有易氏之女，使她怀思。按：二句意谓：舜帝以干协之乐舞娱乐感召叛乱的有苗氏，为何就能使之怀服？ (4) 平胁曼肤，何以肥之——平胁：丰满的胸脯。曼肤：柔润的肌肤。此指有苗之众。一说，指有易氏之女。又说，指纣王。肥：肥胖。一说，"肥"是"嫛"的省借,“嫛”即“妃”,匹配,指王亥与有易之女私通。按:从郭沫若先生说,二句言有苗氏的人们都丰胸润肤,为何这样肥壮?

(一四)

不任汩鸿,师何以尚之?佥曰“何忧”,何不课而行之?鸱龟曳衔,鲧何听焉?顺欲成功,帝何刑焉?

[注释]

(1) 不任汩鸿,师何以尚之——任:胜任。汩:gǔ(古)。治。鸿:同“洪”,洪水。师:众民。尚:推崇,举荐。此谓:鲧不能胜任治水的大业,众民为何大力推崇他?言外之意是:如果众人不相信鲧能治水,也就不会推崇他了。(古代传说,鲧是禹的父亲,曾奉命治天下之永,因失败而被舜幽禁以死。) (2) 佥曰“何忧”,何不课而行之——佥:qiān(千)。众人。课:考核;试验。行:犹“用”。二句意谓:众人都说:“何必耽忧”,为何不让他去治水,而对他先加以试用? (3) 鸱龟曳衔,鲧何听焉——鸱:chī(痴)。鸱鹰,是一种猛禽。一说为猫头鹰之类。鸱龟,或即《山海经》所说的头似鸱鸟,尾似鳖的“旋龟”,亦即“蠵龟”。曳:yè(夜)。拖,此指龟拖尾爬行。衔:此指前后相衔接。二句意谓:头似鸱鸟的巨龟前者曳尾而行,后者衔接相随,鲧为何受到启发,并顺用其法以筑衔联之防水长堤? (4) 顺欲成功,帝何刑焉——顺欲:顺从众人的愿望。帝:指尧。刑:此谓处极刑。二句意谓:鲧顺着众人的愿望,想使治水成功,而帝尧为何将他处以极刑?

(一五)

阻穷西征,岩何越焉?化为黄熊,巫何活焉?咸播秬黍,莆雚是营。何由并投,而鲧疾修盈?

[注释]

(1) 阻穷西征,岩何越焉——阻穷:险阻艰难,此指鲧被放逐羽山之野所经行之险途。西征:此指鲧自西向东而行。征:行。岩:山岩。二句意谓:鲧被放逐时,自西向东征行,路途险阻艰难,他是怎样越过崇山危岩的? (2) 化为黄熊,巫何活焉——化为黄熊:古代传说,鲧死于羽山之野以后,其灵魂化为黄熊。巫:巫师。《古籀彙编》:“巫祝也,能事无形以舞降神者也，象人两袖舞形。古者巫咸初作巫。”（参考《离骚》“巫咸”注。）活：使鲧复活。二句意谓：鲧死后化为黄熊，巫师又何能使他复活？ （3）咸播秬黍，莆雚是营——咸：全，都。秬黍：黑黍。莆：即“蒲”，是一种生长于浅水的植物。雚：huán（还）。即“萑”，是荻苇一类的植物。营：指耕耘。二句意谓：全都播种黑黍等庄稼，就在原来长满蒲萑的地方开垦耕种。 （4）何由并投，而鲧疾修盈——何由：什么原由。并投：此指鲧与共工等并遭投弃边荒之刑罚。疾：疾恨；憎恶。修盈：长满；盛满。二句意谓：鲧为何遭到这样大的疾恨，而被投弃到羽山之野？

（一六）

永遏在羽山，夫何三年不施？伯禹腹鲧，夫何以变化？纂就前绪，遂成考功。何续初继业，而厥谋不同？

［注释］

（1）永遏在羽山，夫何三年不施——永：长，长期。遏：止；此指幽闭、囚禁。施：舍，指释放而赦免其罪。《周礼·司圜》：“上罪三年而舍，中罪二年而舍，下罪一年而舍。”二句意谓：鲧被长期囚禁在羽山之野，为何三年还不释放赦免？ （2）伯禹腹鲧，夫何以变化——伯禹：即禹。禹称帝之前，曾被封为夏伯，故又称伯禹。腹鲧：古代传说，鲧死后三年，有人便从鲧的腹中取出了禹。变化：此指禹性行不同，发生了变化。二句意谓：大禹是被人从鲧的腹中取出来的，禹是鲧所生，他的性行如何发生变化？ （3）纂就前绪，遂成考功——纂：通“缵”，继承。就：从；趋；因；随。纂就，犹言继续从事。绪，本谓丝端，引申为“连绵不断”之意，再发展为“未竟之功业”之意。前绪，前人未竟之业。遂成：同义词连文，成就之意。考功：考，已死之父称显考、先考。考功，先考始创之功业，与“前绪”义近。 （4）何续初继业，而厥谋不同——续初继业：犹云“继续初业”。谋：谋划，方法。二句意谓：为何大禹继续鲧所从事的治水之业，而他采取的谋略、方法不同？（据古代传说，鲧治水用的是堙塞、壅防、疏泄之法，未成其事；而禹续成之，以竟其功。鲧、禹治水，本无二法。洎乎后世，则产生了鲧主堙塞、壅防。而禹主疏泄之新说，以抑鲧扬禹，遂将鲧视为治水不力的千古罪人。诗人屈原对此提出了自己的疑问，透露了他的观点。）

（一七）

洪泉极深，何以寘之？地方九则，何以墳之？应龙何画？河海何历？焉有虬龙，负熊以游？

［注释］

（1）洪泉极深，何以寘之——洪泉：洪水之原，此指洪水渊泉。一说，泉当作渊，唐本避讳而改。非是。寘：同“填”。二句意谓：洪水极深，大禹是怎样填塞的呢？（2）地方九则，何以墳之——方：比；列。九则：九等。则，等第。据传说禹将九州的土地分列为九等。墳：大堤，此指筑大堤以防洪涝。二句意谓：禹将九州之地分列为九等，又是怎样筑大堤以防洪涝的呢？（3）应龙何画？河海何历——应龙：古代传说中的有双翼的神龙，它以尾画地，形成一些线路，禹便依照这些线路开凿河道，疏导洪水。历：经过，流经…… 此谓：应龙是怎样助禹治水而以尾画地的？大禹疏导洪水之后，江河湖泽是流经何处入海的？（4）焉有虬龙，负熊以游——虬：qiú（求），古代传说中没有角的龙。二句意谓：哪有无角的虬龙背负着黄熊游戏之事？

（一八）

鲧何所营？禹何所成？康回冯怒，墬何故以东南倾？禹之力献功，降省下土方。焉得彼伱山女，而通之于台桑？

［注释］

（1）鲧何所营？禹何所成——营：经营；谋求。二句意谓：鲧所经营的是什么？禹所成就的又是什么？（2）康回冯怒，墬何故以东南倾——康回：即古代传说中的英雄共工氏，他与颛顼相争，怒而触不周之山，天柱折断了，地的维系也断了，于是天倾西北，地陷东南。（这传说与治水有关，闻一多认为“触山倾地之说似本为共工治水之策，意谓水在地中，倾之以弃于海，为弃盆水然也”。）冯：píng（凭）。愤懑；或盛怒貌。墬：“地”之古体。《淮南子》有《墬形训》。二句意谓：康回愤懑大怒，触不周之山，地为何缘故向东南倾陷？（3）禹之力献功，降省下土方——力：致力，勤勉从事。献功：献进功劳。降：降下。省：xǐng（醒）。省察；察看。下土方：即“天下四方”之意。二句意谓：禹致力于治水之业，献进其功，降下来到天下四方察看地势。 (4) 焉得彼嵞山女，而通之于台桑——焉：何。嵞山：即涂山，古国名。古代传说，禹娶涂山氏之女。通：指私通。一说，指通婚。台桑：古地名。此谓：怎么大禹得到涂山氏之女，而和她私通于台桑？

（一九）

闵妃匹合，厥身是继。胡为嗜不同味，而快鼌饱？启代益作后，卒然离蠥。何启惟忧，而能拘是达？

［注释］

(1) 闵妃匹合，厥身是继——闵：同“悯”，怜念；怜爱。妃：即配偶之意。匹合：匹配。继：继嗣。二句意谓：禹怜爱涂山之女而相匹配交合，生育子女继为他的后嗣。 (2) 胡为嗜不同味，而快鼌饱——胡为：何为；为什么。嗜不同味：一本作“嗜欲同味”，谓禹与众人有共同的嗜欲。如作“嗜不同味”，则又有二解：一谓禹与涂山之女嗜好不同；一谓禹与众人嗜好不同。快：快意。鼌饱：疑为“朝食”或“朝饥”。（鼌：即“朝”。饱：为“食”或“饥”之讹。）据闻一多先生考证，“朝食”“朝饥”皆为男女之事的隐语，《诗经》中多有此例。二句意谓：为何禹与众人嗜欲相同，而快意于一朝之情欲？或谓：为何禹与众人嗜欲不同，而不贪求一朝之情欲（婚后四天即离家去治水）呢？ (3) 启代益作后，卒然离蠥——启，禹之子。益：伯益，是禹的大臣，据《战国策·燕策》记述：禹曾将天下授予伯益，启率他的徒众从伯益手中夺得了政权，取代伯益作了帝王。卒：cù（促）。同“猝”。突然。离：通“罹”。遭遇。蠥：niè（孽）。“孽”之古体，引申为忧患之意。离蠥，指启遭到有扈氏叛乱之患。二句意谓：夏启取代伯益做了帝王，却又突然遭受有扈氏叛乱之祸患。 (4) 何启惟忧，而能拘是达——惟：应读作“罹”，遭遇。“罹忧”与“离蠥”为互文，仍指遭受有扈氏叛乱之患。拘：受束缚；受阻碍，引申为受挫折。达：顺利，指启打败有扈氏，取得胜利。二句意谓：为何启曾遭忧患而能从挫折之中取得胜利？

（二〇）

皆归䠶𩊱，而无害厥躬。何后益作革，而禹播降？启棘宾商，《九辩》、《九歌》。何勤子屠母，而死分竟地？帝降夷羿，革孽夏民。胡䠶夫河伯，而妻彼雒嫔？

[注释]

(1) 皆归躲鞫，而无害厥躬——皆：都，此指下文之禹与后益而言。(益，人名。因在禹死后，曾任三年君王，故又称后益。)归：指趣；归属；指归。躲鞫：躲，躬字之异体。鞫，鞠字之异体。躬鞠即鞠躬之倒文，这里指谨敬劳瘁。害：恶。厥：其，此处称代禹与后益。躬：身。二句意谓：禹与后益都以谨敬为宗旨，而其一身没有恶行。 (2) 何后益作革，而禹播降——何：为何。作革：作，祚之借字，君位；国统。革，变更；更代。此言益之君位为启所取代。播：读为蕃，蕃衍。降：读为隆，隆盛；昌盛。二句意谓：为何后益的君位被启所更代，而禹的子姓则蕃衍昌盛？

(3) 启棘宾商，《九辩》、《九歌》——棘：读为极，至上；至极。宾：宾礼，古代诸侯朝觐天子之礼。此指启行朝天(祭天)之礼。据《山海经·大荒西经》载："启上三嫔于天，得《九辩》、《九歌》以下。"商：帝字之讹(从朱骏声说)。《九辩》、《九歌》：古代传说中的舞曲名。二句意谓：启举行至上的祭天之礼，演奏《九辩》、《九歌》之乐。 (4) 何勤子屠母，而死分竟地——勤：劳；苦；忧。屠：瘏之借，伤病。母：此指太康之母。死：此指启之死。分：分裂。竟：境之本字，境地，即指国土。分境地，国土分裂(谓失国)。据传说，启死后，及其子失国，五子降居闾巷。二句意谓：太康之母，为其子忧苦成疾，而且，在启死后，国土分裂，太康失国。

(5) 帝降夷羿，革孽夏民——帝：上帝；一说指尧。降：遣命。夷羿：古代传说为夏时东夷族的首领，名羿。他曾夺取夏后相的帝位。一说，羿乃尧时之诸侯。袁珂先生考证：后羿是夏代有穷国之君(故地在今山东德州)，也是传说中的人物，与射九日之羿并非一人。革：革除。孽：忧患。夏民：中国之民。孽夏民，即"夏民之孽"的倒文。二句意谓：天帝本来是遣命夷羿下界革除中国民众的忧患。 (6) 胡躲夫河伯，而妻彼雒嫔——胡：何；为何。躲：射。河伯：水神之名。射河伯：古代传说，羿将河伯的眼睛射瞎。妻：以之为妻，此指强占为妻。雒嫔：雒，同洛，水名。洛嫔即洛神(宓妃)，河伯之妻。二句意谓：为何羿又射瞎河伯的眼睛，而强占河伯之妇为妻室？

(二一)

冯珧利决，封狶是躲。何献蒸肉之膏，而后帝不若？浞娶纯狐，眩妻爰谋。何羿之躲革，而交吞揆之？

[注释]

(1) 冯珧利决,封豨是䠶——冯:píng(凭)。大。珧:yáo(姚)。珧弧之省文,羿所用的宝弓之名,以贝壳饰弓之两梢。利:便利;好用。决:玦之借字,俗名扳指,是骨角制的指圈,套在拇指上,用来钩弦发矢。封豨:封,大。豨:xī(希)。野猪。封豨,大野猪。䠶:见前注。二句意谓:羿有长大的宝弓珧弧和好用的扳指圈,去射那大野猪。 (2) 何献蒸肉之膏,而后帝不若——蒸肉:盛于俎内之猪羊肉,此指古代帝王狩猎完毕,以所获猎物祀天祭神。膏:油脂;肥腴。后帝:天帝。不若:若,顺;善。不若,不以为善;不以为然。二句意谓:为何羿将猎获的野猪肉盛于俎内献祭天帝,而天帝仍不以为然? (3) 浞娶纯狐,眩妻爰谋——浞:zhuó(浊)。即寒浞,人名,是工谗之人,曾为羿相。后来,浞乘田猎的机会,将羿杀死,自立为王。纯狐:人名,本为羿妃,寒浞与之私通,并密谋杀羿,纯狐便被寒浞强占为妻,即此句所云"浞娶纯狐"。(一说,纯狐本为浞妻。)眩:迷惑;惑乱。此指寒浞惑乱羿妃纯狐而与之私通。爰谋:爰,于是。谋,合谋。爰谋,于是合谋(指浞与纯狐合谋杀羿)。二句意谓:寒浞娶羿妃纯狐为妻,就是他迷乱羿妃与之合谋杀羿。 (4) 何羿之䠶革,而交吞揆之——䠶革:射革,此指贯革之射,传说羿能射穿以七层皮革制成的靶子。交:指浞与纯狐交相为用,同谋合力。吞:吞灭;消灭。此指杀死羿。或即《左传》所谓"家众杀而亨之,以食其子"。揆:度量,引申为"算计"。二句意谓:为何羿有射穿七层皮革之力,却被寒浞、纯狐合力谋杀?

(二二)

白蜺婴茀,胡为此堂?安得夫良药,不能固臧?

[注释]

(1) 白蜺婴茀,胡为此堂——蜺:ní(泥)。即霓字,虹的一种,亦名雌虹、副虹。白蜺,白虹。此指嫦娥以白虹为衣(所谓霓裳羽衣)。婴茀:妇女之饰物。婴,可能是系于颈上的一串贝壳(如今之项链),见《说文》:"婴,颈饰也,从女賏,賏其连也。"茀:fú(扶)。"髴"之通假,妇女的首饰,可能是饰发的簪笄之属。堂:犹言"堂堂",此处形容服饰盛大。二句意谓:嫦娥穿着白霓之裳,又戴着颈饰、首饰,为何装扮得这般美盛? (2) 安得夫良药,不能固臧——安:何;由何处。夫:语助。良药:指不死之药。臧:即"藏"字。二句意谓:嫦娥从何处得到不死的良药,而不能牢牢收藏?

（二三）

天式从横，阳离爰死。大鸟何鸣？夫焉丧厥体？

［注释］

(1) 天式从横，阳离爰死——天式：天栻。式，栻之省借。栻是古代占卜之具，即后世所谓星盘。《丁笺》曰："式同栻。《史记·日者列传》：'分策定卦，旋式正綦。'《索隐》曰：'式，即栻也。栻之形上圆象天，下方法地，用之则转天纲，加地之辰，故云旋式。'""天式"：指自然的规律、法则。从横：纵横，指天栻上的经纬纵横；又指这经纬所象征的阴阳消长之道。阳：阳气（天之气）。离：离绝。爰：于是。二句意谓：天栻经纬纵横，象征天地万物阴阳消长之道，如果阳气离绝，于是就使生命终结。　(2) 大鸟何鸣？夫焉丧厥体——大鸟：指古代传说中王子侨的尸体所化的大鸟。王逸引《列仙传》云："……崔文子取王子侨之尸置之室中，覆之以弊篚。须臾则化为大鸟而鸣，开而视之，翻飞而去。"一说，大鸟即日乌（据羿射九日之事为说）。鸣为"鸿"字之讹，乌肥大之貌。待考。焉：安；何。丧厥体：丧其生。二句意谓：大鸟为何长鸣而飞去？又为何丧其生命？

（二四）

惟浇在户，何求于嫂？何少康逐犬，而颠陨厥首？女歧缝裳，而馆同爰止。何颠易厥首，而亲以逢殆？

［注释］

(1) 惟浇在户，何求于嫂——惟：语首助词。浇：通"奡"(ào)。人名，寒浞之子，传说他膂力过人，残暴贪淫。户：此指浇嫂之门户。何求：何所求。二句意谓：浇在他兄嫂的门户之内，对于其嫂有什么要求？(2) 何少康逐犬，而颠陨厥首——少康：人名，是夏朝第五代君主，帝相之子。逐犬：以犬逐兽，指狩猎之事。颠陨：陨落，此指砍落。厥首：其首，指浇的头颅。传说，浇曾杀死帝相，后来少康趁打猎的机会，杀死浇，为父报仇，并恢复夏朝统治政权。二句意谓：为何少康纵犬逐兽，前去打猎，而趁机砍落浇的头颅？　(3) 女歧缝裳，而馆同爰止——女歧：此处是浇嫂之名，《天问疏证》云："案女歧当从《左传》作女艾。"缝裳：为浇缝裳。馆：舍。“馆同”为“同馆”之倒文。爰：语中助词。止：息；宿。二句意谓：女歧为浇缝制衣裳，而与浇同舍止宿。 (4) 何颠易厥首，而亲以逢殆——颠易：犹颠陨。厥首：此指女歧之首。亲：此指女歧自身。逢：遭遇。殆：危亡。二句意谓：为何又砍落了女歧的头颅，而使她亲身遭到危亡？

（二五）

汤谋易旅，何以厚之？覆舟斟寻，何道取之？桀伐蒙山，何所得焉？妹嬉何肆，汤何殛焉？

［注释］

(1) 汤谋易旅，何以厚之——汤：浇字之讹。谋：谋划；图谋。易：治；修整；制造。旅：本为古代军队编制的单位名称，以五百士卒为一旅；又为军队之泛称。厚：优厚；重视。之：称代军旅。二句意谓：浇图谋整治军队，为何那样重视它？ (2) 覆舟斟寻，何道取之——覆舟：舟船翻沉。斟寻：夏代的诸侯国之名，后为浇所灭。见《竹书纪年》(今本)：“帝相二十七年，浇伐斟寻，大战于潍，覆其舟，灭之。”道：方法。取：得；攻取；夺取；引申为吞灭。之：称代斟寻国。二句意谓：浇与斟寻大战时，倾覆它的战船于河中，是采用什么方法攻取它的？ (3) 桀伐蒙山，何所得焉——桀：夏桀，是夏代最后一个君主。蒙山：夏代的国名。二句意谓：夏桀征伐蒙山国，所得到的是什么呢？ (4) 妹嬉何肆，汤何殛焉——妹嬉：mò xǐ(莫喜)。相传为古代女子之名；一说为蒙山之女；一说为岷山之女；或云蒙、岷同音，实指一事。未得其详。肆：放肆；放荡，此指放纵其情欲。汤：商汤，又号成汤，灭夏而建商，为商朝第一代君主。殛：jí(极)。诛罚。据《列女传·夏桀妹嬉传》记载，汤打败了夏桀，将夏桀与妹嬉流放南巢(今安徽省寿县东南)，后死于其地。一说，夏桀战败后，与妹嬉南逃，死在南巢。二句意谓：妹嬉为何那样放荡无羁？商汤为何对夏桀与妹嬉大加诛罚？

（二六）

缘鹄饰玉，后帝是飨。何承谋夏桀，终以灭丧？帝乃降观，下逢伊挚。何条放致罚，而黎服大说？

［注释］

(1) 缘鹄饰玉,后帝是飨——缘:在此,缘与饰义近,《汉书·公孙弘传》有“缘饰以儒术”句,缘饰犹文饰之意。缘鹄与饰玉对文,即指以鹄形为文饰之酒器(方壶之属)与以美玉为饰之饪器(鼎、鼐之属)。鹄:hú(胡)。鸟名,又叫天鹅。此指用作装饰的天鹅形象(大概是铸于酒器的盖上)。一说,鹄,指鹄羹(用鹄鸟肉做的带汁食品)。据传说,伊尹善烹调之术,“缘鹄饰玉”,是指伊尹以美器盛美食进献于汤,并由此受到汤的赏识。后帝:此指商汤。飨:食用。 (2) 何承谋夏桀,终以灭丧——何:为何。承:丞之借字,辅佐,此指佐汤。谋:谋划;图谋。以:因;因此。灭丧:指夏桀灭亡。二句意谓:为何伊尹辅佐商汤共谋伐桀,终究使夏桀灭亡? (3) 帝乃降观,下逢伊挚——降观:俯察民情。逢:遇。伊挚:即伊尹。二句意谓:商汤到四方俯察民情风俗,遇到了伊尹。(此言商汤识贤) (4) 何条放致罚,而黎服大说——条:地名,即鸣条。放:指汤败桀于鸣条,并自鸣条放逐他到南巢。致罚:使桀得到应有的惩罚。黎服:黎民。服,古文作𠬝,𠬝、民形近,故“民”讹作𠬝(服)。说:悦。二句意谓:为何夏桀自鸣条被汤放逐,得到了应有的惩罚,而黎民都非常喜悦?

(二七)

舜闵在家,父何以鳏?尧不姚告,二女何亲?简狄在台,喾何宜?玄鸟致贻,女何喜?

［注释］

(1) 舜闵在家,父何以鳏——舜:古帝名,尧死后就位,号有虞氏,史称虞舜。闵:同悯,忧郁;忧患。父:此指舜父瞽叟。鳏:guān(官)。同鳏,成年男子无妻或丧妻称鳏。相传舜在家中受其父、后母及弟的虐待,其父瞽叟不给舜完婚,使为鳏夫。二句意谓,舜在家中饱受忧患,其父瞽叟为何使他做鳏夫? (2) 尧不姚告,二女何亲——尧:古帝名,号陶唐氏,史称唐尧。姚:舜的姓,此处以“姚”代称舜父瞽叟。告:告诉。不姚告,谓尧不告诉舜的父亲(就将自己的两个女儿许嫁于舜)。二女:两个女子,指尧的两个女儿娥皇、女英。亲:指尧将二女嫁给舜为亲近之人(妻室)。二句意谓:尧不将婚事告诉舜父姚氏,为何就将他的两个女儿嫁给舜为亲人? (3) 简狄在台,喾何宜——简狄:人名,有娀氏之女,古代传说帝喾之妃,契之母。台:坛台,古代祭社,必筑土为坛台。一说,指瑶台,富丽堂皇的楼台。喾:kù(库)。古帝名,号高辛氏。宜:

祭社叫宜。二句意谓：简狄在坛台之上，与喾共同祭社求什么福呢？
(4) 玄鸟致贻，女何喜——玄鸟：凤皇，见《离骚》注。贻：赠。古代传说，简狄与其妹行浴，有玄鸟飞过，遗卵于其侧，简狄爱而吞之，遂生契（商之始祖）。喜："嘉"字之讹，指嘉祥而有子。二句意谓：玄鸟遗卵致赠，女子简狄何以便得嘉祥而生子？

（二八）

舜服厥弟，终然为害。何肆犬体，而厥身不危败？眩弟并淫，危害厥兄。何变化以作诈，后嗣而逢长？

[注释]

(1) 舜服厥弟，终然为害——服：顺从。厥：其，代舜。弟：指舜的异母弟，名象。他常虐待舜。终然：终于如此。为害：指象谋害舜。传说舜的父亲、后母、异母弟屡次合谋害舜，在舜修葺粮仓时放火，想烧死舜；在舜掏井时填土，想闷死舜。舜都死里逃生，他们都未得逞。二句意谓：舜顺从他的异母弟，却终于遭其多次谋害。 (2) 何肆犬体，而厥身不危败——肆：恣肆；肆无忌惮，为所欲为。犬体：洪、朱同引："一本作'何得肆其犬豕'"朱本径作"何肆犬豕"。犬豕，指象有犬豕之心。厥：其，代象。不危败：指象虽作恶，却没有遭受危败。一说，此指舜屡遭陷害，却未被害死。二句意谓：为何象恣肆其犬豕之心，而他自己却没有遭到危败的恶报？ (3) 眩弟并淫，危害厥兄——眩弟；昏乱之弟（指象）。并淫：与其父母共同做邪恶的事（指谋害舜）。淫，邪恶之行。厥兄：其兄，指象的兄长（舜）。二句意谓：昏乱的弟弟象与父母共同干坏事，谋害他的兄长。 (4) 何变化以作诈，后嗣而逢长——变化：指象施阴谋诡计，变化无常。作诈：行奸诈之事。后嗣：指象的后嗣。逢长：兴盛久长。逢，大，盛。二句意谓：为何变化无常、奸诈邪恶的象，他的后代却兴盛久长？

（二九）

该秉季德，厥父是臧。胡终弊于有扈，牧夫牛羊？有扈牧竖，云何而逢？击床先出，其命何从？

[注释]

(1) 该秉季德，厥父是臧——该：人名，即亥，又称王亥，为殷之先王，契之六世孙·王国维以为即《山海经·大荒东经》所云“两手操鸟，方食其头”的王亥。秉：承。季：人名，即冥，亦为殷之先王，契之五世孙，亥之父。德：德行功业。臧：善。二句意谓：亥继承发扬季的德行功业，以他的父亲为完美的典范。 (2) 胡终弊于有扈，牧夫牛羊——胡：何。弊：害；败；此指被杀。有扈：应作有易，古国名。相传亥曾居有易，与有易氏之女私通，被有易国的国君绵臣所杀。夫：语中助词。二句意谓：为何亥在有易国终于被害，而别人夺取并放牧其牛羊？ (3) 有扈牧竖，云何而逢——有扈：仍为“有易”之讹。牧竖：放牧牛羊的童仆，这是对王亥的鄙称。逢：指亥与有易氏之女相逢（幽会）。二句意谓：王亥这个寄居有易国的牧人，如何与有易之女相逢？ (4) 击床先出，其命何从——击床：指击杀王亥于床上。先出：先发。其命：那（杀王亥的）命令。何从：从何，来自何人。二句意谓：先发制人，将王亥击杀于床上，那道命令是从谁那里发出的？

（三〇）

恒秉季德，焉得夫朴牛？何往营班禄，不但还来？昏微遵迹，有狄不宁。何繁鸟萃棘，负子肆情？

[注释]

(1) 恒秉季德，焉得夫朴牛——恒：亥之弟。焉：安；何；何处。朴牛：壮大的牛。相传恒又夺回亥失去的大牛。二句意谓：恒又继承季的德行功业，如何又获得了大牛？ (2) 何往营班禄，不但还来——营：营谋；营求。班禄：帝王颁命之爵禄。但：可能是“得”字之讹。二句意谓：为何王恒前去营求君王颁赐之爵禄，而不得回还？ (3) 昏微遵迹，有狄不宁——昏微：人名，即上甲微，是王亥之子。遵：遵循；秉承。迹：犹言祖武，祖德。有狄：即有易。不宁：相传上甲微借河伯之师伐有易，杀其君绵臣。故曰“有狄（易）不宁”。二句意谓：昏微遵循祖先之德，征伐有易，使其不得安宁。 (4) 何繁鸟萃棘，负子肆情——繁鸟：众鸟。萃：集；群栖。棘：荆棘。此处似借《诗·陈风·墓门》诗意，以“繁鸟萃棘”喻上甲微有不良之行。一说，“繁”为“击”之讹，“击鸟萃棘”，指上甲微耽于猎取萃棘之鸟。一说，是借解居甫调戏陈辩女的故事影射上甲微有淫乱之行。负子：负，或为“媍”之借字，“媍”即“妇”之异体。一说，负，背负，指抢夺；子，犹言女。肆情：放纵情欲。二句意谓：但为何又如众鸟集止于荆棘，放纵情欲淫人妻女呢？

（三一）

成汤东巡，有莘爰极。何乞彼小臣，而吉妃是得？水滨之木，得彼小子。夫何恶之，媵有莘之妇？

［注释］

（1）成汤东巡，有莘爰极——成汤：即商汤。东巡：到东方巡视。有莘：古国名，其地当今河南省陈留县。极：到达。“有莘爰极”，为“爰极有莘”之倒装句法。二句意谓：成汤到东方巡视，于是一直到达有莘国。（2）何乞彼小臣，而吉妃是得——乞彼小臣：据《吕氏春秋·本味篇》的记载：成汤听说有莘国的小臣伊尹是贤才，便向有莘国求伊尹，有莘氏不同意，而伊尹也想归汤，成汤于是娶有莘之女为妃，伊尹便陪嫁到达。吉妃：贤美的妃。二句意谓：为何成汤本想求到一个小臣伊尹，而又得到一个贤良美好的妃子？（3）水滨之木，得彼小子——据古代传说，伊尹的母亲有孕，梦见神女告诉她：“臼出水时，就向东跑，不要回顾。”明天，她看到臼出水了，告诉邻居后便东去，跑了十里而回顾，结果全邑都被洪水淹没，她自身化为空桑。水消后，有莘国的人从空桑中得到一个婴儿，便是伊尹，大有奇才。但是，人们厌恶他是从空桑中取出的，就又将他当作媵女陪嫁。（4）夫何恶之，媵有莘之妇——恶：厌恶。之：代称伊尹。媵：yìng（映）。本指古代陪嫁之侄及妹，又指陪嫁的奴仆（包括男女）。有莘之妇：犹言“有莘之女”，因出嫁而称妇。以上四句意谓：从水滨空桑之木中得到了那小孩子（伊尹），又为何厌恶他，在有莘之女出嫁时充当陪嫁的臣仆？

（三二）

汤出重泉，夫何辠尤？不胜心伐帝，夫谁使挑之？初汤臣挚，后兹承辅。何卒官汤，尊食宗绪？

［注释］

（1）汤出重泉，夫何辠尤——出：释放。据《史记·夏本纪》所载：夏桀曾召汤而囚禁于夏台，后来又放了他。重泉：是夏台所在之地。辠：

古“罪”本字。“罪”乃借字。秦始皇认为“辠”字似“皇帝”连写之形，故以“罪”代之。其实，“罪”乃捕鱼竹网。罪尤，罪过。二句意谓：汤被桀囚于重泉，后又放出，究竟他有什么罪过？ (2) 不胜心伐帝，夫谁使挑之——不胜心：心不堪；心中难以胜任；心中受不住。伐：征伐。帝：指夏桀。挑：挑起；挑动。之：指汤以及他所代表的势力。二句意谓：汤和他所代表的士众心中不胜其义愤，起兵伐桀，这是谁挑起他采取行动的呢？ (3) 初汤臣挚，后兹承辅——臣：以之为臣（一般的臣子）。后兹：以后；后来。承辅：辅佐大臣。二句意谓：其初成汤只把伊尹当作小臣，后来便晋升他为辅佐大臣。 (4) 何卒官汤，尊食宗绪——卒：终；最后。官：此指为相。一说，官为追之讹，追，随享。尊食：庙食，在宗庙中受祭祀。宗绪：此指祭汤的宗庙。二句意谓：为何伊尹终于做了汤的相，而与汤一起在宗庙中受祭祀？

（三三）

彼王纣之躬，孰使乱惑？何恶辅弼，谗谄是服？厥萌在初，何所亿焉？璜台十成，谁所极焉？

［注释］

(1) 彼王纣之躬，孰使乱惑——王纣：纣王。躬：自身。乱惑：昏乱迷惑。二句意谓：那纣王本身，是谁使他昏乱迷惑，倒行逆施？ (2) 何恶辅弼，谗谄是服——恶：憎恶。辅弼：帝王左右辅佐之臣。谗：谗言，说别人的坏话。谄：说奉承话。服：用。二句意谓：为何憎恶辅佐忠臣，而信任重用进谗献媚的小人？ (3) 厥萌在初，何所亿焉——萌：萌芽。何：应作“谁”解。亿：通“臆”，揣度；预料。二句意谓：那最初萌芽时期的事物（指纣王之骄奢淫逸），谁能预料它发展到何等地步？(4) 璜台十成，谁所极焉——璜台：玉石砌成的高台；或指雕饰华贵，富丽堂皇的高台。十成：十重。极：至；达到，此指达到高度。二句意谓：十层的璜台，是谁建筑得这么高大？

（三四）

比干何逆，而抑沉之？雷开何顺，而赐封之？何圣人之一德，卒其异方？梅伯受醢，箕子详狂？

[注释]

(1) 比干何逆，而抑沉之——比干：人名，是纣王的忠良之臣，因劝谏纣王而遭杀害。逆：拂逆，违背，此指违逆纣王的骄固之心。抑沉：压抑，沉沦，埋没。之：称代比干。二句意谓：比干是怎样触犯了纣王，而被杀害埋没？ (2) 雷开何顺，而赐封之——雷开：人名，是纣王的奸臣，因他善于奉承纣王而大受爵禄重赏。顺：顺承，逢迎。二句意谓：雷开是怎样顺从纣王，而对他赐禄封爵？ (3) 何圣人之一德，卒其异方——一德：具有一致的品德。卒：终；最后。其：乃。异方：不同的方法和途径。二句意谓：为何圣人本来具有一致的品德，最后却采取了不同的方法，走了不同的道路？（即指下文梅伯以谏死，箕子不死而佯狂为奴。） (4) 梅伯受醢，箕子详狂——梅伯：人名，纣的诸侯，因屡次劝谏纣王，纣施淫威，杀害了他。受：被。醢：hǎi（海）。肉酱，此指把人剁成肉酱的一种酷刑。箕子：人名，纣的忠臣，谏纣不纳，他便披发装疯而逃到远方做奴隶。详狂：详，即“佯”，假装。佯狂，假装疯狂。

（三五）

会鼂争盟，何践吾期？苍鸟群飞，孰使萃之？列击纣躬，叔旦不嘉。何亲揆发足，周之命以咨嗟？

[注释]

(1) 会鼂争盟，何践吾期——会：会合。鼂：同“朝”，音 cháo（潮）。聚会之意。会朝，是朝会之倒文。争盟：一本作“请盟”。请，告于天。盟，誓于神。此言周武王在盟（孟）津大会诸侯，准备联合伐商。据《史记·周本纪》载：“不期而会盟津者八百诸侯。”践：践约；赴会。吾：可能是“武”字之声误，指武王。期：会盟之期。二句意谓：诸侯聚会盟誓，准备伐商，为何大家都能按武王会盟之期到达？ (2) 苍鸟群飞，孰使萃之——苍鸟：苍鹰，此处以这种鸷禽比喻武王之师十分强大勇猛。萃：cuì（粹）。会集。二句意谓：武王之师强大勇猛，如同苍鹰群飞，是谁使他们会合起来的呢？ (3) 列击纣躬，叔旦不嘉——列：王逸《章句》原作“到击纣躬”。洪氏校文：“到，一作列。”朱熹《集注》（《天问》）即以“列击纣躬”出之，并注曰：“列，一作到。非是。”游国恩《天问纂义》云：“到，当作列，形近而误。按：列，杀也。”一说，“列”通“裂”，此指分裂纣的尸体。击：刺。躬：体。据《史记·周本纪》所载：武王曾对纣王的尸体射了三箭，又用轻剑击之，用黄钺斩其头，悬挂在白旗之上。叔旦：即周武王之弟，又称周公。嘉：嘉许；称赞。二句意谓：武王曾对纣王的尸体先分解又砍头，其弟周公叔旦不赞成这种做法。 (4) 何亲揆发足，周之命以咨嗟——揆：度量；谋虑。发足：举足；启行，谓武王兴师伐纣事。周之命：指周武王灭商，号令天下。以：而。咨嗟：表示感叹，赞美。二句意谓：周公叔旦为何又亲自参与谋画并赞助武王一同发兵伐纣？为何又为周朝号令天下而赞美感叹？

（三六）

授殷天下，其德安施？及成乃亡，其罪伊何？争遣伐器，何以行之？并驱击翼，何以将之？

［注释］

(1) 授殷天下，其德安施——授殷天下：言天帝以天下授予殷。其德：指称殷人之德政。施：行。二句意谓：上帝将天下授予殷人，他们是如何施行德政的呢？ (2) 及成乃亡，其罪伊何——及：到；达到。成：成功。乃：却。其：代称殷人。伊：是。二句意谓：殷人已经成功了，却又灭亡，他们的罪过又是什么呢？ (3) 争遣伐器，何以行之——遣：使；用，此处有动用、拿起之意。伐器：攻伐之器，各种兵器。行：动，发动。行之，指武王发动八百诸侯。二句意谓：八百诸侯争相拿起武器联合伐纣，武王是怎样发动他们的呢？ (4) 并驱击翼，何以将之——并驱：并驾齐驱。击翼：攻敌两翼。将：统率，指挥。二句意谓：武王伐纣的军队并驾齐驱，攻敌两翼，是怎样指挥他们的呢？

（三七）

稷维元子，帝何竺之？投之于冰上，鸟何燠之？何冯弓挟矢，殊能将之？既惊帝切激，何逢长之？

［注释］

(1) 稷维元子，帝何竺之——稷：即后稷，名弃，古代传说帝喾的长子。维：是。元子：长子，特指嫡妻所生的长子。帝：指帝喾。一说指天帝。（实际上，古人心目中，帝喾也是天帝之一，他既是人，又是神。）竺：“毒”之通假，憎恶之意。之：称代后稷。二句意谓：后稷是帝喾嫡妻所生的长子，帝喾为何要憎恶他？ (2) 投之于冰上，鸟何燠之——

之:代后稷。燠:yù(玉)。温暖。据《诗·大雅·生民》云:帝喾元妃姜嫄,踩了巨人的脚印,便怀了孕,生下后稷,其父母以为不吉利,将他抛弃在河冰之上,有神鸟飞来,用羽翼覆盖着暖他,因而没有冻死。二句意谓:把后稷投弃到河冰之上,大鸟为何用羽翼暖他? (3) 何冯弓挟矢,殊能将之——冯:píng(凭)。持;挟。冯弓挟矢,是指后稷挟弓带箭,精通武艺。这大概是说后稷任司马时候的事(从刘盼遂先生说)。殊:极;很;特出。将:统率,此指统率军队之才能。二句意谓:后稷为何挟弓带箭,很有统率军队的本领呢? (4) 既惊帝切激,何逢长之——既:既然。惊帝:惊动天帝。《诗·大雅·生民》云:"以赫厥灵,上帝不宁,不康禋祀,居然生子。"是说后稷始生时,大有灵异,上帝也受到激烈震惊,不得安宁。切激:激烈。逢:遇。长:昌盛久长。二句意谓:既然后稷降生时激烈地惊动了上帝,为何反使他的后代昌盛久长呢?

(三八)

伯昌号衰,秉鞭作牧。何令彻彼岐社,命有殷国?迁藏就岐,何能依?殷有惑妇,何所讥?

[注释]

(1) 伯昌号衰,秉鞭作牧——伯昌:即周文王,名昌,因为纣时他是西方诸侯之长,所以称为西伯。号衰:言文王在殷朝衰微末季而能发号施令。秉鞭:秉,执。鞭,比喻政令。执鞭,谓执政。牧:古时治民之官。《书·立政》:"宅乃牧。"孔颖达《疏》引郑玄注:"殷之州牧曰伯,虞、夏及周曰牧。"作牧:作西方六州之牧,行使政治权力。此句犹贾谊《过秦论》所云"振长策而御宇内"之意。二句意谓:周文王伯昌于殷朝衰微之际能发号施令,作西方之牧,掌握政权。 (2) 何令彻彼岐社,命有殷国——何:如何。令:命令;使。彻:通"撤",撤除;毁弃。岐社:岐地的社庙。古代建国必定立社庙以祭祀土地之神,并作为政权的象征。岐社,即周的社庙。周武王伐纣灭殷之后,迁都于丰,另立社庙于新都,故令撤彼岐社。命:天命。有:享有;占有。有殷国,犹言取代殷朝统治而有天下。二句意谓:是怎样命令撤除那岐地的社庙,而天命周武王取代殷国享有天下? (3) 迁藏就岐,何能依——迁:迁移。藏:zàng(葬)。宝藏,资财。就:到。依:依附;相从。二句意谓:周的祖先携带财宝,率领族众,由邠地迁移定居于岐地,广大群众为何能依从、追随他呢? (4) 殷有惑妇,何所讥——惑妇:迷惑人的妇女,指妲(dá达)己。据史书记载:殷纣王迷恋妲己,暴虐荒淫。讥:讽谏。二句意谓:殷王朝有迷惑纣王的妇女妲己,对纣王还有什么可以讽谏的呢(讽谏又有何用)?

(三九)

受赐兹醢,西伯上告。何亲就上帝罚,殷之命以不救?

[注释]

(1) 受赐兹醢,西伯上告——受:即纣王之名。兹:此。醢:肉酱,此指纣王将直言敢谏的梅伯剁成肉酱。西伯:即周文王。上告:指上告于天。二句意谓:殷纣王将梅伯剁成肉酱分赐给诸侯,周文王向上帝控告纣王的倒行逆施。 (2) 何亲就上帝罚,殷之命以不救——就:受。古代《诗经》《尚书》称"天帝"为"上帝"。此处亦然。命;命运。二句意谓:为何纣王亲身受到上帝的惩罚,殷朝的命运不可救药?

(四〇)

师望在肆,昌何识?鼓刀扬声,后何喜?武发杀殷,何所悒?载尸集战,何所急?伯林雉经,维其何故?何感天抑墬,夫谁畏惧?皇天集命,惟何戒之?受礼天下,又使至代之?

[注释]

(1) 师望在肆,昌何识——师望:吕望,即姜太公,因为他是太师,所以称作师望。肆:商店。昌:周文王之名。二句意谓:太师吕望在商店中卖肉,周文王怎么识别他是贤才呢? (2) 鼓刀扬声,后何喜——鼓刀扬声:操着屠刀宰牲畜,发出砍肉之声。鼓刀,也可解为敲击屠刀。后:指文王。《说苑》载:"太公尝屠牛于朝歌,卖饭于孟津。"二句意谓:吕望操刀砍肉之声传出来,文王听到以后为何那么高兴,并请他做辅佐大臣? (3) 武发杀殷,何所悒——武发:周武王之名。殷:指称殷纣王。据《史记·殷本纪》载:纣兵败,见大势已去,登鹿台,投火而死。周武王便斩下他的头颅,悬在大白旗的旗杆上。悒:yì(义)。郁郁忧闷。二句意谓:周武王杀掉纣王,为何那样忧闷悒悒? (4) 载尸集战,何所急——载尸:此指武王以车载着文王的木主,继承文王未竟之业,誓师伐纣。集战:会战。二句意谓:周武王载着文王的木主(牌位)与纣王会战,究竟为何这么急迫？ (5) 伯林雉经，维其何故——伯林：伯，疑为“燔”字的声误，烧。林，薪木。雉经：吊死。二句意谓：纣王投火烧死，他的妃嫔也都纷纷吊死，是为了什么缘故？ (6) 何感天抑墜，夫谁畏惧——感天抑墜：感天动地。抑，动。墜，古“地”字。此“感天抑墜”，指武王载文王木主与纣王会战，以求感动天地神灵。二句意谓：为何周武王载木主会战纣王，而求感动天地神明。既是正义之师，却又求助神灵，又畏惧什么呢？ (7) 皇天集命，惟何戒之——集命：降赐天命，让某姓享国，此指让殷统治天下。惟：语首助词。戒：戒慎警惕。二句意谓：皇天降命让殷统治天下，殷应如何自知戒惧？ (8) 受礼天下，又使至代之——受：见前注。礼：同理、履。至：周之假借。二句意谓：纣王治理天下，皇天又为何使周取而代之？

（四一）

昭后成游，南土爰底。厥利惟何，逢彼白雉？穆王巧梅，夫何为周流？环理天下，夫何索求？

［注释］

(1) 昭后成游，南土爰底——昭后：即周昭王。成游：成，或为“盛”之讹，盛游，是以兵车随从而出巡，即《吕氏春秋》所说的昭王亲征荆之事。南土：南方，指荆楚之地。爰：助词。底：至。《史记·周本纪》（《正义》）引《帝王世纪》云：“昭王德衰，南征，济于汉，船人恶之，以胶船进王，王御船至中流，胶液船解，王及祭公俱没于水中而崩。”二句意谓：周昭王以盛大之车马随从南巡，到达南方荆楚之地。 (2) 厥利惟何，逢彼白雉——厥：其，代昭王。利：贪求之利。惟：为；是。逢：迎。白雉：白羽的山鸡。毛奇龄《天问补注》引《竹书纪年》云：“昭王之季，荆人卑词致王曰：‘愿献白雉。’昭王信之而南巡，遂遇害。”按：现今可考见之《竹书纪年》遗文中无此等文字。二句意谓：昭王所贪求之利是什么？难道只是要去迎白羽的山鸡吗？ (3) 穆王巧梅，夫何为周流——穆王：周穆王。巧：淫贪喜好。梅：王夫之以为是“枚”字之讹。枚，即策，马鞭。巧枚，即耽于驱策游猎。梅，一作梅。王逸注：“梅，贪也。”桂馥《札朴》：“按：梅，当作挴。《广韵》：‘挴，贪也。’”周流：犹周游。二句意谓：穆王耽于驱策游猎，他为何周游四方？ (4) 环理天下，夫何索求——环理：即还履，犹周游。二句意谓：穆王周游天下，他索求的是什么呢？

（四二）

妖夫曳衒，何号于市？周幽谁诛？焉得夫褒姒？天命反侧，何罚何佑？齐桓九合，卒然身杀？

［注释］

（1）妖夫曳衒，何号于市——妖夫：此指行动怪异反常的夫妇。曳：牵挽。衒：xuán（玄）。炫耀。号：叫，此指沿街叫卖。据《国语·郑语》及《史记·周本纪》所载：周幽王的祖父周厉王时，有一个宫女碰到龙沫所化的玄鼋而怀孕，无夫而生一女，以为不祥，便将女孩扔掉。宣王时有童谣说："檿弧箕服，实亡周国。"（檿弧：山桑所制之弓。箕服：箕木所制箭袋。）一天，果然有一对夫妇在市上叫卖檿弧箕服，宣王下令杀他们，他们就在深夜逃亡，在路上见到那被弃女婴，带着她跑到褒国。以后，幽王伐褒，褒人就献上该女以讨好（这女子便是褒姒）。幽王宠爱褒姒，荒淫无道，终于灭亡。二句意谓：妖异的夫妇相挽而行，招摇过市，叫卖的什么？　（2）周幽谁诛？焉得夫褒姒——周幽：周幽王。谁诛："诛谁"之倒文，诛伐何国？焉：安，何。二句意谓：周幽王曾诛伐何国？如何得到了美女褒姒？　（3）天命反侧，何罚何佑——天命：上天之命；上天之道。反侧：反复无常。何罚何佑：疑为"何佑何罚"之误倒。佑：保佑；佑助。二句意谓：天命反复无常，惩罚谁保佑谁？　（4）齐桓九合，卒然身杀——齐桓：齐桓公，春秋五霸之一。九合：指齐桓公曾九次会盟诸侯，成为盟主。卒然：终于；最后。身杀：自身被杀。据《管子·小称》《韩非子·十过》云：齐桓公后来任用奸臣易牙、竖刁等人，引起内乱，终于被困宫中身亡。二句意谓：齐桓公曾九次召集诸侯会盟，最后为何又自身被杀？

（四三）

彭铿斟雉，帝何飨？受寿永多，夫何长？中央共牧，后何怒？蠭蛾微命，力何固？

［注释］

（1）彭铿斟雉，帝何飨——彭铿：即彭祖之名，相传他是八百岁的长寿老者。斟雉：烹调雉肉以为羹。帝：此指帝尧。飨：享用，指享用雉羹。二句意谓：彭铿调制雉羹进献，帝尧为何享用美味的雉羹？（2）受寿永多，夫何长——受寿：指帝尧吃了彭铿调制的雉羹而得享高寿。永多、长：义同，指寿命长久。二句意渭：帝尧因吃了雉羹而享高寿，他的寿命是多么长呢？（3）中央共牧，后何怒——中央：此言周朝统治政权。共：此指共伯和。据《史记·周本纪》载："共伯名和，好行仁义，诸侯贤之。周厉王无道，国人作难，王奔于彘，诸侯奉和以行天子事。"牧：牧民，即治民，执政。"中央共牧"，就是指周厉王奔彘后，共伯和代天子执政的情况。后：此指厉王。怒：指厉王之灵怒而降灾为祟。据史书所载：厉王崩于彘，共伯准备篡位自立为天子，适时大旱为灾，房屋被烧，卜辞说是厉王为祟。（以上参用闻一多先生《楚辞校补》说）二句意谓：周朝中央政权由共伯执掌，为何厉王之灵怒而降灾？（4）蠭蛾微命，力何固——蠭蛾：蜂蚁的古体。古代史籍多有以蜂蚁喻叛民之例，如《史记·项羽本纪》"楚蠭起之将"；《陈球后碑》"蠭聚蛾动"；《淮南子·兵略篇》"天下为之麋沸蚁动"；《后汉书·冯衍传上》"天下蛾动"。此处"蜂蚁"是比喻奋起反叛周厉王的民众。微命：本指细小的生命，此处似又有社会地位低微的含义。力何固：力何强。据史书载：厉王无道，国人怒而攻之，厉王逃彘，又包围搜求太子，最后召公以自己的儿子冒充太子，被国人杀掉。（以上参用闻一多先生《楚辞校补》说）二句意谓：蜂蚁般的反叛厉王的民众社会地位本是卑微的，可是他们组织起来之后，力量是多么强大啊！

（四四）

惊女采薇，鹿何祐？北至回水，萃何喜？兄有噬犬，弟何欲？易之以百两，卒无禄？

［注释］

（1）惊女采薇，鹿何祐——惊女：为"女惊"之倒文。惊又通儆（警），警戒，劝止。《文选》刘孝标《辨命论》云："夷叔毙淑媛之言，子舆困臧仓之诉。"李善注引《古史考》云："伯夷、叔齐者，殷之末世孤竹君之二子，隐于首阳山，采薇而食之，野有妇人谓之曰：'子义不食周粟，此亦周之草木也。'于是饿死。"五臣注："夷、齐饿于首阳，白鹿乳之。"祐：一本作佑，助。（2）北至回水，萃何喜——回水：河曲之水，即首阳山之所在。萃：古通悴（顇）。悴何喜：意谓伯夷、叔齐北至回水，饥饿憔悴，视死如归，究竟为何那样乐于就义？一说，萃，训聚，指夷、齐兄弟相聚。

四句意谓：淑女之言警醒了在首阳山采薇而食的伯夷、叔齐，他们便不再采薇，而白鹿何以又哺乳而佑助他们？夷、齐北行至河曲之水、首阳之山，饥饿憔悴，为何视死如归，乐于就义？　(3) 兄有噬犬，弟何欲——兄：指春秋时之秦景公。噬犬：善噬的猛犬。弟：指秦景公之弟鍼。二句意谓：兄长秦景公有善噬的猛犬，他的弟弟为何想要？(4) 易之以百两，卒无禄——百两：百辆。禄：爵禄。二句意谓：鍼用百辆大车去换取噬犬，其兄不允，鍼后来出奔晋国，为何终于丧失了爵禄？

（四五）

吴获迄古，南岳是止。孰期去斯，得两男子？勋阖梦生，少离散亡。何壮武厉，能流厥严？

［注释］

(1) 吴获迄古，南岳是止——吴：古代南方诸侯国名。迄古：终古。南岳：此处泛称会稽山水。（会稽山一名衡山，又称南岳。）止：居留。二句意谓：吴国得以传世久远，居留于南岳之地。　(2) 孰期去斯，得两男子——期：希望；想到。去：疑为"夫"之讹，犹"于"。斯：指示代词，这里指吴地。两男子：指古公亶父的长子太伯及次子仲雍。古公亶父偏爱幼子季历并想将王位传给他。太伯、仲雍得知后，相率奔吴。吴地之民拥戴太伯为君，太伯死后，又继立仲雍为君。二句意谓：谁能想到在这吴地，得到了两位有才有德的男子先后做吴国之君？　(3) 勋阖梦生，少离散亡——勋：功勋。阖：阖庐。梦：即寿梦，阖庐的祖父。生：古"姓"字，子孙，或专指孙子。勋阖梦生（姓）：是说"有功勋的阖庐，是吴王寿梦的孙子"。少：年少，此指闽庐年少时。离：同"罹"，遭遇。少离散亡：是指吴王阖庐少年时流亡外地之事。王逸《章句》云："寿梦卒，太子诸樊立；诸樊卒，传弟余祭；余祭卒，传弟夷未；夷未卒，太子王僚立。阖庐，诸樊之长子也，次不得为王，少离散亡，放在外。"二句意谓：有功勋的阖庐是寿梦之孙，少年时却遭流亡之难。　(4) 何壮武厉，能流厥严——壮：壮大。武厉：厉武之倒文，奋发其武威。流：行；施。严：庄字之借。二句意谓：阖庐何以能在壮大时奋发勇武，施行其威严？

（四六）

吴光争国，久余是胜？何环穿自闾社丘陵，爰出子文？吾告堵敖以不长。何试上自予，忠名弥彰？

［注释］

(1) 吴光争国，久余是胜——吴光：吴公子光，即阖庐。争国：指阖庐与王僚争国而得立(言外之意是阖庐取之不以道)。久：长，常。余：指楚。二句意谓：吴公子光与王僚争国得立，为何能常常战胜我们？(2) 何环穿自闾社丘陵，爰出子文——一本作："何环闾穿社，以及丘陵？是淫是荡，爰出子文？"环穿：环绕穿行。闾：古制二十五户为闾，或称社、里。爰：乃。子文：即楚令尹子文。据传楚大夫斗伯比与䢵子之女私通而生子文。《左传》宣公四年云："初，若敖娶于䢵，生斗伯比。若敖卒，从其母畜于䢵，淫于䢵子之女，生子文焉。䢵夫人使弃诸梦(指云梦泽)中，虎乳之。䢵子田，见之，惧而归。夫人以告，遂使收之。楚人谓乳谷，谓虎於菟，故命之曰斗谷於菟。以其女妻伯比。"二句意谓：斗伯比环绕穿行于闾社丘陵之间，与䢵女私通，何以能生出子文这样的贤才？ (3) 吾告堵敖以不长——吾告：疑二字为"牾"字之讹。"牾"同"啎"(忤)，忤逆；不顺；抵触。堵敖：即楚文王之子熊囏(古艰字)。楚文王死后，堵敖继位。其弟熊恽弑堵敖而自立为王(即成王)。堵敖只享国五年。二句意谓：熊恽与其兄堵敖相抵触，并杀死他，因此堵敖享国不久长。 (4) 何试上自予，忠名弥彰——试："弑"之讹。上：主上，指堵敖。予：疑为"干"字之讹，求取。自干，指熊恽自取君位。弥：更加。彰：昭彰。二句意谓：为何熊恽弑兄自立为王，反而更加忠名昭彰？

(四七)

薄暮雷电，归何忧？厥严不奉，帝何求？伏匿穴处，爰何云？荆勋作师，夫何长？悟过改更，我又何言？

［注释］

(1) 薄暮雷电，归何忧——《屈原赋校注》云："余疑自此以下至篇末，皆就当时楚事发为慨感，盖呵问之义已毕，因以思及家国，问义未竟，而哀感袭来，不能自已，遂牵连揉杂，呛呼为问，而作结也。薄暮雷电云云，即风雨如晦之义。"二句意谓：黄昏时雷电交加，我要归于居处，何其忧伤啊？ (2) 厥严不奉，帝何求——严：国家与君王的威严。奉：遵奉；保持。帝：天帝。二句意谓：那国君的威严不能保持，信任佞臣，倒行逆施，还向上帝祈求什么呢？ (3) 伏匿穴处，爰何云——穴处：住在洞穴中。爰：乃。这两句是屈原自伤之词，意谓：我将退处山水之间，伏匿居住于洞穴之中，又有什么可说的呢？ (4) 荆勋作师，夫何长——荆：即楚国。勋：疑为“动”字形近之讹。动，此指动兵。作师：兴师。此指发兵与秦国作战。二句意谓：楚国动兵打仗，这怎能久长呢？ (5) 悟过改更，我又何言——悟过：觉悟而悔过。改更：改过自新。二句意谓：楚怀王能够觉悟而悔过，改正错误，我又有什么可说的呢？

［译文］

（一）

在那远古的开端，
由谁来导引流传？
当时天地尚未成形，
依据什么考究分明？
时暗时明，混沌鸿濛，
谁人又能知其究竟？
元气冯翼充盈，只有想象之影，
根据什么能够认清？

（二）

白昼光明，黑夜幽暗，
这是什么因缘？
阴阳交合而生万物，
什么是其根本，又是怎样演变？
圆天共有九重，
是谁对它度量经营？
这是何等伟大功劳！
是谁最初将它创造？

（三）

天体运转的枢纽，
那大绳都向何处维系？
天的极远边际，

都是延伸到何地？
八根擎天神柱，
都是撑在什么去处？
大地倾陷东南一隅，
究竟又是什么缘故？

（四）

九天之间的边界，
各到何处？怎样连属？
天之九野，角落极多，
有谁知道它的数目？
天似穹庐，
它在哪里与大地会合遮覆？
太阳周天运行，
十二辰如何划分无误？
太阳、月亮都和什么相连？
众多星宿分别陈列何处？

（五）

太阳每天从那汤谷出来，
又到蒙水之滨止宿。
从日出辉煌到日落黑暗，
它到底走过多少路途？
月亮有何本性，
它死后又能复生？
对月亮有什么好处，
而有蟾蜍在它腹中？

（六）

女歧没有匹偶，
九个儿子怎样生出？
北方的风神伯强身居何地？

惠风又在何处？
为何天门关闭就晦暗幽冥？
为何天门开启就大放光明？
角宿天门尚未放亮之际，
太阳在何处藏形？

（七）

雨师蓱翳，能呼云起雨，
云雨是怎样沛然而兴？
风伯飞廉，体似柔美之鹿，
又是怎样吹起大风而与云雨相应？
灵龟挥动四足，负载仙山，
怎能使之安然不动？
龙伯巨人将灵龟钓离大海，
又如何将其转移陆路而行？

（八）

九州都是安放何处？
为何又有深陷的河谷？
百川东流而大海不溢，
谁又知道它的原故？
大地从东到西、自南至北，
何者为长，何者为短？
大地南北顺长，
它比东西超出多远？

（九）

巍峨的昆仑、县圃，
它的山尾迤逦到何地？
昆仑之上又有增城九重，
它究竟高达几里？
四方的大门很多，

让谁出入其中?
西北大门敞开,
从此吹过哪方之风?

(一〇)

太阳的光辉何处不至?
为何烛龙又来照耀北方?
羲和的神车尚未开动,
为何若木之花便大放光芒?
何处冬季温暖?
何处夏季寒凉?
何处有石树如林?
什么野兽能把话讲?

(一一)

九头雄蛇忽来忽往,
它在何处隐藏?
哪里是不死之国?
长人防风氏又守卫何方?
蔓生的九瓣浮萍和枲麻之花,
都在何处生长?
巴蛇吞噬大象,
它是如何又大又长?

(一二)

黑水河、玄趾山、三危山,
它们各在何地?
食用木禾而延长天年,
绵绵寿命哪有终期?
人面的鲮鱼,虎爪的鬿雀,
又在何处何所?
后羿怎样勇射九日?

日中金乌如何羽翼脱落？

（一三）

古之圣者立为帝王，
由谁导引、尊奉而登上宝座？
女娲具有奇异之体，
是谁设计制作？
舜帝以干协之舞娱乐宾客，
为何就能使有苗氏怀归？
丰胸润肤的有苗之众，
何以养得如此之肥？

（一四）

鲧不能胜任治水大业，
民众为何对他拥戴推崇？
大家都说："何必为此担忧？"
为何不对他加以试用？
头似鸱鸟的巨龟，前后衔接，相随而行，
鲧为何听用其法，而筑长堤防洪？
伯鲧顺从众望而图谋成就治水之功，
帝尧为何却将他处以极刑？

（一五）

道路险阻，由西东行，
鲧如何越过崇山峻岭？
鲧死后化为黄熊，
巫师怎又使他复生？
大家都要播种黑黍，
就在蒲苇丛生之地开垦耕种。
为何将鲧投弃边荒，
而对他疾恨满盈？

（一六）

鮌被长期囚禁羽山，
为何三年还不将他释放赦免？
夏禹是由鮌腹所生，
他的性行如何发生异变？
夏禹继承前人之业；
成就先考之功。
他继续完成治水之事，
为何传说禹和鮌所用方法不同？

（一七）

洪水非常深广，
夏禹怎样用息壤将它填平？
禹将九州分列九等，
又如何筑堤防洪？
应龙助禹，以尾画地，
江河怎样顺势入海？
哪里有无角虬龙，
背负黄熊游戏往来？

（一八）

鲧曾经营何事？
禹又成就何功？
共工愤懑暴怒，
大地何故向东南斜倾？
禹致力献进其功，
降临察看天下地形。
怎又求得涂山少女，
和她在台桑私通？

(一九)

禹爱涂山之女而匹配交合，
生育夏启为其后嗣。
为何禹和众人嗜欲相同，
而一朝快于情爱之事？
夏启代益为王，
却又突遭叛乱之患。
夏后罹难，
为何又从挫折中顺利脱险？

(二〇)

禹与益均以谨敬为宗旨，
本身并无恶行。
为什么益的君位被启所取代，
而禹的子孙得以蕃衍昌盛？
启向上帝恭行至上的宾礼，
演奏那《九辩》、《九歌》之乐。
太康之母为其子忧苦成疾，
而且在启死之后国土分裂。
上帝遣命夷羿，
革除中国民众的忧患。
为何夷羿又射穿河伯的眼睛，
而将他的妻子霸占？

(二一)

羿有宝弓珧弧与上好的扳指圈，
前去将那肥大野猪射猎追赶。
为何羿将野猪肉献祭于天，
天帝却又不以为善？
寒浞娶了羿妃纯狐，
又曾迷乱她秘密合谋。

为何羿有射穿重革的神技，
却被寒浞、纯狐合力杀戮？

（二二）

嫦娥戴着项链、首饰，
穿着白霓之衣，
她为何装扮得这般美盛堂堂？
她从何处得到不死良药，
而又不能牢牢收藏？

（二三）

天栻经纬纵横，
象征阴阳消长之道。
如果阳气离绝，
生命就会终了。
大鸟为何飞腾长鸣？
又为何溘然丧生？

（二四）

过浇擅入兄嫂门户，
对她究竟有何要求？
为何少康纵犬逐兽，
而趁机砍落过浇之头？
女歧为浇缝制衣裳，
而且与浇同宿一房。
为何又把她的头颅砍落，
而使她亲身遭殃？

（二五）

过浇图谋整治军旅，
为何那样重视武力？
浇使斟寻的战船翻沉，

采用何计夺取胜利？
夏桀攻伐蒙山之国，
所得的是什么好处？
妹嬉为何那样放荡？
商汤为何对其无情诛戮？

（二六）

伊尹以美器进献美馔，
让汤帝欣然品尝。
为何辅佐商汤策划伐桀，
终于使桀因此灭亡？
商汤俯察四方的民情风俗，
巧遇并赏识伊尹。
为何夏桀自鸣条被放受罚，
而黎民大为欢欣？

（二七）

舜在家中饱受忧患，
其父为何使他无妻单身？
尧不告知舜父，
何以就将二女嫁为舜的亲人？
简狄在坛台之上，
帝喾为何祭社祈求上苍？
玄鸟致赠其卵，
简狄为何就得生子之嘉祥？

（二八）

舜依从他的弟弟，
其弟终于危害兄长。
为何象恣肆其犬豕之心，
而自身却未遭殃？
昏乱的弟弟与父母共同作恶，

谋害他的长兄。
为何变化无常、奸诈邪恶的象，
他的后代却绵延昌盛？

（二九）

王亥继承季的德行功业，
以他父亲为完美的榜样。
为何终在有易国被害，
并由别人放牧他的牛羊？
寄居有易国的牧人，
怎样与有易氏之女相逢？
王亥在床上先被击杀，
由谁传达了那道命令？

（三〇）

王恒秉承季的德行功业，
又怎样获得失去的大牛？
为何王恒营求颁赐的爵禄，
而不得回来享受？
昏微遵循祖先之德，
征伐有易，使其不得安宁。
但是为何又如众鸟集棘，
淫人妇女，情欲放纵？

（三一）

成汤前往东方巡视，
一直到达有莘之地。
他本想得一小臣，
为何却又娶得贤淑美妻？
从水滨桑木之中，
有莘之人得到了小子伊尹。
又为何厌恶他，

而使他充当陪嫁仆臣？

（三二）

汤在重泉被桀囚禁，后又放出，
他究竟有何罪过？
成汤不堪忍受而伐桀，
是谁挑起他心中的怒火？
其初成汤将伊尹用作小臣，
后来便辅佐汤王。
为何最终伊尹作汤的相，
死后也在汤庙荣受祭享？

（三三）

那纣王本身，
是谁使他成为惑乱之君？
他为何憎恶辅臣，
而信任谗谄小人？
事物萌芽之初，
谁能将它的后果预料？
玉石楼台共有十层，
是谁把它筑得这样崇高？

（三四）

比干怎样触犯了纣王，
而被埋没残杀？
雷开怎样顺从其主，
而使纣王厚赐爵禄于他？
为何圣人本有一致的品德，
最后却各行其道？
为何梅伯因直谏而被剁成肉酱，
箕子又装疯远逃？

（三五）

诸侯聚会盟誓，
为何都能践履武王会盟之期？
王师猛如苍鹰群飞，
谁使他们同心会集？
武王将纣王裂体斩首，
叔旦并不以此为然。
为何当初却共谋发兵讨纣，
并为周朝号令天下而赞叹？

（三六）

上帝将天下授予殷人，
他们怎样施行德政？
殷人成功后却又灭亡，
他们究竟有何罪行？
天下诸侯争先拿起武器，
武王怎样将他们发动？
并驾齐驱攻敌两翼，
武王又是如何指挥官兵？

（三七）

后稷既是元妃的长子，
为何帝喾又对他憎恶？
将后稷投弃于河冰之上，
大鸟为何用羽翼暖燠遮护？
后稷为何挟弓带箭，
特具将才而指挥有方？
他的降生使天帝大受惊扰，
为何又保祐他子孙繁昌久长？

（三八）

文王伯昌于衰微末世发号施令，
执掌政权作西方牧伯。
是怎样下令撤除岐地社庙，
而天命武王伐殷享国？
周之先祖携带财宝率众迁岐，
广大族众为何追随影从？
殷王朝有那惑人之妇，
对纣王谏诤又有何用？

（三九）

纣王将梅伯的肉向诸侯、大臣分赐，
文王向上帝告发纣的倒行逆施。
为什么殷纣王身受天罚，
殷朝的国运不可救拔？

（四〇）

太师吕望在店铺中卖肉，
周文王是怎样识别他的贤能？
吕望操刀砍肉之声从店中传出，
为何文王听到就大为高兴？
武王斩掉纣王头颅，
为何那样忧心忡忡？
武王车载文王木主与纣会战，
究竟如何这样忙迫倥偬？
纣王投火烧死，妃嫔悬梁自尽，
那是什么根源？
为何武王伐纣，要感动天地，
是谁使他畏惧不安？
皇天降命赐殷享国，
殷应如何自知谨饬？

纣王统治天下，
皇天为何又命周取而代之？

（四一）

周昭王以车马随从南巡，
到达南方楚地。
昭王所求何利？
难道只为迎那白羽山鸡？
穆王耽于驱策狩猎，
他为何四方周游？
巡行天下各地，
他究竟有何索求？

（四二）

妖异夫妇互相牵挽而行，
叫卖什么而招摇过市？
周幽王曾诛伐何国？
为何得到美女褒姒？
天命反复无常，
对谁保祐，对谁惩罚？
齐桓公九次会盟诸侯，
最后又为何被杀？

（四三）

彭铿调治雉羹进献，
帝尧为何欣享？
帝尧享有高寿，
他的寿命有多么久长？
中央政权由共伯执掌，
厉王显灵降灾，为何忿怒？
蜂蚁般微命之叛民，
他们的力量何等强固！

（四四）

淑女之言警醒了采薇的夷、齐，
为何白鹿又对他们哺乳佑助？
夷、齐北行，到达回水，饥饿憔悴，
他们为何乐于就死而不反顾？
兄长秦景公有那猛犬，
弟弟为何很想得此心爱之物？
甘愿以百辆大车交换，
为何终于丧失爵禄？

（四五）

吴国得以传世绵长，
居留于南岳一方。
谁能想到在这吴地，
得到了两位英明男子为王？
建树功勋的阖庐是寿梦之孙，
少小时却遭流亡。
为何壮大时则能奋发勇武，
赫赫威严施及四方？

（四六）

吴公子光与王僚争国得立，
为何这不义之君常能战胜我们？
伯比环绕穿行于闾社、丘陵之间，
与邧女私通邪淫，
为何却生出贤才子文？
熊恽与堵敖抵触，
弑君而自立为王，
因而堵敖享国不长。
为何弑君篡位的熊恽，
反而更加忠名昭彰？

（四七）

日暮黄昏，雷电交加，
将要归于居处，我是何等忧伤？
国君之威严不能保持，
还有什么要祈求上苍？
我被流放而伏匿洞穴之中，
又有什么可讲？
楚国动众兴师作战，
国运如何长远？
君王如能悔过自新，改弦易辙，
我又有何可言？

招魂

题解

关于本篇作者：一说为屈原；一说为宋玉；一说非屈非宋，乃汉代辞赋家之拟作。聚讼千载，各言其是。现在，姑且采取较有代表性的说法，即根据《史记·屈原贾生列传》认为《招魂》是屈原所作。

至于所招之魂为谁，古今学人，颇有异词：或云屈原自招生魂，或云屈原招怀王"生魂"，或云屈原招怀王"亡魂"，或云宋玉招屈原生魂，等等。然细绎文义，似以屈原招怀王"亡魂"之说为妥。

怀王因受谗臣欺诈蒙蔽，入秦而被扣留，竟客死于秦国。顷襄王即位，恣情淫逸，朝政昏乱，置国难父仇于不问。屈原当时已被流放江南，哀悼怀王，蒿目时艰，便根据楚地民间传统方式，作"招魂词"以招唤怀王之"亡魂"；且欲借此启发顷襄王发愤图强、复仇雪耻之志。

作品借助于丰富的想像力，运用民间传说，假设上帝命令巫阳到下界为其所暗示的人招魂。巫阳招魂之词，有两个主要内容：一方面极力描述天地四方的险恶恐怖，警告亡魂不要上天，不要入地，不要淹留四方，而要尽快返回故居；一方面百般铺叙故居的宫室苑囿之富丽堂皇，饮食乐舞之美盛，车马服御之华奢，劝告亡魂归来安享人间洪福。最后，在"乱辞"中，追忆往昔楚王游猎之盛况，感念目前的国忧君难，隐约透露爱国思君之情。"伤春心""哀江南"，正是本篇主旨所在。

原文及注释

朕幼清以廉洁兮，身服义而未沬。主此盛德兮，牵于俗而芜秽。上无所考此盛德兮，长离殃而愁苦。

［注释］

(1) 朕幼清以廉洁兮，身服义而未沬——朕：zhèn(振)。我，屈原自称。身：自身。服：行。沫：消散；终止；泯灭。一说，沫当作“沬”，通“昧”，幽微；暗淡；昏暗。二句意谓：我从年轻就清白而廉洁，自身行义不止。 (2) 主此盛德兮，牵于俗而芜秽——主：本义为君主，人主。此处作动词，以之为君主。盛德：此指有盛德之人君。牵：牵缠；牵累。俗：世俗，此指当时楚国统治集团腐朽贪暴的风气。芜秽：本指荒芜多草。此指品行有污点；败坏变质。一说，芜，“无”之借字。无秽，没有污点。二句意谓：以此有盛德之人（指怀王）为君主，可是，他却受统治集团腐朽风气的牵缠而败坏变质。 (3) 上无所考此盛德兮，长离殃而愁苦——上：君上；主上。考：成。又训考察。长：久；长远。离：通：罹”，遭逢。殃：祸殃。二句意谓：君上没有完成其盛德大功，以致长期遭逢祸殃。

帝告巫阳曰：“有人在下，我欲辅之。魂魄离散，汝筮予之。”巫阳对曰：“掌梦。上帝，其难从。若必筮予之，恐后之谢，不能复用。”

［注释］

(1) 帝告巫阳曰：“有人在下，我欲辅之。”——帝：上帝。（自此以下，是作者假想上帝与巫阳的对话。）巫阳：古代神话中的女巫，名阳。有人：此谓楚怀王。下：下界；人间。辅：佑助。三句意谓：上帝告诉巫阳说：“有一个人在下界，我想佑助他。” (2) 魂魄离散，汝筮予之——魂魄：古人迷信，认为人有一种无形的精神灵气，能离开人的形体而存在的精神叫魂；依附人的形体而显现的灵气叫魄。在此，魂魄即指灵魂。离散：此言怀王死后，其魂魄已脱离躯体而逸散四方。汝：称巫阳。筮：shì（是）。古代以蓍草占卜之术。予：同“与”，给。之：称代怀王。二句意谓：怀王的灵魂已经离散四方，你占卜一下，那灵魂在何处？寻找来交给他（指怀王之身），使其复活。 (3) 掌梦。上帝，其难从——掌梦：这是巫阳对上帝说，自己是掌管占梦的巫师。难从：此指难以从命，而将怀王之魂招来还于其身。按：古本“其”字前有“命”字，是。三句意谓：我不过是一个掌管占梦的巫师。上帝，您让我招来亡魂还于其身的命令恐难办到。（按：尽管巫阳如此说，可是，他仍然要执行上帝的命令，前去招怀王之魂。） (4) 若必筮予之，恐后之谢，不能复用——后：落在后面。之：指亡魂。谢：凋谢；消失。三句意谓：如果一定要占卜那灵魂在何处，并且找回来还给他，但只怕要落在亡魂消灭之后，不能再有什么用处。按:此三句是解释上文“其难从”的理由。

以上是第一部分,即全篇的引言,以虚构的上帝与巫阳的对话,道出招魂之原委。以下即转入“招魂词”的主体。

巫阳焉乃下招曰:

“魂兮归来!去君之恒干,何为乎四方些?舍君之乐处,而离彼不祥些。

［注释］

(1) 巫阳焉乃下招——意谓:巫阳于是到下界招魂。按:实则作者借巫阳之言抒发自己之情志。焉乃:犹“于是”。 (2) 魂兮归来!去君之恒干,何为乎四方些——去:离开。君:对灵魂的敬称,犹言“您”。恒:常,经常。干:躯干,躯体。何为:为何。些:suò(溹)。楚地方言的语气助词,也是巫术中的专用语。洪兴祖《楚辞补注》:“凡禁咒句尾皆称些,乃楚人旧俗。”据宋代沈括《梦溪笔谈》云:“今夔、峡、湖、湘及南北江獠人,凡禁咒句尾皆称‘些’,乃楚人旧俗。”三句意谓:灵魂啊,回来吧!离开您经常寄托的躯体,飘流到四方去做什么呢? (3) 舍君之乐处,而离彼不祥些——舍:舍弃;抛开。乐处:安乐居息之所。离:同“罹”,遭遇。不祥:不吉利之事,指天地四方之险恶灾异。二句意谓:舍弃您安乐居息的处所,因而遭遇各种不吉利的险恶灾异之事。

魂兮归来!东方不可以托些!长人千仞,惟魂是索些。十日代出,流金铄石些。彼皆习之,魂往必释些。归来兮,不可以托些。

［注释］

(1) 魂兮归来!东方不可以托些——东方:据《山海经》记载神话传说,东海之外,大荒之中,有大人之国。托:寄托,身居其地。二句意谓:灵魂啊,归来吧!东方是不可寄居的啊! (2) 长人千仞,惟魂是索些——长人:巨人。仞:rèn(刃)。古制八尺为一仞。一说七尺。索:搜求。蒋骥《山带阁注楚辞》曰:“《大荒经》:‘有神名赤郭,好食鬼。’《神异经》:‘东方有食鬼之父。’即长人之类也。”二句意谓:东方巨人身高千仞,专门搜求人的灵魂来吃。 (3) 十日代出,流金铄石些——十日：十个太阳。古代传说东方有扶桑之木，上有十日。代："并"字之讹。古本"代"作"并"。《艺文类聚》卷一、《白帖》卷一、《太平御览》卷四、《合璧事类前集》卷十一注引此文皆作"并出"，是。又，《庄子》云："昔者十日并出，万物皆照。"《淮南子》云："尧时十日并出，草木焦枯。"可为旁证。并出，指同时出现于天空。流金：由于酷热，使金属熔为液体而流动。铄：shuò（朔）。销熔。铄石，将石头销熔。二句意谓：东方有十个太阳同时出现在天空，极为灼热，它们将金属熔为液体而流动，将石头也化为岩浆。（4）彼皆习之，魂往必释些——彼：指那东方长人。习：习惯于。之：指代"十日并出"的酷热。释：熔解，熔化。二句意谓：那东方长人都习惯于十日并出的酷热，而一般人的灵魂在那地方必定被熔化为乌有。

魂兮归来，南方不可以止些！雕题黑齿，得人肉以祀，以其骨为醢些。蝮蛇蓁蓁，封狐千里些。雄虺九首，往来倏忽，吞人以益其心些。归来兮，不可以久淫些！

［注释］

（1）南方不可以止些——南方：指南方边荒之地。止：停留。此谓：南方边荒之地也不可停留啊。（2）雕题黑齿，得人肉以祀，以其骨为醢些——雕：雕刻，刺。题：额。雕题，是说南方的野蛮人将额上刺刻花纹，并以颜色涂之。黑齿：指南方的野蛮人用漆把牙齿涂黑，作为装饰。得人肉以祀：此指南方的野蛮人得到人肉而用来祭祀鬼神。一说，此句"人"下无"肉"字。醢：hǎi（海）。肉酱。或云，杂骨之肉酱。三句意谓：南方的野蛮人在额上刺刻花纹，并将牙齿涂染黑漆，取人肉祭祀鬼神，又把带骨之肉剁成肉酱。（3）蝮蛇蓁蓁，封狐千里些——蝮蛇：一种毒蛇，体有黑褐色斑纹。蓁蓁：zhēn（真）。此指群蛇聚集貌。封狐：大狐狸。封：大。千里：指大狐狸出没往来于千里之地，遍及各处。二句意谓：蝮蛇成群聚集在山林之间，大狐狸往来出没于千里之地。（4）雄虺九首，往来倏忽，吞人以益其心些——雄：大。虺：huǐ（毁）。一种毒蛇。首：头。倏：shū（书）。极快地。倏忽，是联合式的合成词。益其心：补益其心。一说，指满足心愿。三句意谓：大毒蛇有九个头，非常迅疾地往来爬行，吞人以补益其心。（5）久淫——久久淹留。淫，淹留。又训"游"。

魂兮归来，西方之害，流沙千里些！旋入雷渊，爢散而不可止些。幸而得脱，其外旷宇些。赤蚁若象，玄蜂若壶些。五谷不生，丛菅是食些。其土烂人，求水无所得些。彷徉无所倚，广大无所极些。归来兮，恐自遗贼些！

［注释］

(1) 西方之害，流沙千里些——西方：西方荒凉的大沙漠地带。流沙：指沙漠在狂风中，沙石被风吹得滚滚滔滔，如大水奔流。千里：形容流沙之广，纵横千里。　(2) 旋入雷渊，爢散而不可止些——旋：旋转。旋入，卷进。雷渊：古代神话传说中的大泽名，或指雷泽，《山海经》云："雷泽中有雷神，龙身而人头。"爢：mí(迷)。粉碎，破碎。爢散，碎裂。不可止：指身陷绝地，大难不止。二句意谓：人的魂魄将被暴风卷进雷渊，肢体糜烂破碎而不可收拾。　(3) 幸而得脱，其外旷宇些——脱：脱身于雷渊。旷宇：旷远无际之荒野，即无人之境。二句意谓：即使幸而得从雷渊脱险，可是那雷渊之外又有旷远辽阔的无人之境。　(4) 赤蚁若象，玄蜂若壶些——赤蚁：红色巨蚁。若象：形体如象之硕大。玄蜂：黑色毒蜂。若壶：蜂腹大如葫芦。按：壶，读作"瓠"，大葫芦。即《诗·豳风·七月》："八月断壶"之"壶"。传说赤蚁、玄蜂都有毒刺，能螫死人畜。蒋骥《山带阁注楚辞》："《八纮译史》：'蚁国在极西，其色赤，大如象。'《五侯鲭》：'大蜂出昆仑，长一丈，其毒杀象。'盖即此类。"又，洪兴祖《楚辞补注》："言旷野之中有赤蚁，其状如象；又有飞蜂，腹大如壶，皆有蠚毒，能杀人也。"(按：蠚，即"螫"义。又，俗称之胡蜂，或即"壶蜂"一声之转，谓"腹大如壶"之蜂。又，本文之"壶"字，是指能作"腰舟"的一种葫芦，体长腰细，蒂之近端如蜂腹，远端呈圆球形。)　(5) 五谷不生，丛菅是食些——菅：jiān(坚)。一种多年生草本植物，叶细长，根坚韧，俗称白茅草。二句意谓：西方沙漠之地，土质瘠薄，五谷不能生长，人们只能吃那丛生的菅草。　(6) 其土烂人，求水无所得些——其土：那西方的土地。烂人：指西方土地灼热，能将人的身体炙烤到焦烂程度。二句意谓：那西方的土地灼热，能烤烂人体，无处能求得水源。　(7) 彷徉无所倚，广大无所极些——彷徉：páng yáng(旁羊)。犹"彷徨"，游荡无定，徘徊各处。倚：依托，依靠。极：尽，终，止境，边际。二句意谓：在西方游荡无定，无依无靠，那沙漠地带广大无边。　(8) 恐自遗贼些——遗：wèi(畏)。给予。贼：害。此谓：恐怕给自己招来灾害。

魂兮归来，北方不可以止些！增冰峨峨，飞雪千里些。归来兮，不可以久些！

［注释］

(1) 北方不可以止些——北方：指北方极边之地。止：停留。此谓：北方极边之地也不可停留。　(2) 增冰峨峨——增："层"之通假。增(层)冰，层层凝积之坚冰。峨峨：高耸貌。此谓：层层凝积之冰，峨峨如高山耸立。　(3) 久——长久滞留。

魂兮归来，君无上天些！虎豹九关，啄害下人些。一夫九首，拔木九千些。豺狼从目，往来侁侁些。悬人以嬉，投之深渊些。致命于帝，然后得瞑些。归来，往恐危身些！

［注释］

(1) 无——勿，不要。　(2) 虎豹九关，啄害下人些——虎豹九关：虎豹把守着九重天门。啄：噬啮。害：杀害。下人：下方之人。二句意谓：天门九重，都有虎豹把守，下方之人想上天界，虎豹就咬死他。这是说，天也不可上。　(3) 一夫九首，拔木九千些——夫：成年男子之称。此处指传说中的巨人。九首：九个头。拔木九千：指这九头巨人从朝至暮拔大树九千棵，强梁有力。二句意谓：天上又有九头巨人，十分强梁有力，自朝至暮能拔大树九千棵。(九千：极言其多。)　(4) 豺狼从目，往来侁侁些——从：通"纵"。直，竖起。豺狼从目，是说那九头巨人像豺狼一样竖起眼睛。王夫之《楚辞通释》："豺狼从目，言此九首之夫，纵目直视如豺狼。"(另说，即直指豺狼而言。) 侁侁：shēn(申)。往来迅疾貌。一说，众多貌。二句意谓：九头巨人像豺狼那样竖起眼睛，往来奔走十分迅疾。　(5) 悬人以嬉，投之深渊些——此谓：那巨人把人倒悬起来，用以取乐嬉戏，并把人投进深渊。　(6) 致命于帝，然后得瞑些——致命：委命，将命交出。瞑：míng(明)。闭目，此指瞑目而死。二句意谓：如果被投之深渊，求死不得，只得将生命交给天帝，获准之后才得瞑目而死。　(7) 归来——疑"来"下脱"兮"字。　(8) 往恐危身些——往：指前往天上。危：危害。二句意谓：如果您前往天上，唯恐会危害己身。

魂兮归来，君无下此幽都些！土伯九约，其角觺觺些。敦脄血拇，逐人駓駓些。参目虎首，其身若牛些。此皆甘人。归来，恐自遗灾些！

［注释］

(1) 幽都——幽暗的地下都邑，即旧称阴曹地府。 (2) 土伯九约，其角觺觺些——土伯：幽都之魔君。约：屈。九约，指土伯之身躯有许多屈曲。一说，九约即"纠钥"之声转，有守门把关之意。一说，约训尾。待考。觺觺：yí(疑)。角尖锐貌。二句意谓：幽都的魔君身躯有许多弯曲处，头上的角十分尖锐。 (3) 敦脄血拇，逐人駓駓些——敦脄：背上的夹脊肉很厚，高高隆起。敦：厚。脄：méi(枚)。脊侧之肉。血拇：经常沾着人血的拇指，说明土伯吃人。拇：mǔ(母)。本称手、足之大指，此处是对指爪之统称。駓駓：pī(批)。兽类疾速奔跑状。二句意谓：土伯脊肉隆厚高起，指爪上沾着人血，飞快地跑着追逐人。 (4) 参目虎首，其身若牛些——参目：三只眼睛。参，同"三"。二句意谓：土伯有三只眼睛，像老虎那样的头，它的身躯又像大牛。 (5) 此皆甘人——此：指土伯，并非一个。甘人：以人肉为美食；喜食人肉。此谓：这些土伯都喜食人肉。 (6) 归来，恐自遗灾些——"来"下似脱"兮"字。遗：wèi(位)。给予。遗灾，给自己带来灾难。二句意谓：回来吧！如果您下幽都，恐怕要给自己带来灾难(被土伯吃掉)。

魂兮归来，入修门些。工祝招君，背行先些。秦篝齐缕，郑绵络些。招具该备，永啸呼些。魂兮归来，反故居些。

［注释］

(1) 修门——楚国郢都的城门之名，是郢都南关三门之一。修，是高大深邃之意。王夫之《楚辞通释》："修，长也。修门，深邃之门也。" (2) 工祝招君，背行先些——工祝：巧于巫术的男巫。工，善，巧，擅长。祝，男巫。招：招魂。君：此指怀王之魂。背行：倒退着走路。先：先导。二句意谓：擅长招魂之术的男巫，招您的魂魄回来，他倒退着走，在前面引导您。 (3) 秦篝齐缕，郑绵络些——篝：gōu(沟)。竹篾编制的竹笼。秦篝，秦地出产的竹笼。缕：线，丝绳。齐缕，齐地出产的丝绳。秦篝齐缕，指秦地出产的竹笼，系着齐地出产的丝绳。古代巫术，招魂时，由巫祝提竹笼(或竹篮),笼内放着被招者的贴身衣服,表示魂有依附。绵:丝绵,此指丝绵线。络:网状编织物。郑绵络:此谓用郑地出产的丝绵线编织的网,罩在竹笼上。二句意谓:男巫招魂,用的是秦地出产的竹笼,上面系着齐地出产的丝绳,并且罩着郑地出产的丝绵线网。(4) 招具该备,永啸呼些——招具:招魂用的器物。该:"赅"之通假,包括全部。该备,齐备。永:长。啸呼:以悠长清越之声呼叫。啸,蹙口发出悠长清越之声。二句意谓:招魂的器物全部备齐,巫祝在长声呼唤着您。 (5) 反故居些——返回楚国郢都的故居(王宫)。

天地四方,多贼奸些。像设君室,静闲安些。

[注释]

(1) 天地四方,多贼奸些——贼奸:残害人的各种奸凶恶毒之物。二句概括上文,说明天地四方都充满残害人的各种奸凶恶毒之物。(2) 像设君室,静闲安些——像:法式。洪兴祖《楚辞补注》:"像,法也。"一说,是想像之意。一说,是指被招者之画像。设:设置,陈设。君室:此指怀王平素所居之宫室。静:清静,宁静。闲:空宽。安:安适。静、闲、安,均形容宫室之美好。二句总领下文,意谓:依照一定的法式布置您所居处的宫室,这宫室是非常清静、空宽、安适的。(以下便是对宫廷内之建筑、陈设、器用等诸多方面作具体而夸张的描述。)

高堂邃宇,槛层轩些。层台累榭,临高山些。网户朱缀,刻方连些。冬有突厦,夏室寒些。川谷径复,流潺湲些。光风转蕙,氾崇兰些。

[注释]

(1) 高堂邃宇,槛层轩些——堂:位置在前之正屋。邃:suì(穗)。深。宇:屋檐。邃宇,是说屋檐伸出很长(即飞檐),因而檐下显得深邃。一说,宇即屋。槛:jiàn(见)。栏杆。此处作动词用,"以栏杆围绕"。轩:堂前檐下的平台,即长廊。层轩,谓多重之轩。一说,"轩"是障风日之楼上板。二句意谓:高大的正殿,深长的飞檐,层叠的檐下平台用栏杆围绕着。 (2) 层台累榭,临高山些——层、累:都是重叠之意。台:以土石筑成的高台。榭:xiè(谢)。台上所建敞屋叫榭。临:面对着。二句意谓：一层又一层的台和榭，面对着高山而耸立。 (3) 网户朱缀，刻方连些——网户：指有镂空花棂的门。因花棂如网而得名。朱缀：涂着红漆的花棂互相连属在一起。缀，连属。一说，门缘。方连：方形的花纹相连接，如常见之“卍”字之类。二句意谓：花棂如网的门，涂着红漆，花棂连缀，又镂刻着方形的花纹互相连接。(4) 冬有穾厦，夏室寒些——穾：yào(耀)。通“窔”。深邃；此谓复室结构重深（这种复室冬天暖和）。厦：大屋。二句意谓：冬季有这结构重深的大厦，能抵御寒气而十分温暖；在夏季，这大厦又能防暑热侵入而非常凉爽。(厦、室是同位语。) (5) 川谷径复，流潺湲些——川谷：应为“谷川”之倒装，此指宫中的溪流。径：直，此指川谷直流。复：曲，此指谷川曲流。潺湲：chán yuán(缠园)。水缓缓流动貌。一说，流水声。二句意谓：宫中的溪流，曲直萦回，缓缓流动。(些：一本作“兮”。) (6) 光风转蕙，氾崇兰些——光风：朗日之和风。转：摇动，拂动。蕙：一种香草，俗名“佩兰”。氾：同“泛”。摇动貌。崇，通“丛”。兰：一种香草，即兰草。二句意谓：天气晴朗，和风吹拂着蕙草，又吹拂着兰草，香飘庭院。

经堂入奥，朱尘筵些。砥室翠翘，挂曲琼些。翡翠珠被，烂齐光些。蒻阿拂壁，罗帱张些。纂组绮缟，结琦璜些。

[注释]

(1) 经堂入奥，朱尘筵些——堂：见前注。奥：本指室西南隅，此谓房屋深处，即内室。朱：红色。尘：“承尘”之省称，后世名曰顶棚。筵：竹席。二句意谓：经过正面的殿堂，进入深邃的内室，上有朱红漆的顶棚，下有竹席铺地。 (2) 砥室翠翘，挂曲琼些——砥室：用平整光滑的石块砌成的宫室。翠翘：以翠鸟的长长的尾羽为拂尘之具。翠，翠鸟。翘，鸟尾长羽。曲琼：以玉石雕琢之衣钩。二句意谓：以磨光的石块砌成的宫室，墙上挂着用翠鸟尾羽做的拂尘，又悬着挂衣物的玉钩。(3) 翡翠珠被，烂齐光些——翡：一种赤羽雀。翠：一种青羽雀。珠：珍珠。被：锦被。烂：灿烂。齐光：同光，交辉。二句意谓：用红色鸟羽、翠绿鸟羽和珍珠缀饰的锦被，色彩斑斓，灿然交辉。 (4) 蒻阿拂壁，罗帱张些——蒻：同“弱”，细软之意。阿：细缯，是一种丝织品。拂：遮覆。壁：室内床周之四壁。罗：也是一种丝织品。帱：chóu(筹)。单帐。张：张挂。二句意谓：用柔软的细缯做的墙帷披覆在床之四壁，用细罗纱做的单帐张挂在床上。 (5) 纂组绮缟，结琦璜些——纂：zuǎn(缵)。纯红的丝带。组:五色的丝带。绮:有花纹的丝绸。缟:gǎo(稿)。素色的丝绸。结:系。琦:美玉名。璜:形似半璧的玉器。二句意谓:以红色丝带、五色丝带系着琦、璜等美玉玩器,作丝绸帷帐的饰物。

室中之观,多珍怪些。兰膏明烛,华容备些。二八侍宿,射递代些。九侯淑女,多迅众些。盛鬋不同制,实满宫些。容态好比,顺弥代些。弱颜固植,謇其有意些。姱容修态,絙洞房些。蛾眉曼睩,目腾光些。靡颜腻理,遗视矊些。离榭修幕,侍君之闲些。

[注释]

(1) 室中之观,多珍怪些——观:指眼目所见的各种事物。珍怪:珍贵奇异之物。二句意谓:纵目观看宫室中的摆设,有许多珍贵奇异的宝器。　(2) 兰膏明烛,华容备些——兰膏:加入兰花炼成的脂膏,用以灌制火烛,点燃时有香气。或泛称含香气的脂膏。明烛:明亮地照耀着。烛,作动词,照耀。华容:美丽的容颜,指美女。一说,容,当作"登",即"镫",今作"燈"(灯),华灯,是装饰华美的灯盏。备:齐,此指美女已来齐了。二句意谓:以兰草炼制脂膏做成的香烛,明亮地照耀着宫室。侍驾的美女都已来齐了。　(3) 二八侍宿,射递代些——二八:古代宫中侍夜的宫娥,以十六人分为二列,每列八人。侍宿:侍君宴宿。射:yì(义)。又作"斁"。厌。《诗·周颂·清庙》:"无射于人斯。"《礼记·大传》作"无斁"。按:"厌",此处应作"斁"。又见《诗·周南·葛覃》:"服之无斁。"(一说,射,古本有作"夕"者,夕暮之意。然无的据。)递代:依次更替,轮流换班。二句意谓:美女十六人,分为二列,侍候君王宴宿。君王意有厌腻,就依次更代,另换一班。　(4) 九侯淑女,多迅众些——九:泛称多数。九侯,指楚国属下的各附庸国诸侯。淑:善,美。淑女,美貌善良的女子。迅:"洵"之借字。真正的;诚然。二句意谓:楚国属下的各附庸诸侯,都进献美貌善良的女子,人数真是众多啊。(5) 盛鬋不同制,实满宫些——鬋:jiǎn(减)。鬓发。盛鬋,浓密的鬓发(此处是以鬓发概称全发)。不同制:有多种不同的制式(即发型)。(说明各诸侯国有不同的发型。)实:充盈。二句意谓:美女们浓密的美发有不同的发型,这些美发女子充满了宫室。　(6) 容态好比,顺弥代些——容态:容颜姿态(或体态)。好:美。比:亲。顺:"洵"之通假,真正的;实在是。弥:遍;满。弥代,犹言"盖世"。二句意谓:她们的容颜姿态美好可亲，真是盖世无双的美女。 (7) 弱颜固植，謇其有意些——弱：柔嫩。颜：容颜。固：坚；健壮立定貌。植：立。一本作“立”。一说，“植”通“志”，“固植”，有坚贞的心志。謇：jiǎn(减)。语首助词，无实义。其：指代美女。有意：有情意。二句意谓：淑女们容颜柔美，亭亭玉立，脉脉有情。 (8) 姱容修态，絚洞房些——姱：kuā(夸)。美好。姱容，娇美的面容。修：长，此指长而美。修态：苗条的体态。絚：gèng(更去声)。“亘”之通假，周遍，布满。洞房：深邃的内室，即安寝的房间。二句意谓：淑女们有娇美的面容，苗条的体态，在深邃的卧室中各处都有这样的女子。 (9) 蛾眉曼睩，目腾光些——蛾眉：像蚕蛾须那样又弯又长的眉。曼：柔美。睩：lù(路)。目光一瞥。腾光：闪射出光彩；神采飞扬。二句意谓：蚕蛾须一样的秀眉又弯又长，双眸柔美地一瞥一盼，闪射着光彩。 (10) 靡颜腻理，遗视矊些——靡：细致。腻：柔滑。理：肌理，此指皮肤。遗：wèi(未)。投送；留下。遗视；投送眼波；顾盼。矊：mián(棉)。含情脉脉而顾盼。二句意谓：细嫩的颜面，柔滑的肌肤，投送眼波，顾盼含情。 (11) 离榭修幕，侍君之闲些——离榭：宫廷外的台榭等建筑，犹言“离宫”“行宫”“别馆”“别墅”。修幕：长大的帷幕(大帐篷)。游猎时张设之。闲：闲暇。二句意谓：在那离宫别馆，张设大帐幕，美女们在您闲暇游宴时侍候左右。(说明不论深居宫内，或者出游于外，凡有游宴行乐，都有美女随侍。)

翡帷翠帐，饰高堂些。红壁沙版，玄玉梁些。仰观刻桷，画龙蛇些。坐堂伏槛，临曲池些。芙蓉始发，杂芰荷些。紫茎屏风，文绿波些。文异豹饰，侍陂陁些。轩辌既低，步骑罗些。兰薄户树，琼木篱些。魂兮归来，何远为些！

［注释］

(1) 翡帷翠帐，饰高堂些——翡、翠：见前注。帷、帐：均指帐幕。帐，一作“帱”。是。朱季海《楚辞解故》：“按：刘氏《楚辞考异》：‘案《书钞》百三十二，《类聚》六十一、九十二，《御览》六百九十九、七百及九百二十四并引作翠帱。’寻上文云‘罗帱张些’，明此作‘帱’是也。《考异》所出及日本古写《文选集注》残卷卷第六十六：《招魂》字并作‘帱’，是唐本犹未误……按《释训》：‘帱谓之帐。’郭《注》：‘今江东亦谓帐为帱。’郭氏所引，正楚语之遗。”饰：装饰。高堂：见前注。二句意谓：以翡、翠鸟羽缀饰的帐幕，红红绿绿，色彩艳丽，装饰着高大的殿堂。 (2) 红壁沙版，玄玉梁些——红壁：红泥涂的墙壁。沙版：丹砂涂的户版。玄玉梁：以黑色玉石装饰的屋梁。一说黑漆漆的屋梁光泽如玉。 (3) 仰观刻桷，画龙蛇些——桷：jué(决)。方形的屋椽(chuán 传)。刻桷，雕刻花纹的方椽。二句意谓：仰观刻有花纹的方椽，上面刻画着龙蛇图形。 (4) 坐堂伏槛，临曲池些——槛：栏杆。曲池：曲水清池。二句意谓：坐于殿堂之上，伏倚着栏杆，下临曲水清池。 (5) 芙蓉始发，杂芰荷些——芙蓉：荷花。芰：jì(技)。芰荷：出水之荷。指荷叶、荷花均可，此处专指荷叶，跟上句"芙蓉"对举。二句意谓：荷花刚开花，间杂着碧绿的荷叶。 (6) 紫茎屏风，文绿波些——屏风：此为永生植物名，其茎紫。文：水纹。绿：一本作"缘"。今从《文选》，作"绿"。二句意谓：水中生长着紫茎的屏风草，池水泛起绿色波纹。 (7) 文异豹饰，侍陂陁些——文异豹饰：此言服装文彩奇异，以豹皮为饰。一说，本句乃"文豹异饰"之误倒。见闻一多《楚辞校补》："疑当作'文豹异饰'。古书多言文豹。……《三国志·魏志·东夷传》曰'土地饶文豹'，而《拾遗记》一曰'帝乃更以文豹为饰'，与此语意尤近。"其说可从。古代侍从之武士有以豹皮为衣饰者，不仅为了美观，而且借以炫耀其孔武有力。又见《诗·郑风·羔裘》："羔裘豹饰，孔武有力。"如从闻一多先生说，作"文豹异饰"，则谓：以有文章之豹皮为奇异的服饰。陂陁：pō tuó(坡驼)。亦作"陂陀""陂阤"。倾斜不平的山坡。二句意谓：武士们穿着以花纹斑斑的豹皮缀饰的奇异服装，在倾斜不平的山坡上侍卫君王。 (8) 轩辌既低，步骑罗些——轩：有篷的轿车。辌：liáng(凉)。有篷有窗的卧车，又名辒辌。低：通"邸"。舍；停，此指车停。步：步兵。骑：jì(寄)。骑兵。罗：列，列队。二句意谓：有篷的轿车和那篷上有窗的卧车到地方便停下来，有步兵、骑兵列队侍卫。 (9) 兰薄户树，琼木篱些——薄：丛草或丛木。兰薄，丛丛的兰草。树；栽植。琼木：玉树，此处泛称上好的树木。篱：围作篱笆。二句意谓：丛丛的兰草栽植在门前，又植玉树围作篱笆。 (10) 何远为些——为何远适他方？(按：自此以下，极力铺陈、描述乐舞、饮食之豪华美盛。)

室家遂宗，食多方些。稻粢穱麦，挐黄粱些。大苦咸酸，辛甘行些。肥牛之腱，臑若芳些。和酸若苦，陈吴羹些。胹鳖炮羔，有柘浆些。鹄酸臇凫，煎鸿鸧些。露鸡臛蠵，厉而不爽些。粔籹蜜饵，有馀餭些。瑶浆蜜勺，实羽觞些。挫糟冻饮，酎清凉些。华酌既陈，有琼浆些。归来反故室，敬而无妨些。

[注释]

(1) 室家遂宗，食多方些——室家：家人；家族；宗亲。遂：就。宗：尊；敬奉。食：饮食肴馔。多方：多种多样。二句意谓：（只要您回归王宫），宗族众亲就都敬奉您为尊长，为您置办的食品酒馔多种多样。
(2) 稻粢穱麦，挐黄粱些——粢：zī（资）。稷米。穱麦：一种早熟的麦。穱，音 zhuō（捉）。挐：rú（如）。混合；掺杂。黄粱：一种香美的黄小米。二句意谓：用稻米、稷米、早熟的麦、香美的黄米搀在一起做饭。
(3) 大苦咸酸，辛甘行些——大：正，此指味正。苦、咸、酸、辛、甘：此指做菜肴时五味俱全。行：运用，使用。 (4) 肥牛之腱，臑若芳些——腱：jiàn（建）。大蹄筋。臑：ér（儿）。通"胹"。此指煮得烂熟、嫩软。若：犹"而"。二句意谓：肥牛的大蹄筋，煮得烂熟、嫩软而且芳香。 (5) 和酸若苦，陈吴羹些——和：调和。若：犹"和"。陈：陈列；进献。吴羹：吴地特有风味的菜汤。羹：gēng（耕）。以肉、菜烧成的菜汤；带浓汁的菜。二句意谓：调和酸味及苦味，制成吴地风味的肉羹。 (6) 胹鳖炮羔，有柘浆些——胹：ér（而）。煮得烂熟。鳖：俗称甲鱼，是一种美味。炮：páo（袍）。此指将禽兽之体用泥封裹严实，放在火上烤熟的方法。羔：小羊羔。柘：zhè（这）。同"蔗"。甘蔗。古代调甜味用"柘浆"（甘蔗汁）。二句意谓：将鳖肉煮得烂熟、嫩软，封泥烧烤全羔，又有蔗浆作调味品。 (7) 鹄酸臇凫，煎鸿鸧些——鹄：hú（胡）。旧称鸿鹄，即天鹅。鹄酸，"酸鹄"之误倒。闻一多《楚辞校补》："梁章钜曰：'以上下句例之，当是酸鹄臇凫。'案梁说是也。王注曰：'言复以酸酢烹鹄为羹，小臇臛凫'是王本不误。《类聚》二五引亦作'酸鹄臇凫'，尤其确证。"酸鹄，即以醋烹制带酸味的天鹅肉。臇：juàn（绢）。清墩而带浓汁。凫：fú（扶）。即野鸭。鸿：即雁。鸧：cāng（仓）。又名鸧鹒，也是一种涉禽。二句意谓：用醋烹制带酸味的天鹅肉，又清墩带浓汁的野鸭肉，并且煎烹大雁肉、鸧鹒肉。 (8) 露鸡臛蠵，厉而不爽些——露：或为"烙"之借字。高亨《楚辞选》："露可能借做烙字。烙是用火烤，烙鸡如同现在的烤鸡。"可从。又，朱季海《楚辞解故》引《文选·七命》李善注："霜露降，鹄鹚美。"云："露鸡，与露鹄何异？亦当以霜露降，鸡始腴美耳。"待考。臛：huò（霍）。不加菜的红烧。蠵：xī（西）。一种大龟之名。厉：烈，此指香味浓烈。爽：失，此指失其本味。二句意谓：烤鸡和红烧蠵龟肉，香味很浓，而不失鸡肉、蠵龟肉的本味。 (9) 粔籹蜜饵，有餦餭些——粔籹：jù nǚ（巨女）。用蜜和米面，油煎而成的一种甜点心。蜜饵：以蜜和黍米面，做成的一种又甜又粘的糕饼。餦餭：zhāng huáng（张黄）。一种油炸的甜点心，类似现今的糖麻花。《通雅·饮食》："怅餭、环饼……皆寒具，粣子也。"又，《本草纲目·谷部》："寒具，即今馓子也，以糯粉和面，入少盐，牵索纽捻成环钏之形，油煎食之。"一说，怅餭即饧，指饴糖。 (10) 瑶浆蜜勺，实羽觞些——瑶：美玉名。浆：此指酒。瑶浆，指澄清如美玉的好酒。勺：zhuó(浊)。"酌"之通假。蜜酌，是称甜美如蜜的美酒。实：此谓斟满。觞：shāng(伤)。羽觞，古代的一种酒杯，作鸟雀形，有头、尾、羽翼，故称"羽觞"。二句意谓：澄清如玉、甜美如蜜的美酒，斟满鸟形耳杯。 (11) 挫糟冻饮，酎清凉些——挫：此谓挤压。挫糟，压去酒糟，滤出清酒。冻饮：冷饮，以冰和酒。酎：zhòu(宙)。重复酿造的醇酒。二句意谓：挤压酒糟，滤出清酒，凉喝，这重酿的醇酒十分清凉。 (12) 华酌既陈，有琼浆些——酌：通"杓"，舀酒的斗。华酌，是指雕饰着华美花纹的酒斗。一说，华酌，指华筵。陈：陈列；备好。琼：赤色玉。琼浆，指色美如赤玉的酒浆。二句意谓：酒樽中已准备好雕饰华美的酒斗，又有色如赤玉的美酒，可以开怀畅饮。 (13) 归来反故室，敬而无妨些——反：同"返"。故室：故居，此指故日所居处之宫室。敬：尊敬。无妨：无害。二句意谓：灵魂返回故居之后，族人宗亲都会尊敬您，不会妨害您。

肴羞未通，女乐罗些。陈钟按鼓，造新歌些。涉江采菱，发扬荷些。美人既醉，朱颜酡些。嬉光眇视，目曾波些。被文服纤，丽而不奇些。长发曼鬋，艳陆离些。二八齐容，起郑舞些。衽若交竽，抚案下些。竽瑟狂会，搷鸣鼓些。宫庭震惊，发激楚些。吴歈蔡讴，奏大吕些。士女杂坐，乱而不分些。放陈组缨，班其相纷些。郑卫妖玩，来杂陈些。激楚之结，独秀先些。

［注释］

(1) 肴羞未通，女乐罗些——肴：肉、鱼等做成的菜。羞：美味的菜。又，菜肴的总名。通：遍设；齐备。女乐：此指由女歌舞伎组成的乐舞队。罗：列，此指列队表演歌舞。二句意谓：美味的荤素菜肴还未上齐，女子歌舞队便已列队开始表演歌舞。 (2) 陈钟按鼓，造新歌些——陈：设置。按：此训"击"。造：创作。二句意谓：设置钟鼓敲击伴奏，表演新创作的音乐歌曲。 (3) 涉江采菱，发扬荷些——《涉江》《采菱》：均为楚曲名。发：出，唱出。此一"发"字，也概称上句之《涉江》《采菱》。《扬荷》：也是楚曲名。又作《阳阿》《扬阿》。 (4) 美人既醉，朱颜酡些——既：已。酡：tuó(驼)。因酒而脸色红润。 (5) 嬉光眇视，目曾波些——嬉光：欢乐逗人的目光；目光流转动人。嬉，一作"娭""娱"。眇视：此指含情而羞怯地偷眼看。目：此指目光，眼神。曾波：指眼睛含水，如泛起层层波纹。曾，即"层"(層)。二句意谓：美人的眼睛流转，流露出欢乐逗人的光辉，又水汪汪的，好像泛着层层的秋波。 (6) 被文服纤，丽而不奇些——被：同"披"。文：指有花纹的艳丽服装。服：穿着。纤：细软的罗縠衣裳。罗縠，细而薄的丝织绉纱。縠：hú(胡)。奇：音 jī(基)。单调，清一色。二句意谓：美女们披着有花纹的艳丽服装，穿着细软的丝织绉纱的衣裳，色泽花纹美丽而不单调。 (7) 长发曼鬋，艳陆离些——曼：美，此指鬓发柔美，有光泽。一说，曼为"鬗"之借，《说文》："鬗，发长也。"亦可信。鬋：见前注。陆离：参差貌，即长短、高低不等。此指女子的发式多种多样。洪兴祖《楚辞补注》："……言美人长发工结，鬋鬓滑泽，其状艳美，仪貌陆离而难具形也。"二句意谓：女子们曼长柔美的头发与鬓角，既有光泽，又有多种样式，五光十色，十分艳丽。 (8) 二八齐容，起郑舞些——二八：见前注。齐：同。容：此指服饰。齐容，服饰是相同的。起：起舞。郑舞：郑地的舞蹈。郑，古国名，故地在今河南新郑一带。二句意谓：有两列共十六个歌舞伎，穿戴着同样的服饰，跳起郑地的舞蹈。 (9) 衽若交竿，抚案下些——衽：rèn(任)。袖。《广雅·释器》："衽，袖也。"交竿：指舞者腰肢回转，衣袖相交如竿。案：同"按"，抑，此言手势压低。抚案：此指舞袖低抚，并且收敛手臂。下：徐徐退下。二句意谓：乐舞之女，腰肢圆活回旋，衣袖相连相交如竿。接着，舞态变化，舞袖低抚，收敛手臂，徐徐退下。 (10) 竽瑟狂会，搷鸣鼓些——竽：yú(于)。古代的一种簧管乐器名，有三十六簧者，有二十二簧者，形似笙而大，其管分两行排列(一九七二年长沙马王堆汉墓中有出土的明器)。瑟：古代的一种弦乐器名，有二十五弦者，有五十弦者。狂会：急管繁弦，多种乐器竞相鸣奏，汇成交响乐曲。搷：tián(田)。犹"填"，鼓声。鸣鼓：响鼓。二句意谓：竽、瑟等乐器竞相鸣奏，急管繁弦，汇成交响乐曲；又敲起响鼓，填填有声，以增强音乐的节奏。 (11) 宫廷震惊，发激楚些——震惊：震动惊骇。发：作；奏出。激楚：楚曲名，可能是由于其音调清激昂扬而得名。二句意谓：吹竽弹瑟，鼓乐大作，响震宫廷；同时，又奏出音调清激昂扬的《激楚曲》。

(12) 吴歈蔡讴，奏大吕些——吴：古国名，故地在今江苏、安徽、浙江一带。歈：yú(于)。歌曲。蔡：古国名，故地在今河南省上蔡、新蔡一带。讴：ōu(欧)。犹"歈"。大吕：古代的乐调名，六律之一。古乐分十二律，阴阳各六，阴六皆为吕，其四曰大吕。一说，大吕为齐钟之名(见《史记索隐》)。二句意谓：歌唱吴地、蔡地之歌，演奏《大吕》乐调。 (13) 士女杂坐，乱而不分些——士女：男女。古代称未婚男子为"士"。杂坐：交错相杂地坐在一起。乱而不分：座次混乱，比肩嬉戏，男女不分。

(14) 放陈组缨，班其相纷些——放：分散；散乱。陈：置。组：古代服饰，用丝织成的大带，以之佩印或佩玉，又称绶。缨：古代系冠冕的带子。班：座次，此指男女座次。相纷：互相交错，纷然杂乱。二句意谓：绶带、冠缨散乱地置放在一起，座次交错，男女纷然杂乱地并坐欢娱，不拘常礼。 (15) 郑卫妖玩，来杂陈些——郑：古国名，故地在今河南新郑一带。卫：古国名，故地在今河南淇县、滑县、濮阳一带。妖玩：此指艳丽之女子。一说，指新奇的玩好之物(乐曲歌舞等)。杂陈：交杂地列坐在一起。陈：列，并排坐着。一说，错杂交互地表演各种乐舞。二句意谓：郑地、卫地选送的艳丽的美女，前来此地，交互错杂地并列同坐在一起。 (16) 激楚之结，独秀先些——激楚：见前注。结：此指楚曲的尾声。秀：优秀；高超。先：此指先前所表演的乐曲。一说，先，也是优秀之意。二句意谓：最后，演奏《激楚曲》的尾声，较之先前演奏的乐曲有特别优秀之处。

菎蔽象棋，有六簙些。分曹并进，遒相迫些。成枭而牟，呼五白些。晋制犀比，费白日些。铿钟摇簴，揳梓瑟些。娱酒不废，沉日夜些。兰膏明烛，华镫错些。结撰至思，兰芳假些。人有所极，同心赋些。酎饮尽欢，乐先故些。魂兮归来，反故居些！

［注释］

(1) 菎蔽象棋，有六簙些——菎：kūn(昆)。一作箟，箟簬，竹名。蔽：一作蔽，古代对弈时所用的筹码。以竹制成，故名菎蔽(箟蔽)。一说，蔽乃簬(簬)之讹。象棋：用象牙做的棋子。六簙：古代的一种博戏，有六个筹码(即簙，或叫箸)，十二个棋子(六白、六黑)，二人对局时，筹码共用，棋子则人各六枚，白、黑分用。簙：bó(泊)。一作博。是古代博戏用的一种竹制筹码，形似箸而扁。按：古代的博戏方法，已难详究竟。仅据《古博经》所云，略述如次：棋盘为长方形，竖十二格，横六格，在竖格中间平分处空出一档叫做"水"。又用"鱼"二枚置于"水"中。棋子十二枚，六白六黑，双方各用一色的六枚。又备有五个骰子，各呈六面长方块状，有相对的两个带尖头的面，其余四面，有一面空白，有三面分别刻钻圆眼（有一眼、二眼、三眼）。博戏时，双方对坐，面向棋盘，将各方的一色棋子放在第一档的六个方格内。于是，双方互相掷骰，成采行棋，棋子行到"水"边，就立起来，叫做骁（枭）棋。如果已立骁棋的一方再掷骰成采，就可入"水"牵"鱼"（又曰"食鱼"）。每牵一"鱼"，得两枚筹码。既牵一"鱼"之后，如又成纯采再牵一"鱼"，就叫做"翻"，每"翻"一"鱼"，则获三枚筹码，是为大胜。 (2) 分曹并进，遒相迫些——分曹：分组。古代博戏，分两组对弈，每组二人。曹，偶。并进：各自运用技巧，竞相进子走棋。遒：qiú（求）。急。相迫：相互争胜而不放松。二句意谓：分两组对弈，各自竞相进子走棋，急急相争而不放松。 (3) 成枭而牟，呼五白些——成枭：成为枭棋。么为枭，最胜。牟：取，此指牵"鱼"得筹。五白：指五个骰子都是白面朝上，是一种纯大之采，掷中者可再"翻"一"鱼"，获大胜。呼五白：是指掷骰者呼叫"五白"而掷，希望得"五白"之采。一说，成"五白"之采者，可杀对方的枭棋。 (4) 晋制犀比，费白日些——晋：古国名，故地在今山西省西南部。晋制犀比：此处是指晋国精制的博具（棋，簙等物）比集犀角为雕饰。费：通"昲"，日光。白日：明亮的太阳。二句意谓：晋国精制的博具比集犀牛角为雕饰，如同明亮的太阳那样闪耀着光芒。 (5) 铿钟摇簴，揳梓瑟些——铿：kēng（坑）。本指钟声，此处动词化，指敲钟。簴：jù（巨）。悬挂钟、磬的木架两侧的柱子叫簴，此处概称整个木架。字亦作"虡"。揳：jiá（颊）。通"戛"。敲击；弹奏。梓：zǐ（子）。树木名，木质轻软，是制作乐器的上好木材。梓瑟，是以梓木制成的瑟。（瑟，见前注。）二句意渭：敲击铜钟，使悬钟的木架都摇晃起来，又弹奏那梓木制的瑟。 (6) 娱酒不废，沉日夜些——娱酒：饮酒作乐。不废：不止。沉：沉湎。日夜：日夜相继。 (7) 兰膏明烛，华镫错些——兰膏明烛：见前注。华：英华；华美。镫：一本作"雕"，可从。王逸注曰："言镫（灯）锭尽雕琢错镂，饰以禽兽，有英华也。"二句意谓：有兰香的大烛明亮地高照着，灯盏烛台雕琢错镂，十分华美。（错：以金涂饰。） (8) 结撰至思，兰芳假些——结：指安排篇章结构。撰：zhuàn（赚）。指撰述词句。至思：尽思，极思，指构思缜密深刻。此句意谓：尽力构思，安排篇章结构，精心撰述词句。兰芳：此指辞藻华美犹如兰蕙之芳。假：假借。此句意谓：文思坌涌，借助具有兰蕙之芳的华美辞藻来赋诗为文。 (9) 人有所极，同心赋些——极：至，尽。人有所极：此指人们极尽其情思所至。同心：此谓意趣一致。赋：此为动词，吟诵，指人们酒酣兴浓，各自吟诵所作之诗，以相酬答。

(10) 酎饮尽欢，乐先故些——酎：zhòu(宙)。经过多次反复酿制的醇酒。饮：当作“乐”。见朱季海《楚辞解故》：“洪本所出异文，与唐本都不相应，自是宋人妄改，今所不取。酎饮字当从《音决》、陆善经本作乐，酎、乐并举，本皆实字，于文为略，故注云‘饮酒作乐’以申之。唐本已或作饮者，盖当时《文选》诸师有嫌于语复，故易其字，避下文耳。”其说甚是。按：此“乐”字，读 yuè(月)。名词。下句“乐”字，读 lè(勒)。动词。酎、乐：皆为名词，转化为动宾词组，“饮醇酒”、“演奏音乐”。尽欢：极尽欢娱燕饮之乐。乐：使他人娱乐。先：先于己者，长于己者。先辈，长辈。故：故旧。二句意谓：畅饮重酿的醇酒，演奏美妙的音乐，极尽燕饮欢娱之乐，借此使先辈长者及故旧快乐。(按：至此，《招魂》之主体部分结束。这一大部分，对比地描述天地、四方都有奸凶灾难，十分可怖；故居的宫室苑囿、乐舞饮食则是豪华纷奢的，可以恣情享用。借此劝告“灵魂”避祸就福，速速归来。)

乱曰：献岁发春兮，汩吾南征。菉蘋齐叶兮，白芷生。路贯庐江兮，左长薄。倚沼畦瀛兮，遥望博。

［注释］

(1) 乱——见《离骚》注。　(2) 献岁发春兮，汩吾南征——献：进；始。献岁，始进于新岁。新岁伊始。发春：春气奋发，万物充满生机。汩：yù(玉)。迅疾貌。南征：南行；南游。(或指被流放南行。)　(3) 菉蘋齐叶兮，白芷生——菉：通“绿”。蘋：生于浅水中的一种蕨类植物，又叫“四叶菜”“田字草”。齐叶：齐生新叶。叶，此处作动词，生叶。白芷：香草名，又叫“辟芷”。　(4) 路贯庐江兮，左长薄——贯：通过；出自。庐江：水名。王夫之《楚辞通释》云：“庐江，旧以为出陵阳者，非是。襄汉之间，有中庐永，疑即此水。”左：近；或训江之左。长薄：绵延无际的林薄丛莽。薄：草木茂密丛生。(一说，长薄为地名。)二句意渭：路经庐江一带，傍着绵延不断的林薄丛莽而行。　(5) 倚沼畦瀛兮，遥望博——倚：靠近；傍着。沼：池。畦：此处作动词，划界。又，朱季海《楚辞解故》以为“畦”乃“洼”之借字。瀛：大水泽。博：远。二句意谓：沿着池沼旁的路前行，这道路界于池沼与大水泽之间，将二者分隔开。遥望这沼泽地带辽远无际。

青骊结驷兮，齐千乘。悬火延起兮，玄颜烝。步及骤处兮，诱骋先。抑骛若通兮，引车右还。与王趋梦兮，课后先。君王亲发兮，惮青兕。

[注释]

(1) 青骊结驷兮，齐千乘——青：铁青色的马。骊：纯黑色的马。驷：指驾一车的四匹马。齐：同。乘：shèng（胜）。四马驾一车，叫一乘。二句意谓：青色的马、纯黑的马结成驷，千乘马车一同行进。 (2) 悬火延起兮，玄颜烝——悬火：打猎时为焚烧山林而用的火把。按：古代有火田，即焚烧山林，将禽兽驱迫出来，以便猎获。"悬火"，或指"爟烛"。（烛：火。）延起：蔓延升腾。玄颜：此指天空变成黑色。烝：犹"尘"，有"尘秽""污染"之意。《尔雅·释言》："烝，尘也。"玄颜烝：言猎火烟气上升，将天空染成黑色。一说，烝是烟火上行之意。 (3) 步及骤处兮，诱骋先——步：徒步，指徒步之从猎者。及：以及。一说，训"至"。骤：策马疾奔。处：止，指停止在一个地方，待机而动。一说，指骤马所至之处。诱：先导；向导。骋先：奔驰于众人之前。二句意谓：从猎者有徒步而行的，有乘马疾奔的，有停止一地待机而动的，而打猎的向导则策马驰骋于众人之前。 (4) 抑骛若通兮，引车右还——抑：制，止。骛：wù（务）。驰骋。若：顺利。通：畅达。引车：掉转车子。还：音义同"旋"。二句意谓：从猎之众行动协调一致，有的停止，有的前进，猎事顺利畅达。有的掉转车子向右回旋，以遮拦、射猎野物。 (5) 与王趋梦兮，课后先——王：君王，此指楚怀王。趋：奔赴。梦：古代大泽名，故地在今湖北省中南部，全称"云梦泽"，江北曰"云泽"，江南曰"梦泽"，亦可简称"云"、"梦"。课：考察评比。二句意谓：跟随君王奔赴梦泽狩猎，考察评比谁先谁后。 (6) 君王亲发兮，惮青兕——亲发：亲自射箭。惮：dān（丹）。"殚"之讹，尽，此指毙命。兕：sì（四）。犀牛之属。青兕，有青色独角的犀牛。二句意谓：君王在狩猎中亲自射箭，青角犀牛应弦立毙。

朱明承夜兮，时不可以淹。皋兰被径兮，斯路渐。湛湛江水兮，上有枫。目极千里兮，伤春心！魂兮归来，哀江南！

［注释］

(1) 朱明承夜兮，时不可以淹——朱明：太阳之称。朱，朱红；明，明亮。承夜：继夜。淹：久留。二句意谓：太阳继夜而升，昼夜相续，岁月流逝，时间不能久久淹留。 (2) 皋兰被径兮，斯路渐——皋：gāo（高）。泽畔之高地。兰：香草名。被：遮覆，此指长满于地。径：路，与下文"路"字变文避复。斯：此，指示代词。渐：没，指水涨而淹没路径，以至皋兰。二句意谓：泽畔高地上的兰草长满了道路，可是湖水增溢，转眼将道路及香兰淹没。（按：此处比喻贤者久处山野，君王不能任用，反而被埋没，被摧折。） (3) 湛湛江水兮，上有枫——湛湛：zhàn（占）。水深貌。枫：枫树。 (4) 目极千里兮，伤春心——极：尽。目极千里：放眼望尽千里。伤春心：意谓：望着这无边春色，感念国事日非，不禁悲伤欲绝。 (5) 魂兮归来，哀江南——意谓：灵魂啊，回来吧！哀怜这忧难深重的江南啊！（按：这一部分，是全文的尾声。描述诗人南征中所见、所感，追忆随从怀王游猎之盛况，感念目前顷襄王为政昏庸，国事蜩螗，如沸如汤，便倾注其忠直的忧君爱国之情，呼出了"伤春心""哀江南"的心声，点出了主题。）

［译文］

一

我自幼至今清白廉洁啊，
一身行义而永无终止。
我对此盛德之人奉为君主啊，
无奈他牵于世俗而败坏变质。
君上不能成全这盛德啊，
久已深陷愁苦而遭逢灾祸。

二

上帝将旨意向巫阳下达：
"有人在那下界，
我想辅助保佑于他。
如今，他的魂魄已和躯体离散，
你要占卜魂魄飘在何处，招来给他。"

巫阳回答：
“我只是掌管占梦。
上帝，我难以完成您的使命。
如果一定要我占卜，而又还他生魂，
恐怕已在灵魂消散之后，不能再有何用。”

三

巫阳于是面向下界招魂，说道：
“灵魂啊，回来吧！
离开您常寄之躯体，
为何到那四方飘零？
舍弃您的安乐住所，
而遭罹那灾异险凶！

四

灵魂啊，回来吧！
东方大荒之中，
不可托命寄身啊。
那里有千仞巨人，
专门觅食人的灵魂啊。
东方同出十个太阳，
将那金属化为水液流淌。
将那山石熔为岩浆。
那东方长人都习于酷热，
而您的灵魂必将熔为粉末。
回来吧，
寄身于东方大荒，万万不可！

五

灵魂啊，回来吧！
不可停留在南方边荒啊。
南方野人用漆染黑牙齿，

又把花纹刺刻在额上。
取来人肉祭祀鬼神，
又把筋骨剁成肉酱。
蝮蛇群聚蓁蓁，
大狐在千里之地出没来往。
大毒蛇一身九首，
吞人以补其心，习以为常。
回来吧！
不可久久滞留南方边荒！

六

灵魂啊，回来吧！
西方的灾害可怕，
暴风掀起滚滚千里流沙。
您将被暴风卷入雷渊，
粉身碎骨而大难不已。
即使幸而从中脱险，
雷渊之外又是莽莽荒野无际。
又有体大如象的赤蚁，
还有腰如葫芦的黑蜂。
那地方五谷都不生长，
只吃丛生的菅草活命。
那里的土地灼热，
能将人体烤得焦烂，
无处求得救命的水源。
游荡不定，无依无靠，
那一片瀚海广袤无边。
回来吧，回来吧！
我真担心您会自招祸患。

七

灵魂啊，回来吧！

北方极边也不可停留啊。
层层凝积之冰，峨峨如山，
飞雪千里，寒风怒吼。
回来吧，回来吧！
那里也不可久久滞留啊！

八

灵魂啊，回来吧！
您不要上天求神啊。
虎豹把守九重天门，
专要噬啮上天的人。
一个九头巨人，
从早到晚拔树九千。
常常竖起豺狼之目，
侁侁迅疾，来往奔窜。
将人倒悬，用来嬉戏，
并把人任意投入深渊。
人在其中，求死不得，
只好委命于天。
获准去死，才能瞑目长眠。
回来吧，回来吧！
您若前往天国，
恐怕会给自身招致危难。

九

灵魂啊，回来吧！
您不要下这阴曹地府。
土伯身多弯曲，
它的犄角尖锐突兀。
背肉丰厚隆起，指爪沾满人血，
到处追人，駓駓迅速。
它有三只怪眼，又有老虎巨首，

它的身躯又像壮牛。
这些土伯都爱吞食人肉。
回来吧，回来吧！
您若前往阴曹地府，
恐怕要使自己大祸临头。

一〇

灵魂啊，回来吧！
快快进入郢都的修门。
擅长招魂的男巫，招您的灵魂，
他倒退着走，在前面引导于您。
提着秦地的竹笼，用齐地的丝绳拴系，
又以郑地的丝网作为笼衣。
招魂之具全部备齐，
长声呼唤您的灵魂回来附体。
灵魂啊，回来吧！
盼您返回故居安息。

一一

天地四方，都不可寄托，
各有很多害人恶魔。
可是，在那祖国故都，
您的宫室依然按法式布置，
清静、空阔，无比安适。

一二

高大的殿堂，深邃的檐宇，
层层廊轩，围以栏杆。
重重高台，累累亭榭，
嵬然耸峙，面临高山。
门上花棂如网，
花纹回环，红漆闪闪。

又镂刻方形图案，
互相套叠，连属不断。
结构重深的大厦，冬日温暖；
这复室又御炎热，夏季凉寒。
宫中的溪水曲直宛转，
缓缓流动，水声潺潺。
晴日的和风吹拂着香蕙，
又流转于丛丛庭兰之间，
缕缕幽香，飘溢宫院。

一三

经过正面的殿堂，
进入幽深的内寝；
上有朱红顶棚，
下有竹席铺陈。
宫室四壁是用磨光石砌筑，
墙上插着翠羽拂尘，
又有玉钩悬挂衣物。
丹红鸟羽、翠绿鸟羽、明月珍珠缀饰锦被，
五彩斑斓，灿烂交辉。
细软之缯披覆四壁；
纱罗单帐在床上张起。
红色丝带、五色丝带束系丝绸帷帐；
又在帐上缀饰美玉琦璜。

一四

宫室之中纵观所见，
满目尽是无数的珍奇古玩。
烛火用的是香兰脂膏，
明光灿灿，将宫室照耀；
侍驾的美女们都一齐来到。
十六个美女平分二列，

侍候君王良宵宴乐；
如有厌腻，就依次更换一个。
各国诸侯进献的女子美貌贤淑，
真是多得难计其数。
浓密的绿鬓梳着不同的发型，
如许美发女子充满了王宫。
容貌俏丽，体态优雅，和蔼可亲，
真是盖世无双的美人。
淑女们容颜柔美，亭亭玉立，
又都脉脉含情，大有深意。
不仅有苗条的体态，
又有那娇好的姿容；
美人遍布于幽深的洞房之中。
秀眉仿佛蛾须，又弯又长；
柔美地向人投以青睐，
明眸闪射着青春的光彩。
细嫩的面颊，柔滑的肌肤；
投送秋波，含情相顾。
在宫外台榭之上，
张设宽大帷幕帐篷；
在您闲暇游宴之时，
无数美女左右侍奉。

一五

翡翠鸟羽点缀的帷帐，
装饰着高大的殿堂。
红泥涂的墙壁，
丹砂涂的户版，
又用黑玉镶嵌屋梁。
仰望那刻花的方椽，
上面刻画着龙蛇图案。
可以安坐在高堂之中，

伏倚栏杆；
下临曲水清池，
碧水微波涟涟。
芙蓉初放粉红花瓣，
间杂着青青荷叶如伞。
紫茎的屏风草，水中丛生；
池水粼粼，绿波一片。
花纹斑斑的豹皮作奇异的服饰，
侍卫君王，在那倾斜的山坡路畔。
有篷的轿车，有窗的卧车，到此停留；
随从的步兵、骑兵队列肃然。
丛丛的兰草种植门前；
又栽玉树围作篱藩。
灵魂啊，回来吧！
为何远去异邦受苦受难？

一六

家人宗亲都会敬奉于您，
为您置备又多又好的食品。
饭食用的是稻米、稷米、麦粉，
黄米蒸糕香味宜人。
苦、咸、酸、辣、甜，
善用佐料，五味俱全。
精选肥牛的大蹄筋，
煮得烂熟，又香又软。
调和酸味和苦味，
将那精制的吴羹进献。
甲鱼烧得嫩鲜，
羊羔烤得最烂，
又加上糖汁甘甜。
醋熘天鹅肉，
清燉浓汁野鸭，

又煎烹鸧鹒和大雁。
熏烤全鸡，
红烧龟肉，
芳香浓烈，肉的本味特鲜。
甜点心，用油煎炸，
蜜制糕饼又甜又粘，
糖酥麻花形如钏环，
澄清如玉、甘美如蜜的名酒，
时时将鸟形耳杯斟满。
筛糟滤酒，加上冰块冷饮，
醇酒清凉而又新鲜。
雕花酒斗已经摆齐，
又有琼浆玉液供人饮宴。
望您灵魂返回故居，
族人对您都钦敬爱戴，
一定没有妨害，没有祸患。

一七

美味的荤素菜肴还未备齐，
歌女舞伎已列队表演。
设置钟鼓，敲击伴奏，
创作的新歌悠扬宛转。
唱那《涉江曲》、《采菱曲》，
又将《阳阿曲》齐声歌唱。
美人们已经微醉，
双颊红润，神采飞扬。
目光流转，欣然顾盼，
宛如泛着层层秋波。
披着花纹艳丽的绉纱衣裳，
华美无比，款式繁多。
长长的黑发，柔美的双鬓，
发式多样，五光十色。

十六个美女，服饰划一，
翩翩表演郑地的舞乐。
两排舞袖相交如竿，
又变换舞姿，垂手敛臂徐徐退下。
吹竽弹瑟，汇成交响乐曲，
又咚咚地将响鼓敲打。
鼓乐大作，响震宫廷，
演奏《激楚曲》，激越清高。
演唱吴歌、蔡讴，
又奏大吕乐调。
男女交杂地坐在一起，
比肩嬉戏，乱而不分。
绶带和冠缨分散置放，
座次错杂，男女纷然欢欣。
郑地、卫地的妖艳美女，
前来杂然并排而坐。
最后演奏《激楚曲》的尾声，
比先前的曲调更加独具特色。

一八

好竹制的筹码，象牙制的棋子，
筹码六枚，棋子六对。
分组对弈，竞相进子走棋，
互相争胜而紧紧急追。
走成枭棋，赢取筹码，
呼喊着“五百”掷骰，愿得大采。
晋国制的博具，以犀角作为雕饰，
如同太阳之光，灿烂可爱。
用力敲击铜钟，钟架摇晃起来，
又弹奏梓木之瑟，激扬清越。
饮酒作乐不止，
沉湎于此，日夜不辍。

含兰香的脂膏作烛火，
光灿灿地照耀。
灯盏雕琢鎏错，
十分美好。
酒酣赋诗，谋篇撰句，尽心构思，
借助具有兰蕙之芳的辞藻。
人人极尽情思所至，
同心吟诵精妙之作。
畅饮醇酒，演奏音乐，纵情欢娱，
借以使长辈、故旧安乐。”

一九

乱辞：
新岁伊始而春气奋发啊，
我在明媚的春光中匆匆南行。
绿蘋齐生新叶啊，
白芷葳蕤丛生。
途中穿过庐江之水啊，
傍着绵延无际的丛莽长林。
沿着池沼与大泽分界的道路而行啊，
遥望水乡辽远无垠。

往昔君王狩猎，
青马、黑马连接成驷，
千乘车马齐辔并进。
熊熊猎火蔓延升腾啊，
浓烟将长空染得黑云沉沉。
猎手们有的步行、有的驰马、有的停止，
而向导却策马疾奔于众人之前。
士众或止或进，猎事顺利畅达，
有的回转车子将野兽遮拦。
随从君王奔赴梦泽啊，

在畋猎中考察比试谁后谁先。
君王亲自引弓射箭啊，
青角犀牛应弦毙命于神箭。

承继长夜，太阳东升啊，
时光不能久留人间。
泽畔高坡的兰草满径啊，
这香径却转眼又被水淹。
江水深深湛湛啊，
岸上有葱葱枫林一片。
纵目望尽千里大地啊，
面对无边春色，不禁伤心肠断！
君王的灵魂啊，回来，回来！
哀怜这忧难深重的故国江南！

附录(一)

卜 居

题解

本篇和《渔父》,经古今学者论证,并非屈原作品。但因它们的"作者离屈原必不甚远,而且是深知屈原生活和思想的人"(郭沫若先生语),这两篇作品对研究屈原生平及其思想有重要作用。所以,我们作为"附录",列于屈赋之后,以供参考。

《卜居》,是以第三者的角度,设想屈原如何问卜决疑,以便确定"自处之方",即如何清醒而正确地对待社会现实与自己的志行。名为"卜居",实际上屈原并无待决之疑,他对"何去何从"是坚定而分明的;只不过借这种方式来表达诗人对黑暗现实的愤激和不妥协的精神。

《卜居》与《渔父》的句式长短相间,错落有致;音韵和谐而变化自如;并运用问答体,自成一格。它是初具散文诗特色的、由"骚"而"赋"的过渡形式。这种风格与形式,为汉代及以后的赋家所祖述,在我国文学史上影响颇巨。

从内容与语言特征来看,应是先秦的作品。

原文及注释

屈原既放,三年不得复见。竭智尽忠,而蔽障于谗,心烦虑乱,不知所从。乃往见太卜郑詹尹,曰:"余有所疑,愿因先生决之。"詹尹乃端策拂龟,曰:"君将何以教之?"

[注释]

(1)"屈原既放"二句——可能指楚怀王初放屈原于汉北之事。

(2) 智——今行本作"知",二字古通,据洪兴祖、朱熹同引一本作"智"改,以与下文"智有所不明"之"智"统一,免滋歧义。 (3) 蔽障于谗——被谗人阻碍了忠谏报国之路。 (4) 太卜——掌管国家卜筮的官员。 (5) 郑詹尹——太卜名。 (6) 因——借,借助。 (7) 端策——筮用策(蓍草),所谓"揲策定数",在占卦之前,将"策"端端正正地摆好,以示恭敬虔诚。 (8) 拂龟——卜用龟(龟甲),所谓"灼龟观兆","拂龟",是先将龟甲拂拭干净,以示虔敬。(筮、卜为古代占卦的两种方式。)

屈原曰:"吾宁悃悃款款朴以忠乎?将送往劳来斯无穷乎?宁诛锄草茅以力耕乎?将游大人以成名乎?宁正言不讳以危身乎?将从俗富贵以媮生乎?宁超然高举以保真乎?将哫訾栗斯,喔咿儒兒,以事妇人乎?宁廉洁正直以自清乎?将突梯滑稽,如脂如韦,以絜楹乎?宁昂昂若千里之驹乎?将氾氾若水中之凫,与波上下,偷以全吾躯乎?宁与骐骥亢轭乎?将随驽马之迹乎?宁与黄鹄比翼乎?将与鸡鹜争食乎?此孰吉孰凶?何去何从?

世溷浊而不清:蝉翼为重;千钧为轻。黄钟毁弃;瓦釜雷鸣。谗人高张;贤士无名。吁嗟默默兮,谁知吾之廉贞?"

[注释]

(1) 悃悃款款——忠诚勤恳貌。悃:kǔn(捆)。 (2) 朴——质朴。 (3) 劳——lào(涝)。慰劳。送往劳来:犹言"送往迎来",指随世俗进退应酬。 (4) 无穷——无穷无尽。 (5) 宁——愿词,有"宁肯""宁可"之意。将:有"还是"之意。这两个词是表示选择、诘问语气的。"宁……"?"将……"?一正一反,前后两问,二者必择其一,是非取舍昭然若揭。 (6) 诛——借为"芟",刈草。诛锄草茅:指开辟长满野草的荒地。 (7) 游大人——游说于贵人之间。大人:指贵人,王侯卿相等。成名:指策士说客以游说手段进身求荣,甚至在顷刻之间,凭三寸不烂之舌取得卿相之高官厚禄。 (8) 正言不讳——直言谏君,不加隐讳。

(9) 危身——危及自身，准备受谴罚罪尤，以至杀身之祸。 (10) 从俗富贵——指随从世俗，食重禄享富贵。 (11) 媮——借为"愉"，喜乐。媮生：安乐地活着。 (12) 超然高举——超然物外，隐逸自放。 (13) 保真——保持质直天真的本性。 (14) 哫訾——zú zǐ(卒子)。犹"趑趄"之倒文，于行曰"趑趄"，且进且退，犹豫不前貌。于言曰"哫訾"，欲言又止，忸怩承颜，吞吞吐吐，阿谀逢迎之貌。 (15) 栗斯——当从一本作"粟斯"，朱本亦作"粟斯"，惊惧貌，指"宠辱若惊"，"胁肩跼蹐畏得罪貌"。 (16) 喔咿——奴颜婢膝，仰人鼻息，言语支吾不定之貌。 (17) 儒兒——rú ní(如尼)。一本作"嚅唲"，柔顺谨饰欲言又止的献媚之貌。 (18) 妇人——此指楚怀王的宠姬郑袖。 (19) 自清——洁身自好；修身洁行。 (20) 突梯——委曲宛转油滑应付之貌。 (21) 滑稽——gǔ jī(古基)。此指圆转谄媚，能言善辩而滔滔不绝貌。 (22) 如脂——像油脂那样滑。 (23) 如韦——像熟牛皮那样软。如脂如韦：形容圆滑世故，巧于应付。 (24) 絜楹——量圆曰絜，屋柱曰楹，"絜楹"，是指絜量其柱，欲削方为圆，比喻随顺世俗以邀宠求荣。 (25) 昂昂——志行高迈、超群特立貌。 (26) 氾氾——同"泛泛"，浮游貌。 (27) 凫——fú(扶)。野鸭。 (28) 与波上下——随波上下。 (29) 偷——苟且偷生。 (30) 骐骥——骏马之名。 (31) 亢——相对举。轭：è(愕)。古代车具，是车辕前端衡(横木)下的軥(曲木)，套在马颈上。亢轭：犹言"并驾"。 (32) 黄鹄——大鸟名，相传它能一举千里。 (33) 比翼——并翼飞翔。 (34) 鹜——wù(务)。鸭。 (35) 钧：古制三十斤为钧。 (36) 黄钟——古乐中十二律之一，器最大而声最宏。 (37) 瓦釜——陶制之锅。 (38) 高张——此指谗人张大于朝，居高位享尊荣。 (39) 无名——默默无闻，身处困顿之境。 (40) 默默——不言貌。 (41) 廉贞——廉洁忠贞。

詹尹乃释策而谢，曰："夫尺有所短；寸有所长。物有所不足；智有所不明。数有所不逮；神有所不通。用君之心，行君之意，龟策诚不能知此事。"

［注释］

(1) 谢——辞谢。 (2) 尺有所短;寸有所长——量一尺的长度,有时实际不足一尺;量一寸的长度,有时实际超过一寸。或:尺比寸长,但用于更长处却显得短;寸比尺短,用于更短处却显得长。此言尺、寸不一定完全从一种形式上看。以此比喻人和事物均各有长短。(3) 物有所不足——指事物不一定十全十美。 (4) 智有所不明——指人的智慧不一定无所不晓。如"尧舜知不遍物,孔子不如农圃"。(5) 数有所不逮——数术(天文阴阳历算)之事也有做不到的(如有时难测日月星辰等自然现象的异变)。逮:及。 (6) 神有所不通——神明也有不通达之时、之事。 (7) 用君之心,行君之意——自行其志,自持其节,"我行我素"。 (8) 龟策诚不能知此事——此句说明对卜筮的怀疑与批判态度。名曰"问卜",实则"自问",何去何从,屈原是没有什么疑惑而待他人指点的。本文虽非屈原自作,却是由深知其思想的楚人阐明了屈原的观点,屈原的怀疑与批判精神在《天问》等作品中表现得十分集中。

渔　父

题解

本篇也是以第三者角度,叙述隐逸山水的渔父和屈原的对话,从而表现两种不同的观点和态度:一方面是渔父的避世隐身、韬光含章、"与世推移";另一方面是爱国诗人屈原的"举世皆浊我独清,众人皆醉我独醒"、"伏清白以死直"。实际是对渔父逃避现实、明哲保身的消极态度加以否定和批判;对屈原面对现实、热爱祖国、坚持真理、至死不渝的积极态度加以肯定和赞扬。

原文及注释

屈原既放，游于江潭，行吟泽畔，颜色憔悴，形容枯槁。渔父见而问之，曰："子非三闾大夫欤？何故至于斯？"屈原曰："举世皆浊我独清，众人皆醉我独醒，是以见放。"渔父曰："圣人不凝滞于物，而能与世推移。世人皆浊，何不淈其泥而扬其波？众人皆醉，何不餔其糟而歠其醨？何故深思高举，自令放为？"屈原曰："吾闻之：新沐者必弹冠，新浴者必振衣。安能以身之察察，受物之汶汶者乎？宁赴湘流，葬于江鱼之腹中。安能以皓皓之白，而蒙世俗之尘埃乎？"

渔父莞尔而笑，鼓枻而去。乃歌曰："沧浪之水清兮，可以濯吾缨；沧浪之水浊兮，可以濯吾足！"遂去，不复与言。

［注释］

(1) 潭——深水。 (2) 行吟——且行且吟。 (3) 三闾大夫——官名，掌管楚国三大王族（昭、屈、景），"序其谱属，率其贤良以厉国士"。屈原曾任是职。 (4) 颜色——面色。 (5) 形容——形体和容态。 (6) 枯槁——清癯瘦瘠貌。 (7) 至于斯——到此地步。 (8) 浊、醉——王夫之曰："没于宠利曰浊，瞀于安危曰醉。" (9) 清——高洁自奉，不慕利禄。 (10) 醒——对安危有清醒的认识和态度。 (11) 见——被。 (12) 凝滞——此指固守执着。 (13) 物——外物，客观事物、现象。不凝滞于物：指对客观事物的观点、态度不要固守执着，要随波逐流。 (14) 与世推移——随着世俗进退转移，即"随俗方圆"。 (15) 淈——gǔ（古）。浊，使之浊。淈泥扬波，犹今言"同流合污"。 (16) 餔——bǔ（补）。吃。 (17) 糟——酒糟（渣滓）。 (18) 歠——chuò（辍）。饮。 (19) 醨——lí（离）。薄酒。餔糟歠醨：指与世人同醉。 (20) 何故深思高举，自令放为——《史记》作"何故怀瑾握瑜而自令见放为？"深思：指忧国忧民，与上文"独醒"之义合。高举：指志行高洁，异于世俗，与上文"独清"之义合。自令放为：为何使自己遭受放逐。 (21)“新沐者……”二句——又见《荀子》：“新浴者振其衣，新沐者弹其冠，人主情也。”沐：洗发。浴：洗身。弹冠、振衣：是为了去掉衣冠上的灰尘，以免玷污刚洗干净的头发和身体。 (22)安能——何能；怎能。 (23)察察——洁白貌。 (24)汶汶——mén(门)。犹惛惛。本谓昏暗不明貌；此处引申为蒙受污垢玷辱。 (25)宁赴湘流——指自沉之志。 (26)皓皓——洁白而有光彩貌。 (27)莞尔——微笑貌。 (28)枻——yì(义)。船舷，船旁板。鼓枻：叩舷。 (29)沧浪——水名，其说不一。蒋骥曰：“在今常德府龙阳县，本沧、浪二山发源，合流为沧浪之水。”较可信。(30)缨——冠系带。

附录（二）

爱国思想是屈原作品的灵魂

——兼论《离骚》

袁　梅

一

我国古代文学史上第一个有主名的、伟大的爱国诗人屈原，是“楚辞”的创始者和代表者，他为我国古代诗歌创作开辟了新纪元、新道路。他的作品的人民性和现实主义、积极浪漫主义精神，成为衣被千秋词人的优秀传统。他热爱祖国，同情人民，主张实行“美政”；他始终持守高洁志行，苏世独立，追求并坚持真理，生得正直，死得正直。在他的诸多姱节美质中，最突出的是爱国思想。作为进步的政治家和爱国诗人，他是毕生为复兴楚国、改革政治而上下求索、奋斗不懈的。他的作品，不仅是自身的生活与思想的写照，也反映了社会面貌和时代风云，成为社会的缩影和时代的镜子。他的作品的灵魂，便是忠贞的爱国思想。

屈原生活于战国后半期。在列国交伐、诸霸争雄的纷纷扰扰之中，楚国面临着强秦的极大威胁；同时，国内昏君佞臣交相构祸，朝政纷乱，国力日衰。这一时期，楚国在对外、对内政策方面，有联齐抗秦、改革政治与拒齐事秦、反对改革的矛盾和斗争；也就是爱国派、进步派与投降派、倒退派之间的矛盾和斗争。屈原是进步的爱国志士和清醒而热情的时代歌手。他面对着祖国的败亡和自身的祸殃，形成了他思想情感上固结不解的矛盾。在新、旧势力围绕着爱国与祸国而展开的斗争中，屈原横遭旧贵族邪恶势力的打击迫害。最后，他的美好理想破灭了。为了祖国，为了正义，为了理想、意志和人格的尊严，伟大的爱国诗人屈原，在二千二百六十多年前，自沉于汨罗江，结束了他那悲壮的一生。

诚然，屈原作为一个政治家，是失败了；但是，作为一个诗人，他却真正地成功了。他的爱国精神与艺术生命，在中国的千古诗坛上大放壮采，为我国文学宝库乃至世界文学宝库创造了大量的辉煌诗篇，成为中华民族的骄傲。尤其是屈原作品的人民性和现实主义、积极浪漫主义精神，形成了我国辞赋史长河中的主流。

二

屈原以政治斗士和爱国诗人的饱满而热烈的感情、纯洁而美善的心灵终生不倦地歌吟着。通过那瑰奇壮丽、感人肺腑的诗歌，倾吐着对祖国的忠诚与热爱、对人民的关怀与同情、对故土的深情与眷恋。这崇高的思想感情，渗透到作品的字里行间，成了作品的灵魂，特别是他的代表作——《离骚》，更加集中地反映了诗人的爱国思想。

祖国的治乱兴衰，直接关联着每个楚国人——包括屈原的命运。屈原之所以热爱楚国，首先由于他是楚国人，他和祖国血肉相连，休戚与共。同时，他又具有顺应历史发展趋势的“大一统”思想，而且他认为应由楚国来统一天下。

冠绝千古的诗篇——《离骚》，先从诗人自己的世系出身叙起，并强调他那纯美的禀赋和宏伟的怀抱，他自少壮之年就珍惜时光，修身进德，以天下为己任；居官在朝时，直言劝导楚王发愤图强，选用贤才，振兴楚国。自己表示，愿作开路先锋：“纷吾既有此内美兮，又重之以修能”；“汩余若将不及兮，恐年岁之不吾与”；“乘骐骥以驰骋兮，来，吾导夫先路！”（引自《离骚》，下同）

他又以形象生动的比喻，叙说往古之三王如何广揽人才，共襄国事；实则启发当代的楚君，望其能效法德行纯粹的三王，荟萃众芳于一堂：“昔三后之纯粹兮，固众芳之所在；杂申椒与菌桂兮，岂惟纫夫蕙茝？”

诗人目击执政的旧贵族势力蒙蔽楚王，败坏朝纲；他们朋比为奸，苟且偷安，燕雀处堂，荒淫逸乐，出卖民族利益而屈膝事敌，将国家引入幽暗险隘的绝路。在这民族矛盾日益尖锐、强秦变本加厉地进行欺凌的情势下，屈原对国家命运和黑暗现实的深忧孤愤，以及不畏祸殃、自我牺牲的精神，表现得更加强烈而真挚："惟夫党人之偷乐兮，路幽昧以险隘。岂余身之惮殃兮？恐皇舆之败绩。"

屈原的爱国思想与忠君意识是互相交织、难以分割的。他的"忠君"，确乎出于"爱国"。他将楚王视为楚国的政治代表，"君"就是"国家"与"政权"的象征，因此，他以为忠于楚王，也就是忠于祖国。屈原的联齐抗秦的爱国策略，改革政治的进步主张，都需要在取得楚王信任支持的前提下才有实现的可能；而楚王的昏聩、专横、倒行逆施，又会直接危及国家的命运。于是，作为政治家和忠臣的屈原，对楚王寄以殷切的希望，屡进忠谏，激浊扬清，竭尽才力效命君国，甚至多次无辜横遭斥逐，仍对楚王忠贞不贰。他的"忠君"思想，在作品中有充分的反映。他说："指九天以为正兮，夫唯灵修之故也。"他明知自己正道直行、力斥时弊、忠言讽谏会招致群小的嫉恨而构祸，但是为了祖国与君王，却不惜作出自我牺牲，他十分执着地说："余固知謇謇之为患兮，忍而不能舍也！"

同时，他对楚君的忠心，迥非竞进贪婪的奴才弄臣的"愚忠"；而是一个正直而清醒的爱国志士的"孤忠"。他的"忠"是以"直"为原则的。所谓"直"，即"直道"，即代表当时国家和人民利益的政治理想、政治原则和道德规范。因此，在许多根本问题上，反映出他与楚王的矛盾和斗争，这也是爱国与误国（以至卖国）的原则之争。在他身为左徒，与楚王同心谋国之时，本想大展宏图，轰轰烈烈做一番事业；但由于朝内的权奸群小谗谀惑君，楚君则轻于好恶，反复无常，疏放了屈原，这就暴露了君臣之间的矛盾。屈原对偏信易怒、不察忠奸的君王无限怨恨，忿然申诉了自己"信而见疑，忠而被谤"的不幸与不平，对昏君佞臣加以指斥与责难："忽奔走以先后兮，及前王之踵武。荃不察余之中情兮，反信谗而齌怒。""怨灵修之浩荡兮，终不察夫民心。众女嫉余之蛾眉兮，谣诼谓余以善淫。"

他不计得失，不避危难，敢于撄党人群小之仇怒，敢于犯昏君之淫威，坚持斗争，义无反顾："屈心而抑志兮，忍尤而攘诟。

伏清白以死直兮，固前圣之所厚。”

然而，屈原毕竟出身贵族阶层，他的立场观点必然要受到时代和阶级的局限。因此，他只将希望寄托于楚王一人，传统的君臣伦理观念还在羁系着他，苦恼着他；甚至在屡遭斥逐之后，在与世永诀之时，仍然念念不忘昏庸的楚王。最后，他的希望化为绝望，这是历史的必然。此外，尽管他长期苦度着逐臣迁客的流亡生活，接触到苦难中的人民，也曾认识到人民的爱国精神；但是，他却没有真正看到人民的力量，也就不可能将振兴楚国的希望寄予人民大众。所以，他在政治斗争中自然是势单力孤，难以取胜。昏庸无道的楚王废斥了他，他却始终不放弃对楚王的幻想；屈原虽然关怀同情人民，但却没有真正加入人民大众的行列。

三

屈原热爱祖国、关怀人民的思想感情，又表现在穷愁潦倒、走投无路之际是否去国的态度上。他这样忠直而优秀的政治家，理应得到楚王的信任重用，大展宏图，实现美好的政治理想；可是却横遭谗人诬陷，被昏君疏放，长期流落蛮荒辽远之地。一个胸怀奇志精诚爱国的政治家，却被腐朽的旧贵族集团排斥于朝廷之外、推出了政治舞台，进退不由，报国无路。面对楚国黑暗衰败的现状，瞻望变幻难卜的未来，选择什么道路，奔向什么目标，是去是留：这些问题严峻无情地横在诗人面前。

在春秋时期，已有“楚材晋用”之故实；迄于战国时期，更是诸子蜂起，处士横议，游说求荣之风大盛，“朝秦暮楚”乃司空见惯之事。与屈原同时代的知识分子，国家民族观念往往很淡薄，多采取“合则留，不合则去”的态度。如果在本国不受重用，个人愿望不能满足，就投奔他邦谋求出路，以图事业的发达，或攫取爵禄荣华。这是当时的社会风气。屈原在楚国受尽昏君谗臣的摧折迫害，国士末路，壮志难酬，是满怀抑郁不平之气的。象他这样的旷世奇才，并非不能弃离故土，远适异国以求宠荣发达。可是，在这十字路口，他却瞻顾徘徊，心中矛盾重重，反复地、痛苦地作着思想斗争，其焦点就是去或留的问题。他在思想感情上的变化起伏，他“上下求索”的坚强意志，都从震古烁今的杰构——《离骚》中生动有力地反映出来。

《离骚》的后半部分，曾围绕“去留”问题，层层深入地描述了幻想中的女媭、灵氛、巫咸等不同的劝告之词；同时，也记叙了诗人如何反复思量，如何跟他们辩说剖白……对这些过程的描写，是虚拟的，想象的；但又是诗人实际心理活动的实录。寻绎文义，有以下几个层次：

女媭出于对诗人的关怀爱护，举出鲧因刚直而遭难的事例，告诫他不宜一意忠直行事，而要明哲保身。她说：“鲧婞直以亡身兮，终然殀乎羽之野。汝何博謇而好修兮，纷独有此姱节？”

诗人对女媭的话不以为然，就在幻想中“济沅湘以南征”，到古帝虞舜那里陈词，缕述古代治乱兴亡之事，强调“义”和“善”的原则，自以为掌握了正道，表示坚守初志，至死不悔。这是他在第一次思想斗争中，克服了自己的动摇，拒绝了女媭的意见。

接着，他怀着坚定的信念与迫切的心情，展开想象的双翼，上天下地去追求志同道合的人物，争取实现崇高的理想。他一直到达天宫，指令“帝阍”打开关锁。“帝阍”却冷漠地望着他，闭门不纳。他失望地慨叹不已，认为天上和人间同样混浊，各处都找不到合乎理想的人。他感叹道：“路曼曼其修远兮，吾将上下而求索。”“忽反顾以流涕兮，哀高丘之无女。”“闺中既以邃远兮，哲王又不悟。”

诗人面对着“美女”难求，“哲王”不悟的现状，自忖难以实现宏伟抱负。他又一次地失望了，心中充满矛盾和疑问，向灵氛问卜，以决行止。灵氛劝告他莫再留恋故园，应该去国远游，觅求那与己志契合的人，以成就功业。灵氛并进一步说明楚国社会现实的黑暗混乱，以打消诗人对楚国君臣的一线希望，从而坚定其去国求合之志。他说：“两美其必合兮，孰信修而慕之？思九州之博大兮，岂惟是其有女？”“何所独无芳草兮，尔何怀乎故宇？世幽昧以昡曜兮，孰云察余之善恶？”

灵氛的话是有一定的现实基础的，在当时社会环境中颇具诱惑力，也是许多说客策士飞黄腾达的必由之路。但是，屈原的爱国至诚和这种诱惑之间发生了抵触，使他犹豫狐疑，举棋不定。于是，他又向神话传说中的巫咸求教。巫咸劝他上下寻求和自己观点一致的人，并举出许多古人的例证，说明只要个人品质美好，即使没有媒介，也会被起用；贤明之君是能从贫贱者中识别人才，委以重任的。巫咸最后又提醒诗人，趁年华未老，要珍惜时机，积极争取明君的赏识倚重："勉升降以上下兮，求榘矱之所同。""汤、禹严而求合兮，挚、咎繇而能调。苟中情其好修兮，又何必用夫行媒？""及年岁之未晏兮，时亦犹其未央。"

诗人认为巫咸所说的只是一些不切实际的大道理；而现实社会则是纷纭变化，黑白颠倒，小人结党营私，嫉贤害能。在这恶劣环境中；并无实现理想的希望。况且，流年逝水，时不待人，必须断然做出抉择，及时努力。于是诗人转而倾向于灵氛的意见，决心向理想的境界远走高飞："何离心之可同兮，吾将远逝以自疏。"

在刹那之间，似乎他的精神获得了解放，神志飞扬，乘龙御风，云旗逶迤，鸾铃和鸣，周流于上下，浮游于六合。朝发天津，暮至西极；途经边地流沙，取道不周之山，直趋最后的归宿——西海。值此飘然神游之际，又有"九歌""韶舞"以娱耳目，使他心旷神怡，一时涣然解脱了平生的苦痛。他乘着八龙之车，自由翱翔于光辉灿烂的天宇，并且还要继续向上飞腾。可是就在此意气洋洋之际，无意中向下界一瞥，忽然看见了可爱的故乡。这父母之邦的壮丽山河，这大地上的骨肉同胞，都和自己息息相关，有着深厚的感情。于是，触景伤情，悲从中来，心痛如绞；眷顾乡关，驻足不前。他顿时改变了主意，决定留下来。这确乎是思想感情的突变。他深切地意识到自己是不忍离开祖国的。纵然在这里受苦受难，流亡颠连，也绝不忍心离开血肉相连的祖国和人民。此时此刻，他已从美妙神奇、虚幻缥缈的天界蓦然跌落到无情的、痛苦的现实中来了。矛盾发展到高潮，悲哀袭击着心灵。仆夫也凄怆欲绝，神驹也怀伤踟蹰。于是，诗人怀着爱国赤子的拳拳至情与无限悲辛，心中矛盾重重地返身投入了祖国的怀抱。《离骚》中这样写道："陟升皇之赫戏兮，忽临睨夫旧乡。仆夫悲余马怀兮，蜷局顾而不行。"

他所以决定不离开楚国，并非由于"不能为"，而是由于"不忍为"。

四

屈原的爱国思想，也表现在他最终为祖国而正直地、庄严地自殉。他既为直道而生，也为直道而死。他的高尚情操和凛然正气，也是他的作品所集中表现的主题。他对待“死”的态度是极其严肃的。他从年轻时就立下大志，要作中流砥柱，顶天立地，为国为民做一番大事业；同时，也准备为祖国、为正义而自觉地去死。他一直以古圣先贤为榜样，效法他们的“生直”与“死直”，他说：“既莫足与为美政兮，吾将从彭咸之所居。”

屈原是坚韧不拔、百折不挠的政治斗士。他在毕生的战斗中，跟国内的政治宿敌及国外的强敌周旋较量，从来不妥协、不怯懦，总是铁骨铮铮地挺立着、战斗着。但是，由于国内、国外，主观、客观的种种不利因素，使他终归失败。他的美好理想、政治怀抱，都已化为梦幻泡影。为了对邪恶势力和黑白颠倒的社会进行最后的抗争，他决心以死殉志，表达对祖国的赤胆忠心。他豪迈地高歌：“亦余心之所善兮，虽九死其犹未悔。”“宁溘死以流亡兮，余不忍为此态也。”“伏清白而死直兮，固前圣之所厚。”

他所以毅然引决自裁，是因为他已预见到楚国覆亡的命运已成定局，且已迫在眉睫。自己既不能立朝图议国事，又不得报国效死于沙场。于是，只有以死殉国，以死殉志。他希望以自己的义死激励民气，唤醒国魂；以自己的生命之火照亮人们的心灵，点燃为真理而斗争的熊熊烈焰；同时，他愿以死谏君，促使昏君猛醒，改弦更张，发愤图强。

宁愿清白而正直地死去，绝不屈辱而苟且地活着，这就是两千多年前的爱国诗人屈原所做的选择。他的生命结束了，但其闪烁着爱国思想光辉的伟大精神和艺术生命，却是万古长青的。

（发表于《泉城文艺》1984 年第 6 期）

宋玉辞赋译注

凡 例

一　古籍著录的宋玉作品，最可信者为《九辩》。其余诸篇，或为阙疑待考者，或为后人伪托者，众说纷纭，言人人殊。其中有些作品虽无定论，但千载流传，影响深广。所以，本书除著录《九辩》外，又将《风赋》、《高唐赋》、《神女赋》、《登徒子好色赋》列于其后，并附录《对楚王问》、《笛赋》、《大言赋》、《小言赋》、《讽赋》、《钓赋》、《舞赋》、《高唐对》等篇之白文，以存疑备考。

二　由于《九辩》确为宋玉之代表作，所以，本书的《引论》便集中地评介宋玉及其《九辩》。

三　对《九辩》以下五篇作品先解题旨，次录原文及注释，后录译文。附录部分所收作品，均有"校勘记"，仅录经过点校之白文，不加注释及语译。

四　译文力求忠于原作，以"信"为基准，并努力向"达"、"雅"方面探求。注释力求准确明白，对于先哲时贤之说，认真思考研究，择善而从，审慎取舍。偶有愚见，亦求言必有据，不敢强作解人。由于笔者学养所限，识见所囿，纰缪偏颇诚难避免。敬希师长、专家和读者同志慷慨赐教，是感是幸。

引　论

在我国千古诗坛上，第一位有主名的爱国诗人屈原，是"楚辞"的创始者和代表者。屈原之后，祖述"风骚"的楚辞作家俊才辈出，群芳竞秀，蔚为大观。在芸芸众多的诗人之中，崛起于战国末季的楚国，卓尔不群，才华横溢的佼佼者便是宋玉。他是服膺屈原而又自辟蹊径、独树一帜的楚辞大家。虽然他的品格志行和艺术造诣难与屈子相侔；但是，在我国文学史上，却久已屈、宋并称，相沿至今。

在古代，爱戴并学习宋玉的文学之士不胜缕数。唐代爱国诗人杜甫曾感慨万端地咏叹："摇落深知宋玉悲，风流儒雅亦吾师。怅望千秋一洒泪，萧条异代不同时。江山故宅空文藻，云雨荒台岂梦思？最是楚宫俱泯灭，舟人指点到今疑。"（《咏怀古迹》）诗句表达了他对宋玉的爱重悼惜之情，同时也概括了宋玉的身世、情志与艺术成就。

宋玉的生平

关于宋玉的生平事迹与艺术生涯，史料极少，而且互有牴牾，真伪难辨。不过，我们还是应该从纷繁的乱丝中理出一点端绪，争取比较正确地认识这位独步一世的才士。

宋玉《九辩》中的自叙之言，可以作为研究他的生平和思想的内证；《史记》《汉书》等古籍和伪托的宋玉作品中的片断记载，也可作为相应的参证。

《九辩》中有这样一些自我表述：

"怆怳圹悢兮，去故而就新。坎廪兮，贫士失职而志不平。廓落兮，羁旅而无友生。惆怅兮而私自怜。……时亹亹而过中兮，蹇淹留而无成。悲忧穷戚兮独处廓，有美一人兮心不绎。去乡离家兮徕远客，超逍遥兮今焉薄？专思君兮不可化，君不知兮可奈何！……愿一见兮道余意，君之心兮与余异。……悼余生之不时兮，逢此世之俇攘。……岂不郁陶而思君兮，君之门以九重。猛犬狺狺而迎吠兮，关梁闭而不通。……众鸟皆有所登栖兮，凤独遑遑而无所集。……君弃远而不察兮，虽愿忠其焉得？……与其无义而有名兮，宁穷处而守高。……无衣裘以御冬兮，恐溘死不得见乎阳春。……年洋洋以日往兮，老嵺廓而无处。”

据司马迁《史记·屈原贾生列传》云：“屈原既死之后，楚有宋玉、唐勒、景差之徒者，皆好辞而以赋见称。然皆祖屈原之从容辞令，终莫敢直谏。”

又，班固《汉书·艺文志·诗赋略》云：“宋玉赋十六篇，楚人，与唐勒并时，在屈原后也。”

又，《汉书·地理志》曰：“始楚贤臣屈原被谗放流，作《离骚》诸赋以自伤悼，后有宋玉、唐勒之属慕而述之，皆以显名。”

以上记述是比较可信的。

此外，《韩诗外传》（卷七）则曰：“宋玉因其友见楚相，楚相待之无以异，乃让其友。……”

又，刘向《新序·杂事（第一）》云：“楚威王问于宋玉曰：‘先生其有遗行邪？何士民众庶不誉之甚也？’……”（又，萧统《文选》卷四十五，《对楚王问》则作“楚襄王问于宋玉曰：……”郭沫若先生在《关于宋玉》中说：“《新序》的‘威王’的‘威’字是错了。”此说极是。）

又，《新序·杂事（第五）》云：“宋玉因其友以见于楚襄王，……宋玉事楚襄王而不见察。……”

又，王逸《楚辞章句》卷八云：“《九辩》者，楚大夫宋玉之所作也。……宋玉者，屈原弟子也。闵其师忠而放逐，故作《九辩》以述其志。”（按：后辈慕效前贤者，亦可称“弟子”。）

又，《文选》卷十七，傅毅《舞赋》云：“楚襄王既游云梦，使宋玉赋高唐之事。……”

又，《文选》卷十九，曹植《洛神赋》云：“黄初四年，余朝京师，还济洛川。古人有言,斯水之神名曰宓妃。感宋玉对楚王说神女之事,遂作斯赋。”

又,习凿齿《襄阳耆旧记》卷一曰:“宋玉者,楚之鄢人也,故宜城有宋玉冢。”又,同书云:“楚襄王与宋玉游于云梦之野,将使宋玉赋高唐之事,望朝云之馆。……”(引见《太平御览》卷三九九)

又,《水经注》卷二十八曰:“城,故鄢郢之旧都,秦以为县。汉惠帝三年,改曰宜城。……城南有宋玉宅。玉,邑人,隽才辩给,善属文而识音也。”

又,《隋书·经籍志》卷三十五云:“‘楚辞’者,屈原之所作也。……弟子宋玉痛惜其师,伤而和之。……盖以原楚人也,谓之‘楚辞’。”(按:此处“弟子”,实为“私淑弟子”。)

又,虞世南《北堂书钞》卷三十三录《宋玉集序》曰:“宋玉事楚怀王,友人言之宋玉,玉以为小臣。”(按:《韩诗外传》曰“楚相”。再,郭沫若先生《关于宋玉》一文考证说:“此文有夺误,当是‘宋玉有友人事楚怀王,友人言之于王,王以为小臣’云云。”此说可从。)

其次,从待考或伪托的宋玉赋中,也能见到零星的记述:

《风赋》:“楚襄王游于兰台之宫,宋玉、景差侍。”

《高唐赋》:“昔者,楚襄王与宋玉游于云梦之台。”

《神女赋》:“楚襄王与宋玉游于云梦之浦,使玉赋高唐之事。”

《对楚王问》:“楚襄王问于宋玉曰:‘先生其有遗行与?何士民众庶不誉之甚也!’……”

《大言赋》:“楚襄王与唐勒、景差、宋玉游于云阳之台。”

《小言赋》:“楚襄王既登云阳之台,令诸大夫景差、唐勒、宋玉等并造《大言赋》。”

《讽赋》:“楚襄王时,宋玉休归。”

《钓赋》:“宋玉与登徒子偕受钓于玄洲(按:人名),止而并见于楚襄王。”

《舞赋》:“楚襄王既游云梦,将置酒宴饮,谓宋玉曰:‘寡人欲觞群臣,何以娱之?’……”

《高唐对》:“楚襄王与宋玉游于云梦之野。”

由以上古籍记载看来,只有《新序·杂事(第一)》谓宋玉为威王时人,而《文选》所录《对楚王问》这一同类文字,则作“襄王”,想《文选》必有所据,而《新序·杂事(第一)》有误。又,《宋玉集序》称宋玉为怀王时人,然《韩诗外传》记同一事件,却作“楚相”,恐《宋玉集序》文字亦有夺误。除以上二书分载宋玉为威王、怀王时人外,其他古籍多谓宋玉为襄王时人。前说是偶见的、疑有夺误的;后说是层见复出的,当以后说为准。再者,《史记》《汉书》咸谓宋玉在屈原之后。马、班去宋玉未远,其说应有的据。宋玉既在屈原之后,自然不是威王、怀王时人。此外,据伪托的宋玉赋中所述事略,均称宋玉为襄王时人。这些伪托的作品,断非出自一时一人之手,却众口一词,不约而同,这也是值得重视的旁证。况且,又有宋玉《九辩》中许多自叙身世的言词作为确凿的内证。

总之,综合各方面比较可信的资料,可以基本上勾画出“宋玉小传”的轮廓:

宋玉,是晚于屈原的楚国之鄢(今湖北宜城)人,为屈原的后辈,与唐勒、景差同时,大约生于屈原沉江前后,死于楚亡之际。虽不是屈原的受业弟子,但他非常景仰屈原,在文学创作上师承屈原的风格,却又自出机杼,另立门户。“悲秋”,便是宋玉作品的内容特征之一。他是寒门素族的贫士,为了谋求出路和报效君国,曾经离乡背井远适京都等地。几经周折,百般营求,做过楚顷襄王左右的文学侍臣。虽然官卑职微,但凭着他那超群轶伦的才力,犀利的谈片,也曾一度博得楚王的赏识而奔走前后。讵料宦海风波,仕途崎岖,横遭奸佞谗害,既不见察于信谗易怒之昏君,又难见容于偭攘混浊之乱世,于是被黜失职,落魄江湖,潦倒终生。他忠君爱国,始终希望得到楚王的信任,以施展怀抱。但是君门九重,忠悃难申。他愤世嫉俗,忧国忧民,却不能像屈原那样冒死谏诤和以死殉志;只是以“温柔敦厚”、“怨而不怒”的态度对待黑暗的现实与不幸的遭际。宋玉托志芳洁,修身自好,宁肯穷处守高也不同流合污以求显荣。他是一位报国无门、怀才不遇、宦途失意的文士;同时,又是奉行“愚忠”而不敢向昏君斗争的小臣。

宋玉所处的时代

如果说屈原所生活的年代是楚国由强转弱的时期;那么,宋玉所处的年代则是楚国由弱变衰、由衰而亡的时期。当时,楚国统治集团内部分裂,楚王昏庸无能,骄奢淫逸,忠奸不察,善恶颠倒,旧贵族势力专权误国,对外政策摇摆不定,与齐国忽离忽合,失去强援,以致政治上、军事上、外交上累遭挫败。在公元前278年(顷襄王二十一年)被秦军攻陷郢都,一蹶不振,终于在公元前223年(楚王负刍五年)为秦所灭。屈原与宋玉所处的时代背景相仿佛,都是大动荡、大变化、大兴衰的时期。但是到了宋玉生活的年代(主要是顷襄王时),更是国步维艰,危如累卵。宋玉很可能就在楚亡之际与世长辞。在前后衔接的时代背景中,屈原是那样热切焦灼地闵时忧民,忠君爱国,追求美政,最后以身殉国、以身殉道;而宋玉却只停留在"悲秋""思君""感遇"的境界,他的品格与屈原相较,则轩轾有别,不可同年而语。

宋玉作品辨伪

宋玉究竟有哪些作品呢?这是自古至今难以质证的问题。《汉书·艺文志》著录宋玉赋十六篇,但篇目已不可考;而现存题为宋玉赋者则仅十四篇:东汉·王逸《楚辞章句》载《九辩》、《招魂》,南朝·梁·萧统主编的《文选》载《风赋》、《高唐赋》、《神女赋》、《登徒子好色赋》、《对楚王问》(以及《九辩》五章,《招魂》),无名氏的《古文苑》载《笛赋》、《大言赋》、《小言赋》、《讽赋》,《钓赋》,《舞赋》,清·严可均所辑《全上古文》则据《文选》三十一卷江淹《杂体诗》注引《宋玉集》之文字,删《舞赋》而增《高唐对》。对以上作品,古今许多学者作过研核鉴别,多认为《招魂》乃屈原作品,《九辩》为宋玉所撰,其余诸篇多系后人伪托。其主要理由是:

一 《文选》、《古文苑》、《全上古文》所录各篇散文赋的形式,不是宋玉所处的战国时代所能产生的。因为这些作品不是楚辞体,而是西汉司马相如所创制的那种散文赋体。所以,如果定要说它们是宋玉之作，那么，这位宋玉就不可能是战国时的楚人了。

二　这些作品多为宋玉与楚王对话的形式，而在叙事行文中常称“楚王”、“楚襄王”，以常理揆之，宋玉既是楚人，就不能在称本国国君时冠一“楚”字，更不能在国君生前预称其谥号。

三　《笛赋》有言：“宋意将送荆卿于易水之上，得其雌焉。”如果认定宋玉主要生活年代为楚襄王时，而荆轲刺秦王则在楚王负刍元年，晚于襄王数十年(襄王元年至负刍元年相距72年，那么，荆轲的典故就不会被几十年前的宋玉所引用。退一步说，即使负刍元年宋玉尚存，也不会将同时的故事写进自己的作品中。

四　这些作品多是明显地以第三者口吻写的。宋玉不应在作品中直呼己名，如“宋玉、景差侍”、“问于宋五日”、“宋玉对曰”等等。

五　《高唐赋》述曰：“昔者，楚襄王与宋玉游于云梦之浦”，显系后人追记之词。

六　《高唐赋》、《神女赋》、《高唐对》共叙一事；《讽赋》、《登徒子好色赋》内容相仿，文气格调雷同。尤其《高唐对》一篇，文字与《高唐赋》首段基本一致，只将神女自述之词增益四句，实则为《高唐赋》首段的重录。试问宋玉缘何重复制作同一题材之文章？

七　《古文苑》成书较晚(相传为唐人旧藏本，北宋孙洙得之于佛寺中，后经南宋韩元吉、章樵厘定注释)，而《笛赋》、《大言赋》、《小言赋》、《讽赋》、《钓赋》、《舞赋》却首次被它所著录。假令此等作品确系宋玉所撰，那么，去古未远而且见闻广博的刘向、王逸何以不将其收入《楚辞》？况且，这几篇可疑之处尤多(如《小言赋》很可能是模仿晋代傅咸的《小语赋》而作，它们均托言楚襄王与宋玉、唐勒、景差之事)。

八　这些作品用的多非周秦古韵，而是汉代以后之音韵。

九　《文选》所载五篇与《古文苑》所载六篇，不仅风格不同，而且文字优劣互异，足见并非一时一人之手笔。

十　《登徒子好色赋》、《讽赋》与司马相如《美人赋》的体制风格多有互袭之迹。

十一　《舞赋》本是载入《文选》的汉代傅毅之作，因其内容言及宋玉，于是就被《古文苑》的编辑者误认为宋玉赋而著录于该书中。

十二　《对楚王问》是后人模仿《卜居》、《渔父》的对话形式而写成的散文体，《高唐对》亦属此类。不仅与一般的"楚辞体"格调迥异，而且都是以第三者的角度记述的。非宋玉作。

十三　《文选》所录《风赋》、《高唐赋》、《神女赋》、《登徒子好色赋》，有人疑其非宋玉作品；但也有人认为宋玉所撰，众说纷纭，迄无定论，姑且列于《九辩》之后，待考。

《九辩》的思想内容与艺术特色

《九辩》，本是古代乐调之名，在《离骚》、《天问》、《山海经》中都曾提到它。王逸《楚辞章句》云："辩者，变也。"《周礼·大司乐》郑注："变，犹更也，乐成则更奏也。"又，王夫之《楚辞通释》曰："辩，犹遍也，一阕谓之一遍。盖亦效夏启《九辩》之名，绍古体为新裁，可以被之管弦。其词激宕淋漓，异于风雅，盖楚声也。"准此，"九辩"犹"九阕"，即由多数乐章组合起来的一种乐调；因此，总的看来，"九辩"在内容上是有机的整体；分开来说，"辩"又是整个乐调的组成部分。

宋玉的《九辩》，是借古乐旧题来抒写自己贫士失职、怀才不遇、老而无成、报国无路之愤慨的。内容主要是悲秋、感遇、思君，这三者又互相交织、彼此渗透、融为一体。

《九辩》首章起步突兀，盛叹而入，以饱蘸激情的笔触描绘了肃杀凄凉的深秋景象：

"悲哉！秋之为气也。萧瑟兮，草木摇落而变衰。憭栗兮，若在远行。登山临水兮，送将归。泬寥兮，天高而气清。寂寥兮，收潦而水清。"

"悲秋"二字首标其目，醒明本旨，奠定了作品的基调，也象征着宋玉所处的时代。由于这篇作品情景相生的特色，宋玉遂成为我国古代文苑中第一个以"悲秋"名世的诗人。

《九辩》是宋玉进入老境后写成的。他处于楚国日暮途穷之秋，国事蜩螗，如沸如汤。昏君佞臣败坏纲纪，贤人才士斥弃在野。楚王朝暴虐腐朽，燕雀处堂，文恬武嬉，对内残酷压榨，鱼肉人民；对外实行投降政策，丧权辱国。楚国形势犹如西风残照，这对每一个具有民族意识的楚国人来说，都是可悲而触目惊心的现实；何况忠君爱国、头脑清醒的宋玉，当然更满怀殷忧。贫士失职，颠踬困顿，又使他产生身世飘零的幽怨。在公私交迫、万感萦怀之际，面对着西风落叶，顿觉秋光易老，好景难再，唤起了宋玉悲凉凄怆之情。同时，他又看到紫燕辞归，鸿雁南游，更勾起了异乡飘零的哀愁和怀才不遇的牢骚：

“憯凄增欷兮，薄寒之中人。怆怳圹悢兮，去故而就新。坎廪兮，贫士失职而志不平。廓落兮，羁旅而无友生。惆怅兮，而私自怜。”

他所以离开故乡，本想更换一个新天地，可是，一介贫士却又遭受失职的厄运。于是他彻夜无眠，静听着秋虫的哀鸣，喟叹“时亹亹而过中兮，蹇淹留而无成”。大自然的清秋景色和个人身世、社会环境都是悲凉的，这位沦落天涯的诗人在萧瑟的秋风中，只有凭吊自己伶仃无依的影子。触景伤情，叹老嗟卑，乃是他自然流露的心声。在第三章，又进一步描绘秋色秋声如何强烈地摧折着诗人的肝肠：

“皇天平分四时兮，窃独悲此凛秋。白露既下百草兮，奄离披此梧楸。去白日之昭昭兮，袭长夜之悠悠。离芳蔼之方壮兮，余萎约而悲秋。秋既先戒以白露兮，冬又申之以严霜。……澹容与而独倚兮，蟋蟀鸣此西堂。”

在这不眠的漫漫秋夜，诗人自悲蹇命犹如经霜之百草，将要枯黄零落。悲秋感遇，给他心灵蒙上了一层愁雾，于是，慨叹生不逢辰，而寿数又将了结：

“岁忽忽而遒尽兮，恐余寿之弗将。悼余生之不时兮，逢此世之俇攘。……心怵惕而震荡兮，何所忧之多方！卬明月而太息兮，步列星而极明。”

他自分无力旋转乾坤、匡时济世、移风易俗。虽然总想有所作为，但是，无情的现实却一次又一次地将他击倒：

“霜露惨凄而交下兮，心尚幸其弗济。霰雪雰糅其增加兮，乃知遭命之将至。愿徼幸而有待兮，泊莽莽与野草同死。愿自直而径往兮，路壅绝而不通。……窃美申包胥之气盛兮，恐时俗之不固。……世雷同而炫曜兮，何毁誉之昧昧！……生天地之若过兮，功不成而无效。”

在人生的重大关头，他缺乏屈原那种刚毅无畏、正道直行、九死不悔的精神；而只有隐忍、哀伤、执着而又无奈的悲天悯人。他不能挺身而出，顽强斗争；而是洁身自好，穷处守高，独善其身：

“处浊世而显荣兮，非余心之所乐。与其无义而有名兮，宁穷处而守高。食不偷而为饱兮，衣不苟而为温。……无衣裘以御冬兮，恐溘死不得见乎阳春。”

他持守高洁，有可取的一面；但又有消极的一面。他自怜自叹，无非纠缠着一个“我”字。这剪不断的愁丝织就了绵密的罗网，使他这春秋已高的才士空余惆怅、彷徨、凄恻。

宋玉是忠君的，因而又是思君、怨君的：

“悲忧穷戚兮独处廓，有美一人兮心不绎。去乡离家兮徕远客，超逍遥兮今焉薄？专思君兮不可化，君不知兮其奈何！蓄怨兮积思，心烦憺兮忘食事。愿一见兮道余意，君之心兮与余异。”

宋玉以美人自况，由于人生偃蹇而郁悒悲愁，千里迢迢远适异地以求出路，但是，飘萍飞絮何处才是归宿？他的思君之诚，报国之忠，均难达于君听。他怨君，但又怨得宛曲，怨得有度。他的怨，是由于忠君君不察、思君君不知而生的，所以他不恨不怒。长期地蓄怨积思，使他五内如焚，濒于绝望，于是便打算引身归去：

“车既驾兮朅而归，不得见兮心伤悲。倚结軨兮长太息，涕潺湲兮下沾轼。忼慨绝兮不得，中瞀乱兮迷惑。私自怜兮何极，心怦怦兮谅直。”

他正准备乘车远引，与君王决别，但又瞀乱迷惑，泣下沾轼，表现了他对楚王的忠诚。他又反复致意：

“闵奇思之不通兮，将去君而高翔。心闵怜之惨凄兮，愿一见而有明。重无怨而生离兮，中结轸而增伤。岂不郁陶而思君兮，君之门以九重。猛犬狺狺而迎吠兮，关梁闭而不通。”

宋玉所以失职见疏，是由于昏君之信谗，奸人之诬陷。诗中将群小比作“猛犬”、“驽骀”、“凫雁”、“浮云”；相反的把忠良之士比作“骐骥”、“凤皇”、“明月”，表现了诗人鲜明的爱憎。但是他的话又颇有分寸，他只骂佞臣，不骂昏君。这就反映了他的愚忠、妥协、短视。

冷酷无情的现实使他万念俱灰，他自忖已临绝境，再也没有报效君国的机会了。于是想乞身致仕，并且又浮想联翩，神游云天：

“愿赐不肖之躯而别离兮，放游志乎云中。乘精气之抟抟兮，骛诸神之湛湛。骖白霓之习习兮，历群灵之丰丰。左朱雀之茇茇兮，右苍龙之躣躣。属雷师之阗阗兮，通飞廉之衙衙。前轾辌之锵锵兮，后辎乘之从从。载云旗之委蛇兮，扈屯骑之容容。”

诗人展开想象的双翼，飞升天际，有众多的神灵为伴，驾着白霓，飘游于群星之间，云旗委蛇飘扬，雷师、风神前呼后拥，迤逦而行，好不神气！他原以为就此超尘遗世，挣脱黑暗悲凉的现实。可是，他那隐潜五内的忠魂未泯，在得意洋洋之时，却又乐极生悲，从邈邈云天突然跌入可怕的现实之中。在诗篇末尾，诗人又一次执着地剖白心迹：

“计专专之不可化兮，愿遂推而为臧。赖皇天之厚德兮，还及君之无恙。”

这位末路颠踣的文士，最终还是念念不忘其君，呼告皇天上帝匡正君王、保佑君王。这种“怨而不怒”的态度，正表现了他的“愚忠”。他没有清醒地认识到万方多难、国运阽危是由昏君所代表的楚国统治集团造成的，所以他不怒。同时，由于他为私利而自全，所以始终不敢直谏。他的“愚忠”，只能维护黑暗腐朽的楚王朝，不能挽救国家民族的厄运。因此，他的“愚忠”与“爱国”是自相矛盾的。然而，他的先辈师表屈原却迥乎不同，不但长期跟昏君佞臣进行斗争，并且在为国自殉之际，竟然直斥昏君：“不毕辞而赴渊兮，惜壅君之不识！”屈原就不是“愚忠”，而是耿介的“孤忠”。这是宋玉和屈原之间根本的差距，当然他们的艺术成就也是难以相提并论的。

《九辩》在内容与形式上承袭了屈原作品的流风余韵，但又具有鲜明的个性与独创的艺术特色：

借景抒情，情景相生

《九辩》的一、三、七章，集中地描绘了秋色、秋声、秋意。这一派悲凉、肃杀、凄切的自然景象，正是诗人最关情、最着痛痒处。外界之物色与心中之至情相感相生，化为“悲秋”的艺术境界。它既是自然之境界，又是心灵之境界，同时也象征着社会环境。“意中有景，景中有意”，寄托着这位敏感的诗人的真性情、大悲辛。秋风萧瑟，天高气清，草木飘零凋谢，北雁感时南征，秋虫哀吟悲鸣，寒蝉噤然无声，长夜寂寂，残月朦胧：这般境界，必然地使落魄江湖的诗人由大自然的暮秋联想到人生的暮秋，顿生“摇落”之悲。感物咏志，自喟“春秋日高”、“老而无成”。这是十分自然而率真的感情流露，也是“有我之境”与“无我之境”相因相生的契机。本来，宋玉满怀沦落之情，所以在吟咏凝虑之间，缘情写景，触景生情，是有触媒和种子的。“景生情，情生景”，互相感荡，互相催化，进一步升华、结晶、萌发。此情此景是有强烈的、互相交叉的可染性的。诗人带着浓重的感伤情绪体味这悲凉的秋色、秋声、秋意，就使这自然景象染上了凄婉的感情色彩。落叶、衰草，寒蝉、秋虫，宛如诗人自己的化身，好像种种自然物色都是“悲秋”的，都是为“摇落”而太息涕泣的。同时，这些染上愁意的自然物色，又反转来刺激人的感官，叩响人的心弦，使人倍觉神伤。好像大自然展现在愁人面前的秋色特浓、秋声特悲、秋意特深。好像造物主故意折磨愁人。这就达到了“物我两忘”、“物我同一”。然后，诗人又通过这凝铸的含情之景与含景之情，把自己的心声传染给人们，引起别人情感上的共鸣和冲动，犹如山鸣谷应，犹如惊涛拍岸，反复地、越来越强地回荡着、冲激着。诗人有至情奇思，方能结撰为至文绝唱；这至文绝唱又会唤起无数读者的联想与想象。宋玉由自然时序之秋，联想到国运衰微之秋、人生悲凉之秋，将三者融为一体，从而赋予“悲秋”主题以深广的内涵，使《九辩》成为千古绝唱。鲁迅《汉文学史纲要》云：“《九辩》本古辞，玉取其名，创为新制，虽驰神遐想，不如《离骚》，而凄怨之情，实为独绝。”宋玉之后，历代许多

"悲秋"的骚人墨客十九是受了他的感召的。往昔流行的"春女怨,秋士悲"之习语,恐怕跟宋玉也有点渊源吧。

尽管对宋玉的"悲秋",我们应当有分析、有批判;但是,他在《九辩》中所运用的艺术手法却是高妙的,值得研究与借鉴。

领异标新的语言艺术

一　句法参差错落,富于变化;用韵灵活多样:

《九辩》全诗,句子长短不拘一格,有二字、三字、六字、七字、八字、九字、十字、十一字等,交互运用,伸缩自如,灵活自然,错落有致。这些丰富多彩的句式,是与诗人思想情感的起伏波动相适应的。在一组相邻的诗句中,长短相间,犹如"风行水上,自然成文",呈现一种自然美与流动感。读来又有一种音乐美,如同乐曲的旋律,跌宕生姿;实际上,这是诗人情思的旋律在交响。诗句有的短促,有的曼长,有的低沉,有的激昂,有的单纯平直,有的宛曲幽邃,千变万化,使人感到思想情感的波涛在涌流激荡。如《九辩》开头一句:"悲哉!秋之为气也。"一个"悲"字,统率全文,定了基调,叩动读者的心弦,使人反复体味个中意蕴。这种句法用得突兀、奇警,由它开始,便掀起了层层波澜。作者的真情凝铸为包孕深厚、变幻无穷、宛曲自如的诗句

其次,《九辩》的用韵方式也是灵活多样而自成创格的:有一组四句,句句用韵者;有两句一组为韵者;有六句成节,句句用韵者;有六句成节,间句为韵者;有七句成节,句句用韵者;……抑扬顿挫,疾徐相间,摇曳生姿,音韵铿锵。诗人心灵的悸动化为美与力的旋律。从《九辩》中也表现了宋玉才情之高,对音律造诣修养之深。

二　双声、叠韵、叠字的运用:

《九辩》中有双声词十九个,叠韵词二十九个,叠字四十二个。这些语言表达方式,主要能产生韵律美与节奏感,读来朗朗上口,悦耳动心,自然也就增强了语言的表现力与生动性。它使人更深刻地感知精义,并铭心难忘。因为这种方法能反复地、步步加强地感染读者,象春潮掠岸那样一次又一次地震撼心灵,唤起情感,加深记忆。

三　语气助词的活用：

《九辩》中的语气助词不仅用得多，而且用得活。尤其是“兮”字的位置，或在前，或在后，或在中，依照表情达意和音韵的需要，灵活运用。这方面的表现技巧，对以前的屈原作品来说，是新的创造，是在前者基础上的发展与突破。同时，对以后辞赋创作的语言表达技巧，也是有益的借鉴与启迪。

四　比喻：

《九辩》中运用比喻颇多，主要是明喻、隐喻。如：以蕙花曾经在华贵的殿堂开放比喻自己曾被君王信任重用；以蕙花繁盛却无果实比喻自己遭谗被疏，功业未就。如：以“猛犬狺狺迎吠”比喻小人依恃权势欺凌贤良。如：以“君门九重”、“关梁闭而不通”比喻昏君被佞臣所蔽，言路阻塞，下情不能上达。又如：以“却骐骥而不用”、“策驽骀而取路”比喻国君不辨贤愚、错勘忠奸，远贤臣，亲小人。又如：以“农夫辍耕；田野荒秽”比喻政事荒废，国家危败。……这种修辞方法能更加具体、确切、生动、形象地描绘事物特征或表达思想情感。

总之，宋玉作品是承前启后、继往开来的。他的艺术风格是情景相生、婉丽清新、缠绵悱恻、低徊欲绝的。他的作品情信而辞巧，以宛曲之文抒隐微之情，是有自己的性情面目的。同时，因为宋玉服膺屈子，所以，在自己作品中有模仿或袭用屈原作品句意、词意，间有抄袭词句之例，时露斧凿痕，这便是宋玉作品的白璧之瑕。

宋玉对后世文学的影响

流传下来的宋玉作品虽然不多，但是，其影响却巨大而深远。后世许多私淑宋玉者，曾祖述其文风体格，创造了一种新的文学样式——赋（或曰文体赋），而以汉赋为主流。如枚乘的《七发》，是大赋的奠基之作；从而引发出许多篇典型的大赋。以司马相如的《子虚》、《上林》；扬雄的《羽猎》、《河东》；班固的《两都》；张衡的《二京》为代表。尽管汉赋及以后的辞赋与宋玉辞赋已经不同，但是，宋玉辞赋实为汉代“逞辞大赋”之先河。宋玉的辞赋，除《九辩》以外，尚有《高唐赋》、《神女赋》、《风赋》诸篇，确如刘勰《文心雕龙·夸饰》所云:“自宋玉、景差,夸饰始盛。相如凭风,诡滥愈甚。”《文心雕龙·诠赋》又云:“宋发夸谈,实施淫丽”;“汉初词人,顺流而作”。统览汉代的“大赋”,多为“侈丽闳衍”、“劝百而讽一”,其作品的形式和内容大多师承《高唐》、《神女》诸赋之遗风。所以,梁刘勰《文心雕龙·诠赋》便说宋玉作品是“别诗之原始,命赋之厥初”。在宋玉影响下,后世文人学士中有些人便模拟制作了许多辞赋,多为感遇遣怀、凄恻哀怨之作,也有闺情惋伤之篇,无病呻吟,堆砌辞藻,陈词滥调,内容空洞颓废;但是更多的追随者并非一味从形式上模仿,而是研核宋玉作品的精髓意蕴,绳继其独创的艺术表现方法,发展创造自己的风格与个性,如:李白、杜甫、李贺,等等,都是景慕宋玉而有卓越成就的诗人。可见宋玉的影响,既有消极的一面,也有积极的一面。

古人以屈、宋并称,是说宋玉在辞赋创作方面有突出的艺术成就和鲜明的创作个性,可与屈原比并;并非从思想品格到文学创作的全面评价。刘勰说:“自《九怀》以下,遽蹑其迹;而屈宋逸步,莫之能追。”(《文心雕龙·辩骚》)又说:“屈平联藻于日月,宋玉交彩于风云。”(《文心雕龙·时序》)还说:“诸子以道术取资,屈宋以楚辞发采。”(《文心雕龙·才略》)沈约在《梁书·谢灵运传论》中说:“屈平、宋玉导清源于前,贾谊、相如振芳尘于后,英辞润金石,高义薄云天,自兹以降,情志愈广。”杜甫则云:“不薄今人爱古人,清辞丽句必为邻。窃攀屈宋宜方驾,恐与齐梁作后尘。”(《戏为六绝句》之一)刘熙载《艺概》云:“屈子以后之作,……情之绵邈,莫如宋玉悲秋。”这些文字基本上是从宋玉辞赋创作的成就和影响方面说的。可见两千年来,宋玉是有知音的。不过,古今有些评论者往往私于轻重,偏于憎爱,捧就捧煞,骂就骂煞,对宋玉的评价有欠公正。我们则应实事求是地去研究和评价宋玉,避免爱而忘丑,憎而遗美。

袁 梅

2006 年 12 月

九辩

题解

“九辩”，本是古代乐章之名，在《离骚》、《天问》、《山海经》中都曾提到它。王逸《楚辞章句》云：“辩者，变也。”《周礼·大司乐》郑注：“变，犹更也，乐成则更奏也。”又，王夫之《楚辞通释》云：“辩，犹遍也。一阕谓之一遍。盖亦效夏启《九辩》之名，绍古体为新裁，可以被之管弦。其词激宕淋漓，异于风雅，盖楚声也。”准此，“九辩”犹“九阕”，即由多数乐章组合而成的一种乐调。所以，总的看来，“九辩”在内容上是统一的有机的整体；分开来说，“辩”又是整个乐调的组成部分。

宋玉的《九辩》，是借古乐旧题来抒写自己贫士失职、怀才不遇、老而无成、报国无路之愤慨的，主要内容是悲秋、感遇、思君。这三者又互相交织、彼此渗透融为一体。

《九辩》具有借景抒情、情景相生的艺术特色。“有我之境”与“无我之境”相因相生，“情”与“景”互相感荡、互相催化，进一步升华、结晶、萌发，达到了“物我两忘，物我同一”的化境。“悲秋”成了宋玉作品的风格与个性，给后世某些文人影响最大的也是这一点。《九辩》在语言艺术方面也是领异标新的：句法参差错落，富于变化，有丰富生动的建筑美；用韵灵活多样，声律谐美，悦耳动心；大量地运用双声、叠韵、叠字，读来朗朗上口，增强了感染力与节奏感；活用语气助词，例如“兮”字，或在句末，或在句中……运用自如，提高了它的表情达意作用。这些艺术手法都很高妙。

原文及注释

一

悲哉！秋之为气也。萧瑟兮，草木摇落而变衰。憭慄兮，若在远行；登山临水兮，送将归。

[注释]

(1) 悲哉！秋之为气也：悲——悲凉；悲凄。此处描写秋日气象的悲凉，唤起作者对国运濒临败亡与身世飘零之慨叹，开篇一个“悲”字，构成了全篇的主旋律。哉——一作“夫”。相当于“啊”。气——古人认为充溢于宇宙间的一种东西。此处似指气象、节气、天气或气氛，即习语所云“秋高气爽”之气，它是无形的，又是可感的。“秋之为气”，意谓：秋天所形成的（或“呈现的”）肃杀悲凉之气。 (2) 萧瑟兮，草木摇落而变衰：萧瑟——本指草木被风吹动之声；引申为秋风冷落草木萧条之象。又，朱熹《楚辞集注》云：“萧瑟，寒凉之意。”摇落——动摇，败落。一本“落”下有“兮”字。变衰——化为衰亡颓败之象。二句意谓：秋风凄紧，萧萧瑟瑟，草木摇落凋零，逐渐化为衰亡颓败之象。
(3) 憭慄兮，若在远行：憭慄（liáolì）——凄凉；凄怆，兮（xī）——语气词，相当于“啊”。若——语助，无实义；一说，“若”训“如”“象”。远行——此谓远行途中。二句意谓：在远行途中，心情是多么凄怆啊。
(4) 登山临水兮，送将归：登山——此指登上高山远眺。临水——此指从高处俯临流水。临：从高处朝向低处；或，面对。送——送别。将归——此谓将要离去的秋光；一说，指将归之人。二句意谓：登高望远，满目萧疏凄清景象；又从高处俯临流水，感叹时序易逝，人生易老，于是怅惘地送别将要离去的秋光。

沇寥兮，天高而气清；宋廖兮，收潦而水清。憯凄增欷兮，薄寒之中人。怆怳圹悢兮，去故而就新。坎廪兮，贫士失职而志不平。廓落兮，羁旅而无友生。惆怅兮，而私自怜。

[注释]

(1) 沇寥兮，天高而气清：沇（xuè）寥——沇：空旷貌。寥：一本作“嵺”。清朗貌。按：作者的“沇寥”之感，是承“登山”而言。天高而气清——天高：形容秋季的天空由于晴朗而愈见高远。气清：此指秋天空气爽静，澄清如水。清：古本作“瀞”；一作“平”。按：瀞，《说文》云：“无垢秽也。”亦通。二句意谓：空旷晴明，秋日的天空显得非常高远，空气十分澄明爽净。 (2) 宋廖兮，收潦而水清：宋廖——宋：“湫”之借。廖：“漻”之借。宋廖：即“湫漻”（qiūliáo）。寒凉清澈貌。朱季海《楚辞解故》：“……《淮南·兵略训》：‘是故将军之心，滔滔如春，旷旷如夏，湫漻如秋，典凝如冬。’宋，古音同‘湫’（同在幽部），宋廖即湫漻，此郢都遗言，下逮汉之淮南，犹无改旧俗耳。”“宋廖”又作“寂漻”，旧说“平静清澄貌”。亦可从。收潦（lǎo）——指积水汇流归入川泽。潦：积水；或指汇积之雨水。清——此指秋季的川泽之水因无骤雨暴涨而澄澈。屈复《楚辞新注》云：“清，当作澄，断未有连句重韵理。”此说可从。二句意谓：秋天已无大雨，原来积聚的雨水都流归川泽，秋水是寒凉澄澈的。

（3）憯凄增欷兮，薄寒之中人：憯（cǎn）凄——悲伤；悲凄。憯：同“惨”。增——“层”之通假。重复；反复；加重。扬雄《甘泉赋》：“增宫嵾差。”（“增”同“层”）又，《说文》：“增，益也。”欷：xī。叹息声；或指叹息。增（层）欷：反复地叹息不已，形容感伤已极。薄寒——轻微的寒气，犹云“轻寒”“嫩凉”。中（zhòng）人——袭人。中：侵袭。二句意谓：心中凄怆，感叹不已，无奈薄寒袭人，愈增悲愁。 （4）怆怳圹悢兮，去故而就新：怆怳（chuànghuǎng）——惆怅失意貌。怳：同“恍”。圹悢（kuànglǎng）——愁恨，与“怆怳”义近。去故——离开故地，此谓离乡背井。就新——去到（前往）新的地方谋求出路。似指前往郢都。二句意谓：在惆怅失意中离开故地，前往新的地方谋求出路。 （5）坎廪兮，贫士失职而志不平：坎廪（kǎnlǐn）——犹“坎坷”，本指道路不平貌；又喻遭遇不好，困顿，失意，不得志。贫士——贫困落魄之士，此乃宋玉自谓。失职——被贬斥而失去职位。志——心意；心志；意气。二句意谓：人生之路坎坷不平，我这困顿失意的贫士，遭到贬斥而失去职位，真使我意气难平。 （6）廓落兮，羁旅而无友生：廓落——空虚，落寞，孤独。羁旅——羁留异地。友生——朋友；知交。一说，“生”为语助，无实义，犹现代汉语中之“好生”、“做么生”等。二句意谓：羁留异地而没有知心的朋友，真是落寞孤独啊。 （7）惆怅兮，而私自怜：惆怅（chóuchàng）——因失意或失望而哀伤、苦恼。私自——两个同义词连用，犹云“自己”。怜——哀怜、自悲。二句意谓：失意惆怅，自怜自哀。

燕翩翩其辞归兮，蝉宋漠而无声。雁廱廱而南游兮，鹍鸡啁哳而悲鸣。独申旦而不寐兮，哀蟋蟀之宵征。时亹亹而过中兮，蹇淹留而无成。

［注释］

（1）燕翩翩其辞归兮，蝉宋漠而无声：燕——此指候鸟燕子。翩（piān）翩——此谓轻捷飞翔貌。辞归——指燕子到秋天便辞别北方而南归。宋漠——同“寂寞”，此指寂静无声。二句意谓：对于时令很敏感的燕子翩翩飞翔，辞别北方回到南方去；秋蝉在寒风中寂静无声。(2) 雁廱廱而南游兮，鹍鸡啁哳而悲鸣：雁——大型游禽，候鸟，有鸿雁、豆雁等多种。廱(yōng)廱——此处形容大雁悠扬和谐的鸣声。南游——此指南飞。大雁在春分后从南方向北方飞，秋分后从北方向南方飞。鹍(kūn)鸡——鹍鸡，古籍中说的一种鸟，形似鹤，有黄白色羽毛。啁哳(zhāozhā)——形容繁杂而细碎的声音。二句意谓：大雁廱廱地叫着向南方飞去，鹍鸡啁哳地哀鸣不已。 (3) 独申旦而不寐兮，哀蟋蟀之宵征：独——孤独；或，独自。申旦——通宵达旦。申，达。旦，清早。不寐(mèi)——不能入睡；失眠。哀——哀伤；伤感。宵征——夜行，此指秋虫蟋蟀在夜间跳跃而振翅鸣叫。二句意谓：孤独悲凉，通宵达旦不能入睡，蟋蟀的夜鸣使人愈感悲伤。 (4) 时亹亹而过中兮，蹇淹留而无成：时——时光；岁月。亹(wěi)亹——运行不息貌。过中——已过中年，渐趋衰暮。蹇(jiǎn)——通"謇"，楚地方言，发语词。淹留——久久滞留。无成——指事业无所成就。二句意谓：时光匆匆流驶，我已度过了中年，渐入老境；我久久滞留异乡，而事业却一无所成。(以上是作者因秋兴感，自叙身世之悲与客居失意之叹。)

二

悲忧穷戚兮独处廓，有美一人兮心不绎。去乡离家兮徕远客，超逍遥兮今焉薄？

[注释]

(1) 悲忧穷戚兮独处廓，有美一人兮心不绎：穷戚——处境穷困。戚：一作"蹙"。按：字通"蹙"(cù)，局促；紧迫。处——处于；陷于。廓——空虚；或指空旷之地。有美一人——"有一美人"，作者自谓之词。绎(yì)——"怿"之假，喜悦。二句意谓：悲愁自己处境穷蹙，走投无路；有一位美人深感孤独空虚，心中郁郁不乐。 (2) 去乡离家兮徕远客，超逍遥兮今焉薄：去——义犹"离"。徕远客——来到遥远的郢都作客。徕：同"来"。远：远方，此指楚都(郢)。客：此谓作客。超——远。逍遥——此处指萍踪浪迹漂泊无依。焉薄——到达何处。焉：犹"安"，何：何处。薄：到；止。二句意谓：离开家乡来到远方的国都作客；在千里迢迢的异地失职见疏，漂泊无依，如今又能到何处觅个归宿？

专思君兮不可化，君不知兮其奈何！蓄怨兮积思，心烦憺兮忘食事。愿一见兮道余意，君之心兮与余异。

[注释]

(1) 专思君兮不可化，君不知兮其奈何：专——专诚；专一；一心一意。思——思慕。一作“息”，下同。化——改变；解开。其——一作“可”。奈何——怎么办？二句意谓：我一心一意地思念君王（此指顷襄王），忠诚不渝；但是君王却不了解我，又可奈何？ (2) 蓄怨兮积思，心烦憺兮忘食事：蓄怨——怨恨久积胸中。积思——思念久积胸中。烦——烦恼；烦闷；忧烦。憺（dàn）——通“惮”，惊惧；震惊；惊愕。又训忧愁。食——吃饭。事——做事。二句意谓：心中久积着怨恨与思慕，烦恼惊惧不思饮食，忘记做事。 (3) 愿一见兮道余意，君之心兮与余异：一见——此指一见君王。道——申述；表达。意——心意；心迹。异——不同。二句意谓：希望见一见君王，申述一下我的心意，可是，君王之心与我不同。

车既驾兮朅而归，不得见兮心伤悲。倚结軨兮长太息，涕潺湲兮下沾轼。忼慨绝兮不得，中瞀乱兮迷惑。私自怜兮何极？心怦怦兮谅直。

[注释]

(1) 车既驾兮朅而归，不得见兮心伤悲：既——已经。一本无“既”字。驾——将马匹套在车上，即已备好车马。朅（qiè）——离去。归——指返回故地。见——见君王。二句意谓：已经备好车马，就要离开此处而返回故地；可是，临行见不到君王，使我无限伤悲。 (2) 倚结軨兮长太息，涕潺湲兮下沾轼：倚——身体靠着。结軨（líng）——古代车厢前面及左右均有栏木，纵横联结，故称结軨。軨：车栏木。太息——长叹。一本“太”前无“长”字。涕——泪水。潺湲（chányuán）——水徐流貌，此处形容泪流不止。沾——沾湿。一本“沾”前无“下”字。轼（shì）——古代车前用以凭倚的横木。二句意谓：我凭倚着横直交结的车栏长长地叹息，眼泪沾湿了横在车厢前的轼木。 (3) 忼慨绝兮不得，中瞀乱兮迷惑：忼慨——即“慷慨”，此处是激愤之意。忼：同“慷”。绝——断绝，此指与君王断绝关系。不得——不能；做不到。中——心；心中。瞀(mào)——昏乱。二句意谓：一时激愤地想与君王断绝君臣之义，但是又不能那样做；使我心中昏乱无主。(4) 私自怜兮何极？心怦怦兮谅直：私自——同义词连用，指“自己”。怜——哀怜；自悲。极——终极；终了。怦(pēng)怦——忠诚貌；或形容心跳加速。谅直——忠实正直。二句意谓：私自感伤，哪有尽头？我心激烈跳动，自信忠诚正直，问心无愧。(以上是作者自叙身世及思想感情的变化起伏。)

三

皇天平分四时兮，窃独悲此凛秋。白露既下百草兮，奄离披此梧楸。去白日之昭昭兮，袭长夜之悠悠。离芳蔼之方壮兮，余萎约而悲愁。

［注释］

(1) 皇天平分四时兮，窃独悲此凛秋：皇天——对天的敬称。皇：大。平分——平均划分。四时——指一年之四季。窃——暗自。独——独独地。凛(lǐn)——寒凉。按：“凛”原作“廪”，此据洪《补》所引一本改。二句意谓：皇天平均划分一年四季，我却独独暗自为这寒凉的秋天而悲愁。 (2) 白露既下百草兮，奄离披此梧楸：白露——清露。白：清，如“白水”即“清水”。既——已经。下——一作“降”。指草木叶落。奄(yǎn)——匆遽；忽然。离披——纷乱貌；分散貌。披：一作“被”。梧楸——借作“菩萧”。《说文·艸部》：“菩，艸也，从艸，吾声。《楚辞》有菩萧。”按：萧又作萩。陆玑《草木疏》云：“萧，今人所谓萩蒿者是也。”许氏所见当作“菩萧”，方是本字。今人多解“梧楸”为梧桐与楸树，非。二句意谓：秋天寒凉的清露使百草零落，忽然又使菩萧也纷纷枯散。(3) 去白日之昭昭兮，袭长夜之悠悠：去——离开，此指度过。白日——本指光辉灿烂的太阳，此谓阳光灿烂的白昼。昭昭——光明貌。袭——承接；继续。悠悠——形容漫长无尽。二句意谓：度过阳光灿烂的白天，相继而来的是漫漫长夜。 (4) 离芳蔼之方壮兮，余萎约而悲愁：芳蔼——芳美繁盛。蔼(ǎi)：繁盛貌。方壮——正当壮盛之年。萎——借作“矮”，病。(洪氏《补注》曰：“萎，草木枯也。”) 约——约缩。此指贫穷。二句意谓：那芳美壮盛之年已离我而去，而今我衰病约缩无比悲愁。

秋既先戒以白露兮，冬又申之以严霜。收恢台之孟夏兮，然欿傺而沉藏。叶菸邑而无色兮，枝烦挐而交横。颜淫溢而将罢兮，柯仿佛而萎黄。萷櫹椮之可哀兮，形销铄而瘀伤。惟其纷糅而将落兮，恨其失时而无当。揽騑辔而下节兮，聊逍遥以相佯。岁忽忽而遒尽兮，恐余寿之弗将。

［注释］

(1) 秋既先戒以白露兮，冬又申之以严霜：戒——警戒。一本“戒”下有“之”字。白露——见前注。申——重；又加上。严霜——严寒之霜雪。严：厉害，此指冷得厉害。二句意谓：清秋早以白露先行警戒，寒冬又以严霜相摧残。 (2) 收恢台之孟夏兮，然欿傺而沉藏：收——此指收敛生机。恢——广大貌。此处形容草木滋长，日益壮盛。台——“胎”之借字，象征物类生机勃勃，繁茂润泽的样子。洪《补》引黄鲁直云：“恢，大也。台，即‘胎’也。言夏气大而育物。”孟——闻一多先生《楚辞校补》：“疑孟当为盛，字之误也。”又，《艺文类聚》卷三《岁时部上·夏》引《楚辞》正作“盛夏”。今作“孟”字者，乃后世传写致讹。然——犹“焉”。王引之云：“然，犹‘焉’也。《礼记·檀弓》曰：‘穆公召县子而问然。’郑注：‘然之言焉也。’”乃；就；于是。欿——同“坎”，此指沉陷。傺(chì)——止；停住。沉藏——深深收藏起来。二句意谓：收起夏日草木繁盛的生机和润泽的样子，使它生机沉潜止息而深深收藏贮存起来。

(3) 叶菸邑而无色兮，枝烦挐而交横：菸邑(yūyì)——枯萎暗淡貌。邑：一作“莒”。无色——指草木之叶失去了鲜明的色泽。烦挐(rú)——纷乱貌。交横——纵横交错。二句意谓：草木的叶子枯萎，失去了鲜明的颜色与光泽；枝桠纷乱而纵横交错。 (4) 颜淫溢而将罢兮，柯仿佛而萎黄：颜——此指草木的外形(犹人之容颜)。淫溢——过度；过分。罢——通“疲”。衰弱；衰败。此指草木生机衰竭。柯——树枝。仿佛——此指色泽暗淡，不鲜明。萎黄——枯萎而暗黄，形容树木之病色。洪氏《补注》云：“萎，一作委，一作痿。痿，枯死也。”《苍颉篇》曰：“萎黄，病也。”二句意谓：草木的外形由过度成熟而转变为败落疲弱之象；树枝的色泽暗淡而又枯黄。 (5) 萷櫹椮之可哀兮，形销铄而瘀伤：萷(xiāo)——疏秃貌。櫹椮(xiāosēn)——树木高耸貌。销铄(shuò)——销熔；损毁。瘀(yū)伤——本指受损伤而致内部积血；此谓树木枝干内部受伤病。瘀：积血。二句意谓：树木萧疏耸立，其状可叹可悲；不仅其外形受损，而且内部又遭病患伤残。 (6) 惟其纷糅而将落兮，恨其失时而无当：惟——思；念及。其——代称树木。纷糅(róu)——繁多错杂貌。恨——遗憾。失时——失去繁盛生长之时令。无当——没有合宜的际遇。当：dàng。二句意谓：顾念秋天的树木纷纷凋零败落，它们已失去繁盛之时而际遇不佳，真是令人遗憾。 (7) 揽騑辔而下节兮，聊逍遥以相佯：揽——总持；全握在手中。騑(fēi)——古代位于车辕两外侧驾车的马；在此统指驾车的马。辔(pèi)——用于驾驭牲畜之缰绳。下节——犹《离骚》中之“弭节”，意为“停车不行”。下：犹“弭”，停止。节：车行之节度。聊——聊且：暂且；姑且。逍遥——优游自得貌。相佯(chángyáng)——同“徜徉”，徘徊。佯：一作“羊”。二句意谓：总揽着马缰前行，然后又驻车不进；暂且优游自得地徘徊在途中。 (8) 岁忽忽而遒尽兮，恐余寿之弗将：岁——年岁；岁月。忽忽——迅速貌；一说，运行貌。遒(qiú)——迫近；一说，遒即“隤”之坏字。《说文》：“隤，下坠也。”《楚辞章句》注：“年岁逝往，若流水也。”寿——寿命；寿数。弗——一作“不”。将——长久。二句意谓：年岁匆匆，犹如流逝的水，很快便迫近完结；恐怕我的寿命不会久长。

悼余生之不时兮，逢此世之俇攘。澹容与而独倚兮，蟋蟀鸣此西堂。心怵惕而震荡兮，何所忧之多方！卬明月而太息兮，步列星而极明。

[注释]

(1) 悼余生之不时兮，逢此世之俇攘：悼——悲伤；悼惜。不时——不逢吉善之时。逢——遭遇；适逢。俇攘(kuāngrǎng)——纷扰混乱貌；又，忧惧貌；一说，狂遽貌。二句意谓：我悲伤的是生来没遇上良好的时运，却遭逢这纷扰不宁的乱世。 (2) 澹容与而独倚兮，蟋蟀鸣此西堂：澹——同“淡”，淡漠。容与——闲散貌。倚——依靠着。此处似指依靠着楹槛栏杆。西堂——此指西堂阶砌之间。二句意谓：心情淡漠而独自倚着户外的楹槛，静静地听着那蟋蟀在西堂阶砌间凄切地鸣叫。 (3) 心怵惕而震荡兮，何所忧之多方：怵惕——戒惧；惊惧；忧惧。震荡——指心中震动不安。所忧之多方——所忧思之事是多方面的；犹言“百忧交加”。二句意谓：心中惊惧震荡，为何我有这么多忧思之事！ (4) 卬明月而太息兮，步列星而极明：卬——通“仰”，一作“仰”。仰望。太息——见前注。步——行步；徘徊。列星——列宿；众星；群星。极——至；达到。明——天亮；清晨。二句意谓：我仰望着天上的明月而感慨浩叹，又在众星的清辉下徘徊，一直到天明。（以上部分，以秋树凋零为喻，寄托诗人自悲命途多舛、生不逢辰之情思。）

四

窃悲夫蕙华之曾敷兮，纷旖旎乎都房。何曾华之无实兮，从风雨而飞飏。以为君独服此蕙兮，羌无以异于众芳。

［注释］

（1）窃悲夫蕙华之曾敷兮，纷旖旎乎都房：窃——暗自；私意。蕙——huì。香草名，又名“佩兰”“蕙草”。华——同“花”。曾（céng）——重；重叠；一说，“曾”训“曾经”。敷——布；张；引申为“开放”义。一说，敷，借作旉。《说文·艸部》：“旉，华叶布也，从艸，傅声，读若傅。”纷——繁盛貌。旖旎（yǐnǐ）——繁茂貌；柔美貌。都房——犹言“华屋”。都：华丽。二句意谓：暗自为蕙花重重叠叠地开放而悲伤；在那华屋中呈现的纷繁茂美，只不过是暂时的。（2）何曾华之无实兮，从风雨而飞飏：何——为何。曾华——累累重叠的花朵。曾：见前注。华（華）：古“花”字。实——果实；种子。从——随着。飏——通“扬”，飞扬。二句意谓：为何蕙花累累却没有果实？它终于随着风雨而飞扬零落。（此处是作者以蕙草有花无实，且又随风雨飞扬，比喻自己曾一时被任用，却被群小谗害而遭贬斥，政治理想不能实现。或云：“旖旎都房”，乃比喻作者曾以文采照耀宫廷。又，“曾华无实”，或谓君王只把作者当作仅有词华而无实际政治才能的人，所以并不想真正重用他。）（3）以为君独服此蕙兮，羌无以异于众芳：独——唯独；专一。服——佩用，比喻专一信任人才。羌——楚方言，此处作发语词，无实义。众芳——各种花草，比喻一般庸人。二句意谓：原以为君王专一佩用这芬芳的蕙花，可是他对待蕙花却和对待一般花草无异。（比喻君王对待优异人才与对待一般庸人相同。）

闵奇思之不通兮，将去君而高翔。心闵怜之惨凄兮，愿一见而有明。重无怨而生离兮，中结轸而增伤。

［注释］

（1）闵奇思之不通兮，将去君而高翔：闵——通“悯”，怜惜；伤念。

奇思——超群出众的思想;或,曲折的思绪。不通——不能上达于君王。去君——离开君王。高翔——远走高飞。二句意谓:伤叹自己出众的思想却不能上达于君听,我将要离开君王而高飞远引。　(2) 心闵怜之惨凄兮,愿一见而有明:闵怜——悯恤怜惜。惨凄——形容心中悲痛凄楚。一见——指一见君王。有明——有以自明;有所表达;表白心迹。二句意谓:心中为自己的遭遇而怜惜伤感,十分凄惨;愿见一见君王而自明心迹。　(3) 重无怨而生离兮,中结轸而增伤:重——用如动词,"看得很重";或读 chóng,重复,指"一次又一次地想着"。无怨——自己的言行无可责怨(即无罪过);或,无取怨于君之事。生离——离别,此指被斥弃。中——中心;心中;心。结轸 (zhěn)——心中郁结而沉痛。轸:通"紾"。心绪纠结。增伤——增加悲伤;愈益悲伤。二句意谓:我把无辜被弃的不幸看得很重,心中郁结沉痛,愈来愈悲伤。或谓:我反复地思虑自己无罪被弃之事,心中郁结沉痛,而且愈加悲伤。

岂不郁陶而思君兮,君之门以九重。猛犬狺狺而迎吠兮,关梁闭而不通。

[注释]

(1) 岂不郁陶而思君兮,君之门以九重:岂——难道。郁陶(yáo)——愁思郁结貌。陶指精神愤结积聚。君之门——此谓宫廷之门。此处似指君王被奸佞包围,层层障蔽,犹如门墙。九重——九重大门,形容君门深邃,层层设障,臣民难以进见君王。旧说:天子之门九重,谓关门、远郊门、近郊门、城门、皐门、库门、雉门、应门、路门。按:此处不一定实指。二句意谓:难道我不因思念君王而愁思郁结吗?只是由于君门九重而不能进见君王。　(2) 猛犬狺狺而迎吠兮,关梁闭而不通:猛犬——此喻众奸群小。狺(yín)狺——犬吠声。关——门关。梁——桥梁。闭——闭塞,此喻群小障阻。二句意谓:猛犬迎着人们狺狺地狂吠,门关和桥梁都闭塞不通。

皇天淫溢而秋霖兮,后土何时而得漧?块独守此无泽兮,仰浮云而永叹!

[注释]

(1) 皇天淫溢而秋霖兮,后土何时而得漧:皇天——见前注。淫溢——过度,此指久雨逾常。霖——经久不止的雨。秋霖:绵绵不尽的秋雨。后土——大地之称。漧——同"乾"(干)。二句意谓:上天过多地落着绵绵秋雨,大地何时才能干燥? (2) 块独守此无泽兮,印浮云而永叹:块——块然孤独貌。独——独自;孤零零地。守——守着;处在……无——"芜"之借,荒芜。泽——水泽;薮泽。芜泽:形容处境恶劣,犹如处在荒芜之泽。印——同"仰",此谓仰望。浮云——此处比喻蒙蔽君王的群小。永叹——长叹。二句意谓:我块然孤独地守着这荒芜的薮泽,仰望浮云蔽日,联想到谗邪蔽君,便为之长叹不已。(以上部分,以蕙花的不幸遭遇自况,惋伤自己不能得到君王的了解与信任,身处困境,报国无路。)

五

何时俗之工巧兮,背绳墨而改错!却骐骥而不乘兮,策驽骀而取路。当世岂无骐骥兮?诚莫之能善御。见执辔者非其人兮,故驹跳而远去。凫雁皆唼夫粱藻兮,凤愈飘翔而高举。

[注释]

(1) 何时俗之工巧兮,背绳墨而改错:何——为何。时俗——犹"世俗",当世的社会风气习俗。工巧——擅长玩弄权术,投机取巧。背——背弃;违背。绳墨——本指画直线用的墨线墨斗,此处比喻正道常规。错——通"措",措施;举措。二句意谓:为何时下的社会风气如此善于取巧作伪,人们多半背弃正道而任意改变正常措施。 (2) 却骐骥而不乘兮,策驽骀而取路:却——拒绝;摒弃。骐骥(qíjì)——骏马之名,此处比喻贤能之士。乘——驾乘,此处比喻任用良才。策——本指马鞭,此处用如动词,指策马(用鞭赶马)。驽骀(nútái)——劣马之称,此处比喻庸劣之辈。取路——上路;赶路。二句意谓:对良马骐骥拒而不用(比喻不任用贤良之士),却鞭策着劣马驽骀取路前行(比喻君王重用庸劣之群小)。 (3) 当世岂无骐骥兮?诚莫之能善御:当世——当代;当今。诚——真的;的确;确实。莫——无;不。之——语中助词,无实义。善御——善于驾驭车马,此处比喻知人善任。二句意谓:当代岂无良马骐骥吗?不过没有人真正善于驾驭它(比喻君王不能识别忠奸贤愚，不善于任用人才）。 (4) 见执辔者非其人兮，故駶跳而远去：执辔者——手握缰绳驾驭车马的人，此处喻当政者。非其人——不是那具有驾驭才能的人。駶（jú）——跳跃。洪《补》曰："马立不常谓之駶，音局。"《释文》曰："跳，徒聊切，躍也。"朱熹《集注》作"跼跳"，云："跼，音局。一作驹跳，一作驹駣，皆非是。"待考。二句意谓：良马见到手执缰绳的人不是有才能的驾驭者，所以就跳跃着远远地跑开（比喻当政者不是理想的人，贤才则自疏远引）。 (5) 凫雁皆唼夫梁藻兮，凤愈飘翔而高举：凫（fú）——野鸭。唼（shà）——水鸟或鱼类吞食东西。梁——粱米。藻——水藻。飘翔——闻一多先生《楚辞校补》云："案《御览》九一五，《事类赋注》一八引翔并作翱，殆是。'飘翱'叠韵连语。"此说可从。高举——此指高飞。二句意谓：野鸭、大雁得意地吃着粱米与水藻，凤皇却只得高高地飞向远方（喻群小得宠，贤者远去）。

圜凿而方枘兮，吾固知其钼铻而难入。众鸟皆有所登栖兮，凤独遑遑而无所集。愿衔枚而无言兮，尝被君之渥洽。太公九十乃显荣兮，诚未遇其匹合。

［注释］

(1) 圜凿而方枘兮，吾固知其钼铻而难入：圜——同"圆"。圜凿：圆形插孔。方枘（ruì）——方形榫头。枘：榫头。固——本来。其——指称"圜凿方枘"之事。钼铻（jǔyǔ）——同"龃龉"，彼此抵触，不相配合。二句意谓：圆的插孔而要插入方的榫头，我本来知道那是彼此不合而难以插入的。 (2) 众鸟皆有所登栖兮，凤独遑遑而无所集：众鸟——喻指凡庸之辈，谗谀之群小。登——鸟升树上。栖——鸟类止息。凤——此处以传说中的神鸟凤皇比喻贤士英才。遑遑——匆遽不安貌；往来不定貌。集——栖止；鸟停在树上（此处比喻贤士适得其所）。二句意谓：众鸟都有升登栖息之处，而凤皇却遑遑不安无处栖息（喻群小窃据要津而贤才失职）。 (3) 愿衔枚而无言兮，尝被君之渥洽：衔枚——古时行军，为了肃静保密，常令军士口衔竹木制成的类似短箸之物（枚），以防说话出声。此处"衔枚"，是形容闭口不言之意。尝——曾经。被——蒙受；承受。渥洽（wòqià）——指深厚优隆的恩泽。二句意谓：我情愿像士卒衔枚那样闭口不言；但我曾蒙受楚王的深厚恩泽，所以又不能不说。 (4) 太公九十乃显荣兮，诚未遇其匹合：太公——姜太公，即姜尚，又名吕尚、吕望（因其前人封邑在吕，故又以吕为姓)。乃——才;方。显荣——名位大显,富贵荣耀。此指姜太公受到周文王、周武王的重用。诚——见前注。匹——配。匹合:指互相投契配合。二句意谓:从前姜太公到了九十高龄才得到周王的重用而显扬荣耀,确实由于他长期未曾遇到彼此投契的君主。

谓骐骥兮安归?谓凤皇兮安栖?变古易俗兮世衰,今之相者兮举肥。骐骥伏匿而不见兮,凤皇高飞而不下。鸟兽犹知怀德兮,何云贤士之不处?

[注释]

(1) 谓骐骥兮安归?谓凤皇兮安栖:谓——告语之词。骐骥——见前注。安归——依归于何处?安:何;何处。凤皇——见前注。安栖——栖止于何处?二句意谓:骐骥将依归于何处呢;凤皇将向何处栖止呢?(比喻贤士良才不在其位,不得其所。) (2) 变古易俗兮世衰,今之相者兮举肥:变古——改变古代的常道(如礼法、典章制度、世风等)。易俗——改易良好的习俗遗风。世衰——时运衰微。相者——相马的人。(比喻当政者)相:xiāng。看。举肥——挑选肥马。(比喻只重外表)二句意谓:改变古道,更易良俗,世风与时运日益衰微;相马的人只知道挑选肥马,不仔细分辨其优劣。(比喻当政者不以贤选士) (3) 骐骥伏匿而不见兮,凤皇高飞而不下:伏匿——隐藏不露。见——同“现”,显现。下——从空中落下。二句意谓:骐骥隐藏而不显现,凤皇高飞而不下落。(比喻贤良隐逸避世) (4) 鸟兽犹知怀德兮,何云贤士之不处:怀德——感恩戴德。云——讲说;犹言“责怪”“数说”。不处——不留处于朝廷之位(指君臣离异)。二句意谓:鸟兽是知道感恩戴德而依归其主的,为何要责怪贤臣不能处于昏君之侧呢?(鸟兽:指凤皇、骐骥。)

骥不骤进而求服兮,凤亦不贪餧而妄食。君弃远而不察兮,虽愿忠其焉得?欲宋漠而绝端兮,窃不敢忘初之厚德。独悲愁其伤人兮,冯郁郁其何极!

[注释]

(1) 骥不骤进而求服兮,凤亦不贪餧而妄食:骤进——急速行进。

服——用，此指驾车或乘用。餧——“喂”的异体字，此指饲养。妄——胡乱地。二句意谓：骐骥不肯迅疾奔驰以求得人们服用，凤皇不贪求人的喂养而胡乱地进食（比喻贤士不肯苟合取容，随俗浮沉）。 （2）君弃远而不察兮，虽愿忠其焉得：弃远——斥弃而疏远之。不察——不能明察贤愚善恶。愿忠——甘愿效忠。其——语助，无实义。焉——何；怎么。二句意谓：君王对贤士斥弃疏远而不辨贤愚善恶，贤士英才虽愿效忠又怎能实现呢？ （3）欲寂漠而绝端兮，窃不敢忘初之厚德：寂漠——即“寂寞”之异体，止息貌；冷落孤独貌。绝端——断绝端绪，即断绝进身效忠之念。王夫之《楚辞通释》：“绝端，谓一意隐遁，不思复进，念不萌而事无望也。”窃——见前注。初——当初（指受信任时）。厚德——大德深恩，即上文所言“渥洽”。二句意谓：想要寂寞地引退，默默无闻，断绝进身效忠之念；但是，君王当初对我的厚德隆恩，又使我不敢忘怀。 （4）独悲愁其伤人兮，冯郁郁其何极：伤人——使人伤痛。冯（píng）——楚方言，同“憑”（凭），充满，此指心中充满愤懑。郁郁——忧郁苦闷。何极——何有终极。二句意谓：独自悲愁，是那样地使人神伤，内心愤懑郁郁，哪有终极之时？（以上部分，诗人感叹举世混浊，是非颠倒，君王昏庸，不辨忠奸，贤者斥弃在野，群小飞黄腾达，所以他萌发退隐山林之志。）

六

霜露惨凄而交下兮，心尚幸其弗济。霰雪雰糅其增加兮，乃知遭命之将至。愿徼幸而有待兮，泊莽莽与野草同死。

［注释］

（1）霜露惨凄而交下兮，心尚幸其弗济：霜露——比喻群小对贤良的打击、诬陷。惨凄——形容这种打击、诬陷之严酷险恶。交下——交杂地落下来，犹言“霜露交加”，洪《补》云：“君政严急，刑罚峻也。”朱熹《楚辞集注》云：“霜露下而霰雪加，喻衰乱之愈甚也。”按：洪、宋二说，终感牵强。尚——还；仍然。幸——希望。其——代称“霜露”。弗济——不能达成其事功，指群小达不到迫害贤良的目的（这是作者的希冀之词）。二句意谓：霜露惨凄地交杂而下，并力袭来，可是，我心中仍存侥幸，希望它们达不到目的。 （2）霰雪雰糅其增加兮，乃知遭命之将至：霰（xiàn）——一种白色球状或圆柱状的固体降水物。霰雪：喻意同前，不过，承上连言“霰雪”在程度上比“霜露”更甚一层。霰雪雰（fēn）

糅：比喻国家祸乱益深；或喻群小更加逞狂。雰：犹云"雰雰"，雪盛貌。糅：交杂貌。遭命——遭遇的不幸命运。二句意谓：霰雪纷纷交杂地越下越大；于是我预感到要遭遇的不幸命运即将来临。（或指国运倾颓，危亡将至。）（3）愿徼幸而有待兮，泊莽莽与野草同死：徼幸——同"侥幸"。有待——有所期待，此指期待君王改弦更张，弃旧图新。泊——漂泊；留止；羁旅。又，王夫之《楚辞通释》云："泊，疑洎字之误，及也。坐而偷安，日就危蹙，幸不可徼。势终萎败，此楚臣平日苟且之情也。"一说，泊为"溥"之借字，广大义。莽莽——无涯际貌。二句意谓：我曾存侥幸之心，斯待君王悔悟而能弃旧图新；可是事与愿违，请缨无路，我孤独漂泊于茫茫大地，恐怕将与野草同死。

愿自直而径往兮，路壅绝而不通。欲循道而平驱兮，又未知其所以。然中路而迷惑兮，自压按而学诵。性愚陋以褊浅兮，信未达乎从容。窃美申包胥之气盛兮，恐时世之不固。

［注释］

（1）愿自直而径往兮，路壅绝而不通：自直——自己申辨原委曲直；或，自循直道。径往——直往；直行，一直走下去。或，直接前往。径：直。路——此指通于君王之路；或指诗人自己走的"直道""正道"。壅（yǒng）——阻塞；障蔽。绝——断绝；阻断。二句意谓：我本想遵循正道直行，然而道路却阻塞不通。（或：本来，我想直接到君王那里去辨明曲直，可是上达君听的途径却阻塞不通。）（2）欲循道而平驱兮，又未知其所从：循道——遵循直道。平驱——平顺地驰驱。从——由；顺从；顺应；跟从。二句意谓：我想遵循直道而平顺地前进，但在这扰攘乱世，又不知何去何从。（3）然中路而迷惑兮，自压按而学诵：然——犹"乃"。中路——中途；半路上。压按——当从一本作"厌塞"。朱季海《楚辞解故》："……厌塞即猒塞，《方言》：'猒塞，安也。'注：'物足则定。'是厌塞有安定之义，故王云弭情定志也。《广雅·释诂》：'懕寋，安也。'理兼情志，故字又从心。《方言》所记，即出楚语，后人不达，故改作压按字耳。"按：此说甚是，诵——本称诗篇，此指《诗经》。二句意谓：在我力图实现自己政治理想的过程中，国家危难重重，自己无可奈何，感到迷惑不解，只得稳定情志去学《诗经》。（4）性愚陋以褊浅兮，信未达乎从容：性——本性；生性。愚——愚钝。陋——此指目光短浅，见解鄙陋。褊（biǎn）——狭隘。浅——浅薄。信——的确；诚然；真正地。从容——舒缓自如。二句意谓：自己本性愚钝浅陋，十分狭隘，诚然未达到心情舒畅从容之境界。　(5) 窃美申包胥之气盛兮，恐时世之不固：窃——见前注。美——赞美；以之为美。申包胥——春秋时期楚国大夫，楚昭王十年，吴攻楚，破郢都，申包胥求救于秦，在秦廷痛哭七昼夜，勺饮不入口，秦哀公终为其精诚所动，决定发兵援楚。此处引用申包胥的事例，主要是颂扬其爱国志行。气盛——爱国气概壮盛。盛：一作"包"。时世——时代。固——朱熹《楚辞集注》："固，当作同，叶通、从、诵、容韵。"按：此因形近而讹。当从朱说。二句意谓：我由衷地赞美申包胥气壮山河，精忠爱国；然而时代不同了，恐怕即使申包胥再世，向别国求援也难以达到目的。

何时俗之工巧兮，灭规矩而改凿！独耿介而不随兮，愿慕先圣之遗教。处浊世而显荣兮，非余心之所乐。与其无义而有名兮，宁穷处而守高。

[注释]

(1) 何时俗之工巧兮，灭规矩而改凿：时俗——见前注。巧——见前注。灭——灭绝；引申为"放弃"。规——画圆形的工具。矩——画方形的工具。改——改变。凿——"错"之讹。闻一多先生《楚辞校补》云："案凿当为错，声之误也。(凿错二音古书往往相乱。《史记·晋世家》：出公名凿，《六国年表》作错，是其比。)古韵错在鱼部，凿在宵部。此本以错与上文固相叶，后人误改作凿，以与下文教、乐、高叶，则固字孤立无韵矣。《离骚》曰：'固时俗之工巧兮，灭规矩而改错。'《七谏·谬谏》曰：'固时俗之工巧兮，灭规矩而改错。'语意俱与此同，而字皆作错。《文选·思玄赋》注引此文作错，尤其确证。"按：闻说极是，今从之。二句意谓：为何当今社会风气是如此善于作伪取巧，放弃规矩而改变正常措施。　(2) 独耿介而不随兮，愿慕先圣之遗教：独——独自；独独地。耿介——光明正大。随——随从世俗。慕——倾慕；慕求；效慕。先圣——泛指先世圣贤。遗教——遗训，指先圣留传下来的教言懿范。二句意谓：我独持守光明正大而不随流俗，愿遵循先圣的遗训。　(3) 处浊世而显荣兮，非余心之所乐：浊世——混乱污浊之时世。显荣——显贵荣耀。乐——喜悦。二句意谓：处于混浊时世而显贵荣耀，并非我感到喜悦的事。　(4) 与其无义而有名兮，宁穷处而守高：无义——不合正道；不合理不公正。名——此指名位。王夫之云："名，位也。"穷处——处于困境。按："穷处"，朱熹《楚辞集注》、洪兴祖《楚辞补注》皆作"穷处"，马茂元《楚辞选》作"处穷"。阙疑待考。守高——持守高洁。二句意谓：与其寡德无义而享显荣盛名，宁肯持守高洁而久处困境。

食不媮而为饱兮，衣不苟而为温。窃慕诗人之遗风兮，愿托志乎素餐。蹇充倔而无端兮，泊莽莽而无垠。无衣裘以御冬兮，恐溘死不得见乎阳春。

［注释］

（1）食不媮而为饱兮，衣不苟而为温：媮——同"偷"，苟且；马马虎虎地。食、衣——均为动词，吃饭、穿衣。苟——义同"媮"。二句意谓：不苟且而食，不苟且而衣，即使不饱不暖，但是心安理得，精神愉悦，就犹如饱足温暖那样快乐。（2）窃慕诗人之遗风兮，愿托志乎素餐：窃——见前注。诗人——指《诗经》各篇的作者。遗风——遗留下来的高风亮节。托志——寄托志节。素餐——"不素餐"之略文，指不白食俸禄而不做事。餐：闻一多先生疑为"飡"之讹。"飡"字与上下文之"温""垠""春"叶韵。按：闻说近是。二句意谓：我私意仰慕《诗》的作者所自持、标榜、传留的高风亮节；愿寄托此志而不妄受俸禄。（3）蹇充倔而无端兮，泊莽莽而无垠：蹇（jiǎn）——通"謇"。楚方言，发语词。倔——通"诎"，"充倔（诎）"为自满失节貌。《礼记·儒行》："不充诎于富贵。"一说，"倔"通"屈"，"充屈"乃指满心委屈。无端——无缘无故；或，无端涯；无尽头。泊——漂泊无定貌。又，留；住；置身于……。莽莽——犹"茫茫"。垠——边际；尽头。二句意谓：朝中群小无端地骄傲自满，洋洋得意；（诗人）自己却四处漂泊，前途茫茫，无所归宿。（或：我怀着满心委屈，如同置身于茫茫荒野而痛苦无边。）（4）无衣裘以御冬兮，恐溘死不得见乎阳春：裘——皮衣。御冬——抵御冬寒。溘（kè）死——忽然死去。溘，忽然。阳春——和煦的春天。二句意谓：我没有皮袍衣物以御冬，唯恐会忽然死去而不能见到和煦的春天。（以上部分，诗人感叹国步维艰，自己时运不济，走投无路。但是仍然洁身自好，绝不随波逐流。）

七

靓杪秋之遥夜兮，心缭悷而有哀。春秋逴逴而日高兮，然惆怅而自悲。四时递来而卒岁兮，阴阳不可与俪偕。

［注释］

(1) 靓杪秋之遥夜兮，心缭悷而有哀：靓——通“静”，寂静。杪(miǎo)秋——犹言“暮秋”“深秋”。杪：本指树梢，此处指“秋末”。遥夜——漫漫长夜。缭悷(liáolì)——此指忧思缭绕，委曲郁结。二句意谓：在暮秋的寂寂长夜，哀愁萦绕心头，固结不解。 (2) 春秋逴逴而日高兮，然惆怅而自悲：春秋——此乃“年岁”之谓。逴(chào)逴——遥远貌；此指愈走愈远貌，形容逝去的年岁已渐遥远。日高——一日比一日高。高：此指年高。义同“老”。然——犹“乃”。二句意谓：以往的年岁远远地逝去了，我已年事渐高，于是感到惆怅失意，自悲自叹。(3) 四时递来而卒岁兮，阴阳不可与俪偕：四时——四季。递来——前后相接地来到。卒岁——终岁；一年已尽。阴阳——此指运行不息的日月(即时光)。俪偕——犹言比并、偕同。二句意谓：一年四季相继而来，秋光已老，转眼又将过完一年；运行不息的时光，人们是不能与它比并的，是无法追及的。

白日晼晚其将入兮，明月销铄而减毁。岁忽忽而遒尽兮，老冉冉而愈弛。心摇悦而日幸兮，然怊怅而无冀。中憯恻之凄怆兮，长太息而增欷。

［注释］

(1) 白日晼晚其将入兮，明月销铄而减毁：白日——光辉灿烂的太阳。晼(wǎn)晚——夕阳的暗淡光景。入——没，指日落。销铄——减毁；亏缺。二句意谓：灿烂的太阳渐渐暗淡，将要落下去了，明月也渐渐亏缺无光。 (2) 岁忽忽而遒尽兮，老冉冉而愈弛：岁——年岁；岁月。忽忽——迅速貌。遒尽——近于完结。遒：“隤”之坏字，见前注。一说，遒训迫近。冉(rǎn)冉——渐渐。弛(shǐ)——松弛；松懈。二句意谓：岁月很快就要流逝，人已渐老，情志也随之愈加松弛。 (3) 心摇悦而日幸兮，然怊怅而无冀：摇悦——《楚辞解故》引《方言》(第十三)云：“朓说，好也。”又云：“摇悦即朓说，本谓美好，亦或以为自好，语不殊耳。”按：此说极是。一说：摇悦，心动而喜。日幸——日日怀着侥幸心理。怊(chāo)怅——犹惆怅。冀——希望。二句意谓：我本来自以为美好(或，洁身自好)而经常怀着侥幸心理，然而黑暗的现实却使我惆怅绝望。 (4) 中憯恻之凄怆兮，长太息而增欷：中——心；心中。憯恻(cǎncé)——与“凄怆”皆为悲伤意。太息——长叹；浩叹。增

(céng)——通“层”,重复;反复。欷(xī)——“欷歔”之省文,叹息声;或,抽噎声。二句意谓:我心中极度悲伤,反复地欷歔长叹。

年洋洋以日往兮,老嵺廓而无处。事亹亹而觊进兮,蹇淹留而踌躇。

［注释］

(1) 年洋洋以日往兮,老嵺廓而无处:年——岁月;时光。洋洋——广大无边貌;此处形容岁月无尽无休地度过。日往——一天天地过去。老——年老。嵺廓——通“寥廓”,空虚貌;空旷貌。无处——无托身之地。处:留止;留处。二句意谓:时光在无尽无休地流驶,人到老境却空虚孤寂而无托身立命之地。 (2) 事亹亹而觊进兮,蹇淹留而踌躇:事——国事。亹(wěi)亹——前进不息貌;变化不止貌。觊(jì)——企图。进——进身效忠。蹇——见前注。淹留——久留。踌躇——犹豫不决;进退不由。二句意谓:国事在不断变化,我心中仍希望进身报国,所以久留国都而意绪踌躇。(以上部分,感叹年华易逝,世路坎坷,老而无成,壮志未酬。)

八

何氾滥之浮云兮,猋壅蔽此明月?忠昭昭而原见兮,然露曀而莫达。愿皓日之显行兮,云蒙蒙而蔽之。窃不自料而愿忠兮,或黕点而污之。

［注释］

(1) 何氾滥之浮云兮,猋壅蔽此明月:何——为何。氾滥——同“泛滥”,此处形容浮云弥漫,宛如洪水之泛滥奔流。浮云——此喻谗人群小。猋(biāo)——本指犬疾奔貌;此处形容浮云飘动迅速。壅蔽——阻挡;遮蔽。明月——喻贤士(包括作者自己);一说,喻君。朱熹《楚辞集注》:“言浮云之蔽月,以比谗贼之害贤也。”洪兴祖《楚辞补注》:“妨遮忠良害仁贤也。夫浮云行则蔽月之光,谗佞进则忠良壅也。”二句意谓:为何泛滥的浮云迅速飘动而遮掩这明月?(比喻群小进谗陷害忠良,阻断其进身效忠之路。) (2) 忠昭昭而愿见兮,然露曀而莫达:忠——忠心。昭昭——光明貌。见——同“现”,显现出来。露(jīn)——

按:“霒”,当作“霠”,《说文·云部》:霠,云覆日也。从云,今声。”“霒”为“黔”之异体字。一说,黔读yīn。即“阴”之异文。曀(yì)——阴暗貌。达——此指忠忱上达于君。二句意谓:我一片忠心,光明磊落,愿显现(表达)出来;然而浮云蔽日,暗淡无光,我的忠心不能上达于君。(3)愿皓日之显行兮,云蒙蒙而蔽之:皓日——光明的太阳,此喻君王。显行——光辉普照而显赫地运行,此喻君王明察。蒙蒙——云气弥漫貌。二句意谓:希望光明的太阳在天空中显赫地运行,光照一切;可是浮云却迷迷蒙蒙遮蔽了它。 (4)窃不自料而愿忠兮,或黕点而污之:不自料——不顾虑自身之困难与利害。料:一作“聊”,朱季海《楚辞解故》:“《楚辞》自作‘聊’,王注或曰‘顾生’,或曰‘顾老’,皆所以释‘聊’。顾谓之聊,正是楚语,顾亦虑也。故宋玉又云‘聊虑’矣。重言则曰聊虑。”此说甚是。黕(dǎn)——滓垢;污秽。点——玷污。二句意谓:我并不顾虑一己之得失而愿效忠于君王,但是群小却以恶言对我污辱。

尧舜之抗行兮,瞭冥冥而薄天。何险巇之嫉妒兮,被以不慈之伪名?彼日月之照明兮,尚黯黮而有瑕。何况一国之事兮,亦多端而胶加。

[注释]

(1)尧舜之抗行兮,瞭冥冥而薄天:尧舜——古帝唐尧、虞舜,是传说中的两个圣君。抗行——高尚的德行。瞭冥冥——高远貌。薄——迫近。二句意谓:尧、舜的高尚志行,高远冥冥,超群轶伦,上薄云天。(2)何险巇之嫉妒兮,被以不慈之伪名:何——为何。险巇(xī)——艰难,此谓险恶小人。嫉妒——谓小人嫉妒贤良。被——加于其上。不慈——不慈爱。伪名——凭空捏造的不符合实际的坏名声。二句意谓:为何险恶的群小嫉妒尧、舜,给他们捏造不慈爱的坏名声? (3)彼日月之照明兮,尚黯黮而有瑕:彼——犹指示代词“那”。指称人与事物均可。此指尧、舜。日月——此喻尧、舜。尚——尚且。黯黮(àndàn)——昏暗不明;或谓云黑。瑕(xiá)——本指玉上之斑点,或喻人的缺点。二句意谓:那日月在天空照明,尚且有昏暗的斑点。(或,那尧、舜像在天上照明的日月一样,可是尚有被人捏造的瑕疵。) (4)何况一国之事兮,亦多端而胶加:多端——繁多的端绪。胶加——纠葛;纠缠不清。一说,胶加即交加。二句意谓:何况一个国家的大事,更是头绪繁多,纠缠不清。

被荷裯之晏晏兮，然潢洋而不可带。既骄美而伐武兮，负左右之耿介。憎愠惀之修美兮，好夫人之忼慨。众踥蹀而日进兮，美超远而逾迈。农夫辍耕而容与兮，恐田野之芜秽。事绵绵而多私兮，窃悼后之危败。世雷同而炫曜兮，何毁誉之昧昧！

[注释]

(1) 被荷裯之晏晏兮，然潢洋而不可带：被——同“披”。荷裯(dāo)——荷叶裁制的短衣。裯：祇(dī)裯之简称，短衣。一说，裯即单被。晏晏——轻柔貌。一说，鲜明貌。潢洋(huǎngyáng)——空荡荡的样子，此处形容衣不称身。带——动词，系衣带。二句意谓：披上用荷叶裁制的轻柔的短衣，然而却空荡荡地不称身，不能把衣带系好。(喻楚王好大喜功，只务虚名，华而不实。) (2) 既骄美而伐武兮，负左右之耿介：骄美——夸耀自己美善。伐武——矜夸自己勇武。负——恃；倚仗。左右——亲信之近臣。耿介——光明正大；可引申为刚勇。二句意谓：君正既自骄其美善，又自夸其勇武，且又倚仗其左右近臣，认为他们都是光明正大的。 (3) 憎愠惀之修美兮，好夫人之忼慨：憎——憎恶。愠惀(wěnlǔn)——心地忠诚而拙于言词。修美——此指品德美善。好(hào)——喜爱。夫人——犹言“彼人”，此指众谗人。忼慨——即“慷慨”，此处系指工谗之人巧言令色，善于发表激昂动听的议论。二句意谓：君王憎恶忠诚而不善言词的美德，却对伪装的激昂慷慨盲目偏爱。 (4) 众踥蹀而日进兮，美超远而逾迈：众——此指群小。踥蹀(qièdié)——本谓小步行走貌；此喻奔走钻营貌。日进——一天天更加进身于朝廷之内。美——此谓贤士。超——犹“远”。逾迈——远行。二句意谓：众谗人钻营奔走，日益进身朝中，更加接近君王；贤士却只好自疏远引。 (5) 农夫辍耕而容与兮，恐田野之芜秽：辍(chuò)——停止。容与——闲散自得貌。芜秽——此指田野荒芜。二句意谓：农夫停止耕作而十分闲散，我却唯恐田野荒芜而五谷不蕃。 (6) 事绵绵而多私兮，窃悼后之危败：事——国事。绵绵——久远貌。多私——多有私心而害公。悼——悲伤。危败——倾危败亡。二句意谓：国事长久不治，群小多有私心，我暗暗伤悼祖国已濒临危亡境地。 (7) 世雷同而炫曜兮，何毁誉之昧昧：世——天下；世间。此指世人。雷同——雷声迸发，山鸣谷应，回声频传，彼此相同。此处喻群小沆瀣一气，彼此唱和，异口同声。炫曜——本指日光强烈，此谓迷惑，眼光迷离难辨是非。毁誉——毁谤与赞誉。昧昧——昏暗不明貌。二句意谓：世俗小人都彼此唱和，众口雷同，所以使人们视听迷惑，难辨是非；他们对人的毁誉没有准则，何其昏乱不明！

今修饰而窥镜兮，后尚可以窜藏。愿寄言夫流星兮，羌倏忽而难当。卒壅蔽此浮云兮，下暗漠而无光。

[注释]

(1) 今修饰而窥镜兮，后尚可以窜藏：修饰——修饰容貌；此喻改弦更张，整饬内政。窥镜——照镜子；此喻认清自身之弊端，审度情势。窜藏——犹言"潜藏"，喻谨慎自保，此处有回避危难，得以自保之意。二句意谓：现在如能照照镜子找出毛病，修饰仪容(喻认清形势，整饬内政)，以后还可以谨慎自保(此为作者对当时形势的认识和对国君的希望)。 (2) 愿寄言夫流星兮，羌倏忽而难当：寄言——犹"寄语""传语"，托人传达言词(致意)。流星——此喻可以信托之人。羌——楚方言，发语词。倏(shū)忽——迅疾貌。当——值；遇上。二句意谓：我只好托流星代为传语，但它飞速而逝，难以相遇。 (3) 卒壅蔽此浮云兮，下暗漠而无光：卒——始终；终于。壅蔽——阻塞遮蔽。浮云——喻群小。下——天下，实指楚国。暗漠——昏暗貌。二句意谓：君王始终被浮云般的群小所壅蔽，楚国因而就昏暗无光。(以上部分，痛斥谗人蔽君，颠倒黑白，败坏国事；并指责君王昏庸无道；同时表达作者忧国悯时之忠忱。)

九

尧舜皆有所举任兮，故高枕而自适。谅无怨于天下兮，心焉取此怵惕？乘骐骥之浏浏兮，驭安用夫强策？谅城郭之不足恃兮，虽重介之何益？

[注释]

(1) 尧舜皆有所举任兮，故高枕而自适：尧舜——见前注。举任——举贤任能。高枕——高枕无忧。自适——安适自得。二句意谓：尧舜都重视人才，选贤举能，所以高枕无忧，安然自适。 (2) 谅无怨于天下兮，心焉取此怵惕：谅——犹"诚"，确实。天下——指天下人。心——指尧舜之心。焉——安;何;哪里。取——用;需。怵惕(chùtì)——恐惧警惕。二句意谓:尧舜确实没有构怨于天下人,他们心中何用忧惧不安? (3) 乘骐骥之浏浏兮,驭安用夫强策:骐骥——见前注。浏浏——水流貌;此处形容顺利无阻。驭——驾驭。强策——强力之鞭策。二句意谓:尧舜乘着骏马顺利驰驱,驾驭它何用强力之鞭策?(此喻贤士效忠,无须君王督责。) (4) 谅城郭之不足恃兮,虽重介之何益:谅——见前注。城郭——内为城,外为郭。恃——凭恃;倚仗。重介——指坚厚之盔甲。益——利益;好处。二句意谓:城郭确实不值得依恃,虽有坚盔厚甲又有何益?

邅翼翼而无终兮,忳惛惛而愁约。生天地之若过兮,功不成而无效。愿沉滞而不见兮,尚欲布名乎天下。然潢洋而不遇兮,直怐愗而自苦。

[注释]

(1) 邅翼翼而无终兮,忳惛惛而愁约:邅(zhān)翼翼——小心谨慎,迁回不前之状。邅:迁回不前。无终——没有终极;没有尽头;无结果。忳(tún)——忧愁貌。惛(mèn)惛——通"闷",郁闷。愁约——穷愁;或,被愁闷所纠缠,无法解脱。约:穷困;或,束缚。二句意谓:小心翼翼不敢冒进,行事没有结果;忧伤苦闷,穷愁潦倒,无法解脱。

(2) 生天地之若过兮,功不成而无效:天地——天地之间。若过——犹如过客。朱熹曰:"若过,言如行所经历,不久留也。"功——功业;功名。成——成就。效——效果;功用;结果。二句意谓:人生天地之间,如同过客,功业未成,没有结果。 (3) 愿沉滞而不见兮,尚欲布名乎天下:沉滞——埋没。见——同"现",显扬;发达。布名——扬名。布:传布。二句意谓:本愿自己埋没而不求显荣发迹,但是还想扬名于天下。(或,志愿沉滞而不能实现,还能名扬四海吗?) (4) 然潢洋而不遇兮,直怐愗而自苦:潢洋——见前注。又,无着落的样子。遇——遇合。直——简直。怐愗(kòumòu)——愚昧;迷乱。二句意谓:既然难得良好遇合而空无所依(如果还想扬名天下),那简直是愚昧无知而自讨苦吃。

莽洋洋而无极兮，忽翱翔之焉薄？国有骥而不知乘兮，焉皇皇而更索？宁戚讴于车下兮，桓公闻而知之。无伯乐之善相兮，今谁使乎誉之？罔流涕以聊虑兮，惟著意而得之。纷纯纯之愿忠兮，妒被离而鄣之。

［注释］

(1) 莽洋洋之无极兮，忽翱翔之焉薄：莽洋洋——荒野辽阔貌。无极——没有尽头。忽——“忽忽”之略文，迅疾貌。翱翔——鸟旋飞貌。焉——安；何处。薄——至；止。二句意谓：荒野莽莽洋洋没有尽头，飞鸟迅疾旋飞，但是何处可以栖止？（按：这是自况“无所依归”之词。）(2) 国有骥而不知乘兮，焉皇皇而更索：骥——见前注。此喻贤才。焉——何；为何。皇皇——同“遑遑”，匆遽不安貌。索——寻求；求取。二句意谓：国内本有骏马而不知驾乘，为何反而迫不及待地另去索求？(3) 宁戚讴于车下兮，桓公闻而知之：宁戚——春秋时卫国人，传说他曾经商于齐，在夜间喂牛时，敲击牛角而歌，自叹怀才不遇，齐桓公听后，发现他是人才，便起用他为卿。讴——歌唱。桓公——齐桓公，春秋前期齐国国君，曾称霸于诸侯。知之——知其心意。二句意谓：宁戚在车下唱歌，齐桓公听后便深知其意，认为他是人才，于是用他为卿。(4) 无伯乐之善相兮，今谁使乎誉之：伯乐——古人名，是相马专家。善相——善于相马（观察识别马之优劣）。谁使——“使谁”之倒文。誉——当从一本作“訾”（zī）。洪兴祖《楚辞补注》：“一作訾。（补）曰：訾，思也，亦通。”按：“訾”训“思”，可引申为估量；品评。“訾”与上文“知”为韵。二句意谓：世间已找不到伯乐那样善于相马的人，如今让谁来评判良马呢？（此喻无人发现和重用贤才。） (5) 罔流涕以聊虑兮，惟著意而得之：罔——通“惘”，怅惘，失意。聊虑——顾虑。著意——心志专一；非常用心。得之——求得贤才。二句意谓：悲愁失意，痛哭流涕，为君王思虑，只有专诚延揽人才，始能访求到他们。 (6) 纷纯纯之愿忠兮，妒被离而鄣之：纷纯纯——十分诚挚地。纷：盛貌。纯：一作忳。愿忠——愿意效忠君国。另，愿，也有谨慎老实之意。妒——此指嫉妒者。被离——同“披离”，纷乱貌；分散貌。鄣——同“障”，阻碍。之——此指作者的效忠之路。二句意谓：一片赤诚，愿效忠君国，可是却被嫉妒者以纷乱多端的手段阻碍了报国之路。

愿赐不肖之躯而别离兮，放游志乎云中。乘精气之抟抟兮，骛诸神之湛湛。骖白霓之习习兮，历群灵之丰丰。左朱雀之茇茇兮，右苍龙之躍躍。属雷师之阗阗兮，通飞廉之衙衙。前轻輬之锵锵兮，后辎乘之从从。载云旗之委蛇兮，扈屯骑之容容。计专专之不可化兮，愿遂推而为臧。赖皇天之厚德兮，还及君之无恙。

[注释]

(1) 愿赐不肖之躯而别离兮，放游志乎云中：赐不肖之躯——赐还我这不贤之身。语意近乎"乞骸骨"。不肖：不贤。赐：赐还。放游——放怀遨游。志——托志；意在……乎——犹"于"。二句意谓：希望君王赐还我这不肖之躯，让我离去；我意在纵情遨游于云间天际。 (2) 乘精气之抟抟兮，骛诸神之湛湛：精气——古代指充塞于天地间的一种元气(阴阳之气)。抟抟(tuán)——聚集貌。骛——wù。追求；追随。湛(zhàn)湛——厚重貌；此指众多密集貌。二句意谓：我要乘着天地间密集的精纯之元气，追随着众神灵徜徉往来。 (3) 骖白霓之习习兮，历群灵之丰丰：骖(cān)——古代在车辕两外侧驾车的马。此处作动词，指驾车。白霓(ní)——白虹。霓：副虹。习习——飞动貌。历——经过。群灵——此指众星之神。丰丰——众多貌。二句意谓：让白霓作为骖马驾车，习习飞动；我坐在车上，从众星神灵之间穿行驰骋。 (4) 左朱雀之茇茇兮，右苍龙之躍躍：朱雀——星座名，为南方七宿之总称。茇(pèi)茇——飞舞翻动貌。苍龙——星座名，为东方七宿之总称。躍(qú)躍——行进貌。二句意谓：在茫茫星海间穿行往来，看到左边有朱雀众星在飞动；又有苍龙众星在右边护卫前进。 (5) 属雷师之阗阗兮，通飞廉之衙衙：属(zhǔ)——连续跟随。雷师——雷神之称。阗(tián)阗——本指鼓声；此喻雷声。通——指在前面开道。飞廉——风神之称。衙(yú)衙——行进貌。二句意谓：让阗阗轰鸣的雷神在后面跟随护卫，让匆匆行进的风神在前面做开路先锋。 (6) 前轻輬之锵锵兮，后辎乘之从从：前——前面。轻輬(liáng)——古代的一种轻便卧车。锵 (qiāng)锵——车铃声。后——后面。辎乘(zīshèng)——辎重车。从(cōng)从——与下文"容容"为互文，舒徐从容貌。二句意谓：前面的轻便卧车上銮铃锵锵，后面的辎重车从容地相随。 (7) 载云旗之委蛇兮，扈屯骑之容容：载——立着；树着。云旗——云霓之旗。

委蛇（wēiyí）——舒卷自如貌。扈（hù）——扈从；侍卫；仪仗。屯骑——形容随侍之车骑盛多。容容——见前注。二句意谓：车上树立云旗，舒卷自如；成群的车骑作为扈从，快慢适度地行进。　(8) 计专专之不可化兮，愿遂推而为臧：计——心意。专专——专一；专诚。化——化解；变化；消除。遂——终于；终究。推——进，此指进身仕朝；或，推广。臧（zāng）——善；好；指自身做好事或与人为善。二句意谓：我对君王的忠心，专一而不可化解；终究还是愿意进身效忠，多做好事。（或，将自己这种思君爱国之情推广开去，与人为善，起好的作用。）(9) 赖皇天之厚德兮，还及君之无恙：赖——仰赖。皇天——见前注。厚德——深厚的恩德。还——仍然；还是。及君——佑及君王。无恙——无灾病，引申为无忧患或无缺失。二句意谓：仰赖皇天的深思大德，我仍然祈求上苍保佑国君永无灾病忧患。（以上部分，陈说作者的政治主张：选贤任能；并慨叹自己怀才不遇；本想超脱尘俗，遨游天宇，但又不能忘怀君王，最后还是吁天佑王。）

［**译文**］

一

悲凉啊！
寒秋呈现的肃杀气象啊！
萧萧瑟瑟啊，
草木摇落而变为衰亡。
秋风多么凄厉啊，
我踽踽远行而自叹自伤。
登山临水，极目遥望啊，
送别将要离去的秋光。

空旷晴明啊，
天高云淡，大气清清。
寒凉澄澈啊，
水潦收尽，汇入河川之中。
心中凄怆，无限感伤啊，
薄寒袭人，一片清冷。

怅惘失意啊，
远离故土，奔走异地谋生。
道路坎坷啊，
贫士失职而意气难平。
空虚孤独啊，
羁泊四方而无良朋。
惆怅无主啊，
私自怜惜而慨叹浮生。

紫燕翩翩辞归啊，
秋蝉寂寞无声。
鸿雁廱廱地叫着飞向南天啊，
鹍鸡啁哳地悲啼秋风。
愁人彻夜不眠啊，
伤心地静听蟋蟀夜鸣。
时光匆匆流驶，
转瞬度过半生啊，
久久滞留异乡而一事无成。

二

处境穷蹙，勾起我无端愁绪啊，
走投无路而孤独空虚。
有一美人啊，
心中充满抑郁。
依依难舍地离开家乡啊，
来到远方的国都客居。
天涯海角漂泊无依啊，
于今又到何处羁旅？

专诚思念君王啊，
赤心不变，忠贞报国。
君王不解我心啊，

可又奈何！
怨意久积胸怀啊，
思慕又常将我折磨。
忧烦惊惧啊，
不思饮食，百事皆辍。
但愿有幸一见君王啊，
将我的心意郑重诉说。
遗憾那君王的心思啊，
却完全不同于我。

已经备好车马啊，
即将离此而归。
临行不得见君啊，
又使我无限伤悲。
我凭依着车轸啊，
不禁长长地叹息。
我涕泪潺湲交流啊，
沾湿了胸前的车轼。
愤激地想与君王决绝啊，
但又不能了此心意。
心神昏乱无主啊，
愈加迷惑不已。
自我悲戚伤怀啊，
苦痛何有终极！
我心怦怦激动啊，
自信一片至诚而正直不倚。

三

皇天平分一年四季啊，
我却独自悲叹这凄戾的秋意。
白露已使百草飘零凋谢啊，
又使萕萧忽然纷纷散离。

辞别光明灿烂的白昼啊，
漫漫长夜又赓续相继。
华盛的少壮之年渐渐离去啊，
衰病约缩，真令人悲观消极。

冷秋早以白露警戒在先啊，
寒冬再横加严霜的摧残。
收敛夏日草木的繁荣润泽啊，
使它生机止息而埋藏沉潜。
叶子枯萎而无鲜明绿色啊，
桠杈纵横而交错纷乱。
草木的形貌由过盛而变衰啊，
枝柯的颜色枯黄而暗淡。
树木疏落耸立，诚然可悲啊，
它外形受损，内部又遭伤残。
想到它纷然错杂将要落尽啊，
遗憾它失去盛年，再无良好机缘。
总揽马缰驰驱，继而驻车不进啊，
姑且优游自得地徘徊往返。
岁月倥偬，转瞬便流逝终结啊，
唯恐我的寿命十分短浅。

伤感自己生不逢时啊，
遭遇这扰攘不宁的乱世。
心情淡漠，独倚着楹槛沉思啊，
西堂阶砌之间，蟋蟀鸣声如泣。
内心怵惕而震荡不安啊，
我为何这样百忧交集！
仰望明月而感喟太息啊，
伴着繁星徘徊，直到渐现晨曦。

四

为蕙花簇簇盛放而暗自悲伤啊，
它纷盛旖旎，一时显荣于华丽殿堂。
为何繁花累累却无果实啊，
终于随着风雨而零落飞扬。
本来以为君王专爱佩此香蕙啊，
他却认为香蕙无异于众芳。

伤叹自己的奇思不能上达君王啊，
我将离别他而远走高翔。
忧念自身遭际而心中凄恻啊，
我愿一见君王，将忠忱明白宣讲。
无罪被弃，使我百思莫解啊，
心中郁结沉痛而黯然神伤。

岂不愁思郁积而思念君王啊，
只因君门九重，悬隔万仞宫墙。
猛犬迎着人们狺狺地狂吠啊，
道路不通，我阻于门关、桥梁。

天上洒着绵绵无尽的秋雨啊，
大地何时能干，水潦何时收去？
孤独地守着荒芜的薮泽啊，
仰望蔽日的浮云，使我长叹欷歔。

五

为何世俗如此善于诈巧啊，
违弃绳墨而改变正常之举。
对骐骥拒绝乘用啊，
却鞭策驽骀取道而去。
当代岂无良马骐骥吗？

其实只是无人善于驾驭。
看来驭者不是那高明身手啊，
良马因此腾跃着远远驰去。
野鸭、大雁得意地吃着粱米、水藻啊，
凤皇却只得高高翱翔云际。
圆的凿孔，方的榫头啊，
我本知彼此不合而难以插进。
众鸟都有升登集止之所啊，
凤皇却遑遑无处栖身。
我情愿衔枚而闭口不言啊，
但因曾蒙君恩而于心不忍。
太公九十才得显扬荣耀啊，
实乃由于未遇契合之君。

骐骥啊，你归于何地？
凤皇啊，你何枝可依？
改变古道，移易良俗啊。
时世已陷于衰微之际。
当今相马的人们啊，
只知道选肥汰瘠。
良马隐匿而不得显现啊，
凤皇高飞而不能落地。
鸟兽尚知怀恋有德之人啊，
为何却责怪贤者不肯留任京畿？

骏马不肯飞驰以求人乘用啊，
凤皇不贪求饲养而偷生苟活。
君王疏远贤士，不察善恶啊，
贤士虽愿效忠，君臣如何相得？
曾想自甘寂寞而与君王决裂啊，
但又不敢忘他当初的厚德。
独自悲叹，使人何其神伤啊，

愤懑郁郁，何时方能了结？

六

寒霜白露齐下，真是惨惨凄凄啊，
内心还希望它难遂其意。
霰雪纷纷，越下越紧啊，
方知惨命将至，朝不虑夕。
曾想侥幸还有转机而苦苦期待啊，
漂泊无依，恐与野草同陷死地。
我本愿自守直道而毅然前行啊，
然而道路却阻绝不通。
也想遵循正道而稳步前进啊，
却又不知从何而行。
中途屡遭坎坷，使我迷惑不解啊，
只得压抑愤愤之情去学《诗经》。
但因生性愚陋而且褊浅啊，
确实没达到舒畅从容之境。
暗自赞美申包胥意气壮盛啊，
恐怕他生于当世，也会感慨今昔不同。

为何时俗如此善于诈巧啊，
放弃规矩而任意改变措施。
唯独我光明正大不随流俗啊，
但求服膺先圣的教言遗志。
处于混浊时世而显贵荣华啊，
我认为并非快乐之事。
与其寡德无义而窃取名位啊，
宁肯身处困境而求高洁自持。

不苟且而食，虽饥犹饱啊，
不苟且而衣，虽寒犹暖。
私意追慕诗人的遗风余韵啊，

常愿寄托志节，绝不尸位素餐。
朝中群小无端的骄横自满啊，
我却落魄颠踣，前途茫茫无边。
没有衣裘以御寒冬啊，
自惧会忽然死去，见不到温暖的春天。

七

暮秋的长夜万籁俱寂啊，
心中的哀思缠绵不已。
年岁日益增高，往事逴逴迢远啊，
使我不禁怅然悲凄。
四季嬗递而来，一年将尽啊，
人不可与流年并驾比翼。

灿烂骄阳渐渐暗淡沉落啊，
团圞明月渐渐亏缺无光。
岁月忽忽即将终结啊，
冉冉迫近暮年，心志愈加弛而不张。
本来自以为善而常存侥幸之心啊，
然而只落得怊怅绝望。
内心悲恻而凄苦啊，
长声叹息而欷歔感伤。
岁月洋洋无尽地流逝啊，
我春秋已高却空虚无依。
国事虽在遽变，我却仍图进取啊，
所以久留此地而踌躇难离。

八

为何浮云弥漫长天啊，
迅速飘来将那明月遮掩。
我愿表达光明磊落的忠心啊，
然而浓云蔽日，丹心难达于君前。

希望皓日显赫地运行啊，
可是浮云却蒙蒙蔽天。
我从不顾惜自身而愿效忠啊，
有人却对我玷辱侮慢。

唐尧、虞舜志行高尚啊，
冥冥高远，上薄云天。
为何险恶小人却嫉妒他们啊，
给他们捏造“不慈”的恶言！
那日月普照大地啊，
尚且有阴暗的斑点。
何况一国的大事啊，
更有纷繁之绪，交互纠缠。

披着荷叶裁制的轻柔短衣啊，
它却空空荡荡，不能束系衣带。
君王自夸美善、自恃勇武啊，
并对伪装耿介的近臣信赖。
君王憎恶忠而口讷的美德啊，
却偏爱装腔作势的激昂慷慨。
群小细步踥蹀，日日进朝钻营啊，
贤士只好远远地避开。

农夫停止耕作而慵懒闲散啊，
恐怕会使田野荒芜，遍地蒿莱。
群小多私而害公，国事久已堪忧啊，
暗自悲悼危亡命运将要到来。
世风日下，众口雷同，使人迷惑啊，
小人的毁誉何其昏乱谲怪！

当今如能临镜照影而修饰容颜啊，
将来还能潜藏自保，避祸求生。

我愿托付流星致意君王啊，
它却迅速流驶而难相逢。
君王终于被浮云壅蔽啊，
下界四方也都昏暗不明。

九

唐尧、虞舜都曾选贤举能啊，
所以高枕无忧，自在安适。
天下众民对尧舜确无怨恨啊，
尧舜心中何须忧虑国事？
乘着骐骥浏浏地自由驰骋啊，
驾驭良马何用强策控制？
金城汤池诚然不足凭恃啊，
虽有坚盔重甲又何益于事？

小心翼翼迂回不进而无结果啊，
忧伤郁闷而穷愁潦倒。
人生天地之间如同过客啊，
功名未就而事业无效。
本愿自身埋没而不求发达啊，
但还想在天下扬名显耀。
既然空荡无依而无遇合之缘啊，
简直是愚昧无知，自寻苦恼。

莽莽洋洋荒野无际啊，
迅疾翱翔又向何处安栖？
国有骏马而不知驾乘啊，
为何反而另求马匹？
宁戚在车下讴歌述志啊，

桓公听后便深知其意。
没有伯乐那样善于相马的人啊，
现在又让谁来品评骐骥？
惘惘地流泪，为国君忧虑啊，
只有专心求贤，方能使人才汇集。
纯纯精诚，愿为君王效忠啊，
妒者却以各种手段横加障蔽。

但愿赐还不肖之躯而告别君王啊，
意在纵情遨游于云天之上。
我要乘着抟抟屯聚的精气啊，
随着湛湛群集的众神徜徉四方。
让习习飞动的白霓作为骖马啊，
在众多的星神之间穿行来往。
左侧有朱雀茇茇飞舞啊，
躍躍行进的苍龙在右侧卫护。
阗阗震响的雷神随从于后啊，
衙衙而进的风神在前开路。
前面轻便的卧车金铃锵锵啊，
辎重车辆从从地跟在后部。
车上树着云旗，舒卷自如啊，
扈从车骑容容地相随，何等威武！
我对君王的诚心不可化解啊，
终于还想进身行善，为君臣仆。
仰赖皇天的厚德隆恩啊，
仍求佑护君王永无病苦。

风赋

题解

萧统主编的《文选》著录此篇，题为宋玉作，然而后世学界颇有异词，争讼千载，迄无定说。不过，它流传久远，影响亦巨。我们不妨循其旧例，录以存疑。以下《高唐赋》《神女赋》《登徒子好色赋》同此。

本篇以"注彼而写此"的手法，将"风"这种自然现象虚拟为雄雌有别，雄风为君王所独享，雌风则为庶人所专属。实际是反映了由于人们阶级地位的差异，便产生对自然现象的不同感受与认识。这是以微辞宛转地讽谏君王力戒骄奢淫逸，切勿凌驾于万民之上，残贼天下，沦为独夫。《文选》（五臣注）吕向曰："《史记》云：宋玉，郢人也。为楚大夫。时襄王骄奢，故宋玉作此赋以讽之。"又，陈第《屈宋古音义》云："人君苟知此意，则加志穷民，又乌能已。故宋玉此赋大有裨于世教也。"可见古人已察知其"微讽"之意。

作品在艺术技巧方面，亦颇具特色。描写风从初起到各种强弱变化，十分细腻生动；且用铺张敷陈方法及排比句式，自成一格。本篇及《高唐》《神女》《登徒子好色》诸赋，对后世之赋均有一定影响。

原文及注释

一

楚襄王游于兰台之宫。宋玉、景差侍。有风飒然而至，王乃披襟而当之，曰："快哉此风！寡人所与庶人共者邪？"宋玉对曰："此独大王之风耳，庶人安得而共之？"

［注释］

(1) 楚襄王——即楚顷襄王（公元前298年——公元前262年），楚怀王之子，名横。 (2) 兰台——古宫苑名，故址在湖北省钟祥县境内。

一说，兰台为台名(见《文选》五臣注)。 (3) 宋玉、景差——宋玉：见“引论”。景差：又作景瑳，据《史记·屈原贾生列传》记载，他是战国末期楚国人。与宋玉、唐勒“皆好辞而以赋见称”。 (4) 侍——随侍左右。(5) 飒(sà)——一本作“颯”，音义并同，形容风声。 (6) 乃——本作“廼”，字同。于是。 (7) 披襟——敞开衣襟。 (8) 当之——迎着它(清风)。当：对；迎。 (9) 快哉——爽快啊。 (10) 寡人——古代帝王自称，意为“寡德之人”。 (11) 庶人——众民，指一般平民。(12) 共——指共有、共享。 (13) 邪——通“耶”，语气助词，此犹“吗”。(14) 对——回答，尤指下对上之答问。 (15) 独——唯独；独独地。(16) 安——何；怎么。 (17) 得——得以；能够。

二

王曰：“夫风者，天地之气，溥畅而至。不择贵贱高下而加焉。今子独以为寡人之风，岂有说乎？”宋玉对曰：“臣闻于师：枳句来巢，空穴来风。其所托者然，则风气殊焉。”

[注释]

(1) 夫——语首助词，无实义。 (2) 溥——通“普”，普遍；广泛；周遍。 (3) 畅——畅行；畅通。 (4) 择——区别；区分。或，挑选。(5) 贵贱高下——指富贵的、贫贱的、位高(位尊)的、位低(位卑)的人。(6) 加——犹言“施及”，加到；引申为“吹到”身上。 (7) 焉——犹“也”，语气助词。 (8) 子——此为楚襄王对宋玉之称。 (9) 独——见前注。 (10) 岂——难道。 (11) 说——解说；说法。(12) 臣——宋玉自称。 (13) 闻于师——在老师处听说。 (14) 枳句来巢——枳(zhǐ)：树木名，又称“枸橘”。句(gòu)：即“勾”字，弯曲。巢：用如动词，筑巢。此句意谓：枳树枝桠多弯曲，故有鸟来筑巢。(15) 空穴来风——穴：洞穴。“空穴来风”乃楚之习语，又见《庄子》：“空阅(穴)来风，桐乳致巢。”此句意谓：洞穴之处，特别有风从那里吹过。(16) 所托者——依托之物，此指上文之“枳句”“空穴”为鸟巢和风所依托之物(条件)。又引申为人所依托(凭借)的社会条件(即地位、处境等)。(17) 然——如此；这样。 (18) 殊——异；不同。

三

王曰："夫风始安生哉?"宋玉对曰："夫风生于地，起于青蘋之末。侵淫谿谷，盛怒于土囊之口。缘泰山之阿，舞于松柏之下。飘忽淜滂，激飏熛怒。耾耾雷声，回穴错迕。蹷石伐木，梢杀林莽。至其将衰也，被丽披离，冲孔动楗。眴焕灿烂，离散转移。故其清凉雄风，则飘举升降，乘凌高城，入于深宫。邸华叶而振气，徘徊于桂椒之间，翱翔于激水之上，将击芙蓉之精，猎蕙草，离秦衡，概新夷，被荑杨。回穴冲陵，萧条众芳。然后徜徉中庭，北上玉堂。跻于罗帷，经于洞房。乃得为大王之风也。故其风中人，状直憯凄惏慄，清凉增欷。清清泠泠，愈病析酲。发明耳目，宁体便人。此所谓大王之雄风也。"

［注释］

(1) 夫——发语词，无实义。 (2) 始——开始；起初。(3) 安——何；何处。 (4) 蘋(pín)末——蘋的叶尖。蘋：一种生长于浅水的多年生草本植物，又称"四叶菜""田字草"。 (5) 侵淫——渐渐进入。 (6) 谿谷——山谷；峡谷。谿：即"溪"。 (7) 盛怒——大怒，此处形容风势暴烈。 (8) 土囊——巨大的洞穴(山洞)。 (9) 缘——循着；沿着。 (10) 泰山——大山。 (11) 阿——曲隅，此指山坳。(12) 舞——飞舞，此处形容风之回旋飘拂。 (13) 飘忽——迅疾轻快之状。 (14) 淜滂(píngpáng)——形容大风吹物之撞击声。(15) 激飏(yáng)——迅疾飞升之状。 (16) 熛(biāo)——本为火飞貌；此处形容风力益猛。 (17) 耾(hóng)耾——形容风声。 (18) 雷声——风声如雷。 (19) 回穴——风向不定迅速回荡貌。 (20) 错迕——盘旋错杂貌。 (21) 蹷(jué)石——撼动山石。蹷：亦作"蹶"，倒；颠仆；撼动。又见《诗·大雅·绵》："文王蹶厥生。"蹶，亦训"动"。(22) 伐木——摧折树木。又，《文选》李善注："伐，击也。"(23) 梢——通"箾"，本谓以竿击物，此指疾风冲荡草木。(24) 杀——毁伤；败坏。 (25) 林莽——草木深邃丛密之处。(26) 其——称代风。 (27) 将衰——指风力逐渐减弱。 (28) 被丽、披离——皆为四面分散貌。 (29) 冲孔——冲进孔穴。 (30) 动楗(jiàn)——吹动门闩。楗：即"关楗"，今称门闩(shuān)，门上横插之木，可关门者。（31）眴焕（xuànhuàn）——色彩鲜明貌。（32）离散转移——风力渐微，向四面飘散转移。（33）雄风——此处是作者将君王所受之风称为“雄风”，以别于庶人之“雌风”。（34）飘举——飘飞升腾。（35）升降——指风向上吹，向下吹。（36）乘凌——上升凌越。（37）高城——高大的城垣。（38）深宫——深邃的宫苑。（39）邸——通“抵”，触动，此谓吹拂。（40）振气——播散香气。振：散发；播散。（41）徘徊——此处形容风在徐缓轻柔地往来飘拂。下文之“翱翔”，寓意略同。（42）桂椒——此指香木桂树和椒树。（43）激水——激荡之流水。（44）击——吹打；吹动。（45）芙蓉之精——此指荷花。芙蓉：荷花，又称莲花。精：古与“菁”通，花。（46）猎——历；经历，此谓“吹过……”（47）蕙草——香草名，俗名“佩兰”。（48）离——离析；分散。此指风吹草木，使其枝叶摇动，忽聚忽散。（49）秦衡——香草名，“衡”即“蘅”。（50）概——本谓平斗斛之木，引申为削平、荡平、拂平之意。此指风过之处，香木的枝叶便顺风势倒伏，暂呈低平状。（51）新夷——即“辛夷”，香木名。（52）被——披开；吹散；或训“加”。（53）荑杨——幼小的杨树。草木初生者称荑。（54）冲凌——突击、侵凌。（55）萧条——本谓草木零落的景象，此处用如动词，“使之凋零”。（56）众芳——统指各种花草香木。（57）徜徉（chángyáng）——犹“徘徊”。（58）中庭——位置居中之庭院。古制，建筑物阶前的空地（即院子）称庭，按位置不同称为前庭、中庭、后庭。（59）玉堂——宫室之美称，侈言以玉砌成之宫室。（60）跻（jī）——升；登上。（61）罗帷——以丝罗制作的帷幔。（62）经——经过；穿过。（63）洞房——宫室中深邃之内室。（64）为——成为。（65）中（zhòng）人——此指风吹到人身上。（66）直——简直是。（67）憯（cǎn）凄——悲凉。憯：通“惨”。（68）惏慄（lín lì）——犹“凛冽”，寒凉。（69）增欷（céng xī）——反复地感叹不已。增：通“层”，重复；反复；加重。欷：叹息声；叹息。（70）泠（líng）泠——清凉。（71）愈病——治愈疾病。（72）解醒（chéng）——解除醉意。醒：酒醉；或指酒醒后的困倦眩晕状态。（73）发明——使（耳目）聪明。（74）宁体——使身体舒适安宁。（75）便人——有利于人的健康。

四

王曰："善哉论事！夫庶人之风，岂可闻乎？"宋玉对曰："夫庶人之风，塕然起于穷巷之间，堀堁扬尘，勃郁烦冤，冲孔袭门，动沙堁、吹死灰、骇混浊、扬腐余，邪薄入瓮牖，至于室庐。故其风中人，状直憞混郁邑，驱温致湿，中心惨怛，生病造热，中唇为胗，得目为蔑，啗齰嗽获，死生不卒。此所谓庶人之雌风也。"

[注释]

(1) 论事——论辨事理。 (2) 庶人——见前注。 (3) 岂可闻乎——可以听您说一说吗？岂：此处犹"其"，用于祈使句 (4) 塕(wěng)——风初起貌。 (5) 穷巷——偏僻冷落的小巷。 (6) 堀(kū)——突起。 (7) 堁(kè)——尘土。 (8) 勃郁——蕴积；壅塞。 (9) 烦冤——烦躁愤懑，此处形容风势。 (10) 冲孔——冲入孔穴。 (11) 袭门——侵入门中。 (12) 死灰——冷却的灰。 (13) 骇——起；散。 (14) 混浊——此指污秽之物。 (15) 腐余——垃圾一类腐败肮脏之物。 (16) 邪——偏斜。 (17) 薄——迫近。 (18) 瓮牖(yǒu)——以瓮口为窗，形容贫寒之士的简陋住处。牖：窗。 (19) 室庐——此指庶人之居室。庐：小屋。 (20) 中人——见前注。 (21) 憞混——心中烦乱不适。 (22) 郁邑——忧郁苦闷。 (23) 驱温致湿——送来湿热之气。 (24) 中(zhòng)——此指侵入。 (25) 惨怛(dá)——忧伤苦痛。怛：痛。 (26) 造热——生热病；发烧。 (27) 胗(zhěn)——口唇之疮。 (28) 蔑(miè)——通"瞡"，多眵之眼疾。 (29) 啗(dàn)——同"啖"。吃。 (30) 齰(zé)——咬啮。异体字作"龇"。 (31) 嗽(sòu)——吮吸。 (32) 获(huò)——通"嚄"，大声呼叫。按：以上"啗、齰、嗽、获"四种动作，都是形容中风的人口唇及下颏失常之貌。 (33) 死生不卒(cù)——既不会猝然死亡，也不能突然痊愈。生：指治愈疾病。卒：同"猝"，突然。

[译文]

一

楚襄王出游于兰台宫苑。宋玉、景差随侍左右。此时，一阵清风飒飒地吹来，于是楚襄王便敞开衣襟迎风纳凉，他说：“这清风吹得人真爽快啊！这是寡人与众民共有的吗？”宋玉回答说：“这是唯有大王才能享受的风啊，众民怎能与您共有它呢？”

二

楚襄王说：“风是天地之气，广泛而且畅通无阻地吹到各处。不分人的贵贱尊卑，都能吹到他们身上。现在您却偏偏认为特有寡人专享的风，难道有什么道理可以解释吗？”宋玉回答：“臣子曾听老师说过：枳树的枝桠多曲，故有禽鸟来筑巢；洞穴虚空，因而会有大风吹过。它们的依托是这样的；至于人们所凭借的社会地位不同，那么，所承受的风也会有明显差别。”

三

楚襄王说：“风最初是从何处发生的呢？”宋玉回答：“风是从大地上发生的，它从青青的蘋草叶尖上吹起来，渐渐地进入山谷，而在石穴洞口便猛烈地怒吼起来，沿着大山的迂曲山坳掠过；又在松柏树下回旋飘舞；倏忽迅疾地刮得淜滂作响；接着越吹越猛，如烈火飞升，如轰轰雷鸣；风向不定，回荡交错；撼动山石，摧折林木；冲荡于草木丛生之处。等到风力逐渐衰微下来，向四面八方分散流动，只能冲进孔穴，吹动门闩；花木泉石，在微风中都显得绚丽鲜明，光华烂灿；然后它更加细弱，向四处飘散转移。所以，那清凉的雄风，飘飞腾举于上下，飞升凌越于高城，折入幽邃的深宫，轻拂花叶而播散芬芳，在丹桂与椒树之间徘徊，在激荡的水流上翱翔，它吹动荷花，又掠过丛丛的蕙草，把香草秦蘅吹得枝叶纷披聚散，辛夷的花枝随着风势起伏平伸，幼小的杨柳摇曳扶疏。这风回旋漂流，冲击侵陵，使各种花卉凋零陨落。然后在中庭徘徊往复，又北上玉堂金阙，升入丝罗帷幔，再穿过深邃的洞房，于是才能成为大王的雄风啊。所以，这风吹到人身上，那情状简直是惨凄凛冽，无比清凉，使人反复感叹不已。它清清泠泠，能治好疾病，解醉醒酒，使人耳聪目明，并且身体康宁舒适，于人大有裨益。这就是所说的大王的雄风啊！”

四

楚襄王说，“您对事理论析得真好啊！至于众民之风，可以听您说一说吗？”宋玉又答道：“众民之风，从僻巷之间堀然而起，尘土飞扬；察其风势，好象带着烦躁愤懑，冲进孔穴，侵入门中，播扬沙土与死灰；又吹散污秽腐败之物；迤逦偏斜地迫近瓮牖敝窗，一直吹到众民居息的小屋。所以那种风吹到人身上，其情状简直使人烦乱不安，忧愁苦闷。那风送来湿热之气，侵入人心，便会忧伤痛苦，发生热病；侵及口唇，也会生疮；侵及眼睛，就患多眵之疾；人的口部又作出咀嚼、咬啮、吮吸、大声呼叫等反常动作，既不会猝死，也不能速愈。这就是所说的众民的雌风啊。”

高唐赋

题解

本篇主要叙写楚襄王游于云梦之台，宋玉为楚襄王赋高唐之事。

开篇一段文字，运用客主问答形式，由宋玉向楚襄王追述楚怀王与巫山神女相会的轶事，“履端于唱序”，有“首引”作用，所以《文选》称它为“序”。

赋的正文部分，首先铺叙巫山高峻之势，江水之汹涌澎湃，鸟兽虫鱼与林木花卉之情状；行文至此，忽然兴悲，“愁思无已，叹息垂泪”，从而又转入对江岸高峡自然景观的描写，仰视俯瞰，气象万千，“若生于鬼，若出于神”，“怊怅自失”，“无故自恐”；感慨浩叹之余，又进一层着力描绘芳草好鸟之奇绝；然后，叙述“有方之士，……进纯牺，祷璇室，醮诸神，礼太一”的祭祷情景；接着又写楚王临风增哀，闻歌太息；并且“传言羽猎”，奔射山林，大获禽兽；在楚王将欲往会高唐神女之际，诗人谏王必须择吉斋戒，隆其仪节，盛其服饰；最后劝谏楚襄王“思万方，忧国害，开贤圣，辅不逮”，并祝愿君王“延年益寿”，篇末对楚王的劝诫，表现了诗人忧国忧民的忠忱。陈第《屈宋古音义》云：“其末犹有深意，谓求神女与交会，不若用贤人以辅其政，福利为无穷也”。其言得之。

作品长于夸张描写，铺采摛文，尽态极致，对自然景物写得生动奇妙；又灵活运用排比、对偶等修辞手法，并且采用多种句式，长短相间，参差错落，韵语迭出，增强了音乐美与感染力。这些艺术表现手法，为后世辞赋创作开了先河。

原文及注释

一

昔者楚襄王与宋玉游于云梦之台，望高唐之观。其上独有云气，崒兮直上，忽兮改容，须臾之间，变化无穷。王问玉曰：

"此何气也?"玉对曰:"所谓朝云者也。"王曰:"何谓朝云?"玉曰:"昔者先王尝游高唐,怠而昼寝,梦见一妇人,曰:'妾巫山之女也,为高唐之客。闻君游高唐,愿荐枕席。'王因幸之。去而辞曰:'妾在巫山之阳,高丘之阻。旦为朝云,暮为行雨。朝朝暮暮,阳台之下。'旦朝视之,如言。故为立庙,号曰朝云。"王曰:"朝云始出,状若何也?"玉对曰:"其始出也,晰兮若松榯。其少进也,晰兮若姣姬,扬袂障日,而望所思。忽兮改容,偈兮若驾驷马,建羽旗。湫兮如风,凄兮如雨。风止雨霁,云无处所"。王曰:"寡人方今可以游乎?"玉曰:"可。"王曰:"其何如矣?"玉曰:"高矣,显矣,临望远矣。广矣,普矣,万物祖矣。上属于天,下见于渊,珍怪奇伟,不可称论。"王曰:"试为寡人赋之。"玉曰:"唯唯。"

[注释]

(1) 昔者——从前。 (2) 楚襄王——见《风赋》注。 (3) 云梦——古代大泽之名,在楚国境内。《尔雅·释地》:"楚有云梦。"今湖北省的曹湖、洪湖等许多湖泊,皆古云梦之遗迹。《文选》引《汉书音义》张揖曰:"'云梦'楚薮也,在南郡华容县,其中有台馆。" (4) 高唐之观——犹云"高唐台馆",战国时期楚国台馆名,在云梦泽中。传说楚怀王游高唐,梦见巫山神女与其欢会。按:屈原《九歌·山鬼》也描述巫山神女之事,尽管其旨归与《高唐赋》有别,但也可印证"巫山神女"这一神话传说在楚国是广为流传的。《文选》引《汉书》注曰:"云梦中高唐之台,此赋盖假设其事,风谏淫惑也。" (5) 其——称代"高唐之观"。(6) 崒(zú)——山岳高峻险巇貌。在此形容云气如山峰之状。(7) 直上——向上矗立着。 (8) 改容——改变容颜(神色)。这是拟人手法。 (9) 须臾(yú)——片刻;一会儿。 (10) 朝云——本义为"晨间之云气",此处又成了巫山神女的化身。 (11) 先王——此指楚怀王,为楚威王之子,楚襄王之父,名熊槐。 (12) 怠——疲倦。(13) 昼寝——日间小睡。 (14) 妾——古代女子自称之谦词。(15) 巫山之女——巫山的女子。《文选》注引《襄阳耆旧传》曰:"赤帝之女曰姚姬,未行而卒,葬于巫山之阳,故曰巫山之女。" (16) 为高唐之客——这是巫山神女自言"我是高唐台馆之客"。 (17) 愿荐枕席——"愿将自己亲进于枕席之上"。这是神女欲求亲昵之语。

(18) 幸——旧指得帝王宠爱，此处亦指楚王与神女梦中欢合。(19) 之——代词“她”，指巫山神女。 (20) 辞——告辞；辞别。(21) 阳——山南之称。 (22) 丘——山丘。 (23) 阻——险阻；此谓险阻之处。 (24) 旦为朝云，暮为行雨——意谓：（我）在清晨化为朝霞，傍晚时分又化为空中洒落的雨丝。行：本义是流动；施布。见《周易大传》：“云行雨施，品物流形。”“行”与“施”为互文。“行雨”，是指雨从天降。此二句是以虚拟手法写神女朝化为云、暮化为雨，以夸张描写神女之美和行踪之神秘。 (25) 阳台——古称阳台山或阳台峰，大概是巫山群峰之一。后世多将男女欢合之所称作阳台。 (26) 庙——庙宇台馆。 (27) 王曰——楚襄王说。这是楚襄王听了宋玉讲述怀王梦会神女之事以后的话。 (28) 若何——如何；怎样；或，像什么。(29) �(duì)——茂盛貌。 (30) 榯(shí)——直竖貌。 (31) 少进——指稍微进前。 (32) 晣(zhé)——又作“晢”，光明貌；此指容光焕发。 (33) 扬袂(mèi)——举袖。袂：衣袖。 (34) 障日——遮日。“扬袂障日”是仰视或远眺之状。 (35) 望——远望；此处兼有期待、想望之义。 (36) 所思——思慕的人，此指钟爱的人。 (37) 忽——忽然；突然；指迅速。 (38) 改容——改变神色或容态。 (39) 偈(jié)——勇武貌；又，疾驰貌。 (40)驷马——古制一车四马，故称驷马，或简称驷。 (41) 建——立；树立；直插。 (42) 羽旗——以彩色鸟羽装饰的旌旗。 (43) 湫(qiū)——凉貌。 (44) 凄(qī)——寒冷。(45) 霁：(jì)——雨止。 (46) 云无处所——指云散，兼谓神女无踪。(47) 方今——正今；当今。 (48) 何如——怎样。 (49) 显——显著。(50) 临望——从高处向远处看。 (51) 广——广大。 (52) 普——普遍。 (53) 万物祖矣——万物都始生于此。祖：始；初。 (54) 上属(zhǔ)于天，下见于渊——上连青天，下视深渊。属：连接。见：视；临视；俯视。渊：深水。按：此二句是形容山势嵬峨。 (55) 称论——称道；言说；或指衡量、论说。 (56) 唯唯——恭敬地应诺之词。

二

“惟高唐之大体兮，殊无物类之可仪比。巫山赫其无畴兮，道互折而曾累。登巉岩而下望兮，临大阺之稸水。遇天雨之新霁兮，观百谷之俱集。濞汹汹其无声兮，溃淡淡而并入。滂洋洋而四施兮，蓊湛湛而弗止。长风至而波起兮，若丽山之孤亩。势薄岸而相击兮，隘交引而却会。崪中怒而特高兮，若浮海而望碣石。砾磥磥而相摩兮，巆震天之礚礚。巨石溺溺之瀺灂兮，沫潼潼而高厉。水澹澹而盘纡兮，洪波淫淫之溶滴。奔扬踊而相击兮，云兴声之霈霈。猛兽惊而跳骇兮，妄奔走而驰迈。虎豹豺兕，失气恐喙。雕鹗鹰鹞，飞扬伏窜。股战胁息，安敢妄挚。于是水虫尽暴，乘渚之阳；鼋鼍鳣鲔，交积纵横，振鳞奋翼，蜲蜲蜿蜿。中阪遥望，玄木冬荣。煌煌荧荧，夺人目精。烂兮若列星，曾不可殚形。榛林郁盛，葩华覆盖，双椅垂房，纠枝还会，徙靡澹淡，随波暗蔼。东西施翼，猗狔丰沛。绿叶紫裹，丹茎白蒂。纤条悲鸣，声似竽籁。清浊相和，五变四会。感心动耳，回肠伤气。孤子寡妇，寒心酸鼻。长吏隳官，贤士失志。愁思无已，叹息垂泪。登高远望，使人心瘁。”

［注释］

(1) 惟——发语词，无实义。 (2) 大体——伟大的形象。体：形体；形象；形貌。《周易大传》：“故神无方而易无体。”又，《诗·大雅·行苇》：“方苞方体，维叶泥泥”。体，均训形。 (3) 殊——特殊；奇异。(4) 仪比——匹配比并。仪：匹配；匹，又有“比”义。《庄子·逍遥游》：“而彭祖乃今以久特闻，众人匹之，不亦悲乎！”比：比并；类比；比拟。(5) 赫——盛大；高大烜赫貌。 (6) 畴——等；相等；使相等。《后汉书·祭遵传》：“死则畴其爵邑，世无绝嗣。”李贤注：“畴，等也；言功臣死后子孙袭封，世世与先人等。”又，畴与俦通；俦，匹俦；同类；相比。(7) 道——山间道路。 (8) 互折——交互曲折。 (9) 曾(céng)累——形容山径重重叠叠，横斜曲折而上。曾通“层”，重叠。累：与“层”义同。 (10) 巉(chán)岩——高峻的山岩。巉：高大险峻貌。(11) 临——身居高处而面向低处。 (12) 阺(dǐ)——同“坻”。山的斜坡；即《说文》所谓“陵阪”。或，山旁突出的部分。 (13) 稸(xú)水——积水。稸：同“蓄”。积聚。见《集韵·一屋》：“同蓄，积也，聚也。” (14) 新霁——雨初止；初晴。 (15) 百谷——指众山谷之溪涧。 (16) 俱集——指众溪之水齐集山下。 (17) 濞(pì)——大水暴发之声。又见司马相如《上林赋》：“横流逆折，转腾潎洌，滂濞沆溉。”“滂濞”，犹“澎湃”。 (18) 汹(xiōng)汹——形容波涛汹涌翻腾。。(19) 无声——此指水波之声压过了其他一切声音，只闻水声，不闻他声。 (20) 溃——水交流貌。 (21) 淡(yǎn)淡——水平满貌。 (22) 滂(páng)洋洋——水盛大涌流貌。 (23) 四施——此指水向四面流布。 (24) 蓊(wěng)——"滃"之借。水盛大貌;水汇聚貌。 (25) 湛(zhàn)湛——水深貌。 (26) 弗止——不止,指水流不是经常平静。 (27) 长风——远风。 (28) 丽山——附着于山。丽:附着。 (29) 孤亩——孤起之陇丘。亩:此指陇,田中之高处。此处形容水波起伏犹如丘陇。按:"长风……"二句,意谓:远风吹来,波涛涌起;风助水势,波峰波谷迤逦起伏,犹如丘陇之附山。 (30) 势——水势。 (31) 薄岸——迫近崖岸;实即冲激崖岸。 (32) 隘——狭隘之处。 (33) 交引——此指水流交汇于狭隘之处,因不能畅流而折回。引:避开;此处有"折回"义。 (34) 却会——此指水流遇阻而退回,复会于上流之中。 (35) 崒(cuì)——通"萃"。萃集;此指合聚。 (36) 中怒——水中怒涛。怒:此指水势强盛。 (37) 碣石——耸峙之石山;或,特指海畔山。"崒中怒……"二句,意谓:水中的怒涛合聚起来,波峰特高;好像浮于海上而望见耸峙之石山。 (38) 砾(lì)——碎小之石。 (39) 磥(lěi)磥——同"磊磊",众石累积貌。 (40) 相摩——谓水流湍急,水石相激,众石相摩砺。 (41) 㟗(hōng)——或作"訇""硡""硧",形容声音宏大之象声词,犹今之"轰"。 (42) 磕(kē)磕——又作"礚礚",水石相击之声。"砾磥磥……"二句,意谓:水中的磊磊碎石在激流中互相撞击摩砺,㟗㟗磕磕声震云天。 (43) 巨石——大石,此指隐现于水面的大石。 (44) 溺(nì)溺——淹没。 (45) 潺灂(chánzhuó)——水流触石之声。又,《文选》李善注:"潺灂,石在水中出没之貌。"可备一说。 (46) 沫——水之泡沫,此指浪花。又,《文选》李善注曰:"沫,水高低貌。"录以备考。 (47) 潼潼——高貌。 (48) 高厉——高起。厉:作;兴:起。"巨石……"二句,意谓:大石淹没水中,时隐时现,水石相击,发出潺灂之声;潼潼的浪花高高地溅起。 (49) 澹(dàn)澹——水波动荡起伏貌。 (50) 盘纡(yū)——形容水流回旋。纡:曲折。 (51) 淫淫——水涌流貌;又,《文选·高唐赋》注:"淫淫,去远貌。" (52) 溶滴(yì)——水波荡漾貌。 (53) 奔扬——犹云"奔腾"。 (54) 踊——形容水波踊跃跳动。 (55) 相击——浪涛相击。 (56) 云——形容水势浩荡状如云涌。 (57) 兴声——作声;发出声音。兴:起;作。 (58) 霈(pèi)霈——浪涛相击声。 (59) 骇——本指马惊;此谓野兽惊扰。 (60) 妄奔走——指野兽胡乱地各处奔跑。《文选》注:"谓不觉东西漫走。"妄:胡乱地。 (61) 驰迈——疾行。迈：行进；前行；或，追逐。“猛兽惊……”二句，意谓：猛兽惊扰而跳跃骇急，漫无方向地奔跑疾驰。 (62) 犲(chái)——通“豺”，兽名，体小于狼，毛色常呈棕红，性凶残。 (63) 兕(sì)——古代犀牛类野兽名。 (64) 失气恐喙(huì)——形容野兽惊惶疲惫之状。失气：夺气，丧失勇猛之气；或，停止呼吸(屏息)。恐喙：恐惧惊惶而又疲困不堪。喙：疲困。见《诗·大雅·绵》：“惟其喙矣。”《毛传》：“喙，困也。”又见《国语·晋语》：“靡笄之役，郤献子伤，曰：‘余病喙。’”注：“喙，短气貌。”“虎豹……”二句，意谓：猛兽虎、豹、犲、兕等，都非常惊骇恐惧，失去了原来的凶猛之气，显得疲困不堪。 (65) 雕鹗(è)鹰鹞(yào)——雕：猛禽名，又有多种。鹗：鸟名，俗称“鱼鹰”。鹰：猛禽名，鹰属各种之通称。鹞：猛禽名，鹞属各种之通称。 (66) 飞扬伏窜——形容各种猛禽受惊之状，或高飞，或伏匿，或逃窜疾走。飞扬：飞起；高飞。伏窜：伏匿疾走。 (67) 股战——指股栗。 (68) 胁息——犹言“翕息”，义同“屏息”，此指由于恐惧紧张而敛缩呼吸。 (69) 挚(zhì)——“鸷”之通借，凶猛。又见梁元帝《上谷充军粮启》：“揜(掩)挚兽于貙虎。”“挚兽”即“鸷兽”，犹云“猛兽”。“雕鹗……妄挚”四句，意谓：雕、鹗、鹰、鹞等猛禽，都感到惊惶，有的高飞远扬，有的伏匿不动，有的逃窜疾走。它们双股战栗，屏气敛息，怎敢胡乱逞凶？ (70) 水虫——水中的生物，鱼、虾、龟、鳖之属。此处是以“水虫”泛称“水族”。 (71) 尽——全部；都。 (72) 暴(pù)——“曝”的古体。晒；暴露。 (73) 乘——升；登。按：此处“暴”“乘”连言，亟言各种水虫惊而登陆。 (74) 渚(zhǔ)——水中小洲。 (75) 阳——水之北为阳。 (76) 鼋(yuán)鼍(tuó)鳣(zhān)鲔(wěi)——鼋：水生动物名。亦称“绿团鱼”。鼍：水生动物名，即“扬子鳄”。鳣：龟名，又名“鳇”。鲔：鱼名，古又称“鲟”(“鱏”)。 (77) 交积——交杂地堆聚在一起。 (78) 纵横——形容水族众多横七竖八地积聚着。 (79) 翼——此谓鱼类之鳍犹如鸟类之翼。 (80) 蝼(wěi)蝼蜿蜿——曲折而行貌。 (81) 中阪(bǎn)——山坡间。阪：同“坂”，山坡。 (82) 玄木——幽深蓊郁之林木；或，幽谷中之林木。玄：幽深；幽远；高远；高。见《三国志·魏·管宁传》：“张掖郡玄川溢涌，激波奋荡，……”又见张衡《东都赋》：“阴池幽流，玄泉洌清。”以上“玄川”“玄泉”之“玄”均训“幽深”。又见《晋书·葛洪传·自序》：“假令奋翅则能陵厉玄霄，……”“玄霄”义即“高空”。准此，“玄木”，亦近乎“高木”“长林”之义。 (83) 荣——草木繁荣茂盛。“中阪……”二句，意谓：从山坡间遥望，但见遍是幽深蓊郁的林木，在冬季却仍然繁荣茂盛的生长。 (84) 煌煌荧荧——此处形容草木之花色彩鲜明。(85) 夺人目精——此指光彩耀眼炫日。目精:眼珠。见《世说新语·巧艺》:"顾长康(恺之)画人,或数年不点目精。" (86) 烂——灿烂。(87) 列星——罗列天空的星辰;群星;繁星。 (88) 曾(zēng)——乃;却。 (89) 殚 (dán)形——穷尽其形。殚:竭尽;穷尽。"煌煌荧荧,……"四句,意谓:花色鲜明,煌煌荧荧,炫目耀眼;灿烂光华,宛如天上的群星,但它却千姿百态,不能穷尽其形。按:此言列星虽能拟其灿烂,然而不可尽象其多姿多彩之形。 (90) 榛(zhēn)——树木名。果实叫榛子,近球形,可食用。 (91) 葩(pā)华——美丽的花。葩:华美;华丽;或,花。华:古"花"字。按:此处之"葩"字,应是形容词,修饰"华"(花)字。若训"葩"为"花","花华(花)"连言,则甚为不辞。 (92) 覆盖——犹云"掩映",指繁花互相遮掩衬托;或指花叶掩映。 (93) 椅(yī)——树木名,又称山桐子。 (94) 房——即"苞",种子(果实)的外皮,亦可代称果实。又见《诗·小雅·大田》:"既方既皁","方"乃"房"之省借。《郑笺》:"方,房也,谓孚甲始生未合时也。"按:孚甲即种子的外壳。 (95) 纠枝——纠结之枝;或,弯曲下垂之枝。 (96) 还会——交会;攒聚。"榛林郁盛……"四句,意谓:榛树林郁郁茂盛,美丽的花朵与绿叶互相掩映衬托;椅树也开花结果,累累枝头;纠结的树枝连理交会。 (97) 徙靡——此指风中之树,枝叶摇动,时而随风俯伏低垂。靡:mǐ。"靡靡"之省文,草木随风偃伏之状。 (98) 澹(dàn)淡——水波荡漾貌。 (99) 随波——此指树影随着水波拂动。(100) 暗蔼(ǎi)——形容树影昏暗浓密。蔼(ǎi):暗淡貌;昏昧貌;引申为浓密貌。"徙靡澹淡……"二句,意谓:树木的繁枝迎风摇曳,时而偃伏低垂,树影投在澹淡的微波之上,随着水波荡漾,浓密的树荫遮得十分暗淡。 (101) 东西施翼,猗狔(yǐnǐ)丰沛——东西:犹言四方。此以东西概南北。施翼:形容树枝像鸟翼一样展开。猗狔:同"旖旎"。本为旌旗飘扬貌;引申为柔美貌。与"婀娜"为同义词。丰沛:此指枝叶盛多貌。二句意谓:树枝向东西南北四面八方伸展,像飞鸟展翅那样,繁盛的枝叶随风而动,婀娜多姿。 (102) 紫裹——紫色的果实。裹:犹"房"。见前注。 (103) 丹茎——红色的枝蔓。 (104) 白蔕(dì)——白色的蒂。蔕:"蒂"之异体。植物的花或果与枝、茎蔓相连的部分。 (105) 纤条——树木的纤细枝条。 (106) 悲鸣——此指树木的细枝条在风中发出悲切之声。悲:悲切;又,动听。见《论衡·自纪》:"盖师旷调音,曲无不悲。"陆机《文赋》:"寤《防露》与《桑间》,又虽悲而不雅。”二“悲”字均为“动听”义。此处“悲鸣”之义，若解为“动听的鸣声”虽无不可，但因下文有“孤子寡妇，寒心酸鼻；长吏隳官，贤士失志”之句，细玩其意，将“悲”字理解为“悲切”似乎更妥。 (107) 竽(yú)——古代的一种簧管乐器。《周礼·春官·笙师》：“掌教歙(吹)竽、笙。”郑玄注引郑司农曰：“竽，三十六簧。”贾公彦疏：“竽长四尺二寸。”但由于时代不同而形制有异，如1972年长沙马王堆一号汉墓中出土的竽(明器)就是二十二管，分前后两排。 (108) 籁(lài)——古代的一种管乐器，箫属。《吕氏春秋·孝行览·遇合》：“客有以吹籁见越王者，羽角宫徵商不谬，越王不善。”《说文解字》：“籁，三孔龠也。”《风俗通·声音篇》：“龠乐之器，竹管三孔，所以和众声也。”籁，又指孔穴中发出的声音或泛指一般的声响，如云“天籁”“万籁俱寂”。按：此“籁”字当为乐器之名，与“竽”并列。若以“声”释之，则文理难通。 (109) 清浊——此指乐器发出的清越之声和重浊之声。 (110) 相和——此谓音韵和谐。 (111) 五变——《文选》李善注：“五变，五音皆变也。”按：五音，古代音乐中之音阶“宫、商、角、徵、羽”。变，“辨”之假借，义犹“正”。此指音韵纯正。或指“变徵”(徵的低半音)、“变宫”(宫的低半音)。“五变”，即谓“五音”及其“变音”，亦即古乐中之“七声”(宫、商、角、变徵、徵、羽、变宫)。 (112) 四会——与四方之乐互相融合交会。“纤条悲鸣，……”四句，意谓：树木的纤细枝条发出悲切之鸣，宛如竽、籁之声，清越的音调和重浊的音调互相谐和，五音都很纯正，又与四方之乐融合交会。 (113) 感心动耳——音调十分动听，使人心中产生强烈的共鸣。 (114) 回肠伤气——指美妙的声音能回转人肠，伤断人气。 (115) 孤子——幼而无父者，意为“孤独无依之子”。(116) 寒心——战栗、恐惧之意。 (117) 酸鼻——形容由于悲伤而鼻酸泪出。 (118) 长吏——职位尊显的官吏。《汉书·景帝纪》：“吏六百石以上皆长吏也。”颜师古注引张晏曰：“长，大也，六百石位大夫。”(119) 隳(huī)官——废失其官。隳：损毁；引申为废弃，废失。(120) 贤士——贤能之士。 (121) 失志——犹“失意”，不得志。又，《文选》李善注：“失其本志，不知所为。”“长吏隳官，贤士失志”二句，意谓：废失其官之长吏，不得志之贤士。或，长吏闻之(指“纤条悲鸣”之声)顿生隳官之忧，贤士闻之亦兴失志之悲。按：此二句既似实写，又似虚写，细味其意，当在虚实之间，故不宜读得过死，亦不可读得太活，以意会之而已。 (122) 无已——无穷尽；无止境。 (123) 瘁(cuì)——忧病；困苦。

三

“盘岸巑岏，裖陈硙硙。磐石险峻，倾崎崖隤，岩岖参差，从横相追。陬互横忤，背穴偃蹠。交加累积，重叠增益。状若砥柱，在巫山下。仰视山颠，肃何千千，炫耀虹蜺。俯视崝嵘，窐寥窈冥，不见其底，虚闻松声。倾岸洋洋，立而熊经。久而不去，足尽汗出。悠悠忽忽，怊怅自失。使人心动，无故自恐。贲育之断，不能为勇。卒愕异物，不知所出。縰縰莘莘，若生于鬼，若出于神。状似走兽，或象飞禽。谲诡奇伟，不可究陈。上至观侧，地盖底平。箕踵漫衍，芳草罗生。秋兰茝蕙，江离载菁。青荃射干，揭车苞并。薄草靡靡，联延夭夭，越香掩掩。众雀嗷嗷，雌雄相失，哀鸣相号。王雎鹂黄，正冥楚鸠，姊归思妇，垂鸡高巢，其鸣喈喈。”

[注释]

(1) 盘岸——纡回曲折的高岸(在此实指江水两岸之高山)。盘：纡回曲折。 (2) 巑岏(cuányuán)——山势高锐峻大貌。 (3) 裖(zhěn)——此谓山岩重密挺拔貌。 (4) 陈——罗列。 (5) 硙(ái)硙——山高貌，《汉书·礼乐志》：“硙硙即即，师象山则。” (6) 磐石——磐纡层叠之山石。 (7) 倾崎崖隤(tuí)——悬崖峭壁异常险峻。像要倾颓坠崩的样子。倾：倾倒。崎：不平貌。隤：坠落。“盘岸巑岏……”四句，意谓：江水两岸之高山纡回曲折，峰峦高锐磅礴，山岩重密挺拔，高高下下重重叠叠地罗列峙立，磑磑峨峨；磐纡层叠的山石，壁立千仞的悬崖，险峻无比，像要倾倒坠崩的样子。 (8) 岩岖(qū)参差(cēncī)——山崖崎岖，参差不齐。岩：山崖；或，险峻；险要。岖：与上文“崎”字为互文，义同。参差：高低不齐貌。 (9) 从横相追——形容山势纵横蜿蜒，若相追逐。从：同“纵”。 (10) 陬(zōu)——山隅；角落。 (11) 互——交互。(12) 横忤(wǔ)——横逆。捂：同“牾”。逆；不顺。 (13) 背穴偃(yǎn)蹠(zhí)——形容山岩之形貌如背脊之高隆，又有自然生成之洞穴，偃蹇屈曲，犹如践蹈之状。背：脊。偃：偃蹇，宛转屈曲貌。蹠：践；踏。 (14) 交加累积，重叠增益——此处形容山石交加积叠，更增其高。 (15) 砥柱——山名，又称底柱。《水经注》云：“砥柱，山名也。昔禹治洪水，山陵当水者凿之，故破山以通河，河水分流包山而过，山见水中若柱然，故曰砥柱也。” （16）肃——此处指山势庄肃整静。 （17）千千——“芊芊”之通假，形容山谷呈浓绿色。 （18）炫耀虹蜺（ní）——形容山高而美，如彩虹炫耀云天。 （19）崝嵘（zhēngróng）——同“峥嵘”，此指山谷幽深险峭貌。 （20）窐（wā）——同“洼”。又音 yāo。窐寥，深远貌；空深貌。 （21）窈冥（yǎomíng）——又作“窅冥”，深远难见貌。 （22）不见其底，虚闻松声——形容山高谷深，蜿蜒层叠，自峰巅俯瞰山下，不见其山脚何在，只是空闻松涛激荡。底：此谓谷底，山脚。虚：空。松声：风吹松林之声，即“松涛”。 （23）倾岸——似将倾崩之崖岸。 （24）洋洋——水势盛大貌。 （25）立——指人立危岸之上。 （26）熊经——指熊缢于树。经：缢死。《公羊传·昭公十三年》：“灵王经而死。”又，《史记·田单列传》：“遂经其颈于树枝，自奋，绝脰而死。”“倾岸洋洋……”二句，意谓：江岸高险，似欲崩坍，下有洋洋之激流，惊心动魄，人立岸上，唯恐失足，惴惴戒惧之情状，酷似熊被悬缢树上。 （27）久而不去，足尽汗出——此处形容人若久立险峻之江岸，胆颤心惊，以至全身流出冷汗，连脚下也汗流不止。 （28）悠悠忽忽——形容人心神恍惚迷惘，不知所之。悠悠：远貌。忽忽：迷惘貌。 （29）怊怅（chāochàng）——犹“惆怅”，失意貌。 （30）自失——自悲自叹，怅然若失。“悠悠忽忽……”二句，文意又进一层，由上文之戒惧转入怅恨迷惘，若有所失，但又不知失者为何。 （31）心动——心惊。 （32）无故自恐——此言无其他缘故而自感惊惧。（按：此句不言“自恐”之故，而其故自明。） （33）贲（bēn）育之断，不能为勇——意谓：孟贲、夏育那样的决断慓悍之士，面临如此险境，也不能再逞其英勇。贲：孟贲之简称。孟贲，又作孟说，战国时期的勇士、卫人。育：夏育之简称，也是战国时期卫国的勇士。（34）卒（cù）——同“猝”。突然。 （35）愕（è）——陡然惊恐。（36）异物——奇异之物。（37）不知所出——不知出自何处。“卒愕异物……”二句，意谓：突然出现异物，使人陡然一惊，而又不知它从何处来的。这是形容山岩之险巇怪异。 （38）纚（xǐ）纚——众多貌。（39）莘（shēn）莘——又作“駪駪”“侁侁”“诜诜”，众多貌。按：纚纚莘莘，形容奇异山岩之众多。 （40）若生于鬼，若出于神——极力描绘山势之奇峭怪异，非人间所有，乃出于鬼神。 （41）状似走兽，或象飞禽——此亦形容山势。 （42）谲诡（juéguǐ）——怪异；变化多端。（43）不可究陈——不可尽述其诡异。究：穷尽；终极。陈：陈述。（44）观（guàn）——楼观；楼台。此指“高唐之观”。 （45）底（zhǐ；又读

dǐ)——平。 (46) 箕踵漫衍——形容地势前阔后狭而又平坦，像簸箕之踵。踵：本指足后跟；此指箕之底部。漫衍：广平貌。 (47) 罗生——散生各处。罗：分布；排列。 (48) 兰——香草名，亦称“兰花”。(49) 茝(zhǐ)——即“白芷”，香草名。按：茝，又读 chǎi。也是一种香草。此处应读 zhǐ。 (50) 蕙(huì)——香草名，又名“蕙兰”。(51) 江离——又作“江蓠”，香草名。《本草》又有芎䓖、胡䓖、川芎等异称，并云：芎䓖叶细嫩时曰蘼芜，叶大时曰江离。 (52) 载——则。(53) 菁(jīng)——犹“菁菁”，茂盛貌。 (54) 荃(quán)——即“荪”，香草名。 (55) 射干——香草名，其花甚美。 (56) 揭车——香草名，又称“芞舆”，开白花。揭，又作“藒”。 (57) 苞并——丛生貌。(58) 薄草——即丛草。薄：《广雅·释草》：“草丛生为薄。” (59) 靡靡——此指丛草相依倚貌。 (60) 联延——犹言“绵延”。 (61) 夭夭——茂盛貌。 (62) 越香——指花草之芳香飘散升越。 (63) 掩掩——“晻晻”之假，音 ān ān。香气浓重。《广雅疏证》云：“晻，香也。重言之则曰晻晻。……宋玉《高唐赋》云：‘越香掩掩’。掩与晻通。”(64) 雀——此为鸟类之通称。 (65) 嗷(áo)嗷——哀鸣声。(66) 相失——此指失其匹偶。 (67) 相号——互相号呼、号叫。(68) 王雎(jū)——“雎鸠”之异名，俗称“鱼鹰”。雎：又作“鴡”。(69) 鹂(lí)黄——鸟名，又称“黄莺”。 (70) 楚鸠——鸟名，亦称“哔啁”。 (71) 姊归——鸟名，即“子规”，俗称“布谷鸟”。 (72) 垂鸡——未详何鸟。 (73) 高巢——指在高处筑巢。 (74) 喈(jiē)喈——鸟鸣声，犹“唧唧”。

“当年遨游，更唱迭和，赴曲随流。有方之士，羡门高溪，上成郁林，公乐聚穀。进纯牺，祷璇室，醮诸神，礼太一。传祝已具，言辞已毕。王乃乘玉舆，驷仓螭，垂旒旌，旆合谐，细大弦而雅声流，冽风过而增悲哀。于是调讴，令人惏悷憯悽，胁息增欷。于是乃纵猎者，基趾如星，传言羽猎，衔枚无声，弓弩不发，罘罕不倾，涉漭漭，驰苹苹。飞鸟未及起，走兽未及发，何节奄忽，蹄足洒血。举功先得，获车已实。”

［注释］

(1) 当年遨游——此处似指“昔者先王尝游高唐”之事，以照应前文。按:《文选》李善注:“一本云:子当千年万世遨游。未详。”此乃增字解经之说,未敢遽信。 (2) 更唱迭和(hè)——犹言“更迭唱和”,此指多人轮流替换地互相唱和。更迭:轮流替换。唱和:指歌唱(或吟咏)时此唱彼和。 (3) 赴曲随流——此乃追述“当年遨游”时行踪所至,前赴曲折隐僻的河湾,随着水流而去。曲:曲折隐僻之地,此指河曲。按:《文选》李善注:“赴曲者,鸟之哀鸣,有同歌曲,故言赴曲。随流者,随鸟类而成曲也。”此说出于臆断,终觉窒碍难通。 (4) 有方之士——方士。此指我国古代好讲神仙方术的人。方:法术。有、之:均为助词,无义。(5) 羡门高溪——方士之名,疑即羡门高誓。溪,乃“誓”之讹。《史记·秦始皇本纪》:“始皇至碣石,使燕人卢生求羡门高誓。” (6) 上成郁林——似为方士之名,出处未详。 (7) 公乐聚穀——共乐聚食于山林之间。公:共。《荀子·解蔽》:“此心术之公患也。”穀:食。《文选》李善注:“穀,食也,聚食于山阿。” (8) 进——进献;献祭。 (9) 纯牺——毛色纯一的牛、羊、豕等牺牲。《尚书·微子》:“今殷民乃攘窃神祇之牺牷牲。”孔传:“色纯曰牺。”又,《周礼·地官·牧人》:“共其牺牲。”郑注:“牺牲,毛羽完具也。”孙诒让《正义》:“祭牲必毛纯体完,牺为祭牲之专名。”按:孔、郑、孙三氏之传注,互足其义。本来,单称“牺”,已有“色纯”之含义,此处又冠以“纯”字,更加强调精选祭牲之意。(10) 祷——祭祷祈福。 (11) 璇室——以美玉、美石修饰装潢,华丽精美的宫室。璇:美玉。《山海经·中山经》:“又东北二十里曰升山……其中多璇玉。” (12) 醮(jiào)——古代一种祷神的祭礼。(13) 诸神——众神祇。 (14) 礼——敬神。 (15) 太一——古代传说中的天神。“进纯牺……”以下四句,意谓:进献纯色的祭牲,在雕饰华美、结构精巧的璇宫祈祷神灵赐福。祭祀众位神祇。敬奉天神太一。 (16) 传祝已具——巫祝传达神祇之旨意已经具陈(或完备)。传:传达;此谓巫祝代神传语。祝:古代祠庙中司祭礼的人,如“庙祝”“巫祝”“尸祝”。具:具陈;陈述;或,完备。 (17) 言辞已毕——指巫祝所传达之言辞已经完毕。 (18) 王——此指楚怀王。 (19) 玉舆(yú)——以美玉嵌饰之车。舆:本谓车箱,因即指车。 (20) 驷(sì)——古代以四匹马驾一辆车,因此称一车所驾之四马或驾四马之车为“驷”。(21) 仓螭(chī)——苍色之螭。仓:通“苍”,青色。螭:古代传说中的一种无角蛟龙。驷仓螭:是指以苍色之螭为驾车之驷,即谓以四条苍螭驾车。 (22) 垂旒(liú)旌(jīng)——悬垂着旒的旌旗。旒:同“游”旌旗下边悬垂的饰物,形似飘带。旌:古代旗的通称。 (23) 旆(pèi)——

又作“旆”。古代旗末状如燕尾的垂旒。(24)合谐——盖谓旌旗之旆迎风飘扬,舒卷合谐自如。“旆合谐”足成“垂旒旌”之文义。“王乃乘玉舆……”四句,意谓:君王于是乘着美玉装饰的华贵之车,以四条苍螭驾车。旌旗上悬垂的旒旆迎风飘扬,合谐自如。(此处极力夸张楚怀王车骑仪仗之美盛,实际上并非以苍螭驾车。不过古代尝有以龙喻马者。)(25)紬(chōu)——引。(26)大弦——古代琴、瑟等弦乐器的宫声弦。《史记·田敬仲完世家》:“夫大弦浊以春温者,君也;小弦廉折以清者,相也。”(27)雅声——古谓典雅庄重的宫廷乐曲,或泛指所谓“盛世之乐”。(28)流——流布;传扬。(29)冽(liè)风——寒风。(30)调——调和;协调:或,调换。(31)讴(ōu)——歌曲。(32)惏悷(lín lì)——悲伤貌。(33)憯悽(cǎn qī)——惨痛悲哀。憯:同“惨”。悽:同“凄”。(34)胁息——见前注。(35)增欷(céngxī)——反复地叹息不已。增:“层”之借字,重复;反复;加重;一再地。欷:叹息声;或指叹息。“紬大弦而雅声流……”五句,意谓:引大弦演奏典重优雅的宫廷乐曲,冽风吹过而增加了人们的悲伤情绪。于是又调和更伤感的歌曲,令人悲哀惨凄,屏息敛气,反复地叹息不已。(36)纵——放纵;听任。(37)猎者——此谓随从楚怀王游猎之扈从侍卫。(38)基趾——当作“棋峙”。“棋”又作“綦”,“峙”又作“跱”,“綦”与“基”、“跱”与“趾”,皆因形、音相涉而讹。棋峙:谓相持之势,如下棋时双方棋子对峙。《淮南子》高诱《叙》:“会遭兵灾,天下棋峙。”又,《三国志·魏志·梁习传》:“兵家拥众,作为寇害,更相扇动,往往綦跱。”按:此处“基趾”(棋峙)之义,乃指猎者各守其位,待机而动,犹如“棋峙”之势。(39)如星——此指猎者各据地势,分散活动,如星罗棋布。(40)传言——传令众士。(41)羽猎——此指猎者。羽,代称箭。羽猎,言士众负箭而狩猎。(或以箭代称各种狩猎之武器)(42)衔枚——古代行军袭敌或狩猎时,令军士衔枚。枚状如箸而短,横衔口中,用来禁止喧哗。(43)弓弩(nǔ)——弓:指一般的弓。弩:用机栝连续射箭的弓。(44)罘(fú)——一种捕兽的网。(45)罕——同“罕”,一那捕鸟用的长柄小网。(46)倾——覆,此指张网捕鸟兽。“弓弩不发,罘罕不倾”,意谓:未用弓弩发箭,也未张设罘罕。(而是驰猎鸟兽)(47)涉——徒步渡水。(48)漭(mǎng)漭——水广远貌。(49)驰——车马疾行;追逐。(50)苹苹——野草丛生貌;或指丛生之野草。(51)何节——此谓将帅执持符节奉命指挥狩猎活动。何:“荷”之通假,负荷,引申为执持。节:符节,是一种器物，古代授予将帅或使者，作为加重权力或证明身份的标志。(52) 奄忽——匆遽；急促。(指短时间内) (53) 蹄足洒血——指禽兽之蹄足洒血，即谓已杀伤禽兽。 (54) 举动——犹言"大功"。举：全。(55) 获车——装载猎获物的车。获：本为动词，"猎获"、"擒"，引申为猎获物(禽兽)。 (56) 实——充实，指装满。"弓弩不发"以下十句，意谓：弓弩不发箭，也不张设罘罕(罗网)，而是驰驱追逐，搏杀禽兽。涉过漭漭广远的水泽，又在丛草芊芊的山野间奔驰狩猎，飞鸟没来得及飞起，走兽没来得及奔逃，将帅持节指挥狩猎，匆遽之间，禽兽的蹄足已洒血(被杀伤)，将士们率先得到全功，装载猎物的大车已经满载。(按：以上似为赋之正文，以下则为赋之结尾。)

四

"王将欲往见，必先斋戒，差时择日，简舆玄服，建云旆，蜺为旌，翠为盖。风起雨止，千里而逝，盖发蒙，往自会，思万方，忧国害；开贤圣，辅不逮。九窍通郁，精神察滞。延年益寿千万岁。"

[注释]

(1) 王——此指襄王。 (2) 往见——往见神女。 (3) 斋戒——古人在举行祭祀或典礼之前，清心洁身，不食荤腥，以示庄敬。(4) 差(chāi)——选择。 (5) 时、日——吉时吉日。 (6) 简舆——无华丽装饰之车。简：简朴。 (7) 玄服——黑色的衣服。玄：带赤的黑色，亦即谓黑色。 (8) 建——竖立。 (9) 云旆(pèi)——云旗，以云为旗。旆：本指古代旗末状如燕尾的垂旒，此处泛指旌旗，与下句之"旌"字相对为文。 (10) 蜺——又作"霓"。虹的一种，又称雌虹、副虹。(11) 旌(jīng)——古代旗的一种，旗杆头缀旄牛尾，旗下端有五彩析羽；此处泛称旗。 (12) 翠——翡翠鸟的简称；此处又以"翠"代指翡翠鸟的美丽羽毛。 (13) 盖——车盖。 (14) 逝——往；去。(15) 发蒙——启发蒙昧，豁然贯通。《后汉书·东平宪王苍传》："心开目明，旷然发蒙。"《内经·素问》："发蒙解惑。" (16) 会——会见神女。 (17) 思万方——思及(关怀)各地的庶民百姓。万方：古指万邦、万族；又指庶民、百姓。 (18) 忧国害——忧念国家的灾难。(19) 开贤圣——启用贤圣人才任辅佐之臣。犹"选贤举能"之意。开：

启;启用;开启贤圣进仕之路。 (20) 辅不逮(dài)——指辅助君王,正其不及。逮:及;到。不逮:指谋虑言行之不及。 (21) 九窍——九孔。《周礼·天官·疾医》:“两之以九窍之变。”注:“阳窍七,阴窍二。”阳窍七,指眼、耳、鼻、口;阴窍二,指大、小便处。又,《难经·三十七难》以眼(二)、耳(二)、鼻(二孔)、口、舌、喉为九窍。古人认为九窍与人的脏腑甚至精神相关联。 (22) 通郁——开通郁气(使身心畅快)。 (23) 精神察滞(zhì)——精神舒畅,郁滞得清。察滞:清滞。察:清;明;或,理。滞:不流通。 (24) 延年益寿——延长其天年,增益其寿数。按:“延年益寿千万岁”句,是诗人对襄王的祝词。关于此赋结末一段文字:“思万方,忧国害;开贤圣,辅不逮,九窍通郁,精神察滞,延年益寿千万岁。”古今学人,见解颇有异词,或褒或贬,各执一是。要之,一说本篇结尾隐寓讽谏之意。如明人陈第云:“其末犹有深意,谓求神女与交会,不若用贤人以辅其政,福利为无穷也。”一说则认为本篇最后的文字是不伦不类的可笑的蛇足。如宋人朱熹曰:“《高唐》卒章虽有‘思万方,忧国害;开贤臣,辅不逮’之云,亦屠儿之礼佛,倡家之读《礼》耳,几何不为献笑之资,而何讽诵之有哉?”以上是较有代表性的两种说法,我们认为:《高唐赋》之卒章,行文确实显得突兀生硬些,但是也含寓讽谏之义,所以,陈第的话是有道理的。我们应实事求是,不应偏于一执。何况《高唐赋》之文字是否有夺讹之处,尚待研核考订。

[译文]

一

从前,楚襄王与宋玉同游于云梦泽的台馆,遥望名曰“高唐”的楼台。但见它的上方有一片云气,宛如险峻的高山直矗云天;忽然它又改变了容颜,顷刻之间变幻无穷。襄王问道:“这是什么云气啊?”宋玉回答说:“这就是所说的‘朝云’啊。”襄王说:“什么叫‘朝云’?”宋玉答道:“从前先王曾出游于高唐,由于疲劳倦怠,就在白天小睡,梦见一个女子,她说:‘妾是巫山之女,来做高唐之客。听说您游憩于高唐,我愿为您进身于枕席。’先王于是便十分宠爱她,与她欢合。她临去时告辞说:‘妾在巫山之南,那里有险阻的高丘。清早,我便是那美丽的朝霞;薄暮时分,我又化为飘洒的雨丝。朝朝暮暮,我常在阳台之下。’等到明朝观看了一下，果然像神女说的那样。所以，先王就为她建立了庙宇，名叫‘朝云’。”楚襄王说：“朝云初现时是什么样子呢？”宋玉回答：“她刚刚出现时，像茂盛挺拔的松树。稍微近前一点，便像容光焕发的美女。她举起翠袖遮住日光，想望她所爱慕的人。忽然又变了神色，好像驾着驷马疾驰，车上竖立着彩羽装饰的旌旗。她转眼又像寒凉的风，凄凄的雨。一会儿风停雨霁，‘朝云’不知散向何处。”楚襄王说：“寡人当今可以前去巫山的高唐一游吗？”宋玉说：“可以。”楚襄王说：“它是怎样的呢？”宋玉答道：“高峻啊，显著啊，登高而望，真是迢远无际啊。广大啊，普遍啊，万物始生于此啊。它上连青天，下视深渊，珍异奇伟，难以衡量。不可论说。”楚襄王说：“请为寡人陈述一番吧。”宋玉忙说：“是，是。”

二

“高唐的伟大形象，奇异非凡，没有什么物类堪与它匹配比并。巫山高大煊赫，无与伦比；山径交互曲折，层层叠叠，横斜委蛇。登上高峻的山岩，居高临下，俯瞰四方，临视山坡下汇聚的水潭。遇到雨后新晴，观望百谷众水齐集山下。澎湃汹涌，只闻水声不闻他声。水流交涌，淡淡平满，齐汇于大川。滂沱洋洋，向四面流布；水势蓊蓊盛大，湛湛深沉而奔流不止。长风吹来，洪波涌起，宛若附丽于山岳的孤起陇丘。波浪冲激崖岸而互相撞击，水流交汇于狭隘之处而回流复会。合聚洪水的怒涛，它的波峰特高，仿佛浮于海上而望耸峙的石山。磊磊碎石在激流中摩砺相击，礚礚磕磕声震云天。水中巨石时隐时现，水石相触瀺灂有声，潼潼的浪花高高飞溅。波涛澹澹起伏，水流曲折回旋；巨涛汹涌而动荡流逝。大水奔腾回荡踊跃冲激，其状如白云涌起，霈霈作声。猛兽惊扰骇急，无定向地疾驰狂奔。虎、豹、豺、兕都惊惶不安，丧失了固有的刚猛之气而疲困不堪。雕、鹗、鹰、鹞也非常骇恐，有的高飞远扬，有的伏匿林莽，有的逃窜疾走。它们双股战栗，屏气敛息，怎敢胡乱逞凶？于是水虫完全登上陆地，暴露于小洲之北。鼋、鼍、鳣、鲔纵横交杂地堆聚在一起，张开鳞甲，振动鳍翼，蜲蜲蜿蜿曲折而行。从山坡遥望峰峦峡谷，但见山林幽深蓊郁，在冬季依然繁荣滋长，草木之花色彩鲜明，煌煌荧荧，炫目耀眼；它又光华灿烂，像那群星闪烁；但它却千姿百态，列星也不能尽拟其形。榛树林葱郁茂盛，绚灿的花朵与绿叶衬托掩映；椅树也开花结果，垂挂枝头，纠结的树枝连理交会。树木的枝桠随风摇曳，时而偃伏低垂，树影婆娑投入淡淡的微波之上，随波荡漾的浓密树荫遮得水面十分暗淡。树枝向四方伸展，像飞鸟振翼，迎风而动，婀娜多姿。葱翠的叶子，紫色的果子，丹红的茎蔓，白白的果蒂。纤细的枝条发出悲切的鸣声，犹如竽和籁的音调，清越高扬之音与重浊浑厚之音互相谐和，五音纯正，好像与四方之乐融合交汇。它非常动听，使人心情激动，产生强烈的共鸣；它能使人柔肠九转，使人神伤气短。孤子、寡妇闻之，心灵震颤，鼻酸泪下；废官之长吏、失志之贤士闻之，愁思绵绵，叹息垂涕。登上高山远望，令人心中无限忧伤。

江水两岸高山耸峙，纡回曲折；峰峦高锐磅礴，山岩重密挺拔，层层罗列峙立，其势硙硙峨峨；积叠峻拔的山石，壁立千仞的悬崖，奇险森严，大有倾颓坠崩之势。崎岖的崖壁参差不齐，山势纵横蜿蜒，若相追逐。山隅交互横逆，山脊高隆，洞穴幽深，偃蹇屈曲，犹如践蹈欹斜之态。岩石交加累积，重重叠叠愈增其高；山势突兀孤特，宛如砥柱山。峙立于巫山之下。仰望山巅，庄肃整静的山峦溪谷葱绿芊芊，山峰高峻壮美，好像彩虹炫耀云天。又从山上俯瞰峥嵘的山谷，空阔幽深，窈冥难测，不见其底，空闻松涛洋洋盈耳。崖岸倾仄欲坠，下有流水激荡。人立危岸之上，唯恐失足，顿生熊缢于树之惊惧。久立此处，胆战心惊，以至足跟渗出冷汗。心情恍惚迷惘，悠悠忽忽，惆怅自悲，若有所失。使人心中悸动不宁，无故自恐。即便像孟贲、夏育那样的决断慓悍之士，身临此境，也不能逞其勇武。突然惊愕异物的出现，不知它从何而出。縰縰莘莘十分众多的奇异山岩，宛若出自鬼斧神工。有的形如走兽，有的状似飞禽，谲诡怪异，奇伟无比，实在难以尽述其详。向上到达台观之侧，地势平缓，好似簸箕底部那样广平。芳草嘉卉散生其地，有秋兰、白芷、香蕙、江离，十分葱茂；又有香荪、射干、揭车，密密丛生；还有其他丛草，也都互相依倚，连绵无际，非常美盛。它们芬芳馣馣，升越飘散。在这险巇幽冥的山林，无数鸟雀嗷嗷悲啼，雌雄相失，哀号着寻觅匹偶。王雎、黄莺、楚鸠、子规，栖集其间；垂鸡在高处营巢，鸣声喈喈。”

三

“当年先王遨游山川，随侍者轮流更迭地唱和酬答。信步而行，前赴曲折隐僻的河湾，又顺着水流而去。方士羡门高誓、上成郁林，聚食于山林之间共同娱乐。他们又进献毛色纯一的祭牲，在那构筑宏丽、雕饰华美的璇宫祭祷，敬祀天神太一及众位神祇。巫祝已经完全传达神灵的意旨，言辞已毕。先王于是乘着以美玉嵌饰的华贵大车，用苍螭作驾车的驷马；旌旗上悬垂着旒旆，迎风飘扬，合谐自如；引大弦演奏典雅的宫廷乐曲；寒风吹来，增加了人们的悲哀情绪。接着又转换更伤感的曲调，令人惨凄惋伤，屏息静默，反复喟叹不已。于是放纵猎手们在山野打猎，他们各守其位，伺机行动，犹如星罗棋布，互相对峙。又传令士众衔枚于口，噤然无声。弓弩不轻发箭矢，也不乱设罗网。徒步渡过漭漭的大泽，又驰驱于芊芊的草丛，禽兽未及飞起，野兽未及奔逃，将帅持节指挥狩猎，匆遽之间，禽兽的蹄足便已受伤流血。人们要争先得到大功，转瞬间大车上已装满猎获的野物。”

四

“君王若想往见神女，必先斋戒沐浴，清心洁身，择定吉日良辰，乘着朴素无华的车子，穿着黑色的衣服，车上竖着云霓的旌旗，车盖装饰着翡翠鸟的翎羽。清风徐来，雨过天晴。不远千里前往神山，顿时心开目明，豁然发蒙，自去会见神女。假如君王关怀万方之民，心忧邦国之难，开启圣贤进仕报国之路，让他们辅佐君王，匡正不逮。这样就使九窍开郁，精神爽朗，滞气尽清。延年益寿千万岁。”

神女赋

题解

本篇与《高唐赋》蝉联相属，共叙巫山神女之事，可称为姊妹篇。它与《高唐赋》相似，开头有一段客主问答的文字，具有“序以建言，首引情本”作用，这也是它的“序”。《高唐赋》的“序”主要是宋玉向楚襄王追述楚怀王梦会神女的故事；本篇却是宋玉向楚襄王叙说自己梦遇神女的情形，二者略有异同。

关于本篇的人称问题，向有争议。不过，宋人沈括及明人张凤翼、陈第的说法比较近理；细绎原文，也能寻出明确的内证。沈括云：“……以此考之，则‘其夜王寝，果梦与神女遇’者，王字乃玉字耳。‘明日以白玉’者，‘以白王’也。王与玉字误书之耳。前日梦神女者，怀王也；其夜梦神女者，宋玉也。襄王无预焉，从来枉受其名耳。”张凤翼云：“此乃玉梦，非王梦也。旧作王梦，则于下‘若此盛矣’处不通。且‘白’字应体贴未有君白臣之理。”陈第曰：“愚谓‘白’字‘对’字俱不应属之君，张之言是也。”以上古人的辨证，确凿可信。愚意不仅“序”文中的“玉”“王”字多有互讹之处，而且正文中亦有错讹，如“王览其状，其状峨峨”句中的“王”字，当作“玉”字，文义始能贯通。

赋的正文，以色彩绚烂的笔触描述神女超尘绝世的姣丽容貌；尤其着力描绘神女的明眸、蛾眉、朱唇之美，以及端庄娴静的风度，婆娑绰约的仪态；又细腻地叙写神女“意似近而既远，若将来而复旋”的意绪；并且也突出地写了神女自珍自持、不可干犯的贞洁庄肃；最后刻画神女“目略微眄，精彩相授……意离未绝，神心怖覆”的微妙心理变化。当宋玉在梦中挽留她时，神女却坚决离去。正文至此，自然而止，回味无穷。

赋的结尾，宋玉自述梦醒后“颠倒失据……惆怅垂涕，求之达曙”的情态。既表现了他对神女的爱慕怀思之情，也隐约地透露着作者对楚襄王的微讽之意。表面写神女可爱而不可求，实则对楚襄王欲见神女的妄想进行谲谏。陈第云：“彼（按：指《登徒子好色赋》）之讽在词中，此（按：即《神女赋》）之讽在词之表。或问：‘何以？’曰：‘楚襄王闻先王之梦巫山神女也，徘徊眷顾，亦冀与之遇，玉乃托梦告之，意谓佳丽而不亲，薄怒而不犯，亟去而不可留……王之妄念可以解矣。'"又云："玉之辞诚婉，而其意诚规。……宋玉之作，纤丽而新，悲痛而婉，体制颇沿于其师，讽谏有补于其国，亦屈原之流亚也。"陈说是极。

这篇作品多用韵语，句式也参差历落，运用自如；在描绘神女仪态之处，造语尤为雅丽精工，惟妙惟肖，栩栩如生。写神女可遇而不可犯之情志，亦虚亦实，辞巧义密，兴寄隽永。《高唐》《神女》两篇的体格文藻，实为汉代闳侈丽衍之赋的滥觞。我们从《子虚》《上林》诸赋中，不难寻得消息。

原文及注释

一

楚襄王与宋玉游于云梦之浦，使玉赋高唐之事。其夜玉寝，果梦与神女遇，其状甚丽，玉异之。明日，以白王。王曰："其梦若何？"玉曰："晡夕之后，精神怳忽，若有所喜，纷纷扰扰，未知何意。目色仿佛，乍若有记。见一妇人，状甚奇异。寐而梦之，寤不自识。罔兮不乐，怅然失志。于是抚心定气，复见所梦。"王曰："状何如也？"玉曰："茂矣，美矣，诸好备矣；盛矣，丽矣，难测究矣。上古既无，世所未见。瓌姿玮态，不可胜赞。其始来也，耀乎若白日初出照屋梁；其少进也，皎若明月舒其光。须臾之间，美貌横生，烨乎如华，温乎如莹。五色并驰，不可殚形，详而视之，夺人目精。其盛饰也，则罗纨绮缋盛文章，极服妙采照万方。振绣衣，被袿裳，襛不短，纤不长，步裔裔兮曜殿堂。忽兮改容，婉若游龙乘云翔。嫷被服，侻薄装，沐兰泽，含若芳，性和适，宜侍旁，顺序卑，调心肠。"王曰："若此盛矣，试为寡人赋之。"玉曰："唯，唯。"

［注释］

(1) 浦(pǔ)——水滨。按：此处"云梦之浦"与《高唐赋》"云梦之台”实指一地。 (2) 使玉赋高唐之事——详见《高唐赋》。 (3) 其夜——指“赋高唐之事”的那一夜间。 (4) 玉寝(qǐn)——《文选》作“王寝”,“王”乃“玉”字之讹,下文中“王异之”、“以白玉”、“玉曰”、“王曰”、“王览其状”,均有“玉”、“王”互讹之处,详见本篇“题解”。寝:睡;卧。 (5) 果——果然。 (6) 遇——此指不期而会。 (7) 异——惊异。 (8) 晡(bǔ)——黄昏时。 (9) 怳忽——又作“恍惚”(异体字),神思不定貌。 (10) 纷纷扰扰——此处形容心情纷乱貌。(11) 未知何意——不知缘何如此欣喜。(由此导入下文梦遇神女之事。“未知何意”句,正是引起悬念之词。) (12) 目色——视力。(13) 仿佛——此指不真切;不清晰。 (14) 乍(zhà)——初,此指初见神女时。 (15) 记——记忆;印象。 (16) 妇人——指神女。(17) 状甚奇异——此处只泛言总的印象。 (18) 寐(mèi)——睡眠。(19) 寤(wù)——睡醒。 (20) 不自识(zhì)——自己也记不清楚;自己也不明白是怎么回事。识:“志”之借,记住。又可作“认识”、“了解”、“明白”解。 (21) 罔(wǎng)——“惘”之省文。失意貌。 (22) 怅(chàng)然——遗憾、失意貌。 (23) 失志——失意;不遂心愿。(24) 抚心定气——安心定气;平心静气。抚:安定。 (25) 所梦——梦中所见的神女。 (26) 茂美——秀美。茂:秀。 (27) 诸好——各方面冶容美质。 (28) 备——具备;完全。 (29) 盛丽——美丽。盛:美。按:“茂矣美矣”、“盛矣丽矣”句,以助词“矣”字加在“茂”和“美”、“盛”和“丽”诸形容词之间,以形成拖长的、间隔的音节,不仅增强了表情达意作用,而且也增强了音乐美。 (30) 测——测量;推想。(31) 究——彻底推求。 (32) 世——此指当世。 (33) 瓌(guī)姿玮态——卓异的姿态。瓌:“瑰”之异文。瑰玮:卓异。 (34) 胜赞——尽赞其瑰玮的姿态。胜:尽。赞:称美。 (35) 其——指神女,犹现代汉语中的“她”。 (36) 耀——光耀;光辉。 (37) 白日——明亮的太阳。按:“白日”与下文之“明月”均为“容光焕发”的比况之词。(38) 少进——稍微向前一些。 (39) 皎——jiǎo。洁白光明。明月——与上文之“白日”相对为文。 (40) 舒——舒散;散发。(41) 须臾——片刻;一会儿。 (42) 横生——横逸而出,充分表露出来。 (43) 烨(yè)——光辉灿烂貌;此指花的绚烂。 (44) 华——古“花”字。 (45) 温——温润,指人的风度、言谈举止温和柔顺。(46) 莹(yíng)——似玉的美石。 (47) 五色——统称各种色彩。(48) 驰——施;用。(49) 殚(dān)形——穷尽其形。殚:穷尽;竭尽。

形:形貌;形象。“五色并驰”二句,意谓:各种色彩并用,也不能完美地描绘出她(神女)的美貌。(50)详——仔细;周遍。 (51)夺人目精——此指光彩耀眼炫目。详见《高唐赋》注。 (52)盛饰——盛多而美好的服饰。盛:丰足;盛多;美。 (53)罗——古代丝织物名。质地较薄、较滑爽。 (54)纨(wán)——古代丝织物名,质地细致洁白而薄。 (55)绮(qǐ)——古代有花纹的丝织物名。 (56)缋(huì)——古代丝织物名,是指丝织物的首尾部分,又称机头。段玉裁云:“机头可用系物及饰物。”《急就篇》注:“缋,絛组之属,似纂而色赤。” (57)文章——错综华美的色彩或花纹。 (58)极服妙采——最高贵的服饰,最美妙的色彩花纹。采:通“彩”。 (59)万方——泛指四面八方;各方各处。 (60)振——通“整”,整顿。 (61)绣衣——彩绣之衣。(62)被(pī)——同“披”。此指穿着。(63)袿(guī)——古代妇女的上衣。 (64)裳(cháng)——古代下身的衣服;裙。“振绣衣,被袿裳”,意谓:整顿彩绣之衣,穿着上衣及下装。 (65)襛(nóng)——衣厚貌。(66)不短——此指身材不显短粗。 (67)纤——细小,此指衣服窄小。 (68)不长——此指身材不显瘦长。“襛不短,纤不长”,意谓:她穿着厚重的衣服,身段并不显得短粗;穿着窄紧的衣服,身段也不显得细长。(形容身材匀称优美) (69)裔裔(yì)——步履袅娜貌。(70)曜(yào)——照耀。 (71)殿堂——古代泛指高大的堂屋;后来才专指帝王所居或举行祭典之所。 (72)改容——此谓改变容态。(73)婉——柔美貌。 (74)游龙——游动的龙。比喻体态柔美婀娜。(75)乘云——驾着云。 (76)翔——飞舞。 (77)嫷(tuǒ)——美。(78)被(pī)服——罩在外面的衣服。被:通“披”。覆盖。 (79)侻(tuō)——适宜;称身可体。 (80)薄装——单薄轻柔的衣裳。(81)沐——洗头发。 (82)兰泽——《文选》李善注:“以兰浸油泽以涂头。”即含有香味的润发油。 (83)若芳——香草杜若的芬芳。若:杜若之省称。又见《九歌·云中君》:“华采衣兮若英。”王逸注:“衣五采华衣,饰以杜若之英。”若英,杜若之英。若芳,杜若之芳。文例正同。(84)性和适——性情温和顺适。 (85)宜侍旁——宜于随侍君王身边。 (86)顺序——和谐:适宜,合于次第。《魏书·高宗纪》兴安二年诏“然即位以来,百姓晏安,风雨顺序,边方无事……”又,《嵇中散集》二《琴赋》:“穆温柔以怡怿,婉顺叙而委蛇。”按:“叙”同“序”。(87)卑——柔弱;谦恭。 (88)调——调和;调理。 (89)心肠——心思;心绪。张籍《学仙》诗:“勤劳不能成,疑虑积心肠。” (90)若此盛矣——如此之美盛啊！

二

“夫何神女之姣丽兮，含阴阳之渥饰。被华藻之可好兮，若翡翠之奋翼。其象无双，其美无极。毛嫱障袂，不足程式；西施掩面，比之无色。近之既妖，远之有望。骨法多奇，应君之相。视之盈目，孰者克尚？私心独悦，乐之无量。交希恩疏，不可尽畅。他人莫睹，玉览其状，其状峨峨，何可极言！貌丰盈以庄姝兮，苞温润之玉颜。眸子炯其精朗兮，瞭多美而可观。眉联娟以蛾扬兮，朱唇的其若丹。素质干之醲实兮，志解泰而体闲。既姽婳于幽静兮，又婆娑乎人间。宜高殿以广意兮，翼放纵而绰宽。动雾縠以徐步兮，拂墀声之珊珊。望余帷而延视兮，若流波之将澜。奋长袖以正衽兮，立踯躅而不安。淡清静其愔嫕兮，性沉详而不烦。时容与以微动兮，志未可乎得原。意似近而既远兮，若将来而复旋。褰余帱而请御兮，愿尽心之惓惓。怀贞亮之絜清兮，卒与我兮相难。陈嘉辞而云对兮，吐芬芳其若兰。精交接以来往兮，心凯康以乐欢。神独亨而未结兮，魂茕茕以无端。含然诺其不分兮，喟扬音而哀叹。頩薄怒以自持兮，曾不可乎犯干。于是摇珮饰，鸣玉鸾，整衣服，敛容颜，顾女师，命太傅。欢情未接，将辞而去。迁延引身，不可亲附。似逝未行，中若相首。目略微眄，精彩相授。志态横出，不可胜记。意离未绝，神心怖覆。礼不遑讫，辞不及究。愿假须臾，神女称遽。”

［注释］

（1）姣（jiāo）丽——美丽。姣：美好。（2）阴阳——古人将阴阳看作自然界两种对立的物质势力，并以此来说明自然现象的变化。《易·系辞下》：“阴阳合德，而刚柔有体。”（3）渥（wò）——厚美；优厚。（4）饰——修饰；整治。“夫何神女之姣丽兮……”二句，意谓：神女何其姣美啊，蕴含着天地阴阳厚美的修饰之妙。（5）被——穿着。（6）华藻——此谓有华美藻饰的衣服。藻：藻饰。以美丽的花纹色彩加以装饰。（7）可好——合适美好。可：适宜；合适。（8）翡翠——鸟名。羽毛有蓝、绿、赤、棕等色，嘴和足呈珊瑚红色，有蓝翡翠、赤翡翠等多种。 (9)奋翼——振翅飞翔。“被华藻之可好兮……”二句意谓:穿着藻饰华美的衣服,好像翡翠鸟展翅飞翔。 (10)象——相貌。 (11)极——穷尽;终极。 (12)毛嫱(qiáng)——古代美女的名字。《庄子·齐物论》:“毛嫱、丽姬,人之所美也。”释文:“毛嫱,古美人,一曰越王美姬也。” (13)障——遮掩。 (14)袂(mèi)——衣袖。 (15)程式——法式;衡量的规程。 (16)西施——春秋时期越国的美女之名。亦作先施。据《吴越春秋》记载:西施乃苎萝山卖薪者之女。越王勾践为吴所败,退守会稽。知吴王夫差好色,欲献美女以乱其政。后得西施与郑旦,经过三年的培养,使范蠡献之于吴王夫差。吴王大悦,果迷惑忘政,终为越所灭。 (17)比之无色——西施与巫山神女相比,便显得没有姿色了。“毛嫱障袂……”以下四句,意谓:古代的美女毛嫱张袖弄姿,与神女比较,就不足为美女的法式了;美女西施掩面含羞,比起神女来,也显得没有姿色了。 (18)妖——妖艳;妩媚。 (19)有望——有宜远望之美。 (20)骨法——旧时相士称人的骨相特征为“骨法”,即指人的骨骼相貌。 (21)多奇——非常奇特(高贵)。 (22)应——适合;相应。 (23)君——此处是对神女的尊敬之称,意为“女君”。 (24)相——貌相。“骨法多奇,应君之相”:神女的骨法非常奇特,合于尊贵的女君之貌相。 (25)视之盈目——意谓:满目看到众多美女。盈:满。 (26)孰者——谁人。 (27)克——能。 (28)尚——超过。 (29)私——私爱;偏爱 (30)独悦——独自欣悦。 (31)乐之无量——其乐无穷。 (32)交希——接触的机会稀少。交:接触;交接。希:稀少。《晋书·乐志下》:“深池旷,鱼独希。” (33)恩疏——恩爱渐渐疏远。恩:有情义。疏:疏远;稀。 (34)尽畅——尽情畅快。畅:舒畅;畅快。“私心独悦”以下四句,意谓:神女私爱之心独有其欣悦,其乐无穷。与私爱之人交接很少,恩爱渐疏,不能尽情欢畅。 (35)他人莫睹——其他的人未能看到她(神女)。睹:视。 (36)玉——《文选》作“王”,乃“玉”字之讹。 (37)览——观看。 (38)其状——她(神女)的状貌。 (39)峨峨——仪容端庄静美貌。 (40)极言——尽情说出。极:穷尽。 (41)丰盈——丰满。盈:满。 (42)庄——庄重;庄严。 (43)姝(shū)——美好。 (44)苞——本指草木丛生,茂盛貌;此处形容神女盛年之美。 (45)温润之玉颜——指神女有温润如玉之画容。颜:面容;脸色。 (46)眸子——瞳人。 (47)炯(jiǒng)——又作“颎”。光明;明亮。 (48)精——明朗;清明。《史记·天官书》:“天精而见景星”。(49)瞭(liǎo)——眼珠明亮。(50)联娟——同“连娟”,眉微曲貌。又见曹植《洛神赋》:“云髻峨峨,修眉联娟。”(51)以——犹“而”。(52)蛾扬——蛾眉上扬(微向上挑)。形容美人笑貌。梁《昭明太子集》—《铜博山香炉赋》:“齐姬合欢而流盼,燕女巧笑而蛾扬。”(蛾眉:形容女子的眉毛又长又弯,像蚕蛾的触须那样美。)(53)朱——朱红色。(54)的——鲜明。(55)丹——丹砂。俗称朱砂。(56)素——通“愫”。本心;真情。(57)质——质朴;朴实。(58)干——“幹”之简化字。正。《广雅·释诂》:“幹,正也。”(59)醲——借作“浓”,厚。(60)志——意志;情志。(61)解——解散;或借作“懈”,松弛。(62)泰——泰然;安然。《文选》李善注:“言志操解散,奢泰多闲,不急躁也。”(63)体闲——一身清闲。闲:悠闲自得。(64)姽婳(guǐ huà)——文静美好。(65)幽静——指幽静的深山之中。(66)婆娑(pó suō)——徘徊;李善注云:“婆娑,犹盘姗也。”按:“既姽婳于幽静兮,又婆娑乎人间”二句,是将神女写成亦神亦人的精灵。既是缥缈神秘的,又是可观可感的。(67)宜——适宜;合宜。高殿:《中文大辞典》:“高殿,高大之殿也。……梁昭明太子《饯庚仲容》诗:‘未若樊林华,置酒临高殿。’”(68)广志——放宽其心志;宽慰其心志。(69)翼——“翼翼”之省文,本为鸟飞貌,此处引申为放纵自如貌。(70)绰宽——舒缓宽裕。(71)雾縠(hú)——薄如云雾的绉纱。縠:绉纱一类的丝织品。(72)徐步——缓步而行。(73)拂——此指拂拭;掠过;擦过。(74)墀(chí)——台阶;或阶面。(75)珊珊——犹“沙沙”,此处是形容雾縠之衣擦过台阶时发出的细微声音。(76)望——此指神女凝望。(77)余——宋玉自称。(78)帷(wéi)——帐幔。(79)延视——久久地凝视。(80)流波——流水。此处比喻流转的眼波。(81)将澜——将成波澜。(82)奋——振;扬起。(83)正衽(rèn)——整好衣襟。衽:衣襟。(84)踯躅(zhí zhú)——徘徊不进貌。(85)澹(dàn)——安静貌。(86)愔(yīn)——安静和悦貌。(87)嫕(yì)——和蔼可亲貌。李善注:“嫕,淑善也。”(88)性——性情。(89)沉详——沉静安详。(90)不烦——不浮躁。(91)容与——闲暇自得貌。(92)微——隐微;节制。《礼记·檀弓下》:“礼有微情者。”微情,指节制感情。(93)动——举动;举止。(94)志——心志;心意。(95)原——推求;察究。或,根本。“时容与以微动兮……”二句,意谓:时时表现得悠闲自得,举动有节制;她的心意是不能察究的。(96)意——意欲;意念。 (97)将——欲;打算。《左传·隐公元年》:"君将若之何?"又,《论语·八佾》:"天将以夫子为木铎。" (98)旋——归;还。"意似近而既远兮……"二句,意谓:她的意欲好似近前而又远去,好像要来而又返回。 (99)褰(qiān)——掀起;揭起。 (100)余——宋玉自称。(101)帱(chóu)——床帐。 (102)御——侍奉;或,奉进。 (103)惓(quán)惓——同"拳拳"。诚恳、深切之意。 (104)贞——坚贞;有节操。 (105)亮——正直;坦白;诚信。(106)絜清——纯洁清白。絜:同"洁"。 (107)卒——终于;始终。 (108)难(hàn)——拒斥。《尚书·舜典》:"而难任人。"孔安国传:"任,佞;难,拒也。佞人斥远之。"(109)陈——陈述。 (110)嘉辞——美善的言辞。 (111)云——言说。 (112)对——应对;应答。 (113)吐芬芳——形容神女说话时吐出芬芳之气;或,比喻嘉美的言词若有芬芳。 (114)兰——香草名。又称"兰花"。 (115)精——神;精神;心灵。 (116)交接——接遇;相交;相接触。 (117)来往——交际往来。 (118)凯——和乐。(119)乐欢——"欢乐"之倒文。"精交接以来往兮……"二句,意谓:彼此神交而心灵交际往来,心中和乐康宁,无限欢快。 (120)神——精神,与上文"精"字为互文。 (121)亨——通达;顺遂。 (122)结——"结言"之省文。结言:口头订盟结誓,在此指男女定情之盟。见《公羊传》桓三年:"古者不盟,结言而退。"又见《楚辞·离骚》:"解佩纕以结言兮,吾令蹇修以为理。"按:结,又可训为"固结"之义。 (123)魂——心魂;心灵;梦魂。《文苑英华》五九八唐许敬宗《谢敕书表》:"引领天庭,望丹霄而结恋;驰魂魏阙,惧黄落而长违。"又,《楚辞·九章·抽思》:"惟郢路之辽远兮,魂一夕而九逝。" (124)茕茕(qióng)——孤独无依貌。 (125)无端——没有端绪。此处形容心绪烦乱,或无所凭依。"神独亨而未结兮……"二句,意谓:精神相通达,却未能结言订盟;心灵茕茕孤独而无端绪。 (126)含——心含;怀着;怀藏。杜甫《赠王二十四侍御契四十韵》:"会面嗟黧黑,含凄话苦辛。" (127)然诺——许诺;应许。《史记·张耳传》:"此固赵国立名义,名义,不侵为然诺者也。"又,《后汉书·申屠刚传》:"布衣相与,尚有没身不负然诺之信。"(128)分(fèn)——满意;快意;甘愿。《文选》曹植《上责躬应诏诗表》:"自分黄耇,永无执珪之望。"又,杨万里《夜泊平望终夕不寐三首》:"不分两窗窗外月,如何不为别人明。"又,葛胜仲《浣溪沙·赏芍药》词:"不分与花为近侍。" (129)喟(kuì)——叹息。 (130)扬音——犹"扬声"。高声。《晏子·谏》上:"兑上丰下,倨身而扬声。" (131)哀叹——悲伤地叹息。 (132)頩(pīng)——美好貌;敛容貌。《楚辞·远游》:"玉色頩以脕颜兮。"王逸注:"面目光泽,以鲜好也。脕,一作艳,一作曼。"《方言》:"頩……敛容也。"洪兴祖《楚辞补注》:"頩,美貌。一曰敛容。"《玉篇》引《楚辞》:"玉色頩以脕脆颜。"今《远游》作"頩"。段玉裁云:"頩与艵同也。"又,雷浚《说文外编》:"《说文》无頩字,《玉篇》頩下引《楚辞》作'玉色艵',知'艵'即'頩'字。" (133)薄——轻;微。(134)自持——自我矜持。 (135)曾(zēng)——乃;却。 (136)犯干——冒犯;冲犯。"含然诺其不分兮……"四句,意谓:虽然神女心中怀着"允诺"之意,但是她并不称心;于是长声哀叹。她收敛薄怒之容而自我矜持,乃是不可干犯的。 (137)摇——摇曳。 (138)珮饰——身上佩带的各种饰物(玉佩等)。珮:同"佩"。 (139)鸣——鸣响。(140)玉鸾——美玉制的铃。"鸾"通"銮",本指古代的一种车铃,如"和鸾雍雍"(《诗·小雅·蓼萧》);也指其他的铃,如"执其鸾刀"(《诗·小雅·信南山》),即刀上的铃。崔豹《古今注·舆服》:"鸾口衔铃,故谓之鸾(銮)铃。今或为銮,或为鸾,事一而义异也。"按:所以称为鸾铃,亦有铃声像鸾鸟和鸣之义。 (141)整衣服——严妆之义。指穿戴得整齐周全。 (142)敛容颜——收敛容颜。形容神女端庄自持。(143)顾——顾问。 (144)女师——古代教女子以妇德、妇言、妇容、妇功之老年妇人。 (145)命——使令。 (146)太傅——《汉书音义》:"妇人年五十无子者为傅。"按:此"太傅"并非位列三公者。"于是摇珮饰……"以下六句,意谓:于是神女在行步时佩饰摇曳,玉鸾和鸣。她认真整装,穿戴齐全。又收敛容颜,矜庄自持;顾问女师,使令太傅,准备动身离去。 (147)欢情——欢爱之情。 (148)接——交接。(149)将——欲;打算。 (150)迁延——退却。《左传》襄公十四年:"乃命大还,晋人谓之迁延之役。"杜预注:"迁延,却退也。" (151)引身——动身;抽身。又见韩愈《昌黎集》外集十《顺宗实录》五:"岂可如自毁坏,摆袖引身而去。" (152)亲附——亲近。 (153)逝——往;去。 (154)中——内心。《史记·韩长孺列传》:"壶遂之深中隐厚。"(155)首(shòu)——向;引申为向往,思慕。《礼·玉藻》:"君子之居恒当户,寝恒东首。"又,《广雅·释诂》:"首,向也。面向为面,首向为首。《礼》言东西面、南北面,及北首、东首皆是也。""似逝未行"二句,意谓:意似离去而却未行,内心若相思慕。 (156)眄(miǎn)——斜视。(157)精彩——神采。又见曾巩《元丰类稿》二《上人》诗:"瑶魁精彩浮苍龙,江城四面生春风。" (158)相授——互相授受;彼此交接(此指神采交会,以神采传情)。 (159)志态——犹“意态”。指心意所趋及仪态。 (160)横出——洋溢而出,表露无遗。 (161)记——记述。“目略微眄……”以下四句,意谓:神女的眼睛稍微向这边斜视,她顾盼之间,与我神采互相授受,心心相印,意态洋溢而生深情,是不胜记述的。(162)意——心意;意向。 (163)绝——绝情;断绝;离绝。 (164)神心——“心神”之倒文。 (165)怖覆——指神女有深情而又自持,欲结言欢合而又惶恐不宁,同时因为欲离绝而又难舍,所以产生了“恐怖”心理,方寸已乱,反覆倾动,不知如何是好。覆:反覆(翻覆);倾覆;倾动。《文选·班固〈西都赋〉》:“草木涂地,山渊反覆。”李善注:“反覆,犹倾动也。”按:此处“怖覆”二字,并非指神女感情变化无常,三心二意;乃是形容她在神交意接之间,若即若离的复杂、矛盾心理。 (166)礼——此指互相表达敬爱之意的礼仪。 (167)不遑——不暇,犹言“来不及”“顾不得”。遑:暇。 (168)讫——终了;完毕。(169)辞——此指互通款曲之言辞。 (170)不及——与“不遑”为互文。 (171)究——终极;穷尽。 (171)假——借;此处亦有“利用”之义。 (173)须臾——片刻。按:“愿假须臾”一语,乃宋玉向神女陈情之辞。 (174)称——声言;声明;自我表述。 (175)遽(jù)——惶恐;窘急。《世说新语·雅量》:“谢太傅盘桓东山时,与孙兴公诸人泛海戏,风起浪涌,孙、王诸人色并遽。”又,《文选·张平子〈西京赋〉》:“百禽悽遽,騤瞿奔触。”按:此“遽”字,《文选》李善注曰:“遽,急也。言去不住也。”李善所云“去不住”,乃引申之意。至于以“急”释“遽”,也应理解为“心情窘急”,而不是“去得急”。

三

“徊肠伤气,颠倒失据。闇然而暝,忽不知处。情独私怀,谁者可语。惆怅垂涕,求之至曙。”

[注释]

(1) 徊肠伤气——参见《高唐赋》“回肠伤气”注。徊:通“迴”“回”。此指神女离去之后,宋玉顿感怆怳凄凉,回转柔肠,伤断其气。(2) 颠倒失据——神魂颠倒,意绪错乱,无所凭依。形容宋玉慕求神女而未得的复杂情绪。 (3) 闇然——同“黯然”,暗淡昏黑貌。(4) 暝——日暮;夜晚。 (5) 忽——“忽忽”之省文。恍惚失意貌;心中空虚貌。(6) 不知处——不知身在何处；或，不知何以自处。“闇然而瞑，忽不知处”二句，意谓：暗淡昏黑，而渐至夜晚时分，心中恍惚失意，不知身在何处。（此处以“闇然而瞑”之天色映衬诗人凄惋惆怅之情） (7) 情——衷情。 (8) 独——唯独；独独地；或，暗自。(9) 私——偏爱；私阿。 (10) 怀——怀恋；思念。 (11) 语——言说；诉说。 (12) 惆怅——因失望或失意而哀伤。(13) 垂涕——垂泪。 (14) 求——慕求；寻求。 (15) 至曙——此指自前夜至明朝。曙：破晓；日出时。此处以“求之至曙”强调“神女可慕而不可求”，借以微讽谲谏襄王放弃慕求神女之侈想。

［译文］

一

楚襄王和宋玉同游于云梦泽的水滨，楚襄王让宋玉陈述高唐神女之事。就在那天夜间，宋玉睡眠时，果然在梦中与神女不期而遇。她那容貌非常秀丽，使宋玉惊异万分。第二天，宋玉将做梦的事禀告襄王，襄王说：“那梦中的情形如何?”宋玉答道：“黄昏之后，我精神恍惚，感到像有什么喜事，纷纷扰扰地不知为何这样心思不定。当时，我视力模糊，看不分明。乍入梦境，好像还有些记忆。我看到一位女子，形貌甚为奇异。睡眠时梦着她；醒来后，自己却又记不清楚。我心中惘惘不乐，怅然失意。平心静气地默想着，于是又梦见那位神女。”襄王问道：“她是什么样子呢?”宋玉说：“秀美啊，秀美啊，各方面的美质丽容皆备于一身；美丽啊，美丽啊，美得难以衡量推究。上古既无人能与她相比，当世也未见如此美人。她那卓异的姿态，实在无法称赞得周全。她刚来时，好像初升的丽日照耀着屋梁；她稍微进前一些，又像皎洁的明月洒着清辉。顷刻之间，美貌横生，如同色彩绚烂的鲜花，又像温润可爱的莹玉。五色众彩并施，也不能完美地描绘她的形象。细细地端详她，容光焕发，令人目眩。她的服饰盛多而美好，穿的是罗纱、素纨、花绸，并装束着红色绦组，色彩错综华美。她那服饰最高贵，文彩最美妙，真是光照万方。她整顿彩绣之衣，上衣下装都十分齐备。穿着厚衣，身材不显短，穿着窄衣，身材不显长。步履盈盈袅娜，光彩照耀殿堂。她忽然改变了容态，腰肢柔美，宛若游龙乘云飞舞。她的罩衣精美，薄衫称身；头上涂着用兰花浸渍的润发油，身上透出杜若的芳香。性情温和顺适，宜于随侍君王左右；举止安详和谐而又柔弱，足以调和心神，使人安宁舒畅。”襄王说：“是这样美盛啊！且为我陈述一番吧。”宋玉连忙应道：“是，是。”

二

“神女是何等姣丽啊！她蕴含着阴阳造化的厚美修饰之极妙。她穿着藻饰华美的衣裳，十分可体而美好，恰似翡翠鸟展翅飞翔。她的相貌无双，她的美姿无极。古代美人毛嫱以翠袖遮颜之姿，不值得作为法式；若与神女相比，西施掩面之态，也显得没有姿色。接近她时，是如许妖艳；远离她时，又独具适于远望之美。她的骨相多奇，正应合女君之相。满目看到众多的美人，谁个能超过巫山神女？神女怀着私爱之情，独有其欣悦；她欢乐无穷，难以衡量。但是，她与眷爱之人却交接很少而恩情渐疏，不能尽情欢畅。其他的人未能见到她，我宋玉却瞻视了她的丰仪。她的仪容端庄静美，别人怎能尽述详情？她体态丰满而又庄淑优雅；盛年之红颜宛如美玉那样温润而有光泽。她的眸子清明，炯炯有神；眼珠明亮，秀丽可观；蛾眉微微向上挑起，又弯又长；朱唇鲜润透红，如同丹砂之妙。她本性朴素纯正而又温厚诚实；意志懈弛安泰而一身清闲。她娴雅美好，既自处于幽静的深山仙境，又婆娑盘珊于人世之间。在高大殿堂之上，宜于宽慰心志；翼翼地放纵胸怀而舒缓宽裕。安步徐行时，那薄如云雾的绉纱衣裙轻轻地飘动，它拂过台阶而发出珊珊之声。神女向着我的帐幔久久地凝望，她的眼睛像流水将要泛起波澜。她轻扬长袖，理好衣襟，伫立良久，徘徊不安；淡静安娴而又和悦淑善；性情沉潜安详而不浮躁。时时表现得悠闲自得而能节制举止；她的心思是不可推测察究的。她似有近前的意愿，但又要远去他方；好像已有前来相就的念头，却又想转身返回。她揭起我的床帐而自请进侍于侧，愿尽拳拳诚爱之意。她又坚贞正直，怀着高洁情操；终于又相拒于我。她曾以嘉美的言辞向我陈说应对，谈吐之间洋溢着兰花的芬芳。彼此心灵相会而交接往来，心中和悦康宁而欢乐无比。独独精神相通，却未能结誓订盟而成其好合；神魂茕茕孤独而无端绪。神女心中虽有允诺之意，但她并不感到称心如愿；于是便长声哀叹不已。她流露薄怒之色，而又自我矜持，真是神圣不可侵犯。她在行步之际，佩饰摇曳，玉鸾和鸣。她认真整装，穿戴周全；又收敛容颜，矜庄自持；又顾问女师，使令太傅，准备启程。彼此欢爱之情尚未交接洽合，她却打算告辞而去；于是抽身后退，使人不能亲近。看她似有离去之意，却又不肯举步而行；内心好像怀着倾慕钟爱之情。她那秀美的明眸向我微微眄视，顾盼之间，与我神采相授，心心相印；意态洋溢横逸，深情美意不可胜记。她意欲离绝而又依依难舍；心神惶惧不宁，方寸已乱，倾动反覆，不知如何是好。礼仪不遑完备，互通款曲之言也未道尽。我向她表示：‘愿借片刻时光，共尽缠绵之情。’神女却说她感到惶恐窘急。于是匆匆而去。”

三

“神女离去之后，我顿感凄惋悒郁，柔肠回转，伤气失志；意绪错乱，神魂颠倒而无所凭依。天色暗淡昏黑，夜幕降临，使人恍惚失意，不知身在何处。我暗自私爱神女的衷情，又能向谁倾诉？惆怅无主，泪下沾襟；从夜晚直至破晓，苦苦地追求着神女。”

登徒子好色赋

题解

此赋以问答体叙写了楚襄王、宋玉、章华大夫的一席对话。首先，以登徒子攻讦宋玉“好色”之词领起全文，引出宋玉对登徒子的一番驳难。他以正反对比的方法，有理有据地进行论析。他申辩自己不好色的理由是：“东家之子”是倾国倾城的绝代美女，“登墙窥臣三年”，而自己却“至今未许”。相反的，斥言登徒子好色的理由是：他对“蓬头挛耳，齞唇历齿，旁行踽偻，又疥且痔”的丑妻却十分爱悦，并与之生五子。不言而喻，宋玉不好色；登徒子好色。接着，章华大夫陈说自己曾与美女相悦之事，以评述宋玉守德而不好色，并自愧不如。最后，以“目欲其颜，心顾其义，扬《诗》守礼，终不过差”数语点明主旨，意在微讽楚王应“扬《诗》守礼”，切勿沉湎酒色，误国殃民。刘勰《文心雕龙·谐隐》云：“宋玉赋《好色》，意在微讽，有足观者。”《文选》李善注曰：“此赋假以为辞，讽于淫也。”陈第也认为本篇是“假辞以为谏”，并说“目欲其颜”以下四句是“灵根”，其余则为枝叶。

此篇虽然运用了人物对话的形式，但这不过是宋玉意匠经营的虚构，未必实有登徒子、章华大夫其人，也无须深究其事。

本赋对女子容态风韵的描写，细腻生动，形神并美，呼之欲出。尤其着意夸张女子的自然美质与淑庄娴雅的风骨。比喻恰切而有奇致，富于形象性与典型意义。并且运用排比、对偶等修辞手段，增强了艺术表现力，从而更有力地突现了主题。它的艺术成就，对后世文人的辞赋创作有较大的影响。

原文及注释

一

大夫登徒子侍于楚王，短宋玉曰：“玉为人体貌闲丽，口多微辞，又性好色。愿王勿与出入后宫。”

[注释]

(1) 大夫——官职名。 (2)登徒子——登徒:姓氏。子:古代对男子的敬称或通称。 (3)侍——侍从。 (4) 楚王——此指楚襄王。以下"王"字同此。 (5) 短——道人之短。 (6) 为人——此指人的外表。 (7) 体貌——身材体格及容貌。 (8) 闲丽——文雅英俊。 (9) 微辞——婉转而巧妙的言辞。 (10) 性——本性。 (11) 好色——喜近女色。 (12) 后宫——古代妃嫔所居之宫室。

二

王以登徒子之言问宋玉。玉曰:"体貌闲丽,所受于天也;口多微辞,所学于师也;至于好色,臣无有也。"王曰:"子不好色,亦有说乎?有说则止,无说则退。"玉曰:"天下之佳人莫若楚国;楚国之丽者莫若臣里;臣里之美者莫若臣东家之子。东家之子,增之一分则太长,减之一分则太短;著粉则太白,施朱则太赤;眉如翠羽,肌如白雪;腰如束素,齿如含贝;嫣然一笑,惑阳城,迷下蔡。然此女登墙窥臣三年,至今未许也。登徒子则不然:其妻蓬头挛耳,齞唇历齿,旁行踽偻,又疥且痔,登徒子悦之,使有五子。王熟察之,谁为好色者矣。"

[注释]

(1) 以——用;把。 (2)所受于天——是从上天那里承受的形貌;或,是天然生成的形貌。所:指事之词,指出动作、行为的对象。上文有"体貌闲丽"一语,下文"所受于天也"之"所"字,承接上文,是指"体貌"而言。下同。 (3)所学于师——是从老师那里学到的微辞。 (4) 臣——宋玉自称。因为宋玉是楚王的小臣。 (5) 无有——没有好色的事。 (6) 子——您。这是楚襄王称宋玉。 (7) 说——解说;指申辩的理由。 (8) 止——指留在楚王朝做臣子。 (9) 则——就。 (10) 退——退出楚王朝。指罢黜其官职。 (11) 佳人——此指美女。 (12) 莫若——不如;或,谁也比不上。 (13) 丽者——美丽的女子。 (14) 里——乡里。此指宋玉的故乡。 (15) 东家之子——东邻家的女子。 (16) 长——指身材的高度。 (17) 短——此指矮。"增之一分则太长……"二句,意谓:东家女子身高正合适,既不宜增加一分,也不宜减少一分。 (18) 著粉——犹"傅粉"。搽粉;抹粉。 (19) 施朱——抹胭脂。 (20) 赤——红色。 (21) 翠羽——翡翠鸟的青黑色羽毛。 (22) 肌——肌肤。 (23) 腰如束素——腰肢柔美纤细,像一束白色生绢。素:生绢;白色生绢。 (24) 齿如含贝——牙齿整齐洁白,如同口含两排白色的贝壳。 (25) 嫣(yān)——美好貌;特指笑容之美。 (26) 惑阳城,迷下蔡——此谓:东邻女子嫣然一笑,就能使阳城、下蔡两地所有的贵族男子迷惑。"惑"与"迷"为互文。阳城、下蔡:均为当时楚国贵族的封邑。 (27) 登墙——指攀上墙垣,探出头来。(28) 窥——从隐僻处偷看;或,小视。《字林》:"窥,倾头门内视也。"(29) 臣——宋玉自称。 (30) 三——多数之谓;亦可实指。(31) 至今未许——直到现在,我还没有答应她的求爱。(32) 则——犹"乃"却。 (33) 不然——不是如此。 (34) 蓬头——头发蓬乱。(35) 挛(luán)——卷曲而不能伸。 (36) 龃(yàn)唇———嘴唇遮不住牙齿。龃:齿露唇外貌。 (37) 历齿——稀疏不齐的牙齿。历:通"秝"。稀疏。 (38) 旁行——走路的步态歪歪斜斜。旁:偏斜。(39) 踽偻(jǔ lóu)——驼背。 (40) 疥——由疥虫引起的传染性皮肤病,俗称疥疮。 (41) 痔(zhì)——一种肛管疾病,即痔疮。按:疥、痔,都是比较肮脏不洁的疾患。 (42) 悦——爱悦。 (43) 之——她,指登徒子之妻。 (44) 五子——五个儿女。子:儿子;也泛指儿女。(45) 熟——仔细地;反复深入地。 (46) 察——考察;考虑。(47) 之——指这种情况。

三

是时,秦章华大夫在侧,因进而称曰:"今夫宋玉盛称邻之女,以为美色,愚乱之邪;臣自以为守德,谓不如彼矣。且夫南楚穷巷之妾,焉足为大王言乎?若臣之陋,目所曾睹者,未敢云也。"王曰:"试为寡人说之。"大夫曰:"唯,唯。臣少曾远游,周览九土,足历五都,出咸阳,熙邯郸,从容郑、卫、溱、洧之间。是时向春之末,迎夏之阳,鸧鹒喈喈,群女出桑。此郊之姝,华色含光,体美容冶,不待饰装。臣观其丽者,因称诗曰:'遵大路兮揽子祛',赠以芳花辞甚妙。于是处子怳若有望而不来,忽若有来而不见。意密体疏,俯仰异观;含喜微笑,窃视流眄。复称诗曰:'寐春风兮发鲜荣,洁斋俟兮惠音声,赠我如此兮不如无生。'因迁延而辞避。盖徒以微辞相感动,精神相依凭;目欲其颜,心顾其义,扬《诗》守礼,终不过差,故足称也。"

于是楚王称善。宋玉遂不退。

［注释］

(1) 是的——此时。 (2) 秦章华大夫——祖籍章华的一个人，在秦国任大夫官职的。章华：楚地名。大夫：官名。 (3)在侧——在楚襄王身边(出使来楚)。 (4) 因进而称曰——因此就进言道。称：言说；声称；称道。 (5) 夫——助词，无实义。 (6) 盛称——大加称赞。称：称赞。 (7) 以为美色——认为美貌女子。色：姿色；容貌。(8) 愚乱之邪——(美色)能迷惑人心，使之变为邪妄。一说，"愚乱之邪"应属下句，读作"愚乱之邪臣"，是章华大夫自谦之辞，称自己是愚钝昏乱之邪臣。按：此说亦可通。 (9) 守德——遵守当时的道德规范。(10) 谓——以为。 (11) 不如彼——不及他(指宋玉)。(12) 且——提起连词。犹口语中之"再说"，是承接上文的更端之词。(参见吕叔湘《文言虚字》) (13) 南楚——楚国南部。 (14) 穷巷——偏僻冷落的小巷。 (15) 妾——古代对女子的鄙薄称呼，此指宋玉所说的"东家之子"。(16) 焉——安；何；怎么。 (17) 足——值得；够上。 (18) 言——言说；称道。 (19) 陋——鄙陋；见识少。(20) 目所曾睹者——眼睛所见过的美人。睹：见。 (21) 未敢——不敢。 (22) 云——犹"言"。说。 (23) 寡人——寡德之人。古代国君的自称。 (24) 少——年轻时。 (25) 周览——遍览，各处游历。 (26) 九土——"九州"之土。相传我国大陆古代分为九州，所以常以"九州"代指全国。 (27) 足——足迹；行踪。 (28) 历——经历；到过。 (29) 五都——五方的都会，此谓全国各个繁华的城市。(30) 出咸阳——经过咸阳；出入咸阳。咸阳：战国时期秦国的首都，故地在今陕西省咸阳市东北。 (31) 熙(xī)——通"嬉"。嬉戏；引申为游玩。 (32) 邯郸(hán dān)——战国时期赵国的首都，故地在今河北省邯郸市。 (33) 从容——舒缓；安逸；引申为"逗留"。 (34) 郑、卫——春秋时期的两个国家，故地均在今河南省。 (35) 溱、洧(zhēn、wěi)——古代郑国境内的两条河。古代有在水滨举行祓禊(fú xì)祭典及会男女之风习。 (36) 向春之末——近于春末，即夏历三月底。向：将近；接近。陶潜《岁暮和张常侍》诗："向夕长风起，寒云没西山。" (37) 迎夏之阳——适逢温暖的初夏(即夏历四月初)。迎：逢。阳：温暖。 (38) 鸧鹒(cāng gēng)——鸟名。"黑枕黄鹂"的别称。鸣声婉转嘹亮。 (39) 喈(jiē)喈——形容鸟鸣声。 (40) 群女——众多的女子。 (41) 出桑——出来采桑(养蚕)。 (42) 此郊——这郑、卫之郊野。 (43) 姝(shū)——美女。 (44) 华色——美好的姿色(容颜)。 (45) 含光——形容肌肤细嫩含有光泽。 (46) 体美容冶——体态(或身段)优美,容貌艳丽。冶:艳丽。 (47) 不待饰装——无须修饰打扮。亟言女子天生丽质,具有自然之美。待:须。《史记·天官书》:"至天道命,不传;传其人,不待告;告非其人,虽言不著。" (48) 观其丽者——看中了那最美丽的女子。 (49) 因——因而;或,于是;就。 (50) 称——称引;援引;或,称说。 (51) 诗——指《诗经》。 (52) 遵——沿着。 (53) 揽——牵;拉住。 (54) 袪(qū)——袖口。"遵大路兮揽子袪"句,意谓:沿着大路向前走,(与心上人分别时)拉住她(或他)的袖口,依依惜别。按:此处是章华大夫自述,曾援引《诗·郑风·遵大路》的诗句,以感动美女之心。 (55) 赠以芳花——以芳草之花赠给美女。 (56) 辞甚妙——对美女表达心意的言辞十分巧妙。 (57) 处子——处女。旧称未嫁之女。此指上文之"丽者"。 (58) 怳忽——又作"恍惚","慌惚"。此谓神思不定貌。怳:"恍"之异文。与下文之"忽"字为互文。 (59) 若——如;像。 (60) 有望——有所期望;有所追求。 (61) 有来——有前来相就之意。 (62) 不见——不能大大方方地相见。形容那美女若即若离、欲就又止的羞怯情态。 (63) 意密——情意甚密切。形容两人心心相印。 (64) 体疏——形迹是疏远的。 (65) 俯仰异观——在那美女俯仰之间,都表现出不同的丰姿。俯:低头。仰:仰头。异观:不同的样子;表现不同。 (66) 含喜——心含喜悦。 (67) 窃视——偷偷地看。 (68) 流眄(miǎn)——眼波流动而斜视。眄:斜视;流盼。 (69) 复称诗——(美女)又援引诗句。 (70) 寤(wù)——醒:苏醒。 (71) 发鲜荣——指草木开花十分繁盛新鲜。荣:荣华,草木开花。此处是以草木发鲜荣比喻青春的美好。 (72) 洁——心地纯洁。 (73) 斋(zhāi)——举止庄重矜持。 (74) 俟(sì)——等待。 (75) 惠音声——惠赠佳音(订盟结誓之言)。 (76) 赠我如此——意谓:赠予我的是这芳花(但是却不能永结同心,成其好合)。 (77) 不如无生——不如不生于人世。这是怨恨之词。 (78) 因——于是;就。 (79) 迁延——引身后退貌。 (80) 辞避——告辞而避去。 (81) 盖——推原之词,犹"因为"。 (82) 徒以——只用。 (83) 微辞——见前注。此指文中所称之诗句。 (84) 相感动——彼此都被对方的挚爱所感动。 (85) 精神相依凭——彼此的精神(心灵)互相依托、互相眷爱。 (86) 目欲其颜——眼睛很想饱览她的秀美容颜。欲:意欲;想要。 (87) 心顾其义——心中顾念那礼义道德规范。 (88) 扬《诗》——发扬《诗经·国风》“好色而不淫”的精神。 (89) 守礼——遵守礼义的准则。 (90) 终不过差——始终不会有过失(越轨行为)。 (91) 故足称也——所以值得称赞啊。按:此处泛指“目欲其颜,心顾其义,扬《诗》守礼,终不过差”的表现是值得称赞的。不一定指某人某事。(92) 称善——称好;称道宋玉是好的(并不是好色之徒)。(93) 遂——竟;终。 (94) 不退——未被黜退免职。

[译文]

一

楚国大夫登徒子随侍于楚襄王左右,他向襄王说宋玉的坏话:“宋玉身材很好,相貌文雅英俊,常说些婉转巧妙的言辞,本性又喜近女色。希望大王不要与他出入后宫。”

二

楚襄王把登徒子的话提出来问宋玉。宋玉说:“我身材美好,是天然生成的;口中多有婉转巧妙之辞,是从老师那里学来的;至于好色之事,臣子是没有的。”楚襄王说:“您说不好色,有什么申辩的理由吗?如果有申辩的理由,就可以继续留在朝廷做官;假如讲不出什么理由,就请退出朝廷。”宋玉答道:“天下的美女都不如楚国的好,楚国的佳丽都不如臣子故乡的好,故乡的美人都不如我东邻的女子。东邻的女子,身段匀称,高低适度,增加一分则太高,减少一分则太矮;搽粉则太白,涂胭脂则太红;秀眉犹如翡翠鸟的羽毛,肌肤好似白雪;腰肢柔美宛若一束白绢,牙齿像口含两排白色的贝壳;她美美地一笑,就使得阳城、下蔡的王孙公子都神魂颠倒,人人着迷。然而这位女子登于墙垣,悄悄地探头看了我三年之久,我至今也没有答应她的追求。登徒子却不是这样:他的丑妻蓬头垢面,蜷曲的耳朵,露齿的嘴唇,稀疏的牙齿,走起路来歪歪斜斜,弯腰驼背,又生疥疮和痔疮,登徒子倒很爱她,和她生了五个孩子。请大王反复深入地考虑一下,谁是好色的人呢?”

三

这时，有位章华地方的人而在秦国做大夫的，正出使楚国，在楚王身边。他听到以上情形，就进言道："现在宋玉极力称赞其东邻女子，并认为美丽的姿色能迷惑人心，使人变得邪妄；本来我自以为能遵守道德规范，但是现在看来，我是不及他的。再说，楚国南部穷巷中的女子，怎么值得向大王来称道呢？像我这样见识短浅的人，亲眼见到的美女，是不敢向大王述说的。"楚襄王说："请为我说一说吧。"章华大夫连忙应道："是，是。小臣年轻时候，曾经到九州各地漫游，行踪遍及五方的都会，出入咸阳，并去邯郸游玩，又从容逗留于郑、卫、溱、洧之间。此时正值春末夏初气候温暖的季节，黄莺鸣声喈喈，婉转动听，女子成群地出来采桑。这郑、卫一带的郊野，有无数美女。她们华色娟美，肌肤细嫩而有光泽。体态优美，容貌冶艳，天生丽质，无须装饰打扮。我看中了那最美的女子，于是就称引诗句向她表白心迹：'沿着大路向前走啊，牵住您的衣袖，不忍与您分手啊。'我赠给她芳草的鲜花，同时以美妙的言辞向她倾诉衷情。于是那处女心神恍惚不定，好像有所追求而又不来；想要前来就我，而又不肯大大方方地会面。情深意密而形迹故意疏远。她在一俯一仰之间，都表现出不同的风采。她心含喜悦而面带微笑，目光流转而偷眼向我斜视。后来，她也援引诗句答谢我说：'草木从春风中苏醒而盛开着花朵。我心灵纯洁，端庄肃敬，期待着您将佳音惠赠给我。可是，您赠我的只是一束香花，而未结同心之盟。这样，还不如了结此生。'于是她便引身后退，告辞而避去。男女之间只应吐露婉转隐微之辞以相感动；只应心心相印，精神相互依凭；眼睛要亲睹芳容，而心中却常考虑礼义规范；发扬《诗经·国风》'好色而不淫'的遗风，遵守礼义准则，始终没有越轨行为，所以，这种表现是值得称道的啊。"

于是楚襄王称赞这样是好的。宋玉也终于未被斥退。

附录（一）

对楚王问

楚襄王问于宋玉曰："先生其有遗行与？何士民众庶不誉之甚也？"宋玉对曰："唯，然，有之。愿大王宽其罪，使得毕其辞。客有歌于郢中者，其始曰'下里'、'巴人'，国中属而和者数千人；其为'阳阿'、'薤露'，国中属而和者数百人；其为'阳春'、'白雪'，国中属而和者不过数十人；引商刻羽，杂以流徵，国中属而和者不过数人而已。是其曲弥高，其和弥寡。故鸟有凤而鱼有鲲。凤皇上击九千里，绝云霓，负苍天，翱翔乎杳冥之上；夫蕃篱之鷃，岂能与之料天地之高哉！鲲鱼朝发昆仑之墟，暴鬐于碣石，暮宿于孟诸；夫尺泽之鲵，岂能与之量江海之大哉！故非独鸟有凤而鱼有鲲也；士亦有之。夫圣人瑰意琦行，超然独处；夫世俗之民，又安知臣之所为哉？"

校勘记：

《古文苑》确认《对楚王问》非宋玉作。

笛　赋[(1)]

余尝观于衡山之阳，见奇篠异干罕节间枝[(2)]之丛生也。其处磅磄千仞，绝溪凌阜，隆崛万丈，盘石双起，丹水涌其左，醴泉流其右。其阴则积雪凝霜，雾露生焉；其东则朱天皓日，素朝明焉；其南则盛夏清微[(3)]，春阳荣焉；其西则凉风游旋，吸逮[(4)]存焉。干枝洞长，桀出有良[(5)]。名高师旷，将为阳春、北鄙、白雪之曲，假涂南国，至此山，望其丛生，见其异形，曰[(6)]命陪乘，取其雄焉；宋意将送荆卿于易水之上，得其雌焉。于是乃使王尔、公输之徒，合妙意，角较手[(7)]，遂以为笛。于是天旋少阴，白日西靡，命严春，使午子[(8)]，延长颈，奋玉手[(9)]，摛朱唇，曜皓齿，赪颜臻，玉貌起，吟清商，追流徵，歌伐檀，号孤子，发久转，舒积郁。其为幽也，甚乎怀永抱绝，丧夫天，亡稚子，纤悲徵[(10)]痛，毒离[(11)]肌肠腠理。激叫入青云，慷慨切穷士，度曲羊肠坂，揆殃振奔逸。游泆志，列弦节，武毅发，沉忧结，呵鹰扬，叱太一。声淫淫以黯䵢，气旁合而争出，歌壮士之必往，悲猛勇乎飘疾。麦秀渐渐兮，鸟声革翼。招伯奇于源[12]阴，追申子于晋域。夫奇曲雅乐所以禁淫也，锦绣黼黻所以御暴[13]也。缛则泰过，是以檀卿刺郑声，周人伤北里也。乱曰：芳林皓干有奇宝兮，博人通明乐斯道兮。般衍澜漫终不老兮，双枝间丽貌甚好兮。八音和调成[14]禀受兮，善善不衰为世保[15]兮。绝郑之遗离南楚兮，美风洋洋而畅茂兮。嘉乐悠长俟贤士兮，鹿鸣萋萋思我友兮，安心隐志可长久兮。

校勘记：

(1)《古文苑》注："按《史》楚襄王立三十六年卒，后又二十余年方有荆卿刺秦之事。此赋果玉所作邪？"又，《古文苑》校勘记："案：此赋用宋意送荆卿事，非宋玉作。然隋唐已前本集有之，误收久矣，不必删耳。"按：楚襄王元年为公元前298年，荆卿刺秦王在楚王负刍元年，即公元前227年，当于楚襄王卒后三十余年，《古文苑》注云"二十余年"，乃"三十余年"之讹。 (2)间枝，一作"简支"。 (3)微，一作"彻"。 (4)逮，一作"逯"。(5)有良，一作"有良工焉"。 (6)曰，与"粤"通。 (7)角较手，一作"较敏手"。 (8)使午子，《文选·洞箫赋》注引作"叔子"。 (9)手，乃"指"字之讹。 (10)徵，疑为"微"字之讹。(11)离，或为"丽"之假。 (12)源，一作"凉"。 (13)暴，当作"寒"。 (14)成，当作"咸"。 (15)保，一作"宝"。

大言赋

楚襄王与唐勒、景差[1]、宋玉游于阳云之台。王曰："能为寡人[2]大言者，上座。"王因唏[3]曰："操是太阿剥[4]一世，流血冲天，车不可以厉。"至唐勒曰："壮士愤[5]兮绝天维，北斗戾兮太山夷。"至景差曰："校士猛毅皋陶嘻，大笑至兮摧覆思[6]。锯牙云，晞[7]甚大，吐舌万里唾一世。"至宋玉曰："方地为车，圆天为盖，长剑耿耿[8]倚天[9]外。”王曰：“未可也。”玉曰：“并吞四夷，饮枯河海，跋[10]越九州，无所容止。身大四塞，愁不可长，据地跻天，迫不得[11]仰[12]。”

校勘记：

(1) 差，或作磋。 (2)“寡人”之下似脱“赋”字。 (3) 唏，《渚宫旧事》作“称”。 (4) 剥，一作“戮”。 (5) 愦，一作“顿”，又作“难”。 (6) 覆思，一作“罘罳”。 (7) 晞，当作“狶”。 (8) 耿耿，一作“耿介”。 (9)“天”字后或有“之”字。 (10) 跋，《渚宫旧事》作“跨”，《艺文类聚》作“跂”。 (11)《渚宫旧事》“迫不得仰”下有“若此之大也，何如？’王曰：‘善。’”十字。

小言赋

楚襄王既登阳云之台[1]，令[2]诸大夫景差、唐勒、宋玉等并造[3]大言赋，赋毕[4]而宋玉受赏。王曰：“此赋之迂诞则极巨伟矣，抑未备也。且一阴一阳，道之所贵；小往大来，剥复之类也。是故卑高相配而天地位；三光并照则小大备。能高而不能下，非兼通也；能麄而不能细，非妙工也。然则上坐者未足明赏贤人，有能为小言赋者，赐之云梦之田。”景差曰：“载氛埃兮乘剽尘[5]，体轻蚊翼，形微蚤鳞，聿遑浮踊，凌云纵身，经由鍼孔，出入罗巾，飘纱翩绵，乍见乍泯。”唐勒曰：“析飞糠[6]以为舆，剖粃糟[7]以为舟。泛然投乎杯水中，淡若巨海之洪流。凭[8]蚋眥以顾盼，附蠛蠓而遐[9]游。宁隐微以无准，原[10]存亡而不忧。”又曰：“馆于蝇须，宴于毫端，烹虱胫[11]，切虮肝，会九族而同哜，犹委余而不殚。”宋玉曰：“无内之中，微物潜生，比之无象，言之无名，蒙蒙[12]景灭，昧昧遗形，超于太虚之域，出于未兆之庭。纤于毳末之微蔑，陋于茸毛之方生。视之则眇眇，望之则冥冥，离朱为之叹闷，神明不能察其情。二子之言，磊磊皆不小，何如此之为精？”王曰：“善。”赐以云梦之田。

校勘记：

(1) 台，一作“观”。 (2) 令，一作“命”。 (3) 造，一作“进”。 (4) 毕，《艺文类聚》作“卒”。 (5) 尘，一作“轮”。(6) 糠，《渚宫旧事》作“尘”。 (7) 粃糟，《渚宫旧事》作“糠粃”。 (8) 凭，一作“蝇”，非。 (9) 遐，一作“遨”。(10) 原，当作“浑”。 (11) 胫，一作“脑”。 (12) 蒙蒙，一作“梦梦”。

讽 赋

楚襄王时，宋玉休归。唐勒谗之于王，曰：“玉为人，身体容冶，口[1]多微辞，出爱主人之女，入事大王，愿王疏之。”玉休还，王问玉曰[2]：“为人身体容冶，口多微辞，出爱主人之女，入事寡人，不亦薄乎？”玉曰：“臣身体容冶，受之二亲；口多微辞，闻之圣人。臣尝出行，仆饥马疲。正值主人门开，主人翁出，妪又到市，独有主人女在。女欲置臣，堂上太高，堂下太卑，乃更于兰房之[3]室，止臣其中。中有鸣琴焉，臣援而鼓之，为幽兰白雪之曲。主人之女，翳承日之华，披翠云之裘，更披白縠之单衫，垂珠步摇，来排臣户，曰：‘上客，日高，无乃饥乎？’为臣炊彫胡之饭，烹[4]露葵之羹，来劝臣食。以其翡翠之钗，挂臣冠缨。臣不忍仰视。为臣歌曰：‘岁将暮兮日已寒，中心乱兮勿多言。’臣复援琴而鼓之，为秋竹积雪之曲，主人之[5]女又为臣歌曰：‘内[6]怵惕兮徂玉床，横自陈兮君之旁[7]。君不御兮妾谁怨？日将至兮下黄泉。’”玉曰：“吾宁杀人之父，孤人之子，诚不忍爱主人之女。”王曰：“止，止，寡人于此时，亦何能已也？”

校勘记：

(1) 口，《艺文类聚》作“内”。 (2)《古文苑》无“曰”字。(3)《初学记》二，又十六引此文，“之”并作“奥”；“之”，一作“芝”。 (4) 烹，一作“煮”。 (5)《艺文类聚》无“之”字。(6)《艺文类聚》无“内”字。 (7)《艺文类聚》作“傍”。

钓赋

宋玉与登徒子偕受钓于元洲[(1)]，止而并见于楚襄王，登徒子曰："夫元洲天下之善钓者也，愿王观焉。"王曰："其善奈何?"登徒子对曰："夫元洲钓也，以三寻之竿，八丝之线[(2)]，饵若蛆螾，钓[(3)]如细针，以出三赤[(4)]之鱼于数仞之水[(5)]中，岂[(6)]可谓无术乎？夫元洲芳水饵，挂缴钩，其意不可得；退而牵行，下触清泥，上则波飏，元洲因水势而施之[(7)]：颉之颃之，委纵收敛，与鱼沉浮。及其解弛，因而获之。"襄王曰："善。"宋玉进曰："今察元洲之钓[(8)]，未可谓能持竿也，又乌[(9)]足为大王言乎?"王曰："子之"[(10)]所谓善钓者何?"玉曰："臣所谓[(11)]善钓者，其竿非竹，其纶非丝，其钩非针，其饵非螾也。"王曰："愿遂闻之。"宋玉对[(12)]曰："昔尧、舜、禹、汤之钓也，以贤圣[(13)]为竿，道德为纶，仁义为钩，禄利[(14)]为饵，四海为池，万民为鱼。钓道微矣[(15)]，非圣人其[(16)]孰能察之?"王曰："迅[(17)]哉说乎！其钓不可见也[(18)]。"宋玉对曰："其钓易见，王不可[(19)]察尔。昔殷汤以七十里、周文王以百里，兴利除害，天下归之，其饵可谓芳矣；南面以掌天下，历载数百，到今不废，其纶可谓纫矣；群生浸[(20)]其泽，民氓畏其罚，其钩可谓拘[(21)]矣；功成而不隳[(22)]，名立而不改，其竿可谓强矣。若[(23)]夫竿折纶绝，饵坠钩决，波涌鱼失[(24)]，是[(25)]则夏桀、商纣不通夫钓术也。今察元洲之钓也，左挟鱼罶，右执槁竿，立乎潢汙之涯，倚乎杨柳之间，精[(26)]不离乎鱼喙，思不出乎鲋鳊，形容枯槁，神色憔悴，乐不役勤，获不当费，斯乃水滨之役夫也已，君王又何称焉？王若见尧、舜之洪竿，摅禹、汤之修纶，投之于渎，沉[(27)]之于海，漫漫群生，孰非吾有？其为大王之钓，不亦乐乎?"

校勘记：

(1) 洲，《文选·七发》注，《御览》八百三十四并引作"渊"；《艺文类聚》作"泉"，盖避唐高祖李渊之讳而改。　(2) 线，当从《渚宫旧事》作"纶"。　(3) 钓，当作"钩"。　(4) 赤，《艺文类聚》作"尺"。　(5)《艺文类聚》无"水"字。　(6)《艺文类聚》

无“岂”字。 (7)之，或作“枝”。 (8)《艺文类聚》“洲”作“泉”，无“察”字、“之”字。 (9)乌，《艺文类聚》作“焉”。(10)《艺文类聚》无“之”字。 (11)《艺文类聚》无“臣所谓”三字。 (12)《艺文类聚》无“对”字。 (13)贤圣，《艺文类聚》作“圣贤”。 (14)禄利，《艺文类聚》作“利人”。 (15)《艺文类聚》“钓”前有“其”字，“矣”字作“也”。 (16)《艺文类聚》无“人其”二字。 (17)迅，当从《渚宫旧事》作“迁”。 (18)《艺文类聚》无“其”字，“不”作“未”。 (19)“可”字为衍文。(20)浸，一作“寖”。 (21)拘，《渚宫旧事》作“均”，《艺文类聚》作“善”。 (22)隳，《艺文类聚》作“坠”。 (23)一本无“若”字。 (24)失，当读作“佚”。 (25)《艺文类聚》无“是”字。 (26)精，《初学记》作“晴”，是。 (27)沉，《古文苑》作“视”，非。

舞赋(1)

楚襄王既游云梦，将置酒宴饮，谓宋玉曰：“寡人欲觞群臣，何以娱之？”玉曰：“臣闻激楚、结风、阳阿之舞，材人之穷观，天下之至妙。噫！可进乎？”王曰：“试为寡人赋之。”玉曰：“唯，唯。尔乃(2)郑女出进，二八徐侍，姣服极丽，姁媮致态，貌嫽妙以妖冶，红颜晔其杨(3)华，眉连(4)娟以增绕，目流睇而横波。珠翠灼烁(5)而照耀兮(6)，华袿飞髾而杂纤罗。顾形影，自整装，顺微风，挥若芳，动朱唇，纡清扬(7)，亢音高歌(8)，为乐之方。其始兴也，若俯若仰，若来若往，雍容惆怅，不可为象。罗衣从(9)风，长袖交横，骆驿(10)飞散，飒沓合并，绰约闲靡，机迅体轻。于是(11)合场递进，案次(12)而俟，埒簇(13)角妙，夸容乃理，轶态横出，瑰姿谲起，回身还入，迫于急节，纡(14)形赴远，漼以摧折，纤縠蛾飞，缤焱若绝。体如游龙，袖如素蜺，迁延微笑，退复次列，观者称丽，莫不怡悦。”

校勘记：

(1)《古文苑》云：“《初学记》十五、《艺文类聚》四十三，并作傅毅《舞赋》，与《文选》合。编《古文苑》者，以篇首有楚襄，宋玉问答，遂以此赋为宋玉作。唐人不应有此巨谬，其出宋人无疑。”
(2)《艺文类聚》无“尔乃”二字。 (3) 杨，《古文苑》作“阳”。
(4) 连，《艺文类聚》作“嗹”。 (5) 灼烁，《艺文类聚》作“的皪”。
(6)《艺文类聚》无“兮”字。 (7)《艺文类聚》“扬”作“阳”。
(8)《古文苑》“亢”作“抗”，“抗”前有“而”字。 (9) 从，音纵。
(10) 骆驿，与“络绎”同。 (11)《古文苑》无“于是”二字。
(12)《艺文类聚》作“安步”。 (13) 埒簇，《文选》《艺文类聚》《初学记》“簇”均作“材”。 (14) 纡，《古文苑》作“纾”。

高唐对(1)

楚襄王与宋玉游于云梦之野，将使宋玉赋高唐之事，望朝云之馆，上有云气，崪乎直上，忽而改容，须臾之间，变化无穷。王问宋玉曰：“此何气也？”对曰：“昔者先王游于高唐，怠而昼寝，梦一妇人，暧乎若云，焕乎若星，将行未至，如浮如停，详而视之，西施之形。王悦而问焉。曰：‘我帝之季女也。名曰瑶姬，未行而亡。封巫山之台，精魂依草实为䔄芝，媚而服焉，则与梦期。所谓巫山之女，高唐之姬。闻君游于高唐，愿荐枕席。’王因幸之。”

校勘记：

(1) 本文录自《御览》三百九十九引《襄阳耆旧记》。此外，《文选》江淹杂体拟潘岳《述哀诗》注引《宋玉集》，亦有同类文字，但与《文选·高唐赋》、《御览》所引《襄阳耆旧记》文词小异。

附录（二）

独树一帜的宋玉

袁　梅

自汉魏以还，在辞赋创作方面，率皆标榜屈、宋，千百年来，并称英杰。以屈原作品为代表的《楚辞》，奇峰突起，打破了《诗经》之后三百年的沉寂而大放壮采。在屈子的影响下，一时诗坛云蒸霞蔚，颖秀葩呈，涌现出一批辞赋作家，其中服膺屈子而卓有成就的便是宋玉。

时乖运蹇　报国无路

宋玉，楚人，战国末季的辞赋大家。约生于屈原为国自殉之前，卒于楚亡之际。他是屈原的后辈，与唐勒、景差等人都倾慕屈原，继承其流风余韵而各有千秋，其中尤以宋玉成就为高。他家世寒微，孑然一身，既非贵胄宗子，又无所攀附依傍。但是却广有才辩，妙于音律，长于文章；并且襟抱不凡，不甘沉沦，怀有忠君报国、匡时济世之志。他曾背井离乡，远适京都以寻求出路。并跻身于朝堂，屡次婉讽谲谏，希望楚王能改革朝政，救亡图存；也希望得到楚王的信赖而大展宏图。他虽然官卑职微，只不过在楚王左右做一名文学侍臣，但是楚王对他那敏捷辩给、繁于文采的才情却异常赏识，君臣之间也曾有过一段融洽的关系。他随侍楚王游冶宴乐，即兴答问，缘情造赋，颇得楚王宠信。可是当时楚王朝倒行逆施，人妖颠倒，奸人群小极力谗害排挤宋玉；楚王不辨忠奸，疏远并罢黜了宋玉。他精诚报国，却遭受到沉重打击。而他又不肯降志从俗，与世偃仰，于是便怀着家国之恨、末世之哀离开朝廷，宁肯穷处守高也不趋炎附势，同流合污。他一生偃蹇长愁，寂寥摇落，最后饮恨辞世。他在政治生涯中一无建树，却在文学事业上秀出班行，成为辞赋方面的开派圣手。

屈宋并称，主要是指辞赋创作而言。至于他的思想志行则不能与屈原相提并论。在那阢攘混浊之世，国家存亡绝续之秋，他们对待现实和人生的态度是大相径庭的。如果说屈原生活的年代是楚国由强转弱的时期；那么，宋玉所处的年代则是由弱变衰、由衰而亡的时期。当时，楚国统治集团内部分裂；楚王昏庸无能，骄奢淫逸，信谗易怒；旧贵族势力专权误国，对外政策摇摆不定，与齐国忽离忽合，失去强援，以致政治上、军事上、外交上累遭挫败。在公元前278年(顷襄王二十一年)被秦军攻陷郢都，一蹶不振，终于在公元前223年(负刍五年)为秦所灭。宋玉与屈原所处的社会环境相似，都是大动荡、大变化、大兴衰的时期；而到了宋玉中晚年时期，更是国步维艰，危如累卵。在前后衔接交叉的时代背景中，屈原是那样热切焦灼地闵时忧民、忠君爱国、追求美政，最后以身殉国、以身殉道。而宋玉却表现了怨而不怒的"愚忠"，虽然也爱国忧时，但是又纠结着自怜幽独、怀才不遇的惋伤。他的思想境界与立身行事与屈原相较，自然也就不可同年而语。就是在楚辞创作方面，也比屈原要稍逊一筹。

私淑屈原而非及门弟子

宋玉确是景仰屈原而刻意师法的，他踵事增华，承先启后，是学习屈原最有业绩的才士。但是他并非屈原的受业弟子，二人并无师生关系。司马迁《史记·屈原贾生列传》明言："屈原既死之后，楚有宋玉、唐勒、景差之徒者，皆好辞而以赋见称。"班固《汉书·艺文志·诗赋略》原注亦云："楚人，与唐勒并时，在屈原后也。"又，《汉书·地理志》曰："始楚贤臣屈原被谗放流，作《离骚》诸赋以自伤悼，后有宋玉、唐勒之属慕而述之，皆以显名。"马、班去宋玉之世未远，其言当有所据。他们都肯定宋玉在屈原之后，并未说他是屈原弟子。可是，后来王逸作《楚辞章句》，却说："宋玉者，屈原弟子也。闵惜其师忠而放逐，故作《九辩》以述其志。"司马迁断言屈、宋实非并世之人；后于司马迁二百余年的王逸却说宋玉为屈原弟子，以致后世以讹传讹。史迁所不书者，王逸又根据什么说屈、宋是师弟关系？可能由于《九辩》袭用了

《离骚》、《九章》中的某些词句，所以王逸就悬断宋玉“闵惜其师忠而放逐，故作《九辩》以述其志”。如果依照这种方法推论，那么，西汉庄忌的《哀时命》也有袭用、点化屈赋词句之处；唐代杜甫曾盛赞宋玉“风流儒雅亦吾师”，难道他们各是屈原与宋玉的弟子吗？至于汉代大赋模仿宋玉作品的例子更多，又该如何解释汉代辞赋家与宋玉的关系呢？不过“弟子”一词，在古代并非专指传道授业的师生关系，有时只是表明对先哲或时贤尊奉慕习之意，即使未曾谋面，也可对某人自称为“私淑弟子”，而敬称对方为“师”。如果王逸说的仅是此意，当然也就无须争议了。

诵其诗　论其人

两千年前的孟轲，尚且懂得“知人论世”；我们今天评判古人，更应持科学态度，实事求是，批判地认识古代作家与作品。不应私于轻重，偏于憎爱，主观武断，凿空起议。当代著名学者郭沫若先生编的历史剧《屈原》（已拍成电影）对于宋玉就未免抑扬失度，妄为轩轾，造成了较大的社会影响。

……

作为历史剧，当然可以在表现历史人物时进行艺术概括，但是却不能妄逞私臆，向壁虚造。就《屈原》一剧来说，将并非同时的屈、宋二人牵合一处，描写宋玉如何在艰危之际背叛了屈原，向邪恶势力妥协，并且又凭空造出一个女弟子婵娟，以反衬宋玉之“没有骨气”、“无耻”，就不是很妥当的。去宋玉仅有百年左右的司马迁说“屈原既死之后”才有宋玉等人的出现；怎么能随心所欲地将宋玉写成屈原的受业弟子呢？再者，宋玉“莫敢直谏”而进行谲谏，似乎也算不上“没有骨气”的“无耻文人”。相反的，宋玉在作品中却顽强而执着地表达了有志报国、无路请缨的愤慨；对楚王微辞讽谏的诚意；选贤任能的政治主张；关怀人民疾苦的思想感情；并且无情地揭露了腐朽的政治、败坏的世风、邪恶的谗臣。他怀抱利器，难偿夙志，所以产生了怀才不遇、一身零落的悲叹。“贫士失职而志不平”，正说明了他直言贾祸、象齿焚身的不幸。由于他与恶势力抗争，受到奸人群小的诬陷，被昏聩的楚王所疏斥，才发出了愤愤不平的呐喊。

他对楚国旧贵族集团、对黑暗污浊的社会现实是深恶痛绝的。在《九辩》中曾慷慨申说："独耿介而不随兮，愿慕先圣之遗教。处浊世而显荣兮，非余心之所乐。与其无义而有名兮，宁穷处而守高。"可见他面对那衰世颓俗，决不降志屈节，与世浮沉，随人以为妍媸；而是托志芳洁，光明正大，想做一番大事业的。但是因为国事日非，朝政黑暗，他这草莽孤臣，力不能为，才不禁自喟英雄坐老，蹉跎岁月的。最后，在万不得已的困境中，才怀着难言之隐、独喻之忧，想"放志云中"，远引自疏，他在《九辩》的结尾，仍然表达了对君国的拳拳情怀。他在作品中只斥骂佞臣为"猛犬"、"驽骀"、"凫雁"、"浮云"，却从来不骂昏君，采取温柔敦厚的态度。这就是他的"愚忠"。他没有认清万方多难，国运阽危、民不聊生是由昏君所代表的楚国统治集团造成的，所以他"怨而不怒"。同时，他纠缠着一己之得失，想为私利而自全，所以始终不敢直谏。从客观上说，他的"愚忠"只能维护黑暗腐朽的楚王朝，不能挽救国家民族的厄运。因此，他的"愚忠"与屈原耿介刚直的"孤忠"有很大差距，更缺乏"九死不悔"的自我牺牲精神。但也不像有人所说：宋玉是"叫人摇头的"、"热衷于利禄"的"无耻文人"。

郭沫若先生责难宋玉的"悲秋"，说"这哪里有人民的气息"！诚然，宋玉流露了身世摇落之悲，可是，在转烛盛衰、人生多故之秋，侘傺失意的宋玉，发出伤老嗟卑、怀才不遇的悲叹，也是可以理解的。我们不宜完全用今天的是非标准苛责于两千年前的宋玉。何况宋玉在作品中描写凄凉萧瑟的景色，触景伤情，由自然之寒秋，联想到国运之暮秋，他是怀着民族危亡之忧的，这样的耿耿丹心，更是无可厚非。

我们应相信宋玉的自白。王逸说："……故作《九辩》以述其志。"这里作为第三人称的"其"字，是指宋玉说的，是他通过《九辩》表述自己的情志，只要看一看作品中反复以"余"的口吻直抒胸臆，就可以知道宋玉并非代人述志了。因此，细绎《九辩》之文辞，便可约略想见宋玉之为人。

承屈骚之遗风　开汉赋之先河

战国末期以降，模拟屈骚蔚然成风，才人郁起，各擅胜场，唯有宋玉才是屈骚的真正传人。正如王夫之所云："故嗣三闾者，唯玉一人而已。"从宋玉作品的内容来说，明显地反映了与屈骚的师承关系；也反映了宋玉的思想品格与屈原之异同。宋玉的爱国忧民、追求美政、主张选贤任能、持守高洁，不苟且偷安，不随波逐流，都从作品中反映出来；又如创作中的现实主义精神，大胆的夸张与想象，都有屈骚遗风。《九辩》在风格方面祖述《离骚》与《九章》，而且另辟新境，独树一帜。它辞巧而情信，语丽而声哀，将自然之境界、心灵之境界与社会环境融合一体，使作品所描写的秋色、秋声、秋意，都浓重地染上了诗人的大悲辛、大不平的感情色彩。这千古绝唱，使宋玉成为汉文学史上第一位以"悲秋"名世的楚辞巨匠。宋玉"悲秋"，成为千百年来文士竞相模拟的主题。不过，后世的"悲秋"作品各有性情面目，有的比较积极，有的则是消极颓废的无病呻吟了。

至于《风赋》、《高唐赋》、《神女赋》诸篇，古今学界颇有异词，是非真伪，迄无定说，我们姑且存疑，以俟异日。这些作品，在内容方面，尤其是形式方面，对汉赋的兴起、繁荣有直接影响。梁刘勰《文心雕龙·诠赋》云："赋也者，受命于诗人，拓宇于楚辞也。……斯盖别诗之原始，命赋之厥初也。……汉初词人，顺流而作。……讨其源流，信兴楚而盛汉矣。"又说："宋发夸谈，实始淫丽。"这是确切的评论。宋玉诸赋，长于夸张藻饰，铺采摛文；句式参差历落，运用自如；多用排比、对偶，雕章琢句；用韵自由，韵散间出，有散文诗的趋向。细玩《高唐》、《神女》诸赋的体格文藻，实乃汉代侈丽闳衍之大赋的权舆。我们从司马相如《子虚》、《上林》诸篇中，不难寻得其消息。因此，可以说：屈原是楚辞之祖，宋玉是汉赋之祖。

（发表于《文史知识》1986 年第 11 期）

附录(三)

再论宋玉

袁　梅

我们研讨宋玉辞赋时应反对国粹主义,也反对民族虚无主义。清末有一些经学家(今文派)认为有许多古书都经过西汉末年的刘歆窜改过,或者全出于他的伪造。所以对古人古书每多怀疑。其中有一个四川人廖平,在他的《楚辞新解》中断言屈原并无其人。并说"楚辞"中所录屈原作品,多半是秦博士所作的"仙真人诗"。"五四"以后,疑古成风。胡适就曾在《读楚辞》一文中说:"屈原是谁? 这个问题是没有人问过的。我现在不但要问屈原是什么人,并且要问屈原这个人究竟有没有?"当代的朱东润先生也说过:"屈原的存在与否,我们姑不置论。……从作品的内容论,我们可以判定武帝建元二年十月(公元前 139 年)淮南王刘安所作的《离骚传》即是我们在楚辞中所见的《离骚》。"(郭沫若先生说:"朱东润把屈原的一切著作权全部剥夺了。")郭先生是现代著名的作家、诗人、戏剧家和历史学家、古文字学家。他对屈原及其作品是颇有研究的,他对屈原的评价基本是正确的。如果实事求是地疑古,把古人和古事以历史唯物主义的观点重新考查,还它本来面目,是必要的。但是,无根据地盲目疑古,不经过认真考证,随便凿空臆说,是错误的;或者出于个人主观偏见,任意褒贬,也是错误的。郭先生有正确的方面,也有错误的方面。我们分论如下:屈原既死之后,楚有宋玉、唐勒、景差等人都倾慕屈原,继承其流风余韵而各有千秋,其中尤以宋玉成就最高。

屈宋实有其人,均有优秀作品,屈、宋并称,绝非偶然。后世咏赞屈、宋的古人诗作,除盛赞屈原者以外,咏宋玉者也有很多,现将古今对宋玉的评价摘引如下：

1. 汉·司马迁："屈原既死之后，楚有宋玉、唐勒、景差之徒者，皆好辞而以赋见称。然皆祖屈原之从容辞令，终莫敢直谏。"

2. 南朝·梁·刘勰《文心雕龙》："每一顾而掩涕，叹君门之九重，忠怨之词也。固知从楚辞者，体慢于三代，而风雅于战国，乃雅、颂之博徒，而辞赋之英杰也。……而屈宋逸步，莫之能追。……其衣被词人，非一代也。"(按："衣被词人"涵盖屈宋二人)

刘勰又云："屈平联藻于日月，宋玉交彩于风云。""观夫屈宋属篇，号依诗人；虽行古事，而莫取旧辞。""屈宋以楚辞发采。""自宋玉、景差，夸饰始盛，相如凭风，诡滥愈甚。"

3. 唐·李白："屈宋长逝，无堪与言。"李白：《感遇》："宋玉事楚王，立身本高洁。巫山赋彩云，郢路歌《白雪》。举国莫能和，巴人皆卷舌。一感登徒言，恩情遂中绝。"

4. 唐·杜甫："摇落深知宋玉悲，风流儒雅亦吾师。怅望千秋一洒泪，萧条异代不同时。""窃攀屈宋宜方驾，恐与齐梁作后尘。"

5. 唐·戴叔伦《过三闾庙》："沅湘流不尽，屈宋怨何深？日暮秋烟起，萧萧枫树林。"

6. 唐·李商隐《有感》："非关宋玉有微辞，却是襄王梦觉迟。"

7. 明·陈第《屈宋古音义》："玉之辞诚婉而其意诚规。……宋玉之作，纤丽而新，悲痛而婉，体制颇沿于其师，风谏有补于其国，亦屈原之流亚也。"

8. 明末清初·王夫之《楚辞通释》："故嗣三闾者，唯玉一人而已。""玉虽俯仰昏廷，而深达其师之志，悲悯一于君国，非徒以厄穷为怨尤。""放逐之臣，危乱之国，其衰飒辽戾，皆与秋而相肖，故《九辩》屡以起兴焉。"

9. 清·王琦《襄阳耆旧传》："宋玉识音而善文，襄王好乐而爱赋，既美其才，而憎其似屈原也，曰："子盍从俗，使楚人贵子之德乎？"

10. 清·刘熙载《艺概·赋概》："屈子以后之作，……情之绵邈，莫如宋玉。"又，"赋中骄偶处，语取蔚茂；单行处，语取清瘦。此自宋玉、相如已然。”又,“名士之赋,嗟老嗟卑。”

11. 郑振铎《屈原作品在中国文学史上的影响》:“值得特别提出来,首先是宋玉。……满怀伤感而又孤高不屈,的确是屈原作风的一个好的继承者。他决不是一个谄媚取容的人。”“《九辩》是屈原《离骚》和《九章》的亲骨肉。”“宋玉受屈原的影响则有之,为实际上的师弟关系则未必。”

12. 鲁迅《汉文学史纲要》:“(宋玉)虽学屈原之文辞,终莫敢直谏,盖掇其哀愁,猎其华艳,而‘九死未悔’之概失矣。”

13. 朱自清《经典常谈》:“屈原奠定了这种体制(指楚辞),模拟的日见其多。就中最出色的是宋玉,他作了《九辩》。……《九辩》的题材和体制都模拟《离骚》和《九章》,算是代屈原说话(?),不过没有屈原那样激切罢了。宋玉自己可也加上一些新思想;他是第一个描写‘悲秋’的人。”

14. 陆侃如、冯沅君《中国文学史稿》:“宋玉虽然未必向屈原受过业,但他在创作上得到这位前辈的启发是显然的。《九辩》就是一个证据。它不仅在字句上接近《离骚》和《哀郢》,尤其在基本精神上和屈原的作品是一致的。他愿意尽他的忠诚,为祖国服务,然而不能达到目的。……于是他穷愁而死了。他的骨头和屈原的是同样硬的。”

15. 郭沫若:“屈原是两千多年前中国的一位伟大诗人。……爱祖国、爱人民、爱自由、爱正义的诗人,是会永远不朽的。”“他的文才可能比屈原高,但说到骨气上来,那是有问题的。”(注:指宋玉。)

诵其诗，论其人

我们今天评判古人,应持科学态度,实事求是,尊重历史事实,尊重客观规律,尊重诗人在作品中表现的真实的思想感情,批判地认识古代诗人与作品。不应攻其一点,不及其余。不应主观武断,凿空起议。当代学者郭沫若先生在所编的历史剧《屈原》中,对宋玉这一艺术形象的处理;在《关于宋玉》等文章中,对宋玉及其作品的评论,未免抑扬失度,讥弹失当,妄为轩轾,造成了较大的社会影响。在讨论问题时,又自恃过高,盛气凌人,往往强古以就今，强人以从我。

我们认为：宋玉的思想情操不及屈原，他奉行“愚忠”、“终莫敢直谏”，缺乏屈原那种“九死不悔”的自我牺牲精神和耿介的孤忠。但是，他也有积极用世之志，对楚王也曾屡次进行微讽谲谏。他有愚弱柔顺、怨而不怒的一面；也有忠君爱国，持守高洁的一面。他并没有在关键时刻丧志变节。

当然，作为历史剧，可以在表现历史人物形象时进行艺术概括，但是，却不能妄逞私臆，向壁虚造。就“屈原”一剧来说，将并非同时的屈原、宋玉牵合一处，成为师生，表现宋玉如何在艰危之际背叛了正义、背叛了屈原，向邪恶势力妥协。并且又凭空造出一个女弟子婵娟，以反衬宋玉之“没有骨气”、“无耻”。这是不符合历史的。塑造人物形象，进行艺术概括，不等于歪曲历史，颠倒是非。历史剧虽不应是历史实录，但要基本符合历史。否则，便不是历史剧了。

郭先生是这样强为说词的，他说：“我也并不是任意污蔑。司马迁就说过：‘屈原既死之后，楚有宋玉、唐勒、景差之徒者，皆好辞而以赋见称。然皆祖屈原之从容辞令，终莫敢直谏。’”（《今昔蒲剑》）可惜郭先生所称引的史马迁之文，恰好成了他自相矛盾的确证。去宋玉仅有 80 年左右的司马迁断言“屈原既死之后”才有宋玉等人的出现；而距宋玉两千多年的郭先生，缘何将宋玉说成屈原的受业弟子呢？再者宋玉“终莫敢直谏”，而进行谲谏，方式温和一些，似乎也算不上“没有骨气”的“无耻文人”。相反地，宋玉在作品中却顽强而执着地表达了有志报国、无路请缨的愤慨；对楚王微词讽谏的赤诚；选贤任能的政治主张；关心人民疾苦的思想感情；并且，无情的揭露了腐朽的政治、败坏的世风、邪恶的谗臣。他怀抱利器，难偿夙志，所以产生了怀才不遇、一身零落的悲叹。在《九辩》中申说“贫士失职而志不平”，“蹇淹留而无成”、“愿一见兮道余意，君之心兮与余异”、“闵奇思之不通兮，将去君而高翔”，可见他是很想做一番事业的。他千里迢迢远适异地以求报效君国的机会。但是由于他坚决与邪恶势力斗争，绝不同流合污，所以受到权奸群小的诬陷迫害，并遭到楚王疏远斥退。他所以失职，正说明了他直言贾祸、象齿焚身的不幸。如果他不坚守正直之道,不自持高洁,而是同流合污,就不会“失职而志不平”。郭先生说宋玉“尽了怨而不怒的妾妇之道”,“这样的忠君思想,……不外是想官更高,禄更厚而已。”如果真像郭先生说的那样,宋玉尽了妾妇之道的话,他就会获得高官厚禄的。然而,他却律己甚严,表现十分有骨气,他说:“独耿介而不随兮,愿慕先圣之遗教。处浊世而显荣兮,非余心之所乐。与其无义而有名兮,宁穷处而守高。食不偷而为饱兮,衣不苟而为温。”……他持守高洁,有可取的一面。但又有消极的一面,这就是郭先生批评他的怨而不怒。可是说他“尽了妾妇之道”,则是不公正的。因为宋玉在作品中慷慨申说他对楚国旧贵族集团和黑暗的社会现实是深恶痛绝的,他面对那衰世颓俗,决不降志屈节,与世浮沉,随人以为妍媸;而是托志芳洁,光明正大。本想激浊扬清,大有作为。但是因为国事日非,朝政黑暗,他这草莽孤臣,力不能为,不禁自喟英雄坐老、蹉跎岁月。最后,在万不得已的困境中,才怀着难言之隐、独喻之忧,想“放志云中”,远行自疏。他在《九辩》的结尾,仍然表达了对君国的拳拳情怀。他在作品中怒骂佞臣为“猛犬”、“驽骀”、“凫雁”、“浮云”;却从来不骂昏君,他采取温柔敦厚的态度。这就是他的愚忠。他没有认清万方多难、国运阽危、民不聊生,是由昏君所代表的楚国统治集团造成的,所以他“怨而不怒”。同时,他纠缠着一己之得失,想为私利而自全,所以始终不敢直谏。从客观上说,他的愚忠,与屈原耿介刚直的孤忠有很大差距,更缺乏“九死不悔”的自我牺牲精神。但他也不像郭先生所说的:宋玉是“叫人摇头的”“无耻文人”。如果“忠君”就是为了高官厚禄,那么,屈原的“忠君”应如何理解?我认为;文学描写并不是生活实录,它有权利夸张与想象。不可一一坐实当真。宋玉为了描写清秋的萧条凄切,才运用了带时令色彩的词语—“西堂”。如:西风、夕阳西下、故园西望……表现秋风、日暮、荒凉。与东风、旭日东升、紫气东来,色彩不同。秋虫在西堂阶砌悲鸣,正衬托着作者四顾苍茫、惆怅孤独的凄凉心境。他不仅写了秋虫,而且还写了落叶、寒蝉、衰草等等,这一切自然物色,宛如诗人自己的化身,好像种种自然物色都是悲秋的,都是为摇落而太息涕泣的。好像大自然展现在愁人面前的秋色特浓、秋声特悲、秋意特深。这就达到了“物我两忘”、“物我同一”的境界。寓情于景，托志于物，妙合无垠。何况，这“西堂”不一定是宋玉的私宅。可能是触景伤情，肆口而成的。如果将文学作品中的景与物一一落实，有时是会违反美学原则的。如果依照郭先生的方式推论起来，《九辩》中“叹君门之九重”一语，就要考证，九重门各为何名？

郭先生又说：“‘贫士失职而志不平’，那只是用来比喻秋气的萧瑟，并不是宋玉的自述。宋玉并不贫，而是乘着高车驷马的：‘揽騑辔而下节兮，聊逍遥以相佯’。他也并不是‘穷处’，所居住的地方是豪华的堂房：‘澹容与而独倚兮，蟋蟀鸣此西堂’，有西堂，必然还有东堂、中堂了。……‘霰雪雰糅其增加兮，乃知遭命之将至’，‘无衣裘以御冬兮，恐溘死不得见乎阳春’。其实，湖北的冬天，不穿皮裘也冻不死人。”至于在湖北是否必须穿皮衣过冬的问题，更是多余的争论。宋玉说的“御冬”与“见阳春”，我认为可能是一种象征手法，用“无衣裘以御冬”象征险恶困顿的处境（主要是政治环境），“不得见乎阳春”，是象征见不到祖国和煦的春天（主要指国运昌盛）。不一定是宋玉仅仅感叹自己没有皮衣穿而怕冻死。我们再关照一下上文“霰雪雰糅其增加兮，乃知遭命之将至”，可以肯定宋玉是以霰雪纷纷越下越大，比喻国家祸乱益深，或喻指奸佞群小更加猖狂。宋玉预感到不幸的命运将要来临，这命运不止是他一己之事，大概他主要是为国运而忧心忡忡。这样联系起来推敲“无衣裘以御冬”和“恐溘死不得见乎阳春”的意蕴，并非难事。郭先生也是一位诗人，在自己的作品中不也是经常运用比喻、象征等手法吗？

郭沫若先生责难宋玉的“悲秋”，说“这哪里有人民的气息”！“秋，在老百姓看来是收成的季节，……只要不是荒年，老百姓是歌颂秋天的。请读《豳风·七月》里的这几句：‘九月肃爽，九月涤场。朋酒斯飨，曰杀羔羊。跻彼公堂，称彼兕觥，万寿无疆！’这到底是悲，还是喜呢？宋玉先生未免太不知稼穑之艰难了。他自己到了秋天因为神经衰弱，既感到无聊的悲哀，而且看到农民秋收之后得到片刻的闲暇，却更感到无名的恐怖。‘农夫辍耕而容与兮，恐田野之芜秽。’……怀抱着这种感情的‘先生’，我们可以说是同情人民的屈原的继承者吗？他的作品是屈原的亲骨肉吗？”

诚然，宋玉流露了身世摇落之悲。可是，在转烛盛衰、人生多故之秋，侘傺失意的宋玉，抒发伤老嗟卑、怀才不遇的悲情，也是可以理解的。生当战国末季风雨飘摇的楚国，为“失职”而不平的贫士宋玉，呼出一句“悲哉！秋之为气也！”，也是自然的。我们不宜完全用今天的是非标准苛责于两千年前的宋玉。何况宋玉在作品中描写凄凉萧瑟的景色，触景伤情，由自然之寒秋，联想到国运之暮秋，人生之暮秋，他是怀着民族危亡之忧的，这样的耿耿丹心，更是无可厚非。

郭先生所引《豳风·七月》中的诗句，描写的是周代奴隶主到秋收冬藏之后，饮美酒、吃羔羊，而且强迫奴隶们向他们祝福。感到喜悦的是奴隶主，感到悲哀的是无衣无食的奴隶们，并非主奴同乐。至于郭先生说宋玉“看到农民秋收后得到片刻闲暇，却更感到无名的恐怖”，这真是“无名的指责”。我的看法正相反，在《九辩》八，宋玉说：“农夫停止耕作而十分闲散，我却唯恐田野荒芜而五谷不蕃。国事长久不治，群小多有私心，我暗自伤悼祖国已濒临危亡境地。”这四句连起来读，不是已经看出宋玉忧国忧民的赤子之心了吗？况且，“农夫辍耕”“恐田野之芜秽”等语句视为比喻亦无不可。

郭先生说：“司马迁对宋玉、唐勒辈称为‘之徒’，首先就表示了有些鄙屑的意思。”这大概是郭先生偏于憎爱的溢恶之言。我相信郭先生明知“之徒”一语，只不过是“……等人”之意。而是他故意曲解而已。

郭先生说：“封建时代的文人，正如司马迁所说：是‘主上所戏弄，倡优所畜’的。他可以宠爱你，但不一定能重用你。为什么？因为你那样神经过敏，不抵事。作善不能到家，作恶也不能到头。宋玉在这样的情形之下，而却希望楚王特别重用他，可见他是把行市看错了。”我认为：不受昏君重用的宋玉，正是忠臣贤士。如果想受到昏君重用，就必须是佞臣。正由于宋玉和屈原都是忠臣贤士，宁为玉碎，不为瓦全，所以都受到党人群小的陷害排挤与昏君的疏放。他们如果遇到明主，就会有用武之地了。

宋玉报国无门，并不是由于“神经过敏”、“作恶不能到头”。作恶到头有何可取？秦桧倒不神经过敏，作恶也能到头，也曾受到昏君的重用，难道应该对他加以肯定吗？

郭先生还硬将并非宋玉作品的《对楚王问》归于宋玉名下，他说：“郑、陆诸先生都说这些作品（按：指《对楚王问》、《风赋》等）是依托，那对于宋玉当然是很好的开脱，但可惜并无确切的证据。”郭先生特别突出《对楚王问》中这段话，断章取义，任意评判。（其文曰：“楚襄王问于宋玉曰：‘先生其有遗行与？何士民众庶不誉之甚也！’”）（“缺德”，在语气上是很重的。）郭先生曲解为“老兄是不是有什么缺德？为什么下层群众那样地鄙薄你？”（实际应译为“先生有什么品行上的缺点吗？为什么下层民众对您很不赞誉？”）《对楚王问》的基本精神是说明“曲高和寡”之理。我们姑且不论郭先生望文生训，牵强附会之弊。仅就郭先生驳斥郑、陆诸先生的文字来看，也是不公正的。他说“郑、陆诸先生说这些作品是依托”便是对宋玉的开脱；我们不禁要反问一句：郭先生将明知为后人伪托的《对楚王问》等篇强加于宋玉，并大事讥弹，岂不是偏恶宋玉而厚诬古人？郭先生指责别人所言“无确切证据”，难道自己信口开河之词就有确切的证据吗？这不是科学态度。（按：《古文苑》校勘记确认《对楚王问》非宋玉作。）

我们应相信宋玉的自白。王逸说：“……故作《九辩》以述其志。”这里作为第三人称的“其”字，是指宋玉说的，是他通过《九辩》表述自己的情志，只要看一看作品中反复以“余”的口吻直抒胸臆，就可以知道宋玉并非代屈原述志了。因此，细绎《九辩》之文辞，便可约略想出宋玉之为人。

承屈骚之遗风　开汉赋之先河

战国末期以降，模拟屈骚蔚然成风，才人郁起，各擅胜场，唯有宋玉才是屈骚的真正传人。正如王夫之所云：“故嗣三闾者，唯玉一人而已。”从宋玉作品的内容来说，明显地反映了与屈骚的传承关系；也反映了宋玉的思想品格与屈原之异同。宋玉的爱国忧民、追求美政、主张选贤举能、持守高洁、不苟且偷安、不随波逐流，都从作品中反映出来。又如创作中的现实主义精神、大胆的夸张与想象，都有屈骚遗风。《九辩》在风格方面祖述《离骚》与《九章》，而且另辟新境，独树一帜。它辞巧而情信，语丽而声哀，将自然之境界、心灵之境界与社会环境融合一体，使作品所描写的秋色、秋声、秋意，都浓重的染上了诗人的大悲辛、大不平的感情色彩。这千古绝唱，使宋玉成为汉文学史上的第一位以"悲秋"名世的楚辞巨匠。宋玉的悲秋，成为千百年来文士竞相模拟的主题。不过，后世的悲秋作品各有性情面目，有的内容比较积极，有一定的审美价值；有的则是消极颓废的无病呻吟。其中较有特色的，如：(三国魏)曹丕的《燕歌行》；曹植的《秋思》、《遥逝》；夏侯湛的《秋可哀》；何瑾的《悲秋夜》；潘岳的《秋兴》等。至于唐诗、宋词中的悲秋之作，就不胜枚举了。

至于《风赋》、《高唐赋》、《神女赋》诸篇，古今学界颇有异词，是非真伪，迄无定说，我们姑且存疑，以俟异日。这些作品，在内容方面，尤其是形式方面，对汉赋的兴起与繁荣有直接影响。梁·刘勰《文心雕龙·铨赋》云："赋也者，受命于诗人，拓宇于楚辞也。……斯盖别诗之原始，命赋之厥初也。……汉初词人，顺流而作。……讨其源流，信兴楚而盛汉矣。"又说："宋发夸谈，实始淫丽。"《文心雕龙·夸饰》又说："自宋玉、景差，夸饰始盛。相如凭风，诡滥愈甚。"同时宋玉诸赋，又有"述客主以首引，极声貌以穷文"、"序以建言，首言情本；乱以理篇，迭致文契"以上所说的表现方法，都是汉赋诸家所刻意模仿的。宋玉作品，长于夸张藻饰，铺采摛文；句式参差历落，运用自如；多用排比、对偶，雕章琢句；用韵自由，韵散间出，有散文诗的趋向。细玩《高唐》、《神女》诸赋的体格文藻，实乃汉代侈丽闳衍之大赋的权舆。我们从司马相如的《子虚》、《上林》诸赋中，不难寻得其消息。因此，可以说：屈原是楚辞之祖，宋玉是汉赋之祖。古代论者将屈、宋并称为"辞赋之英杰"，是名副其实的。

附录（四）

关于宋玉

郭沫若

一

在剧本“屈原”里面，我把宋玉处理成为了没有骨气的文人，有好些研究古典文学的朋友很替宋玉抱不平，认为我把宋玉委屈了。我在这里想举出三两位朋友的意见，作为代表。

郑振铎先生在他的“屈原作品在中国文学上的影响”里面这样说道：“值得特别提出来的，首先是宋玉。……他的‘九辩’乃是一篇很成功的好作品，不愧是屈原的好弟子。……满怀伤感而又孤高不屈，的确是屈原作风的一个继承者。他绝不是一个谄媚取容的人。”

陆侃如、冯沅君先生在他们的“中国文学史稿（三）”里面也这样说道：“宋玉虽然未必向屈原受过业，但他在创作上得到这位前辈的启发是显然的。‘九辩’就是一个证据。它不仅在字句上接近‘离骚’和‘哀郢’，尤其在基本精神上和屈原的作品是一致的。他愿意尽他的忠诚，为祖国服务，然而不能达到目的。……于是他穷愁而死了。他的骨头和屈原的是同样硬的。”

三位先生都说的那样坚决，尤其是陆、冯二先生由宋玉的创作而说到他的骨头的硬度上来，这毫无疑问，是对于我的抗议，虽然先生们很客气，并没有提我的名字。但是三位先生的抗议是很值得讨论的。因此，我在这里便想来申辩一下。

二

对宋玉首先提出了严正批评的应该数司马迁。

这位对封建秩序不大买账的大历史家，他在“屈原列传”里面说过这样的话：

屈原既死之后，楚有宋玉、唐勒、景差之徒者，皆好辞，而以赋见称。然皆祖屈原之从容辞令，终莫敢直谏。

请细细玩味这几句话吧。司马迁对宋玉、唐勒辈称为“之徒”，首先就表示了有些鄙屑的意思。接下去说他们“终莫敢直谏”，那鄙屑的意思就非常明了了。那是说：楚国的局势应该有像屈原那样的人对楚国的统治上层说说硬话的必要，而宋玉、唐勒等尽管有可以说话的地位，而且有可以说话的时机（请注意那个“终”字），然而他们自始至终都没有胆量说一句硬话。为什么没有胆量？那就不外乎是怕死或怕丢官，说得雅致一点：不外是“明哲保身”或“持禄固宠”。

司马迁和宋玉的相隔比我们近得多，只不过百把年光景。他对于宋玉诸人下出了这样的批评，不能说没有根据。他的根据是什么呢？当然也不外是宋玉的作品、宋玉的故事，乃至于民间对于宋玉的评价了。

三

让我们先来检查一下宋玉的作品吧。

根据“汉书：艺文志”所载，有“宋玉赋十六篇”，大约就是在汉代所流传的宋玉作品的全部。这应该也就是司马迁所看过的全部，或许他所看到的比这还要多。这“十六篇”究竟是些什么内容，现在是无从查考了。在“隋书：经籍志”里面有“楚大夫宋玉集三卷”，“唐书：经籍志”作“宋玉集二卷”，“新唐书：艺文志”同。到了“宋史：艺文志”便没有记录。“宋玉集”当即“宋玉赋十六篇”的定名，由“三卷”变为“二卷”，或许只是卷有长短，于内容则无差别。但这“宋玉集”是失传了，它的失传可能是在南北宋之交。

在今天，在下列各书中，相传为宋玉作品的，一共有十三篇：

1. 王逸“楚辞”：“九辩”、“招魂”；

2. 昭明“文选”：“风赋”、“高唐赋”、“神女赋”、“登徒子好色赋”、“对楚王问”、“九辩”（五章）、“招魂”；

3. “古文苑”：“笛赋”、“大言赋”、“小言赋”、“讽赋”、“钓赋”、“舞赋”。

郑先生说：“今天我们在‘文选’、‘古文苑’诸书里所见的宋玉的‘风赋’、‘高唐赋’、‘神女赋’、‘登徒子好色赋’以及‘大言’、‘小言’诸赋，实际上都不是他的作品，都是后人所依托的。……把后人伪作的什么‘风赋’、‘高唐赋’、‘大言赋’、‘小言赋’都作为他的作品，那自然便要把他看成非屈原的同俦了。”

陆、冯二先生也说：“他的作品如‘文选’所载‘高唐赋’等，‘古文苑’所载‘笛赋’等，都是后人伪托的。真的作品只有‘楚词’里所收的‘九辩’与‘招魂’两篇。”

“笛赋”文字拙劣，文中并提到“宋意将送荆卿于易水之上”，后于楚襄王之死二十余年。“舞赋”是傅毅“舞赋”的节录。这两篇都才是宋玉的作品，“古文苑”的注者章樵早就说过了，那是没有问题的。

“招魂”，据司马迁的说法，是屈原的作品。司马迁在“屈原传”赞里说：“余读‘离骚’、‘天问’、‘招魂’、‘哀郢’，悲其志。”“离骚”、“天问”、“哀郢”既都是屈原作品，那么夹在这三篇中的“招魂”当然也是屈原的作品了。那是屈原做来招被囚于秦的楚怀王的。古人言“诗言志”，故所以说“悲其志”。陆、冯二先生对于这篇的作者坚守王逸的说法。他们这样说：“‘招魂’旧说是招屈原的魂，所以司马迁读‘招魂’而悲屈原之志，有些人就因此而误以‘招魂’为屈原自己作的。但‘招魂’乱辞里讲到楚王到庐江打猎，庐江在今安徽（一说江西），所以这篇大概作于前二四一年楚考烈王迁都寿春以后，其作者便不可能是屈原了。”

这是有历史性的争论了。单是我就同陆先生早在十几年前已经争论过。在一九四二年陆先生在重庆国民党极反动的刊物“文化先锋”上发表了一篇“西园读书记”，和我讨论到屈原的问题，其中就有关于“招魂”的一部分。我写了一篇“屈原·招魂·天问·九歌”来回答。我的文章是发表在“新华日报”副刊上的，后来又收录在“今昔蒲剑”里。在那篇文章里面我举出了谭其骧先生的说法:“所谓庐江在今湖北宣城县北,其地于汉志为中庐县。”陆先生似乎一直到现在都没有看到那篇文章,因此我在这里简单地自我介绍一下,请陆先生参考。古今地名,每每名同而实异。庐江还不能肯定就在安徽或江西,假使谭说不可靠,也请陆先生提出反证。

其实陆先生所坚持的说法只是建立在两个不可靠的假设上面的。第一个假设,“招魂”招屈原的魂的那个“旧说”在司马迁以前已经有了;第二个假设,司马迁承认那个“旧说”。第一个假设是没有证据的。第二个假设更是把司马迁看成了一个糊涂虫。那个“旧说”尽管王逸、朱熹都相信(可能就是王逸的创见),事实上是糊涂的说法。“招魂”分明招的王者之魂,招辞中所说的生活情况全部是王者的生活如何能解为“招屈原的魂”?陆先生自己也说“楚王可能因打猎而受惊,于是令巫者举行招魂的仪式”,虽然只是表达了富于主观性的推测,但说为招王者的魂尚不失为聪明的推测。陆先生能自居于聪明的地位,为什么却一定要把司马迁投之于糊涂的冤狱呢?

除掉这三篇——“笛赋”、“舞赋”、“招魂”——的确不是宋玉作品外,其它各篇都是宋玉为人的很不利的供词。那些文字绝大部分是依阿取容的帮闲文字,特别是“风赋”和“对楚王问”那两篇,是很难忍受的。“风赋”把风分为雌雄,雌风是庶民阶级的风,雄风是贵族阶级的风。贵族阶级的“大王之雄风”是庶民阶级所不能共享的。“对楚王问”是楚襄王问宋玉:“先生其有遗行与?何士民众庶不誉之甚也!”(老兄是不是有什么缺德?为什么下层的群众那样地鄙薄你!)宋玉就回答出了那个很有名的“曲高和寡”的比喻。他说,老百姓能听懂的只是“下里巴人”,而他所唱的是“阳春白雪”,甚至超“阳春白雪”的所谓“引商刻羽,杂以流徵”。他把自己比成凤凰,而把老百姓比成麻雀;把自己比成鲲鲸,而把老百姓比成泥鳅。他妄自尊大,的确是可观。这些文章在封建时代是很受欣赏的,大抵的古文选本都选上了它们。就是我自己在年幼的时候,读起来也曾摇头摆脑,击节三叹过,然而在今天看来,实在是受不下了。

郑、陆诸先生都说这些作品是依托,那对于宋玉当然是很好的开脱，但可惜并无确切的证据。它们可能是依托，也可能不是依托。其中有几篇，如“大言”、“小言”、“钓赋”、“登徒子好色赋”等可能只是第三者的记录。故即使可以断定这些都不是宋玉的作品，却不能断定根本没有这样的故事。再退一步说，即使这些作品或故事都是假托的，为什么假托者不假托之于屈原，不假托之于唐勒、景差，而独假托之于宋玉，而且假托了这么多！

最好还是来谈谈“九辩”吧。这篇文章虽然也有人怀疑是屈原所作的，但我的看法却和郑、陆。冯三先生相同，是宋玉最可靠的创作。只是我和三先生的分歧，是在通过这篇作品对宋玉的评价上。郑先生认为“九辩”的“每一则或每一篇都是精莹的珠玉。这些，乃是屈原‘离骚’和‘九章’的‘亲骨肉’”。陆冯两先生也说“这……证明宋玉是一个有杰出才华的诗人，也证明他是屈原的忠实的继承者”。两种说法的上半截，基本上我倒还可以点头，下半截呢，我就不能不摇头了。“九辩”有几章的确是写的缠绵悱恻，娓婉动人，但都是一些叹老嗟卑、怀才不遇的标准才子型的文章，里面虽然也有一些高尚的辞句，甚至有直接取自屈原作品的，但那整个精神判然不同。就请看那开头的一句吧。“悲哉秋之为气也”，这哪里有什么人民的气息？秋，在老百姓看来是收成的季节，勤劳了半年之后得到了收获，只要不是荒年，老百姓是歌颂秋天的。请读“豳风·七月”里面的这几句：

九月肃霜，十月涤场，朋酒斯饗，曰杀羔羊。跻彼公堂，称彼兕觥，万寿无疆。

这到底是悲，还是喜呢？宋玉先生未免太不知稼穑之艰难了。他自己到了秋天因为神经衰弱既感到无聊的悲哀，而且看到农民秋收之后得到片刻的闲暇，却更感到无名的恐怖。

农夫辍耕而容与兮，恐田野之芜秽。

这是“九辩”里面的一句。怀抱着这种感情的“先生”，我们可以说是同情人民的“屈原的忠实的继承者”吗？他的作品是屈原作品的“亲骨肉”吗？

照“九辩”里面的一些辞句看来，宋玉在做“九辩”的当时依然在做官，只是官做的不够大，他在发牢骚。

1. 以为君独服此蕙兮，羌无以异于众芳，

闵奇思之不通兮，将去君而高翔。

2. 愿赐不肖之躯而别离兮，放游志乎云中。

这是说君王没有单独地宠爱他，把他看待的和寻常的香草一样，因此他想远走高飞。由此可知，那第一章里面的“贫士失职而志不平”，那只是用来比喻秋气的萧瑟，并不是宋玉的自述。宋玉并不“贫”，而是乘着高车驷马的：“擥騑辔而下节兮，聊逍遥以相佯”（四匹马当中的两匹，夹着车辕的为服马，服马之外的两匹为騑马）。他也并不是“穷处”，所居住的地方是豪贵的堂房：“澹容与而独倚兮，蟋蟀鸣此西堂”（有“西堂”必然还有东堂、中堂了）；“窃悲夫蕙华之曾敷兮，纷旖旎乎都房”（古人一堂两房，这“都房”当然不止一间了）。但他过敏的神经却把自己的遭遇夸大到十分可怜的程度，说到自己没有衣裘过冬，快要冻死了——“霰雪雰糅其增加兮，乃知遭命之将至”，“无衣裘以御冬兮，恐溘死不得见乎阳春”。其实湖北的冬天不穿皮裘也冻不死人。文人的神经过敏往往是爱这样夸大的，而我们的陆、冯二先生却未免太忠厚了些，他们竟完全信以为真，说“他穷愁而死了”。真的吗？这恐怕是以一个人的意识来决定他的存在的吧？

宋玉有忠君思想，那可毫无问题。“九辩”里面反复说到要效忠，所谓“专思君兮不可化”，所谓“窃不自聊而愿忠”，实在是勤勤恳恳。他对于楚王也很感恩怀德，所谓“尝被君之渥洽”，所谓“窃不敢忘初之厚德”，实在是尽了“怨而不怒”的妾妇之道。但这样的忠君思想，它的根源是什么呢？不外是想官更高、禄更厚而已。从“九辩”中，我们实在看不出宋玉先生有怎样好得了不起的政治抱负，虽然他也在想“布名乎天下”。陆、冯二先生却说“他愿意尽他的忠诚，为祖国服务”，拿这样美好的现代辞藻来粉饰叹老嗟卑的封建文人，这恐怕也就是主观主义或反历史主义吧？

封建时代的文人，正如司马迁所说，是“主上所戏弄、倡优所畜”的。他可以宠爱你，但不一定能重用你。为什么？因为像你那样神经过敏，不抵事。作善不能到家，作恶也不能到头。宋玉

在这样的情形之下而却希望楚王特别重用他，可见他是把行市看错了。

四

好，让我们再来谈谈有关宋玉的故事。

有关宋玉的故事，散见于刘向“新序”，韩婴“韩诗外传”，习凿齿“襄阳耆旧记”，余知古“渚宫旧事”诸书，“水经注”和“北堂书钞”里面也有些散见。陆、冯二先生在“中国诗史”里面是否认这些故事的真实性的，现在是怎样，我不知道。但他们的否认根据，逻辑性很不够强。因为故事中有的有不同的说法，彼此相冲突，他们便一概加以否认。例如“对楚王问”，据“文选”是楚襄王，而刘向“新序”杂事第一则作“楚威王”。陆、冯二先生说：

> 威王卒于前三二九年，时屈平年才十五(?)。宋玉既能与威王问答，便不能是屈平的弟子。那么，我们不能据它们以作宋玉传，是很明显的。

然而，这道理却一点也不明显。大凡两种相冲突的说法，照逻辑上讲来总得有三种可能：一种是都不可靠，一种是一可靠、一不可靠，还有一种是在某种限制下两者都可靠。陆、冯二先生只采取了三分之一的可能性便把问题作了全称的否定，那是不合逻辑的。而且由于这一例的略有冲突，还更进一步把所有关于宋玉的其它并无冲突的故事也一概否定了，那是更不合逻辑的。事实上陆、冯二先生所提出的问题非常简单，那就是“新序”的“威王”的“威”字是错了。同一“新序”，在杂事第五里面还有两段故事，是作楚襄王，世代与文选相合，与其它诸书的叙述也不那么冲突。这就是上述的第三种可能性，只消改一个字，便两说都可靠。既要研究宋玉，而却把古代有关宋玉的传说全盘否定了，方便是方便，因为省的麻烦，而且便于发挥主观的见解。但那样不就是违反实事求是的唯心论的研究方法吗？

各书中所载宋玉的故事，颇多相同，且多和相传是他的作品者有关。在这里我不想缕述，只想把“新序”杂事第五里面的两个故事摘引出来讨论一下。

第一个故事：

宋玉因其友以见于楚襄王，襄王待之无以异，宋玉让其友。其友曰：夫姜桂因地而生，不因地而辛；女因媒而嫁，不因媒而亲。子之事王未耳，何怨于我？……

这段故事又见“韩式外传”七及“渚宫旧事”卷三，内容大抵相同。但在“襄阳耆旧记”（心齐十种本）卷一，“友人”定名为景差，据云“宋玉始事屈原，原既放逐，求事楚友景差，景差惧其胜己，言之于王，王以为小臣”。在“北堂书钞”卷三十三引“宋玉集序”则以为楚怀王时事。

宋玉事楚怀王，友人言之宋玉，王以为小臣。王议友人。友曰：姜因地而生，不因地而辛；女因媒而嫁，不因媒而亲也。

此文有夺误，当是“宋玉有友人事楚怀王，友人言之于王，王以为小臣”云云。怀王与襄王之异当是传闻异辞，论理以作怀王为近是。宋玉既相传是屈原弟子，则当兼事怀王、襄王两代，在怀王时做过“小臣”，在襄王时做到“大夫”，是近情合理的。

第二个故事：

宋玉事楚襄王而不见察，意气不得，形于颜色。或谓曰：先生何谈说之不扬，计划之疑也？宋玉曰：不然，……夫处势不便，岂可以量功权能哉？……

和这相同的故事也见“渚宫旧事”卷三，只是删去了“意气不得，形于颜色”两句。我觉得这两句是不应当删去的，这和“九辩”中宋玉所透露的心境正完全相符。作“九辩”时的宋玉，年纪是相当老了——“老冉冉而愈弛”，则这后一故事是在楚襄王时不会有问题。

上述的两个故事，我认为都比较可靠。第一个故事既散见诸书，而且小有异同，正足证明事有根源，而非雷同一晌。第二个故事则在宋玉最可靠的作品“九辩”中得到内证。宋玉的比较详细的生活情况，虽然已无从查考，但根据这两个故事看来，他曾经作过楚国的“小臣”，后转进而为“大夫”，总是可以肯定的。“小臣”是一种职位，在古时候就约略相当于弄臣。楚王曾以宋玉为“小臣”，可见别人对宋玉的客观评价是有一定的分两。宋玉受到这样的待遇尽管不高兴，然而他终于接受了这样的待遇，可见他的主观品质也实在不那么太高。到了老来官运依然不亨，终至“意气不得，形于颜色”，更表明宋玉的为人是怎样热衷于利禄了。

就这样，无论是作品也好，故事也好，都对于宋玉的为人十分不利。我并不是对宋玉有偏恶，我只是根据客观的材料来下判断。在我看来，宋玉的文章是做得不错的，我在剧本“屈原”里面也并没有否认他的文才，倒是暗示过他的文才可能比屈原高，但说到骨气上来，那是有问题的。

五

说宋玉没有骨气，是不是作俑于我呢？不，这差不多是两千多年来的民间定评。

民间对于宋玉的评价，我们从“对楚王问”的“先生其有遗行与？何士民众庶不誉之甚也!”那句话中可以看出。即使那篇文章是假托，但从汉朝以来就有了。在古时是那样，在后代也是那样。两千多年来，一般人的看法是：宋玉是位风流才子。在风流才子这个品评里面，一方面是肯定了他的文才，另一方面也肯定了他的轻薄。或许这是把宋玉先生委曲了吧，但至少可以说，委曲了宋玉先生的不是从我开始。

当然，在封建时代很有人推崇宋玉，每每以“屈宋并称”，但那样出于封建文人的一种偏见。封建文人，他们批评文章或人物的好坏，也以人民性的有无或多少为标准，而是人民性愈多就愈坏，愈少就愈好。因此，“屈宋并称”倒还是客气的，有的人还甚至抑屈而扬宋。例如班固就曾责备屈原“露才扬己，……强非其人”，颜之推也说“自古文人常陷轻薄，屈原露才扬己，显暴君过”。在这些人眼里看来，像宋玉那样的“怨而不怒”——“赖皇天之厚德兮还及君之无恙”，倒还会比屈原高出一筹呢。

但在今天我们是应该采取民间的看法呢，还是应该跟着封建文人的后边去随声附和？

或许有人会说：今天是今天，我们不能拿今天的标准去衡量古人，那样是反历史主义。

好，那么两千多年的司马迁又当何说？对封建秩序不大买账的司马迁，对人民性比较看重的司马迁，他的的确确是有点鄙视宋玉的，的的确确是没有把“屈宋并称”的。如果我们考虑到司马迁是以贾谊与屈原同传，那就更可以看出司马迁的史笔确实具有深刻的褒贬意义。贾谊之所以能与屈原同传，毫无疑问，并不仅是由于他的辞赋私淑屈原，而更主要的是由于他有政治抱负而能“痛哭流涕”地直言敢谏。由于这一对照，不更可以看出司马迁对于宋玉的评价和待遇——仅仅在“屈原传”中附带了一笔，是有分寸，有见地，而不是任意抹杀的吗？

宋玉先生是有才华的诗人。这层，司马迁是肯定的，我也并没有否认。但一定要说“他的骨头和屈原的是同样硬的”，司马迁是摇过头的，我也始终要摇头。我想，假使宋玉先生能够再生，恐怕连他自己也是会摇头的吧？

1954年12月18日

（原载“新建设”1955年2月号）

对“关于宋玉”一文的意见

程任卿

最近在“新建设”二月号读到郭沫若先生的“关于宋玉”一文，里面肯定宋玉几乎是一个“叫人摇头的”“热衷于利禄”的典型人物，我总觉得这里面还有待商榷的地方。他所持的论证，不仅是不够，而且有的几乎不能作为他的那种论证的。我也想谈谈我的一点不成熟的意见，请读者多予指教！

郭先生最重要的依据，是司马迁在“屈原列传”里面的这样一段话（在“今昔蒲剑”里也曾引用这段话的）：

屈原既死之后，楚有宋玉、唐勒、景差之徒者，皆好辞，而以赋见称。然皆祖屈原之从容辞令，终莫敢直谏。

他在这段话之后，加以解释说：“司马迁对宋玉称为‘之徒’首先表示了有些鄙屑的意思”，这可能是以今人的语调来推测古人的。

凡称“……之徒”的，大概有两种说法：一种是说某人的弟子，如“论语”：“是鲁孔丘之徒与？”“孟子”：“仲尼之徒无道桓文之事者”就是；另一种是列举了几个人名或者仅仅举了一个人名而以“之徒”接着来表示多数，其作用于“等”字相同，如司马迁自己就在“孟子荀卿列传”中说：“如淳于髡，慎到，环渊，接予，田骈，驺奭之徒，各著书言治乱之事以干世主。”又说：“退而与万章之徒序诗书述仲尼之意，作孟子七篇。”就是。这两种说法都没有鄙视的意思。“宋玉、唐勒、景差之徒”的“之徒”是属于后者（他如贾生“过秦论”，韩愈“答崔立之书”、“读荀子”等文，用“之徒”两字，是赞美的口气，不必皆举）。郭先生的说法，不知根据何在？

司马迁所说的：在谏诤上不及屈原的宋玉，与郭先生所理解的；是一个“热衷于利禄”，“叫人摇头”的宋玉，这中间是有很大距离的。屈原有这种伟大爱国主义的冒死直谏的精神，可以说超出了他所处的整个时代的，宋玉不能直谏，却不等于把宋玉的为人完全否定。在“九辩”这篇作品里所表现作者的为人，还能算是一个有骨气的人物。他满怀的伤感与不平，不仅是为了个人，对自己国家的命运，对屈原的含冤被逐，有密切关系的。不讲是作为一个屈原事业继承者的宋玉就是作为当时楚国一般有良心的百姓，也应该对国事怀忧，对屈原寄与同情的。我总觉得对宋玉这一人物也应该从他所生存的时代去理解他，不应该从他作品中的片言只字去理解他。

宋玉“九辩”中的“悲哉秋之为气也”这句话，郭先生加以批判说：“这那里有什么人民的气息？秋，老百姓看来，是收获的季节，劳动了半年之后，得到了收获，只要不是荒年，百姓是歌颂秋天的”——以他自己这种健康、乐观的情感来责备还处在那样一种封建的，多难时代的诗人，未免太严。宋玉由于上述种种原因而产生了这样无限的忧伤，在秋风摇落，正象征着国家衰亡的时节，而增加他的伤感，这不也是很合乎情理的么？而且，屈原自己就是这样悲秋的，他在“抽思”里说：“悲秋气之动容兮，何回极之浮！”（他处写悲秋也有，不必多举），但现在并没有因屈原的悲秋，而降低他的人民性，恰恰相反，使人们读到这里，只对他寄予更多的同情。

郭先生又认为生活在当时的宋玉“不贫”，“也并不穷处”，自己所说的穷是“夸大”的，举宋玉“九辩”中的这些词句为证：

1. 澹容与而独倚兮，蟋蟀鸣此西堂；

2. 窃悲夫蕙华之曾敷兮，纷旖旎乎都房。

3. 无裘以御冬兮，恐溘死不得见乎阳春；

4. 擥騑辔而下节兮，聊逍遥以相佯；

他引用第1.句时，在括弧里加以说明道：“有西堂，必然有东堂、中堂了”。凡在写作中的堂、房、楼、阁，用东、西、南、北来形容的，随处可见，如果照这样推演下去，是不可想象的，就拿杜甫的诗来说吧，杜甫总算是一个爱国的穷困不堪的诗人了，他在一首诗（“叹庭前甘菊花”）里说：“篱边野外多众芳，采撷细屑升中堂”，如果照这种方法来推演，那么，杜甫既有中堂也必然有东堂、西堂了。杜诗（“怀锦水居止”）又说：“万里桥南宅，百花潭北庄,”那他也必然有东宅、西宅和南庄东庄了。在这些孤立的辞句中,又这样推演想象,也可能理解杜甫不是一个穷困的诗人的。

在引用第2.句时,也在括弧里这样说明:“古人一堂两房,这都房当然不止一间,”这也是照前面的方法推演出来的。宋玉所说的这种蕙草,依愚见:也是取法屈原,用来比喻才德的。与“离骚”中的“滋兰之九畹”,“树蕙之百亩”同意。不一定就是目见的实物。“都房”也是泛指一般养花的地点,正如古人所解释的:“都房”就是“北堂”,即三百篇:“伯兮”里所说的“言树之背”(“背”是向北的意思)。因为这等地方,都是古人养花之处。因此,“都房”也不能就是宋玉所居的房屋,如果依上述的方法推演,则“九畹”和“百亩”,也可理解为:屈原竟有这么多的土地。

引用第3.句近乎是断章取义,并也在括弧内这样解释说:“湖北的冬天,不穿皮裘也冻不死人的”。如果读者仅从这句话来理解,的确是作者——宋玉的一种夸大的不近情理的话,但作者的意思并不是这样,这句话的上文是“食不媮而为饱兮,衣不苟而为温”,可见他只是由于“不媮”“不苟”的缘故,弄得他吃饭穿衣都成了问题,并且悲思万绪,愁肠百结,才预料自己“恐溘死不得见乎阳春”的。这句话是本节文章的结束语,也是他预料自己最后的结局,与郭先生所解释的意义完全两样。

在引用第4.句时,在括弧里的解释,是采取字书上的一般说法,没有错的。但问题在这句话的上文是“形销铄而瘀伤”,“惟其纷糅而将落兮,恨其失时而无当”(虽说的是草木,实际是比喻自己形容憔悴的)下文是:“卬明月而太息兮,步列星而愈明。”自己的形容既如此憔悴,又如此饥饿愁苦,决不会还乘着四匹马的马车浩浩荡荡地来在这样寂寞的秋宵,清凉的月下;这是不大近情理的,在上下文义上也说不过去:决无既言其苦,又言其富之理。这个“騑”字是指一般马匹的,在古人诗歌中也是常见的用法,柳宗元诗:“天路下征騑”便是例子,本草也说“马生三岁曰騑”,其书虽较为晚出,可知它也是本于用古义的。

中国历代虽都把屈宋并称,但封建文人,是站在各个不同的角度上,用不同的思想来认识屈原和宋玉的。有的诚如郭先生所说："批评文章或人物的好坏，也以人民性的有无或多少为标准，而是人民性愈多就愈坏，愈少就愈好"的。但中国古代推崇宋玉的倒也有富于人民性的作家。还是用杜甫作例子来说吧，他对宋玉的为人，的确寄予了无限的同情。他在"咏怀古迹"诗里说：

摇落深知宋玉悲，风流儒雅亦吾师。怅望千秋一洒泪，萧条异代不同时！……

从这些诗句里，可以知道他对宋玉的身世是流了眼泪的，竟说他可以作为他自己学习的模范，自己学习的老师，而且恨自己与他生不同时，真是尊敬之至，向往之至了！

郭先生在他写的这篇文章里，牵涉的问题太广，兹仅就他所引用的几个论证，提出我的一点不同的意见，是非常粗浅的，我在这里期待着专家们作进一步的探讨。

（原载"文史哲"1955年第5期）

后　记

拙稿修订以后，承蒙黄山书社慨允出版问世，老朽感激不尽。诚望楚辞专家及广大读者严加教正，我由衷敬谢。

袁　梅

时年九十有二

图书在版编目(CIP)数据

屈原宋玉辞赋译注 /（战国）屈原，（战国）宋玉著；袁梅译注. —修订本. —合肥：黄山书社，2016.12

ISBN 978-7-5461-6003-0

Ⅰ. ①屈… Ⅱ. ①屈… ②宋… ③袁… Ⅲ. ①古典诗歌—诗集—中国—战国时代 ②赋—作品集—中国—战国时代 Ⅳ. ①I222

中国版本图书馆 CIP 数据核字(2016)第 304552 号

责任编辑　朱莉莉
装帧设计　未　氓
出版发行　时代出版传媒股份有限公司(http://www.press-mart.com)
　　　　　黄山书社(http://www.hspress.cn)
地址邮编　安徽省合肥市蜀山区翡翠路 1118 号出版传媒广场 7 层 230071
印　　刷　安徽联众印刷有限公司
版　　次　2017 年 1 月第 1 版
印　　次　2017 年 1 月第 1 次印刷
开　　本　880mm×1230mm　1/32
字　　数　480 千
印　　张　16.75
书　　号　ISBN 978-7-5461-6003-0
定　　价　58.00 元

服务热线　0551-63533706
销售热线　0551-63533761
官方直营书店(http://hsssbook.taobao.com)